Vous rêvez de devenir juré
d'un prix littéraire consacré au polar ?

C'est l'aventure que vous proposent
les éditions POINTS avec leur
Prix du Meilleur Polar des lecteurs de POINTS !

De janvier à octobre 2013, un jury composé de 40 lecteurs et de 20 professionnels recevra à domicile 9 romans policiers, thrillers et romans noirs récemment publiés par les éditions Points et votera pour élire le meilleur d'entre eux.

Les Lieux infidèles, **de l'auteur irlandaise Tana French,**
a remporté le prix en 2012.

Pour rejoindre le jury, déposez votre candidature sur **www.prixdumeilleurpolar.com.** Les inscriptions sont ouvertes jusqu'au 10 mars 2013.

Le Prix du Meilleur Polar des lecteurs de POINTS, c'est un prix littéraire dont vous, lectrices et lecteurs, désignez le lauréat en toute liberté.

Plus d'information sur
www.prixdumeilleurpolar.com

Henning Mankell, né en 1948, est romancier et dramaturge. Depuis une dizaine d'années, il vit et travaille essentiellement au Mozambique – « ce qui aiguise le regard que je pose sur mon propre pays », dit-il. Il a commencé sa carrière comme auteur dramatique, d'où une grande maîtrise du dialogue. Il a également écrit nombre de livres pour enfants, couronnés par plusieurs prix littéraires, qui soulèvent des problèmes souvent graves et qui sont marqués par une grande tendresse. Mais c'est en se lançant dans une série de romans policiers centrés autour de l'inspecteur Wallander qu'il a définitivement conquis la critique et le public suédois. Cette série, pour laquelle l'Académie suédoise lui a décerné le Grand Prix de littérature policière, décrit la vie d'une petite ville de Scanie et les interrogations inquiètes de ses policiers face à une société qui leur échappe. Il s'est imposé comme le premier auteur de romans policiers suédois. En France, il a reçu le prix Mystère de la Critique, le prix Calibre 38 et le Trophée 813.

Henning Mankell

LE CHINOIS

ROMAN

Traduit du suédois
par Rémi Cassaigne

Éditions du Seuil

TEXTE INTÉGRAL

TITRE ORIGINAL
Kinesen
ÉDITEUR ORIGINAL
Leopard Förlag, Stockholm
© original : Henning Mankell, 2008
ISBN original : 978-91-7343-170-5

Cette traduction est publiée en accord avec l'agence littéraire
Leonhardt & Høier, Copenhague

ISBN 978-2-7578-3211-0
(ISBN 978-2-02-098265-8, 1ʳᵉ publication)

© Éditions du Seuil, 2011, pour la traduction française

PREMIÈRE PARTIE

Le silence (2006)

Moi, Birgitta Roslin, je jure sur l'honneur de tout faire en mon âme et conscience pour juger équitablement le pauvre comme le riche en application des lois et de la constitution suédoises ; de ne jamais altérer ou contourner la loi au profit de ma famille, ma belle-famille ou mes amis, par jalousie, malveillance ou crainte, en échange de commissions, de cadeaux ou pour toute autre raison ; de juger à bon escient ce qui doit être jugé ; de garder religieusement le secret des délibérations, avant comme après le jugement. Je m'y conformerai en tout comme un digne et loyal magistrat.

CODE DE PROCÉDURE PÉNALE,
chapitre 4, paragraphe 11.
Serment du juge.

L'épitaphe

1

Neige gelée, grand froid. Le cœur de l'hiver.

Un des premiers jours de janvier 2006, un loup solitaire venu de Norvège traverse la frontière invisible et passe en Suède par la vallée de Vauldalen. Le conducteur d'un scooter des neiges croit l'apercevoir près de Fjällnäs, mais le loup disparaît dans les bois, vers l'est, avant que l'homme ait le temps de voir où il allait. En s'enfonçant dans les vallées d'Österdalarna, côté norvégien, l'animal a trouvé un bout de cadavre de renne gelé, avec encore quelques os à ronger. Mais deux jours ont passé. Il commence à être affamé et cherche de nouveau de quoi manger.

C'est un jeune mâle parti à la recherche d'un territoire. Il continue vers l'est, sans s'arrêter. Vers Nävjarna, au nord de Linsell, il trouve un autre cadavre de renne. Il se repose une journée entière avant de se remettre en route, repu. Toujours vers l'est. À la hauteur de Kårböle, il traverse le Ljusnan gelé, puis suit le cours sinueux de la rivière vers la mer. Par une nuit de pleine lune, il passe sur le pont de Järvsö puis s'enfonce dans les forêts qui s'étendent jusqu'à la côte.

Tôt, le 13 janvier, le loup parvient à Hesjövallen, petit village au sud du lac Hansesjön, dans la région du Hälsingland. Il s'arrête, le nez au vent. Il y a dans l'air une odeur de sang. Le loup regarde autour de lui. Les

11

maisons sont habitées, mais les cheminées ne fument pas. Son ouïe fine ne perçoit aucun bruit.

Mais il y a une odeur de sang, le loup en est certain. Depuis l'orée du bois, il essaie d'en repérer l'origine. Il se met alors à courir lentement dans la neige. L'odeur arrive par bouffées d'une maison à l'extrémité du village. Il est sur ses gardes : près des humains, il faut être à la fois prudent et patient. Il s'arrête de nouveau. L'odeur vient de l'arrière de la maison. Le loup attend. Il se décide à avancer. En approchant, il aperçoit un cadavre. Il traîne la lourde proie à couvert, à l'orée du bois. Personne ne l'a encore repéré, aucun chien n'a même aboyé. En cette froide matinée, le silence est total.

Le loup commence à manger. Comme la viande n'est pas encore gelée, c'est facile. Il est affamé. Après avoir arraché une chaussure en cuir, il mordille le bas de la jambe, tout près du pied.

Il a neigé pendant la nuit, puis plus rien. Tandis que le loup mange, quelques légers flocons recommencent à tomber sur le sol glacé.

2

À son réveil, Karsten Höglin se souvint d'avoir rêvé d'une photographie. Immobile dans son lit, l'image lui revenait lentement, comme si le négatif de son rêve envoyait un tirage à la surface de sa conscience. Il reconnut le cliché en noir et blanc : il représentait un homme assis au bord d'un vieux lit en fer, un fusil de chasse au mur, un pot de chambre à ses pieds. Quand il l'avait vu pour la première fois, il avait été happé par le sourire mélancolique du vieil homme. Il y avait chez lui quelque chose de timide et de farouche. Longtemps après, Karsten avait appris que, quelques années avant cette photo, l'homme avait accidentellement tué son fils en chassant les oiseaux d'eau. Depuis, le fusil était resté pendu au mur, et l'homme s'était peu à peu enfermé dans la solitude.

Karsten Höglin se dit que, parmi les milliers de photographies et de négatifs qu'il avait vus, il n'oublierait jamais cette image. Il aurait bien aimé l'avoir prise.

Sur la table de nuit, le réveil indiquait sept heures et demie. D'habitude, Karsten Höglin se réveillait très tôt, mais il avait mal dormi cette nuit-là, un lit inconfortable, un mauvais matelas. Il décida de se plaindre à la réception en quittant l'hôtel.

C'était le neuvième et dernier jour de son voyage. Une bourse lui avait permis de l'entreprendre : il photographiait des villages fantômes et des hameaux en train de se dépeupler. Il se trouvait à Hudiksvall, et il lui restait encore un village. Il l'avait choisi à cause d'une lettre que lui avait envoyée l'un de ses vieux habitants après avoir entendu parler de son projet. La description qu'il faisait de l'endroit avait frappé Höglin, qui avait décidé d'y achever son reportage.

Il se leva et écarta les rideaux. Il avait neigé pendant la nuit. Le ciel était toujours gris, le soleil n'était pas apparu à l'horizon. Une cycliste emmitouflée passa dans la rue. Karsten la suivit des yeux en se demandant quelle était la température. Moins cinq, moins sept peut-être. Pas plus.

Il s'habilla et descendit à la réception par l'ascenseur poussif. Il avait garé sa voiture dans la cour de l'hôtel. Il avait par contre, comme à son habitude, monté son matériel photo dans sa chambre. Son pire cauchemar était de se faire voler ses appareils.

La réceptionniste n'avait pas vingt ans. Qu'elle était mal maquillée ! Il renonça à se plaindre de la literie. De toute façon, il ne remettrait jamais les pieds dans cet hôtel.

Dans la salle du petit déjeuner, quelques rares clients étaient plongés dans leurs journaux. Un instant, il fut tenté de sortir son appareil pour prendre une photo de cette salle silencieuse. Il voyait là quelque chose d'éternellement suédois : des gens taciturnes, penchés sur leur journal et leur tasse de café, chacun seul avec ses pensées, son destin.

Il abandonna l'idée et alla se servir du café, deux tartines et un œuf à la coque. Comme il n'y avait aucun journal de disponible, il se dépêcha de manger. Il détestait se retrouver seul à table sans lecture.

Dehors, il faisait plus froid qu'il ne l'escomptait. Il se mit sur la pointe des pieds pour consulter le thermomètre accroché à la fenêtre de la réception. Moins onze. Et la température risquait de chuter encore. Jusqu'à présent, l'hiver avait été trop doux. Enfin la vague de froid tant attendue. Il posa ses bagages sur la banquette arrière, démarra le moteur et entreprit de gratter le pare-brise. Sur le siège passager, une carte. La veille, après avoir photographié un village près du lac Hasselasjö, il avait fait une pause pour repérer le trajet. Il descendrait d'abord vers le sud par la route principale, avant de prendre vers Sörforsa, au niveau d'Iggesund. Ensuite, deux possibilités : passer à l'est ou à l'ouest du lac qui s'appelait tantôt Storsjö, tantôt Långsjö. À une station-service à l'entrée de Hudiksvall, on lui avait dit que la route par l'est était mauvaise. Il décida pourtant de l'emprunter. Ça irait plus vite. Et puis il y avait une belle lumière d'hiver, ce matin. Il imaginait déjà la fumée des cheminées montant droit vers le ciel.

Il lui fallut bien quarante minutes pour arriver à destination : il s'était trompé en chemin, en s'engageant par erreur vers Näcksjö, trop au sud.

Hesjövallen était situé dans une vallée encaissée, au bord d'un lac dont Karsten ne se rappelait pas le nom. Hesjö ? L'épaisse forêt avançait jusqu'au village qui s'étendait sur la rive du lac, de part et d'autre de la route étroite qui continuait vers les vallées du Härjedalen.

Karsten se gara à l'entrée du village et sortit de sa voiture. La couverture nuageuse était en train de se dissiper : la lumière allait être plus difficile à capturer, moins expressive. Il regarda alentour. Vers les maisons, tout était très calme. Au loin, on entendait faiblement les voitures passer sur la route principale.

Une vague inquiétude s'empara de lui. Il retint son souffle, comme toujours quand il ne comprenait pas ce qu'il voyait.

Alors il comprit. Les cheminées. Éteintes. Pas trace de cette fumée dont il espérait tirer un effet pittoresque. Son regard glissa lentement sur les maisons : on était déjà sorti dégager la neige, mais personne ne s'était levé pour allumer les cheminées et les poêles. Il se souvint alors de la lettre que le vieil homme lui avait écrite : il y parlait des signaux de fumée qui semblaient se répondre d'une maison à l'autre.

Il soupira. On vous écrit. Mais les gens ne disent pas la vérité, juste ce qu'ils croient qu'on veut lire. Et voilà, je n'ai plus qu'à photographier les cheminées éteintes. Ou valait-il mieux laisser tomber ? Personne ne le forçait à photographier Hesjövallen et ses habitants. Il avait déjà rassemblé assez d'images de cette Suède en train de disparaître, ces fermes désertes, ces villages isolés tombant en ruine, parfois sauvés in extremis par des Allemands et des Danois qui transformaient les maisons en résidences de vacances. Il décida de partir. Mais il s'arrêta, la main sur la clé de contact. Il avait fait un si long voyage, il pouvait bien essayer de tirer quelques portraits des habitants de ce trou. Karsten Höglin était toujours à l'affût des visages, surtout ceux des personnes âgées. Il nourrissait le projet secret de publier avant de prendre sa retraite un album où ses photographies montreraient la beauté qu'on ne trouve que dans les visages des vieilles : les efforts de toute une vie sont gravés sur leur peau, comme les couches sédimentaires sur la lèvre d'une falaise.

Il ressortit de sa voiture, enfonça sa chapka sur ses oreilles, prit le Leica M7 qui l'accompagnait depuis dix ans et se dirigea vers la maison la plus proche. Il y en avait en tout une dizaine, rouges pour la plupart, certaines pourvues d'un perron couvert. Il n'apercevait qu'un seul bâtiment récent – un pavillon des années 1950. Arrivé au portail, il arma son appareil. La plaque indiquait que la famille Andrén habitait là. Il prit quelques photos, modifia l'ouverture et le temps de pose, chercha d'autres angles de vue. Il fait trop gris, se dit-il. Ce sera sans doute flou. Mais on ne sait jamais. Le métier de photographe peut réserver des surprises.

Karsten Höglin se fiait souvent à sa seule intuition. Il contrôlait bien sûr la luminosité à l'aide de sa cellule, mais il avait aussi parfois obtenu des résultats surprenants en ne calculant pas trop le temps de pose. Il laissait toujours une place à l'improvisation. Une fois, il avait voulu photographier un bateau qui mouillait toutes voiles hissées dans le port d'Oskarhamn, par une belle journée ensoleillée. Juste avant de prendre le cliché, il eut l'idée de souffler sur l'objectif pour embuer la lentille. En développant le négatif, il avait découvert un vaisseau fantôme surgissant de la brume. Il avait remporté un prix important avec cette image.

Il n'avait jamais oublié cette buée.

Le portail était rouillé. Il lui fallut s'y prendre à deux mains pour l'ouvrir. Pas de traces de pas dans la neige. Toujours pas un bruit, se dit-il, aucun chien ne s'est encore aperçu de ma présence. Comme si tout le monde était parti du jour au lendemain. Un village fantôme.

Il grimpa les marches du perron, frappa à la porte, attendit, frappa de nouveau. Pas de chien, pas de chat qui miaule, rien. Bizarre. Décidément, quelque chose clochait. Il frappa encore une fois, plus fort, avec insistance. Puis il tâta la poignée de la porte. Fermée. Les vieux ont peur, pensa-t-il. Ils s'enferment. À force de lire les faits divers dans les journaux, ils craignent pour leur vie.

Il tambourina à la porte, sans obtenir de réponse. Il se dit alors que la maison devait être inhabitée.

Il ressortit par le portail et continua jusqu'à la maison voisine. Le jour commençait à se lever. La façade était peinte en jaune. Le mastic des fenêtres s'écaillait, il devait y avoir des courants d'air. Avant de frapper, il tâta la poignée de la porte. Fermée là aussi. Il frappa fort et, sans attendre de réponse, se mit à tambouriner. Là non plus, il n'y avait apparemment personne.

Il décida une nouvelle fois de renoncer. S'il prenait la route maintenant, il serait rentré à Piteå en début d'après-midi. Magda, sa femme, serait contente. Elle le trouvait trop vieux pour tous ces voyages. Il n'avait que soixante-trois ans, mais, après de vagues symptômes annonciateurs d'une angine de poitrine, le médecin lui avait conseillé de se ménager.

Pourtant, au lieu de se mettre en route, il contourna la maison et essaya une porte qui semblait mener à une buanderie, derrière la cuisine. Fermée, elle aussi. Il s'approcha d'une fenêtre, se mit sur la pointe des pieds. Entre les rideaux, il aperçut un téléviseur au milieu d'une pièce. Il gagna la fenêtre suivante. Toujours le téléviseur, c'était la même pièce. Une broderie au mur : « Jésus est ton ami fidèle ». Il allait passer à la fenêtre voisine quand quelque chose à terre attira son attention : il crut d'abord que c'était une pelote de laine. Puis il comprit qu'il s'agissait d'une grosse chaussette, enfilée sur un pied. Il recula d'un pas. Son cœur s'emballa. Avait-il bien vu ? Était-ce vraiment un pied ? Il réessaya la première fenêtre, mais, de là, il ne voyait pas assez loin. Il revint à l'autre fenêtre. À présent, il en était certain. Il avait bien vu un pied. Immobile. Impossible de dire si c'était celui d'un homme ou d'une femme. Le propriétaire de ce pied était peut-être assis. Ou étendu à terre.

Il frappa de toutes ses forces à la vitre. Rien. Il sortit son portable et composa le numéro des services de secours. La couverture était si mauvaise que son appel ne put aboutir. Il courut à la troisième maison et cogna à la porte. Là non plus, personne ne vint ouvrir. Il se demanda si le paysage alentour n'était pas en train de lentement se transformer en cauchemar. À côté de la porte, un grattoir à chaussures. Il s'en servit pour forcer la serrure. Sa seule intention était de trouver un téléphone. En se précipitant à l'intérieur, il comprit, trop tard, que le même spectacle l'attendait : un cadavre. Sur le sol de la cuisine gisait une vieille femme. La tête presque détachée du cou. Près d'elle, le cadavre d'un chien, coupé en deux.

Karsten poussa un cri et prit ses jambes à son cou. Sortir d'ici. Du vestibule, il aperçut dans le séjour un homme à terre entre la table et un canapé rouge couvert d'un jeté blanc. L'homme était nu, le dos en sang.

Karsten Höglin n'avait qu'une idée : s'en aller. Il perdit son appareil en chemin, mais ne s'arrêta même pas pour le ramasser. La terreur qu'une main invisible puisse à tout moment le poignarder dans le dos l'envahissait. Il fit faire demi-tour à sa voiture et s'éloigna.

Il attendit d'avoir rejoint la route principale pour appeler les secours d'une main tremblante. Alors qu'il approchait le téléphone de son oreille, une violente douleur lui transperça la poitrine. Comme si on l'avait rattrapé pour lui planter un couteau dans le corps.

Une voix lui répondit, mais il était incapable de parler. La douleur était si violente qu'il ne put rien produire d'autre qu'un sifflement guttural.

– Je n'arrive pas à entendre, dit la voix féminine.

Il essaya encore. Toujours le même sifflement. Il était en train de mourir.

– Pouvez-vous parler plus fort ? Je ne saisis pas.

Dans un effort suprême, il parvint à s'arracher quelques mots :

– Je meurs, siffla-t-il. Bon Dieu, je meurs. Aidez-moi !

– Où êtes-vous ?

Aucune réponse. Karsten Höglin s'enfonçait dans les ténèbres. Dans un sursaut désespéré pour se libérer de cette douleur aiguë, tel le noyé qui tente en vain de remonter à la surface, il écrasa l'accélérateur. La voiture fit une embardée. Un petit camion en route vers Hudiksvall avec un chargement de meubles de bureau n'eut pas le temps de l'éviter. Lorsque le chauffeur descendit constater les dégâts, il aperçut Höglin couché sur le volant.

L'homme, originaire de Bosnie, parlait mal le suédois.

– Ça va ?

– Le village, siffla Höglin. Hesjövallen.

Ce furent ses derniers mots. À l'arrivée de l'ambulance et de la police, il avait déjà succombé à une violente crise cardiaque.

La plus grande incertitude régna d'abord sur les circonstances de sa mort. Personne ne pouvait soupçonner ce qui avait provoqué l'attaque du conducteur de la Volvo bleu sombre. Ce n'est qu'une fois Karsten Höglin évacué, alors que la dépanneuse dégageait le camion de meubles, qui avait subi les dommages les plus importants, qu'un policier se soucia d'écouter ce que le chauffeur bosniaque essayait de raconter. Il s'appelait Erik Huddén, et n'aimait pas perdre son temps avec ces étrangers même pas fichus de parler suédois correctement. Néanmoins le chauffeur n'avait pas bu, l'alcootest restait dans le vert, son permis semblait en règle.

– Il a essayé dire quelque chose.

– Hein ? répondit avec réticence Erik Huddén.

– Lui dire Herö. Village, peut-être ?

Huddén, qui était de la région, secoua la tête avec impatience.

– Pas de Herö dans le coin.

– Peut-être entendu mal. Peut-être nom avec « s » ? Hersjö c'était peut-être.

– Hesjövallen ?

Le chauffeur opina du chef.

– C'est ça.

– Et qu'est-ce qu'il voulait dire ?

– Je sais pas. Lui mourir.

Le policier rangea son carnet : il n'avait rien noté. Une demi-heure plus tard, la dépanneuse partie avec le camion accidenté et le chauffeur emmené au commissariat pour faire sa déposition, Erik Huddén s'installa dans sa voiture pour rentrer à Hudiksvall en compagnie de son collègue Leif Ytterström, qui conduisait.

– On passe par Hesjövallen, dit soudain Huddén.

– Pourquoi ? Il y a eu un appel ?

– Je veux juste vérifier quelque chose.

Erik Huddén était le plus âgé et il avait la réputation d'être taciturne et têtu. Leif bifurqua vers Sörforsa. Une fois à Hesjövallen, Huddén lui demanda de traverser le village au pas. Il n'avait toujours pas expliqué à son collègue la raison de ce détour.

– Ça a l'air désert, dit Ytterström, tandis qu'il passait lentement devant les maisons.

– Repasse dans l'autre sens, à la même allure.

Huddén lui dit alors de s'arrêter. Quelque chose dans la neige près d'une des maisons avait attiré son attention. Il descendit de la voiture et s'approcha. Il s'arrêta soudain en sursautant et sortit son arme. Leif Ytterström bondit hors de la voiture, lui aussi arme au poing.

– Qu'est-ce que c'est ?

Erik Huddén ne répondit pas. Il continua à avancer, sur ses gardes. Il s'arrêta alors de nouveau et se pencha en avant, comme plié par une douleur à la poitrine. Puis il revint à la voiture, le visage blême.

– C'est un mort. Poignardé. Il n'est pas entier.

– Comment ça ?

– Il lui manque une jambe.

Ils se regardèrent en silence. Erik Huddén s'assit alors dans la voiture et demanda par radio à être mis en contact avec Vivi Sundberg, qu'il savait de service ce jour-là. Elle répondit aussitôt.

– C'est Erik. Je suis à Hesjövallen.

– Au sud de Sörforsa ?

– Plutôt à l'ouest. Mais je me trompe peut-être.

– Qu'est-ce qui se passe ?

– Je ne sais pas. Mais on a un mort dans la neige, avec une jambe en moins.

– Répète.

– Un mort. Dans la neige. Apparemment poignardé. Il lui manque une jambe.

Ils se connaissaient bien. Cela avait beau être incroyable, Vivi Sundberg savait qu'Erik Huddén n'exagérait jamais.

– On arrive, dit-elle.

– Appelle la police scientifique à Gävle.

– Tu es avec qui ?

– Ytterström.

Elle réfléchit.

– Y a-t-il une explication plausible ?

– De ma vie, je n'ai jamais rien vu de pareil.

Il savait qu'elle comprendrait. Il était depuis si longtemps dans la police qu'il avait été confronté à toutes les horreurs imaginables.

Il fallut trente-cinq minutes pour qu'ils entendent au loin les sirènes. Erik Huddén avait tenté de convaincre Ytterström d'aller interroger les voisins, mais celui-ci avait refusé de le faire avant l'arrivée des renforts. Comme Huddén ne voulait pas y aller seul, ils restèrent près de la voiture. Ils attendirent en silence.

Vivi Sundberg descendit de la première voiture arrivée sur place. C'était une femme robuste, la cinquantaine, les cheveux roux. Ceux qui la connaissaient savaient qu'il ne fallait pas se fier à sa corpulence. Quelques mois auparavant, elle avait rattrapé à la course deux cambrioleurs d'une vingtaine d'années. Ils lui avaient ri au nez en décampant. Ils ne riaient plus quelques centaines de mètres plus loin, menottes aux poignets.

Elle était née dans une ferme aux environs de Harmånger, où elle s'était occupée de ses parents jusqu'à leur mort. Elle était alors partie suivre une formation et avait passé – et, à son grand étonnement, réussi – le concours de l'école de police. Personne ne comprenait comment elle avait été prise malgré son surpoids, et elle ne le

22

savait pas elle-même. Quand un collègue la taquinait en parlant de régime, elle se contentait de ronchonner. Elle faisait attention avec le sucre, mais ne résistait pas à la bonne chère. Elle avait été mariée deux fois. D'abord avec un ouvrier d'Iggesund. Elle avait eu avec lui sa fille Elin, qui tenait un salon de coiffure. Il était mort dans un accident du travail. Quelques années après, elle avait épousé un plombier de Hudiksvall. Leur mariage avait duré moins de deux mois. Il s'était tué sur une route verglacée entre Delsbo et Bjuråker. Elle ne s'était plus remariée. Le bruit courait parmi ses collègues qu'elle avait un petit ami sur une île grecque. Elle y allait en vacances deux fois par an – mais personne ne savait si cette rumeur était fondée.

Vivi Sundberg était une policière tenace qui savait analyser les indices les plus ténus, souvent les seules pistes dont on disposait au début d'une enquête criminelle.

Elle se passa une main dans les cheveux en regardant Erik Huddén.

– Bon, tu me montres ?

Ils s'approchèrent du corps. Sundberg fit la grimace et s'accroupit.

– Le légiste est arrivé ?

– Elle est en route.

– Elle ?

– Hugo a une remplaçante. On va l'opérer d'une tumeur.

Vivi Sundberg se désintéressa un instant du corps ensanglanté qui gisait dans la neige.

– Il est malade ?

– Un cancer. Tu ne savais pas ?

– Non. Où ça ?

– À l'estomac. Mais apparemment sans métastases. Il a une remplaçante qui vient d'Uppsala. Valentina Miir. Si je prononce correctement.

– Et elle est en route ?

Huddén appela Ytterström qui buvait un café près d'une des voitures. Il confirma que la légiste arriverait bientôt.

Vivi Sundberg entreprit un examen minutieux du corps. Chaque fois qu'elle se retrouvait face à un mort, elle éprouvait le même sentiment d'impuissance. Elle ne pouvait pas le réveiller – juste, dans le meilleur des cas, expliquer les circonstances de son décès et expédier l'assassin derrière les barreaux d'une prison ou les portes d'un asile psychiatrique.

– Quelqu'un s'est acharné comme un fou, dit-elle. Avec un grand couteau. Ou une baïonnette. Peut-être un sabre. Je vois au moins dix blessures, probablement toutes mortelles. Mais pour la jambe, je ne comprends pas. Savons-nous qui c'est ?

– Pas encore. Toutes les maisons ont l'air vides.

Vivi Sundberg se redressa et regarda attentivement alentour. Les maisons semblaient la suivre des yeux, aux aguets.

– Tu es allé frapper aux portes ?

– J'ai préféré être prudent. Celui qui a fait ça est peut-être resté dans les parages.

– Tu as eu tout à fait raison.

Elle fit un signe à Ytterström, qui jeta dans la neige son gobelet en carton.

– On y va, dit-elle. Il doit y avoir des gens. Ce n'est pas un village fantôme.

– Personne ne s'est montré.

Sundberg regarda de nouveau les maisons, les jardins enneigés, la route. Elle dégaina son arme et avança. Les autres la suivirent. Il était onze heures passées de quelques minutes.

Ce qui suivit devait faire date dans l'histoire pénale de la Suède. Ce que découvrirent les trois policiers était sans précédent. Ils passèrent de maison en maison, arme au poing. Partout ils trouvèrent des cadavres. Des chiens et des chats éventrés, et même un perroquet décapité. Dix-neuf morts, tous des personnes âgées, à l'exception d'un garçon d'une douzaine d'années. Certains avaient été tués au lit, dans leur sommeil, d'autres gisaient par terre ou étaient assis dans leur cuisine. Une vieille femme était morte un peigne à la main, un homme devant sa cuisinière, à côté d'une cafetière renversée. Dans une maison, deux personnes étaient blotties l'une contre l'autre. Tous avaient subi le même déchaînement de violence. Un ouragan de sang les avait emportés à leur réveil. Comme les vieux se lèvent tôt à la campagne, Vivi Sundberg supposa que les meurtres avaient eu lieu tard dans la nuit ou à l'aube.

Vivi Sundberg avait l'impression de se noyer dans le sang. Elle avait beau trembler sous le coup de l'émotion, elle retrouva sa froideur, comme si elle observait ces corps morts et défigurés à la jumelle, sans avoir à s'en approcher.

Il y avait aussi l'odeur. À peine refroidis, les cadavres dégageaient déjà une odeur âcre et sucrée. Quand elle était à l'intérieur, Vivi Sundberg respirait par la bouche. Une fois sortie, elle reprenait son souffle. Franchir le seuil de la maison suivante était comme se préparer à une épreuve insurmontable.

Tout ce qu'elle voyait, un corps après l'autre, témoignait de la même folie meurtrière. Les blessures avaient été infligées par une arme blanche très aiguisée. La liste qu'elle établit le jour même, et qu'elle ne montra jamais à personne, consistait en brefs mémos décrivant exactement ce qu'elle avait vu :

Maison n° 1. Homme âgé mort, à moitié nu, pyjama déchiré, pantoufles, à moitié couché dans l'escalier du premier étage. Tête presque séparée du corps, pouce de la main gauche à un mètre du corps. Femme âgée

25

morte, en chemise de nuit, éventrée, une partie des intestins sortis, dentier en morceaux.

Maison n° 2. Homme et femme morts, tous deux âgés, au moins quatre-vingts ans. Corps trouvés dans un grand lit au rez-de-chaussée. La femme peut avoir été tuée dans son sommeil d'un coup allant de l'épaule gauche à la hanche droite. L'homme a tenté de se défendre avec un marteau, mais a eu un bras coupé et la gorge tranchée. Étrangement, les deux corps sont attachés. Comme si l'homme avait été attaché vivant à la femme déjà morte. Aucune preuve de cela, c'est l'impression du moment. Jeune garçon mort dans sa chambre. Dormait peut-être quand il a été tué.

Maison n° 3. Femme seule, morte sur le sol de la cuisine. Un chien de race indéterminée coupé en deux à ses côtés. La colonne vertébrale de la femme semble sectionnée en plusieurs endroits.

Maison n° 4. Homme mort dans le vestibule. En pantalon et chemise, pieds nus. A vraisemblablement tenté d'opposer de la résistance. Corps presque coupé au niveau du ventre. Femme âgée morte assise à la cuisine. Deux, peut-être trois coups au crâne.

Maison n° 7. Deux femmes et un homme âgés tués dans leur lit à l'étage. Impression : ils étaient réveillés, conscients, mais n'ont pas eu le temps de réagir. Chat mort dans la cuisine.

Maison n° 8. Homme âgé, mort dehors, une jambe manque. Deux chiens décapités. Femme morte dans l'escalier. Réduite en charpie indescriptible.

Maison n° 9. Quatre personnes mortes dans le séjour au rez-de-chaussée. À moitié habillées, avec tasses de café, radio allumée, première chaîne. Trois femmes, un homme, âgés. Tous la tête posée sur les genoux.

Maison n° 10. Deux personnes très âgées, un homme et une femme, morts dans leur lit. Impossible de dire s'ils ont su ce qui leur arrivait.

Vers la fin de sa liste, elle n'avait plus eu la force de noter tous les détails. De toute façon, elle n'oublierait jamais ce qu'elle avait vu : l'enfer.

Elle numérota les maisons où les victimes avaient été trouvées. Mais elles ne se suivaient pas dans le village. En arrivant à la cinquième maison, pendant leur inspection macabre, ils entendirent de la musique à travers les murs. Ytterström déclara que ça ressemblait à Jimi Hendrix. Vivi Sundberg connaissait bien le guitariste, mais ça ne disait rien à Erik Huddén, qui ne jurait que par le crooner pop Björn Skifs.

Avant d'entrer, ils appelèrent à la rescousse deux autres policiers occupés à délimiter le périmètre. Il était si vaste qu'ils avaient dû demander à Hudiksvall d'autres rouleaux de rubalise. Arme au poing, ils s'approchèrent de la porte d'entrée. Huddén tambourina. Un homme aux cheveux longs, à moitié nu, vint ouvrir. Il recula, effrayé par toutes ces armes braquées sur lui. Vivi Sundberg baissa son pistolet en voyant qu'il n'était pas armé.

– Êtes-vous seul ?

– Non, il y a ma femme, répondit l'homme d'une voix tremblante.

– Personne d'autre ?

– Non. Que s'est-il passé ?

Sundberg rangea son arme et d'un geste ordonna aux autres de l'imiter.

– Entrons, dit-elle à l'homme à moitié nu qui grelottait. Comment vous appelez-vous ?

– Tom.

– Tom comment ?

– Hansson.

– Entrons, monsieur Hansson. Vous allez prendre froid.

La musique était à fond, comme s'il y avait un haut-parleur dans chaque pièce. Sundberg suivit l'homme dans une salle de séjour en désordre, où une femme en chemise de nuit était blottie sur un canapé. Il baissa la musique et enfila un pantalon qui pendait au dossier d'une chaise. Tom Hansson et sa femme devaient avoir la soixantaine.

– Que s'est-il passé ? demanda la femme, effrayée.

Elle avait un fort accent de Stockholm. Sans doute étaient-ils tous les deux en hibernation depuis l'époque où de jeunes citadins s'installaient à la campagne à la recherche d'une vie simple. La policière décida d'aller droit au but. Après l'horrible découverte qu'elle venait de faire avec ses collègues, elle était envahie par un sentiment d'urgence. Il n'y avait aucune raison de ne pas penser que le ou les auteurs de ce massacre ne s'apprêtaient pas à sévir ailleurs.

– Une partie de vos voisins sont morts, dit-elle. Il s'est passé des choses atroces cette nuit. Il est capital que vous répondiez à nos questions. Votre nom ?

– Ninni, dit la femme. Herman et Hilda sont morts ?

– Où habitent-ils ?

– La maison de gauche.

Vivi Sundberg hocha la tête.

– Hélas, ils sont morts. On les a assassinés. Mais pas seulement eux. On dirait que la plupart des habitants du village ont été tués.

– Si c'est une plaisanterie, elle est de mauvais goût, dit Tom Hansson.

Sundberg perdit un instant son calme.

– Je n'ai pas de temps à perdre. Je pose les questions, vous répondez. Je comprends que ça puisse paraître incompréhensible, mais c'est la vérité. C'est effroyable, mais vrai. Comment s'est passée la nuit ? Avez-vous entendu quelque chose ?

L'homme s'était assis à côté de la femme sur le canapé.

– Nous avons dormi.

– Vous n'avez rien entendu ?

Ils secouèrent la tête.

– Vous n'avez même pas remarqué que le village était plein de policiers ?

– Avec la musique à fond, on n'entend rien.

– Quand avez-vous vu vos voisins pour la dernière fois ?

– S'il s'agit de Herman et Hilda, c'était hier, répondit Ninni. Nous nous voyons quand nous sortons les chiens.

– Vous avez un chien ?

Tom Hansson fit un signe de tête vers la cuisine.

– Il est vieux et paresseux. Il ne se lève même pas quand on a de la visite.

– Il n'a pas aboyé cette nuit ?

– Il n'aboie jamais.

– À quelle heure avez-vous vu vos voisins ?

– Vers trois heures, hier après-midi. Mais seulement Hilda.

– Tout avait l'air normal ?

– Elle avait mal au dos. Herman devait être à la cuisine avec ses mots croisés. Lui, je ne l'ai pas vu.

– Et les autres ?

– Tout était comme d'habitude. Il n'y a que des vieux, ici. Ils ne sortent pas quand il fait froid. Le printemps, l'été, on se voit plus souvent.

– Il n'y a pas d'enfants au village ?

– Aucun.

Vivi Sundberg se tut en pensant au garçon mort.

– C'est vrai, alors ? demanda la femme.

Elle avait peur.

– Oui. Ce que je vous ai dit est vrai. Il est possible que tous les habitants du village soient morts. Sauf vous.

Erik Huddén se tenait près de la fenêtre.

– Pas tout à fait, dit-il d'une voix lente.

– Comment ça ?

– Pas tous morts. Il y a quelqu'un dans la rue.

Vivi Sundberg se précipita à la fenêtre. Elle vit ce qui avait attiré l'attention de son collègue.

Sur la route se tenait une femme. Elle était âgée, en peignoir, chaussée de bottes noires en caoutchouc. Elle joignait les mains, comme en prière.

Vivi Sundberg retint son souffle. La femme demeurait immobile.

3

Tom Hansson vint les rejoindre à la fenêtre.

– C'est Julia, dit-il. On la retrouve parfois dehors sans manteau. Hilda et Herman s'occupent d'elle quand son auxiliaire de vie n'est pas là.

– Où habite-t-elle ? demanda Vivi Sundberg.

Il indiqua une maison, vers le bout du village.

– Nous vivons ici depuis presque vingt ans, poursuivit-il. À l'époque, Julia était mariée. Son mari, Rune, conduisait des engins forestiers. Un jour, il a eu une rupture d'anévrisme. Il est mort dans sa cabine. Elle est un peu bizarre depuis. On s'est dit qu'elle avait bien le droit de mourir ici. Elle a deux enfants qui viennent la voir une fois par an. Ils attendent leur petit héritage, ils ne s'occupent pas d'elle.

Vivi Sundberg sortit, suivie d'Erik Huddén. La femme restait immobile au milieu de la route. Elle leva les yeux quand la policière se campa devant elle. Mais ne dit rien. Elle se laissa reconduire chez elle sans protester. Sa maison était bien tenue. Au mur, la photo de son défunt mari et des deux enfants qui se fichaient d'elle.

Pour la première fois depuis son arrivée à Hesjövallen, Vivi Sundberg sortit son carnet. Erik Huddén vit un papier officiel sur la table de la cuisine.

– Julia Holmgren, lut-il. Elle a quatre-vingt-sept ans.

– Contacte les services sociaux. Tant pis si on les dérange, il faut qu'elle soit prise en charge dès maintenant.

La vieille femme s'était assise à la table de la cuisine et regardait par la fenêtre. Les nuages lourds écrasaient le paysage.

– On essaye de l'interroger ?

Vivi Sundberg secoua la tête.

– À quoi bon ? Que pourrait-elle nous raconter ?

Elle fit signe à Huddén de la laisser seule. Il sortit. Elle se plaça au milieu du séjour et ferma les yeux. Il fallait qu'elle trouve par quel bout commencer dans toutes ces horreurs.

Quelque chose chez cette vieille femme lui mettait la puce à l'oreille, mais elle n'arrivait pas à saisir quoi. Elle resta immobile, ouvrit les yeux et essaya de réfléchir. Que s'était-il donc passé en ce matin de janvier ? Un petit village isolé. Une quantité de gens assassinés. Et quelques animaux domestiques. Tout indiquait une sorte de folie meurtrière. Un seul homme avait-il vraiment pu faire tout ça ? Ou bien étaient-ils arrivés à plusieurs dans la nuit pour perpétrer ce massacre avant de disparaître ? Il était trop tôt pour le dire. Vivi Sundberg restait sans réponse, il y avait si peu d'indices, et tous ces morts. Plus un couple en hibernation qui avait jadis fui Stockholm. Et une vieille femme sénile qui se baladait en chemise de nuit sur la route du village.

Mais c'était déjà un point de départ. Tout le monde n'avait pas été tué. Trois personnes au moins avaient été épargnées. Pourquoi ? Était-ce un hasard, ou cela signifiait-il quelque chose ?

Vivi Sundberg resta encore quelques minutes immobile. Elle vit par la fenêtre que les techniciens de la police scientifique de Gävle étaient arrivés, ainsi qu'une femme, sûrement la légiste. Elle inspira profondément. C'était à elle de prendre les choses en main. Même si ce massacre allait susciter un grand émoi, sans doute au-delà des frontières du pays, elle était jusqu'à nouvel ordre responsable de l'enquête. Elle songeait pourtant déjà à contacter Stockholm. Jadis, jeune policière, elle avait rêvé intégrer la Commission criminelle nationale, qui s'était illustrée par ses enquêtes rigoureuses. À présent, elle aurait bien aimé que ce service lui vienne en aide.

Vivi Sundberg commença par passer un appel sur son portable. La réponse se fit attendre.

– Sten Robertsson.

– C'est Vivi. Tu es occupé ?

– Je le suis toujours, puisque je suis procureur. Que veux-tu ?

– Je me trouve dans un village, Hesjövallen. Tu vois où c'est ? Près de Sörforsa ?

– J'ai une carte au mur. Que s'est-il passé ?

– Trouve d'abord l'endroit.

– Attends un peu, alors.

Il posa le téléphone. Sundberg se demanda comment il allait réagir. Aucun d'entre nous n'a jamais vu une chose pareille, pensa-t-elle. Pas un policier dans ce pays, et pas grand monde ailleurs non plus. Nous pensons toujours avoir connu le pire. Mais les frontières reculent sans cesse. Voilà où nous en sommes. Et demain ? Dans un an ?

Robertsson reprit le téléphone.

– J'ai trouvé l'endroit. Ce n'est pas un village fantôme ?

– Pas vraiment. Mais bientôt, ce sera le cas. Mais pas pour cause de déménagement.

– Qu'est-ce que ça veut dire ?

Vivi Sundberg lui expliqua le plus en détail possible ce qui s'était passé. Robertsson l'écouta sans l'interrompre. Elle l'entendait respirer.

– Ça semble incroyable, dit-il quand elle eut fini.

– C'est incroyable. Je veux que tu viennes voir ça de tes propres yeux.

– J'arrive. Y a-t-il un suspect ?

– Aucun.

Sten Robertsson toussa. Il lui avait un jour confié qu'il souffrait de broncho-pneumopathie chronique obstructive, ayant été un gros fumeur avant d'arrêter net le jour de ses cinquante ans. Robertsson et elle n'avaient pas seulement le même âge, ils étaient nés le même jour, le 12 mars.

Il raccrocha. Vivi Sundberg resta plantée là, indécise.

Elle fourra le téléphone dans sa poche et sortit. Pas de temps à perdre. Les deux techniciens et la légiste l'attendaient sur la route.

– Je ne vais pas me lancer dans une description, dit-elle. Vous devez vous rendre compte par vous-mêmes. Commençons par l'homme étendu dehors dans la neige. Puis nous passerons les maisons en revue. Vous déciderez si vous avez besoin de renforts. La scène de crime est très vaste. Vous n'en verrez sans doute jamais de plus grande. C'est tellement atroce que nous n'arrivons pas à comprendre ce que nous avons sous les yeux. Mais nous devons procéder comme au début d'une enquête préliminaire ordinaire.

Ils avaient tous des questions, mais Vivi Sundberg répéta que le plus important était qu'ils voient de leurs propres yeux. Elle mena sa procession d'une scène macabre à l'autre. À la troisième maison, Lönngren, le plus âgé des techniciens, décida de demander des renforts. À la quatrième, la légiste fit de même. Le petit groupe s'immobilisa le temps qu'ils passent leurs coups de téléphone. Ils poursuivirent ensuite leur tournée, avant de se retrouver sur la route. Le premier journaliste venait d'arriver. Vivi Sundberg chargea Ytterström de veiller à ce que personne ne parle avec lui. Elle s'en occuperait elle-même dès qu'elle trouverait le temps.

Tous ceux qui l'entouraient sur la chaussée enneigée étaient blêmes et silencieux. Personne ne parvenait à saisir l'ampleur de ce qu'ils venaient de voir.

– Voilà à quoi ça ressemble, dit Vivi Sundberg. Toutes

nos compétences réunies vont être mises à rude épreuve, à un point que nous n'imaginons même pas. Cette enquête va dominer les médias, et pas seulement en Suède. On va exiger de nous des résultats rapides. Nous ne pouvons qu'espérer que celui ou ceux qui ont fait ça ont laissé assez de traces pour que nous les retrouvions vite. Nous devons faire appel à tous ceux que nous jugeons nécessaires. Le procureur Robertsson est en route. Je veux qu'il voie ça lui-même et conduise directement l'enquête préliminaire. Y a-t-il des questions ? Sinon mettons-nous au travail.

– Je crois que j'ai une question, dit Lönngren.

C'était un homme fluet. Vivi Sundberg le considérait comme un technicien très compétent. Mais il avait le défaut de travailler avec une lenteur insupportable pour ceux qui attendaient ses résultats.

– Vas-y !

– Y a-t-il un risque que ce fou, si c'en est un, frappe encore ?

– Oui. Comme nous ne savons rien, nous ne devons rien exclure.

– Ça va être la terreur dans les chaumières, continua Lönngren. Pour une fois, je suis bien content d'habiter en ville.

Le groupe se dispersa. À cet instant arriva Sten Robertsson. Le journaliste, qui attendait à l'extérieur du périmètre, se précipita sur la portière de sa voiture.

– Pas maintenant ! cria Vivi Sundberg. Il faudra attendre.

– Tu ne peux pas me dire quelque chose, Vivi ? D'habitude tu n'es pas aussi intraitable.

– Aujourd'hui, si.

Elle n'aimait pas ce journaliste du *Hudiksvalls Tidning*. Il avait l'habitude d'écrire des articles pleins d'insinuations sur le travail de la police. Ce qui l'agaçait le plus, c'était que ses critiques étaient souvent fondées.

Robertsson avait froid, avec sa veste trop fine. Il est vaniteux, pensa-t-elle. Il ne porte pas de bonnet car on dit que ça accélère la calvitie.

– Maintenant raconte, dit Robertsson.

– Non. Suis-moi.

Pour la troisième fois de la matinée, Vivi Sundberg parcourut les scènes de crime. À deux reprises, Robertsson dut sortir pour ne pas vomir. Elle attendit patiemment. Il était capital qu'il se rende compte de l'ampleur de l'enquête qu'il allait diriger. Serait-il à la hauteur ? En tout cas, c'était sans aucun doute le plus capable parmi les procureurs disponibles. À moins qu'une instance supérieure ne décide de nommer quelqu'un de plus expérimenté.

Quand ils ressortirent de la dernière maison, elle proposa de s'installer dans sa voiture. Elle avait eu le temps d'emporter un thermos de café.

Robertsson tenait sa tasse d'une main tremblante.

– Tu as déjà vu quelque chose comme ça ? demandat-il.

– Personne n'a jamais vu ça.

– Qui d'autre qu'un fou peut avoir fait une chose pareille ?

– Nous ne savons pas. Ce qu'il faut, c'est relever les traces et travailler sans idée préconçue. J'ai dit aux techniciens de demander des renforts s'ils le jugeaient nécessaire. Pareil pour la légiste.

– Qui est-ce ?

– Une remplaçante. C'est sûrement la première scène de crime qu'elle voit. Elle a téléphoné pour qu'on lui envoie de l'aide.

– Et toi ?

– Quoi ?

– De quoi as-tu besoin ?

– Avant tout de tes instructions, pour savoir si nous devons nous concentrer sur quelque chose en particulier. Puis ce sera bien sûr à la Criminelle d'entrer en piste.

– Et sur quoi voudrais-tu te concentrer en particulier ?

– C'est toi qui diriges l'enquête préliminaire, pas moi.

– Tout ce qui compte, c'est de trouver celui qui a fait ça.

– Ou ceux. Nous ne pouvons pas exclure qu'il y ait plus d'un meurtrier.

– Les dingues agissent rarement en bande.

– Nous ne pouvons pas l'exclure.

– Pouvons-nous exclure quoi que ce soit ?

– Non. Même pas le risque que ça se reproduise.

Robertsson hocha la tête. Ils restèrent silencieux. Sur la route, entre les maisons, on s'affairait. De temps à autre, l'éclair d'un flash. On avait dressé une tente autour de l'homme trouvé dans la neige. D'autres journalistes étaient arrivés sur les lieux, dont une première équipe de télévision.

– Je veux que tu m'accompagnes à la conférence de presse, dit-elle. Je ne peux pas y aller seule. Il faut en faire une dès aujourd'hui. En fin d'après-midi.

– Tu as parlé avec Lulu ?

Tobias Ludwig était le jeune chef de la police de proximité à Hudiksvall. Après des études de droit, il avait directement suivi la formation d'aspirant et on l'avait bombardé chef. Ni Sten Robertsson ni Vivi Sundberg ne l'appréciaient. Il n'avait qu'une vague idée du travail de terrain et passait le plus clair de son temps à ressasser des problèmes d'administration interne.

– Non, répondit-elle. Tout ce qu'il nous demandera, c'est de remplir correctement le bon formulaire.

– Ce n'est pas un si mauvais bougre, objecta Robertsson.

– Il est indécrottable. Mais je vais l'appeler.

– Fais-le tout de suite !

Elle téléphona au commissariat de Hudiksvall, et apprit que Tobias Ludwig se trouvait en déplacement à Stockholm. Elle demanda au standard de le prévenir sur son portable.

Tandis que Robertsson était en conversation avec les techniciens de la police scientifique qui venaient d'arriver de Gävle en renfort, Vivi Sundberg rejoignit Tom Hansson et Ninni. Ils avaient enfilé de vieux manteaux de fourrure de l'armée et observaient le déroulement des opérations depuis leur cour.

Je dois commencer avec les vivants, s'était-elle dit. Impossible de parler à Julia, quelque chose en elle est mort. Ou en tout cas inaccessible pour moi. Mais Tom et Ninni Hansson peuvent avoir été témoins sans même le savoir.

C'était une des rares réflexions qu'elle avait eu le temps de se faire : l'individu qui décide de massacrer tout un village, même s'il est fou, doit pourtant avoir une sorte de plan.

Elle sortit sur la route et regarda alentour. Le lac gelé, la forêt et, au loin, la montagne. Par où est-il arrivé ? se demanda-t-elle. Je suis presque certaine que ce n'est pas une femme. Mais celui ou ceux qui ont fait ça ne sont pas tombés du ciel et ne se sont pas volatilisés.

Au moment où elle allait rentrer se mettre au chaud, une voiture s'arrêta à sa hauteur. C'était une des patrouilles cynophiles qu'elle avait appelées.

— Une seule ? demanda-t-elle sans chercher à cacher son irritation.

— Karpen est malade, dit le maître-chien.

— Les chiens policiers peuvent donc être malades ?

— Il faut croire. Par où je commence ? Qu'est-ce qui s'est passé, en fait ? On parle de nombreux morts.

— Vois avec Huddén. Tâche de faire lever une piste au chien.

Le policier voulait encore poser une question, mais elle lui tourna le dos. Je ne devrais pas faire ça, pensa-t-elle. Je devrais être disponible pour chacun, surtout en ce moment. Je devrais cacher ma nervosité. Personne n'oubliera ce qu'il va voir aujourd'hui. Certains risquent de rester choqués.

Elle fit rentrer avec elle Tom et Ninni Hansson. Avant qu'ils aient eu le temps de s'asseoir, son portable sonna.

– Il paraît que tu as cherché à me joindre, dit Tobias Ludwig. Tu sais que je n'aime pas être dérangé quand je siège au Conseil de la police nationale.

– Ce coup-ci, je n'avais pas vraiment le choix.

– Qu'est-ce qui se passe ?

Elle lui exposa rapidement la situation. Tobias Ludwig resta silencieux. Elle attendit.

– C'est si horrible que j'ai du mal à te croire.

– Et moi donc. Mais c'est la vérité. Il faut que tu viennes.

– Je comprends. Je pars au plus vite.

Vivi Sundberg regarda sa montre.

– Nous devons tenir une conférence de presse, dit-elle. Disons à dix-huit heures. Jusque-là, je parle juste de meurtres, sans en préciser l'ampleur. Fais au plus vite. Sans aller dans le décor.

– Je vais essayer de trouver un véhicule d'urgence.

– Plutôt un hélicoptère. Il s'agit de dix-neuf personnes assassinées, Tobias.

Elle raccrocha. Les Hansson avaient tout entendu. Elle vit leur incrédulité. Elle la partageait.

C'était comme s'enfoncer dans un cauchemar. Une impression d'irréalité s'installait.

Elle s'assit dans un fauteuil après en avoir délogé un chat endormi.

– Tout le monde est mort au village. Il ne reste que vous et Julia. Même les animaux domestiques sont morts. Je comprends votre émotion. Nous sommes tous choqués. Mais je dois vous poser quelques questions. Je vous prie d'y répondre avec la plus grande précision possible. Réfléchissez aussi à ce que je pourrais omettre de demander : tout ce à quoi vous pouvez penser peut être d'une importance capitale. Vous comprenez ?

Hochements de tête apeurés. Vivi Sundberg décida d'y aller doucement. Elle commença par la matinée. Quand s'étaient-ils réveillés ? Avaient-ils entendu quelque chose ? Et pendant la nuit ? Quelque chose d'anormal ? Il fallait qu'ils fouillent leur mémoire. Tout pouvait compter.

Ils répondirent à tour de rôle, l'un complétant les silences de l'autre. Ils faisaient tout leur possible pour l'aider.

Elle remonta dans le temps, une sorte de voyage d'hiver dans une contrée inconnue. S'était-il passé quelque chose de particulier la veille au soir ? Rien. « Tout était comme d'habitude », l'expression revenait dans presque chacune de leurs réponses.

Ils furent interrompus par l'arrivée d'Erik Huddén. Que devait-il faire des journalistes ? Il en était arrivé d'autres, leur troupeau allait bientôt trépigner d'impatience.

– Un moment, répondit-elle. J'arrive. Dis-leur que nous tiendrons une conférence de presse à Hudiksvall aujourd'hui à dix-huit heures.

– On y arrivera ?

– Il faudra bien.

Erik Huddén sortit. Vivi Sundberg reprit ses questions. Encore un pas en arrière, la journée de la veille. Cette fois-ci, c'est Ninni qui répondit :

– Tout était comme d'habitude, hier. J'étais un peu enrhumée, Tom a coupé du bois toute la journée.

– Avez-vous parlé à l'un de vos voisins ?

– Tom a échangé quelques mots avec Hilda. Mais nous vous l'avons déjà dit.

– Avez-vous vu d'autres habitants ?

– Je pense. Quand il neige, tout le monde sort dégager devant chez soi. Oui, j'en ai vu plusieurs, sans même y faire attention.

– Avez-vous vu quelqu'un d'autre ?

– Et qui donc ?

– Quelqu'un qui n'aurait pas été d'ici ? Ou une voiture étrangère ?

– Personne.

– Et le jour d'avant ?

– Pareil. Il ne se passe pas grand-chose par ici.

– Rien d'inhabituel ?

– Rien.

Sundberg sortit un carnet et un stylo.

– Maintenant, ça va être dur. Il faut que vous m'écriviez les noms de tous vos voisins.

Elle arracha une page qu'elle posa sur la table.

– Dessinez le village, dit-elle. Votre maison et toutes les autres. Puis nous les numéroterons. Votre maison sera le numéro 1. Je veux savoir les noms de tous les habitants.

Ninni alla chercher une plus grande feuille et y dessina le village d'une main sûre.

– De quoi vivez-vous ? demanda Vivi Sundberg. De l'agriculture ?

La réponse l'étonna :

– Nous avons un portefeuille d'actions. Il n'est pas très gros, mais nous le gérons avec soin. Quand la Bourse monte nous vendons, quand elle baisse nous achetons. Nous sommes des *day traders*.

Vivi Sundberg se dit qu'elle ne devait plus s'étonner de rien. Pourquoi des hippies hibernant dans un village perdu au fin fond du Hälsingland ne joueraient-ils pas en Bourse ?

– Et puis nous parlons beaucoup, poursuivit Ninni. Nous nous racontons des histoires. Les gens ne le font plus de nos jours.

Vivi Sundberg eut l'impression que la conversation lui échappait.

– Les noms, dit-elle. Et je veux bien aussi les âges.

Prenez le temps, qu'il n'y ait pas d'erreur. Sans y passer la journée.

Elle les vit se pencher sur le papier et se lancer dans un conciliabule. Une idée lui traversa l'esprit. Parmi toutes les hypothèses pour expliquer le massacre, il y avait la possibilité que son auteur habite le village.

Un quart d'heure plus tard, elle avait sa liste. Il n'y avait pas le compte. Il y avait un mort de trop. Ce devait être le garçon. Elle s'approcha de la fenêtre et parcourut les noms. Il semblait y avoir trois familles principales dans le village. Les Andersson, les Andrén, et deux Magnusson. La liste à la main, elle pensa un instant aux enfants et petits-enfants dispersés de par le monde et au choc qu'ils subiraient dans quelques heures en apprenant ce qui s'était passé. Nous aurons besoin de moyens considérables pour pouvoir les informer, se dit-elle. Il s'agit d'une catastrophe qui touche bien plus de gens que je ne saurais imaginer.

Elle prit alors conscience du poids qui reposerait en grande partie sur ses seules épaules. Un sentiment de détresse et de peur l'envahit. Ce qui avait eu lieu était trop atroce pour qu'une personne normalement constituée puisse y faire face.

Tous les prénoms défilaient devant ses yeux : Elna, Sara, Brita, August, Herman, Hilda, Johannes, Erik, Gertrud, Vendela… Elle essaya d'imaginer leurs visages, mais ils restaient dans le flou.

Une idée lui traversa alors l'esprit. Elle n'y avait pas pensé plus tôt. Elle sortit dans la cour et appela Erik Huddén, qui était en train de mettre au courant les techniciens qui venaient d'arriver en renfort.

– Erik, qui a découvert tout ça ?

– C'est un homme qui a appelé. Puis il a eu une crise cardiaque et sa voiture a percuté un camion de meubles conduit par un chauffeur bosniaque.

– Est-ce que ça pourrait être lui ?

– Je n'y avais pas pensé. Sa voiture était pleine d'appareils photo. Ça avait l'air d'être son métier.

– Renseigne-toi sur lui. Nous allons établir une sorte de QG dans cette maison. Il faut passer en revue tous les noms pour contacter leurs proches. Et le chauffeur du camion, qu'est-ce qu'il est devenu ?

– On lui a fait souffler dans le ballon. Mais il n'avait pas bu. Il parlait si mal suédois qu'on a préféré l'emmener directement à Hudiksvall plutôt que d'essayer de prendre sa déposition en rase campagne. Mais il n'avait l'air au courant de rien.

– Ça, c'est ce qu'il dit. Ce n'est pas en Bosnie qu'ils se sont entre-tués, il n'y a pas si longtemps ?

Erik Huddén s'éloigna. Elle allait rentrer quand elle vit un policier arriver en courant. Elle s'aperçut tout de suite qu'il avait peur.

– On a trouvé la jambe, dit-il. Le chien l'a repérée à une cinquantaine de mètres, à couvert.

Il désigna l'orée du bois. Vivi Sundberg eut l'impression qu'il voulait ajouter quelque chose.

– Eh bien ?

– Je crois qu'il vaut mieux que vous veniez voir.

Il se détourna alors pour vomir. Sans prendre le temps de l'aider, elle se précipita vers la forêt. À deux reprises, elle glissa et s'étala dans la neige.

Une fois sur place, elle comprit ce qui avait tant choqué le policier. La jambe avait par endroits été dévorée jusqu'à l'os. Le pied était complètement arraché.

Elle aperçut Ytterström et le maître-chien à côté de leur trouvaille.

– Un cannibale ? dit Ytterström. C'est ça qu'on cherche ? On l'a dérangé en plein repas ?

Vivi Sundberg sentit quelque chose qui tombait sur sa main. Elle sursauta. Ce n'était qu'un flocon de neige qui fondit très vite.

– Une tente, dit-elle. Une tente ici aussi. Je ne veux pas que les indices disparaissent.

Elle ferma les yeux et rêva soudain à une mer turquoise et des maisons blanches agrippées au flanc d'une colline ensoleillée. Puis elle regagna la maison des boursicoteurs et s'installa dans leur cuisine avec sa liste.

Quelque part il doit y avoir un détail qui m'a échappé, se dit-elle.

Elle commença alors une lente exploration, nom par nom. C'était comme traverser un champ de mines.

4

Vivi Sundberg eut l'impression qu'elle regardait la pierre tombale des victimes d'une grande catastrophe. Après un crash aérien, ou un naufrage, on aurait gravé les noms des morts sur une plaque commémorative. Mais qui élèverait un monument à ceux qui avaient été assassinés à Hesjövallen une nuit de janvier 2006 ?

Elle reposa la liste. Ses mains tremblaient. Impossible de les maîtriser. Si elle avait pu se décharger de ce fardeau sur quelqu'un, elle n'aurait pas hésité une seconde. Elle voulait faire son travail consciencieusement, mais se voir bombardée chef, jamais. Elle n'avait aucun goût pour le pouvoir. Pour l'heure, cependant, à elle la responsabilité de l'enquête. Elle était en bons termes avec le procureur Robertsson. Tobias Ludwig, qui allait bientôt se pointer, sans doute largué par hélicoptère, était incapable de diriger une enquête criminelle. Ce n'était qu'un bureaucrate perdu dans ses comptes d'apothicaire, qui refusait toujours d'accorder des heures supplémentaires et envoyait ses subordonnés perdre leur temps dans des séminaires absurdes où on vous expliquait comment se laisser injurier dans la rue sans le prendre mal.

Elle frissonna et revint à la liste.

Erik August Andersson
Vendela Andersson
Hans-Evert Andersson

45

Elsa Andersson
Gertrud Andersson
Viktoria Andersson
Hans Andrén
Lars Andrén
Klara Andrén
Sara Andrén
Elna Andrén
Brita Andrén
August Andrén
Herman Andrén
Hilda Andrén
Johannes Andrén
Tora Magnusson
Regina Magnusson

Dix-huit noms, trois familles. Elle se leva et regagna le séjour, où les époux Hansson chuchotaient, dans le canapé. Ils se turent en la voyant arriver.

– Vous avez dit qu'il n'y avait pas d'enfants au village, c'est exact ?

Ils opinèrent du chef.

– Vous n'avez pas non plus vu d'enfants, ces derniers jours ?

– Parfois, des visiteurs viennent avec leurs enfants, mais c'est rare.

Vivi Sundberg hésita avant de poursuivre :

– Un jeune garçon fait malheureusement partie des victimes.

Elle désigna une des maisons, sur la carte. La femme la regarda avec de grands yeux.

– Il est mort lui aussi ?

– Oui, mort. D'après votre plan, il se trouvait chez Hans-Evert et Elsa Andersson. Vous êtes sûrs de ne pas savoir qui c'est ?

Ils se regardèrent de nouveau avant de secouer la

46

tête. Vivi Sundberg se leva et retourna à la cuisine. La dix-neuvième victime n'avait pas de nom. L'exception, pensa-t-elle. Lui, comme ces deux-là et Julia, que sa folie préserve de cette catastrophe. Les dix-huit autres personnes qui sont allées se coucher hier soir sont mortes. Plus le garçon. D'une certaine façon, il se détache du lot.

Elle plia le papier, le mit dans sa poche et sortit. Des flocons isolés. Tout était très silencieux. Quelques voix, une porte claquée, un bruit d'outil. Erik Huddén s'approcha. Il était très pâle. Tout le monde était pâle.

– Où est la légiste ? demanda-t-elle.

– Elle s'occupe de la jambe.

– Ça va ?

– Elle est sous le choc. Elle a commencé par filer aux toilettes, puis s'est mise à pleurer. Mais d'autres légistes arrivent. Qu'est-ce qu'on fait des journalistes ?

– Je vais leur parler.

Elle sortit la liste de sa poche.

– Le garçon n'a pas de nom. Il faut trouver son identité. Fais copier cette liste, mais sans la distribuer.

– Ça dépasse l'entendement, dit Erik Huddén. Dix-huit personnes.

– Dix-neuf. Le garçon n'est pas sur la liste.

Elle prit un stylo et rajouta « Garçon inconnu » au bas de la feuille.

Elle rassembla alors en demi-cercle sur la route les journalistes à moitié gelés.

– Juste une brève déclaration, commença-t-elle. Vous pouvez poser les questions que vous voulez, mais nous n'avons pas de réponses pour le moment. Nous tiendrons en revanche une conférence de presse en ville plus tard dans la journée. À dix-huit heures, horaire provisoire. Je peux seulement vous dire que plusieurs meurtres très violents ont eu lieu ici durant la nuit.

Une jeune femme couverte de taches de rousseur leva la main.

– Vous pouvez quand même en dire un peu plus ! Pas besoin d'être très malin pour comprendre qu'il s'est passé quelque chose de grave, vous avez bouclé tout le village !

Vivi Sundberg ne la reconnaissait pas, mais son blouson portait le nom d'un grand quotidien national.

– Vous aurez beau poser toutes les questions que vous voudrez, pour des raisons propres à l'enquête, je ne peux vous faire aucune déclaration pour le moment.

Un journaliste de la télévision lui mit un micro sous le nez. Lui, elle le connaissait bien.

– Vous pouvez répéter ça ?

Elle s'exécuta, mais, quand il tenta d'enchaîner sur une question, elle tourna les talons. Elle alla droit à la tente installée à l'orée du bois. Une violente nausée s'empara d'elle. Elle s'écarta en respirant à fond, le temps que le malaise s'estompe.

Durant ses premières années dans la police, elle s'était un jour évanouie en pénétrant avec un collègue dans une maison où ils avaient trouvé un homme pendu. Elle voulait éviter que cela lui arrive de nouveau. Elle entra sous la tente.

La femme accroupie près de la jambe leva les yeux. Un puissant projecteur l'éclairait. Il faisait très chaud. Vivi Sundberg hocha la tête et se présenta. Valentina Miir avait la quarantaine et un fort accent.

– Qu'est-ce que vous en dites ?

– Je n'ai jamais vu ça, répondit la légiste. Des membres coupés ou arrachés, oui, mais ça…

– Est-ce que quelqu'un a mangé cette jambe ?

– Le plus vraisemblable est que ce soit un animal. Mais il y a des traces qui m'inquiètent.

– Comment ça ?

– Les animaux mangent et rongent les os d'une façon bien particulière. On peut presque tout de suite deviner de quel animal il s'agit. Ici, je soupçonnerais plutôt un loup. Mais il y a autre chose.

Elle attrapa un sachet plastique transparent. Dedans, une chaussure en cuir.

– On peut supposer qu'elle chaussait le pied, dit-elle. Un animal a très bien pu l'arracher, mais ce qui est curieux, c'est que le lacet était défait.

Vivi Sundberg se souvint que l'autre chaussure était lacée.

Si elle s'en référait à la liste, l'homme à la jambe coupée ou arrachée pouvait être Lars Andrén.

– Autre chose ?

– C'est encore trop tôt.

– Venez avec moi, j'ai besoin de votre aide.

Elles quittèrent la tente et se rendirent dans la maison où le garçon inconnu était mort. Le silence était pénétrant.

Le garçon était couché sur le ventre dans son lit. La chambre était petite, sous le toit. Vivi Sundberg serra les dents pour ne pas pleurer. Entre deux respirations, une vie à peine commencée avait pris fin.

Elles restèrent silencieuses.

– Je ne comprends pas comment on peut faire ça à un enfant, finit par dire Valentina Miir.

– C'est justement pour ça que nous devons nous efforcer de tirer au clair ce qui s'est vraiment passé.

Alors que la légiste se taisait, une vague idée se fit jour en Vivi Sundberg. Quoi ? Un schéma, pensa-t-elle. Et une irrégularité. Elle comprit soudain ce qui avait attiré son attention.

– Pouvez-vous dire combien il a reçu de coups ?

La légiste se pencha en éclairant le corps. Elle mit plusieurs minutes à répondre.

– Apparemment un seul coup. Mortel.

– Mais encore ?

– Il n'a pu se rendre compte de rien. La lame a sectionné la colonne vertébrale.

– Vous avez eu le temps d'examiner les autres corps ?

– Je me suis surtout occupée de vérifier qu'ils étaient tous vraiment morts. Je préfère attendre mes collègues avant de commencer pour de bon.

– À votre avis, y a-t-il une autre victime tuée d'un seul coup ?

Valentina Miir sembla d'abord ne pas comprendre sa question. Puis elle se remémora ce qu'elle avait vu.

– En fait, non, admit-elle. Sauf erreur, tous les autres ont reçu de nombreux coups.

– Pas forcément tous immédiatement mortels ?

– Il est trop tôt pour le dire, mais vous avez sans doute raison.

– Je vous remercie.

Une fois la légiste partie, Vivi Sundberg fouilla la chambre et les affaires du garçon à la recherche de son nom. Elle ne trouva rien, pas même une carte de bus. Elle redescendit au jardin. Comme elle voulait qu'on la laisse tranquille, elle se réfugia à l'arrière de la maison, qui donnait sur le lac gelé. Elle essaya d'y voir clair : le garçon avait été tué d'un coup unique, alors qu'on s'était acharné sur les autres. Qu'est-ce que cela pouvait bien vouloir dire ? Elle ne voyait qu'une explication plausible et en même temps terrifiante : l'assassin avait voulu épargner au garçon la souffrance, mais avait longuement torturé les autres.

Elle regarda en direction des montagnes embrumées, de l'autre côté du lac. Il voulait tous les faire souffrir, songea-t-elle. Celui qui tenait l'épée ou le couteau voulait qu'ils voient leur mort arriver.

Pourquoi ? Vivi Sundberg n'avait pas de réponse. Un puissant bruit de moteur retentit devant la maison. Un hélicoptère frôla la cime des arbres et atterrit dans un nuage de neige. Tobias Ludwig sauta de l'appareil, qui redécolla aussitôt, cap au sud.

Vivi Sundberg alla à sa rencontre. Avec ses chaussures basses, Tobias Ludwig pataugeait dans la neige jusqu'aux chevilles. De loin, elle trouva qu'il ressemblait à un insecte qui battait frénétiquement des ailes, pris dans la glace.

Ils se retrouvèrent sur la chaussée. Ludwig brossa les flocons qui lui collaient aux jambes.

– J'essaie de comprendre, dit-il. Ce que tu m'as raconté.

– Ces maisons sont pleines de cadavres. Je voulais que tu voies ça. Sten Robertsson est là. J'ai fait venir toutes les ressources disponibles, mais maintenant c'est à toi de nous assurer l'aide dont nous avons besoin.

– Je n'arrive toujours pas à comprendre, dit-il. Pleines de cadavres ? Que des vieux ?

– À une exception près, un gamin. Mort lui aussi.

Pour la quatrième fois de la matinée, elle fit la tournée des maisons. Tobias Ludwig la suivit en poussant des gémissements. Ils finirent sous la tente qui abritait la jambe. La légiste avait disparu. Ludwig secoua la tête, désemparé.

– Mais qu'est-ce qui s'est passé, ici ? Ça doit être un fou ?

– Nous ne savons pas s'il était seul.

– Plusieurs fous alors ?

– Personne ne sait.

Il la regarda dans les yeux.

– Avons-nous la moindre idée ?

– En fait, non.

– C'est une trop grosse affaire pour nous. Il nous faut de l'aide.

– À toi de jouer. Autre chose : j'ai convoqué les journalistes pour une conférence de presse à dix-huit heures.

– Pour leur dire quoi ?

– Tout dépend du nombre de proches que nous aurons réussi à contacter. Là aussi, c'est à toi de jouer.

– Chercher les proches ?

– Erik a une liste. Il faut commencer par organiser le travail. Réquisitionne tout le personnel en congé. C'est toi le chef.

Robertsson les rejoignit.

– C'est effroyable, terrifiant, dit Tobias Ludwig. Je me demande si une chose pareille a déjà eu lieu en Suède.

Robertsson secoua la tête. Sundberg regarda les deux hommes. Elle se sentait envahie par l'urgence : si elle ne se dépêchait pas d'agir, le pire allait se produire.

– Commence par les noms, dit-elle à Ludwig. J'ai vraiment besoin de ton aide.

Elle prit alors Robertsson par le bras et l'entraîna un peu plus loin sur la route.

– Qu'est-ce que tu en penses ?

– J'ai peur. Pas toi ?

– Je ne sais pas. Pas le temps.

Il la regarda, les yeux mi-clos.

– Mais tu as bien une idée ? Tu en as toujours une d'habitude.

– Pas cette fois-ci. Il peut y avoir eu dix meurtriers, nous n'en savons rien. Nous n'excluons rien. Et puis il faut que tu viennes toi aussi à la conférence de presse.

– Je déteste parler aux journalistes.

– Nous n'avons pas le choix.

Robertsson s'éclipsa. Elle allait regagner sa voiture quand Erik Huddén s'approcha en gesticulant. Il avait quelque chose à la main. Il a trouvé l'arme du crime, se dit-elle. Ça nous arrangerait bien.

Mais Erik Huddén ne tenait pas l'arme du crime. Juste un sachet plastique qu'il lui tendit. Il contenait un mince ruban de soie rouge.

– C'est le chien qui l'a trouvé. Dans les bois. À environ trente mètres de la jambe.

– Des traces ?

– On est en train d'en chercher. Mais le chien a marqué ce ruban, sans faire mine de vouloir chercher plus loin.

Elle approcha le sachet tout près de son visage et l'examina, un œil fermé.

– C'est mince, dit-elle. On dirait de la soie. Rien d'autre ?

– Juste ça. Ça brillait dans la neige.

Elle lui rendit le sachet.

– Et voilà. À la conférence de presse, nous pourrons annoncer qu'avec dix-neuf morts sur les bras notre seule piste se résume à un ruban de soie rouge.

– Nous allons peut-être trouver autre chose.

– C'est ça. Et attraper aussi l'individu qui a fait ça. Ou plutôt le monstre.

Elle s'isola dans sa voiture pour réfléchir. Par le pare-brise, elle vit Julia, emmenée par les services sociaux. Elle a de la chance de ne pas se rendre compte, pensa Vivi Sundberg. Elle ne saura jamais ce qui s'est passé près de chez elle en cette nuit de janvier.

Elle ferma les yeux en se remémorant les noms de la liste. Elle était toujours incapable de les associer aux visages qu'elle avait vus à quatre reprises au cours de la journée. Où avait commencé le massacre ? Il fallait bien qu'il y ait une première maison, une dernière. Le meurtrier, qu'il ait ou non été seul, devait savoir ce qu'il faisait. Il ne s'est pas attaqué à des maisons au hasard, il n'a pas tenté de s'introduire chez les deux boursicoteurs ou chez la femme sénile. Eux, il les a laissés tranquilles.

Elle ouvrit les yeux et regarda par le pare-brise. C'était planifié, songea-t-elle. Forcément. Mais un dément est-il vraiment capable de préparer un tel massacre ? Est-ce que ça colle ?

Certes, un fou pouvait agir de façon très rationnelle. Elle en avait fait l'expérience par le passé : plusieurs années auparavant, un justiciable avait sorti une arme en plein tribunal de Söderhamn et abattu plusieurs personnes, dont le juge. En perquisitionnant à son domicile, la police avait constaté qu'il avait entièrement miné sa maison perdue au fond des bois. Un fou qui avait tout planifié.

Elle vida le fond de son thermos. Le mobile, pensa-t-elle. Même un dément a forcément un mobile. Peut-être des voix intérieures qui lui enjoignent de tuer tous ceux qu'il croise. Mais ces voix pouvaient-elles l'envoyer justement à Hesjövallen ? Et, dans ce cas, pourquoi ? Quelle part le hasard avait-il dans ce drame ?

Cette pensée la ramena à son point de départ. Tous les habitants du village n'étaient pas morts. L'assassin avait laissé en vie trois personnes, qu'il aurait très bien pu tuer elles aussi, s'il avait voulu. À l'inverse, il avait tué un garçon qui semblait juste de passage dans ce maudit village.

Ce garçon constitue peut-être la clé, pensa-t-elle. Il n'est pas d'ici. Et pourtant il est mort, alors que deux personnes qui vivaient ici depuis vingt ans ont été épargnées.

Il lui fallait en avoir le cœur net, sans attendre. Quelque chose dans ce qu'avait dit Erik Huddén. C'était bien ça ? Le nom de famille de Julia ?

Sa maison n'était pas fermée. Elle entra et alla regarder le papier officiel que Huddén avait trouvé dans la cuisine. Ce qu'elle y lut fit battre plus vite son cœur. Elle s'assit et tenta de rassembler ses idées.

La conclusion à laquelle elle était arrivée était improbable, et pourtant… Elle composa le numéro d'Erik Huddén. Il répondit aussitôt.

– Je suis dans la cuisine de Julia. Oui, la petite vieille qui se baladait en chemise de nuit. Viens.

– J'arrive.

Le policier s'installa de l'autre côté de la table. Il se releva aussitôt et inspecta sa chaise. Il la renifla et en prit une autre. Elle le regarda, interloquée.

– De l'urine. La vieille a dû se pisser dessus. Qu'est-ce que tu voulais me dire ?

– Écoute ce que j'ai pensé : ça a l'air invraisemblable, mais il y a une certaine logique. Coupons nos portables pour ne pas être dérangés.

Ils posèrent leurs téléphones sur la table. Comme si nous déposions les armes, pensa Vivi Sundberg.

– Je vais essayer de résumer, même si ça peut paraître improbable. Pourtant je devine une sorte d'étrange logique aux événements de la nuit. Écoute, après tu me diras si je me trompe complètement, ou ce qui manque dans mon raisonnement.

On frappa à la porte. Un nouveau technicien de la police scientifique débarqua dans la cuisine.

– Où sont les morts ?

– Pas dans cette maison.

Il s'éclipsa.

– Il s'agit des noms, commença-t-elle. Nous ne savons pas encore comment s'appelle le garçon, mais, si je ne me trompe pas, il est de la famille de ces Andersson avec qui on l'a trouvé mort. Une des clés, ce sont les noms. Les familles. Dans ce village, apparemment, on s'appelle Andersson, Andrén ou Magnusson. Mais cette Julia, qui vit ici, est une Holmgren. C'est sur ce papier des services sociaux : Julia Holmgren. Elle vit. Puis nous avons Tom et Ninni Hansson. Vivants eux aussi, avec un nom différent. On doit pouvoir en tirer une conclusion.

– Celui qui a fait ça, pour une raison x, s'en serait pris à ceux qui portaient le même nom, dit Huddén.

– Pousse le raisonnement ! C'est un petit village. Il n'y a pas une grande mobilité par ici. Il y a sûrement des liens entre ces familles. Sans parler de consanguinité, on a de bonnes raisons de penser que ces trois familles n'en font que deux. Voire qu'une. Ça expliquerait pourquoi Julia Holmgren et le couple Hansson vivent toujours.

Elle se tut, en attendant la réaction d'Erik Huddén. Elle ne l'avait jamais trouvé particulièrement intelligent, mais elle respectait son bon sens et son intuition.

– Si c'est exact, alors celui qui a fait ça connaissait très bien ces gens. Donc ?

– Un parent, peut-être ? Mais ça peut aussi bien être un fou.

– Un parent fou ? Mais pourquoi faire ça ?

– Nous ne savons pas. J'essaie juste de comprendre pourquoi tous les habitants du village ne sont pas morts.

– Comment expliques-tu la jambe coupée retrouvée dans les bois ?

– Je ne l'explique pas. Mais il me faut bien commencer quelque part. Une vague idée et un ruban de soie rouge, c'est tout ce que nous avons pour le moment.

Ils se levèrent.

– Rentre en ville, dit-elle. Tobias est censé rassembler du personnel pour contacter les proches. Je voudrais que tu t'assures que ce travail est bien fait, et que tu cherches des liens entre ces trois familles. Que cela reste entre nous pour le moment.

Après le départ d'Erik Huddén, Vivi Sundberg s'approcha de l'évier pour se servir un verre d'eau. Qu'est-ce qu'elle vaut, mon idée ? se demanda-t-elle. En tout cas, c'est mieux que rien.

Le même jour, un peu avant dix-sept heures trente, Tobias Ludwig rassembla quelques policiers dans son bureau. Ils décidèrent de ce qu'ils diraient à la conférence de presse. On ne rendrait pas publique la liste des victimes. On donnerait en revanche leur nombre, en admettant que la police n'avait encore aucune piste. On ferait plus que jamais appel à la vigilance de tous.

Ludwig assurerait l'entrée en matière. Sundberg prendrait le relais.

Avant d'entrer dans la salle pleine de journalistes, elle s'enferma dans les toilettes. Elle se regarda dans le miroir. J'aimerais me réveiller, songea-t-elle. Et que rien de tout ça n'ait eu lieu.

Elle ressortit, asséna plusieurs coups de poing au mur du couloir avant d'entrer dans une salle déjà bondée où régnait une chaleur étouffante. Elle monta sur l'estrade et alla s'asseoir aux côtés de Tobias Ludwig.

Il la regarda. D'un hochement de tête, elle lui fit signe de commencer.

La juge

5

Un papillon de nuit surgit des ténèbres et commença à voleter autour de la lampe de bureau. Birgitta Roslin posa son stylo et se cala au fond de son siège en observant le papillon tenter vainement de traverser la paroi en porcelaine de la lampe. Le bruit des ailes frénétiquement agitées lui rappelait un bruit de son enfance, sans qu'elle parvienne à retrouver lequel.

La fatigue aiguisait sa mémoire, de la même façon que le sommeil pouvait faire remonter à la surface des souvenirs profondément enfouis.

Comme des papillons de nuit.

Elle ferma les yeux et se massa les tempes. Il était minuit passé. À deux reprises, elle avait entendu les pas sonores des gardiens qui faisaient leur ronde dans les locaux vides du tribunal. Elle aimait rester travailler tard, quand il n'y avait plus personne. Voilà bien des années, quand elle était avoué à Värnamo, elle aimait se rendre le soir dans la salle d'audience déserte, allumer quelques lampes et écouter le silence. Elle s'imaginait alors sur la scène d'un théâtre vide. Des traces aux murs, des chuchotements rappelaient les épisodes dramatiques de procès passés. Ici on avait condamné des assassins, des violeurs, des voleurs. Des hommes avaient fui leurs responsabilités lors d'innombrables procès en paternité. D'autres avaient été acquittés, retrouvant leur dignité.

Quand Birgitta Roslin, fraîchement diplômée, s'était

vu proposer le poste d'avoué à Värnamo, son intention était de devenir procureur. Mais elle avait peu à peu trouvé sa voie, en grande partie grâce au doyen Anker, qui l'avait profondément marquée : il écoutait avec la même patience de jeunes hommes qui tentaient avec une mauvaise foi évidente d'échapper à leurs responsabilités paternelles et des violeurs qui n'éprouvaient aucun regret pour leurs actes brutaux. Le vieux magistrat forçait le respect. Grâce à lui, la justice cessait d'être une idée abstraite qui allait de soi, elle la voyait en actes. La justice signifiait l'action. En quittant Värnamo, elle avait décidé de devenir juge.

Elle se leva et s'approcha de la fenêtre. Dans la rue, un homme urinait contre un mur. Il avait neigé sur Helsingborg pendant la journée, une mince couche de poudreuse virevoltait à présent dans le vent. Tandis qu'elle regardait distraitement dehors, son cerveau continuait à travailler au jugement qu'elle était en train de rédiger. Elle s'était donné jusqu'au lendemain pour le boucler.

L'homme disparut. Elle revint à son bureau et saisit son crayon. Elle avait plusieurs fois tenté de rédiger ses jugements directement sur ordinateur, en vain. Comme si les touches du clavier faisaient fuir ses pensées. Elle revenait toujours à son bon vieux crayon à papier. Jusqu'à ce que le brouillon soit prêt, l'écran patientait en ron-ronnant, transformé en aquarium où des poissons rouges tournaient en rond.

Elle se pencha sur la feuille couverte de ratures et d'ajouts. C'était une affaire simple, avec des preuves convaincantes, et pourtant ce jugement lui posait un véritable cas de conscience.

Elle voulait prononcer une condamnation, mais c'était impossible.

Un homme et une femme s'étaient rencontrés dans une boîte de nuit de Helsingborg. La femme était jeune, à peine plus de vingt ans, elle avait trop bu. L'homme d'une quarantaine d'années lui avait promis de la raccompagner chez elle, elle l'avait laissé monter boire un verre d'eau. La femme s'était endormie sur le canapé. Alors il l'avait violée, sans qu'elle se réveille, avant de s'en aller. Au matin, la femme n'avait qu'un vague souvenir de ce qui s'était passé sur le canapé pendant la nuit. Elle s'était rendue à l'hôpital, où un médecin avait confirmé le viol. L'homme avait été mis en examen après une enquête de police correctement menée, sans négligences particulières. Le procès avait eu lieu un an après le viol. Du haut de son estrade, elle avait observé la jeune femme. D'après le dossier d'instruction, elle gagnait sa vie comme caissière remplaçante dans divers supermarchés. Selon un témoin, elle buvait trop. En plus, il lui était arrivé de piquer dans la caisse et elle avait été renvoyée d'un de ses emplois pour incompétence.

L'accusé était à bien des égards son parfait contraire. Il travaillait dans une agence immobilière spécialisée dans les locaux commerciaux. Sa réputation était excellente. Célibataire, salaire élevé. Inconnu des services de police. Mais Birgitta Roslin était convaincue de l'avoir percé à jour, sous ses costumes coûteux sans un pli. Pour elle, cela ne faisait aucun doute : il avait violé cette femme, endormie sur son canapé. Un test ADN avait bien établi qu'il avait eu un rapport sexuel avec elle, mais il niait le viol : elle était consentante du début à la fin, répétait-il, secondé par un avocat venu de Malmö que Birgitta Roslin savait capable du pire cynisme pour défendre son client. C'était sans issue. Parole contre parole, un agent immobilier bien sous tous rapports contre une caissière ivre qui l'avait effectivement laissé entrer chez elle en pleine nuit.

Elle était indignée de ne pas pouvoir l'inculper. Elle avait beau être attachée au principe fondamental selon lequel l'accusé doit avoir le bénéfice du doute, elle ne pouvait s'empêcher de penser qu'en ce cas précis un individu qui s'était rendu coupable d'une des pires agressions qui soient allait être acquitté. Elle n'avait aucun recours juridique, aucun moyen d'interpréter autrement le réquisitoire du procureur : l'homme devait être acquitté.

Qu'aurait pu faire le doyen Anker, avec toute sa finesse ? Quels conseils aurait-il pu lui donner ? Il aurait sans doute été du même avis que moi, se dit-elle. Un coupable acquitté. Le vieil Anker aurait été aussi indigné que moi. Et, comme moi, il se serait tu. C'est le dur métier du juge : forcé d'obéir à la loi, même s'il faut à contrecœur renoncer à punir un criminel et le relâcher. Cette femme avait beau ne pas être une enfant de chœur, elle allait toute sa vie devoir supporter le poids de cette terrible injustice.

Elle se leva et alla s'allonger sur le canapé qui occupait un coin de son bureau. Elle l'avait acheté sur ses propres deniers pour remplacer le fauteuil inconfortable fourni par le tribunal. Le doyen lui avait enseigné le truc : fermer les yeux, un trousseau de clés à la main. Quand le trousseau tombait à terre, il était temps de se réveiller. Elle avait besoin de se reposer un moment. Elle finirait ensuite de rédiger son jugement, rentrerait dormir et le mettrait au propre le lendemain. Elle avait parcouru le dossier de long en large, et aucune autre décision qu'un acquittement n'était envisageable.

Elle s'assoupit et rêva de son père, dont elle n'avait aucun souvenir personnel. Il était machiniste à bord d'un paquebot. Lors d'une violente tempête à la mi-janvier 1949, le vapeur *Runskär* avait sombré corps et biens dans le golfe de Gävle. On n'avait jamais repêché son corps. Birgitta Roslin était alors âgée de quatre mois. L'image qu'elle avait de son père venait de photographies. Il y avait surtout celle où il était campé derrière le bastingage, cheveux en bataille et manches retroussées. Il souriait à quelqu'un sur le quai, un collègue qui tenait l'appareil, d'après ce que lui avait raconté sa mère. Mais

Birgitta Roslin avait toujours pensé que c'était elle qu'il regardait, même si la photographie avait été prise avant sa naissance. En rêve, il lui souriait à présent comme sur l'image, mais disparut bientôt, comme englouti dans une nappe de brouillard.

Elle se réveilla en sursaut. Elle sut tout de suite qu'elle avait dormi bien trop longtemps. Le truc du trousseau de clés n'avait pas marché. Elle l'avait lâché sans même s'en apercevoir. Birgitta Roslin se redressa et regarda sa montre. Il était déjà six heures du matin. Elle avait dormi plus de cinq heures. Je suis au bout du rouleau, pensa-t-elle. Comme la plupart des gens, je ne dors pas assez. J'ai trop de sujets de préoccupation. Pour le moment, c'est surtout ce jugement injuste qui me tracasse et me déprime.

Elle appela son mari, qui devait sûrement se demander où elle était passée.

Il répondit dès la première sonnerie.

– Où es-tu ?

– Je me suis endormie au bureau.

– Pourquoi faut-il que tu passes tes nuits à travailler ?

– Le jugement que je dois rendre est délicat.

– Je croyais que tu devais acquitter cet homme ?

– C'est justement ça qui rend ce jugement si délicat.

– Rentre te coucher. J'y vais. Je suis pressé.

– Tu rentres quand ?

– Vers neuf heures. S'il n'y a pas de retard. Il va neiger sur le Halland.

Elle raccrocha et eut soudain un élan de tendresse pour son mari. Ils s'étaient rencontrés très jeunes, alors qu'ils étaient étudiants en droit à Lund. C'était à une fête où des amis communs les avaient invités. Après, Birgitta n'aurait pas pu s'imaginer vivre avec un autre homme. Elle avait été conquise par ses yeux, sa grande taille, ses larges mains et son irrésistible manière de rougir.

Staffan Roslin était devenu avocat. Un soir, il était

rentré en disant qu'il n'en pouvait plus, qu'il voulait changer de vie. Il la prenait complètement au dépourvu : il n'en avait jusqu'alors jamais parlé, mais se rendre à son cabinet d'avocats de Malmö lui pesait chaque jour davantage. Dès le lendemain, elle avait eu la surprise de le voir entamer une formation de contrôleur de train et, un beau matin, il s'était présenté à elle dans la salle de séjour en uniforme bleu et rouge, lui annonçant qu'à douze heures dix-neuf il allait prendre la responsabilité du train 212 Malmö-Kalmar via Alvesta et Växjö.

Très vite, elle l'avait trouvé plus gai. Ils avaient déjà quatre enfants : d'abord un fils, puis une fille et enfin des jumelles. Très rapprochés. En y repensant, elle n'en revenait pas : quatre enfants en six ans ! Comment avaient-ils eu l'énergie ? Ils avaient quitté Malmö pour s'installer à Helsingborg, où elle avait été nommée juge.

Les enfants étaient grands, à présent. Les jumelles étaient parties à Lund, où elles partageaient un appartement depuis un an. Siv, de dix-neuf minutes l'aînée de sa sœur Louise, avait longtemps cherché sa voie avant de décider de devenir vétérinaire. Louise, qui contrairement à sa sœur ne tenait pas en place, avait multiplié les petits boulots avant de commencer des études de sciences politiques et d'histoire des religions. Que comptait-elle faire de sa vie ? Birgitta Roslin avait souvent tenté de lui tirer les vers du nez, mais c'était la plus renfermée de ses quatre enfants, elle ne se livrait jamais. En fait, Louise lui ressemblait beaucoup. Son fils David, qui travaillait dans une grosse entreprise pharmaceutique, était presque le portrait craché de son père. Sa troisième fille, Anna, s'était lancée au grand étonnement de ses parents dans de longs voyages en Asie, sans qu'ils sachent bien ce qu'elle y fabriquait.

Ma famille, pensa Birgitta Roslin. Source de grandes inquiétudes et de grandes joies. Sans elle, ma vie n'aurait pas de sens.

Il y avait un miroir dans le couloir, à la sortie de son bureau. Elle s'y regarda. Ses cheveux sombres coupés court grisonnaient aux tempes. Sa mauvaise habitude de toujours serrer les lèvres lui donnait un air peu engageant. Mais ce qui la tracassait, c'était d'avoir pris du poids ces dernières années. Trois, quatre kilos, pas plus, mais assez pour qu'on le remarque.

Elle n'aimait pas ce qu'elle voyait dans le miroir. Elle savait qu'elle avait été séduisante, mais voilà qu'elle était en train de perdre son charme. Et elle se laissait aller.

Elle posa un mot sur le bureau de sa secrétaire : elle repasserait dans la journée. Le temps s'était adouci, la neige commençait déjà à fondre. Elle se dirigea vers sa voiture, garée dans une rue transversale.

Brusquement, elle changea d'avis. Ce n'était pas dormir dont elle avait le plus besoin. Plutôt prendre l'air et se changer les idées. Birgitta Roslin fit demi-tour et descendit vers le port. Pas un souffle de vent. Les nuages de la veille commençaient à se disperser. Elle s'avança sur la jetée d'où partaient les ferries pour Helsingör. La traversée ne prenait que quelques minutes, mais elle aimait s'installer à bord devant un café ou un verre de vin et observer les autres voyageurs déballer leurs sacs pleins d'alcool acheté au Danemark. Elle s'assit à une table poisseuse. Prise d'une irritation soudaine, elle appela la serveuse.

– C'est inadmissible ! Vous n'avez pas essuyé cette table. Elle est collante, c'est une horreur !

La fille la nettoya en haussant les épaules. Birgitta Roslin regarda avec dégoût son chiffon sale. Sans faire de commentaire. Cette fille avait quelque chose qui lui rappelait la jeune femme violée. Peut-être son total manque d'intérêt pour son travail, qu'elle faisait mal ? Ou une sorte de vulnérabilité que Birgitta Roslin avait du mal à définir ?

Le ferry se mit à vibrer. Cela lui donna une sensation

de bien-être, peut-être même de plaisir. Elle se rappela son premier voyage à l'étranger. Elle avait dix-neuf ans. Avec une amie, elle était allée faire un séjour linguistique à Londres. Ce voyage avait lui aussi commencé par une traversée en ferry, entre Göteborg et Londres. Birgitta Roslin n'oublierait jamais cette sensation, sur le pont : cette libération de partir vers l'inconnu.

La même sensation de liberté l'envahissait à présent. Elle ne pensait plus du tout à ce jugement embarrassant.

Je ne suis même plus au milieu de ma vie, songea-t-elle. Je suis au-delà de ce point qu'on dépasse sans s'en apercevoir. Il ne me reste plus beaucoup de décisions importantes à prendre dans la vie. Je resterai juge jusqu'à ma retraite. J'aurai vraisemblablement des petits-enfants avant que tout soit fini.

Elle savait pourtant que le sentiment de mal-être qui la tarabustait venait de son mariage avec Staffan, qu'elle sentait s'étioler. Ils restaient bons amis, s'épaulaient au besoin. Mais l'amour, le plaisir sensuel d'être près l'un de l'autre, tout cela avait complètement disparu.

Dans quatre jours, cela ferait un an depuis la dernière fois qu'ils avaient fait l'amour avant de s'endormir. À mesure que cet anniversaire arrivait, elle sentait croître un sentiment d'impuissance. On y était presque. Elle avait souvent tenté de dire à Staffan la solitude qu'elle ressentait. Mais il n'était pas disposé à en parler, il se dérobait, remettait à plus tard cette conversation dont il reconnaissait bien sûr l'importance. Il assurait qu'aucune autre femme ne l'attirait, il n'avait juste plus envie, ça reviendrait certainement. Ils devaient prendre leur mal en patience.

Elle regrettait cette intimité perdue avec son mari, son solide contrôleur, avec ses grandes mains et son visage toujours prêt à rougir. Elle n'avait pourtant pas l'intention d'abandonner la partie, de laisser leur relation se transformer en simple camaraderie.

Birgitta Roslin alla se resservir du café et s'installa à une autre table, moins collante. Quelques jeunes gens, déjà très éméchés malgré l'heure matinale, étaient lancés dans une discussion enflammée : celui qu'on avait enfermé dans la forteresse de Kronborg, près de Helsingör, était-ce Hamlet ou Macbeth ? Elle les écouta d'une oreille amusée, un instant tentée de se mêler à leur conversation.

Quelques jeunes étaient attablés dans un coin. Ils n'avaient pas plus de quatorze, quinze ans. Probablement en train de faire l'école buissonnière. Pourquoi s'en priveraient-ils, puisque personne n'avait l'air d'y trouver à redire ? Elle n'était pas le moins du monde nostalgique de l'éducation autoritaire qu'elle-même avait dû subir. En même temps, elle se rappela un fait divers survenu l'année précédente. L'événement l'avait fait désespérer du système judiciaire suédois, et plus que jamais regretter les conseils du vieil Anker.

Dans un lotissement des environs de Helsingborg, une octogénaire s'était effondrée dans la rue, victime d'un grave malaise cardiaque. Deux gamins, l'un âgé de treize ans, l'autre de quatorze, passaient par là. Au lieu de lui venir en aide, ils avaient pris son portefeuille dans son sac avant de tenter de la violer. Sans l'arrivée d'un homme qui promenait son chien, le viol aurait sans doute eu lieu. La police avait pu arrêter les deux gamins, mais comme ils étaient mineurs, on les avait relâchés.

Birgitta Roslin avait eu vent de l'affaire par un procureur, à qui un policier l'avait racontée. En colère, elle avait cherché à savoir pourquoi les services sociaux n'étaient pas intervenus. Elle s'était bientôt rendu compte qu'une centaine d'enfants commettaient chaque année des délits sans qu'il y ait la moindre suite. Personne n'allait voir leurs parents, ni alertait les services sociaux. Or il s'agissait non seulement de chapardage, mais aussi de vols à la tire, de violences dont l'issue aurait pu être fatale.

Elle en était venue à douter de tout le système judiciaire suédois. Qui servait-elle, en fin de compte ? La justice, ou l'indifférence ? Et quelles conséquences risquait d'avoir ce laxisme envers les jeunes délinquants ? Comment avait-on pu en arriver à ce que les fondements mêmes de la démocratie soient menacés par un système judiciaire chancelant ?

Elle finit son café en songeant qu'il lui restait encore dix ans avant la retraite. Tiendrait-elle le coup ? Pouvait-on continuer à être un juge impartial quand on commençait à douter du fonctionnement même de l'État de droit ?

De toute façon, elle n'arrivait pas à y voir clair. Pour se changer les idées, elle traversa une dernière fois le détroit. Il était neuf heures quand elle débarqua côté suédois. Elle traversa la rue principale de Helsingborg. À un carrefour, elle jeta un œil distrait sur les manchettes des journaux du soir, qu'on était en train d'afficher. Elle s'arrêta net devant les gros titres : « Tuerie dans le Hälsingland », « Crime atroce. La police sans piste », « Nombre de morts inconnu. Une tuerie ».

Elle se dirigea vers sa voiture. Elle achetait rarement la presse du soir. Elle trouvait dérangeants et parfois même choquants leurs titres racoleurs et approximatifs qui souvent attaquaient le système judiciaire suédois. Elle n'aimait pas ces journaux : même s'il lui arrivait d'être d'accord, elle estimait que les journalistes, parfois animés des meilleures intentions, finissaient par oublier tout sens critique.

Birgitta Roslin habitait le quartier résidentiel de Kjellstorp, à l'entrée nord de la ville. Sur le chemin, elle s'arrêta dans une boutique tenue par un immigré pakistanais qui l'accueillait toujours avec un grand sourire. Il savait qu'elle était juge, et lui témoignait un grand respect. Elle se demanda s'il y avait des femmes juges au Pakistan. Mais elle ne lui avait jamais demandé.

Rentrée chez elle, elle prit un bain et alla se coucher. Elle se réveilla à treize heures, avec enfin la sensation d'avoir dormi tout son saoul. Après avoir mangé quelques tartines et bu du café, elle retourna travailler. Quelques heures plus tard, elle avait saisi sur son ordinateur le jugement qui acquittait le violeur. Elle le déposa sur le bureau de sa secrétaire, apparemment en stage quelque part. Cela lui avait complètement échappé, ou elle l'avait oublié. De retour chez elle, elle se réchauffa un ragoût au poulet de la veille et laissa ce qui restait dans le frigo pour Staffan.

Elle s'installa avec un café sur le canapé, devant la télévision. Elle se rappela alors les gros titres vus plus tôt dans la journée. La police n'avait aucune vraie piste et se refusait à divulguer le nombre et le nom des victimes, car tous les proches n'avaient pas encore pu être contactés.

Un fou, se dit-elle. Paranoïaque.

Son expérience de juge lui avait appris que bien des formes de folie pouvaient conduire les gens à commettre les pires crimes. Mais elle savait aussi que les experts psychiatres près les tribunaux ne parvenaient pas toujours à démasquer ceux qui cherchaient à obtenir une peine plus clémente en se faisant passer pour fous.

Elle éteignit la télévision et descendit à la cave, où elle s'était constitué une petite réserve de vins rouges. Depuis quelques années seulement, elle s'était rendu compte que le départ des enfants avait modifié la situation économique du ménage. Staffan et elle pouvaient à présent se permettre des extras : ils avaient décidé d'acheter quelques grands crus tous les mois. Elle aimait étudier soigneusement les offres des différents importateurs avant de se lancer. Payer jusqu'à cinq cents couronnes une seule bouteille représentait pour elle une sorte de plaisir interdit. À deux reprises, elle avait réussi à convaincre Staffan de l'accompagner visiter des vignobles en Italie. Elle n'avait réussi à susciter chez lui qu'un intérêt modéré. En échange, elle le suivait dans les clubs de jazz de Copenhague, alors que c'était loin d'être sa musique préférée.

Il faisait froid à la cave. Elle vérifia que la température était bien de quatorze degrés, puis s'assit sur un tabouret entre les râteliers. Là, au milieu des bouteilles, un profond sentiment de paix l'envahit. Si on lui avait proposé de plonger dans une piscine remplie d'eau bien chaude, elle aurait préféré sa cave, où ce jour-là s'alignaient cent quatorze bouteilles.

Si on lui avait dit, quand elle était jeune, qu'un jour elle collectionnerait les grands crus, cette perspective lui aurait paru non seulement invraisemblable, mais choquante. Pendant ses études à Lund, elle se sentait proche des cercles d'extrême gauche qui, vers la fin des années 1960, remettaient en cause l'université et la société. Collectionner des vins lui aurait alors semblé une pure perte de temps, une occupation bourgeoise par excellence et donc à bannir.

Perdue dans ses pensées, elle entendit les pas de Staffan au-dessus d'elle. Elle referma le catalogue des vins et remonta l'escalier de la cave. Il venait de sortir le ragoût au poulet du frigo. Sur la table, quelques journaux du soir ramassés dans le train.

– Tu as vu ?

– Ce qui s'est passé dans le Hälsingland ?

– Dix-neuf morts.

– À la télé, ils disaient que le nombre n'avait pas été communiqué.

– Là, c'est la dernière édition. Ils ont tué presque tous les habitants d'un village. Incroyable. Et toi, ce jugement ?

– C'est fait. Je l'acquitte. Je n'ai pas le choix.

– Ça va faire des vagues dans la presse.

– Tant mieux.

– On va te critiquer.

– Sûrement. Mais je pourrai proposer aux journalistes d'aller voir eux-mêmes les textes de loi et leur demander s'ils veulent qu'on en revienne au lynchage, dans ce pays.

– De toute façon, la tuerie va monopoliser l'attention des médias, et ton affaire passera aux oubliettes.

– Bien entendu. Un petit viol miteux ne fait pas le poids devant une tuerie pareille.

Ils se couchèrent tôt ce soir-là. Il prenait son service sur un train du matin et elle n'avait rien trouvé d'intéressant à la télévision. Elle avait aussi choisi le vin qu'elle achèterait : une caisse de barolo arione 2002 à deux cent cinquante-deux couronnes la bouteille.

Elle se réveilla en sursaut vers minuit. Staffan dormait tranquillement près d'elle. Il lui arrivait de se réveiller avec une fringale. Elle enfila sa robe de chambre et descendit à la cuisine se préparer une infusion et quelques tartines.

Les journaux étaient toujours étalés sur la table. Elle en feuilleta un distraitement. Difficile de se faire une idée un peu claire de ce qui s'était passé dans le Hälsingland. Un massacre brutal à l'arme blanche, qui avait fait un grand nombre de morts.

Elle allait refermer le journal quand elle tiqua : plusieurs des victimes se nommaient Andrén. Elle lut les articles en détail, puis commença à feuilleter l'autre journal du soir. Même son de cloche.

Birgitta Roslin fixa la page du journal. Était-ce possible ? Elle gagna son bureau et sortit un dossier fermé d'un ruban rouge. Elle alluma la lampe et ouvrit le dossier. Comme elle ne trouvait pas ses lunettes, elle emprunta celles de Staffan. Leur correction était un peu moins forte, mais elle pouvait s'en servir.

Birgitta Roslin avait rassemblé dans ce dossier tous

les documents concernant ses parents. Sa mère elle aussi était morte, depuis plus de quinze ans. Un cancer du pancréas l'avait emportée en moins de trois mois.

Elle finit par retrouver dans une enveloppe brune la photo qu'elle cherchait. Elle prit sa loupe pour l'examiner : quelques personnes vêtues à l'ancienne posaient devant une maison.

Elle retourna à la cuisine avec la photo. Un des journaux publiait une vue d'ensemble du village où avait eu lieu le massacre. Elle la regarda à la loupe. Elle s'arrêta à la troisième maison, et commença à comparer les deux photos.

Son souvenir était exact. Cette folie meurtrière ne s'était pas abattue sur un village quelconque : c'était l'endroit où sa mère avait grandi. Tout concordait. Enfant, sa mère s'appelait Lööf, mais comme ses parents étaient malades et alcooliques, elle avait été placée dans une famille d'accueil, les Andrén. Elle ne lui avait pas souvent parlé de cette période. On l'avait bien traitée, mais ses vrais parents lui manquaient. Ces derniers étaient morts avant ses quinze ans, et elle était donc restée au village jusqu'à ce qu'on l'estime capable de chercher du travail et de se prendre elle-même en charge. Quand elle avait rencontré le père de Birgitta, les noms Lööf et Andrén étaient sortis du tableau. Et voilà que l'un d'eux revenait brutalement sur le devant de la scène.

La photo de ses archives avait été prise devant une des maisons où le massacre avait eu lieu. La façade, avec ses découpes échancrées autour des fenêtres, était identique à celle du journal.

Il n'y avait aucun doute. Dans la maison où sa mère avait passé son enfance, des gens venaient d'être assassinés. Ses parents adoptifs ? Les journaux indiquaient que la plupart des victimes étaient des personnes âgées.

Elle essaya de calculer si c'était possible. Elle arriva à la conclusion que s'ils étaient encore en vie, les parents adoptifs de sa mère devaient avoir plus de quatre-vingt-dix ans. Ça pouvait donc correspondre. Mais il pouvait aussi bien s'agir de la génération suivante.

Elle frissonna à cette idée. Elle pensait rarement à ses parents. Elle avait même du mal à se souvenir du visage de sa mère. Mais voilà que le passé fondait sur elle à l'improviste.

Staffan entra dans la cuisine. Comme toujours, sans faire de bruit.

– Tu m'as fait peur, dit-elle, je ne t'ai pas entendu arriver.

– Pourquoi t'es-tu levée ?

– J'avais faim.

Il regarda les papiers étalés sur la table. Elle lui raconta, de plus en plus convaincue d'avoir vu juste.

– Le lien est quand même ténu entre toi et ce village, dit-il quand elle eut fini.

– Ténu, oui, mais curieux. Tu ne trouves pas ?

– Il faut aller dormir, maintenant. Tu as besoin d'être en forme demain, pour envoyer d'autres criminels en prison.

Elle tarda à s'endormir. À force d'être déroulé, le fil ténu menaçait de rompre. Elle se réveilla alors en sursaut d'un demi-sommeil et recommença à penser à sa mère. Elle était morte depuis quinze ans, mais elle avait encore du mal à se reconnaître en elle, à cultiver le souvenir qu'elle en gardait.

Elle finit par s'assoupir. C'est Staffan qui la réveilla au matin. Cheveux mouillés, il enfilait son uniforme près du lit. Je suis ton général, avait-il coutume de dire. Sans autre arme qu'un stylo pour dresser les avis d'infraction.

Elle fit semblant de dormir jusqu'à ce que la porte d'entrée claque. Elle se leva alors et alla s'installer dans son bureau devant son ordinateur. Elle naviguait de site en site pour rassembler le plus possible d'informations. Les événements du Hälsingland restaient encore dans un flou total. La seule chose dont on était certain était l'arme du crime : un grand couteau ou un autre instrument tranchant.

Je voudrais en savoir plus, se dit-elle. Au moins découvrir si les parents adoptifs de ma mère font partie des victimes.

À huit heures, elle cessa de penser à la tuerie. Elle devait ce jour-là siéger à l'audience de deux ressortissants iraniens accusés de trafic de clandestins.

À dix heures, elle avait rassemblé ses notes et parcouru le dossier de l'enquête préliminaire, et s'était installée au centre de l'estrade. Elle songea : Aide-moi, cher vieil Anker, à tenir encore aujourd'hui.

Elle frappa alors légèrement son maillet sur la table, puis demanda au procureur de commencer la lecture de l'acte d'accusation.

Derrière elle, de hautes fenêtres. Au moment de s'asseoir, elle vit que le soleil allait percer les nuages épais arrivés sur la Suède pendant la nuit.

6

Deux jours plus tard, le procès terminé, Birgitta Roslin savait déjà à quoi ressemblerait sa sentence. Au plus âgé, Abdul Ibn-Yamed, qui était à la tête du trafic, elle donnerait trois ans et deux mois. Son jeune assistant, Yassir al-Habi, s'en tirerait avec un an. Leur peine purgée, ils seraient expulsés.

Elle avait consulté la jurisprudence, qui était sans appel : les faits étaient graves, la peine devait être sévère. Beaucoup de clandestins qu'ils avaient fait entrer en Suède avaient été victimes de menaces et de violences quand ils n'avaient pas pu payer leurs dettes à leurs passeurs. D'emblée, le plus âgé lui avait fait mauvaise impression. Il les avait suppliés, elle et le procureur, avec des discours larmoyants, prétendant reverser tout l'argent du trafic à des œuvres caritatives dans son pays. Lors d'une suspension de séance, le procureur était venu boire un café dans son bureau. Il lui avait dit en passant qu'Abdul Ibn-Yamed roulait dans une Mercedes dont le prix approchait le million de couronnes.

Ce procès avait été éprouvant. De longues journées : elle avait à peine le temps de manger, dormir, étudier ses notes, il fallait retourner siéger. Les jumelles l'avaient appelée pour qu'elle vienne les voir à Lund, mais elle n'avait pas le temps. Après les trafiquants de clandestins l'attendait un imbroglio de Roumains impliqués dans une escroquerie à la carte de crédit.

Elle n'eut pas une seconde pour suivre l'affaire du Hälsingland. Elle feuilletait le journal le matin mais avait rarement le courage de regarder les informations télévisées le soir.

Le jour où elle devait préparer le procès des escrocs roumains, elle s'aperçut qu'elle avait noté dans son agenda un rendez-vous chez son médecin pour un contrôle annuel de routine. Birgitta Roslin se demanda si elle devait le reporter. À part la fatigue, l'impression d'être en moins bonne forme physique et quelques accès d'angoisse, elle n'imaginait pas avoir le moindre problème. Elle était en bonne santé, menait une vie régulière, n'attrapait presque jamais de rhume. Pourtant, elle ne reporta pas son rendez-vous.

Son médecin avait un cabinet près du théâtre. Elle s'y rendit à pied depuis le tribunal. Il faisait froid, un temps clair, sans vent. La neige tombée les jours précédents avait complètement fondu. Elle s'arrêta devant une vitrine pour regarder une robe bleu marine. L'étiquette la fit bondir : elle pourrait acheter plusieurs bonnes bouteilles pour ce prix-là !

Dans la salle d'attente, elle trouva un journal dont la une donnait les dernières informations sur la tuerie du Hälsingland. À peine eut-elle ouvert le journal qu'on l'appela dans le cabinet du docteur. C'était un homme d'âge mûr, qui lui rappelait beaucoup le doyen Anker. Birgitta Roslin le voyait depuis dix ans, sur la recommandation d'un collègue. Il lui demanda comment elle se sentait, si elle avait des crampes, puis l'envoya voir une infirmière qui lui piqua le doigt et l'invita à patienter dans la salle d'attente. Un homme arrivé entre-temps avait pris le journal. Birgitta Roslin ferma les yeux et essaya d'imaginer ce que faisait chaque membre de sa famille à cet instant précis. Staffan était à bord d'un train en route pour Hallsberg. Il ne rentrerait que tard dans la soirée. David travaillait au laboratoire AstraZeneca, près de Göteborg. Pour Anna, c'était moins clair : la dernière fois qu'elle avait donné de ses nouvelles, voilà quelques mois, elle se trouvait au Népal. Les jumelles étaient à Lund, et voulaient qu'elle vienne les voir.

Elle s'assoupit. Elle se réveilla quand l'infirmière lui toucha l'épaule.

– Vous pouvez retourner chez le docteur.

Je ne suis quand même pas fatiguée au point de m'assoupir dans une salle d'attente, se dit-elle en revenant dans le cabinet de consultation.

– Les analyses sanguines ne sont pas très bonnes. On est en dessous de 140 pour les globules rouges. Nous pouvons y remédier avec un apport en fer.

– Tout va bien, alors ?

– Je vous suis depuis plusieurs années, à présent. La fatigue dont vous parlez se voit comme le nez au milieu de la figure, si vous excusez ma franchise.

– Que voulez-vous dire ?

– Vous avez beaucoup trop de tension. Vous donnez des signes d'épuisement évidents. Dormez-vous bien ?

– Je crois. Mais je me réveille souvent.

– Des vertiges ?

– Non.

– De l'inquiétude ?

– Oui.

– Souvent ?

– Ça arrive. Même une fois une crise de panique. J'ai dû m'appuyer au mur pour ne pas tomber. Ou pour que tout ne s'effondre pas autour de moi.

– Je vais vous mettre en arrêt maladie. Il faut vous reposer. Je veux de meilleures analyses sanguines, et surtout que votre tension baisse. Il faudra faire d'autres analyses.

– Vous ne pouvez pas me mettre en arrêt maladie. Je croule sous le travail.

– C'est justement pour ça.

Elle le regarda, interloquée.

– C'est donc si grave ?

– Assez pour qu'il faille y remédier.

– Je dois m'inquiéter ?

– Si vous ne suivez pas mes prescriptions, oui.

Quelques minutes plus tard, Birgitta Roslin se retrouva dans la rue, étonnée à l'idée de ne plus retourner travailler les deux prochaines semaines. Le médecin bouleversait sa vie de manière inattendue.

Birgitta Roslin se rendit au tribunal pour s'entretenir avec Hans Mattsson, son supérieur hiérarchique. Ils trouvèrent ensemble une solution pour traiter ses deux affaires. Elle alla ensuite voir sa secrétaire, envoya quelques lettres restées en attente, passa à la pharmacie prendre ses médicaments et rentra chez elle. Le désœuvrement l'assommait.

Elle prépara à déjeuner puis s'installa dans le canapé avec le journal. On n'avait toujours pas rendu publique la liste complète des victimes de Hesjövallen. Un policier, Sundberg, faisait une déclaration. Il lançait un pressant appel à témoins. On ne disposait pour le moment d'aucune piste directe. Étonnamment, rien n'indiquait qu'il y ait eu plus d'un meurtrier.

Un autre article citait un procureur, Robertsson. L'enquête était menée tous azimuts. La police de Hudiksvall était épaulée au niveau national.

Robertsson avait l'air sûr de lui : « Nous allons arrêter celui qui a fait ça. Nous ne baisserons pas les bras. »

Plus loin, on rendait compte de l'inquiétude qui avait envahi les forêts du Hälsingland, où il y avait beaucoup de villages peu peuplés. Les gens se barricadaient chez eux avec des armes, des chiens et des alarmes.

Birgitta Roslin reposa le journal. La maison était vide, silencieuse. Cette oisiveté contrainte lui tombait dessus. Elle descendit à la cave chercher un catalogue de vins, et commanda par Internet le barolo arione qu'elle avait choisi. En fait, c'était un peu trop cher – mais elle voulait se faire plaisir. Elle décida ensuite de se lancer dans le ménage, qui laissait toujours à désirer dans la maison. Au moment de sortir l'aspirateur, elle changea d'avis. Elle s'assit à la table de la cuisine et essaya de faire le point. Elle était en arrêt maladie sans être vraiment malade. On lui avait prescrit plusieurs médicaments pour faire chuter sa tension et améliorer son taux de globules rouges. En même temps, il lui fallait bien reconnaître que le médecin avait mieux cerné son état qu'elle n'osait le faire elle-même. Elle était réellement au bord de l'épuisement. Ses troubles du sommeil, ses accès d'angoisse qui risquaient un jour de se produire en plein tribunal : elle allait plus mal qu'elle n'osait se l'avouer.

Birgitta Roslin regarda le journal ouvert sur la table en repensant à l'enfance de sa mère. Elle eut une idée. Elle saisit le téléphone et appela le commissariat, en demandant le commissaire Hugo Malmberg. Ils se connaissaient depuis longtemps.

Birgitta Roslin reconnut sa voix douce dans l'écouteur. Si on pense qu'un policier doit parler comme un gros dur, se dit-elle, Hugo n'est décidément pas l'homme de la situation. On croirait plutôt entendre un brave retraité qui passe ses journées sur un banc à nourrir les pigeons.

Elle lui demanda comment il allait et s'il avait le temps de la recevoir.

– À propos de quelle affaire ?

– Aucune. Rien qui nous concerne en tout cas. Tu as le temps ?

– Un policier sérieux qui prétendrait avoir du temps mentirait. Tu veux passer quand ?

– Je viens à pied de chez moi. Dans une heure ?

– Tu es la bienvenue.

Quand Birgitta Roslin entra dans le bureau coquet de Hugo Malmberg, elle le trouva au téléphone. Aux bribes de la conversation qui lui parvenaient, il s'agissait d'une agression survenue la veille. Ça finira peut-être un jour sur mon bureau, pensa-t-elle. Quand j'aurai pris du fer, fait baisser ma tension et qu'on me permettra à nouveau de travailler.

Il raccrocha, puis lui sourit gentiment.

– Tu veux du café ?

– Je préfère m'abstenir.

– Comment ça ?

– Il paraît que le café de la police est aussi mauvais que le nôtre.

Il se leva.

– Allons dans la salle de réunion. Ici, le téléphone n'arrête pas de sonner. Comme tous les policiers suédois, j'ai l'impression d'être le seul à travailler vraiment.

Ils s'assirent à une table jonchée de tasses à café et de bouteilles d'eau vides. Malmberg secoua la tête d'un air contrarié.

– Les gens ne débarrassent jamais derrière eux ! La réunion terminée, ils s'en vont en laissant traîner tous leurs déchets. Alors, que puis-je pour toi ?

Birgitta Roslin lui fit part de sa découverte, du vague lien qui existait peut-être entre elle et la tuerie.

– Je suis curieuse, dit-elle, pour finir. Dans les journaux, aux informations, on dit juste qu'il y a beaucoup de morts et que la police n'a pas de piste.

– Je le reconnais, je suis bien content de ne pas être à la place des collègues. Ils ne doivent pas s'amuser. C'est du jamais-vu. Dans un autre genre, c'est aussi sensationnel que le meurtre d'Olof Palme.

– Que sais-tu de plus, que la presse ne dit pas ?

– Pas un flic dans ce pays qui ne se demande ce qui s'est passé là-bas. Il y a des bruits de couloirs. Chacun a sa théorie. Le flic rationnel et complètement dénué d'imagination, c'est un mythe. On se met tout de suite à spéculer sur ce qui s'est passé.

– Et toi, qu'en penses-tu ?

Il haussa les épaules.

– Je n'en sais pas plus que toi. Il y a beaucoup de morts, c'est un massacre brutal. Mais rien n'a été volé, si j'ai bien compris. Vraisemblablement un déséquilibré. Quant à l'origine de cette folie meurtrière, on en est réduit aux hypothèses. Je suppose que la police du coin vérifie les cas de malades mentaux violents. On est sûrement déjà en contact avec Interpol et Europol pour chercher une piste. Mais tout ça peut mettre du temps. Je n'en sais pas davantage.

– Tu connais tous les flics du pays. Tu aurais un contact dans le Hälsingland ? Quelqu'un à qui je pourrais éventuellement téléphoner ?

– J'ai déjà rencontré leur chef, un certain Ludwig. Il ne m'a pas fait grande impression, pour être franc. Tu sais que je me méfie des flics qui n'ont jamais tâté du terrain. Mais si tu veux, je peux l'appeler et aller aux nouvelles.

– Je promets de ne pas les déranger inutilement. Je voudrais juste savoir si les parents adoptifs de ma mère font partie des victimes. Ou s'il s'agissait de leurs enfants. Ou si je me trompe complètement.

– C'est une raison valable pour les appeler. Je vais voir ce que je peux faire. Excuse-moi : je m'en passerais bien, mais il faut que j'aille procéder à l'interrogatoire d'une brute épaisse particulièrement antipathique.

Le soir venu, elle raconta sa journée à Staffan. Il s'empressa de dire que le médecin avait bien fait de la mettre en congé, et suggéra qu'elle s'offre des vacances au soleil. Son manque d'intérêt l'irrita, mais elle ne fit pas de commentaire.

Le lendemain, un peu avant le déjeuner, alors qu'elle écumait les agences de voyages sur Internet, son téléphone sonna.

– J'ai un nom pour toi, dit Hugo Malmberg. Une policière, Vivi Sundberg.

– J'ai vu ce nom dans les journaux, mais je ne savais pas que c'était une femme.

– Elle se nomme Vivian, on l'appelle Vivi. Ludwig doit lui parler de toi, pour qu'elle te situe quand tu l'appelleras. J'ai son téléphone.

– Je note.

– Je leur ai demandé comment se passait l'enquête. Ils n'ont toujours aucune piste. Qu'il s'agisse d'un fou, ça ne fait presque plus aucun doute. En tout cas, c'est ce qu'il a dit.

Elle perçut un doute dans sa voix.

– Mais tu ne l'as pas cru ?

– Je ne crois rien. Mais je suis allé faire un tour sur Internet hier soir. Cette tuerie a quelque chose de curieux.

– Quoi ?

– Elle a été trop bien planifiée.

– Même les déséquilibrés peuvent préméditer leurs meurtres, non ?

– Ce n'est pas ce que je veux dire. C'est plutôt une impression que j'ai : d'une certaine façon, c'est *trop* fou pour être vrai. À leur place, je me dirais qu'on a voulu brouiller les pistes en faisant passer la tuerie pour l'œuvre d'un déséquilibré.

– Et de quoi s'agirait-il ?

– Qu'est-ce que j'en sais, moi ? Tu ne devais pas aller aux nouvelles en te présentant comme une proche des victimes ?

– Merci pour ton aide. Au fait, je vais peut-être partir en vacances au soleil. Tu es déjà allé à Tenerife ?

– Jamais. Bon courage.

Birgitta Roslin composa immédiatement le numéro qu'elle avait noté. Un répondeur l'invita à laisser un message. Elle se mit à tourner en rond. Elle sortit de nouveau l'aspirateur, sans pourtant se décider à se mettre au ménage. Elle retourna sur Internet et, au bout d'une heure, s'était décidée pour un séjour à Tenerife, au départ de Copenhague, deux jours plus tard. Elle regarda dans de vieux atlas, se mit à rêver de mer chaude et de vins espagnols.

J'ai peut-être besoin de ça, se dit Birgitta Roslin : une semaine sans Staffan, sans procès, sans train-train quotidien. Je ne suis pas douée pour l'introspection, mais, à mon âge, je devrais être capable de voir assez clair en moi-même pour déceler mes failles et redresser la barre quand c'est nécessaire. Dans ma jeunesse, j'ai rêvé être la première femme à faire le tour du monde à la voile en solitaire. Ça ne s'est pas réalisé. Mais je m'y connais un peu en navigation, et je sais comment on se fraie un passage dans les passes étroites. J'ai peut-être besoin de faire des allers-retours à n'en plus finir sur le détroit, ou bien de me poser sur une plage de Tenerife pour me demander si c'est déjà l'approche de la vieillesse, ou si j'arriverai à sortir de cette ornière. La ménopause ne s'est pas mal passée, mais à présent je ne sais pas ce que j'ai. Je dois avant tout comprendre si mes problèmes de tension et mes crises de panique ont à voir avec Staffan. Ça ne peut plus durer, il faut absolument que nous sortions notre couple du marasme où il se trouve.

Elle se mit aussitôt à organiser ses vacances. Un bug l'empêcha de réserver en ligne : elle envoya son nom et son numéro de téléphone, en précisant de quel voyage il s'agissait. On lui répondit aussitôt qu'elle serait contactée dans l'heure.

Moins d'une heure après, le téléphone sonna, mais ce n'était pas le voyagiste.

– Vivi Sundberg. Je cherche Birgitta Roslin.

– C'est moi.

– On m'a parlé de vous, mais j'ignore ce que vous voulez. Vous comprenez bien qu'en ce moment notre temps est compté. Vous êtes juge, c'est bien ça ?

– Exact. En bref : ma mère, qui est décédée depuis

longtemps, avait été adoptée par la famille Andrén. D'après certaines photos, elle vivait dans une des maisons où a eu lieu la tuerie.

– Ce n'est pas moi qui assure le contact avec les proches des victimes. Appelez Erik Huddén.

– Mais il y a bien des Andrén parmi les victimes ?

– Si vous voulez savoir, la famille Andrén était apparemment la plus importante du village.

– Et ils sont tous morts ?

– Je ne peux pas vous répondre. Avez-vous les prénoms des parents adoptifs de votre mère ?

Elle avait le dossier familial sous la main. Elle défit le ruban et se mit à chercher dans les papiers.

– Je ne peux pas attendre, dit Vivi Sundberg. Rappelez quand vous aurez trouvé.

– Voilà, ça y est : Brita et August Andrén. Ils doivent avoir plus de quatre-vingt-dix ans, peut-être même quatre-vingt-quinze.

Vivi Sundberg mit du temps à répondre. Birgitta Roslin l'entendit fouiller dans des papiers. Elle reprit :

– Les voilà. Je suis désolée, mais ils sont morts tous les deux. Le plus âgé avait quatre-vingt-seize ans. Je vous prie de ne pas divulguer ces informations dans la presse.

– Et pourquoi diable le ferais-je ?

– Vous êtes juge, vous connaissez les journalistes. Évidemment.

– Et... où en est l'enquête ? risqua Birgitta.

– Ni moi ni mes collègues n'avons le temps de vous renseigner individuellement. Nous sommes assiégés par les médias, ici. Beaucoup de journalistes ne respectent même pas nos périmètres de sécurité. Hier, nous avons trouvé un caméraman dans une des maisons. Je ne peux que vous renvoyer vers Huddén, vous pouvez l'appeler à Hudiksvall.

Vivi Sundberg paraissait excédée. Birgitta Roslin la comprenait. Elle se rappelait Hugo Malmberg, bien content de ne pas être à la place de ses collègues chargés de l'enquête.

– Merci de votre appel. Je ne vais pas vous déranger plus longtemps.

Birgitta Roslin raccrocha. Elle réfléchit à cette conversation. À présent, elle était fixée : les parents adoptifs de sa mère avaient été tués. Comme tous les autres proches des victimes, elle devrait prendre son mal en patience pendant l'enquête.

Elle hésita à téléphoner à ce Huddén, au commissariat de Hudiksvall. Que pourrait-il dire de plus ? Elle décida de s'abstenir et préféra se plonger dans le dossier concernant ses parents. Elle ne l'avait pas ouvert depuis des années. Il y avait certains documents qu'elle n'avait même jamais lus.

Elle classa le contenu de l'épais dossier en trois tas. Le premier se rapportait à son père, dont le corps reposait au fond du golfe de Gävle. Dans les eaux peu salées de la mer Baltique, les squelettes mettent du temps à se dissoudre. Son crâne et ses os étaient enfouis quelque part dans la vase. Le deuxième tas concernait la vie commune de ses parents, avant et après sa naissance. Le dernier, Gerda Lööf, devenue une Andrén. Birgitta Roslin lut avec soin tous ces papiers. Elle redoubla d'attention en arrivant à l'époque où sa mère avait été placée dans la famille Andrén, qui avait fini par l'adopter. Beaucoup de documents avaient pâli. Elle peinait à les déchiffrer, malgré sa loupe.

Elle prit un carnet pour noter les noms et les âges. Elle était née en 1948. Sa mère avait dix-huit ans. Elle était de 1930. Elle trouva dans les papiers les dates de naissance d'August et Brita : décembre 1910 et août 1909. Ils avaient donc vingt et un et vingt-deux ans à la naissance de Gerda, et moins de trente quand elle avait été placée chez eux à Hesjövallen.

Il n'y avait aucune pièce confirmant qu'ils avaient

bien vécu à Hesjövallen. Mais la photographie, qu'elle compara une nouvelle fois avec celle du journal, acheva de la convaincre. Elle ne pouvait pas s'être trompée.

Elle observa attentivement ces gens figés et raides sur la photographie ancienne : deux jeunes gens, un homme et une femme, un peu à l'écart, près d'un couple plus âgé qui occupait le centre de l'image. Brita et August ? Il n'y avait pas de date, rien d'écrit au dos. Elle essaya de déterminer la date de la photo. Les vêtements ? Les personnages étaient endimanchés, mais c'était à la campagne, où un costume durait toute une vie.

Elle reposa la photo et continua à lire les papiers. En 1942, Brita est hospitalisée à Hudiksvall pour un problème d'estomac. Gerda lui écrit pour lui souhaiter un prompt rétablissement. Gerda a alors douze ans, son écriture est maladroite, l'orthographe incertaine, une fleur aux pétales inégaux décorait un coin de la lettre.

Birgitta Roslin fut émue en la lisant, et s'étonna de ne pas l'avoir trouvée plus tôt. Pourquoi ne l'avait-elle jamais ouverte ? Était-ce son chagrin à la mort de Gerda qui l'avait longtemps fait fuir tout ce qui lui rappelait sa mère ?

Elle se cala au fond de son fauteuil en fermant les yeux. Elle devait tout à sa mère. Gerda, qui n'avait pas le certificat d'études, avait toujours poussé sa fille. Maintenant c'est notre tour, disait-elle. La fille issue de la classe ouvrière allait pouvoir aller à l'université. Et c'était ce que Birgitta Roslin avait fait. Dans les années 1960, ce n'était plus la chasse gardée des fils de bourgeois. Se rapprocher des groupes d'extrême gauche avait été pour elle une évidence. Il ne s'agissait pas seulement de comprendre, il fallait changer la vie.

Elle rouvrit les yeux. Ça ne s'est pas passé comme je l'avais imaginé, se dit-elle. J'ai fait mon droit. Mais, en cours de route, j'ai abandonné mes engagements radicaux, sans savoir vraiment pourquoi. Même aujourd'hui, à bientôt soixante ans, je n'ose pas m'interroger sur ce que ma vie est devenue.

Elle continua à dépouiller méthodiquement les documents. Une autre lettre. L'enveloppe bleu pâle portait un cachet américain. Les minces feuillets étaient couverts de pattes de mouche. Elle approcha la lampe du bureau et se mit à déchiffrer la lettre en s'aidant de sa loupe. Elle était rédigée en suédois, avec beaucoup de mots anglais. Un certain Gustaf parle de son travail dans un élevage de porcs. Une enfant, Emily, vient de mourir, la maison est plongée dans une « profonde *sadness* ». Il prend des nouvelles du pays, du Hälsingland, de la famille, des récoltes et des bêtes. La lettre est datée du 19 juin 1896. L'enveloppe est adressée à August Andrén, Hesjövallen, Suède.

Tout en bas, sous la signature, une adresse : *Mr Gustaf Andrén, Minneapolis Post Office, Minnesota, United States of America.*

Elle rouvrit son vieil atlas. Le Minnesota est un État agricole. C'était donc là qu'avait émigré un membre de la famille Andrén voilà plus d'un siècle.

Elle trouva une autre lettre : un autre parent s'était installé dans une autre région des États-Unis. Jan August Andrén, qui avait travaillé à la construction de la ligne de chemin de fer reliant les côtes Est et Ouest. Dans sa lettre, il prend des nouvelles de la famille, des vivants et des morts. Des pans entiers du texte étaient illisibles. L'encre avait pâli.

L'adresse de Jan August était : *Reno Post Office, Nevada, United States of America.*

Elle continua sa lecture, mais ne trouva rien d'autre sur les relations de sa mère avec la famille Andrén.

Elle repoussa les piles de documents, et alla sur Internet chercher sans grand espoir les coordonnées de Gustaf Andrén à Minneapolis. Comme prévu, elle se retrouva bientôt dans une impasse. Elle chercha alors l'adresse dans le Nevada. On la renvoya vers le site du *Reno Gazette Journal*. À ce moment, le téléphone sonna. C'était l'agence de voyages. Un jeune homme aimable à l'accent danois lui présenta les conditions du séjour, décrivit l'hôtel – elle n'hésita pas, fit une préréservation, en promettant de confirmer au plus tard le lendemain matin.

Elle tenta de nouveau d'entrer sur le site du *Reno Gazette Journal*. La page d'accueil s'afficha, avec une multitude de liens thématiques. Elle ne savait pas quoi choisir. Elle allait se déconnecter quand elle se souvint qu'elle avait également inclus le nom Andrén dans sa recherche. Il devait y avoir une référence à ce nom. Elle entreprit alors de lire méthodiquement tout ce qu'on trouvait sur le site du journal.

Elle sursauta quand la page s'afficha. Elle lut d'abord sans vraiment comprendre, puis encore une fois, lentement, incrédule. Elle se leva et recula de quelques pas devant l'ordinateur. Mais le texte et les photos étaient toujours là.

Elle les imprima et retourna à la cuisine. Elle relut l'article très lentement :

> Le 4 janvier, un meurtre sanglant a eu lieu dans la petite commune d'Ankersville, au nord-est de Reno. Le propriétaire d'un garage et toute sa famille ont été retrouvés morts par un voisin, inquiet de voir le garage rester fermé. Toute la famille Andrén, Jack, sa femme Connie et leurs deux enfants, Steven et Laura, a très probablement été tuée à l'arme blanche. Pas de traces d'effraction ou de vol. Pas de mobile. La famille Andrén était appréciée, n'avait pas d'ennemis. La police oriente ses recherches vers un déséquilibré, ou un toxicomane aux abois.

Elle resta comme figée. Le bruit d'un camion-poubelle entra par la fenêtre.

Ce n'est pas un fou, se dit-elle. La police du Hälsingland se trompe, comme la police du Nevada. Il s'agit d'un ou de plusieurs meurtriers qui savent très bien ce qu'ils font.

Pour la première fois, elle sentit poindre une peur sourde. Comme si on l'épiait à son insu.

Elle alla dans l'entrée vérifier que la porte était bien fermée, puis retourna devant l'ordinateur et parcourut les articles du *Reno Gazette Journal*.

Le camion-poubelle s'était éloigné. Le soir tombait.

7

Bien plus tard, quand le souvenir de ces événements commencerait déjà à s'estomper, elle se demanderait ce qui se serait produit si elle était malgré tout partie en vacances à Tenerife, puis rentrée reprendre son travail, reposée, débarrassée de sa carence en fer et de ses problèmes d'hypertension – mais les choses en allèrent autrement. Aux premières heures, Birgitta Roslin appela l'agence pour annuler son voyage. Comme elle avait eu la bonne idée de souscrire une assurance, cela ne lui coûta que quelques centaines de couronnes.

Staffan rentra tard, suite à une avarie de locomotive. Pendant deux heures, il avait dû faire face à la grogne des voyageurs du train immobilisé en pleine voie, sans parler de cette vieille dame qui avait fait un malaise. Il était fatigué et sur les nerfs. Elle le laissa dîner tranquillement, puis lui parla de sa découverte, ces meurtres survenus au fin fond du Nevada et qui avaient peut-être un rapport avec la tuerie du Hälsingland. Elle remarqua sa moue dubitative, sans réussir à savoir si c'était la fatigue ou un réel scepticisme. Quand il alla se coucher, elle retourna sur Internet naviguer entre le Hälsingland et le Nevada. Vers minuit, elle jeta quelques notes dans un carnet, exactement comme lorsqu'elle travaillait à la formulation d'un jugement. La chose avait beau sembler invraisemblable, elle ne pouvait s'ôter de l'idée qu'il y avait un lien entre les deux événements. Elle se dit que, d'une certaine manière, elle était elle aussi une Andrén.

Cela signifiait-il qu'elle courait également un danger ? Elle resta longtemps penchée sur son carnet, sans trouver de réponse, puis sortit regarder les étoiles de cette nuit claire de janvier. Sa mère lui avait un jour confié que son père était passionné d'astronomie. Dans ses rares lettres, il lui racontait comment il observait les étoiles et les constellations depuis le pont de son bateau, sous des latitudes lointaines. Il nourrissait la conviction presque mystique que les morts devenaient poussière d'étoiles, des étoiles si lointaines qu'elles restaient invisibles aux yeux des vivants. Birgitta Roslin se demanda à quoi il avait pensé lors du naufrage du *Runskär* dans le golfe de Gävle : le navire lourdement chargé s'était couché dans la tempête et avait coulé en moins d'une minute. Un seul appel de détresse avait pu être lancé avant le silence radio. S'était-il rendu compte qu'il allait mourir ? Ou la mort l'avait-elle englouti dans l'eau glacée sans qu'il ait le temps de penser ? Une brusque terreur, puis le froid et la mort.

Le ciel illuminé d'étoiles semblait tout proche, cette nuit-là. Je ne vois que la surface des choses, se dit-elle. Il y a un lien, des fils ténus qui s'entremêlent. Mais là-dessous ? Pour quel mobile tuer dix-neuf personnes dans un petit village du nord de la Suède et éliminer une famille entière dans le désert du Nevada ? Rien de plus que le refrain habituel, sans doute : vengeance, appât du gain, jalousie. Mais quelle injustice pourrait conduire à pareille vengeance ? Que pouvait-on gagner à tuer des retraités qui avaient déjà un pied dans la tombe ? Et que viendrait faire la jalousie là-dedans ?

Elle rentra quand elle commença à avoir froid. D'habitude elle se couchait tôt, car elle n'était pas du soir et détestait aller travailler sans avoir assez dormi, surtout les jours de procès. Maintenant qu'elle était en congé, ce n'était plus un problème. Il fallait qu'elle réfléchisse. Elle s'allongea sur le canapé et mit de la musique, assez bas pour ne pas réveiller Staffan. Une compilation de pop suédoise. Birgitta Roslin avait un jardin secret. Elle rêvait d'écrire un jour un tube qui serait sélectionné pour l'Eurovision. Elle en avait honte, mais en même temps l'assumait. Elle possédait depuis des années un dictionnaire de rimes et conservait dans un tiroir de son bureau plusieurs ébauches de chansons. Qu'une juge en exercice écrive des tubes n'était peut-être pas très convenable. Mais, en tout état de cause, aucune loi ne l'interdisait.

Son vœu le plus cher était d'écrire une romance. Une chanson qui parlerait d'un oiseau, d'amour, avec un refrain inoubliable. Son père l'astronomie, elle la chanson : tous les deux étaient des passionnés.

Elle alla se coucher à trois heures du matin. Staffan ronflait. Elle le secoua, il se retourna et se tut. Elle s'endormit.

À son réveil, Birgitta Roslin se souvint d'un rêve qu'elle avait fait durant la nuit. Elle avait vu sa mère, qui lui parlait sans qu'elle parvienne à comprendre, comme si elle était derrière une vitre. Cela avait semblé durer une éternité, sa mère de plus en plus émue que sa fille ne la comprenne pas, elle se demandant ce qui les séparait ainsi.

La mémoire est comme une vitre, songea-t-elle. La personne qui a disparu est toujours là, toute proche, mais hors d'atteinte. La mort est muette, plus aucune conversation n'est possible, il ne reste plus que le silence.

Birgitta Roslin se leva. Une idée commençait à prendre forme. Elle ne savait pas d'où elle lui venait, mais elle se présenta comme une évidence. Comment n'y avait-elle pas pensé plus tôt ? Sa mère avait tiré un trait sur son passé, et n'avait jamais attendu de Birgitta, sa fille unique, qu'elle s'y intéresse.

Birgitta Roslin alla chercher un atlas routier de la Suède.

Elle ouvrit une carte générale. Le Hälsingland se trouvait encore plus au nord qu'elle ne l'avait imaginé. Elle n'arriva pas à situer Hesjövallen. Le village était si insignifiant qu'il ne figurait même pas sur la carte.

Quand elle reposa l'atlas, sa décision était prise : elle se rendrait à Hesjövallen en voiture. Pas pour visiter le lieu de la tuerie, mais pour voir le village où sa mère avait grandi.

Plus jeune, elle avait pensé faire un jour un grand voyage à travers la Suède, un « retour au pays natal » : elle serait montée jusqu'à Treriksöset, à l'extrême nord, puis serait redescendue jusqu'à la côte de Scanie, près du continent, tournant le dos à tout le pays. À l'aller, elle aurait suivi la côte, pour revenir par l'intérieur des terres. Mais ça ne s'était jamais fait. Quand elle en avait touché mot à Staffan, l'idée n'avait pas eu l'air de l'enthousiasmer. Et puis, avec les enfants, ça n'avait plus été envisageable.

À présent, elle avait la possibilité de faire au moins une partie de ce voyage.

Après le petit déjeuner, comme Staffan se préparait pour prendre son service sur un train à destination d'Alvesta, son dernier avant quelques jours de repos, elle lui fit part de ses projets. Comme d'habitude, il ne la contraria pas, se contentant de lui demander combien de temps elle comptait partir et s'il n'y avait pas de contre-indications médicales à un aussi long trajet en voiture.

Il était déjà dans l'entrée, la main sur la poignée de la porte, quand elle sentit éclater sa colère. Elle le rejoignit et lui jeta dessus les journaux du matin à toute volée.

– Qu'est-ce qui te prend ?

– Pourquoi je veux partir, tu t'en fiches complètement !

– Mais enfin, tu m'as expliqué.

– Tu ne comprends donc pas que j'ai aussi besoin de temps pour réfléchir à notre couple ?

– On ne va pas se mettre à parler de ça maintenant. Je vais être en retard.

– Mais ce n'est jamais le moment ! Le soir ça ne va pas, le matin non plus… Tu ne ressens donc jamais le besoin de parler avec moi de ce que notre vie est devenue ?

– Tu sais bien que je ne dramatise pas autant que toi.

– Dramatiser ? Tu appelles ça dramatiser, que je réagisse quand nous n'avons pas fait l'amour depuis un an ?

– On ne peut pas parler de ça maintenant. Je n'ai pas le temps.

– Tu aurais pourtant intérêt à vite le trouver.

– Comment ça ?

– Ma patience a des limites.

– C'est une menace ?

– Je sais juste que ça ne peut plus durer. Allez, va le prendre, ton foutu train !

Elle retourna à la cuisine et entendit claquer la porte d'entrée. Elle était soulagée d'avoir enfin réussi à vider son sac, mais en même temps inquiète de la réaction de Staffan.

Il appela dans la soirée. Aucun ne fit allusion à la scène du matin. Mais, à sa voix, elle devina qu'il était secoué. Peut-être pourraient-ils désormais parler à cœur ouvert ?

Le lendemain matin, très tôt, elle s'installa au volant, cap au nord. Elle avait de nouveau eu ses enfants au téléphone. Elle ne leur avait pas parlé de ce qui la reliait avec la tuerie de Hesjövallen.

Staffan, qui était revenu pendant la nuit, l'aida à charger sa valise sur le siège arrière.

– Où vas-tu dormir ?

– Il y a un petit hôtel à Lindesberg. J'y descendrai

cette nuit. J'appellerai, c'est promis. Après, je pense que je resterai à Hudiksvall.

Il lui caressa rapidement la joue et agita la main quand la voiture s'éloigna. Elle prit son temps, s'arrêta souvent, et arriva à Lindesberg en fin d'après-midi. Les routes n'étaient enneigées qu'à la toute fin du parcours. Elle s'installa à l'hôtel, dîna dans un petit restaurant désert et se coucha tôt. Dans un journal du soir, elle vit que la température devait chuter le lendemain, avec un ciel toujours dégagé.

Birgitta Roslin dormit d'un sommeil lourd, sans rêves. Elle reprit sa route vers la côte du Hälsingland. Elle ne mit pas la radio pour profiter du silence, des forêts à perte de vue. Elle songea à l'enfance de sa mère, dans ces paysages. Elle n'avait elle-même rien connu d'autre que les champs vallonnés jusqu'à l'horizon. Au fond de mon cœur, je suis une nomade, songea-t-elle, et les nomades évitent les forêts, ils restent dans les grandes plaines.

Elle se mit à chercher des rimes à *nomade*. Peut-être de quoi faire une chanson ? Une juge partie à la recherche de sa part nomade.

Vers dix heures, elle s'arrêta pour prendre un café juste au sud de Njutånger. Elle était l'unique cliente du petit restaurant routier. Sur une table, un exemplaire du journal local de Hudiksvall. La tuerie faisait les gros titres, mais elle ne trouva rien de nouveau. Le chef de la police Tobias Ludwig annonçait pour le lendemain la publication complète de la liste des victimes. Sur la photographie floue qui accompagnait l'article, il avait l'air bien trop jeune pour une aussi grosse responsabilité.

Une femme d'un certain âge arrosait les plantes aux fenêtres. Birgitta Roslin la salua d'un hochement de tête.

– C'est bien vide, ici, dit-elle. Je pensais trouver le

coin plein de journalistes et de policiers, après ce qui s'est passé.

– Ils restent à Hudiksvall, répondit la femme, avec un accent à couper au couteau. Il paraît qu'on ne trouve plus une chambre d'hôtel là-bas.

– Et les gens, ici, qu'est-ce qu'ils en disent ?

La femme s'arrêta près de la table de Birgitta Roslin en l'observant d'un air méfiant.

– Je ne sais pas ce qu'en pensent les autres. Mais moi je dis que, même à la campagne, on n'est plus à l'abri de l'insécurité des grandes villes.

Elle récite une leçon, se dit Birgitta Roslin. Elle a lu ça quelque part ou a entendu quelqu'un le dire à la télévision, et elle l'a repris à son compte.

Elle régla l'addition, regagna sa voiture et déplia sa carte. Elle n'était plus qu'à quelques dizaines de kilomètres de Hudiksvall. En obliquant un peu vers l'intérieur des terres, elle pouvait passer à Hesjövallen. Elle hésita un instant. Se comportait-elle comme une hyène ? Non, elle avait une bonne raison d'y aller.

Une fois à Iggesund, elle tourna à gauche, puis encore une fois à Ölsund. Elle croisa une voiture de police, puis une autre. La forêt s'ouvrit brusquement sur un lac. Le long de la route, quelques maisons bouclées derrière un périmètre de rubalise rouge et blanc. Des policiers patrouillaient.

Elle vit qu'on avait monté une tente à l'orée du bois, et une seconde devant la maison la plus proche. Elle avait emporté une paire de jumelles. Que cachait cette tente ? Les journaux n'en avaient pas parlé. Avait-on retrouvé là une ou plusieurs victimes ? Ou s'agissait-il d'un indice que la police avait mis en sécurité ?

Elle balaya lentement le village à travers ses jumelles. Des gens en uniforme ou en combinaison blanche passaient d'une maison à l'autre, sortaient fumer sur le pas de la porte, seuls ou par petits groupes. Il lui était déjà arrivé de se rendre sur des scènes de crime pour suivre quelques heures le travail de la police. Elle savait que la présence de représentants de la justice n'y était guère appréciée. La police est toujours sur ses gardes quand elle risque de prêter le flanc à la critique. Mais Birgitta était capable de faire la différence entre une enquête méthodique ou bâclée et ce qu'elle voyait donnait une impression de calme, d'organisation.

Elle savait aussi qu'ils travaillaient dans l'urgence. Le temps jouait contre eux. Il fallait au plus vite faire la lumière sur cette tuerie, éviter à tout prix qu'elle ne se reproduise.

Un policier en uniforme interrompit le cours de ses pensées en frappant à la vitre.

– Que faites-vous ici ?

– Je ne savais pas que j'avais franchi le périmètre.

– Pas du tout. Mais nous contrôlons les allées et venues. Surtout quand les gens se pointent avec des jumelles. Si vous n'êtes pas au courant, il y a une conférence de presse quotidienne en ville.

– Je ne suis pas journaliste.

Le jeune policier la regarda d'un air méfiant.

– Et quoi alors ? Touriste ?

– Proche de deux des victimes, figurez-vous.

Le policier sortit un carnet.

– Qui ?

– Brita et August Andrén. Je suis en route pour Hudiksvall, mais je ne me souviens plus à qui je dois m'adresser.

– Sûrement à Erik Huddén. C'est lui qui s'occupe des proches des victimes. Toutes mes condoléances.

– Merci.

Le policier la salua. Elle se sentit toute bête, fit demi-tour et s'éloigna. Une fois arrivée à Hudiksvall, elle se rendit compte que l'afflux de journalistes n'était pas la seule cause de la pénurie de chambres d'hôtel. On lui expliqua qu'une conférence sur l'exploitation forestière rassemblait en ce moment même des participants venus des quatre coins du pays. Elle gara sa voiture et partit au hasard à travers la petite ville. Elle tenta sa chance dans deux hôtels et une pension, tous complets.

Elle partit à la recherche d'un endroit où déjeuner, et finit par pousser la porte d'un restaurant chinois. Il était bondé. Elle trouva une petite table près de la fenêtre. L'endroit ressemblait à n'importe quel restaurant chinois : les mêmes vases, les mêmes lions en porcelaine, les mêmes lampes d'où pendaient des rubans rouges et bleus. Elle était parfois tentée de croire que les millions de restaurants chinois de par le monde faisaient partie d'une même chaîne, et appartenaient même peut-être au même propriétaire.

Une Chinoise lui apporta le menu. En passant sa commande, Birgitta Roslin s'aperçut que la jeune femme ne parlait presque pas un mot de suédois.

Son déjeuner expédié, elle prit son téléphone et finit par obtenir une réponse positive. L'hôtel Andbacken, à Delsbo, avait une chambre libre. Là aussi avait lieu une conférence, des publicitaires cette fois. Décidément, la Suède était devenue un pays où les gens passaient leur temps à courir d'hôtels en centres de congrès pour se parler.

L'hôtel Andbacken était un grand bâtiment blanc au bord d'un lac couvert de neige. Tandis qu'elle faisait la queue à la réception, elle lut le programme des publicitaires en goguette : travaux en petits groupes l'après-midi, dîner de gala le soir avec distribution des prix. Pourvu que cela ne signifie pas des gens saouls dans les couloirs qui passent la nuit à claquer les portes, se dit-elle. Mais au fond je ne sais rien des publicitaires. Pourquoi feraient-ils du chahut ?

Birgitta se vit attribuer une chambre donnant sur le lac gelé et les moraines couvertes de sapins. Elle s'étendit sur le lit et ferma les yeux. Aujourd'hui j'aurais dû siéger, songea-t-elle. Écouter l'exposé laborieux d'un procureur ennuyeux. Et me voilà dans un hôtel cerné par la neige, loin de Helsingborg.

Elle se leva, enfila son manteau et retourna à Hudiksvall. Va-et-vient continuel à l'accueil du commissariat. Il s'agissait principalement de journalistes. Elle reconnut même un reporter qu'on voyait souvent à la télévision, surtout pour des hold-up ou des prises d'otages. Avec arrogance, il passa devant tout le monde sans que personne proteste. Son tour finit par arriver. Elle se présenta à une hôtesse d'accueil surmenée.

— Vivi Sundberg n'a pas le temps de vous recevoir.

Ce refus catégorique l'étonna.

— Vous ne me demandez même pas le motif de ma visite ?

— C'est pour poser des questions, comme tous les autres, non ? Il faudra attendre la prochaine conférence de presse.

— Je ne suis pas journaliste. Je suis parente de deux des victimes.

La jeune femme changea aussitôt d'attitude.

— Je suis désolée. Erik Huddén va vous recevoir.

Elle composa son numéro et lui annonça « de la visite ». Apparemment, cela suffisait : un message codé.

— Il descend vous chercher. Attendez là, près des portes vitrées.

Un jeune homme s'approcha soudain d'elle.

— J'ai cru entendre que vous étiez parente de certaines des victimes. Puis-je vous poser quelques questions ?

Birgitta Roslin faisait d'ordinaire patte de velours. Mais là, elle sortit ses griffes.

— Et en quel honneur ? Je ne sais même pas qui vous êtes !

101

– J'écris.

– Pour qui ?

– Tous ceux que ça intéresse.

Elle secoua la tête.

– Je n'ai rien à vous dire.

– Je suis sincèrement désolé.

– Ça m'étonnerait. Vous parlez tout bas, histoire de garder pour vous une proie que les autres n'ont pas encore flairée.

Les portes vitrées s'ouvrirent, laissant passer un homme avec un badge portant son nom : Erik Huddén. Ils se serrèrent la main. Un flash se refléta sur les portes au moment où elles se refermaient.

Beaucoup de monde s'affairait dans le couloir. Autre tempo qu'à Hesjövallen. Ils entrèrent dans une salle de réunion. La table était couverte de dossiers portant chacun un nom. C'est là qu'on rassemble les morts, songea Birgitta Roslin. Erik Huddén l'invita à s'asseoir et s'installa en face d'elle. Elle lui raconta son histoire depuis le début : sa mère, ses deux changements de nom, comment elle avait découvert ce lien de parenté. Elle remarqua la déception d'Erik Huddén quand il comprit qu'elle n'apportait aucun élément susceptible de faire avancer l'enquête.

Il posa son stylo et la regarda en fermant les yeux à demi.

– Vous avez vraiment fait tout ce chemin depuis la Scanie rien que pour ça ? Vous auriez pu téléphoner.

– J'ai quelque chose à dire concernant l'enquête proprement dite. J'aimerais parler à Vivi Sundberg.

– Ne pouvez-vous pas me le dire directement ? Elle est très occupée.

– C'est elle que j'ai eue au téléphone.

Il sortit dans le couloir en fermant la porte derrière lui. Birgitta Roslin attrapa le dossier « Brita et August Andrén ». Ce qu'elle vit d'abord l'horrifia : des photos prises dans la maison. Alors seulement elle comprit le bain de sang que cela avait été. Elle regarda fixement les images des corps déchiquetés. La femme était presque impossible à identifier : son visage était tranché en deux. Un des bras de l'homme pendait, retenu par quelques tendons.

Elle referma le dossier et le repoussa. Mais les images étaient toujours là, elle ne pourrait jamais s'en libérer. Elle avait beau avoir souvent été confrontée dans sa carrière de juge à des images de violence cruelle, elle n'avait rien vu de comparable à ce qu'Erik Huddén avait dans ses dossiers.

Il revint et lui fit signe de le suivre.

Vivi Sundberg était assise derrière un bureau croulant sous les papiers. Son arme de service et son téléphone portable étaient posés sur un dossier plein à craquer. Elle l'invita à s'asseoir.

– Il paraît que vous voulez me parler, dit-elle. Si j'ai bien compris, vous arrivez de Helsingborg. Ça doit être important à vos yeux, pour faire toute cette route !

Le téléphone sonna. Vivi Sundberg le coupa, l'œil impatient.

Birgitta Roslin lui raconta tout sans s'appesantir sur les détails. Dans sa fonction de juge, elle avait souvent souhaité que les procureurs, les avocats, les accusés ou les témoins en fassent autant. Pour sa part, elle possédait l'art de résumer avec clarté.

– Vous êtes peut-être déjà au courant de cette affaire du Nevada, conclut-elle.

– Ça n'a jamais été mentionné dans aucune de nos réunions de synthèse. Et nous en tenons deux par jour.

– Qu'en pensez-vous ?

– Je ne pense rien.

– Cela pourrait signifier que ce n'est pas l'œuvre d'un déséquilibré.

– Je prendrai en compte cette information au même

titre que toutes les autres. Nous sommes littéralement submergés par ce genre de tuyaux. Peut-être que dans la masse de coups de fil, de lettres ou d'e-mails que nous recevons se cache un petit détail qui se révélera plus tard de la première importance dans l'enquête. Nous l'ignorons.

Vivi Sundberg saisit un cahier et pria Birgitta Roslin de recommencer. Quand elle eut fini de noter, elle se leva pour la raccompagner.

Elle s'arrêta juste avant les portes vitrées.

– Vous voulez voir la maison où a grandi votre mère ? C'est pour ça que vous êtes venue ?

– C'est possible ?

– Les corps n'y sont plus. Je peux vous y faire entrer, si vous voulez. Je pars pour le village dans une demi-heure. Promettez-moi juste de ne rien prendre dans la maison. Il y a des gens qui rêveraient de faucher le tapis sur lequel on a trouvé une des victimes en morceaux.

– Ce n'est pas mon genre.

– Attendez dans votre voiture, puis vous me suivrez.

Vivi Sundberg appuya sur un bouton, les portes s'ouvrirent. Birgitta Roslin sortit sur la rue sans laisser aux journalistes encore agglutinés à l'accueil le temps de l'intercepter.

La main sur la clé de contact de sa voiture, elle se dit qu'elle avait échoué. La policière ne l'avait pas crue. Un des enquêteurs finirait peut-être par s'occuper de cette piste, mais sans grande conviction.

Elle ne jetait pas la pierre à Vivi Sundberg. Entre le Nevada et Hesjövallen, l'écart était trop grand.

Une voiture noire banalisée s'arrêta à sa hauteur. Vivi Sundberg lui fit signe.

Une fois au village, elle la conduisit jusqu'à la maison :

– Je vous laisse, pour que vous puissiez vous recueillir un moment.

Birgitta Roslin inspira profondément, puis entra. Toutes les lampes étaient allumées.

C'était comme sortir des coulisses et s'avancer sous les feux de la rampe – et, dans ce drame, elle était seule en scène.

8

Birgitta Roslin s'efforça de ne pas penser aux morts qui l'entouraient. Elle évoqua plutôt l'image floue qu'elle avait de sa mère dans cette maison. Une jeune femme habitée par un désir de s'en aller dont elle ne pouvait parler à personne, qu'elle ne pouvait presque pas s'avouer à elle-même sans mauvaise conscience vis-à-vis de ses parents adoptifs irréprochables, pétris de religion et de bonnes intentions.

Elle resta immobile dans l'entrée, l'oreille aux aguets. Il y a dans les maisons vides un silence bien particulier, songea-t-elle. Quelqu'un est parti d'ici en emportant tous les bruits. On n'entend même pas le tic-tac d'une horloge.

Elle entra dans le séjour. Des odeurs surannées émanaient des meubles, des broderies murales et des vases en porcelaine serrés sur des étagères, parmi des plantes en pots. Elle tâta du doigt la terre d'un des pots, puis alla à la cuisine chercher un broc pour arroser toutes les fleurs. Un service rendu aux morts. Elle s'assit ensuite sur une chaise et regarda autour d'elle. Lesquels de ces objets étaient déjà là à l'époque de sa mère ? La plupart, pensa-t-elle. Tout est vieux ici, les meubles ont vieilli avec les habitants.

Là où gisaient les corps, un plastique couvrait encore le sol. Elle monta au premier étage. Dans la plus grande chambre, le lit n'était pas fait. Une pantoufle traînait sous le lit. Impossible de trouver l'autre. Il y avait deux autres pièces à l'étage. Dans celle de gauche, un papier peint décoré d'animaux naïfs. Elle se souvenait vaguement d'avoir entendu sa mère lui en parler. Il y avait un lit, une chaise et une pile de tapis de lisse entassés contre un mur. Elle ouvrit le placard, dont les parois étaient couvertes de papier journal. Elle lut l'année : 1969. À cette époque, sa mère avait quitté la maison depuis plus de vingt ans.

Elle s'assit face à la fenêtre. Il faisait sombre à présent, on ne voyait plus les arbres de l'autre côté du lac. Un policier longeait l'orée du bois, éclairé par la lampe torche d'un collègue. Il s'arrêtait de temps à autre, penché comme s'il cherchait quelque chose.

Birgitta Roslin eut le sentiment étrange d'être très proche de sa mère. Ici, dans une pièce d'une autre époque, quelqu'un avait fait des encoches dans la peinture blanche du cadre de la fenêtre. Sa mère, peut-être, comptant les jours en attendant un départ désiré ?

Elle se leva et redescendit. Près de la cuisine, une pièce avec un lit, des béquilles appuyées au mur et une vieille chaise roulante. Au pied de la table de nuit, un pot de chambre émaillé. La chambre donnait l'impression de n'avoir pas été utilisée depuis longtemps.

Elle revint dans le séjour, marchant sur la pointe des pieds comme si elle avait peur de déranger. Les tiroirs d'un secrétaire étaient à moitié ouverts, l'un plein de nappes et de serviettes, un autre de pelotes de laine aux couleurs sombres. Dans le troisième, tout en bas, des liasses de lettres et des carnets à la couverture brune. Elle en prit un et l'ouvrit. Il n'y avait pas de nom. Il était entièrement rempli d'une fine écriture. Elle chaussa ses lunettes et tenta de déchiffrer les pattes de mouche. Les mots avaient une orthographe archaïque. C'était un journal. Il y était question de locomotives, de wagons, de rails.

Elle trouva alors un mot qui la fit sursauter : *Nevada*.

Figée, elle retint son souffle. Quelque chose allait se passer, la maison vide l'avait avertie. Elle essaya de continuer à déchiffrer le carnet, mais on frappa à la porte. Elle remit le carnet à sa place et referma le tiroir. Vivi Sundberg entra dans la pièce.

– J'imagine que vous avez vu où étaient les corps, dit-elle.

Birgitta Roslin hocha la tête.

– Nous fermons les maisons pour la nuit. Il faut y aller.

– Avez-vous trouvé des proches des habitants de cette maison ?

– Je voulais justement vous en parler. Apparemment, Brita et August n'avaient pas d'enfants, et pas d'autres proches que ceux qui habitaient le village et qui ont aussi été tués. Demain, nous ajouterons leurs noms à la liste publique des victimes.

– Et après ?

– C'est peut-être à vous d'y réfléchir : d'une certaine façon, vous êtes de la famille.

– Je ne suis pas de la famille. Mais je me sens quand même concernée.

Elles sortirent de la maison. Vivi Sundberg ferma la porte et pendit la clé à un clou.

– Pas de risque d'effraction, dit-elle. En ce moment, ce village est aussi bien gardé que la famille royale.

Elles se quittèrent sur la route. De puissants projecteurs éclairaient certaines des maisons. Birgitta Roslin eut de nouveau l'impression d'être sur la scène d'un théâtre.

– Vous rentrez chez vous demain ? demanda Vivi Sundberg.

– Probablement. Vous avez réfléchi à ce que je vous ai raconté ?

– Je parlerai de vos informations demain, à notre réunion du matin, puis elles seront traitées selon la procédure habituelle.

– Mais vous êtes bien d'accord avec moi qu'il est

possible, voire vraisemblable, qu'il y ait un lien entre les deux affaires ?

– Il est trop tôt pour le dire. Mais je crois que ce que vous avez de mieux à faire à présent, c'est de ne plus vous occuper de tout ça.

Birgitta Roslin regarda Vivi Sundberg s'installer dans sa voiture et s'éloigner. Elle ne me croit pas, dit-elle à haute voix dans le noir. Elle ne me croit pas, et je la comprends.

En même temps, elle était en colère. Si elle avait été dans la police, elle aurait donné la priorité à une information signalant un lien avec une affaire analogue, même si elle avait eu lieu sur un autre continent.

Elle décida d'en parler au procureur en charge de l'instruction. Il comprendrait l'importance de son histoire.

Elle roula beaucoup trop vite jusqu'à Delsbo et arriva toujours en colère à son hôtel. La salle à manger étant occupée par le dîner de gala des publicitaires, elle dut se contenter du bar désert. Elle commanda un verre de vin avec son repas : un shiraz australien aux arômes très riches, avec une touche de chocolat, ou de réglisse – ou les deux, elle n'arrivait pas à le dire.

Après le dîner, elle regagna sa chambre. Sa colère s'était dissipée. Elle prit une de ses gélules de fer en songeant au carnet qu'elle avait feuilleté rapidement. Elle aurait dû parler à Vivi Sundberg de sa trouvaille. Et puis non : elle risquait de n'y voir qu'un détail insignifiant.

En tant que juge, elle appréciait les policiers qui avaient du flair.

Quel type de policier était cette Vivi Sundberg ? Une femme obèse, sur le retour, qui n'avait pas l'air d'une flèche.

Birgitta Roslin regretta aussitôt cette pensée. C'était injuste : elle ne savait rien de Vivi Sundberg.

Elle s'étendit sur le lit, alluma la télévision. Les

vibrations des basses montaient de la salle à manger où la soirée battait son plein.

Le téléphone sonna. Elle se réveilla en sursaut. Elle regarda sa montre : elle s'était assoupie une heure. C'était Staffan.

– Où es-tu passée ? Tu es où, là ?

– À Delsbo.

– Inconnu au bataillon.

– À l'ouest de Hudiksvall.

Elle lui raconta sa visite à Hesjövallen. Elle entendait de la musique en fond sonore. Il aime bien se retrouver tout seul, se dit-elle. Il en profite pour écouter son jazz qui me barbe.

– Et maintenant ? demanda-t-il quand elle eut fini.

– Je déciderai demain. Je ne suis pas encore habituée à avoir tout mon temps. Allez, retourne à ta musique maintenant.

– C'est Charlie Mingus.

– Qui ça ?

– Quoi ? Tu as oublié qui est Charlie Mingus ?

– Je confonds les noms de tes jazzmen. Ils se ressemblent tous.

– Là, tu me blesses.

– Ce n'est pas du tout mon intention.

– C'est sûr ?

– Qu'est-ce que tu veux dire ?

– Au fond, tu méprises cette musique que j'aime tant.

– Et pourquoi ça ?

– À toi de répondre.

La conversation s'acheva en queue-de-poisson. Il raccrocha brutalement, ce qui la mit hors d'elle. Elle le rappela, mais il ne répondit pas. Elle finit par abandonner. Elle se remémora ses réflexions à bord du ferry. Je ne suis pas la seule à être lasse. Il me trouve sûrement lui aussi froide et distante. Ni lui ni moi ne savons comment sortir de cette ornière. Mais comment aboutir à une issue si nous sommes incapables de nous parler sans nous disputer avec aigreur ?

Ça me ferait un sujet de chanson, songea-t-elle. Deux êtres qui se blessent.

Elle chercha des rimes à *blessure* : *morsure, luxure, griffure, souillure, nature, augure, voiture, allure*... Peut-être de quoi faire une chanson – mais comment échapper à la banalité ?

Birgitta Roslin mit du temps à s'endormir. Très tôt, alors qu'il faisait encore nuit, elle fut réveillée par un claquement de porte. Elle resta couchée et se souvint d'un rêve. Elle était dans la maison de Brita et August. Ils lui parlaient, assis dans le canapé rouge sombre, alors qu'elle était debout devant eux. Soudain, elle se rendait compte qu'elle était nue. Elle essayait de se cacher et de partir, en vain. Ses jambes étaient comme paralysées. En baissant les yeux, elle voyait ses pieds pris dans le plancher.

Là, elle s'était réveillée. Birgitta Roslin tendit l'oreille dans le noir. Des vociférations avinées, puis plus rien. Cinq heures moins le quart. Bien avant l'aube. Elle se cala dans son lit pour essayer de se rendormir, quand une pensée la traversa.

La clé était pendue à un clou. Birgitta Roslin s'assit dans le lit. Naturellement, c'était interdit et déraisonnable : aller vider le tiroir, plutôt qu'attendre qu'un policier lambda daigne s'intéresser à ces carnets.

Elle se leva et gagna la fenêtre. Personne, silence. Je peux le faire. Dans le meilleur des cas, je contribue à ce que cette enquête ne s'enlise pas dans le même marécage que celle sur le meurtre d'Olof Palme. Mais je me rends aussi coupable d'entrave à la justice. Un procureur pointilleux pourrait prendre la mouche.

Et puis, elle avait bu hier soir. Se faire arrêter pour conduite en état d'ivresse était une catastrophe pour un juge. Elle compta les heures écoulées depuis le dîner :

son taux d'alcool devait être retombé. Mais elle n'en était pas certaine.

Je ne peux pas faire ça, se dit-elle. Même si les policiers de garde dorment. Je ne peux pas faire ça.

Elle s'habilla et sortit de sa chambre. Le couloir était désert. Certains fêtards faisaient encore du bruit dans leurs chambres. Elle crut entendre au passage une partie de jambes en l'air.

Personne à la réception. Elle entrevit dans le bureau une femme aux cheveux blonds, de dos.

Une fois au volant de sa voiture, Birgitta Roslin hésita de nouveau. Mais la tentation était trop forte. Elle voulait continuer à lire ces carnets.

Elle ne croisa pas une seule voiture. Au sortir d'un virage, elle freina brusquement en croyant voir un élan dans une congère. Ce n'était qu'une souche renversée aux formes trompeuses.

Avant d'amorcer la descente vers le village, elle s'arrêta et éteignit ses phares. Elle prit une lampe de poche dans la boîte à gants et marcha prudemment le long de la route. De temps à autre, elle s'arrêtait pour tendre l'oreille. Un vent léger sifflait aux cimes invisibles des arbres. Au sommet de la côte, elle vit que deux projecteurs étaient encore allumés. Une voiture de police était garée près de la maison proche de la forêt. Elle pourrait s'approcher de celle de Brita et August sans se faire voir. Elle voila sa lampe de poche, passa par la cour de la maison voisine et arriva par-derrière. Aucun mouvement dans la voiture de police. Elle tâtonna jusqu'à trouver la clé.

En entrant dans le vestibule, Birgitta Roslin frissonna. Elle sortit un sac plastique de la poche de son manteau et ouvrit précautionneusement le tiroir du secrétaire.

Soudain, sa lampe de poche s'éteignit. Elle la secoua, mais impossible de la rallumer. Elle remplit son sac avec les lettres et les carnets. Une des liasses de lettres lui échappa et elle dut la chercher à tâtons sur le sol glacé.

Elle se dépêcha alors de regagner sa voiture. La réceptionniste eut l'air surprise de la voir arriver à l'hôtel.

Elle était tentée de commencer sur-le-champ sa lecture, mais décida pourtant de dormir un peu. À neuf heures, elle alla emprunter une loupe à la réception. Revenue dans sa chambre, elle traîna sa table devant la fenêtre. Les publicitaires en goguette étaient sur le départ, qui en voiture, qui en minibus. Après avoir pendu à sa porte la pancarte « Ne pas déranger », elle se plongea dans les carnets. La lecture en était fastidieuse : certains mots, des phrases entières restaient parfois indéchiffrables.

Elle comprit bientôt qu'un homme se cachait derrière la signature *J.A.* Curieusement, il ne disait jamais « je », mais parlait de lui en se désignant par ces deux initiales. Elle ne saisit pas tout de suite de qui il s'agissait, puis se rappela la deuxième lettre trouvée dans les papiers de sa mère. Jan August Andrén. Ce devait être lui. Il était contremaître sur un grand chantier de chemin de fer qui progressait lentement vers l'est à travers le désert du Nevada. Il décrit avec force détails son travail et ses responsabilités. J.A. parle de rails, de traverses, de ses chefs dont la puissance l'impressionne, des maladies dont il souffre, en particulier une méchante fièvre qui l'empêche de travailler pendant une longue période.

Cela se voyait à son écriture qui soudain se mettait à trembler. J.A. note : « Fièvre et sang dans des vomissements fréquents et douloureux. » Birgitta Roslin pouvait presque physiquement partager la peur de mourir qui émanait de ces pages. En l'absence de dates régulières dans les notes de J.A., impossible d'estimer la durée de sa maladie. Quelques pages plus loin, il rédige son testament : « à mon ami Herbert, je lègue mes belles bottes et mes autres vêtements, à Mr Harrisson mon fusil et mon revolver, en le priant de faire savoir aux miens en Suède que je ne suis plus. De l'argent à l'aumônier de la compagnie pour un enterrement décent avec au moins deux psaumes chantés. Je ne pensais pas finir ma vie si vite. Dieu me vienne en aide. »

Mais J.A. ne meurt pas. Soudain, sans transition, il est rétabli.

J.A. est donc contremaître au sein de la compagnie Central Pacific, qui construit la ligne de chemin de fer depuis le Pacifique pour faire la jonction avec la ligne construite en même temps depuis la côte Est par une société concurrente. Dans son jargon mêlé de mots anglais, il se lamente sans cesse : « les ouvriers sont très *lazy* » si on n'est pas toujours sur leur dos. Il se plaint surtout des Irlandais qui boivent comme des trous et ne sont pas à leur poste au petit matin. Il calcule qu'il doit congédier un Irlandais sur quatre, ce qui cause de gros problèmes. Embaucher des Indiens est impossible, car ils refusent de travailler aussi dur. C'est plus facile avec les nègres, mais les esclaves en fuite ou les affranchis obéissent en traînant les pieds. J.A. écrit : « De braves gars de Suède, voilà ce qu'il nous faudrait, plutôt que tous ces faux jetons de *coolies* chinois et ces ivrognes d'Irlandais. »

Birgitta Roslin avait mal aux yeux à force de déchiffrer ces pattes de mouche. De temps à autre elle allait s'étendre sur le lit en fermant les yeux. Elle passa à l'une des trois liasses de lettres. Toujours de J.A. C'est la même écriture, presque illisible. Il donne de ses nouvelles à ses parents. Il y a un curieux décalage entre ce qu'il note dans son journal et ce qu'il écrit dans ses lettres. À supposer qu'il dise la vérité dans son carnet, il ment alors à ses parents. Dans son journal, il note que son salaire mensuel s'élève à onze dollars. Dans une des premières lettres lues par Birgitta Roslin, il déclare : « Mes *boss* sont si contents de moi que je touche désormais vingt-cinq dollars par mois, soit le salaire d'un percepteur général chez vous. » Il se vante, se dit-elle. J.A. sait qu'il est si loin que personne ne pourra contrôler ses dires.

Elle continua à lire les lettres, pour y découvrir d'autres mensonges, plus étonnants les uns que les autres. Tout à coup, il a une fiancée, une cuisinière, Laura, « issue d'une bonne famille de New York ». D'après la date de la lettre, c'est juste au moment où il est mourant et rédige son testament. Laura est peut-être une hallucination due à la fièvre.

L'homme que Birgitta Roslin essayait de cerner était fuyant – il se dérobait toujours. Son impatience croissait à mesure qu'elle feuilletait les lettres et les carnets.

Après avoir passé plusieurs heures penchées sur ces textes difficiles à déchiffrer, Birgitta Roslin s'arrêta net. Dans un des carnets était glissé un document qui semblait être une fiche de paie, attestant qu'au mois d'avril 1864 Jan August Andrén avait reçu un salaire de onze dollars. Elle avait à présent la preuve qu'il s'agissait bien de la même personne que l'auteur de la lettre trouvée dans les papiers de sa mère.

Elle se leva et gagna la fenêtre. Un homme, tout seul, dégageait la neige. Un certain Jan August Andrén a jadis émigré de Hesjövallen, songea-t-elle. Il atterrit au Nevada sur un chantier de chemin de fer, devient contremaître et n'aime pas les Irlandais ni les Chinois qu'il a sous ses ordres. Sa fiancée imaginaire n'est peut-être rien d'autre qu'une de ces « filles dissolues qui rôdent autour du chantier », comme il le note un peu plus tôt dans son journal. Elles répandent des maladies vénériennes parmi les ouvriers. Les prostituées qui suivent l'avancée de la voie ferrée font désordre. Outre les ouvriers malades qu'il faut mettre à la porte, de violentes bagarres éclatent régulièrement à cause des femmes.

Vers la moitié de ce carnet, J.A. parle d'un Irlandais, O'Connor, condamné à mort pour le meurtre d'un ouvrier écossais. Ivres, ils se sont querellés pour une femme. On va à présent le pendre, et le juge qui s'est spécialement déplacé a donné son accord pour que l'exécution n'ait pas lieu en ville mais au sommet d'une colline proche de la tête du chantier. Jan August Andrén commente : « C'est bien que tout le monde puisse voir où mènent l'ivrognerie et les couteaux. »

Il décrit avec force détails la mort de l'ouvrier irlandais. C'est un jeune homme avec « pas plus qu'un duvet au menton » qu'on va pendre à l'aube.

L'exécution a lieu juste avant que l'équipe du matin ne commence le travail – la pendaison ne doit pas retarder le chantier. Les contremaîtres ont reçu la consigne : tout le monde doit assister à l'exécution. Il y a beaucoup de vent. Jan August Andrén se protège la bouche et le nez avec un mouchoir avant d'aller contrôler que tous ses hommes sont bien sortis de leurs tentes pour se rendre sur la petite colline où doit avoir lieu la pendaison. Le gibet a été dressé sur une plate-forme en traverses fraîchement goudronnées. Le jeune O'Connor mort, on la démontera aussitôt pour descendre les traverses sur le chantier. Le condamné apparaît, entouré d'hommes en armes. Il y a aussi un prêtre. Jan August Andrén dépeint la scène : « Un murmure parcourt la foule. Un instant, on pourrait croire que c'est le bourreau qui est visé. Puis on se dit que c'est le soulagement de chacun de ne pas être à la place de celui qui va avoir la nuque brisée. Je me suis dit alors que beaucoup de ceux qui renâclaient d'habitude à la tâche devaient ce matin-là être aux anges à l'idée de continuer à porter des rails, pelleter du ballast et installer des traverses. »

Jan August Andrén décrit cette exécution dans les moindres détails. Comme un reporter avant l'heure, songea Birgitta Roslin. Mais il écrit pour lui-même ou peut-être pour une postérité inconnue. Il n'utiliserait pas sinon des expressions telles qu'« être aux anges ».

Le récit prend une dimension dramatique et terrifiante. O'Connor se traîne avec ses chaînes, comme un somnambule, mais, arrivé au pied du gibet, il se réveille et se met à crier. Le murmure augmente dans la foule. Jan August Andrén parle d'un « spectacle horrible que ce jeune homme qui lutte pour sa vie tout en se sachant perdu. Il se débat tandis qu'on lui passe la corde au cou, et hurle jusqu'à ce qu'on ouvre la trappe et que sa nuque se brise ». Alors, le murmure cesse, « comme si tous les présents restaient sans voix en sentant leur propre nuque se briser ».

Il s'exprime vraiment bien, se dit Birgitta Roslin. Une plume sensible.

On démonte le gibet, et on emporte le corps et les traverses. Une bagarre éclate entre des Chinois qui veulent avoir la corde qui a pendu O'Connor. Andrén note : « Les Chinois ne sont pas comme nous, ils sont sales, restent entre eux, jettent des sorts bizarres et pratiquent la magie. Ils vont certainement cuisiner une potion avec la corde du condamné. » Pour la première fois, sous sa plume, une opinion personnelle.

Le téléphone sonna. C'était Vivi Sundberg.

– Je vous réveille ?

– Non.

– Pouvez-vous descendre ? Je suis à la réception.

– C'est à quel sujet ?

– Descendez, je vous dirai.

Vivi Sundberg l'attendait près de la cheminée.

– Asseyons-nous là, dit-elle en désignant quelques fauteuils dans un coin.

– Comment saviez-vous que j'étais ici ?

– Je me suis renseignée.

Birgitta Roslin eut un mauvais pressentiment. Sundberg était réservée, froide. Elle alla droit au but :

– Nous avons beau être la police locale, nous ne

117

sommes pas complètement bouchés, commença-t-elle. Vous voyez certainement ce que je veux dire.

– Non.

– Il nous manque le contenu d'un tiroir dans la maison où j'ai eu la gentillesse de vous laisser entrer. Je vous avais priée de ne toucher à rien. Mais vous ne vous êtes pas gênée. Vous avez dû revenir pendant la nuit. Le tiroir que vous avez vidé contenait des carnets et des lettres. J'attends ici pendant que vous allez les chercher. Y avait-il cinq, ou six carnets ? Et combien de liasses de lettres ? Rendez tout. Je veux bien fermer les yeux pour cette fois. Vous pouvez aussi me remercier d'avoir pris la peine de venir jusqu'ici.

Birgitta Roslin se sentit rougir. Elle avait été prise la main dans le sac. Rien à faire. La juge s'était fait coincer.

Elle remonta dans sa chambre. Un bref instant, elle fut tentée de garder le carnet qu'elle était en train de lire. Mais que savait la policière ? Qu'elle ait l'air d'hésiter sur le nombre exact de carnets ne voulait rien dire. C'était peut-être un piège. Birgitta Roslin redescendit tout ce qu'elle avait pris. Vivi Sundberg mit les carnets et les lettres dans un sac en papier.

– Pourquoi avez-vous fait ça ? demanda-t-elle.

– J'étais curieuse. Je suis vraiment désolée.

– Y a-t-il encore quelque chose que vous ne m'ayez pas dit ?

– Non, aucun motif caché.

Vivi Sundberg la dévisagea. Birgitta Roslin se sentit de nouveau rougir. La policière se leva. Malgré son poids, ses mouvements étaient vifs.

– Laissez faire la police, dit-elle. Je ne vais pas vous poursuivre pour vous être introduite cette nuit dans la maison. On oublie. Vous rentrez chez vous, je retourne travailler.

– Pardon, je suis vraiment désolée.

– Vous l'avez déjà dit.

Vivi Sundberg regagna la voiture de police qui l'attendait dehors. Birgitta Roslin la regarda s'éloigner dans un nuage de neige. Elle remonta prendre son manteau et sortit se promener autour du lac gelé. Le vent froid soufflait par petites rafales. Elle rentra le menton. Un juge ne va pas de nuit prendre des carnets et des lettres dans la maison où deux personnes âgées viennent d'être massacrées, songea-t-elle. Vivi Sundberg en parlerait-elle à ses collègues, ou choisirait-elle de le garder pour elle ?

Birgitta Roslin fit le tour du lac et revint à l'hôtel en sueur. Après s'être douchée et changée, elle réfléchit aux derniers événements.

Elle tenta de coucher par écrit ses réflexions, mais jeta ses notes en boule dans la corbeille à papier. Voilà, elle avait visité la maison où avait grandi sa mère, avait vu sa chambre et savait que ses parents adoptifs avaient bien été tués. Il était temps de rentrer.

Elle prévint la réception qu'elle partait le lendemain et se rendit ensuite à Hudiksvall, où elle acheta un livre sur le vin. Cette fois, elle opta pour un restaurant italien. Elle s'y attarda, lut les journaux, sans s'intéresser à ce qu'on y écrivait sur Hesjövallen.

Son portable sonna. Elle vit au numéro que c'était Siv, une des jumelles.

– Tu es où ?

– Dans le Hälsingland. Je te l'ai déjà dit.

– Et qu'est-ce que tu fais là-haut ?

– Je me balade. Ça me change. Je rentre demain.

Birgitta Roslin entendit sa fille respirer.

– Vous vous êtes encore disputés, Papa et toi ?

– Qu'est-ce qui te fait dire ça ?

– C'est de pire en pire. Ça se sent quand on rentre à la maison.

– Quoi donc ?

– Que ça ne va pas entre vous. Et puis il m'en a parlé.

– Papa t'a parlé de notre couple ?

– C'est un avantage qu'il a sur toi : quand on lui pose des questions, il répond. Toi, non. Penses-y une fois rentrée. Il faut que je te laisse, je n'ai plus de crédit sur ma carte.

Elle raccrocha. Fin de la conversation. Elle songea à ce qu'avait dit sa fille. Elle l'avait blessée. En même temps, elle voyait bien qu'elle avait raison. Elle reprochait à Staffan de se dérober, mais elle faisait la même chose avec ses enfants.

Elle rentra à son hôtel, lut un peu, dîna légèrement et se coucha tôt.

Elle fut réveillée dans le noir par la sonnerie de son téléphone. Il n'y avait personne au bout du fil. L'écran n'affichait aucun numéro.

Elle eut soudain une sensation désagréable. Qui donc avait téléphoné ?

Elle alla vérifier que la porte était bien fermée et regarda par la fenêtre. Le parking de l'hôtel était désert. Le lendemain, elle ferait la seule chose raisonnable qui soit.

Rentrer.

9

À sept heures, elle prenait son petit déjeuner. Par la fenêtre qui donnait sur le lac, elle vit que le vent s'était levé. Un homme traînait dans une luge deux enfants emmitouflés. Elle se rappela la fatigue qu'on ressentait en remontant les côtes. La drôle d'impression que ça avait été, de jouer avec ses enfants dans la neige tout en ressassant des jugements compliqués. Les cris et les rires des enfants se superposaient à l'image effrayante des scènes de crime.

Elle avait un jour compté que, dans sa carrière de juge, elle avait envoyé en prison trois personnes pour meurtre et sept pour homicide. Plus un certain nombre pour des viols et des agressions que seul le hasard avait empêchés de tourner au meurtre.

L'idée l'avait dérangée. Mesurer sa vie à la seule aune des meurtriers envoyés en prison : était-ce vraiment là tout le résultat de ses efforts ?

À deux reprises, elle avait fait l'objet de menaces. La première fois, la police de Helsingborg avait jugé bon de la placer sous protection rapprochée. Il s'agissait d'un dealer lié à une bande de motards. Les enfants étaient petits. Cela avait été une période difficile pour leur vie de famille : Staffan et elle s'étaient disputés presque tous les jours.

En mangeant, elle évita de regarder les journaux qui faisaient leurs choux gras des événements de Hesjövallen.

Elle prit plutôt un journal économique qu'elle feuilleta distraitement : cours de la Bourse, représentation des femmes dans les conseils d'administration des sociétés suédoises. Il n'y avait pas grand monde dans la salle à manger. Elle alla se resservir du café, puis se demanda si elle ne rentrerait pas par le chemin des écoliers : un peu plus à l'ouest, par les forêts du Värmland ?

Soudain, quelqu'un lui adressa la parole. Un homme seul attablé un peu plus loin.

– C'est à moi que vous parlez ?

– Je me demandais juste ce que Vivi Sundberg vous voulait.

Elle ne reconnaissait pas cet homme, comprenait à peine ce qu'il disait. Sans lui laisser le temps de répondre, il se leva et s'approcha de sa table. Il tira une chaise et s'assit sans demander la permission.

L'homme était roux, avait la soixantaine bedonnante et mauvaise haleine.

Elle se fâcha et entreprit aussitôt de défendre son territoire.

– Laissez-moi déjeuner tranquille.

– Vous avez fini. Permettez-moi juste de vous poser quelques questions.

– Je ne sais même pas qui vous êtes.

– Lars Emanuelsson. Reporter. Pas journaliste. Je vaux mieux qu'eux. Je ne suis pas un scribouillard. Mes articles sont soignés et ont du style.

– Cela ne vous donne pas le droit de vous imposer et de m'empêcher de prendre mon petit déjeuner tranquille.

Lars Emanuelsson se leva et s'assit à la table voisine.

– C'est mieux comme ça ?

– Mieux, oui. Pour qui écrivez-vous ?

– Je n'ai pas encore décidé. J'écris d'abord mon papier, puis je décide pour qui il est. Je ne vends pas à n'importe qui.

Sa suffisance l'irritait. En plus il sentait, comme s'il ne s'était pas lavé depuis longtemps.

– D'après ce que je sais, vous avez parlé hier avec Vivi Sundberg. Et vous vous êtes regardées en chiens de faïence. Je me trompe ?

– Complètement. Je n'ai rien à vous dire.

– Mais vous ne niez pas lui avoir parlé ?

– Bien sûr que non.

– Qu'est-ce qu'une juge de Helsingborg a à voir avec cette enquête ? Des horreurs ont lieu dans un petit village perdu au nord de la Suède, et voilà Birgitta Roslin qui arrive.

Elle sursauta.

– Qu'est-ce que vous voulez ? Comment savez-vous qui je suis ?

– Question de méthode. On cherche toute sa vie le meilleur moyen de parvenir à ses fins. Je suppose que c'est pareil pour un juge. Les règles, les décrets, les lois et la jurisprudence sont une chose. Mais chacun ses méthodes. Je ne compte plus les enquêtes criminelles que j'ai couvertes. Pendant une année, 366 jours exactement, j'ai suivi l'enquête sur le meurtre d'Olof Palme. J'ai tout de suite compris que l'assassin ne serait jamais arrêté, car l'enquête avait échoué avant même d'avoir commencé. Les policiers et les procureurs en charge cherchaient surtout à se pavaner devant les caméras de télévision. Beaucoup étaient persuadés que Christer Pettersson était le coupable. Sauf une poignée d'enquêteurs perspicaces qui avaient compris que c'était une erreur de casting sur toute la ligne. Mais personne ne les a écoutés. Moi, je reste dans mon coin, je tournicote. C'est comme ça qu'on découvre ce que les autres ne voient pas. Par exemple, une juge qui reçoit la visite matinale d'une policière censée être occupée jour et nuit par l'enquête. Qu'est-ce que vous lui avez donné ?

– Je ne répondrai pas à cette question.

– J'en déduis donc que vous êtes impliquée jusqu'au cou dans cette affaire. Je peux très bien en faire un gros titre : « Une juge de Scanie impliquée dans la tragédie de Hesjövallen. »

Elle finit sa tasse de café et se leva. Il la suivit jusqu'à la réception.

– Donnez-moi un os à ronger, je vous le revaudrai.

– Je n'ai absolument rien à vous dire. Je ne cache aucun secret, je n'ai juste rien à dire qui puisse intéresser un journaliste.

Lars Emanuelsson fit la moue :

– Reporter. Pas journaliste. Je ne vous appelle pas juge véreux.

Une idée lui traversa l'esprit.

– C'est vous qui avez téléphoné cette nuit ?

– Non, mais…

– Je voulais en avoir le cœur net.

– Votre téléphone a donc sonné ? Cette nuit ? Pendant que vous dormiez ? Une information qui pourrait m'intéresser ?

Elle ne répondit pas. Appela l'ascenseur.

– Moi, je vais vous dire quelque chose, dit Lars Emanuelsson. La police cache un détail important. Si on peut appeler ça un détail.

Les portes de l'ascenseur s'ouvrirent. Elle entra.

– Il n'y avait pas que des vieux parmi les victimes. Dans une des maisons, on a aussi trouvé un jeune garçon.

Les portes de l'ascenseur se refermèrent. Une fois arrivée à son étage, Birgitta Roslin rebroussa chemin. Il l'attendait, n'avait pas bougé d'un pouce. Ils allèrent s'asseoir. Lars Emanuelsson alluma une cigarette.

– Il est interdit de fumer à l'intérieur.

– Vous en avez d'autres, comme ça ? C'est le cadet de mes soucis.

Un pot de fleurs trônait au milieu de la table. Il s'en servit comme cendrier.

– Il faut toujours chercher ce que la police cache. C'est comme ça qu'on comprend leur façon de penser, dans quelle direction ils orientent l'enquête. Parmi les morts, il y a un garçon de douze ans. On sait qui étaient les membres de sa famille et ce qu'il faisait dans le village. Mais ce n'est pas rendu public.

– Et comment le savez-vous ?

– C'est mon secret. Dans une enquête criminelle, il y a toujours des fuites. Il faut savoir les repérer.

– Qui est ce garçon ?

– Pas de nom pour le moment. Je le connais, mais je n'ai pas l'intention de vous le dire. Il était en visite dans sa famille. Il aurait dû être à l'école, mais se trouvait en convalescence après une opération des yeux. Il louchait, le pauvre. On lui avait remis les clignotants en place, quoi. Et il se fait trucider. Comme les vieux. Mais pas tout à fait.

– Quelle différence ?

Lars Emanuelsson se cala au fond de son siège. Son ventre débordait de sa ceinture. Birgitta Roslin le trouva totalement répugnant. Il le savait et s'en fichait.

– C'est à vous, maintenant. Vivi Sundberg, des carnets, des lettres.

– Je suis une parente éloignée de certaines des victimes. J'ai remis à Sundberg des documents qu'elle m'avait demandés.

Il la regarda en plissant les yeux.

– Est-ce que je dois vous croire ?

– Croyez ce que vous voulez.

– Et ces carnets ? Et ces lettres ?

– Il s'agissait de clarifier des liens de parenté.

– Au sein de quelle famille ?

– Brita et August Andrén.

Il hocha la tête, l'air pensif, puis écrasa sa cigarette avec une énergie inattendue.

– Maison numéro 2 ou 7. La police a donné un code

à chaque maison. 2/3, par exemple, pour la maison 2, ce qui signifie naturellement qu'on y a trouvé trois corps.

Sans la quitter des yeux, il sortit une cigarette à moitié fumée d'un paquet froissé.

– Cela n'explique pas la froideur de votre conversation.

– Elle était pressée. Alors, quelle différence pour ce garçon ?

– Je n'ai pas tout à fait réussi à tirer ça au clair. Il faut reconnaître que la police de Hudiksvall et les renforts venus de Stockholm se serrent les coudes, pour une fois. Mais je crois savoir que le gamin n'a pas été tué avec la même violence aveugle que les autres.

– Que voulez-vous dire ?

– Qu'est-ce que je veux dire ? Mais qu'on l'a tué d'un coup, sans souffrances inutiles ni supplice chinois. On peut en tirer mille conclusions, toutes plus alléchantes et sans doute plus erronées les unes que les autres. Mais je vous laisse y réfléchir seule. Si ça vous intéresse.

Après avoir de nouveau écrasé son mégot dans le pot de fleurs, il se leva.

– Je vais continuer à tournicoter. Peut-être que nous nous reverrons, qui sait ?

Birgitta monta faire sa valise, mais s'arrêta à la fenêtre, pour regarder ce père qui tirait infatigablement ses enfants sur leur luge. Elle repensa à Lars Emanuelsson. Qu'est-ce que cet homme avait dit de si désagréable, finalement ? Était-il si déplaisant que ça ? Il faisait juste son travail. Elle n'avait pas été aimable avec lui. En adoptant une autre attitude, elle lui en aurait peut-être fait dire davantage.

Elle s'installa au minuscule bureau de sa chambre et commença à prendre des notes. Comme toujours, elle avait les idées plus claires un crayon à la main. Elle n'avait lu nulle part qu'un jeune garçon avait été tué. Il était la seule victime qui ne soit pas âgée, pour autant que la police n'en cache pas d'autres. Les allusions de

Lars Emanuelsson à une violence aveugle signifiaient que les autres occupants de la maison avaient été brutalisés et peut-être même torturés avant d'être tués. Pour quelle raison cela avait-il été épargné au garçon ? Son âge ? L'assassin en aurait-il tenu compte ? Ou y avait-il autre chose ?

Aucune réponse n'allait de soi. Et puis ce n'était pas non plus son problème. Elle se sentait encore honteuse après ce qui s'était passé la veille. Son comportement était indéfendable. Elle n'osait même pas imaginer ce qui serait arrivé si elle avait été démasquée par un journaliste. On l'aurait clouée au pilori.

Elle boucla sa valise et s'apprêta à quitter la chambre. Mais, avant, elle alluma la télévision pour voir la météo et décider de son itinéraire. Elle tomba en pleine conférence de presse au commissariat de Hudiksvall. Trois personnes sur une petite estrade. La seule femme : Vivi Sundberg. Son cœur se serra. Et si elle avait l'intention de révéler qu'une juge de Helsingborg avait été prise la main dans le sac, comme un vulgaire voleur ? Birgitta Roslin se laissa tomber sur le bord du lit et monta le volume. C'était l'homme assis au centre, Tobias Ludwig, qui parlait.

Elle comprit que la conférence était en direct. Après l'intervention de Ludwig, le procureur Robertsson prit le micro. Il souligna le besoin urgent qu'avait la police de toute information ou observation émanant de la population : il pouvait s'agir de voitures, d'étrangers aperçus dans la région, bref, de tout ce qui aurait pu sortir de l'ordinaire.

Arriva le tour de Vivi Sundberg. Elle brandit un sachet plastique. Zoom de la caméra : il contenait un ruban de soie rouge. Elle déclara que la police souhaiterait savoir si quelqu'un reconnaissait ce ruban.

Birgitta Roslin approcha son visage de l'écran. Où avait-elle vu un ruban de ce genre ? Elle s'agenouilla pour

127

mieux voir. Ce ruban lui rappelait décidément quelque chose. Elle chercha à se souvenir, en vain.

On passa aux questions des journalistes. L'image de la conférence de presse disparut, remplacée par une carte météo : la neige arrivait du golfe de Finlande le long de la côte est.

Birgitta Roslin préféra rentrer par l'intérieur des terres. Elle paya sa chambre et s'en alla. Un vent mordant l'accompagna jusqu'à sa voiture. Elle cala sa valise sur la banquette arrière, étudia la carte et décida de prendre par les forêts jusqu'à Järvsö, puis cap au sud.

Une fois sur la route principale, elle s'arrêta soudain sur une aire de repos. Elle n'arrivait pas à s'ôter de la tête le ruban rouge qu'elle avait vu à la télévision. Il lui rappelait quelque chose, elle n'arrivait pas à savoir quoi. Seule une mince membrane la séparait de son souvenir. J'ai fait tout ce voyage, je peux bien fournir un effort, se dit-elle, avant d'appeler le commissariat. Les lourds nuages de neige soulevés par les camions chargés de bois lui bouchaient la vue par intermittence. On mit longtemps à lui répondre. Le standardiste semblait stressé. Elle demanda Erik Huddén.

– C'est au sujet de l'enquête, expliqua-t-elle. Hesjövallen.

– Je crois qu'il est occupé. J'essaie de vous le passer.

Il prit la communication alors qu'elle allait perdre espoir. Lui aussi semblait stressé.

– Huddén.

– Je ne sais pas si vous vous souvenez de moi, dit-elle. Je suis cette juge qui voulait absolument voir Vivi Sundberg.

– Je me souviens.

Vivi Sundberg lui avait-elle parlé des événements de la nuit ? Elle eut la nette impression qu'Erik Huddén n'était au courant de rien. Peut-être la policière avait-elle finalement gardé ça pour elle, comme promis ?

Heureusement pour moi, ce n'était sans doute pas très réglementaire de me laisser visiter la maison.

– C'est au sujet de ce ruban de soie rouge que vous avez montré à la télévision, continua-t-elle.

– Hélas, nous avons eu tort de faire ça, dit Erik Huddén.

– Pourquoi ?

– Notre standard est saturé de gens qui prétendent l'avoir vu. Jusque sur l'emballage de leurs cadeaux de Noël !

– Mon souvenir est tout à fait différent. Je crois que je l'ai vraiment vu.

– Où ?

– Je ne sais pas. Mais ce n'est pas sur un cadeau de Noël.

Il soupira, comme s'il avait du mal à se décider.

– Je peux vous montrer le ruban, finit-il par lâcher. Si vous venez tout de suite.

– D'ici une demi-heure ?

– Je vous accorderai deux minutes, pas plus.

Il vint à sa rencontre à l'accueil, reniflant et toussant. Le sachet plastique contenant le ruban rouge était sur son bureau. Il le sortit et le posa sur un papier blanc.

– Il mesure exactement dix-neuf centimètres de long, un bon centimètre de large. À un bout, un trou suggère que ce ruban était accroché quelque part. Un mélange de coton et polyester, on dirait de la soie. Nous l'avons trouvé dans la neige. C'est un de nos chiens qui l'a flairé.

Elle se concentra de son mieux, certaine de reconnaître ce ruban. Mais toujours incapable de le situer.

– Je l'ai déjà vu, dit-elle. J'en mettrais ma main au feu. Peut-être pas celui-ci, mais un ruban identique.

– Où ?

– Je ne me souviens pas.

– Si c'est en Scanie que vous en avez vu un identique, cela ne va pas nous être d'un très grand secours.

– Non, répondit-elle gravement. C'est ici que je l'ai vu.

Elle continua à observer le ruban tandis que le policier attendait, adossé au mur.

– Ça vous revient ?

– Non. Désolée.

Il remit le ruban dans le sachet et la raccompagna jusqu'à l'accueil.

– Si la mémoire vous revient, appelez-moi, dit-il. Sauf s'il s'agissait finalement d'un paquet-cadeau.

Lars Emanuelsson l'attendait sur le trottoir, une chapka élimée enfoncée sur le crâne. Quand elle le vit, son sang ne fit qu'un tour.

– Qu'est-ce que vous avez à me suivre ?

– Mais pas du tout. Je tournicote, je vous l'ai dit. Je vous ai vue par hasard entrer au commissariat, alors je me suis dit que je devrais peut-être vous attendre. Que peut bien signifier une visite aussi brève ?

– Ça, vous ne le saurez jamais. Maintenant, laissez-moi tranquille avant que je m'énerve.

Elle tourna les talons, mais l'entendit dans son dos :

– N'oubliez pas ce que je pourrais écrire.

Elle fit volte-face.

– C'est une menace ?

– Pas du tout.

– Je vous ai expliqué ce que je faisais ici. Il n'y a absolument aucune raison que je sois mêlée à l'enquête en cours.

– Le grand public lit ce qu'on écrit, peu importe que ce soit ou non la vérité.

Cette fois-ci, ce fut Emanuelsson qui tourna les talons. Elle le regarda partir avec dégoût, en espérant bien ne plus jamais le revoir.

Birgitta Roslin regagna sa voiture. Elle venait de se mettre au volant quand elle se souvint où elle avait vu le ruban rouge. Sa mémoire s'était brusquement dévoilée, sans crier gare. Pouvait-elle se tromper ? Non, l'image était tout à fait claire.

L'endroit était fermé, elle dut attendre deux heures. Elle tua le temps en battant le pavé en ville. Elle ne tenait pas en place, impatiente de vérifier ce qu'elle pensait avoir découvert.

Le restaurant chinois ouvrit à onze heures. Birgitta Roslin entra s'asseoir à la même table que la fois précédente. Elle observa les lampes pendues au-dessus des tables. Elles étaient faites d'une matière translucide, un fin plastique qui devait donner l'impression du papier de riz. De forme cylindrique. À leur base pendaient quatre rubans rouges.

Au commissariat, on lui avait dit que le ruban faisait exactement dix-neuf centimètres. Ils étaient fixés à l'abat-jour au moyen d'un petit crochet qui traversait leur partie supérieure.

La jeune femme au suédois approximatif lui apporta le menu. Elle sourit en la reconnaissant. Birgitta Roslin choisit le buffet, bien qu'elle n'ait pas faim : cela lui donnait la possibilité de se déplacer librement dans le restaurant. Elle trouva ce qu'elle cherchait à une table de deux, dans un recoin : il manquait un ruban à la lampe.

Elle se figea, retenant son souffle.

Il était assis là, se dit-elle. Dans l'angle le plus sombre. Puis il s'est levé de table, est sorti du restaurant et s'est rendu à Hesjövallen.

Elle regarda alentour. La jeune femme lui sourit. De la cuisine parvenaient des éclats de voix en chinois.

Elle songea que ni elle ni la police ne comprenaient rien à ce qui s'était passé. Le mystère était plus épais, plus profond qu'ils ne l'imaginaient.

Au fond, ils ne savaient rien.

DEUXIÈME PARTIE

Négros et chinetoques (1863)

La passe de Loushan

Les vents d'ouest soufflent violents
L'oie sauvage crie au fond du ciel glacé de lune matinale
Glacés de lune matinale
Les chevaux trottent, sabots claquants
Les clairons sonnent, graves et lents…

MAO ZEDONG, 1935

La route de Canton

10

C'était la saison la plus chaude de cette année 1863.
San et ses deux frères marchaient depuis deux jours
vers la côte, vers Canton. Au début de l'après-midi,
ils parvinrent à une bifurcation où trois têtes coupées
étaient fichées sur des piques de bambou plantées dans
le sol. Impossible de savoir depuis combien de temps
elles étaient là. Au moins une semaine, se dit Wu, le
cadet : les yeux et une grande partie des joues avaient
déjà été mangés par les corbeaux. Selon Guo Si, elles
venaient d'être tranchées depuis quelques jours à peine :
leur rictus gardait encore la trace de l'effroi ressenti à
l'approche de la mort.

San ne dit rien. En tout cas, pas ce qu'il pensait.
Ces têtes coupées étaient aussi un signe, un rappel de
ce qui pouvait arriver aux trois frères. Craignant pour
leur vie, ils avaient fui leur village reculé de la province
du Guangxi. Et voilà que cette rencontre macabre leur
rappelait qu'ils n'étaient pas sortis d'affaire.

Ils quittèrent cet endroit, que San baptisa en son for
intérieur « la fourche des trois têtes ». Pendant que Guo
Si et Wu se disputaient pour savoir s'il s'agissait de
bandits exécutés ou de paysans qui avaient déplu à un
puissant propriétaire terrien, San continuait à ressasser les
circonstances qui les avaient jetés sur les routes. Chaque
pas les éloignait davantage de leur vie passée. Au fond
d'eux-mêmes, ses deux frères espéraient certainement

revenir un jour à Wi Hei, leur village natal. Quant à lui, il ne savait pas bien. Peut-être était-il impossible pour des paysans pauvres et leurs enfants de se sortir de la misère noire où ils vivaient ? Que leur réservait l'avenir, à Canton ? Le bruit courait qu'on pouvait y embarquer clandestinement à bord de navires et traverser l'océan, vers l'est, jusqu'à un pays où les rivières charriaient des pépites d'or grosses comme des œufs de poule. La rumeur était arrivée jusqu'au village reculé de Wi Hei : ce pays habité par les diables d'étrangers était si prospère que même de simples Chinois pouvaient là-bas échapper à la misère par leur travail et devenir riches et puissants.

San ne savait que penser. Tous les pauvres rêvaient d'une vie où aucun gros propriétaire terrien ne les opprimerait. Lui aussi, obligé depuis son enfance à courber l'échine sur le bord du chemin quand passait un maître dans son palanquin. Il s'était toujours demandé d'où venaient de telles inégalités.

Il avait un jour posé la question à son père, Pei, qui pour toute réponse lui avait donné une gifle. Il ne fallait pas poser de questions inutiles. Les dieux qui vivaient dans les arbres, les ruisseaux et les montagnes avaient créé ce monde pour les hommes. Pour que ce mystérieux univers trouve son équilibre divin, il fallait des riches et des pauvres, des paysans qui peinaient derrière leur charrue tirée par des buffles, et des maîtres qui posaient à peine les pieds sur la terre qui les nourrissait.

Il n'avait plus jamais demandé à ses parents à quoi ils rêvaient, devant les images de leurs dieux. Leur vie n'était que labeur. Était-il possible de travailler plus dur, et pour si peu ? Personne à qui poser la question : tous les habitants du village étaient aussi pauvres et aussi terrorisés par l'invisible propriétaire, dont l'intendant venait chaque jour faire travailler les paysans à coups de fouet. Il les avait vus, traînant du berceau à la tombe le fardeau toujours plus écrasant de leurs tâches quotidiennes. Comme si les enfants devenaient bossus avant même d'avoir appris à marcher. Les gens, au village, dormaient sur des paillasses qu'on étendait le soir à même la terre glacée. Sous leurs têtes, de durs oreillers en tiges de bambou. Les jours s'écoulaient au rythme monotone des saisons. Ils labouraient derrières leurs buffles poussifs, plantaient le riz, en espérant que la récolte de l'année suffirait à les nourrir. Les mauvaises années, ils n'avaient presque rien à manger. Le riz fini, il fallait se nourrir de feuilles.

Ou se coucher et mourir. Il n'y avait pas d'autre issue.

San chassa ces pensées. La nuit commençait à tomber. Il chercha un bon endroit où dormir. Il y avait un bosquet au bord du chemin, près de rochers qui semblaient s'être détachés des montagnes s'élevant à perte de vue à l'ouest. Ils y étendirent leurs paillasses et partagèrent le riz qui leur restait et devait leur durer jusqu'à Canton. San regarda ses frères à la dérobée : tiendraient-ils jusqu'au bout ? Que faire si l'un d'eux tombait malade ? Il avait encore assez de force pour avancer, mais pas pour en porter un, si cela s'avérait nécessaire.

Ils ne se parlaient pas beaucoup. San leur avait dit de ne pas gaspiller leur peu d'énergie en bavardages et disputes.

– Chaque mot crié vous dérobe un pas. Pour le moment, ce qui compte, ce ne sont pas les mots, mais les pas qui doivent vous conduire jusqu'à Canton.

Aucun des frères n'y avait trouvé à redire. Ils lui faisaient confiance. Maintenant que leurs parents n'étaient plus en vie et qu'ils avaient pris la fuite, ils étaient convaincus que San prenait les bonnes décisions.

Ils se blottirent sur leurs paillasses, arrangèrent leurs nattes et fermèrent les yeux. San entendit Guo Si s'endormir le premier, bientôt suivi de Wu. Comme des enfants, songea-t-il. Ils avaient pourtant tous deux plus de vingt ans. Ils n'ont désormais plus que moi. Je fais pour eux office de vieux sage – alors que je suis encore si jeune.

Il songea combien ses frères étaient différents. Wu était têtu, depuis toujours rétif aux ordres. Ses parents s'inquiétaient pour son avenir et l'avaient prévenu : son esprit de contradiction lui jouerait des tours. Guo Si, lui, était lent et n'avait jamais causé le moindre souci à ses parents : le fils obéissant, montré en exemple à Wu.

Quant à moi, je suis un peu un mélange des deux, songea San. Mais qui suis-je vraiment ? Serai-je à la hauteur des responsabilités que je suis forcé d'assumer ?

Il flottait dans l'air une odeur de terre et d'humidité. Il était couché sur le dos, les yeux tournés vers les étoiles.

Sa mère l'avait souvent emmené le soir regarder le ciel. Il arrivait alors que son visage las s'illumine d'un sourire. Les étoiles la consolaient du fardeau de sa vie. Elle passait le plus clair de son temps courbée vers la terre, qui avalait ses plants de riz en attendant de l'avaler, elle. En levant les yeux vers la voûte céleste pendant un court instant, elle ne voyait plus la lourde terre brunâtre où elle était engluée.

Il scruta le ciel nocturne. Sa mère avait donné des noms à certaines étoiles. Cette étoile brillante, dans une constellation qui ressemblait à un dragon, elle l'avait appelée San.

– Te voilà, avait-elle dit. Voilà d'où tu viens, et où tu retourneras un jour.

L'idée de venir d'une étoile l'avait effrayé. Mais il n'avait rien dit, tant sa mère semblait se réjouir à cette pensée.

San pensa aux événements dramatiques qui l'avaient contraint à cette fuite soudaine, lui et ses frères. Un des nouveaux contremaîtres du propriétaire, un certain Fang, affublé d'une large fente entre les dents du devant, était venu reprocher à ses parents de ne pas bien s'acquitter de leur corvée. San savait que le mal de dos de son père l'empêchait de venir à bout des travaux les plus durs. Sa mère l'avait aidé, mais ils avaient pris du retard. Et voilà que ce Fang était venu se camper devant leur hutte en pisé, et sa langue sifflait comme un serpent menaçant. Fang, qui avait le même âge que San, regardait ses parents courber l'échine devant lui, yeux baissés, chapeau de paille à la main, comme des insectes qu'il pouvait à tout moment décider d'écraser. S'ils faisaient mal leur travail, on les expulserait et ils n'auraient plus qu'à devenir des mendiants.

Au cours de la nuit, San les avait entendus chuchoter. Comme il était très inhabituel qu'ils ne s'endorment pas aussitôt couchés, il avait tendu l'oreille, sans pourtant parvenir à comprendre ce qu'ils se disaient.

Au matin, la paillasse tressée de ses parents était vide. Aussitôt, il avait eu peur. Dans la hutte exiguë, tout le monde se levait d'habitude en même temps. Les parents devaient être sortis sur la pointe des pieds pour ne pas réveiller leurs fils. Il se leva en silence, enfila son pantalon déchiré et son unique blouse.

Le soleil ne s'était pas encore levé. Une lumière rose baignait l'horizon. Un coq chanta. Tout le monde s'éveillait dans le village. Tous, sauf ses parents. Ils s'étaient pendus à l'arbre qui donnait de l'ombre à la saison la plus chaude. Leurs corps se balançaient doucement dans la brise du matin.

Il n'avait qu'un souvenir vague de ce qui avait suivi. Il n'avait pas voulu que ses frères voient leurs parents pendus au bout d'une corde, bouche ouverte. Il s'était servi de la faucille que son père utilisait aux champs pour les décrocher. Ils étaient tombés lourdement sur lui, comme pour l'emporter avec eux dans la mort.

Les voisins avaient appelé le doyen du village, le vieux Bao, presque aveugle et qui tremblait au point de ne plus tenir debout. Il avait pris San à part pour lui dire qu'il valait mieux partir. Fang se vengerait certainement sur eux : il les ferait enfermer dans des cages en bambou, ou exécuter. Il n'y avait pas de juge au village, pas d'autre loi que celle du propriétaire, et Fang parlait et agissait en son nom. Ils étaient partis avant même que leurs parents finissent de se consumer sur leur bûcher.

Et voilà qu'il se retrouvait à la belle étoile, ses frères endormis près de lui. Il ignorait ce que l'avenir leur réservait. Le vieux Bao leur avait dit de gagner la côte pour chercher du travail à la ville, à Canton. San lui avait demandé quel genre de travail on trouvait là-bas, mais le vieil homme avait été incapable de lui répondre. Il s'était contenté d'indiquer l'est de sa main tremblante.

Ils avaient marché jusqu'à avoir les pieds couverts d'ampoules, en sang, la bouche sèche. Ses frères avaient pleuré de chagrin pour la mort de leurs parents, de peur face à l'inconnu. San avait essayé de les consoler, tout en les poussant à presser le pas. Fang était dangereux. Il avait des chevaux, des hommes armés de piques et de sabres acérés qui pouvaient encore les rattraper.

San contemplait toujours les étoiles. Il songea au propriétaire terrien qui vivait dans un autre monde, d'où les pauvres étaient exclus. Il ne se montrait jamais au village, n'était qu'une ombre menaçante qui se confondait avec la nuit.

San finit par s'endormir. En rêve, les trois têtes coupées l'assaillirent. Il sentait le tranchant froid du sabre sur son cou. Ses frères étaient déjà morts, leurs têtes avaient roulé à terre tandis que le sang giclait de leurs cous tranchés. Il se réveillait en sursaut pour se libérer de cette vision cauchemardesque, qui revenait à chaque fois qu'il se rendormait.

Ils se mirent en route au petit matin, après avoir bu les dernières gouttes de la cruche que Guo Si portait autour du cou. Il fallait qu'ils trouvent de l'eau. Ils continuèrent sur le chemin caillouteux. Ici et là, ils croisaient des gens qui se rendaient aux champs ou portaient de lourds fardeaux sur leur tête et leurs épaules. San commençait à se demander si ce chemin finirait jamais. Peut-être que cette mer n'existait pas. Ni cette ville, Canton. Mais il se garda d'en parler à Guo Si ou Wu. Découragés, ils se seraient mis à traîner les pieds.

Un petit chien noir avec une tache blanche sous le cou leur emboîta le pas. San ne l'avait pas vu arriver. Tout à coup, il était là, sorti de nulle part. Il essaya de le chasser, mais il revenait à chaque fois. Alors il lui lança des pierres. Mais le chien eut tôt fait de les rattraper.

– Ce chien s'appellera Don Fui, « la grande ville de l'autre côté de la mer », décréta San.

À la mi-journée, au plus fort de la chaleur, ils s'arrêtèrent dans un petit village pour se reposer à l'ombre d'un arbre. Les habitants leur donnèrent de l'eau, ils remplirent leur cruche. Le chien se coucha en haletant aux pieds de San.

Il le regarda attentivement. Ce chien était étrange. Pouvait-il être un messager du royaume des morts, envoyé par sa mère ? Un messager capable d'aller et venir entre les vivants et les morts ? San ne savait pas. Il avait toujours eu du mal à croire à tous ces dieux que vénéraient les villageois et ses parents. Comment pouvait-on adresser des prières à un arbre incapable de répondre, un arbre sans oreilles ni bouche ? Ou à un chien errant ? Si les dieux existaient, c'était en tout cas maintenant que lui et ses frères avaient besoin de leur aide.

Ils reprirent leur route dans l'après-midi. Le chemin continuait à serpenter devant eux, sans fin.

Après trois jours, de plus en plus de gens les rejoignirent sur la route. Des charrettes passaient avec leurs hauts chargements de roseaux et de sacs de riz, tandis que d'autres repartaient vides dans la direction opposée. San prit son courage à deux mains et s'adressa au conducteur d'une charrette vide :

– Combien de temps jusqu'à la mer ?

143

– Deux jours. Pas plus. Demain vous commencerez à sentir l'odeur de Canton, vous ne pouvez pas vous tromper.

Il repartit en éclatant de rire. San le regarda s'éloigner. Qu'est-ce qu'il avait voulu dire, avec cette histoire d'odeur ?

Le même après-midi, ils traversèrent un grand nuage de papillons. Les insectes étaient jaunes, translucides, leurs ailes faisaient un bruit de papier froissé. San s'arrêta au milieu du nuage, étonné. C'était comme entrer dans une maison dont les murs étaient constitués d'ailes. J'aimerais rester ici, se dit-il. J'aimerais que cette maison n'ait aucune porte. Je resterais ici à écouter les ailes des papillons jusqu'à tomber mort.

Mais il y avait ses frères. Il ne pouvait pas les laisser. Il se fraya un chemin hors du nuage de papillons et leur sourit. Il ne les abandonnerait pas.

Ils se reposèrent une nuit encore sous un arbre après avoir mangé un peu de riz. Ils se couchèrent tous la faim au ventre.

Le jour suivant, ils arrivèrent à Canton. Le chien les suivait toujours. San était de plus en plus convaincu que c'était sa mère qui, du royaume des morts, leur avait envoyé ce chien pour les protéger. Il n'avait jamais cru à ce genre d'histoires. Mais au moment de franchir les portes de la cité, il commençait à se demander si ce n'était pourtant pas la vérité.

Ils pénétrèrent dans la ville foisonnante, qui effectivement les accueillit par ses mauvaises odeurs. San avait peur d'être séparé de ses frères au milieu de cette masse d'inconnus. Il se noua une longue écharpe à la taille, et y attacha ses frères. Ils ne pouvaient désormais plus s'éloigner sans défaire l'écharpe. Ils se frayèrent lentement un chemin dans la foule, stupéfaits par les immeubles, les temples, toutes les marchandises.

L'écharpe se tendit soudain. Wu montrait quelque chose du doigt.

Un homme était assis sur un palanquin. Les rideaux qui d'ordinaire cachent le voyageur étaient tirés. Aucun doute, cet homme était mourant. Il était blanc, comme si on lui avait poudré les joues. Ou alors c'était un mauvais esprit : le diable envoyait toujours sur terre des démons au visage blanc. Et puis il n'avait pas de natte mais un long visage, très laid, avec un grand nez crochu.

Wu et Guo Si se pressèrent contre San en lui demandant si c'était un homme ou un diable. San ne savait pas. Il n'avait jamais rien vu de pareil, même dans ses pires cauchemars.

On rabattit soudain les rideaux et on emporta le palanquin. Un homme qui se tenait près de San cracha sur son passage.

– Qui était-ce ? demanda San.

L'homme le regarda avec mépris et lui demanda de répéter. San constata qu'ils parlaient deux dialectes très différents.

– L'homme sur le palanquin. Qui était-ce ?

– Un Blanc qui possède beaucoup de bateaux sur notre port.

– Il est malade ?

L'homme éclata de rire.

– Non, ils sont comme ça. Blancs comme des cadavres qu'on aurait dû brûler depuis longtemps.

Les trois frères s'enfoncèrent plus avant dans la ville crasseuse et malodorante. San observait les gens. Beaucoup étaient bien habillés. Pas en haillons comme lui. Il commençait à soupçonner que le monde n'était pas comme il se l'était imaginé.

Après avoir erré plusieurs heures dans la ville, ils aperçurent de l'eau entre les ruelles. Wu se détacha et se précipita. À quatre pattes, il se mit à boire, mais s'arrêta aussitôt en crachant : c'était salé ! Le cadavre gonflé d'un chat passa entre deux eaux. San remarqua les saletés qui flottaient, pas seulement le cadavre du chat, mais aussi des excréments d'hommes et d'animaux. Il en eut la nausée. Au village, ils utilisaient leurs excréments comme engrais sur les lopins de terre où ils cultivaient leurs légumes. Ici, les gens semblaient les déverser directement à la mer, sans rien faire pousser avec.

Il regarda devant lui sans parvenir à apercevoir l'autre rive. Ce qu'on appelle la mer doit être une sorte de très large fleuve, se dit-il.

Ils s'assirent sur un ponton flottant où étaient amarrées d'innombrables embarcations. Partout des cris, des appels. C'était là aussi une différence avec la vie à la campagne : ici, les gens criaient sans arrêt, ils semblaient toujours avoir quelque chose à dire, une raison de se plaindre. Nulle part le silence auquel San était habitué.

Ils mangèrent le reste de leur riz et partagèrent l'eau au fond de la cruche. Wu et Guo Si le regardaient à la dérobée. Il devait maintenant se montrer digne de leur confiance. Mais comment trouver du travail dans ce vacarme chaotique ? Où trouver à manger ? Où dormir ? Il regarda le chien, couché une patte sur le museau. Et maintenant, que faire ?

Il avait besoin d'être seul pour apprécier la situation. San se leva en demandant à ses frères de l'attendre avec le chien. Pour calmer leur inquiétude de le voir disparaître dans la foule compacte pour ne plus jamais revenir, il leur dit :

– Sachez qu'un lien invisible nous unit. Je reviendrai vite. Si quelqu'un vous adresse la parole, répondez poliment, mais ne partez pas d'ici. Je risquerais de ne plus vous retrouver.

Il s'enfonça dans le dédale des ruelles, en se retournant sans cesse pour se rappeler le chemin du retour. Soudain, la rue étroite déboucha sur une place où s'élevait un temple. Les gens s'agenouillaient ou s'inclinaient en

146

se balançant d'avant en arrière devant un autel couvert d'offrandes où brûlait de l'encens.

Ma mère s'y serait précipitée, songea-t-il. Mon père aussi, quoique d'un pas moins assuré. Je ne l'ai jamais vu mettre un pied devant l'autre sans hésiter.

À présent, c'était son tour de ne pas savoir quoi faire.

Quelques pierres étaient tombées du mur d'enceinte du temple. Il s'assit sur l'une d'elles. La chaleur, tous ces gens et la faim qui le taraudait lui donnaient le vertige.

Après s'être reposé, il revint vers les quais qui longeaient la Rivière des Perles. Des hommes courbés sous de lourds fardeaux montaient et descendaient des passerelles branlantes. Plus loin, il apercevait de gros navires aux mâts pliés qui avaient remonté la rivière en passant sous les ponts.

Il s'arrêta un long moment pour observer les porteurs qui ployaient sous des charges plus lourdes les unes que les autres. D'autres individus postés près des passerelles tenaient le compte de ce qu'on embarquait ou débarquait. On donnait quelques piécettes aux porteurs qui disparaissaient ensuite dans les ruelles.

Soudain, il en eut la certitude : pour survivre, il fallait porter. C'est ce que nous savons faire, mes frères et moi. Ici, pas de champs, pas de rizières. Mais nous pouvons porter, nous sommes forts.

Il rejoignit Wu et Guo Si, accroupis sur le ponton. Il resta un long moment à les regarder, blottis l'un contre l'autre.

Nous sommes comme des chiens, se dit-il. Tout le monde leur donne des coups de pied et pour vivre ils doivent se contenter de ce que les gens jettent.

Le chien l'aperçut et accourut.

Il ne lui donna pas de coup de pied.

11

Ils passèrent la nuit sur le ponton, faute de mieux. San ne savait où aller. Le chien monta la garde, grognant quand des pas feutrés s'approchaient trop. Au matin, pourtant, leur cruche avait disparu. San regarda alentour, hors de lui. Le pauvre vole le pauvre ! Même une vieille cruche vide est un butin pour celui qui n'a rien.

– Le chien est bien gentil, mais il ne vaut pas grand-chose pour monter la garde, dit San.

– Et maintenant ? demanda Wu.

– Nous allons essayer de trouver du travail, dit San.

– J'ai faim ! se plaignit Guo Si.

San secoua la tête. Guo Si savait aussi bien que lui qu'ils n'avaient plus rien.

– Nous ne pouvons pas voler, dit San, sinon nous finirons nous aussi avec nos têtes plantées sur des piques à un carrefour. Il faut d'abord travailler, pour nous procurer de quoi manger ensuite.

Il conduisit ses frères là où il avait vu des porteurs aller et venir avec leurs fardeaux. Le chien les suivait toujours. San observa un long moment ceux qui donnaient des ordres au pied des passerelles des bateaux. Il finit par se décider et aborda un petit homme bedonnant qui ne frappait pas ses porteurs, même quand ils marchaient lentement.

– Nous sommes trois frères, dit San. Nous pouvons porter.

L'homme lui lança un regard furieux, tout en continuant à contrôler les porteurs qui sortaient de la cale du bateau les épaules chargées de marchandises.

– Qu'est-ce qu'ils font à Canton, tous ces culs-terreux ? Pourquoi venez-vous ici ? Il y a un millier de paysans qui mendient du travail. J'en ai déjà plus qu'il m'en faut. Allez, du vent ! Fichez-moi la paix !

De passerelle en passerelle, on leur fit la même réponse. Personne ne voulait d'eux. Ici, à Canton, ils étaient des bons à rien.

Ce jour-là, ils mangèrent d'infectes épluchures ramassées par terre dans la rue, près d'un marché. Ils burent à une fontaine publique où s'attroupait une foule affamée. San ne trouva pas le sommeil. Il s'enfonçait les poings dans le ventre pour combattre la faim qui le taraudait. Il songea au nuage de papillons qu'il avait traversé : il lui semblait qu'ils s'étaient introduits en lui et lui déchiraient à présent les tripes de leurs ailes acérées.

Deux jours passèrent encore sans que personne veuille les employer sur les quais. À la fin du second jour, San savait qu'ils seraient bientôt à bout de forces. Ils n'avaient plus rien mangé depuis les épluchures qu'ils avaient ramassées. Ils se nourrissaient d'eau. Wu avait de la fièvre. Il se reposait, étendu à l'ombre d'une pile de tonneaux. Il tremblait.

San prit sa décision comme le soleil déclinait. Il fallait qu'ils mangent, sinon c'était la fin. Avec ses frères et le chien, il gagna un endroit dégagé où des pauvres, assis autour de feux, mangeaient ce qu'ils avaient réussi à dégotter.

Il comprenait enfin pourquoi sa mère leur avait envoyé le chien. Avec une pierre, il lui écrasa la tête. Des hommes assis près d'un feu voisin s'approchèrent. Ils avaient le visage émacié. San emprunta un couteau à l'un d'eux, découpa le chien et disposa les morceaux dans un chaudron. Ils avaient si faim qu'ils n'eurent pas la force d'attendre que la viande ait fini de cuire. San partagea équitablement entre ceux qui entouraient le feu.

Après avoir mangé, ils se couchèrent à même le sol et fermèrent les yeux. San resta seul à veiller, les yeux perdus dans les flammes. Demain, ils n'auraient même plus de chien pour se nourrir.

Il revit l'image de ses parents, pendus au petit matin à une branche. Quelle distance séparait à présent son propre cou de la corde et de la branche ? Il ne savait pas.

Soudain, il se sentit observé. Il scruta les ténèbres. Il y avait bien quelqu'un, là : le blanc de ses yeux brillait dans l'obscurité. L'homme s'approcha du feu. Il était plus âgé que San, sans être très vieux. Il souriait. San se dit qu'il devait avoir la chance de manger à sa faim.

– Je m'appelle Zi. Je vous ai vus manger un chien.

San ne répondit rien. Il attendait, sur ses gardes. Cet étranger avait quelque chose qui ne lui revenait pas.

– Je m'appelle Zi Qian Zhao. Et toi ?

San lança alentour des regards inquiets.

– Je suis sur votre terrain ?

Zi éclata de rire.

– Pas du tout ! Je voudrais juste savoir qui tu es. La curiosité est une vertu. Ceux qui en sont privés réussissent rarement dans la vie.

– Je m'appelle Wang San.

– D'où arrives-tu ?

San n'avait pas l'habitude qu'on lui pose des questions. Il commença à se méfier. Peut-être que cet homme qui disait se nommer Zi était de ceux qui peuvent juger et punir ? Peut-être que ses frères et lui avaient enfreint une de ces règles invisibles qui tiennent les pauvres gens dans leur carcan ?

D'un signe de tête hésitant, San indiqua une direction, dans l'obscurité.

– De là-bas. Mes frères et moi avons marché plusieurs jours. Nous avons traversé deux grands fleuves.

– C'est merveilleux d'avoir des frères. Et que faites-vous ici ?

– Nous cherchons du travail. Sans avoir encore rien trouvé.

– C'est difficile. Très difficile. Beaucoup sont attirés par la ville comme les mouches par le miel. Mais il n'est pas facile d'assurer sa subsistance.

San avait une question qui lui brûlait la langue, mais il décida de la ravaler. Zi semblait l'avoir devinée.

– Tu te demandes de quoi je vis, pour ne pas avoir des vêtements déchirés ?

– Je ne veux pas être curieux envers mes supérieurs.

– Mais ça ne fait rien, sourit Zi en s'asseyant. Mon père possédait des sampans, une petite flotte de commerce sur la rivière. À sa mort, avec un de mes frères, j'ai repris l'affaire. Mes deux autres frères ont émigré de l'autre côté de l'océan, en Amérique. Là, ils ont fait fortune dans la blanchisserie. L'Amérique est vraiment un pays très curieux. Dans quel autre endroit au monde peut-on ainsi s'enrichir avec la crasse des autres ?

– J'y ai pensé, dit San. À aller dans ce pays.

Zi le dévisagea.

– Pour ça, il faut de l'argent. Personne ne fait gratuitement une aussi grande traversée. Eh bien, bonne nuit. Je vous souhaite de trouver du travail.

Zi se leva, s'inclina légèrement et disparut dans le noir. San se coucha en se demandant s'il n'avait pas rêvé cette courte conversation. Peut-être avait-il parlé à sa propre ombre ? Rêvé d'être un autre ?

Ils continuèrent à arpenter la ville foisonnante, cherchant désespérément du travail et de quoi manger. San n'attachait plus ses deux frères. Il avait l'impression d'être une bête avec ses deux petits blottis contre elle au sein de la horde innombrable.

Ils cherchèrent sur les quais, dans les ruelles noires de monde. San exhorta ses frères à se tenir droit quand ils croisaient quelqu'un d'imposant, susceptible de leur donner du travail.

– Il faut avoir l'air fort. Personne n'embauchera quelqu'un qui n'a pas de forces. Malgré la faim et la fatigue, il faut avoir l'air en pleine forme.

Ils ne mangeaient que des détritus. En disputant un bout d'os à des chiens errants, San songea qu'ils étaient en train de devenir des animaux. Sa mère lui racontait souvent un conte, l'histoire d'un homme qui se transformait en animal, avec une queue et quatre pattes, et n'avait plus de bras parce qu'il était paresseux et refusait de travailler. Eux, pourtant, s'ils n'avaient pas de travail, ce n'était pas par paresse.

Ils continuèrent à dormir sur le ponton dans la chaleur moite. Parfois, la nuit, de grosses averses arrivées de la mer s'abattaient sur la ville. Ils cherchaient alors refuge sous le ponton, rampaient péniblement parmi les poutres humides, mais finissaient quand même trempés jusqu'à l'os. Guo Si et Wu commençaient à se décourager. Leur envie de vivre diminuait chaque jour qu'ils passaient affamés, sous la pluie, avec le sentiment d'être transparents et inutiles.

Un soir, San remarqua que Wu s'était recroquevillé en marmonnant des prières confuses aux dieux que ses parents vénéraient. Il eut un accès de colère. Les dieux de ses parents ne les avaient jamais aidés. Mais il ne dit rien : si Wu trouvait un réconfort dans ces prières, il n'avait pas le droit de l'en priver.

Pour San, Canton se transformait en ville de cauchemar. Chaque matin, quand commençait leur interminable quête de travail, de nouveaux cadavres gisaient dans le caniveau. Parfois, les rats ou les chiens leur avaient mangé le visage. Chaque matin, il redoutait de finir ainsi, au fond d'une des innombrables ruelles de Canton.

Après un autre jour moite, San était lui aussi sur le point de perdre espoir. Il avait tellement faim qu'il en avait des vertiges. Impossible d'aligner deux idées. Couché sur le ponton aux côtés de ses deux frères assoupis, il se dit pour la première fois qu'il vaudrait mieux s'endormir pour ne plus jamais se réveiller.

À quoi bon ?

Cette nuit-là, il rêva de nouveau aux trois têtes. Soudain, elles se mirent à lui parler, mais il n'arrivait pas à comprendre ce qu'elles disaient.

Au petit matin, quand San ouvrit les yeux, il découvrit Zi assis sur un tabouret, qui fumait la pipe. Il sourit en voyant San réveillé.

– Tu as le sommeil agité. J'ai bien vu que tu rêvais à quelque chose que tu cherchais à fuir.

– J'ai rêvé de têtes coupées, répondit San. Peut-être qu'une d'entre elles était la mienne.

Zi l'observa d'un air pensif.

– Quand·on peut choisir, on ne s'en prive pas. Ni toi ni tes frères n'avez l'air particulièrement costauds. On voit bien que vous crevez de faim. Celui qui cherche un portefaix ne choisira jamais un affamé. En tout cas, pas tant qu'affluent de nouveaux arrivants avec des forces à revendre et encore de quoi manger au fond de leur sac.

Zi vida sa pipe avant de poursuivre :

– Tous les matins, la rivière charrie des cadavres. Ce sont ceux qui n'ont plus la force de continuer à vivre. Ils remplissent de pierres les poches de leur blouse, ou se lestent les pieds. Canton est envahie par les âmes inquiètes de tous ces suicidés.

– Pourquoi me raconter ça ? Je souffre déjà assez.

D'un geste, Zi l'arrêta.

– Je ne dis pas ça pour t'inquiéter. Je ne t'aurais rien

dit si je n'avais pas quelque chose à ajouter. Mon cousin a une usine où beaucoup d'ouvriers sont malades en ce moment. Je peux peut-être vous aider, toi et tes frères.

San n'en croyait pas ses oreilles. Mais Zi répéta. Il ne promettait rien, mais il pouvait peut-être leur trouver du travail.

– Pourquoi nous aider, nous ?

Zi haussa les épaules.

– Qu'est-ce qui nous fait faire ceci, et pas cela ? J'ai peut-être juste envie de t'aider parce que tu le mérites.

Zi se leva.

– Je reviens dès que je sais. Je ne suis pas du genre à semer des promesses à la légère. Mieux vaut cent refus qu'une promesse non tenue.

Il posa quelques fruits devant San et s'éloigna. San le regarda longer le ponton puis se fondre dans la foule.

À son réveil, Wu avait toujours de la fièvre. San sentit que son front était brûlant.

Il s'assit entre Wu et Guo Si et leur parla de Zi.

– Il m'a donné ces fruits. C'est la première personne, à Canton, qui nous donne quelque chose. Peut-être que ce Zi est un dieu, quelqu'un que notre mère nous envoie depuis l'autre monde. S'il ne revient pas, nous saurons que c'est un homme faux. Attendons voir.

– D'ici qu'il revienne, nous avons le temps de mourir de faim, dit Guo Si.

San se mit en colère.

– Je n'en peux plus, de tes lamentations idiotes !

Guo Si n'ajouta rien. San espérait que l'attente ne serait pas trop longue.

Ce jour-là, la chaleur fut étouffante. San et Guo Si allaient à tour de rôle à la fontaine chercher de l'eau pour Wu. San dénicha quelques racines au marché, qu'ils mâchonnèrent crues.

Le soir arriva sans que Zi revienne. San resta seul

154

éveillé, assis près du feu à tendre l'oreille aux bruits de la nuit. Il n'entendit pourtant pas Zi arriver. Tout à coup, il était dans son dos. San sursauta.

– Réveille tes frères, dit Zi. Il faut y aller. J'ai du travail pour vous.

– Wu est malade. Ça ne peut pas attendre demain matin ?

– Vous n'êtes pas les seuls à vouloir ce travail. C'est maintenant ou jamais.

San se dépêcha de réveiller Guo Si et Wu.

– Il faut y aller ! Demain, nous aurons enfin du travail.

Zi les conduisit dans le dédale des ruelles. San remarqua qu'il marchait sur des gens couchés en pleine rue. Il tenait la main de Guo Si, qui à son tour soutenait Wu.

À l'odeur, San nota qu'ils s'approchaient de l'eau.

Tout alla très vite. Des inconnus surgirent de l'ombre, s'emparèrent d'eux et leur couvrirent la tête avec des sacs. Un coup renversa San, qui continua pourtant à se battre. Quand il se sentit de nouveau plaqué à terre, il mordit de toutes ses forces un bras et parvint à se dégager. Mais on le rattrapa aussitôt.

Tout près de lui, San entendit Wu hurler de terreur. À la lueur d'une lanterne, il vit son frère couché sur le dos. Un homme extirpa un couteau de sa poitrine et balança son corps à l'eau. Wu s'éloigna lentement, emporté par le courant.

En un instant, pris de vertige, San eut l'intuition que Wu était mort. Il n'avait pas su le protéger.

On le frappa alors violemment à l'arrière du crâne. Il était inconscient quand on le chargea avec son frère Guo Si sur une chaloupe pour les conduire à bord d'un bateau qui mouillait à quelques encablures.

C'était au printemps 1863. Cette année-là, des milliers de Chinois pauvres furent enlevés et transportés en Amérique, engloutis par une gueule insatiable. Ce qui les attendait, c'était le même travail éreintant auquel ils avaient jadis rêvé d'échapper.

On leur avait fait traverser l'océan. Avec la misère pour tout bagage.

12

San se réveilla dans le noir. Impossible de bouger. D'une main, à tâtons, il sentit les barreaux en bambou de la cage où il était enfermé, plié en deux. Fang les avait-il rattrapés et capturés ? Peut-être le ramenait-on au village ?

La cage se balançait, mais pas comme si elle pendait entre deux porteurs. En tendant l'oreille, il lui sembla distinguer un clapotis. Il comprit alors qu'il se trouvait à bord d'un bateau. Mais où était Guo Si ? Il n'y voyait rien. Il tenta d'appeler, sans parvenir à produire plus qu'un faible râle. On l'avait fortement bâillonné. Il était au bord de la panique. Accroupi dans la cage étroite, il ne pouvait déplier ni les jambes ni les bras. Il commença à donner des coups de reins dans les barreaux en bambou pour tenter de se libérer.

Soudain, tout s'illumina. Quelqu'un avait ôté la bâche qui couvrait la cage où il était enfermé. San aperçut une trappe au-dessus de lui, le ciel bleu, quelques nuages. L'homme qui se penchait vers la cage avait le visage balafré. Ses cheveux gras étaient attachés. Il cracha, passa une main entre les barreaux et défit le morceau de tissu qui bâillonnait San.

— Tu peux crier, maintenant, ricana-t-il. Ici, en pleine mer, personne ne t'entendra.

San peinait à comprendre le dialecte du matelot.

— Où suis-je ? demanda-t-il. Où est Guo Si ?

L'homme haussa les épaules.

– Bientôt, nous serons assez loin de la côte pour pouvoir te laisser aller et venir. Tu pourras aller saluer tes compagnons de route. Vos noms d'avant ne comptent plus. Vous en aurez d'autres en arrivant.

– Où ça ?

– Au paradis.

Le matelot éclata de rire avant de disparaître par la trappe. San tourna la tête. Autour de lui, des cages semblables à la sienne. Toutes recouvertes de bâches grossières. Il fut assailli par un terrifiant sentiment de solitude. Wu et Guo Si avaient disparu. Il n'était rien de plus qu'un animal en cage, en route vers une destination où personne ne se souciait de son nom.

Combien de temps cela dura, impossible de le dire. Des matelots finirent par descendre par la trappe, au bout d'une corde. Ils enlevèrent les bâches et ouvrirent les cages en hurlant aux prisonniers de se mettre debout. Les membres de San s'étaient engourdis, mais il réussit pourtant à se redresser.

Il aperçut alors Guo Si, qu'on extrayait de force de sa cage. San boitilla jusqu'à lui, les jambes raides, essuyant plusieurs coups de fouet au passage.

On les poussa sur le pont, où on les enchaîna. Les matelots, qui parlaient tous des dialectes inconnus de San, les gardaient, armés de couteaux et de sabres. Guo Si arrivait à peine à tenir debout sous le poids des grosses chaînes. San vit une profonde blessure à son front. Un des matelots s'approcha pour l'agacer de la pointe de son sabre.

– Mon frère a mal à la tête, dit San. Mais il va se remettre.

– Ça vaudrait mieux. Maintiens-le en vie, sinon on vous flanquera tous les deux par-dessus bord.

San s'inclina bien bas. Puis il aida Guo Si à s'asseoir à l'ombre d'un gros tas de cordages.

– Je suis là, dit San. Je vais t'aider.

Guo Si le regarda, les yeux injectés de sang.

– Où est Wu ?

– Il dort. Tout va bien se passer.

Guo Si retomba dans sa torpeur. San regarda prudemment autour de lui. Le bateau était un trois-mâts aux nombreuses voiles. Aucune terre en vue. D'après la position du soleil à l'horizon, il comprit qu'il faisait route vers l'est.

Les hommes enchaînés étaient à moitié nus et maigres comme lui. Il chercha Wu, en vain. Il comprit alors qu'il était vraiment mort à Canton.

L'homme assis près de San avait l'œil enflé et une profonde entaille d'une hache ou d'un sabre à la tête. San ne savait pas s'il était permis de parler ou si cela allait lui valoir des coups. Plusieurs prisonniers conversaient pourtant à voix basse.

– Je m'appelle San, murmura-t-il. On nous a attaqués en pleine nuit, mes frères et moi. Après je ne me souviens plus de rien.

– Moi, c'est Liu.

– Qu'est-ce qui t'est arrivé, Liu ?

– J'ai perdu aux cartes mon lopin de terre, mes vêtements et mes outils. Je suis menuisier. Comme j'étais incapable de payer mes dettes, ils sont venus me prendre. J'ai essayé de leur échapper, alors ils m'ont frappé. Quand j'ai ouvert les yeux, j'étais à bord de ce bateau.

– Où allons-nous ?

Liu cracha et de sa main enchaînée tâta doucement son œil douloureux.

– En regardant autour de moi, j'ai la réponse : nous allons en Amérique, ou plutôt en enfer. Si j'arrive à me libérer, je me jette par-dessus bord.

– Tu pourras rentrer à la nage ?

– Idiot. Je me noierai.

– Mais personne ne pourra enterrer tes os.

– Je me couperai un doigt et je demanderai à quelqu'un de le ramener en Chine pour l'enterrer. Il me reste un peu d'argent. Je paierai pour que mon corps ne disparaisse pas tout entier dans la mer.

Leur conversation fut interrompue par un coup de gong. On leur ordonna de s'asseoir en rang, et chacun reçut un bol de riz. San réveilla Guo Si et le nourrit avant de vider lui-même le contenu de son bol. Du vieux riz qui avait un goût de moisi.

– Même si le riz est mauvais, il nous maintiendra en vie, dit Liu. Morts, nous ne valons plus rien. Nous sommes comme des cochons qu'on engraisse avant de les envoyer à l'abattoir.

San le regarda, terrifié.

– On va nous tuer ? Comment peux-tu être au courant de ça ?

– J'ai entendu suffisamment d'histoires au cours de ma vie pour savoir ce qui nous attend. Celui qui nous a achetés nous ramassera sur le quai. Nous finirons au fond d'une mine, ou à poser un chemin de fer en plein désert, pour y faire rouler des machines au ventre plein d'eau bouillante, qui traînent des chariots montés sur d'énormes roues. Mais assez de questions. De toute façon, tu es trop idiot pour comprendre.

Liu lui tourna le dos et se coucha pour dormir. San se sentit blessé. S'il avait été libre de ses mouvements, Liu n'aurait jamais osé dire ça.

Le soir venu, le vent tomba. La voile pendait aux haubans. On leur distribua encore un bol de riz moisi, un peu d'eau et du pain si dur qu'on pouvait à peine le mâcher. Puis chacun alla à tour de rôle vider ses boyaux par-dessus bord. San dut tenir Guo Si pour qu'il ne tombe pas à l'eau sous le poids de ses lourdes chaînes, en entraînant les autres dans sa chute.

Un des matelots en uniforme sombre, au teint aussi blanc que l'homme qu'ils avaient vu à Canton juché sur son palanquin, décida que Guo Si pourrait dormir sur le pont en compagnie de San. On les enchaîna ensemble à l'un des mâts, tandis que les autres étaient redescendus à fond de cale, la trappe refermée sur eux et verrouillée.

Penché contre le mât, San regardait les matelots fumer la pipe, accroupis autour de petits braseros. Le navire tanguait en craquant, lentement soulevé par la houle. De temps à autre, on passait s'assurer que Guo Si et San n'étaient pas en train de se détacher.

– Combien de temps va durer le voyage ? demanda San.

Le matelot s'accroupit en tirant sur sa pipe qui avait une odeur douceâtre.

– On ne sait jamais, répondit-il. Au mieux sept semaines, dans le pire des cas trois mois. Si les vents sont contraires. Si nous avons des mauvais esprits à bord.

San n'était pas bien sûr de ce que voulait dire une semaine. Et un mois ? Il n'avait pas appris à compter ainsi. Au village, on suivait le soleil, les saisons. Mais il avait deviné que le voyage serait très long.

Le navire resta encalminé plusieurs jours, voiles pendantes. Les matelots étaient sur les nerfs et frappaient les prisonniers pour un oui ou pour un non. Guo Si guérissait lentement. Il avait même parfois la force de demander ce qui s'était passé.

Chaque matin, chaque soir, San scrutait l'horizon : pas de terre en vue, rien que l'océan infini et quelques oiseaux qui tournaient autour du bateau avant de disparaître.

Chaque jour, il gravait une encoche dans le mât où lui et Guo Si étaient enchaînés. À la dix-neuvième encoche, le temps changea. Une violente tempête s'abattit sur le bateau. Ils restèrent attachés au mât alors que les vagues leur déferlaient dessus. L'océan était si puissant que San pensa voir le navire mis en pièces. Pendant les jours que dura la tempête, ils n'eurent rien d'autre à manger que quelques biscuits secs qu'un matelot parvint à leur apporter, une corde attachée autour de la taille. Ils entendaient sous eux hurler de terreur ceux qui étaient enchaînés à fond de cale.

La tempête dura trois jours pleins avant que le vent ne mollisse puis tombe tout à fait. Ils restèrent une journée entière absolument immobiles, avant qu'un vent ne se lève, redonnant son entrain à l'équipage. Les voiles se gonflèrent, et les prisonniers enchaînés purent ressortir sur le pont.

San comprit qu'ils avaient de plus grandes chances de survie en restant sur le pont. Il disait à Guo Si de simuler une légère fièvre quand un matelot ou le capitaine blanc venaient les voir. Il leur assurait quant à lui que son frère était en train de guérir, mais qu'il n'allait pas encore tout à fait bien.

Quelques jours après la tempête, l'équipage découvrit un passager clandestin. Avec des cris de colère, on le tira du coin où il s'était dissimulé. Sur le pont, la colère se transforma en frénésie quand il apparut qu'il s'agissait d'une femme déguisée en homme. Si le capitaine n'était pas intervenu une arme à la main, tout l'équipage se serait jeté sur elle. Il ordonna qu'on attache cette femme au même mât que les deux frères. Celui qui s'en prendrait à elle serait fouetté tous les jours pendant le reste du trajet.

C'était une très jeune femme, dix-huit ou dix-neuf ans tout au plus. Le soir venu, alors que tout était silencieux à bord et qu'il n'y avait plus sur le pont que le barreur, la vigie et quelques hommes de quart, San se risqua à lui demander son nom en chuchotant. Elle répondit d'une voix à peine audible, les yeux à terre. Elle s'appelait Sun Na. Guo Si avait une vieille couverture que San donna à la jeune fille. Elle se coucha en s'en couvrant tout le corps, des pieds à la tête.

Le lendemain, le capitaine vint l'interroger, accompagné d'un interprète. Son dialecte était très proche de celui des deux frères, mais elle parlait si bas qu'on avait du mal à distinguer ce qu'elle disait. San comprit pourtant que ses parents étaient morts et qu'un oncle avait menacé de la marier à un propriétaire redouté, connu pour brutaliser ses jeunes épouses. Sun Na avait alors fui vers Canton. Là, elle s'était glissée à bord d'un navire en partance pour l'Amérique, où vivait une de ses sœurs. Elle avait jusqu'à maintenant réussi à rester cachée.

– Nous allons te garder en vie, dit le capitaine. Sœur ou pas, peu importe. On manque de Chinoises en Amérique.

Il sortit de sa poche une pièce d'argent qu'il fit sauter dans sa main.

– Tu seras mon petit bonus sur cette traversée. Tu ne comprends sûrement pas ce que ça veut dire, et c'est aussi bien.

Ce soir-là, San continua à lui poser des questions. De temps à autre, un matelot passait en lorgnant son corps, qu'elle s'efforçait pourtant de cacher. Elle restait la tête sous la couverture crasseuse, sans dire grand-chose. Elle venait d'un village dont San n'avait jamais entendu parler. Mais en l'écoutant décrire le paysage et la couleur particulière de l'eau de la rivière voisine, il comprit que ça ne devait pas être très loin de Wi Hei.

Leurs conversations étaient laconiques, et ils ne se parlaient qu'une fois le soir venu, en chuchotant. La journée, elle restait sous la couverture, à l'abri des regards.

Le navire poursuivait sa route vers l'est. San gravait ses encoches sur le mât. Il constata que les prisonniers qui passaient la nuit à fond de cale supportaient de plus en plus mal l'entassement et l'air vicié. On en avait déjà remonté deux, emballés dans de vieilles voiles, pour les jeter par-dessus bord sans plus de cérémonie. La mort était au gouvernail, et elle seule. C'était elle qui décidait des vents, des courants, des vagues et de ceux qu'on sortirait de la cale puante.

Quelques jours plus tard, on remonta de nouveau un mort de la cale. Ni Guo Si ni San ne virent qui on jetait par-dessus bord. Un matelot s'approcha du mât, une fois le cadavre englouti par les flots. Il tenait quelque chose emballé dans un petit bout de tissu.

– Il voulait te donner ça.

– Qui ça ?

– Tu crois que je sais son nom ?

San prit le bout de tissu. En le dépliant, il trouva un pouce coupé. Liu était donc mort. Quand il avait senti son heure venue, il s'était coupé un pouce et avait payé pour qu'on le remette à San.

Il se sentit honoré. San se voyait investi de la plus haute marque de confiance qui soit. Liu pensait que San reviendrait un jour en Chine.

San regarda le pouce, puis entreprit d'en gratter la peau et la chair contre la chaîne qu'il avait au pied. Il cacha à Guo Si ce qu'il faisait.

Il lui fallut deux jours pour racler complètement l'os. Il le lava alors à l'eau de pluie, puis le fourra dans l'ourlet de sa blouse. Il ne se déroberait pas à son devoir, même si le matelot s'était approprié l'argent censé lui revenir.

Deux jours après, un autre homme mourut. Mais cette fois-ci, on ne le remonta pas de la cale. Le mort n'était autre que le capitaine lui-même. San avait beaucoup pensé à ce pays peuplé par ces étranges hommes blancs. Soudain, il avait vu le capitaine sursauter, comme frappé par un poing invisible. Il était tombé à la renverse et n'avait plus bougé. L'équipage était accouru avec des jurons et des cris, mais en vain. Le lendemain, le capitaine disparaissait à son tour en mer – enveloppé, lui, dans la bannière étoilée.

Le décès était survenu par calme plat. Depuis plusieurs jours, pas un souffle de vent. À bord, l'impatience se changea en inquiétude et en crainte. Quelques matelots affirmaient que c'était un mauvais esprit qui avait tué le capitaine et fait tomber le vent. On risquait de se retrouver à court d'eau et de nourriture. Des disputes et des bagarres éclataient parfois sans raison. Du temps du vieux capitaine, de tels agissements auraient été immédiatement punis. Le second, qui l'avait remplacé, n'avait pas la même autorité. San sentait un sourd malaise s'installer à bord. Il continuait à faire ses encoches sur le mât. Combien de temps écoulé ? Quelle taille avait donc cet océan qu'ils traversaient si péniblement ?

Un soir, comme San s'était assoupi au pied du mât, plusieurs matelots surgirent dans le noir et détachèrent Sun Na. Pour qu'on ne l'entende pas crier, l'un d'eux la bâillonna. San, horrifié, les vit la plaquer contre le bastingage, arracher ses vêtements et la violer. Tout l'équipage défila, chacun attendant son tour.

Soudain, San s'aperçut que Guo Si s'était réveillé. Il poussa un gémissement.

– Il vaut mieux que tu fermes les yeux, dit San. Je ne veux pas que tu retombes malade. Voir ça pourrait donner une fièvre mortelle à n'importe qui.

Quand les matelots en eurent fini avec Sun Na, elle ne bougeait plus du tout. Un des matelots lui passa pourtant un nœud coulant autour du cou et suspendit son corps nu à un mât. Ses jambes tressaillirent, elle tenta de se hisser à la corde, mais les forces lui manquèrent. Elle finit par pendre, inerte. Alors, ils la jetèrent par-dessus bord. Ils ne prirent même pas la peine de l'emballer dans une bâche : son corps nu, à l'eau. San ne put réprimer un gémissement de désespoir. Un des matelots l'entendit.

– Ta fiancée te manque ?

San eut peur qu'on le jette à son tour par-dessus bord.

– Je n'ai pas de fiancée, répondit-il.

– C'est à cause d'elle que nous sommes encalminés. C'est aussi sûrement elle qui a jeté un sort au capitaine.

Maintenant, on en est débarrassés. Le vent va pouvoir se remettre à souffler.

– Alors vous avez eu tout à fait raison de la jeter à la mer.

Le matelot se pencha tout près de son visage.

– Tu as peur, dit-il. Tu as peur et tu mens. Mais ne t'inquiète pas, on ne va pas te tuer. Je ne sais pas ce que tu penses. Mais je suppose que tu m'arracherais les couilles si tu pouvais. Et pas qu'à moi, à tout l'équipage. Être tout le temps attaché à un mât, ça donne des idées...

Il partit en ricanant.

Guo Si ne reparla pas de ce qui s'était passé. San, peu à peu, se faisait à l'idée qu'ils n'arriveraient peut-être jamais sur cette autre rive inconnue. Il rêvait parfois qu'un homme sans visage venait l'écorcher vif et arracher toutes ses chairs, dont il jetait ensuite les lambeaux à de grands oiseaux. Il se réveillait alors en sursaut, toujours attaché au mât. Après un tel cauchemar, c'était un formidable soulagement.

Ils voguaient à présent à bonne allure, vent en poupe. Un matin, juste après l'aube, il entendit la vigie pousser de hauts cris depuis sa petite plate-forme à l'avant du navire. Il réveilla aussitôt Guo Si.

– Pourquoi crie-t-il ?

– Je crois qu'il a vu la terre ferme, répondit San en lui saisissant le bras.

C'était d'abord une bande sombre qui dansait au sommet des vagues. Puis elle grandit, un pays sortait de la mer.

Deux jours plus tard, ils entraient dans une large baie où une foule de bateaux à vapeur et de voiliers se pressait dans la rade et le long d'interminables quais. On rassembla tout le monde sur le pont. On hissa de l'eau douce par pleines cuves et on distribua des bouts de savon pour que les prisonniers se lavent, sous la surveillance de l'équipage. Plus personne n'était battu.

Les récalcitrants à la toilette se voyaient d'autorité frictionnés par des matelots. Chacun fut rasé et reçut plus à manger que pendant toute la traversée. Une fois ces préparatifs achevés, les chaînes qui les entravaient aux pieds furent remplacées par des menottes.

Le navire mouillait toujours dans la rade. Avec les autres, sur le pont, San et Guo Si embrassaient du regard le vaste port. Mais la ville qui s'étendait sur les collines n'avait rien d'exceptionnel. San songea à Canton. Cette ville-ci ne lui arrivait pas à la cheville. Fallait-il vraiment croire que les rivières de ce pays regorgeaient de paillettes d'or ?

Le soir venu, deux petites embarcations vinrent se ranger sous le vent le long du navire. On descendit une échelle de corde. San et Guo Si furent parmi les derniers transbordés. Les matelots qui les prirent en charge étaient tous blancs. Barbus, sentant la sueur, certains même ivres. Impatients, ils bousculèrent Guo Si qui ne se pressait pas assez. Les cheminées des deux bateaux crachaient une fumée noire. San regarda se fondre dans la nuit le navire où il avait taillé tant d'encoches dans le mât. Le dernier lien avec son pays disparaissait.

San leva les yeux vers le ciel étoilé. Il était différent. Les constellations étaient identiques, mais s'étaient déplacées.

Il lui sembla comprendre enfin sa solitude : les étoiles l'avaient abandonné.

– Où allons-nous ? chuchota Guo Si.

– Je ne sais pas.

En posant le pied sur la terre ferme, ils durent se tenir les uns aux autres pour ne pas tomber. Ils étaient restés si longtemps en mer qu'ils peinaient à garder leur équilibre sur un sol soudain immobile.

On les poussa dans une pièce sombre qui puait la peur et la pisse de chat. Un Chinois habillé comme un

Blanc entra. À ses côtés, deux autres Chinois portaient de puissantes lampes à pétrole.

– Vous resterez ici cette nuit, dit-il. Demain, le voyage continue. N'essayez pas de sortir. Si vous faites du grabuge, on vous bâillonnera. Si ça ne suffit pas, je vous trancherai la langue.

Il brandit un couteau dans la lumière des lampes.

– Faites comme je vous dis, et tout se passera bien. Sinon, gare à vous. Mes chiens aiment dévorer des langues humaines.

Il rengaina son couteau.

– Demain, on vous donnera à manger, continua-t-il. Tout ira bien. Bientôt, vous commencerez à travailler. Ceux qui se tiendront à carreau retraverseront un jour l'océan chargés de richesses.

Il sortit, suivi des porteurs de lampes. Parmi les prisonniers entassés dans le noir, personne n'osa prendre la parole. San murmura à Guo Si d'essayer de dormir un peu. Ils auraient besoin de toutes leurs forces le lendemain.

San resta longtemps éveillé près de son frère qui s'était aussitôt endormi. Autour de lui se mêlaient les respirations inquiètes des dormeurs et des insomniaques. Il colla son oreille au mur froid pour essayer d'entendre des bruits du dehors. Mais le mur épais restait muet, aucun son ne le traversait.

– Viens nous chercher, dit-il à haute voix, s'adressant à Wu. Même si tu es mort, tu es le dernier d'entre nous resté en Chine.

Le lendemain, on les emmena dans des chariots bâchés tirés par des chevaux. Ils quittèrent la ville sans en avoir finalement rien vu. Les cavaliers armés qui les escortaient n'ôtèrent les bâches des chariots qu'une fois arrivés dans un paysage sablonneux et desséché où ne poussaient que de petits arbustes.

Le soleil brillait, mais il faisait froid. Les chariots

formaient une longue caravane qui serpentait vers l'horizon, où se profilait une vaste chaîne montagneuse.

– Où allons-nous ? demanda Guo Si.

– Je ne sais pas. Je t'ai déjà demandé de ne pas poser tant de questions. Je te dis ce que je sais.

Ils progressèrent plusieurs jours vers la montagne. La nuit, ils dormaient à l'abri des chariots disposés en cercle.

Chaque jour, la température baissait. San se demanda souvent s'ils n'allaient pas mourir de froid, son frère et lui.

Il était déjà transi. Son cœur lourd, terrifié, était de glace.

13

Le 9 mars 1864, Guo Si et San attaquèrent la chaîne de montagnes qui barrait la route au chemin de fer dans sa traversée du continent nord-américain.

De mémoire d'homme, c'était le plus rude hiver qu'ait jamais connu le Nevada : des journées si froides qu'on pensait respirer des cristaux de glace.

Jusqu'alors, San et Guo Si avaient travaillé plus à l'ouest, où le terrassement et la pose des rails étaient plus aisés. Avec leurs compagnons d'infortune enlevés à Canton, on les avait mis au travail fin octobre, à peine débarqués. D'autres Chinois s'étaient occupés d'eux : habillés comme des Blancs, natte coupée, montre au gousset. Les deux frères étaient tombés sur un homme qui portait le même nom qu'eux, Wang. Guo Si avait donné à San des sueurs froides. Alors qu'il ne disait jamais rien d'habitude, il s'était plaint :

– On nous a attaqués, attachés et embarqués de force. Nous n'avons pas demandé à venir ici !

San avait cru leur dernière heure arrivée. Cet homme n'allait pas se laisser parler sur ce ton. Il allait dégainer le revolver qu'il portait à la ceinture et les abattre.

Mais Wang avait éclaté de rire, comme si Guo Si avait dit quelque chose de drôle.

– Vous n'êtes rien d'autre que des chiens, avait-il répondu. Zi m'a expédié des chiens qui parlent. Vous m'appartenez tant que vous ne m'avez pas remboursé la traversée, votre nourriture et le voyage depuis San Francisco. Vous allez payer votre dette en travaillant dur. Dans trois ans, vous serez quittes. D'ici là, vous êtes à moi. Au milieu du désert, vous pouvez toujours essayer de vous enfuir. Il y a des loups, des ours et des Indiens pour vous égorger, vous fracasser le crâne et sucer votre cervelle comme on gobe un œuf. Si vous essayez quand même, mes chiens retrouveront votre trace. Et alors gare au fouet, et ça vous fera une année de plus à travailler pour moi. Maintenant, vous savez ce qui vous attend.

San avait regardé les hommes qui se tenaient derrière Wang. Ils avaient des chiens en laisse et des fusils. San était très étonné de voir tous ces Blancs, avec leurs grandes barbes, prêts à obéir aux ordres d'un Chinois. Ce pays n'avait décidément rien à voir avec la Chine.

On les installa dans un camp au fond d'un ravin où coulait un torrent. D'un côté les tentes des ouvriers chinois, de l'autre les Irlandais, les Allemands et les autres Européens. Une grande tension régnait d'une rive à l'autre. Le torrent constituait une frontière que les Chinois ne franchissaient qu'en cas d'absolue nécessité. Les Irlandais, souvent ivres, les injuriaient en leur lançant des pierres. San et Guo Si ne comprenaient pas ce qu'ils criaient, mais leurs pierres faisaient mal : ce devait être la même chose pour leurs paroles.

Ils partageaient une tente avec douze autres Chinois. Aucun n'avait fait la traversée avec eux. San supposa que Wang préférait mêler les nouveaux arrivants avec les vétérans du chantier, pour qu'ils puissent les mettre au courant. La tente était étroite. On s'y serrait, au chaud, mais pris au piège.

Le chef de tente s'appelait Xu. Il était maigre, avec de mauvaises dents, et jouissait d'un grand respect. Il indiqua leurs places à San et Guo Si. Il leur demanda d'où ils venaient, sur quel bateau ils avaient fait la traversée, sans rien dire de lui. À côté de San dormait un certain Hao, qui lui raconta que Xu travaillait sur le chantier du chemin de fer depuis longtemps. Il était arrivé en Amérique dès le début des années 1850, pour travailler d'abord dans les mines d'or. Apparemment sans grand succès. Il avait alors acheté une vieille cabane en bois où avaient séjourné des chercheurs d'or chanceux. Personne n'avait compris pourquoi Xu avait été assez stupide pour payer vingt-cinq dollars une bicoque hors d'usage. Xu avait d'abord soigneusement recueilli toute la poussière sur le sol, puis arraché les planches disjointes du parquet pour racler la terre sous la cabane. Il avait fini par récupérer assez de poussière d'or pour rentrer à San Francisco avec une petite fortune. Il avait alors décidé de rentrer à Canton, et acheté un billet pour s'embarquer sur un vapeur. Hélas, en attendant le jour du départ, il avait fréquenté un de ces tripots où les Chinois passaient tant de temps. Il avait joué, et perdu. Jusqu'à son billet de retour. Il était alors entré à la Central Pacific : c'était un des premiers Chinois embauchés sur le chantier.

Xu parlait anglais. Grâce à lui, les deux frères surent ce qu'on leur criait par-dessus le torrent qui divisait le camp en deux. Xu n'avait que mépris pour ceux d'en face.

– Ils nous appellent « les chinetoques ». Dans leur langue, c'est très insultant. Quand ils sont ivres, les Irlandais nous traitent de porcs, c'est-à-dire *Don Fin-Yao*.

– Pourquoi ne nous aiment-ils pas ? demanda San.

– Nous valons mieux qu'eux, dit Xu. Nous travaillons plus dur, nous ne buvons pas, nous n'abandonnons jamais notre poste. Et puis nous avons les joues jaunes et les yeux bridés, nous ne leur ressemblons pas et ils n'aiment pas ça.

Chaque matin, une lanterne à la main, San et Guo Si grimpaient le sentier escarpé qui sortait du ravin. Quand il était verglacé, il y avait souvent des chutes. Deux hommes qui en étaient sortis estropiés aidaient aux cuisines à préparer le repas du soir. Les Chinois et ceux de l'autre côté du torrent travaillaient à bonne distance. Chaque groupe avait son sentier pour sortir du ravin, son chantier particulier. Les contremaîtres veillaient à ce qu'ils se côtoient le moins possible. Des rixes survenaient parfois au milieu du torrent entre des Chinois armés de gourdins et des Irlandais couteaux tirés. Les gardes barbus arrivaient alors au galop pour les séparer. Un Chinois qui avait fracassé le crâne d'un Irlandais fut abattu, un Irlandais qui avait poignardé un Chinois emmené menotté. Xu exhortait les occupants de la tente à se tenir à l'écart des bagarres et des jets de pierres. Il leur rappelait sans cesse qu'ils n'étaient que des hôtes provisoirement invités dans ce pays.

– Patience, disait-il. Un jour, ils comprendront que ce chemin de fer ne se fera jamais sans nous. Un jour, tout sera différent.

Plus tard, sous la tente, Guo Si demanda à voix basse ce que Xu avait voulu dire. Mais San ne savait pas quoi lui répondre.

En s'éloignant de la côte, ils s'étaient enfoncés dans une région sèche, où le soleil était de plus en plus froid. Quand la voix aiguë de Xu les réveillait, ils devaient se dépêcher pour ne pas fâcher les puissants contremaîtres qui risquaient de les faire travailler au-delà des douze heures habituelles. Le froid était mordant. Il neigeait presque chaque jour.

Parfois, ils apercevaient le redouté Wang, leur propriétaire, comme il disait. Il apparaissait à l'improviste et s'éclipsait de même.

Les deux frères préparaient le talus sur lequel on posait ensuite les traverses et les rails. Des feux brûlaient tout le long, pour éclairer le chantier et réchauffer le sol gelé. Ils étaient en permanence surveillés par les contremaîtres à cheval, des Blancs armés de fusils, emmitouflés dans des manteaux en peau de loup, une écharpe nouée autour de leur chapeau pour lutter contre le froid. Xu leur avait appris à répondre « *yes boss* » à tout ce qu'ils leur disaient, même s'ils ne comprenaient pas un traître mot.

On voyait les feux à plusieurs kilomètres. Là-bas, les Irlandais posaient les traverses et les rails. On entendait parfois le sifflet d'une locomotive qui crachait de la vapeur. Pour San et Guo Si, ces énormes attelages noirs étaient des dragons. Même si ceux dont leur parlait leur mère étaient colorés, il devait quand même s'agir de ces monstres noirs et luisants.

Ils étaient épuisés. À la fin des longues journées de travail, ils avaient à peine la force de se traîner jusqu'au ravin et de manger avant de s'effondrer sous la tente. San fit tout son possible pour inciter Guo Si à se laver dans l'eau froide. San était dégoûté par son propre corps quand il était sale. Il était étonné de se retrouver presque toujours seul au bord du torrent, à moitié nu, grelottant. Les seuls à venir aussi se laver étaient les nouveaux. La volonté de rester propre s'émoussait à force de labeur. Le jour finit par arriver où il se laissa tomber sur son lit comme une souche, sans s'être lavé. Couché sous la tente, San sentit se répandre la puanteur des corps. Il lui semblait se transformer à son tour en créature sans dignité, sans rêves, sans espoir. Dans un demi-sommeil, il vit ses parents, et se dit qu'il avait seulement échangé un enfer contre un autre. Voilà qu'on les forçait à travailler comme des esclaves, une vie pire que celle de ses parents. Était-ce pour ça qu'ils avaient pris la route de Canton ? N'y avait-il donc pas d'issue pour celui qui était pauvre ?

Ce soir-là, juste avant de s'endormir, San décida que leur seule chance de survie était de s'échapper. Il le voyait bien : les ouvriers, mal nourris, tombaient comme des mouches. Chaque jour, on emportait un corps.

Le lendemain, il fit part de son projet à Hao. Couché à côté de lui sous la tente, il l'écouta, pensif.

– L'Amérique est un grand pays. Mais pas assez pour qu'un Chinois comme toi ou ton frère puisse disparaître dans la nature. Si tu es vraiment décidé à t'enfuir, il faut rentrer en Chine. Sinon, tôt ou tard, on vous rattrapera. Et inutile de te dire ce qui vous arrivera alors.

San songea longtemps aux paroles de Hao. Le moment n'était pas encore venu de fuir, ni de parler de son projet à Guo Si.

Fin février, une violente tempête de neige s'abattit sur le désert du Nevada. Plus d'un mètre de neige en douze heures. À la fin de la tempête, la température chuta. Au matin du 1er mars 1864, ils durent déblayer la neige pour s'extraire des tentes. De l'autre côté du torrent gelé, les Irlandais avaient été relativement épargnés par la tempête : leurs tentes étaient abritées par la paroi du ravin. Ils se moquèrent des Chinois qui peinaient avec leurs pelles à dégager leurs tentes et les sentiers pour sortir du ravin.

On ne nous fait pas de cadeaux, pensa San. Même la neige qui tombe est injuste.

Guo Si était très fatigué : il arrivait à peine à soulever sa pelle. Mais San était résolu : jusqu'au prochain Nouvel An des Blancs, ils s'épauleraient pour rester en vie.

En mars, les premiers ouvriers noirs du chantier arrivèrent dans le ravin. Ils montèrent leurs tentes du même côté que les Chinois. Aucun des deux frères n'avait jamais vu d'hommes noirs. Leurs vêtements étaient en haillons et ils avaient froid. Beaucoup moururent peu après leur arrivée. Ils étaient si faibles qu'ils s'effondraient dans l'obscurité. On ne devait les retrouver que longtemps après, à la fonte des neiges. Les Noirs étaient plus mal traités que les Chinois. On leur aboyait « négros ! » avec encore plus de haine que les « chinetoques ! » auxquels ils avaient droit. Même Xù, qui prônait d'habitude la modération dans la façon de parler des autres ouvriers du chantier, ne cachait pas son mépris pour eux.

– Les Blancs disent qu'ils sont des anges déchus. Les négros sont des animaux sans âme et quand ils meurent, bon débarras ! À la place du cerveau, ils ont de la viande en train de pourrir.

Guo Si cracha sur les Noirs un jour que leurs équipes se croisaient sur le chantier. Choqué de voir ces hommes encore moins bien traités qu'eux, San ordonna à son frère de cesser immédiatement.

Une vague de froid inhabituelle recouvrit de son manteau d'acier le ravin et le chantier. Un soir qu'ils étaient blottis avec leurs bols de riz autour d'un feu qui les réchauffait à peine, Xu les informa qu'ils allaient déménager au pied de la montagne, qu'ils allaient attaquer au pic et à la dynamite. Il fallait qu'ils prennent toutes leurs affaires, couvertures, bols et baguettes.

Ils se mirent en route tôt le lendemain matin. San n'avait jamais eu si froid de sa vie. Il dit à Guo Si de marcher devant, pour s'assurer que son frère ne s'effondre pas sur le bas-côté. Ils suivirent la voie jusqu'au moment où finissaient les rails puis, quelques centaines de mètres plus loin, le remblai lui-même. Mais Xu les poussa de l'avant. La lumière vacillante des lanternes se perdait dans la nuit. Ils étaient tout près de la montagne que les Blancs appelaient Sierra Nevada. C'était là qu'ils allaient creuser tranchées et tunnels pour faire avancer la voie ferrée.

Xu s'arrêta au pied des premiers contreforts. Des tentes et des feux les attendaient. Les hommes, épuisés par la longue marche, s'effondrèrent à même le sol au plus près des flammes. San tomba à genoux en tendant ses mains gelées entourées de chiffons. Au même moment, il entendit une voix dans son dos. En se retournant, il se trouva face à un Blanc aux cheveux jusqu'aux épaules, à qui un châle noué autour du visage donnait un air de bandit. Il tenait un fusil. Il avait un manteau de fourrure, et une queue de renard pendait de sa chapka. Ses yeux rappelaient ceux de Zi.

L'homme brandit soudain son arme et, sans prévenir, tira deux coups en l'air. Ceux qui se réchauffaient près du feu se recroquevillèrent.

– Debout ! cria Xu. Et découvrez-vous.

San le regarda, interloqué. Fallait-il vraiment qu'ils ôtent leurs bonnets rembourrés d'herbes sèches et de chiffons ?

– Tête nue ! cria Xu, qui avait l'air de craindre l'homme au fusil. Pas de bonnets.

San ôta le sien et enjoignit d'un hochement de tête Guo Si à l'imiter. L'homme au fusil baissa son châle. Il arborait une moustache fournie. Il avait beau se trouver à plusieurs mètres, San remarqua qu'il sentait l'alcool. Il fut aussitôt sur ses gardes. Les Blancs qui sentaient l'alcool étaient toujours plus imprévisibles que les autres.

L'homme commença à parler d'une voix stridente. On aurait dit une femme en colère. Xu s'efforçait de traduire.

– Si vous avez ôté vos bonnets, c'est pour mieux écouter.

Il avait pris une voix presque aussi stridente que l'homme au fusil.

– Vos oreilles sont tellement pleines de merde que vous n'auriez rien entendu sinon, continua Xu. Je m'appelle J.A. Mais vous me direz « *boss* », et rien d'autre. Quand je vous parle, vous vous découvrez. Vous répondez, mais vous ne posez jamais de questions. Compris ?

San murmura avec les autres. Visiblement, celui-là n'aimait pas les Chinois.

J.A. continua de crier :

– Vous êtes face à un mur. Vous allez fendre cette montagne en deux, assez pour que la voie ferrée y passe. On vous a choisis parce que vous avez montré que vous savez travailler dur. Ça, ce n'est pas un boulot pour ces maudits négros ni ces ivrognes d'Irlandais. Cette montagne, c'est pour les Chinois. C'est pour ça que vous êtes là. Et moi je suis là pour vous faire marcher droit. Les feignasses regretteront d'être nées. Vu ? Je veux vous entendre répondre, tous autant que vous êtes. Après, vous pourrez vous recouvrir. Vous irez chercher les pics chez Brown. Attention, la pleine lune le rend fou, il mange les Chinois tout crus. Le reste du temps il est doux comme un agneau.

Ils répondirent tous par un murmure.

Le jour commençait à se lever quand ils se retrouvèrent au pied de la falaise, qui s'élevait presque verticalement. Leur haleine fumait. J.A. confia un moment son fusil à Brown, attrapa un pic et délimita de deux entailles à la base de la falaise la tranchée qu'ils devaient creuser. Elle faisait presque huit mètres de large.

Il n'y avait pas de rochers effondrés ni de graviers. La montagne allait leur résister âprement. Chaque éclat de pierre arraché allait leur coûter des efforts sans aucune comparaison avec tout ce qu'ils avaient enduré jusqu'à présent.

Les dieux qu'ils avaient invoqués leur avaient envoyé cette épreuve. Il leur fallait traverser cette montagne pour devenir des hommes libres, ne plus être des « chinetoques » méprisés, perdus au fin fond du désert américain.

Un profond désespoir s'empara de San. Seule l'idée que son frère et lui allaient un jour s'enfuir le faisait tenir le coup.

La montagne était un mur qui les séparait de la Chine. Quelques mètres seulement et le froid aurait disparu. Là-bas, les cerisiers étaient en fleur.

Le matin même, ils attaquèrent la montagne. Leur nouveau contremaître les surveillait comme un rapace. Même quand il avait le dos tourné, il semblait capable de repérer sur-le-champ celui qui reposait son pic, ne serait-ce qu'un instant. Il avait noué autour des poings des lanières de cuir qui déchiraient le visage du malheureux. Très vite, cet homme qui ne se séparait jamais de son fusil et ne disait que des méchancetés fut haï de tous. On rêvait de le tuer. Quelle pouvait bien être la relation entre J.A. et Wang ? J.A. était-il la chose de Wang, ou l'inverse ?

J.A. semblait taillé à l'image de cette montagne qui opposait une résistance acharnée avant de lâcher le moindre éclat, la moindre larme, le moindre cheveu de granit. Il leur fallut presque un mois pour entamer la roche sur la largeur requise. Et un homme était déjà mort. Pendant la nuit, il avait rampé hors de la tente et s'était couché nu dans la neige pour mourir. En découvrant son corps, J.A. avait laissé éclater sa colère.

– Ne pleurez pas ce suicidé, cria-t-il de sa voix stridente. Pleurez plutôt sur votre sort : vous allez devoir travailler plus pour creuser à sa place.

Le soir, le corps avait disparu.

Quelques jours plus tard, ils commencèrent à utiliser de la nitroglycérine. Le temps s'était alors un peu radouci. Dans le camp, deux hommes, Jian et Bing, avaient déjà utilisé cet explosif dangereux et imprévisible. Hissés dans des nacelles, ils en remplissaient précautionneusement les fissures. Puis ils allumaient la mèche, on les redescendait en hâte et tout le monde se mettait à l'abri. Plusieurs fois, Jian et Bing faillirent être pris de court. Un matin, une des nacelles resta coincée. Bing se jeta dans le vide et se blessa le pied en tombant sur les rochers. Le lendemain, il était de nouveau dans sa corbeille.

On racontait qu'en guise de prime, la durée du remboursement de la dette de Jian et Bing avait été raccourcie. Pourtant, personne n'était volontaire pour les remplacer dans les nacelles.

Un matin, à la mi-mai, arriva ce que tout le monde

redoutait : une des charges posées par Jian n'explosa pas. Normalement, pour éviter de risquer une explosion à retardement, on attendait une heure avant de faire une nouvelle tentative avec une autre mèche. Mais J.A. était accouru à cheval. Il ordonna à Jian et Bing de refaire tout de suite une nouvelle mise à feu. Jian essaya de lui faire comprendre qu'ils devaient attendre plus long-temps. J.A. ne l'écouta même pas. Il mit pied à terre et les frappa tous deux au visage. San entendit les os des mâchoires et du nez craquer. J.A. les chargea lui-même dans les nacelles et ordonna à Xu de les hisser sur-le-champ, s'il ne voulait pas qu'on les laisse tous mourir de froid dans la neige. On hissa les deux artificiers à moitié conscients. Quand J.A. trouvait la manœuvre trop lente, il tirait un coup de fusil en l'air.

Personne ne comprit ce qui se passa. La nitroglycérine explosa, déchiquetant les deux hommes. On n'en retrouva rien. J.A. envoya aussitôt chercher d'autres nacelles et de la corde. San fut l'un de ceux qu'il désigna pour les remplacer. Xu lui avait montré comment manipuler la nitroglycérine, mais il n'avait jamais lui-même posé de charge.

Tremblant de peur, il fut hissé le long de la falaise. Il était certain de mourir. Pourtant, une fois la nacelle redescendue, il eut le temps de courir se mettre à l'abri, et la charge explosa normalement.

Cette nuit-là, San fit part à Guo Si de son projet d'évasion. Les risques encourus ne pouvaient être pires que de rester sur le chantier. Il fallait qu'ils se sauvent et ne s'arrêtent qu'une fois en Chine.

Ils s'enfuirent quatre semaines plus tard. Sans bruit, en pleine nuit, ils quittèrent la tente, longèrent la voie, volèrent deux chevaux qui servaient au transport des rails et s'élancèrent vers l'ouest. Une fois à bonne distance de la Sierra Nevada, ils se reposèrent quelques heures près d'un feu avant de reprendre la route. Ils profitèrent d'un bras de rivière pour brouiller leur piste.

Ils s'arrêtaient souvent pour regarder en arrière. Mais le paysage était désert. Personne ne les suivait.

Peu à peu, San se mit à espérer : peut-être parviendraient-ils finalement à rentrer chez eux ? Mais cet espoir était fragile. Il n'osait pas encore y croire.

14

San fit un rêve : sous les rails noirs, les traverses étaient des côtes humaines, les siennes peut-être. Il sentait sa cage thoracique s'affaisser : impossible de remplir d'air ses poumons. Il essaya de se libérer de ce poids qui l'oppressait, en vain.

San ouvrit les yeux. Dans son sommeil, Guo Si s'était couché sur lui pour se réchauffer. San le poussa doucement et le borda sous la couverture. Il se redressa, massa ses membres engourdis et rajouta du bois dans le feu qui faiblissait entre quelques pierres ramassées à la hâte.

Il tendit ses mains vers les flammes. Ils étaient en fuite depuis trois nuits. Ils craignaient leurs contremaîtres, Wang et J.A. San n'avait pas oublié les paroles de Wang sur le sort réservé aux fuyards. Ils seraient condamnés à travailler dans la montagne si longtemps qu'il y avait peu de chances qu'ils en réchappent.

Pour le moment, personne ne semblait les poursuivre. Les contremaîtres devaient les croire trop stupides pour s'être enfuis à cheval. Des bandits en volaient parfois. Dans le meilleur des cas, ils en étaient encore à les chercher dans les environs du chantier.

Mais ils avaient à présent un gros problème. La veille, un de leurs chevaux s'était effondré. C'était celui que montait San, un petit poney indien qui semblait aussi solide que le cheval tacheté auquel s'agrippait Guo Si. Soudain, il avait trébuché et était tombé à la renverse.

Mort avant de toucher terre. San ne connaissait rien aux chevaux : il avait juste supposé que son cœur s'était arrêté de battre, comme cela arrive aussi aux hommes.

Ils avaient abandonné la bête, après lui avoir prélevé un gros morceau de viande dans le dos. Pour semer d'éventuels poursuivants, ils avaient obliqué vers le sud. Sur plusieurs centaines de mètres, San avait suivi Guo Si en balayant leurs traces avec des branchages.

Le soir venu, ils avaient cuit la viande et mangé tout ce qu'ils pouvaient avaler. Avec ce qui restait, San avait calculé qu'ils tiendraient trois jours.

San ignorait où ils étaient, combien de temps les séparait de la mer, du port avec ses nombreux bateaux. Jusqu'à présent, ils avaient pu mettre une bonne distance entre eux et la montagne. Mais avec un seul cheval, incapable de les porter tous les deux, les étapes allaient se réduire comme une peau de chagrin.

San se serra contre Guo Si pour se réchauffer. Dans l'obscurité leur parvenaient des aboiements solitaires, peut-être des renards ou des chiens sauvages.

Il fut réveillé par une explosion qui manqua lui faire éclater la tête. En ouvrant les yeux, l'oreille gauche endolorie, il se trouva nez à nez avec celui que, pendant toute leur fuite, il avait redouté de revoir un jour. Il faisait encore noir, même si on apercevait au loin les premières lueurs de l'aube derrière la Sierra Nevada. J.A. était campé devant lui, le canon de son fusil fumait. Il avait tiré tout près de l'oreille de San.

J.A. n'était pas seul. Avec lui, Brown et des Indiens qui tenaient en laisse des chiens de piste. J.A. passa son fusil à Brown et dégaina son revolver. Il le pointa sur la tête de San. Puis déplaça le canon et tira tout près de son oreille droite. En se levant, San vit que J.A. criait quelque chose, mais impossible d'entendre. Un violent roulement de tonnerre lui emplissait la tête.

J.A. dirigea alors son arme vers la tête de Guo Si et lui tira un coup près de chaque oreille. San vit que son frère pleurait de douleur.

Finie, la fuite. Après leur avoir attaché les mains dans le dos, Brown leur passa une corde au cou. Alors commença le retour vers l'est. San savait qu'ils écoperaient désormais des tâches les plus dangereuses, à moins que Wang ne décide de les pendre. Ils n'avaient de pitié à attendre de personne. Les fuyards qui s'étaient fait prendre étaient au plus bas de l'échelle sur le chantier. Ils avaient perdu leurs derniers restes de dignité. Ils n'avaient plus qu'à se tuer au travail.

Au bivouac, le premier soir, San et Guo Si étaient sourds. Le tonnerre grondait dans leur tête. San chercha le regard de son frère pour lui remonter le moral. Mais les yeux de Guo Si étaient morts. San comprit qu'il lui faudrait lutter de toutes ses forces pour le maintenir en vie. Il ne se pardonnerait jamais de le laisser mourir. Il se sentait toujours coupable de la mort de Wu.

Le lendemain de leur retour au chantier, J.A. présenta les fugitifs aux autres travailleurs. Corde au cou, mains liées dans le dos. San chercha Wang des yeux, sans parvenir à le trouver. Comme ils n'entendaient toujours rien, ils ne pouvaient qu'imaginer ce que disait J.A., juché sur son cheval. Son discours terminé, il mit pied à terre et devant toute l'assemblée leur asséna à chacun un coup de poing en pleine figure. San tomba à la renverse. Un bref instant, il crut qu'il ne pourrait jamais plus se relever.

Il finit pourtant par se remettre debout. Une fois encore.

Après cette tentative d'évasion, les choses se passèrent comme San l'avait deviné. Chaque fois qu'on utilisait de la nitroglycérine pour fendre la montagne récalcitrante, c'étaient San et Guo Si qu'on hissait dans les Nacelles de la Mort, comme les appelaient les Chinois. Après un mois, aucun des deux frères n'avait tout à fait recouvré l'audition. San commençait à croire qu'il était condamné à passer le restant de ses jours avec ce grondement sourd dans le crâne. Il fallait hausser la voix pour lui parler.

Le long été chaud et sec était arrivé. Chaque matin, ils prenaient leurs pics, ou préparaient les nacelles qui les hisseraient avec l'explosif mortel. Au prix d'infinis efforts, ils pénétraient au cœur de la montagne, creusaient ce corps de pierre qui ne cédait pas un millimètre sans résistance. Chaque matin, San se demandait comment il allait supporter ça un jour de plus.

San haïssait J.A. Et cette haine augmentait chaque jour. Le pire n'était pas sa brutalité, ou le fait d'être contraint à grimper dans ces dangereuses nacelles. Ce qui avait suscité la haine de San avait été de se voir exhibé devant les autres comme un animal.

– Je tuerai cet homme, dit San à Guo Si. Je ne quitterai pas cette montagne avant de l'avoir tué. Je le tuerai, lui et tous ses semblables.

– Alors nous mourrons aussi, dit Guo Si. On nous pendra. Tuer un Blanc, c'est se passer la corde au cou.

– Je tuerai cet homme le moment venu. Pas avant.

La canicule semblait empirer chaque jour. Ils travaillaient de l'aube au crépuscule sous un soleil de plomb. La durée du travail augmentait à mesure que les jours s'allongeaient. Des ouvriers étaient frappés d'insolation, d'autres mouraient d'épuisement. Mais il semblait toujours y avoir de nouveaux Chinois pour prendre la place des morts.

Ils arrivaient par colonnes ininterrompues de chariots. On les assaillait de questions : d'où venaient-ils, à bord de quel bateau avaient-ils effectué la traversée ? Rien ne pouvait étancher la soif de nouvelles de Chine. Une nuit, San fut réveillé en sursaut par un cri de joie suivi d'un flot de paroles. Au-dehors de la tente, il vit un homme qui sautait au cou d'un autre : il avait retrouvé un cousin.

C'est donc possible, pensa San. Des familles peuvent être réunies.

San pensa tristement à Wu, qui jamais ne descendrait d'un chariot pour se jeter dans leurs bras.

Ils finirent par entendre de nouveau normalement. San et Guo Si conversaient chaque soir comme si le temps leur était compté.

Pendant ces mois d'été, J.A. eut des fièvres et ne se montra pas. Un matin, Brown vint leur dire qu'en l'absence du contremaître, les deux frères ne seraient plus les seuls à grimper dans les Nacelles de la Mort. Sans leur donner d'explications. Peut-être parce que le contremaître traitait Brown avec le même mépris que les Chinois. San entreprit prudemment de se rapprocher de Brown. Il veillait à ne pas avoir l'air de chercher des avantages personnels. Cela aurait risqué de monter les autres contre lui. Les pauvres, soumis aux mauvais traitements, ne se faisaient pas de cadeaux : chacun pensait avant tout à sauver sa peau. Dans cette montagne, il n'y avait pas de justice, mais une souffrance que chacun cherchait autant que possible à atténuer.

San s'étonnait de constater sa ressemblance avec ces hommes à la peau cuivrée, aux longs cheveux qu'ils ornaient parfois de plumes. Malgré l'océan qui les séparait, ils auraient pu être frères. Ils avaient les mêmes traits, les mêmes yeux bridés. Mais que pensaient-ils ?

Un soir, il interrogea Brown, qui connaissait quelques mots de chinois.

– Les Indiens nous haïssent, dit Brown. Autant que vous nous haïssez. C'est la seule ressemblance que je vois.

– Pourtant, ils nous surveillent.

– Nous les nourrissons. Nous leur donnons des fusils. Nous les maintenons un cran au-dessus de vous. Ils s'imaginent avoir un pouvoir mais, au fond, ce sont des esclaves comme tous les autres.

– Tous ?

Brown haussa les épaules. Sa dernière question resta sans réponse.

Ils étaient assis dans le noir. De temps en temps, leurs pipes rougeoyaient en éclairant leurs visages. Brown avait offert à San une de ses vieilles pipes, avec du tabac. San restait sur ses gardes. Il ne savait toujours pas ce que Brown attendait en échange. Peut-être juste un peu de compagnie, briser la grande solitude du désert, maintenant qu'il n'avait même plus le contremaître avec qui parler.

San finit par oser parler de J.A.

Qui était cet homme qui les avait pistés sans relâche, avant de les rendre sourds à coups de fusil ? Qui était cet homme qui prenait plaisir à faire souffrir autrui ?

– On m'a dit ce qu'on m'a dit, dit Brown en mordant sa pipe. Vrai ou faux, je n'en sais rien. Il a débarqué un jour à San Francisco chez les huiles qui investissent dans ce chemin de fer. Embauché comme gardien. Pour faire la chasse aux fuyards, il a eu la bonne idée d'utiliser des Indiens et des chiens. C'est comme ça qu'il est devenu contremaître – mais parfois, il se joint à la battue. On raconte que personne ne lui a jamais échappé, à part ceux qui sont morts dans le désert. Et eux, il leur coupe les mains et les scalpe, comme font les Indiens, pour montrer qu'il les a bien retrouvés. Beaucoup croient qu'il a des dons surnaturels. Les Indiens pensent qu'il voit dans le noir. Ils l'appellent « Longue-barbe-qui-voit-la-nuit ».

San rumina un moment ce que Brown avait dit.

– Il ne parle pas comme vous. Un autre accent. D'où vient-il ?

– Je ne sais pas bien. De quelque part en Europe. Tout au nord, à ce qu'on dit. La Suède ? Mais je n'en suis pas sûr.

– Il n'en parle jamais ?

– Jamais. Cette histoire de pays tout au nord, c'est peut-être une légende.

– C'est un Anglais ?

Brown fit non de la tête.

– Cet homme vient de l'enfer. Et un jour il devra y retourner.

San aurait voulu poser d'autres questions, mais Brown se mit à grogner.

– Suffit, avec lui. Il va bientôt revenir. Sa fièvre est en train de baisser et ses coliques se sont calmées. Quand il sera là, je ne pourrai plus rien faire pour vous dispenser de danser avec la mort dans les nacelles.

Quelques jours plus tard, J.A. revint. Il était plus pâle et plus maigre, mais aussi plus brutal. Dès le premier jour, il assomma deux des Chinois qui travaillaient avec San et Guo Si pour la seule raison qu'ils ne l'avaient pas salué assez poliment quand il était passé à cheval devant eux. Il n'était pas satisfait de l'avancée des travaux pendant sa maladie. Brown en prit pour son grade. J.A. hurla que, désormais, il allait falloir se retrousser les manches. Ceux qui ne suivraient pas ses instructions seraient chassés dans le désert sans eau ni nourriture.

J.A. renvoya les deux frères dans les nacelles. Ils ne pouvaient plus compter sur le soutien de Brown. Dès le retour du contremaître, il s'était aplati comme un chien qui craint les coups.

Ils reprirent le corps à corps avec la montagne : faire exploser la roche, l'attaquer à coups de pic, déblayer puis préparer le talus de sable tassé où on poserait les rails. Au prix d'efforts infinis, ils triomphaient de la montagne, mètre par mètre. Au loin, ils apercevaient la fumée de la locomotive qui livrait sa cargaison de rails, de traverses et d'hommes. Ils seraient bientôt venus à bout de la montagne. San disait à son frère Guo Si que c'était comme sentir dans son dos l'haleine d'un fauve prêt à vous dévorer. Jamais pourtant les deux frères ne se demandaient à voix haute combien de temps ils tiendraient encore dans les Nacelles de la Mort. La mort accourt quand on parle d'elle. En se taisant, ils la maintenaient à distance.

L'automne arriva. Les locomotives se rapprochaient, J.A. se saoulait de plus en plus souvent. Alors, il frappait tous ceux qu'il trouvait sur son chemin. Parfois il s'endormait à cheval, avachi sur la crinière. Même alors, il continuait à terroriser tout le monde.

La nuit, San rêvait que la montagne repoussait. Au matin, à leur réveil, lui et ses compagnons allaient se retrouver devant la falaise intacte, où tout avait commencé. Pourtant, ils gagnaient lentement la partie. Au pic, à la nitroglycérine, ils se frayaient un passage vers l'est, avec dans leur dos le contremaître enragé.

Un matin, les frères virent un vieux Chinois grimper très tranquillement au sommet d'un rocher en surplomb et se jeter dans le vide. San ne devait jamais oublier la dignité avec laquelle cet homme avait mis fin à ses jours.

La mort rôdait sans cesse. Un homme s'écrasa lui-même la tête avec un pic, un autre disparut dans le désert. Le contremaître envoya des Indiens et des chiens à ses trousses, mais en vain. Ils retrouvaient la trace des fuyards, pas de ceux qui partaient dans le désert pour y mourir.

Un jour, Brown rassembla tous ceux qui travaillaient dans le secteur baptisé Porte de l'Enfer. Il les fit mettre en rang. J.A. arriva, à jeun. Il avait changé de vêtements. Lui qui puait d'habitude la sueur et l'urine s'était lavé ce jour-là. Du haut de son cheval, il parla, sans crier.

– Nous avons de la visite, commença-t-il. Quelques-uns des messieurs qui financent ce chemin de fer viennent inspecter le chantier. Je compte sur vous pour mettre du cœur à l'ouvrage. Des chants et des cris joyeux, ce serait parfait. Si on vous interroge, répondez poliment que tout va bien. Le travail, la nourriture, les tentes, et même moi : la vie est belle, tout le monde est gentil.

Celui qui dit autrement, dès que ces messieurs seront partis, ce sera sa fête, je vous le promets.

Quelques heures plus tard arrivèrent les visiteurs à bord d'un chariot couvert, escortés par un détachement de cavaliers armés et en uniforme. Ils étaient trois, vêtus de noir, avec des chapeaux haut de forme. Ils descendirent prudemment sur la roche inégale. Chacun était suivi d'un nègre, lui aussi en uniforme, qui brandissait un parapluie pour le protéger du soleil. San et Guo Si étaient dans leurs nacelles en train d'installer une charge explosive quand ils se pointèrent sur le chantier. Ils se mirent à l'abri avant que les deux frères n'allument les mèches et crient aux autres de redescendre les nacelles.

Après l'explosion, un des hommes en noir s'approcha de San pour lui parler. Un interprète l'accompagnait. San vit deux yeux bleus, un visage bienveillant. L'homme posa ses questions l'une après l'autre, sans jamais hausser la voix.

– Comment vous appelez-vous ? Depuis combien de temps êtes-vous ici ?

– San. Un an.

– Votre travail est dangereux.

– Je fais ce qu'on me dit de faire.

L'homme hocha la tête. Il sortit alors de sa poche quelques pièces, qu'il lui donna.

– Partagez avec l'homme de l'autre nacelle.

– C'est mon frère Guo Si.

Un instant, l'homme sembla préoccupé.

– Votre frère ?

– Oui.

– Le même travail dangereux ?

– Oui.

Il hocha pensivement la tête et donna à San quelques autres pièces. Puis il tourna les talons et s'en alla. San songea que, pendant les quelques instants où l'homme en noir lui avait posé ses questions, il avait réellement existé. Et voilà qu'il était redevenu un Chinois anonyme.

Une fois le chariot reparti, J.A. descendit de cheval et exigea les pièces que San avait reçues.

– Retourne t'occuper de la montagne, fit-il en montrant les nacelles. Si tu n'avais pas essayé de fuir, je t'aurais peut-être laissé garder l'argent.

San sentit bouillonner en lui une haine presque incontrôlable. Peut-être finirait-il par devoir se faire sauter, lui et ce contremaître détesté ?

Ils continuèrent le travail. L'automne s'installait, les nuits étaient plus fraîches. Arriva alors ce que San avait tant redouté. Guo Si tomba malade. Il se réveilla un matin avec des douleurs aiguës au ventre. Il se précipita hors de la tente et réussit tout juste à baisser son pantalon avant de se vider.

Craignant la contagion, on le laissa seul sous la tente. Un vieux nègre, Hoss, lui rafraîchissait le front et essuyait la bouillie aqueuse qui sortait de son corps. Hoss avait passé tant de temps auprès des malades que rien ne semblait plus pouvoir lui arriver. Il n'avait plus qu'un bras après avoir failli être écrasé sous un rocher. Avec la main qui lui restait, il épongeait le front de Guo Si en attendant sa mort.

Le contremaître apparut dans l'ouverture de la tente. Il regarda avec dégoût l'homme couché dans ses excréments.

– Tu vas mourir, oui ou non ?

Guo Si essaya en vain de se redresser.

– J'ai besoin de cette tente, continua J.A. Pourquoi faut-il que les chinetoques mettent toujours aussi longtemps à mourir ?

Le soir même, Hoss rapporta à San les mots du contremaître. Ils étaient à l'extérieur de la tente où délirait Guo Si. Soudain, il poussa un cri d'angoisse : il voyait quelqu'un arriver du désert. Hoss essaya de le calmer. Il avait assisté à assez d'agonies pour savoir que ce genre de vision était le signe d'une mort prochaine. Père, Dieu, ami ou épouse : un personnage sorti du néant venait chercher le mourant.

Guo Si était en train de s'en aller. San attendait, désespéré.

Les jours diminuèrent. L'automne s'effaçait. Bientôt l'hiver.

Pourtant, comme par miracle, Guo Si guérit. Très lentement. Ni Hoss ni San ne voulaient y croire, mais, un matin, il se leva. La mort s'était retirée de son corps sans l'emporter.

À cet instant précis, San prit la résolution de rentrer un jour en Chine. Là-bas, malgré tout, ils étaient chez eux. Pas ici, au milieu du désert. Ils attendraient leur heure.

Contre les maladies et les accidents du travail, San ne pouvait rien. Pourtant, les années suivantes, il couva Guo Si : la mort l'avait épargné une fois, il y avait peu de chances que cela se reproduise.

À coups de pic et d'explosif, ils continuèrent à creuser tranchées et tunnels à travers la montagne. Ils virent des camarades déchiquetés par l'imprévisible nitroglycérine, d'autres se suicider ou être terrassés par les maladies qui suivaient la voie de chemin de fer. L'ombre de J.A. planait sans cesse, comme la main menaçante d'un géant. Un jour, il abattit un ouvrier qui l'avait contrarié. D'autres fois, il forçait les malades et les plus faibles à accomplir les tâches les plus dangereuses, juste pour en finir plus vite.

San se dérobait toujours à l'approche de J.A. La haine qu'il éprouvait à son égard lui donnait la force de tout supporter. San ne pardonnerait jamais à J.A. son mépris quand Guo Si luttait contre la mort.

Après deux ans environ, Wang interrompit ses visites. Un jour, San entendit dire qu'il avait été abattu au cours d'une partie de cartes par un homme qui l'avait accusé de tricher.

Le moment de leur libération arriva enfin. Depuis quelque temps, San s'évertuait à trouver un moyen de retourner à Canton. Il entendit parler d'un certain Samuel Acheson, qui devait prendre la tête d'un convoi vers l'est pour traverser le continent : il cherchait quelqu'un pour lui faire la cuisine et laver son linge, et promettait de le payer. Après avoir fait fortune en ramassant de l'or dans la rivière Yukon, il voulait rendre visite à son unique sœur, à New York.

Acheson accepta d'emmener San et Guo Si. Ils ne devaient pas le regretter. Samuel Acheson traitait bien les gens, quelle que soit leur couleur de peau.

Traverser le continent, avec ses plaines interminables et ses montagnes, prit plus de temps que San n'aurait imaginé. À deux reprises, Acheson tomba malade et resta plusieurs mois alité. Il n'avait pas l'air de souffrir de maux physiques : son humeur s'obscurcissait parfois au point qu'il se retirait sous sa tente, pour n'en ressortir qu'une fois passée sa dépression. Quand il lui apportait à manger, San le voyait étendu sur son lit de camp, le visage détourné du monde.

Chaque fois, pourtant, il guérit. La dépression le quittait et ils se remettaient en route. Ils auraient pu prendre le train, mais Acheson préférait l'inconfort des chars à bœufs.

Dans les plaines interminables, San se couchait souvent le soir pour contempler le ciel étoilé. Il cherchait son père, sa mère, Wu. En vain.

Ils arrivèrent à New York et, leur salaire en poche, se mirent à la recherche d'un bateau pour l'Angleterre. San savait que c'était le seul chemin possible : aucun bateau ne reliait directement Canton ou Shanghai depuis

New York. Ils finirent par trouver une place sur le pont d'un bateau en partance pour Liverpool.

C'était en mars 1867. Le matin de leur départ, New York était plongé dans un épais brouillard. Des cornes de brume lugubres retentissaient dans la purée de pois. San et Guo Si se tenaient au bastingage.

– Nous rentrons à la maison, dit Guo Si.

– Oui, répondit San. Maintenant, nous rentrons à la maison.

Dans le baluchon où il gardait ses rares effets personnels, il avait toujours le pouce de Liu, emballé dans un chiffon de coton. Il avait bien l'intention d'accomplir ce dernier devoir.

Souvent, San rêvait de J.A. Même si Guo Si et lui avaient quitté la montagne, J.A. continuait à les hanter.

San savait qu'il ne les quitterait plus jamais. Jamais.

La plume et la pierre

15

Le 5 juillet 1867, les deux frères quittèrent Liverpool à bord du *Nellie*.

San constata bientôt que Guo Si et lui étaient les seuls Chinois à bord. On leur avait assigné des couchettes à l'écart, en proue. Le vieux rafiot sentait la pourriture. Le *Nellie* était bien compartimenté. Il n'y avait pas de murs de séparation, mais chacun des passagers avait son quartier. On naviguait ensemble vers une même destination, mais sans empiéter sur le territoire du voisin.

Alors que le bateau mouillait encore au port, San avait remarqué deux passagers discrets, aux cheveux clairs, qui s'agenouillaient régulièrement près du bastingage pour prier. Ils semblaient totalement indifférents aux marins qui s'activaient à la manœuvre autour d'eux, aux ordres que criait le capitaine. Les deux hommes demeuraient abîmés dans leurs prières, puis se relevaient calmement.

Soudain, ils se tournèrent vers San en s'inclinant. San sursauta, comme s'ils l'avaient menacé. Jamais un Blanc ne s'était incliné devant lui. Les Blancs ne s'inclinaient pas devant les Chinois. Ils leur donnaient des coups de pied. Il se retira bien vite et regagna sa couchette. Qui étaient donc ces hommes ? Leur attitude lui était incompréhensible.

En fin d'après-midi, on largua les amarres, le bateau fut remorqué hors du port et on hissa les voiles. Une brise fraîche soufflait au nord. Le bateau mit cap à l'est, à bonne allure.

San se tenait au bastingage. Il sentait le vent frais sur son visage. Les deux frères achevaient enfin leur tour du monde pour rentrer chez eux. San ne savait pas ce qui les attendait une fois en Chine. Il voulait juste éviter de retomber dans la misère.

Le vent lui fouettant le visage, San en vint à penser à Sun Na. Il avait beau savoir qu'elle était morte, il parvenait presque à l'imaginer à ses côtés. Mais quand il tendait la main, il n'y avait rien que le vent qui filait entre ses doigts.

Quelques jours après le départ, alors qu'ils étaient en pleine mer, les deux hommes aux cheveux clairs s'approchèrent de San. Ils avaient avec eux un membre de l'équipage, un vieil homme qui parlait chinois. San eut peur : Guo Si et lui avaient-ils commis quelque faute ? Le marin, Mott, lui expliqua que les deux hommes étaient des missionnaires suédois en route pour la Chine. Il les présenta : messieurs Elgstrand et Lodin.

La prononciation chinoise de Mott était laborieuse. San et Guo Si comprirent en tout cas qu'il s'agissait de prêtres qui avaient consacré leur vie à l'évangélisation de la Chine. Ils se rendaient à Fuzhou pour y fonder une communauté, puis convertir les Chinois à la vraie foi. Ils combattraient le paganisme et montreraient la voie du royaume de Dieu, la seule véritable finalité de l'homme.

San et Guo Si seraient-ils d'accord pour les aider à se familiariser au chinois usuel ? Ils avaient déjà de vagues notions, mais étaient prêts à travailler dur pendant la traversée pour être au point en débarquant en Chine.

San réfléchit. Il ne voyait pas de raison de refuser le salaire que les hommes aux cheveux clairs étaient prêts à lui verser. Cela faciliterait leur retour au pays.

Il s'inclina.

– Ce sera une grande joie pour Guo Si et moi d'aider ces messieurs à se familiariser avec la langue chinoise.

Ils commencèrent à travailler dès le lendemain. Elgstrand et Lodin voulaient inviter San et Guo Si dans le quartier qu'ils occupaient à bord. San refusa. Il préférait rester en proue.

San endossa le rôle de professeur. Guo Si restait la plupart du temps à écouter, en retrait.

Les deux missionnaires suédois traitaient les deux frères comme leurs égaux. Il fallut du temps à San pour baisser la garde. Il finit cependant par ne plus se méfier de leur gentillesse. Il s'étonnait de les voir faire ce long voyage sans y être forcés. Ces jeunes hommes étaient habités par un réel désir de sauver des âmes de la damnation éternelle. Ils étaient prêts à sacrifier leur vie pour leur foi. Elgstrand venait d'une famille de simples paysans, tandis que le père de Lodin avait été pasteur dans des territoires reculés. Ils leur montrèrent sur une carte d'où ils venaient. Ils parlaient ouvertement, sans chercher à cacher leurs origines modestes.

En regardant la carte du monde, San mesura l'étendue du voyage qu'il avait effectué avec son frère.

Elgstrand et Lodin étaient assidus. Ils travaillaient beaucoup et apprenaient vite. Au passage du golfe de Gascogne, ils avaient pris un rythme de croisière : leçon le matin et en fin d'après-midi. San commença à leur poser des questions sur leur foi et leur Dieu. Il aurait voulu comprendre ce qui chez sa mère était toujours demeuré pour lui un mystère. Elle n'avait jamais entendu parler du Dieu des chrétiens, mais elle priait d'autres puissances invisibles. Comment pouvait-on être prêt à sacrifier sa vie pour que d'autres croient au Dieu qu'on vénérait ?

C'était le plus souvent Elgstrand qui parlait. Selon lui, tous les hommes étaient des pécheurs, mais ils pouvaient être sauvés et aller au paradis après leur mort.

San songea à la haine qu'il ressentait pour Zi, pour Wang qui heureusement était mort et pour J.A. Elgstrand affirmait que, pour le Dieu des chrétiens, le pire crime était de tuer un de ses semblables.

San était choqué. Elgstrand et Lodin ne pouvaient pas avoir raison. Ils parlaient sans cesse de ce qui attendait l'homme après sa mort, jamais de la façon de changer le cours de sa vie.

Elgstrand revenait souvent à l'idée que tous les hommes se valaient : aux yeux de Dieu, ils étaient tous de pauvres pécheurs. Mais San ne concevait pas comment Zi, J.A. et lui-même pourraient se présenter au Jugement dernier sur un pied d'égalité.

Il était très sceptique. En même temps, il s'étonnait de la gentillesse et de la patience apparemment sans bornes dont les deux jeunes hommes faisaient preuve à leur égard. Il constatait aussi que son frère s'isolait pour de grandes conversations avec Lodin, qui semblaient le combler de joie. Pour cette raison, San n'engagea jamais de discussion avec Guo Si sur ce qu'il pensait vraiment du Dieu des Blancs.

Elgstrand et Lodin partageaient leur nourriture avec San et Guo Si. San ne pouvait démêler le vrai du faux au sujet de leur Dieu. Mais il était par contre convaincu que les deux hommes vivaient conformément à leurs préceptes.

Après trente-deux jours de navigation, le *Nellie* fit escale au Cap pour se ravitailler puis continua vers le sud. À l'approche du cap de Bonne-Espérance, une violente tempête s'abattit sur eux. Voiles arrachées, le *Nellie* fut quatre jours durant la proie des vagues déchaînées. San était terrorisé à l'idée de faire naufrage, tout comme l'équipage. Les seuls à rester parfaitement calmes étaient Elgstrand et Lodin. Ou alors ils cachaient bien leur peur.

Guo Si fut pris de panique et Lodin resta près de lui

alors que les paquets de mer déferlaient sur le navire, menaçant de briser la coque. Le calme revenu, il tomba à genoux en déclarant vouloir embrasser la foi en ce Dieu que les hommes blancs s'apprêtaient à révéler à ses frères chinois.

Le calme avec lequel les missionnaires avaient traversé la tempête ne laissait pas d'étonner San. Mais il n'était pas comme son frère prêt à tomber à genoux et prier un Dieu encore trop mystérieux et fuyant.

Une fois contourné le cap de Bonne-Espérance, ils s'engagèrent, vent en poupe, sur l'océan Indien. Le temps se réchauffait, de plus en plus agréable. San continuait ses leçons quotidiennes, tandis que Guo Si s'isolait avec Lodin pour converser à voix basse.

San ignorait pourtant ce qui l'attendait. Guo Si tomba brusquement malade. Il réveilla San en pleine nuit et lui chuchota qu'il avait commencé à cracher du sang. Il était blafard et secoué de frissons. San demanda à un des hommes de quart d'aller chercher les missionnaires. L'homme, un Américain métis, regarda Guo Si sur sa paillasse.

— Il faudrait que j'aille réveiller un de ces messieurs, juste parce qu'un cul-terreux chinois est en train de pisser le sang ?

— Si vous ne le faites pas, ils vous puniront demain.

Le marin fronça les sourcils. Comment un *coolie* chinois pouvait-il se permettre de s'adresser de cette façon à un membre d'équipage ? Mais il savait aussi que les missionnaires passaient beaucoup de temps avec San et Guo Si.

Il alla chercher Elgstrand et Lodin, qui portèrent Guo Si dans leur cabine et l'installèrent sur une des couchettes. Lodin avait l'air de s'y connaître en médecine. Il administra à Guo Si plusieurs sortes de médicaments. San s'était accroupi contre la paroi de l'étroite cabine. La lumière vacillante de la lampe projetait des ombres sur les cloisons. Le navire se balançait lentement dans la houle.

La fin fut rapide. Guo Si mourut à l'aube. Avant qu'il pousse son dernier soupir, Elgstrand et Lodin lui promirent que Dieu l'accueillerait s'il confessait ses péchés et sa foi. Ils lui tinrent la main et prièrent ensemble. San resta seul dans un coin de la pièce. Il n'y avait rien qu'il puisse faire. Son deuxième frère allait le quitter. Force était pourtant de constater que les missionnaires donnaient à Guo Si une sérénité et une confiance qu'il n'avait jamais eues de sa vie.

San eut du mal à comprendre les dernières paroles de Guo Si, mais il devina qu'il voulait dire qu'il n'avait pas peur de mourir.

– Je m'en vais, dit Guo Si. Je marche sur l'eau, comme Jésus. Je m'en vais vers un monde meilleur. Wu m'y attend. Et toi aussi, tu y viendras un jour.

Guo Si mort, San resta prostré, mains sur les oreilles. Il secoua la tête quand Elgstrand essaya de lui parler. Personne ne pouvait l'aider dans son désarroi.

Il regagna sa place, à la proue du navire. Deux matelots cousirent Guo Si dans une vieille voile, lestée avec de la ferraille rouillée.

Elgstrand prévint San que le capitaine procéderait aux funérailles deux heures plus tard.

– Je veux rester seul avec mon frère, dit San. Je ne veux pas qu'il attende sur le pont avant qu'on le jette à la mer.

Elgstrand et Lodin portèrent le corps dans leur cabine et sortirent. Avec un couteau qu'il trouva sur la tablette, San pratiqua une ouverture discrète dans la voile cousue. Il coupa le pied gauche de Guo Si. Veillant bien à ne répandre aucune goutte de sang, il pansa le moignon puis emballa le pied dans un autre bout de tissu qu'il glissa sous sa blouse. Il répara enfin le sac en toile de voile. Personne ne pourrait se douter qu'il avait été ouvert.

J'avais deux frères, songea-t-il. J'étais censé veiller sur eux. Tout ce qui me reste à présent, c'est un pied.

Le capitaine et l'équipage se rassemblèrent près du bastingage. On plaça Guo Si dans son linceul sur une planche, calée sur des tréteaux. Le capitaine ôta sa casquette. Il lut un passage de la Bible puis entonna un psaume. Elgstrand et Lodin chantèrent d'une voix claire. Au moment où le capitaine s'apprêtait à ordonner qu'on bascule la planche par-dessus le bastingage, Elgstrand leva la main.

– Ce modeste Chinois, Wang Guo Si, a trouvé son salut avant de mourir. Même si son corps va bientôt rejoindre les fonds marins, son âme flotte déjà libre au-dessus de nous. Prions Dieu qui accueille les morts et libère leur âme. Amen.

Au signal du capitaine, San ferma les yeux. Il entendit au loin un bruit d'éclaboussures quand le corps toucha l'eau.

San regagna la place qui leur avait été assignée, à lui et son frère. Il n'avait toujours pas réalisé que Guo Si était mort. Au moment même où il le sentait plus solide, en particulier grâce à sa rencontre avec les deux missionnaires, une maladie inconnue l'avait soudain emporté.

Le chagrin, songea San. Le chagrin et l'épouvante face à ce que lui avait réservé la vie, voilà ce qui l'a tué. Pas la toux et la fièvre.

Elgstrand et Lodin voulaient le consoler. Mais San demanda qu'on le laisse seul.

La nuit suivant les funérailles, San entreprit de racler la peau, les tendons et les muscles du pied de Guo Si. Il n'avait rien d'autre qu'une tige de fer rouillé trouvée sur le pont pour cette tâche sanglante. Il y travaillait en cachette, la nuit tombée. Il jetait par-dessus bord les restes de chair. Une fois l'os mis à nu, il l'essuya soigneusement avec un chiffon puis le serra dans son baluchon.

Il resta seul toute la semaine suivante. Parfois, il se disait que ce qu'il avait de mieux à faire était de se glisser sur le pont à la faveur de la nuit, d'enjamber le bastingage et de se jeter à la mer, sans bruit. Mais il fallait qu'il rapporte en Chine les ossements de son frère.

Il reprit ses leçons auprès des missionnaires. Il ne pouvait s'empêcher de penser à ce qu'ils avaient signifié pour Guo Si. Il n'était pas mort en criant dans les tourments de l'agonie, mais avec calme. Elgstrand et Lodin lui avaient donné ce qu'il y a de plus difficile : le courage de mourir.

Pendant le reste du voyage, jusqu'à Java où le bateau s'arrêta pour se ravitailler puis enfin Canton, San questionna beaucoup les missionnaires sur leur Dieu capable de consoler les mourants en leur promettant le paradis, qu'ils soient riches ou pauvres.

Pourtant, la vraie question était de savoir pourquoi Dieu avait laissé Guo Si mourir, en l'abandonnant, au moment où ils allaient rentrer chez eux après avoir traversé tant d'épreuves. Ni Elgstrand ni Lodin ne furent capables de fournir de réponse convaincante. Pour les chrétiens, les voies du Seigneur sont impénétrables, dit Elgstrand. Qu'est-ce que cela signifiait ? Que la vie n'était que l'attente de ce qui venait après ? Que la foi restait un mystère ?

San approchait Canton plein d'interrogations. Il voulait à présent apprendre à écrire pour pouvoir rédiger le récit de tout ce qui lui était arrivé, à lui et ses frères, depuis ce matin où il avait trouvé leurs parents pendus à la branche de l'arbre.

Quelques jours avant d'atteindre la côte chinoise, Elgstrand et Lodin vinrent s'asseoir près de lui sur le pont.

– Nous nous demandions ce que tu avais l'intention de faire une fois arrivé à Canton, fit Lodin.

San secoua la tête. Il n'avait aucune idée.

– Nous aimerions ne pas te perdre, dit Elgstrand.

Nous sommes devenus proches pendant ce voyage. Sans toi, notre chinois serait encore plus faible qu'il ne l'est aujourd'hui. Nous te proposons de venir avec nous. Tu recevras un salaire et tu nous aideras à construire la grande communauté chrétienne dont nous rêvons.

San resta longtemps silencieux avant de répondre. Sa décision prise, il se leva et s'inclina profondément à deux reprises devant les missionnaires.

Il les suivrait. Peut-être serait-il à son tour touché par la révélation qui avait illuminé les derniers jours de Guo Si ?

Le 12 septembre 1867, San reposa le pied sur le sol de Canton. Avec, dans son baluchon, les os de son frère et le pouce de Liu. C'était tout ce qu'il rapportait de ce si long voyage.

Sur le quai, il regarda alentour. Cherchait-il Zi ? Wu ? Impossible à dire.

Quelques semaines plus tard, il accompagna les missionnaires sur un bateau qui remontait le fleuve jusqu'à Fuzhou. San contemplait le paysage qui défilait lentement. Il cherchait un endroit où enterrer les restes de Guo Si.

Il voulait le faire seul. C'était une affaire entre lui et les âmes de ses parents et de ses ancêtres. Elgstrand et Lodin n'apprécieraient sans doute pas qu'il se plie à ces rituels anciens.

Le bateau voguait lentement vers le nord. Sur les berges, les grenouilles chantaient.

San était rentré chez lui.

16

Un soir d'automne 1868, San était assis à une petite table, à la lueur d'une bougie. Il commença laborieusement à former les idéogrammes qui deviendraient le récit de sa vie. Cinq ans avaient passé depuis que Zi les avait enlevés, lui et Guo Si, un an depuis qu'il était rentré à Canton avec le pied de son frère dans son baluchon. Durant cette dernière année, il avait suivi Elgstrand et Lodin à Fuzhou, était devenu leur fidèle serviteur et avait appris à écrire auprès d'un professeur qu'ils lui avaient trouvé.

Un vent violent soufflait à sa fenêtre le soir où il avait entrepris de coucher son récit sur le papier. Tendant l'oreille, le stylet à la main, il se sentait revenu à bord d'un navire.

Il commençait seulement à prendre la mesure de son aventure. Il décida de tout raconter en détail, sans rien omettre. S'il lui manquait un mot ou un idéogramme, il pouvait toujours s'adresser à son maître Pei, qui avait promis de l'aider. Il l'avait aussi exhorté à ne pas perdre de temps : Pei sentait sa vie tirer vers sa fin.

Une question le taraudait depuis un an qu'il était installé dans la maison qu'Elgstrand et Lodin avaient achetée à Fuzhou. À qui adresser ce récit ? Il ne reviendrait jamais dans son village, et personne d'autre ne savait qui il était.

Si le créateur régnant sur les vivants et les morts

existait vraiment, il veillerait à ce que les écrits de San trouvent leur lecteur.

San commença à écrire, lentement, laborieusement, tandis que le vent s'acharnait contre les murs. Il se balançait sur son tabouret. Bientôt, la pièce s'était transformée en navire, le sol tanguait sous ses pieds.

Il avait placé sur la table plusieurs mains de papier. Comme l'écrevisse au fond du fleuve, il voulait progresser à reculons jusqu'au point où ses parents oscillaient dans le vent, pendus à la branche de leur arbre. Il voulait commencer par le voyage qui l'avait mené ici, dont le souvenir était le plus net.

En débarquant à Canton, Elgstrand et Lodin furent à la fois enthousiasmés et effrayés. Le grouillement chaotique de la foule, les odeurs inconnues et l'incapacité à comprendre le dialecte particulier des habitants de la ville : tous leurs repères étaient brouillés. Ils étaient attendus par un certain Tomas Hamberg, un missionnaire suédois travaillant pour une compagnie allemande qui se consacrait à la diffusion de traductions chinoises de la Bible. Hamberg les reçut très bien, les hébergea chez lui, dans la concession allemande. San les suivit. Il avait décidé d'être un serviteur discret qui surveillait les porteurs de bagages, ceux à qui on confiait le linge des missionnaires, et qui restait disponible à toute heure du jour ou de la nuit. À la dérobée, il écoutait tout ce qui se disait. Hamberg parlait mieux chinois qu'Elgstrand et Lodin et, pour les entraîner, il leur parlait souvent dans cette langue. Par l'embrasure d'une porte, il l'entendit demander à Lodin comment ils l'avaient rencontré. Il fut étonné et amer de l'entendre conseiller à Lodin de ne pas accorder une confiance aussi grande à un serviteur chinois.

C'était la première fois que San entendait un missionnaire dire du mal d'un Chinois. Il resta pourtant convaincu que ni Elgstrand ni Lodin ne se rangeraient à l'avis de Hamberg. Ils n'étaient pas comme lui.

Après quelques semaines d'intenses préparatifs, ils quittèrent Canton, longèrent la côte, puis remontèrent le fleuve Min Jiang jusqu'à Fuzhou, la ville de la Pagode blanche. Par l'entremise de Hamberg, ils avaient une lettre de recommandation adressée au plus grand mandarin de la cité, qui par le passé s'était montré bien disposé à l'égard des missionnaires chrétiens. Au grand étonnement de San, Elgstrand et Lodin n'hésitèrent pas à se jeter à genoux, front à terre, devant le mandarin. Celui-ci autorisa leur activité en ville et, après de longues recherches, ils finirent par trouver ce qui leur convenait : une vaste propriété enclose derrière un mur d'enceinte, disposant de plusieurs bâtiments.

Le jour où ils emménagèrent, Elgstrand et Lodin s'agenouillèrent pour bénir le domaine, qui représentait leur avenir. San s'agenouilla lui aussi, mais sans prononcer aucune bénédiction. Il songeait au pied de Guo Si, qu'il n'avait pas encore enterré.

Il lui fallut plusieurs mois pour repérer au bord du fleuve un endroit où le soleil du soir embrasait la cime des arbres en couvrant peu à peu le sol d'ombre. San s'y rendit plusieurs fois. Adossé à un rocher, il ressentait une grande paix. Le fleuve coulait doucement en contrebas. L'automne était déjà là, mais des fleurs poussaient pourtant le long des berges.

Ici, il pourrait venir s'asseoir pour parler avec ses frères. Ici, il serait près d'eux. Ici, ils seraient réunis. La frontière entre les vivants et les morts serait abolie.

Tôt un matin, sans se faire remarquer, il descendit au fleuve, creusa un trou profond et y enterra le pied de Guo Si et le pouce de Liu. Il les recouvrit de terre en effaçant toute trace, puis posa une pierre rapportée d'Amérique pour marquer la sépulture.

San se dit qu'il devrait peut-être prononcer une des

prières que lui avaient apprises les missionnaires. Mais comme Wu, qui était lui aussi d'une certaine façon présent en ce lieu, n'avait jamais entendu parler du Dieu à qui ces prières étaient adressées, il se contenta de prononcer leurs noms. Ainsi pourvues d'ailes, leurs âmes pourraient prendre leur envol.

Elgstrand et Lodin déployaient une énergie étonnante. San ressentait un respect de plus en plus profond devant leur capacité à aplanir tous les obstacles et persuader les gens de les aider à aménager la mission. Bien sûr, ils avaient aussi de l'argent. C'était nécessaire. Elgstrand avait convenu avec un armateur anglais qui faisait régulièrement escale à Fuzhou qu'il convoierait les fonds en provenance de Suède. San s'étonnait que les missionnaires n'aient pas l'air de craindre les voleurs, qui n'auraient pas hésité à les tuer pour s'emparer de leurs richesses. Elgstrand conservait l'argent sous son oreiller. Quand lui ou Lodin n'étaient pas là, la responsabilité en revenait à San.

Un jour, San compta en cachette l'argent que contenait la petite mallette en cuir. L'importance de la somme le stupéfia. Un bref instant, il fut tenté de partir avec le magot. Il y avait de quoi gagner Pékin et y vivre en rentier le restant de ses jours.

La tentation disparut quand il songea à Guo Si et aux soins dont l'avaient entouré les missionnaires sur son lit de mort.

San vivait quant à lui une vie qu'il n'aurait jamais osé espérer. Il avait une chambre, un lit, des vêtements propres, de la nourriture en suffisance. Après avoir été au dernier degré de l'échelle, il avait à présent sous sa responsabilité tous les serviteurs du domaine. Il était ferme, mais ne les punissait jamais physiquement quand ils commettaient des erreurs.

Quelques semaines à peine après leur arrivée, Elgstrand

et Lodin ouvrirent leurs portes en invitant les curieux à venir écouter le message des étrangers blancs. La cour fut bientôt pleine à craquer. San, en retrait, entendait Elgstrand parler dans son chinois rudimentaire de ce Dieu étrange qui avait envoyé son fils se faire crucifier. Lodin distribuait dans la foule des chromos qui passaient de main en main.

Quand Elgstrand eut fini de parler, l'assistance se dispersa très vite. Mais tout recommença le lendemain. Les gens revenaient, en entraînaient d'autres. Toute la ville parla bientôt de ces étranges Blancs qui s'étaient installés parmi eux. Le plus dur à comprendre pour les Chinois était qu'Elgstrand et Lodin n'étaient pas là pour faire des affaires. Ils n'avaient rien à vendre, rien à acheter. Ils se contentaient de parler dans leur mauvais chinois de leur Dieu qui traitait tous les hommes sur un pied d'égalité.

En ces premiers temps, les missionnaires ne ménagèrent pas leurs efforts. Au-dessus de l'entrée du domaine, ils avaient déjà cloué des caractères chinois annonçant : « Temple du Vrai Dieu ». Les deux hommes semblaient ne jamais dormir, toujours sur la brèche. San les entendaient parfois utiliser en chinois l'expression « vile idolâtrie », pour désigner les croyances traditionnelles qu'il fallait à tout prix combattre. Il se demandait comment ils pouvaient bien espérer convaincre des Chinois ordinaires d'abandonner ce en quoi ils croyaient depuis des générations. Comment un Dieu qui avait laissé son fils se faire clouer sur une croix pourrait-il donner à un Chinois pauvre réconfort et courage ?

San eut lui aussi beaucoup à faire dès leur arrivée en ville. Quand Elgstrand et Lodin eurent acheté le lieu qui convenait à leurs projets, ils chargèrent San de recruter des domestiques. Comme on se pressait spontanément pour demander du travail, San n'avait qu'à faire le tri en se fiant à son flair.

Quelques semaines après leur installation, en ouvrant comme il le faisait tous les matins le lourd portail de bois, San se trouva nez à nez avec une jeune femme. Elle attendait, les yeux baissés. Elle s'appelait Luo Qi. Elle venait d'un petit village en amont sur le fleuve Min, près de Shuikou. Ses parents étaient pauvres. Elle avait quitté son village quand son père avait décidé de la vendre comme concubine à un homme de soixante-dix ans, à Nanchang. Elle avait supplié son père de renoncer, car le bruit courait que ses précédentes concubines avaient été battues à mort quand il s'était lassé d'elles. Devant son refus, elle avait fui. Un missionnaire allemand qui avait remonté le fleuve jusqu'à Gou Sihan lui avait parlé de la mission de Fuzhou.

Quand elle se tut, San la regarda longtemps. Il lui posa quelques questions sur ce qu'elle savait faire, puis la fit entrer. À l'essai, elle aiderait les cuisinières. Si elle donnait satisfaction, il lui proposerait peut-être un emploi.

Il fut ému par la joie qui illumina son visage. Il n'aurait jamais imaginé avoir un jour ce pouvoir : provoquer un tel bonheur en proposant un travail, un chemin pour sortir de la misère sans fond.

Qi fit ses preuves, San lui permit de rester. Elle logeait avec les autres servantes. On l'apprécia très vite, car elle était d'humeur paisible et ne rechignait pas à la tâche. San la regardait souvent s'affairer en cuisine ou traverser la cour à grandes enjambées. Leurs regards se croisaient parfois, mais il ne lui parlait jamais autrement qu'aux autres servantes.

Juste avant Noël, Elgstrand lui demanda d'engager des rameurs et de louer une chaloupe. Ils devaient descendre le fleuve pour aller à la rencontre d'un bateau anglais venant de Londres. Elgstrand avait été informé par le consul britannique de Fuzhou de l'arrivée de fonds destinés à la mission.

– J'aimerais que tu viennes aussi, dit Elgstrand en

souriant. Pour aller chercher une mallette pleine d'argent, j'ai besoin du meilleur de mes serviteurs.

San recruta une équipe de rameurs sur le port. Le lendemain, Elgstrand et San embarquèrent. Juste avant, San lui avait chuchoté qu'il vaudrait sans doute mieux ne rien dire du but de leur voyage.

Elgstrand sourit.

– Je suis certainement un peu naïf, mais pas à ce point.

Il fallut trois heures aux rameurs pour rejoindre le bateau. Elgstrand et San grimpèrent à bord par une échelle de corde. Ils furent reçus par un capitaine chauve, John Dunn. Il considéra les rameurs avec la plus grande méfiance. Il regarda ensuite San avec le même air en faisant un commentaire que San ne comprit pas. Elgstrand secoua la tête et expliqua à San que le capitaine Dunn n'avait pas beaucoup d'estime pour les Chinois.

– Il pense que vous êtes tous des voleurs et des traîtres, dit Elgstrand en riant. Un jour il comprendra son erreur.

Elgstrand disparut dans la cabine du capitaine. Il en ressortit bientôt avec une mallette en cuir qu'il remit à San d'un geste démonstratif.

– Le capitaine pense que je suis fou de te faire confiance. C'est triste à dire, mais Dunn est vraiment un homme fruste. En dehors des bateaux, de la mer et des vents, il ne connaît rien aux hommes.

Ils redescendirent dans la chaloupe et rebroussèrent chemin. Ils arrivèrent à la nuit tombée. San paya le chef des rameurs. En s'engageant dans les ruelles obscures, San commença à ressentir un malaise. Il ne pouvait s'empêcher de repenser à ce soir, à Canton, où Zi leur avait tendu un piège, à lui et ses frères. Mais il ne se passa rien. Elgstrand disparut dans son bureau avec la mallette, San verrouilla la porte et réveilla le gardien qui s'était endormi.

– Tu es payé pour veiller, pas pour dormir.

Il savait que le gardien était paresseux et ne tarderait

pas à se rendormir. Mais cet homme avait de nombreux enfants à charge, et une épouse qui devait rester alitée depuis qu'elle s'était ébouillantée avec une casserole.

Je suis un contremaître qui garde les pieds sur terre, songea San. Je ne monte pas sur un cheval comme J.A. Et je dors comme un chien de garde, un œil toujours ouvert.

Il regagna sa chambre. En chemin, il remarqua de la lumière dans le dortoir des femmes. Il fronça les sourcils, car les bougies étaient interdites la nuit à cause du risque d'incendie. Il s'approcha de la fenêtre et regarda prudemment par une fente du mince rideau. Il y avait trois femmes dans la pièce. L'une dormait, la doyenne des servantes, tandis que Qi discutait avec Na, qui partageait son lit. Une lanterne était posée sur leur table. Comme il faisait chaud, Qi avait déboutonné sa chemise. San entrevit son corps, comme ensorcelé. Il n'arrivait pas à entendre leurs voix, et supposa qu'elles chuchotaient pour ne pas réveiller la vieille femme qui dormait.

Soudain, Qi tourna les yeux vers la fenêtre. San eut un mouvement de recul. L'avait-elle vu ? Il attendit dans l'ombre. Qi ne rajusta pas les rideaux. San revint à la fenêtre et demeura là jusqu'à ce que Na souffle la lanterne, plongeant la pièce dans l'obscurité.

San resta immobile. Un des chiens qui montait la garde la nuit vint renifler ses mains.

– Je ne suis pas un voleur, chuchota San. Juste un homme ordinaire qui désire une femme. Peut-être qu'un jour elle sera à moi.

Dès lors, San commença à s'approcher de Qi. Il procéda lentement, pour ne pas l'effrayer. Il ne voulait pas non plus que les autres serviteurs s'aperçoivent de l'intérêt qu'il lui portait. La jalousie pouvait se répandre comme un feu de paille parmi les domestiques.

Il fallut du temps pour que Qi comprenne les signaux discrets que San lui envoyait. Ils commencèrent à se retrouver la nuit devant sa chambre. Na avait juré de garder le secret. Elle avait reçu une paire de souliers neufs pour le prix de son silence. Enfin, après presque six mois, Qi se mit à passer une partie de ses nuits dans la chambre de San. Sa joie dissipait alors les ombres et les souvenirs qui d'ordinaire le hantaient.

Pour San et Qi, il n'y avait aucun doute, ils voulaient passer leur vie ensemble.

San décida d'en parler à Elgstrand et Lodin, pour leur demander la permission de se marier. Un matin, il alla trouver les missionnaires, après leur petit déjeuner, avant qu'ils ne s'absorbent dans leurs activités. Il leur exposa la situation. Lodin resta silencieux. Elgstrand prit la parole :

– Pourquoi veux-tu te marier avec elle ?

– Elle est gentille et attentionnée. Elle travaille dur.

– C'est une femme très simple qui est loin d'avoir tes connaissances. Elle ne montre aucun intérêt pour le message du Christ.

– Elle est encore très jeune.

– On raconte qu'elle vole.

– Les domestiques colportent des ragots. Personne n'y échappe. Tout le monde accuse tout le monde de n'importe quoi. Je sais ce qui est vrai et ce qui est faux. Qi ne vole pas.

Elgstrand se tourna vers Lodin. Impossible de savoir ce qu'ils se dirent dans leur langue étrangère.

– Nous pensons que tu dois attendre, dit Elgstrand. Si vous vous mariez un jour, nous voulons que ce soit un mariage chrétien. Le premier célébré ici. Mais vous n'êtes pas encore prêts, ni l'un ni l'autre. Vous devez attendre.

San s'inclina et quitta la pièce. Il était très déçu, mais ce n'était pas un non définitif. Un jour, Qi serait sa femme.

Quelques mois plus tard, Qi annonça à San qu'elle

était enceinte. San sauta de joie et décida sur-le-champ que, si c'était un garçon, il s'appellerait Guo Si. En même temps, il comprit que cette nouvelle situation risquait de créer un gros problème. Dans les prêches qu'Elgstrand et Lodin adressaient tous les jours aux visiteurs de la mission, certaines idées revenaient très souvent. La religion chrétienne exigeait que l'on soit marié avant d'avoir des enfants. Coucher ensemble avant le mariage était considéré comme un grave péché. San rumina longtemps sans trouver quoi faire. Le ventre qui s'arrondissait pouvait encore passer inaperçu quelque temps. Mais il fallait que San agisse avant que la vérité n'éclate au grand jour.

Un jour, il reçut l'ordre d'organiser une équipe de rameurs pour que Lodin puisse aller visiter une mission allemande quelques dizaines de kilomètres en amont du fleuve. Comme toujours pour ces sorties en chaloupe, San devait venir lui aussi. Le voyage prendrait quatre jours. San promit à Qi de profiter de ce laps de temps pour trouver une solution à leur problème.

À son retour, il fut aussitôt convoqué par Elgstrand. Le missionnaire était à son bureau. D'habitude, il invitait San à s'asseoir. Pas cette fois. San pressentit aussitôt qu'il était arrivé quelque chose.

La voix d'Elgstrand était plus douce qu'à l'accoutumée.

– Alors, ce voyage ?

– Tout s'est passé comme prévu.

Elgstrand hocha pensivement la tête en le dévisageant.

– Je suis déçu, dit-il. Longtemps, j'ai voulu croire que le bruit arrivé à mes oreilles n'était pas fondé. Mais j'ai fini par devoir agir. Tu comprends de quoi je veux parler ?

San avait compris. Mais il nia.

– Tu me déçois encore plus, dit Elgstrand. Quand un être ment, c'est le diable qui s'empare de lui. Je fais allusion au fait que la femme que tu souhaitais épouser s'est retrouvée enceinte. Je te donne une dernière chance de dire la vérité.

San courba la tête, sans répondre. Il sentait son cœur s'emballer.

– C'est la première fois depuis notre rencontre sur le bateau qui nous a menés ici que j'ai douté de toi, poursuivit Elgstrand. Tu es un de ceux qui nous ont convaincus, frère Lodin et moi, que vous autres, les Chinois, pouviez aussi vous élever jusqu'à un haut niveau de spiritualité. Ces derniers jours ont été pénibles. J'ai prié pour toi et décidé que tu pourrais rester parmi nous. Mais tu devras redoubler d'efforts et de zèle pour atteindre le jour où tu pourras reconnaître notre Dieu à tous.

San resta les yeux à terre à attendre la suite. Rien ne vint.

– C'est tout, dit Elgstrand. Tu peux vaquer à tes occupations.

Au moment de passer la porte, il entendit dans son dos la voix d'Elgstrand :

– Tu comprends, bien sûr, que Qi ne pouvait pas rester. Elle nous a quittés.

San ressortit dans la cour, paralysé, comme à la mort de son frère. Voilà qu'une fois de plus il était humilié. Il alla trouver Na et la fit sortir de la cuisine en l'empoignant fermement par les cheveux. C'était la première fois qu'il portait la main sur un domestique. Na cria et se jeta à terre. San comprit bientôt que ce n'était pas elle qui avait parlé, mais la vieille servante : elle avait entendu Qi se confier à elle. San réussit à se maîtriser pour ne pas aller la frapper : il aurait dû alors quitter la mission. Il emmena Na dans sa chambre et la fit asseoir sur un tabouret.

– Où est Qi ?

– Elle est partie il y a deux jours.

– Où ?

– Je ne sais pas. Elle était très triste. Elle est partie en courant.

– N'a-t-elle pas dit où elle allait ?

– Je ne crois pas qu'elle le savait elle-même. J'ai pensé qu'elle allait peut-être descendre vous attendre près du fleuve.

San se leva d'un bond et courut jusqu'au port. Impossible de la trouver. Il passa la plus grande partie de la journée à la chercher, demanda à tous, mais personne ne l'avait vue. Il parla aux rameurs, qui promirent de le prévenir si Qi se montrait.

De retour à la mission, il croisa Elgstrand, qui fit comme s'il avait oublié leur entretien. Il était en train de préparer la cérémonie du lendemain.

– Tu ne crois pas qu'il faudrait balayer la cour ? demanda-t-il d'un ton aimable.

– Je veillerai à ce que ce soit fait demain matin, avant l'arrivée des visiteurs.

Elgstrand hocha la tête et San s'inclina. Elgstrand considérait que le péché de Qi était tel qu'il n'y avait plus de salut pour elle.

San ne comprenait pas comment on pouvait ainsi être privé de la grâce juste pour avoir aimé une autre personne.

Il observa Elgstrand et Lodin qui conversaient devant le bureau de la mission.

Il avait l'impression de les voir vraiment pour la première fois.

Deux jours plus tard, un de ses amis du port fit prévenir San. Il accourut. Il dut se frayer un chemin à travers la foule. Qi gisait sur une planche. Malgré la lourde chaîne dont elle s'était lestée la taille, son corps était remonté à la surface. Un batelier l'avait trouvée sous sa rame. Sa peau blafarde était marbrée de bleu, ses yeux clos. Personne, excepté San, ne pouvait se douter que son ventre contenait un enfant.

Une fois encore, il se retrouvait seul au monde.

San donna de l'argent à l'homme qui l'avait fait prévenir. La somme devait suffire pour brûler le corps. Deux jours plus tard, il enterra ses cendres là où Guo Si reposait déjà.

Voilà ce que je fais de ma vie, songea-t-il. Remplir un cimetière. Les restes de quatre êtres reposent déjà ici, dont l'un n'a même pas eu le temps de naître.

Il tomba à genoux et cogna plusieurs fois son front contre le sol. Le chagrin le submergea. Impossible de lui résister. Il hurla sa colère, comme un animal. Il n'avait jamais ressenti un tel désarroi. Lui qui se croyait jadis capable de veiller sur ses frères n'était plus qu'une ombre sur le point de tomber en poussière.

Tard le soir, quand il rentra à la mission, le gardien lui fit savoir qu'Elgstrand l'avait cherché. San alla frapper à la porte du bureau où Elgstrand écrivait une lettre à la lueur d'une lampe.

– Tu m'as manqué, dit Elgstrand. Tu as été absent toute la journée. J'ai prié Dieu qu'il ne te soit rien arrivé.

– Il ne m'est rien arrivé, répondit San en s'inclinant. J'avais juste un peu mal à une dent, je suis allé chercher des plantes pour me soigner.

– Très bien. Sans toi, nous ne nous en sortons pas. Va dormir à présent.

San ne révéla jamais aux deux missionnaires que Qi s'était suicidée. On engagea une autre fille. San renferma en lui sa grande douleur et continua plusieurs mois à être l'intendant irremplaçable de la mission. Il ne disait rien de ce qu'il pensait, ni des prêches qu'il écoutait désormais avec une attention redoublée.

C'est aussi à cette époque que San décida qu'il maîtrisait assez de caractères pour commencer à rédiger son histoire et celle de ses frères. Il ne savait toujours pas à qui ce récit était adressé. Peut-être seulement au vent. Mais même alors, il forcerait le vent à l'écouter.

Il écrivait tard le soir, dormait de moins en moins, sans pour autant négliger ses devoirs. Il était toujours aimable, serviable, prêt à prendre des décisions, à diriger les domestiques, bref, à tout faire pour faciliter l'entreprise de conversion d'Elgstrand et Lodin.

Une année avait passé depuis leur arrivée à Fuzhou. San voyait bien qu'il faudrait très longtemps pour établir le royaume de Dieu dont rêvaient les missionnaires. En douze mois, dix-neuf personnes s'étaient converties et avaient été touchées par la grâce.

San passait son temps à écrire, à remonter le temps jusqu'à sa fuite hors du village natal.

Une des tâches de San était de mettre de l'ordre dans le bureau d'Elgstrand. Personne d'autre que lui n'était autorisé à y entrer. Un jour où il époussetait soigneusement son bureau et les papiers qui s'y empilaient, il tomba sur une lettre qu'Elgstrand avait adressée à un ami missionnaire à Canton, en caractères chinois, pour s'entraîner.

Elgstrand se confiait à cet ami :

> Comme tu le sais, les Chinois sont durs à la tâche et supportent les privations comme les ânes ou les mules les coups de pied et le fouet. Mais il ne faut pas oublier que les Chinois sont des menteurs retors et des traîtres, ils sont orgueilleux, âpres au gain et dotés d'une sensualité bestiale qui parfois me dégoûte. Pour la plupart, ce sont des hommes mauvais. On ne peut qu'espérer voir un jour l'amour divin vaincre la terrible cruauté où ils sont endurcis.

San relut la lettre. Puis il finit d'épousseter et quitta la pièce.

Il continua son travail comme si de rien n'était, écrivant le soir, écoutant les prêches des missionnaires pendant la journée.

Un soir d'automne 1868, il quitta la mission sans se faire remarquer. Il avait emballé ses effets personnels dans un simple baluchon. Il partit dans le vent et la pluie. Le gardien dormait. Il ne vit pas San escalader le mur. En passant devant le portail, San arracha les caractères qui annonçaient le « Temple du Vrai Dieu ». Il les jeta dans la boue.

La rue était déserte. La pluie tombait à verse.

San fut avalé par la nuit. Il avait disparu.

17

Elgstrand ouvrit les yeux. La lumière matinale filtrait par la jalousie. Il entendait qu'on s'affairait à balayer la cour. Il aimait ce bruit, repère immuable dans un monde tellement incertain. Tout pouvait être ébranlé. Pas le balayage du matin.

Il resta quelques instants au lit à laisser vagabonder ses pensées. Une foule d'images afflua. Son enfance simple dans une petite ville du Småland. Il était alors loin de se douter de sa vocation, partir un jour en mission aider les hommes à embrasser comme lui la seule foi véritable.

Le temps avait passé mais, au réveil, son enfance lui semblait si proche... Surtout aujourd'hui qu'il s'apprêtait à descendre le fleuve jusqu'au navire anglais qui convoyait le courrier et l'argent pour la mission. C'était la quatrième fois qu'il faisait le voyage. Il séjournait depuis un an et demi à Fuzhou avec Lodin. Malgré leurs efforts, la mission se heurtait à de nombreux problèmes. Sa grande déception était le faible nombre des véritables convertis. Beaucoup avaient confessé la foi chrétienne, mais, contrairement à Lodin dont l'œil était moins critique, Elgstrand considérait que leur foi n'était qu'un leurre et n'exprimait qu'un espoir de recevoir de la main des missionnaires nourriture ou vêtements.

Ces derniers temps, Elgstrand avait connu des moments de découragement. Alors, il se lamentait dans son journal de la fausseté des Chinois et de leur hideuse idolâtrie que rien ne semblait pouvoir éradiquer. Dans les Chinois qui se massaient à ses prêches, il ne voyait alors que des animaux, bien en dessous des paysans misérables qu'il avait côtoyés en Suède. Le proverbe biblique « jeter des perles à des cochons » avait pris pour lui une signification toute nouvelle. Mais il ne s'abandonnerait pas au découragement. Il priait, s'entretenait avec Lodin. Dans les lettres qu'il envoyait en Suède à l'association missionnaire qui soutenait leur travail, il ne passait pas sous silence les difficultés rencontrées, mais répétait sans cesse qu'il fallait savoir être patient. L'Église chrétienne des origines avait mis des siècles à se répandre. Il fallait accorder la même patience à ceux qu'on avait envoyés dans cet immense pays attardé qu'était la Chine.

Il sortit du lit, se lava dans la cuvette et s'habilla lentement. Il consacrerait la matinée à rédiger un certain nombre de lettres qu'il comptait confier au navire anglais. Il désirait en particulier écrire à sa mère, qui se faisait très vieille et perdait la mémoire. Il lui rappellerait qu'elle avait un fils occupé à la plus noble tâche qu'un chrétien puisse imaginer.

On frappa doucement à la porte. Une servante apportait son petit déjeuner. Elle posa le plateau sur son bureau et ressortit sans bruit. En enfilant sa veste, Elgstrand contempla par l'embrasure de la porte la cour bien balayée de la mission. Il faisait chaud et humide, avec des nuages annonciateurs de pluie. Il faudrait se couvrir pour descendre le fleuve. Il salua d'un geste Lodin, qui essuyait ses lunettes sur le pas de sa porte.

Sans lui, la tâche aurait été insurmontable, songea Elgstrand. Il était naïf, pas spécialement doué, mais gentil et travailleur. Il avait quelque chose de la simplicité dont parlait la Bible.

Elgstrand expédia son action de grâces et s'installa devant son petit déjeuner. En même temps, il se demanda si tout était prêt pour l'expédition en chaloupe.

À ce moment précis, San lui manqua. Depuis ce soir d'automne où il avait brusquement disparu, Elgstrand n'était pas parvenu à trouver quelqu'un qui puisse vraiment le remplacer.

Il se servit du thé en se demandant une fois de plus ce qui avait bien pu le pousser à partir. Seule explication vraisemblable, il s'était enfui avec cette Qi, la servante dont il s'était amouraché. Elgstrand souffrait de s'être fait une trop haute idée de San. Être sans cesse déçu ou trompé par des Chinois ordinaires, il pouvait le supporter : la fausseté était dans leur nature. Mais que San, en qui il avait tant cru, se comporte comme le premier venu avait été l'une des pires déceptions de son séjour à Fuzhou. Il avait interrogé tous ceux qui le connaissaient. Mais personne ne savait ce qui s'était passé cette nuit de tempête où le vent avait abîmé le fronton du Temple du Vrai Dieu. Les caractères avaient été remis en place. Mais San n'avait pas réapparu.

Elgstrand consacra les heures suivantes à sa correspondance et à mettre la dernière main à son rapport aux membres de la Mission en Suède. Rendre compte des progrès de sa tâche représentait pour lui une corvée. Vers treize heures, il cacheta la dernière enveloppe et scruta les nuages : la pluie menaçait toujours.

En embarquant sur la chaloupe, Elgstrand eut l'impression de reconnaître quelques-uns des rameurs. Mais il n'en était pas sûr. Lodin et lui s'installèrent dans l'embarcation. Un certain Xi s'inclina en disant qu'ils étaient prêts à partir. Les deux hommes passèrent le voyage à s'entretenir des problèmes de la mission. Si seulement ils pouvaient être plus nombreux ! Le rêve d'Elgstrand était de construire un réseau de missions le long du fleuve Min. S'ils se montraient capables de s'étendre, cela attirerait les indécis intrigués par ce Dieu étrange qui avait sacrifié son fils sur la Croix.

Mais où trouver l'argent ? Ni Lodin ni Elgstrand n'avaient de solution.

Ils atteignirent le navire anglais. Elgstrand fut surpris de le reconnaître. Les missionnaires grimpèrent à l'échelle de corde. Ils furent reçus par le capitaine Dunn, qu'Elgstrand avait déjà rencontré. Il lui présenta Lodin et ils entrèrent tous les trois dans la cabine du capitaine. Dunn sortit de l'eau-de-vie, et insista pour leur en faire boire deux verres.

– Vous êtes encore là ? dit-il. Ça m'étonne. Comment faites-vous pour supporter ?

– Nous avons la vocation, répondit Elgstrand.

– Et comment ça marche ?

– Quoi ?

– Les conversions. Vous arrivez à faire croire en Dieu les Chinois, ou ils continuent à brûler leur encens devant leurs idoles ?

– Il faut du temps pour convertir quelqu'un.

– Et combien de temps pour convertir tout un peuple ?

– Nous ne comptons pas ainsi. Nous pouvons rester ici toute notre vie. Après nous, d'autres viendront et reprendront le flambeau.

Le capitaine les dévisagea. Elgstrand se souvint que, lors de leur précédente rencontre, Dunn avait exprimé une opinion très négative sur les Chinois.

– Le temps est une chose, dit-il. Nous avons beau faire, il nous coule entre les doigts. Mais la distance ? Avant d'avoir les instruments dont nous disposons aujourd'hui, les marins naviguaient en calculant les distances au jugé, avec quelques points de repère à l'horizon. Et vous, monsieur le missionnaire, comment mesurez-vous les distances ? Comment mesurez-vous la distance entre Dieu et les personnes que vous voulez convertir ?

– La patience et le temps sont notre unité de mesure.

– Vous forcez l'admiration, dit Dunn. Jusqu'à nouvel ordre, croire n'a jamais aidé un capitaine à trouver une passe sûre entre les écueils. Ce qui compte pour nous, ce sont les connaissances, rien d'autre. Disons que ce n'est pas le même vent qui gonfle nos voiles.

– Jolie image, dit Lodin, qui était jusque-là resté en retrait.

Le capitaine se baissa pour ouvrir un coffre en bois sous sa couchette suspendue. Il en sortit une grosse liasse de lettres, quelques paquets plus épais et enfin l'argent et les lettres de change à créditer auprès des négociants anglais de Fuzhou.

Dunn tendit à Elgstrand un reçu mentionnant la somme.

– Je vous prie de recompter avant de signer.

– Est-ce vraiment nécessaire ? Je ne crois pas que vous voleriez l'argent rassemblé par de pauvres gens pour aider des païens à accéder à une vie meilleure.

– Ce que vous croyez, c'est votre affaire. La seule chose qui compte pour moi, c'est que vous constatiez de visu que je vous remets la bonne somme.

Elgstrand compta les billets et les lettres de change, puis signa le reçu que Dunn rangea dans son coffre.

– C'est une grosse somme que vous dépensez là pour vos Chinois, dit-il. Ils doivent beaucoup compter pour vous.

– C'est le cas, en effet.

La nuit commençait déjà à tomber quand Elgstrand et Lodin purent enfin quitter le navire. Dunn, accoudé au bastingage, les regarda regagner la chaloupe qui devait les ramener chez eux.

– Adieu ! leur cria le capitaine. Qui sait si nous nous reverrons un jour sur le fleuve.

La chaloupe s'élança. Les rameurs souquaient en cadence. Elgstrand regarda Lodin et éclata de rire.

– Le capitaine Dunn est vraiment un drôle de type. Je suis convaincu qu'au fond il a bon cœur, en dépit de ses blasphèmes et de ses coups de gueule.

– Il n'est pas le seul à penser de cette façon, répondit Lodin.

Le trajet se poursuivit en silence. D'habitude, la chaloupe longeait la berge. Les rameurs préférèrent cette fois-ci rester au milieu du fleuve. Lodin dormait. Elgstrand s'assoupit. Il se réveilla en sursaut quand plusieurs embarcations surgirent du noir et éperonnèrent la chaloupe. Tout alla si vite qu'Elgstrand eut à peine le temps de comprendre ce qui se passait. Un accident, se dit-il. Pourquoi les rameurs ne sont-ils pas restés près du bord, comme d'habitude ?

Puis il comprit que ce n'était pas un accident. Des hommes au visage masqué sautèrent dans leur chaloupe. Lodin, qui venait de se réveiller et essayait de se lever, reçut un coup violent à la tête qui le jeta à la renverse. Les rameurs ne tentèrent pas de les défendre ni de dégager la chaloupe. Elgstrand comprit que l'attaque était soigneusement préparée.

– Au nom de Jésus, cria-t-il. Nous sommes des missionnaires, nous ne vous voulons pas de mal !

Un homme masqué s'approcha. Il tenait une hache, ou un marteau. Leurs regards se croisèrent.

– Épargnez nos vies ! supplia Elgstrand.

L'homme ôta son masque. Malgré l'obscurité, Elgstrand reconnut San. Son visage resta parfaitement inexpressif quand il leva sa hache pour fendre le crâne du missionnaire. San jeta son corps par-dessus bord et regarda le courant l'emporter. Un de ses hommes s'apprêtait à égorger Lodin quand San l'arrêta d'un geste.

– Laisse-le vivre. Je veux que quelqu'un puisse raconter.

San attrapa la mallette pleine d'argent et regagna l'une des autres embarcations. Les rameurs l'imitèrent. Lodin, évanoui, demeura seul dans la chaloupe à la dérive.

Le fleuve coulait paisiblement. Plus aucune trace des bandits.

Le lendemain, on retrouva la chaloupe et Lodin, toujours inconscient. Le consul britannique de Fuzhou le recueillit chez lui le temps qu'il reprenne des forces. Une fois Lodin un peu remis du choc, le consul lui demanda s'il avait reconnu quelqu'un parmi ses assaillants. Lodin répondit que non. Tout était allé si vite, les hommes étaient masqués, il n'avait aucune idée de ce qui était arrivé à Elgstrand.

Le consul se demanda longtemps pourquoi Lodin avait été épargné. Les pirates chinois laissaient rarement de survivants. Cette exception demeurait mystérieuse.

Le consul avait immédiatement protesté auprès des autorités de la ville. Le mandarin décida d'agir. On parvint à retrouver la trace des bandits dans un village au nord-ouest du fleuve. Comme ils s'étaient enfuis, le mandarin fit punir leurs familles. On les décapita sommairement et le village fut réduit en cendres.

Ces événements eurent des conséquences désastreuses pour la mission. Lodin sombra dans une profonde dépression, refusant de quitter le consulat britannique. Il fallut longtemps pour qu'il soit en état de rentrer en Suède. Les responsables suédois prirent la difficile décision de suspendre jusqu'à nouvel ordre l'envoi de missionnaires. Ce qui était arrivé à Elgstrand était une forme de martyre dont tous les missionnaires connaissaient le risque. Si Lodin avait été capable de continuer sa mission, il en aurait été différemment. Mais on ne pouvait rien construire en s'appuyant sur un homme qui passait ses journées à sangloter sans oser sortir.

On démantela la mission de Fuzhou. Les dix-neuf Chinois convertis furent adressés aux missions allemandes ou américaines installées elles aussi le long du fleuve Min.

On archiva les rapports d'Elgstrand, qui n'intéressaient plus personne.

Quelques années après le retour en Suède de Lodin, un Chinois habillé avec soin arriva à Canton accompagné de ses serviteurs. C'était San, de retour en ville après avoir vécu dans la clandestinité au Wuhan.

En chemin, San avait fait une halte à Fuzhou. Tandis que ses domestiques l'attendaient à l'auberge, il s'était rendu sur la berge du fleuve, là où son frère et Qi étaient enterrés. Il avait allumé de l'encens et était longtemps resté à s'entretenir à voix basse avec les morts. Ils n'avaient pas envoyé de réponse, mais il était certain qu'ils l'avaient entendu.

À Canton, San loua une petite maison dans un faubourg, loin des concessions étrangères et des quartiers pauvres. Il mena là une vie simple et retirée. À ceux qui les interrogeaient, ses serviteurs répondaient qu'il vivait de ses rentes et occupait son temps à l'étude. San était toujours courtois, mais évitait de se mêler aux autres.

Chez lui, les lampes restaient allumées tard le soir. San continuait d'écrire le récit de sa vie, depuis le suicide de ses parents. Il ne passait rien sous silence. Il n'avait pas besoin de travailler : ce qu'il avait trouvé dans la mallette d'Elgstrand lui suffisait largement pour la vie qu'il menait.

L'idée qu'il s'agissait de l'argent de la mission lui apportait une grande satisfaction. C'était une vengeance contre ces chrétiens qui l'avaient si longtemps trompé, qui avaient voulu lui faire croire qu'il existait un Dieu qui traitait tous les hommes sur un pied d'égalité.

Bien des années passèrent avant que San ne retrouve une femme. Un jour, lors d'une de ses promenades en ville, il remarqua dans la rue une jeune femme en compagnie de son père. Il se mit à les suivre et, après avoir repéré leur maison, il chargea son plus fidèle serviteur de se renseigner. Le père était un petit fonctionnaire en poste auprès d'un des mandarins de la ville : San en déduisit qu'il le considérerait comme un parti convenable. Il se fit présenter et l'invita dans une des maisons de thé les plus raffinées de Canton. Quelque temps après, il fut convié chez le fonctionnaire, où il rencontra pour la première fois la jeune Tie. Il la trouva agréable et, une fois sa timidité un peu dissipée, il constata qu'elle avait aussi la tête sur les épaules.

Un an plus tard, en mai 1881, San et Tie se marièrent. En mars 1882 leur naquit un fils, qui reçut le nom de Guo Si. San ne se lassait pas de regarder grandir son enfant et, pour la première fois depuis des années, il était heureux.

Sa colère ne s'était pourtant pas apaisée. Il consacrait de plus en plus de temps à l'une des sociétés secrètes qui œuvraient pour chasser les Blancs de Chine. La pauvreté et les souffrances du pays ne pourraient pas être atténuées tant qu'ils garderaient la mainmise sur les principales ressources commerciales et forceraient les Chinois à s'abrutir d'opium.

Les années passèrent. San vieillit tandis que croissait sa famille. Souvent, le soir, il se retirait pour relire les épais mémoires auxquels il continuait toujours à travailler. Il attendait à présent que ses enfants soient assez grands pour comprendre et peut-être un jour lire eux-mêmes ce récit qui lui avait demandé tant de travail.

Devant sa porte, il voyait le spectre de la pauvreté continuer de hanter les ruelles de Canton. Le temps n'est pas encore venu, songeait-il. Mais un jour, un raz-de-marée balaiera tout.

San continua sa vie simple, passant le plus clair de son temps avec ses enfants.

Quand il se promenait en ville, il ne cessait pourtant jamais de chercher Zi, toujours armé d'un couteau tranchant qu'il cachait sous ses vêtements.

18

Ya Ru aimait rester seul dans son bureau, le soir. Du dernier étage de la tour située au centre de Pékin, il avait, par les grandes baies vitrées, une vue panoramique sur toute la ville. À cette heure, le bâtiment était presque vide, excepté les gardiens, en bas, et l'équipe de nettoyage. Dans l'antichambre attendait Mme Shen, sa secrétaire, qui restait aussi longtemps qu'il le désirait, parfois jusqu'à l'aube quand c'était nécessaire.

En ce jour de décembre 2005, Ya Ru venait d'avoir trente-huit ans. Il était d'accord avec ce penseur occidental qui disait qu'à cet âge on avait atteint le milieu de sa vie. Beaucoup de ses amis s'inquiétaient vers la quarantaine de sentir sur leur nuque le vent encore léger mais déjà glacé de la vieillesse. Ya Ru n'avait pas ce genre d'inquiétude. Alors qu'il était encore étudiant à Shanghai, il avait décidé de ne pas gaspiller son temps et son énergie à s'inquiéter des événements sur lesquels il n'avait pas prise. Le temps finissait toujours par triompher. On pouvait lui résister en essayant de l'étirer, de l'utiliser au mieux, mais impossible d'arrêter son cours.

Le nez de Ya Ru effleura la vitre froide. Il maintenait toujours une température basse dans ses bureaux meublés avec goût en noir et rouge sang. Il y faisait en permanence dix-sept degrés, que ce soit par grand froid ou quand la canicule et les tempêtes de sable s'abattaient sur Pékin. Cela lui allait bien. Il tenait à garder la tête froide. Pour lui, les affaires ou la politique étaient comme la guerre : hors du calcul froid et rationnel, pas de salut. Ce n'était pas pour rien qu'on l'avait surnommé Tie Qian Lian – « Le Froid ».

Certains prétendaient qu'il était dangereux. Il lui était en effet quelques fois arrivé, par le passé, d'en venir aux mains, mais c'était fini. Inspirer la peur ne le gênait pas. L'essentiel était de ne plus perdre le contrôle de la colère qui par moments le submergeait.

Parfois, très tôt le matin, Ya Ru quittait son appartement par une porte dérobée pour aller se mêler aux gens, souvent plus âgés que lui, qui se réunissaient dans le parc voisin pour pratiquer le tai-chi. Alors, il se sentait partie infime et insignifiante de la masse chinoise. Personne ne savait son nom, qui il était. Pour lui, c'était une sorte de purification. De retour chez lui, il se sentait toujours plus fort.

Il allait être minuit. Ce soir-là, il attendait deux visites. Il aimait recevoir ses visiteurs au milieu de la nuit ou à l'aube. Dans une pièce froide, au petit matin, il obtenait plus facilement ce qu'il voulait.

Son regard se perdit parmi les lumières scintillantes de la ville. En 1967, alors que la révolution culturelle faisait rage, il était né dans un hôpital, quelque part en bas dans la ville. Son père était absent : professeur d'université, il avait été victime des violentes purges et envoyé garder les porcs à la campagne. Ya Ru ne l'avait jamais rencontré. Il avait disparu, et on n'avait plus entendu parler de lui. Plus tard, Ya Ru avait dépêché quelques-uns de ses plus proches collaborateurs à sa recherche, là où on pensait que les gardes rouges l'avaient relégué. En vain. Personne ne se souvenait de lui. Aucune trace non plus dans les chaotiques archives de cette époque. Le père de Ya Ru avait été emporté par le fleuve en crue libéré par Mao.

Cela avait été une période difficile pour sa mère, qui

élevait seule son fils et sa fille aînée, Hong Qiu. Son premier souvenir était sa mère en larmes. L'image était brouillée, mais il ne l'avait jamais oubliée. Plus tard, au début des années 1980, leur situation s'était améliorée, sa mère avait retrouvé son poste de professeur en physique théorique à l'université de Pékin et il avait mieux compris le chaos ambiant à l'époque de sa naissance. Mao avait tenté de créer un monde nouveau. Comme le cosmos né du Big Bang, une Chine nouvelle devait surgir du grand bouleversement révolutionnaire qu'il avait initié.

Ya Ru avait très tôt compris qu'on ne pouvait avancer qu'en identifiant clairement où se trouvait le pouvoir à un moment donné. Celui qui était incapable de comprendre les tendances politiques et économiques ne pourrait jamais s'élever jusqu'au niveau qu'il avait atteint.

Voilà où je suis arrivé, songea Ya Ru. Quand le marché chinois a été libéralisé, j'étais prêt. J'étais un de ces chats dont parlait Deng : peu importe qu'ils soient noirs ou gris, pourvu qu'ils attrapent la souris. Je suis à présent un des hommes les plus riches de ma génération. Je m'appuie sur de solides contacts dans les premiers cercles du Parti. Je paie leurs voyages à l'étranger, je fais venir de grands couturiers pour leurs femmes. J'assure à leurs enfants de bonnes places dans les universités américaines et je construis des maisons pour leurs parents. En échange, j'ai ma liberté.

Il interrompit le cours de ses pensées pour regarder sa montre. Presque minuit. Sa première visiteuse n'allait pas tarder. Il gagna son bureau et appuya sur le bouton de l'interphone. Mme Shen répondit aussitôt.

– J'attends de la visite, dans environ dix minutes. Faites-la patienter une demi-heure. J'appellerai pour la faire entrer.

Ya Ru s'installa à son bureau. Il le laissait toujours parfaitement vide quand il partait le soir. Il fallait chaque jour faire table rase pour affronter les nouveaux défis.

Pour l'heure, il avait devant lui un vieux livre usé à la couverture rapiécée. Ya Ru avait parfois envisagé de le confier à un habile relieur pour qu'il le restaure avant qu'il ne tombe en miettes. Il avait finalement décidé de le laisser en l'état. Malgré sa couverture en lambeaux et son papier fin et poreux, son contenu était resté intact depuis la lointaine époque où il avait été écrit.

Avec précaution, il poussa le livre et pressa un bouton sous le bureau. Un écran d'ordinateur sortit de la table en ronronnant. Il tapa quelques touches et son arbre généalogique s'afficha. Il lui avait fallu longtemps et beaucoup d'argent pour rassembler toutes ces données sur sa famille. Au cours de l'histoire violente et sanglante de la Chine, d'immenses trésors culturels mais aussi d'effrayantes quantités d'archives avaient été détruits. Il y avait dans l'arbre généalogique qu'il était en train de contempler des lacunes qui resteraient à jamais béantes.

Les principaux noms y étaient pourtant, et avant tout celui de l'auteur de ce livre.

Ya Ru avait cherché la maison où son ancêtre l'avait écrit à la lueur d'une chandelle, mais il n'en restait plus rien. Là où Wang San avait vécu s'étendait aujourd'hui un échangeur d'autoroute.

San avait écrit que son livre était dédié à ses enfants et au vent. Ya Ru n'avait jamais vraiment compris ce qu'il voulait dire par là. Probablement qu'au fond de son cœur San était resté un sentimental, malgré sa vie violente et le désir de vengeance qui ne l'avait jamais quitté. Ses enfants, eux, étaient mentionnés sur l'arbre généalogique, en particulier son aîné, Guo Si, né en 1882. Il avait été l'un des premiers dirigeants du Parti communiste chinois, tué lors de l'invasion japonaise.

Ya Ru avait souvent pensé que le livre avait été écrit spécialement à son intention. À plus d'un siècle de distance, c'était comme si San s'adressait directement à lui. La haine que son ancêtre avait éprouvée continuait à vivre en lui. D'abord San, puis Guo Si, et, au bout de la chaîne, lui.

Il existait une photographie de Guo Si au début des années 1930, posant en compagnie d'autres hommes dans un paysage de montagnes. Ya Ru l'avait scannée sur son ordinateur. En regardant cette image, il avait l'impression d'être très proche de Guo Si. Il se tenait juste derrière l'homme souriant à la verrue sur la joue. Il était si près du pouvoir absolu, songea Ya Ru. Comme moi, son descendant.

L'interphone grésilla. Un signal discret de Mme Shen : sa première visiteuse était là. Il avait décidé de la faire attendre. Il avait jadis lu l'histoire d'un dirigeant politique qui avait parfaitement classé ses amis et ennemis en fonction du temps qu'il les faisait attendre avant de les recevoir. Ils pouvaient ainsi ensuite comparer leurs temps d'attente pour mesurer leur cote auprès du prince.

Ya Ru éteignit l'ordinateur, qui s'escamota en ronronnant doucement. Il se servit un verre d'eau à la carafe. Elle était produite spécialement pour lui en Italie par une entreprise dont il était actionnaire à travers l'une de ses nombreuses sociétés-écrans.

L'eau et le pétrole, songea-t-il. Je m'entoure de liquides. Aujourd'hui le pétrole, demain peut-être la mainmise sur les droits d'exploitation de l'eau des fleuves et des lacs.

Il retourna à la fenêtre. C'était l'heure où beaucoup de lumières s'éteignaient. Bientôt ne resterait plus que l'éclairage des rues et des bâtiments publics.

Il tourna les yeux en direction de la Cité interdite. Il aimait y rendre visite à ses amis, dont il plaçait et faisait fructifier l'argent. Aujourd'hui, le trône de l'empereur restait vide. Mais le pouvoir était toujours concentré dans l'enceinte de la cité impériale. Deng avait un jour déclaré que les anciennes dynasties impériales auraient envié au Parti communiste chinois son pouvoir. Un habitant de la planète sur cinq dépendait des décisions de ces nouveaux empereurs.

Ya Ru était bien loti. Cela n'allait pas de soi, il le savait. L'oublier, c'était risquer de perdre son influence et sa fortune. Il était une éminence grise au sein de l'élite du pouvoir, membre du Parti, avec de nombreuses antennes dans les cercles où se prenaient les principales décisions. Il était aussi leur conseiller spécial, naviguant toujours à vue pour éviter les embûches.

À trente-huit ans – c'était aujourd'hui son anniversaire –, il avait conscience de vivre de l'intérieur les plus grands bouleversements qu'avait connus la Chine depuis la révolution culturelle. Après une période de repli sur soi, le pays se tournait vers l'extérieur. Même si un violent débat sur le chemin à emprunter déchirait le bureau politique, Ya Ru était assez sûr du résultat. La Chine ne changerait pas de cap. Chaque jour, la situation d'un nombre croissant de ses compatriotes s'améliorait. Certes, le fossé entre paysans et citadins ne cessait de se creuser, mais des miettes de la prospérité générale parvenaient jusqu'aux plus pauvres. Il aurait été insensé d'essayer de changer cette évolution en appliquant les recettes du passé. Voilà pourquoi il fallait sans relâche conquérir de nouveaux marchés à l'étranger et faire la chasse aux matières premières.

Il regarda le reflet de son visage dans la grande baie vitrée. Peut-être que Wang San ressemblait à cela.

Plus de cent trente-cinq ans se sont écoulés, songea Ya Ru. San n'aurait jamais pu imaginer la vie qui est aujourd'hui la mienne. Moi, par contre, je peux me représenter la vie qu'il a vécue et la colère qui l'a façonné. Il a écrit son livre pour que ses descendants n'oublient jamais les injustices que lui, ses frères et ses parents avaient subies. Une grande injustice écrasait la Chine.

Ya Ru regarda de nouveau sa montre en interrompant le fil de ses pensées. Bien qu'il ne se soit pas encore écoulé une demi-heure, il regagna son bureau pour donner le signal de laisser entrer sa visiteuse.

Une porte coulissante invisible s'ouvrit. Sa sœur Hong Qiu entra. Elle était très belle. Une beauté éclatante.

Il alla à sa rencontre et ils s'embrassèrent sur les deux joues.

– Petit frère, dit-elle. Te voilà un peu plus vieux qu'hier. Tu vas finir par me rattraper.

– Non, répondit Ya Ru. Je n'y arriverai pas. Mais qui sait lequel enterrera l'autre…

– Quelle idée de parler de ça, le jour de ton anniversaire ?

– Le sage sait que la mort rôde toujours à sa porte.

Il la conduisit vers des fauteuils à l'autre bout de la grande pièce. Comme elle n'aimait pas l'alcool, il lui servit du thé dans une théière dorée. Il continua pour sa part à boire de l'eau.

Hong Qiu le regarda en souriant. Puis son expression se fit soudain sérieuse.

– J'ai un cadeau pour toi. Mais d'abord je veux savoir si ce que dit la rumeur est exact.

Ya Ru eut un geste las.

– Je suis entouré de rumeurs. Comme toutes les personnes de premier plan. Comme toi aussi, ma chère sœur.

– Je veux juste savoir si tu as eu recours à la corruption pour obtenir tes gros contrats de construction.

Hong Qiu posa violemment sa tasse.

– Tu comprends de quoi je parle ? Des pots-de-vin !

Ya Ru se sentit soudain las d'écouter sa sœur. Leurs conversations l'amusaient parfois, car elle était intelligente et n'avait pas la langue dans sa poche. Il aimait aussi aiguiser ses propres arguments en les essayant sur elle. Elle défendait des conceptions anciennes, vénérait des idéaux qui n'avaient plus cours. La solidarité était devenue une marchandise comme le reste. Le communisme classique n'avait pas survécu à l'épreuve d'une réalité que ses vieux théoriciens n'avaient jamais vraiment comprise. Ce n'était pas parce que Karl Marx avait vu juste sur bien des points concernant l'influence fondamentale de l'économie sur la politique, ou que Mao avait démontré que même les paysans pauvres pouvaient se sortir de la misère que la Chine pouvait faire face aux grands défis d'aujourd'hui en continuant à utiliser sans les critiquer les méthodes classiques.

Hong Qiu n'allait pas dans le sens de l'Histoire. Ya Ru savait qu'elle était vouée à l'échec.

– Nous ne serons jamais des ennemis, dit-il. Notre famille a toujours été à l'avant-garde pour sauver notre peuple de la ruine. Nous avons juste des avis divergents sur la méthode à employer. En tout cas, cela va de soi, je ne trempe dans aucune affaire de corruption.

– Tu ne penses qu'à toi, et à personne d'autre. J'ai du mal à te croire.

Pour le coup, Ya Ru perdit son calme.

– À quoi pensais-tu il y a seize ans, en applaudissant des deux mains les vieux pontes du Parti qui avaient envoyé les chars écraser les manifestants place Tienanmen ? À quoi pensais-tu ? Tu ne comprenais donc pas que j'aurais pu y être moi aussi ? J'avais vingt-deux ans à l'époque.

– Il était nécessaire d'intervenir. La stabilité du pays tout entier était menacée.

– Par quelques milliers d'étudiants ? Là, tu ne dis pas la vérité, Hong Qiu. Ce n'étaient pas eux qui vous faisaient peur.

– Et qui donc ?

– Les paysans. Vous aviez peur qu'ils soient d'accord avec les étudiants. Et au lieu d'essayer de réfléchir à l'avenir du pays en sortant des sentiers battus, vous avez eu recours à l'armée. Au lieu de résoudre le problème, vous avez tenté de le cacher.

Hong Qiu ne répondit pas. Elle regarda son frère

droit dans les yeux. Ya Ru se dit que, dans sa famille, quelques générations en arrière, on n'aurait jamais osé regarder ainsi un mandarin.

– On ne sourit pas au loup, dit Hong Qiu, sinon il croit qu'on veut se battre.

Elle se leva en posant sur la table un paquet emballé avec un ruban rouge.

– Le but que tu poursuis m'effraie, petit frère. Je vais faire tout ce qui est en mon pouvoir pour que des gens comme toi ne défigurent pas notre pays. Ce serait une honte, nous le regretterions amèrement. La lutte des classes est de retour. De quel côté es-tu ? Pas celui du peuple.

– Je me demande qui est le loup, en ce moment, dit Ya Ru.

Il essaya d'embrasser sa sœur sur la joue, mais elle se déroba. Elle s'arrêta près de la porte coulissante. Ya Ru pressa un bouton pour lui ouvrir.

La porte refermée, il se pencha sur l'interphone.

– J'attends un dernier visiteur.

– Dois-je noter son nom ? demanda Mme Shen.

– Il n'a pas de nom, dit Ya Ru.

Il alla ouvrir le paquet que Hong Qiu avait laissé. Il contenait une petite boîte en jade. À l'intérieur, une plume et une pierre.

Il n'était pas inhabituel que sa sœur et lui échangent des cadeaux contenant des énigmes ou des messages incompréhensibles au commun des mortels. Il comprit tout de suite. C'était une allusion à un poème de Mao. La plume symbolisait une vie gâchée en pure perte, la pierre une vie et une mort utiles.

Ma sœur m'adresse un avertissement, songea Ya Ru. Ou peut-être un défi. Quel chemin vais-je choisir dans ma vie ?

Son cadeau le fit sourire. Il décida de faire sculpter pour son prochain anniversaire un joli loup en ivoire.

Son obstination forçait le respect. Pour le caractère, la volonté, elle était bien sa sœur. Elle continuerait sans relâche à le contrer, lui et ceux qui, à la direction du Parti, abondaient dans son sens. Mais ils avaient tort, elle et tous ceux qui refusaient l'évolution en passe de faire de la Chine le pays le plus puissant du monde.

Ya Ru s'assit à son bureau et alluma la lampe. Il enfila soigneusement une paire de fins gants de coton. Il se mit alors à feuilleter une nouvelle fois le livre de Wang San, transmis de génération en génération. Hong Qiu l'avait lu également, mais n'avait pas été aussi marquée que lui.

Ya Ru ouvrit la dernière partie du livre. Wang San a quatre-vingt-trois ans. Il est très malade, il va bientôt mourir. Dans les dernières phrases qu'il écrit, il exprime son inquiétude de disparaître sans avoir réussi à tenir la promesse faite à son frère :

« Je meurs trop tôt. Même si je vivais mille ans, je mourrais trop tôt, car sans avoir réussi à rétablir l'honneur de notre famille. J'ai fait ce que j'ai pu, mais ce n'était pas assez. »

Ya Ru reposa le livre et le rangea dans un tiroir fermé à clé. Il ôta ses gants. D'un autre tiroir, il sortit une grosse enveloppe. Il appuya alors sur le bouton de l'interphone. Mme Shen répondit aussitôt.

– Mon visiteur est-il arrivé ?

– Il est là.

– Faites-le entrer.

La porte coulissa. L'homme qui entra était grand et maigre. Il avança à pas feutrés sur l'épais tapis et s'inclina.

– Le moment est venu de partir, dit Ya Ru. Tout ce dont tu as besoin se trouve dans cette enveloppe. Je veux que tu sois rentré en février, pour le Nouvel An. C'est la meilleure période pour accomplir ta mission.

Il tendit l'enveloppe à l'homme qui la reçut avec déférence.

– Liu Xin, dit Ya Ru. Cette mission est la plus importante que je t'aie jamais confiée. Il s'agit de ma propre vie, de ma famille.

– Je ferai ce que vous me demandez.

– Je sais. Mais si tu échoues, ne reviens jamais. Je serais forcé de te tuer.

– Je n'échouerai pas.

Ya Ru hocha la tête. La conversation était finie. Liu Xin sortit et la porte coulissa doucement derrière lui. Pour la dernière fois de la soirée, Ya Ru s'adressa à Mme Shen :

– Un homme vient de sortir de chez moi.

– Il était très discret et aimable.

– Vous ne l'avez pas vu venir me voir ce soir.

– Non, bien entendu.

– Seule ma sœur Hong est passée.

– Je n'ai fait entrer personne d'autre. Ni inscrit personne d'autre que Hong Qiu dans le registre.

– Vous pouvez rentrer chez vous. Je reste encore quelques heures.

Il coupa l'interphone. Ya Ru savait que Mme Shen resterait jusqu'à son départ. Elle n'avait pas de famille, pas d'autre vie que son travail près de lui. Elle était le démon qui gardait sa porte.

Ya Ru retourna à la fenêtre contempler la ville endormie. Minuit était passé depuis longtemps. Il se sentait euphorique. Un bel anniversaire. Même si la conversation avec sa sœur n'avait pas tourné comme il l'avait espéré. Elle avait perdu le sens des réalités. Il ressentait de la mélancolie en constatant qu'ils s'éloignaient peu à peu l'un de l'autre. Mais il le fallait. L'avenir du pays en dépendait. Peut-être qu'un jour elle le comprendrait.

Le plus important, ce soir, était d'en avoir fini avec les préparatifs, les difficiles recherches et autres repérages. Il avait fallu dix ans à Ya Ru pour tirer au clair le passé et établir un plan. Il avait souvent failli abandonner. Le temps avait fait son œuvre en recouvrant tout d'un voile. Mais c'était en lisant le livre de Wang San qu'il avait trouvé l'énergie nécessaire. La colère ressentie par San lui avait été transmise, aussi vivante qu'à son origine. Il avait à présent le pouvoir d'accomplir ce que San n'avait jamais pu réaliser.

Il restait quelques pages blanches à la fin du livre. Ya Ru y écrirait le dernier chapitre, quand tout serait fini. Il avait choisi le jour de son anniversaire pour envoyer Liu Xin par le vaste monde faire ce qui devait être fait. Il se sentait plus léger.

Ya Ru resta longtemps immobile à la fenêtre, puis il éteignit et gagna son ascenseur privé.

Une fois à bord de sa voiture, qui l'attendait dans le garage souterrain, il demanda au chauffeur de s'arrêter place Tienanmen. Par la vitre fumée, il voyait la place déserte, à l'exception des militaires en uniforme gris qui ne la quittaient jamais.

C'était ici que Mao avait jadis proclamé la naissance de la toute nouvelle République populaire. Il n'était pas encore né.

Ya Ru se dit que les grands événements qui n'allaient pas tarder à se produire ne seraient pas rendus publics sur cette place de l'Empire du Milieu.

Tout se développerait dans le plus profond silence. Jusqu'au jour où personne ne pourrait plus s'y opposer.

TROISIÈME PARTIE

Le ruban rouge (2006)

Quand il y a lutte, il y a sacrifice : la mort est chose fréquente. Comme nous avons à cœur les intérêts du peuple, les souffrances de la grande majorité du peuple, mourir pour lui c'est donner à notre mort toute sa signification. Néanmoins, nous devons réduire au minimum les sacrifices inutiles.

MAO ZEDONG, 1944

Les Rebelles

19

Birgitta Roslin avait trouvé ce qu'elle cherchait dans un coin, tout au fond du restaurant chinois. À la lampe suspendue au-dessus d'une table manquait un ruban rouge.

Elle se figea, retenant son souffle.

Il était assis là, se dit-elle. Tout au fond, dans le coin le plus obscur. Puis il s'est levé de table, a quitté le restaurant et s'est rendu à Hesjövallen.

Ça devait être un homme. Certainement un homme.

Elle regarda autour d'elle. La jeune serveuse souriait. De la cuisine parvenaient des éclats de voix en chinois.

Elle se dit que ni elle ni la police n'avaient rien compris à ce qui s'était passé. Le mystère était plus épais, plus profond qu'ils ne l'avaient imaginé.

Au fond, ils ne savaient rien.

Elle regagna sa place et tritura d'un air absent la nourriture qu'elle était allée chercher au buffet. Elle était toujours la seule cliente. Elle appela la serveuse et lui montra la lampe.

– Il manque un ruban, dit-elle.

La serveuse sembla d'abord ne pas comprendre. Elle lui montra de nouveau la lampe. La serveuse hocha la tête, l'air étonné. Elle découvrait l'absence du ruban. Elle se pencha ensuite pour voir s'il n'avait pas atterri sous la table.

– Parti, dit-elle alors. Pas vu.

– Parti depuis quand ? demanda Birgitta Roslin.

La serveuse la regarda, interloquée. Comme elle pensait qu'elle n'avait pas compris la question, Birgitta Roslin répéta. Elle secoua la tête avec impatience.

– Sais pas. Si vous préférer autre table, possible changer.

Avant que Birgitta Roslin ait le temps de répondre, elle l'avait laissée pour accueillir un groupe de clients. Elle devina qu'il s'agissait d'employés d'un service communal. En prêtant l'oreille à leur conversation, elle comprit qu'ils participaient à une conférence sur le taux de chômage élevé du Hälsingland. Birgitta Roslin continua à triturer sa nourriture tandis que le restaurant se remplissait. La jeune serveuse ne savait plus où donner de la tête. Un homme finit par sortir des cuisines pour lui prêter main-forte en salle.

Au bout de deux heures, le coup de feu du déjeuner s'estompa. Birgitta avait continué à chipoter dans son assiette, commandé un thé vert, tout en se remémorant ce qui s'était passé depuis son arrivée dans le Hälsingland. Évidemment, elle ne s'expliquait toujours pas comment le ruban rouge du restaurant avait fini dans la neige, à Hesjövallen.

La serveuse finit par venir lui demander si elle voulait quelque chose d'autre. Birgitta Roslin secoua la tête.

– J'aimerais vous poser quelques questions.

Il restait encore quelques clients attablés. La serveuse échangea quelques mots avec l'homme qui était venu l'aider puis revint vers la table de Birgitta Roslin.

– Si vous voulez acheter lampe, possible, dit-elle en souriant.

Birgitta Roslin sourit à son tour.

– Non, merci, pas de lampe. Dites-moi, le restaurant est-il ouvert autour du Nouvel An ?

– Toujours ouvert. Affaires façon chinoise. Toujours ouvert quand les autres fermés.

Birgitta Roslin se dit que la question qu'elle voulait poser était impossible. Mais elle la posa quand même.

– Vous vous souvenez de vos clients ?

– Vous déjà venue. Je me souviens clients.

– Vous souvenez-vous de quelqu'un assis juste à cette table, autour du Nouvel An ?

La serveuse fit non de la tête.

– C'est bonne table. Toujours clients assis là. Aujourd'hui vous. Demain autre personne.

Birgitta Roslin voyait bien que ses questions vagues ne mèneraient nulle part. Il fallait qu'elle soit plus précise. Après avoir un peu hésité, elle trouva comment formuler la chose :

– Autour du Nouvel An, répéta-t-elle. Un client que vous n'auriez jamais vu avant ?

– Jamais ?

– Jamais. Ni avant, ni revu depuis.

Elle vit que la serveuse s'efforçait de se souvenir.

Les derniers clients quittèrent le restaurant. Le téléphone de la caisse sonna. La serveuse alla répondre et nota une commande à emporter. Puis elle revint. Une des personnes qui travaillaient à la cuisine avait entre-temps mis un disque de musique chinoise.

– Jolie musique, dit la serveuse. Musique chinoise. Vous aimer ?

– Joli, dit Birgitta Roslin. Très joli.

La serveuse hésita, puis hocha la tête, d'abord un peu, puis d'une façon plus décidée.

– Un homme chinois, dit-elle.

– Assis là ?

– Même chaise que vous. Pour dîner.

– Quand ?

Elle réfléchit.

– En janvier. Mais pas Nouvel An. Plus tard.

– Combien de temps après ?

– Neuf, dix jours ?

Birgitta Roslin se mordit la lèvre. Ça peut coller, se dit-elle. Le massacre de Hesjövallen a eu lieu dans la nuit du 12 au 13 janvier.

– Un peu plus tard, ce serait possible ?

La serveuse alla chercher le cahier où étaient notées les commandes.

– Le 12 janvier, dit-elle. C'est là qu'il est venu. Lui pas réservé. Mais je me souviens autres clients.

– À quoi ressemblait-il ?

– Chinois. Mince.

– Il a dit quelque chose ?

La rapidité de la réponse la surprit :

– Rien. Seulement montré du doigt ce qu'il voulait.

– Mais il était bien chinois ?

– J'ai essayé lui parler chinois. Il m'a juste dit me taire. Puis montré du doigt. J'ai pensé il voulait être tranquille. Il a mangé. Soupe, rouleaux de printemps, nasi goreng et dessert. Il avait très faim.

– Il a bu quelque chose ?

– Eau et thé.

– Et il n'a rien dit de tout le repas ?

– Voulait être tranquille.

– Et après ?

– Payé. Argent suédois. Puis parti.

– Et il n'est jamais revenu ?

– Non.

– C'est lui qui a pris le ruban rouge ?

La serveuse éclata de rire.

– Pourquoi faire ça ?

– Ce ruban rouge signifie-t-il quelque chose en particulier ?

– C'est ruban rouge. Pourquoi vouloir dire quelque chose ?

– Il s'est passé autre chose ?

– Quoi ?

– Après son départ ?

– Vous questions bizarres. Vous agent fisc ? Lui pas travailler ici. Nous payer impôts. Tout le monde travailler ici avec papiers.

– Simple curiosité. Vous ne l'avez donc jamais revu.

La serveuse fit un geste en direction de la fenêtre.

– Lui parti vers la droite. Il neigeait. Puis lui disparu. Jamais revenu. Pourquoi vous demander ?

– Je le connais peut-être, répondit Birgitta Roslin.

Elle paya et sortit. L'homme était parti vers la droite. Elle l'imita. Au croisement, elle regarda autour d'elle. D'un côté, quelques boutiques et un parking. De l'autre côté, la rue perpendiculaire débouchait sur une impasse. Il y avait là un petit hôtel à la vitrine fendue. Elle regarda de nouveau aux alentours. Une idée lui traversa l'esprit.

Elle retourna au restaurant chinois. La serveuse était assise, en train de fumer. Elle sursauta à l'ouverture de la porte et écrasa aussitôt sa cigarette.

– J'ai encore une question, dit Birgitta Roslin. L'homme qui était à cette table n'avait pas de manteau, n'est-ce pas ?

La serveuse réfléchit.

– Non, c'est vrai, répondit-elle. Comment vous le savoir ?

– Je ne le savais pas. Continuez à fumer. Merci de votre aide.

La porte de l'hôtel était faussée. On avait essayé de la forcer. Le verrou avait été réparé de façon provisoire. Elle monta un demi-étage jusqu'à une réception limitée à un simple comptoir dans une ouverture de porte. Personne. Elle appela. Pas de réponse. Elle remarqua une petite clochette. Sonna. Sursauta quand elle sentit soudain quelqu'un dans son dos. Un homme, d'une maigreur maladive. Il portait de grosses lunettes et sentait l'alcool.

– Vous voulez une chambre ?

Birgitta Roslin distingua dans sa voix un accent de Göteborg.

251

– Je voudrais juste vous poser quelques questions. Au sujet d'un de mes amis qui a, je crois, résidé ici.

En traînant les pieds dans des pantoufles éculées, l'homme passa de l'autre côté du comptoir. D'une main tremblante, il sortit un registre. Elle n'aurait jamais imaginé qu'un hôtel pareil existe encore. Elle avait l'impression de se retrouver projetée dans un film des années 1940.

– Le nom du client ?

– Je sais juste qu'il est chinois.

L'homme reposa lentement le registre. Tandis qu'il la regardait, sa tête tremblait. Birgitta Roslin devina qu'il souffrait de la maladie de Parkinson.

– D'habitude, on connaît le nom de ses amis. Même s'ils sont chinois.

– C'est l'ami d'un ami. Un Chinois.

– Ça, j'ai compris. Et il aurait couché ici quand ?

– Début janvier.

– Alors j'étais à l'hôpital. Un neveu m'a remplacé à l'hôtel.

– Vous pourriez peut-être l'appeler ?

– Non, désolé. Il se trouve actuellement sur un bateau de croisière dans l'Arctique.

L'homme se mit à examiner les pages du registre d'un regard myope.

– Là, en effet, nous avons un Chinois. Un certain Wang Min Hao, de Pékin. Il a passé une nuit ici. Du 12 au 13 janvier. C'est ce monsieur que vous cherchez ?

– Oui, dit Birgitta Roslin, incapable de cacher son excitation. C'est lui.

L'homme retourna le registre. Birgitta Roslin sortit un papier de son sac à main et nota tout : nom, numéro de passeport et ce qui devait être une adresse à Pékin.

– Merci, dit-elle. Votre aide m'a été précieuse. Est-ce qu'il a laissé quelque chose à l'hôtel ?

– Je m'appelle Sture Hermansson, dit l'homme. Ma

femme et moi tenons cet hôtel depuis 1946. Elle est morte à présent. Bientôt ce sera mon tour. C'est ma dernière année ici. L'immeuble doit être rasé.

– Quel dommage.

Hermansson grommela.

– Comment ça, dommage ? Cet immeuble est une ruine. Et moi aussi. Rien d'étrange à ce que les vieux meurent. Mais je crois en effet que ce Chinois a laissé quelque chose.

Sture Hermansson disparut derrière le comptoir. Birgitta Roslin attendit.

Elle en était à se demander s'il n'avait pas eu une crise cardiaque quand il revint enfin. Il tenait une revue à la main.

– C'était dans la corbeille à papier à mon retour de l'hôpital. J'ai une Russe qui fait le ménage. Comme je n'ai que huit chambres, elle s'en sort toute seule. Mais elle est négligente. En rentrant, j'ai inspecté l'hôtel. Ceci était resté dans la chambre du Chinois.

Hermansson lui tendit la revue. Des idéogrammes, des photos d'intérieurs et d'extérieurs. Elle supposa qu'il s'agissait de la brochure de présentation d'une entreprise plutôt que d'un journal proprement dit. Au dos, des caractères chinois griffonnés en hâte, à l'encre.

– Prenez-le si vous voulez, dit Sture Hermansson. Je ne lis pas le chinois.

Elle le fourra dans son sac et s'apprêta à partir.

– Merci de votre aide.

Hermansson sourit.

– De rien. Vous êtes contente ?

– Plus que contente.

Elle se dirigeait déjà vers la sortie quand elle entendit dans son dos la voix de Hermansson :

– J'ai peut-être autre chose pour vous. Mais vous avez l'air si pressée. Vous avez un peu de temps ?

Birgitta Roslin fit demi-tour. Hermansson sourit de

nouveau. Il lui montra alors quelque chose derrière elle. Elle ne comprit d'abord pas ce qu'il voulait lui faire voir. Il y avait au mur une horloge et le calendrier d'un garage qui garantissait un service rapide et efficace sur toutes les Ford.

– Je ne comprends pas.

– Alors vous y voyez moins bien que je ne pensais, dit Sture Hermansson.

Il sortit une baguette de sous le comptoir.

– L'horloge retarde, expliqua-t-il. J'utilise ça pour recaler les aiguilles. Grimper sur une échelle quand on a la tremblote n'est pas recommandé.

Il pointa la baguette sur un point du mur, juste à côté de l'horloge. Tout ce qu'elle voyait était une bouche d'aération. Elle ne comprenait toujours pas ce qu'il essayait de lui montrer. Alors, elle vit qu'il s'agissait d'une caméra dissimulée dans le mur.

– Avec ça, nous allons pouvoir savoir à quoi ressemblait notre homme, plastronna Hermansson.

– C'est une caméra de surveillance ?

– Parfaitement. Installée par mes soins. Ça aurait coûté beaucoup trop cher de faire appel à une société pour un si petit hôtel. D'ailleurs, qui serait assez stupide pour me braquer ? Ce serait aussi stupide qu'aller faire les poches d'un de ces pauvres types qui picolent sur les bancs publics.

– Vous photographiez donc tous vos clients ?

– Je les filme. En fait, je ne sais même pas si c'est tout à fait légal. Mais j'ai un bouton sous mon comptoir pour déclencher l'enregistrement.

Il la regarda, l'air réjoui.

– Je viens par exemple de vous filmer. Vous êtes pile dans l'axe.

Birgitta Roslin le suivit de l'autre côté du comptoir. C'était une pièce qui lui servait visiblement à la fois de bureau et de chambre. Par une porte ouverte, elle aperçut une cuisine démodée où une femme faisait la vaisselle.

– C'est Natacha, dit Sture Hermansson. En fait, elle s'appelle autrement, mais j'aime bien Natacha, pour une Russe.

Il la regarda soudain, l'air préoccupé.

– J'espère que vous n'êtes pas de la police.

– Pas du tout.

– Je ne crois pas qu'elle soit tout à fait en règle. Mais c'est le cas d'une grande partie de nos immigrés, non ?

– Vous exagérez, dit Birgitta Roslin. Mais je ne suis pas de la police.

Il se mit à fouiller parmi des cassettes vidéo étiquetées par date.

– Espérons juste que mon neveu n'aura pas oublié d'appuyer sur le bouton. Je n'ai pas contrôlé les films de début janvier. L'hôtel était presque vide à cette période.

Il farfouilla si longtemps que Birgitta Roslin s'impatienta. Elle allait lui arracher les cassettes des mains quand il trouva enfin la bonne et alluma la télévision. Natacha sortit sans bruit de la pièce, comme une ombre.

Sture Hermansson appuya sur *lecture*. Birgitta Roslin se pencha. L'image était étonnamment nette. Un homme coiffé d'une grande chapka se tenait devant le comptoir.

– Lundgren, de Järvsö, dit Hermansson. Il vient une fois par mois pour se saouler tranquillement. Quand il est complètement rond, il chante des psaumes à tue-tête. Puis il rentre chez lui. Un brave type. Ferrailleur. Mon client depuis bientôt trente ans. Je lui fais un prix.

La neige envahit l'écran. L'image suivante montrait deux femmes d'une trentaine d'années.

– Les amies de Natacha, dit Sture Hermansson, d'un air contrarié. Elles viennent de temps en temps. Je préfère ne pas savoir ce qu'elles fabriquent en ville. En tout cas, elles n'ont pas le droit de recevoir des visites ici – mais je les soupçonne de ne pas se gêner dans mon dos.

– Vous leur faites aussi un prix ?

– Je fais un prix à tout le monde. Il n'y a pas de tarif fixe. L'hôtel fonctionne à perte depuis la fin des années 1960. En réalité, je vis sur les rentes d'un petit portefeuille d'actions. Le bois, l'industrie lourde, il n'y a que ça de vrai.

L'image changea. Birgitta Roslin sursauta. On voyait très bien l'homme. Un Chinois, en survêtement noir. Il jeta un bref coup d'œil vers la caméra. Il lui sembla que leurs regards se croisaient. Il est jeune, se dit-elle. Pas plus de trente ans, si on se fie à l'image. Il prit sa clé, puis sortit du champ.

L'écran s'obscurcit.

– Je n'y vois pas très bien, dit Sture Hermansson. C'était la bonne personne ?

– Vous êtes sûr que c'était le 12 janvier ?

– Je crois. Mais je peux contrôler dans le registre s'il a été inscrit après nos amies russes.

Il se leva et regagna la minuscule réception. Le temps qu'il revienne, Birgitta Roslin eut le temps de repasser plusieurs fois la séquence. Elle fit un arrêt sur image au moment où l'homme regardait la caméra. Il l'a remarquée, se dit-elle. Après, il regarde ailleurs et baisse la tête. Il change même de position pour qu'on ne voie plus son visage. Tout va très vite. Elle repassa la bande, figea de nouveau l'image. Un homme aux cheveux courts, regard perçant, lèvres serrées. Des gestes rapides, sur ses gardes. Peut-être plus âgé qu'elle ne l'avait d'abord cru.

Hermansson revint.

– Ça a l'air d'être ça. Les deux dames se sont inscrites sous leurs faux noms habituels. Puis vient ce Wang Min Hao, de Pékin.

– Y a-t-il une possibilité de copier ce film ?

Sture Hermansson haussa les épaules.

– Vous pouvez prendre la cassette. Qu'est-ce que j'en ferais ? J'ai fait cette installation vidéo juste pour m'amuser. J'efface les cassettes tous les six mois. Tenez, elle est à vous.

Il remit la cassette dans son boîtier et la lui donna. Ils retournèrent dans l'entrée. Natacha était en train d'astiquer les appliques qui éclairaient l'escalier.

Hermansson toucha le bras de Birgitta Roslin.

– Maintenant, vous pourriez peut-être me dire pourquoi ce Chinois vous intéresse tant ? Il vous doit de l'argent ?

– Pourquoi ça ?

– Tout le monde a des dettes. Quand on recherche quelqu'un, c'est souvent une histoire d'argent.

– Je pense que cet homme peut répondre à certaines questions. Mais je ne peux pas en dire plus.

– Et vous n'êtes pas de la police ?

– Non.

– Mais pas d'ici, non plus ?

– C'est vrai. Je m'appelle Birgitta Roslin, et j'habite à Helsingborg. Contactez-moi s'il refait surface.

Elle lui nota son adresse et son numéro de téléphone.

En ressortant dans la rue, elle remarqua qu'elle était en sueur. Les yeux du Chinois la hantaient. Elle fourra la cassette au fond de son sac et regarda autour d'elle, hésitante. Et maintenant ? Elle aurait déjà dû être en route pour Helsingborg. L'après-midi était déjà bien avancé. Elle entra dans l'église voisine et s'assit sur le banc du premier rang. Il faisait froid. Un homme agenouillé au pied d'un des murs replâtrait un joint. Elle essaya de se faire une idée claire de la situation. Un ruban rouge avait été trouvé à Hesjövallen. Dans la neige. Par hasard, elle en avait retrouvé la trace dans un restaurant chinois. Un Chinois y avait dîné le 12 janvier. Cette même nuit, ou à l'aube du jour suivant, un massacre avait eu lieu à Hesjövallen.

Elle songea à l'image qu'elle avait vue sur le magnéto-scope de Sture Hermansson. Était-il vraisemblable qu'un homme ait pu faire ça tout seul ? Avait-il des complices pour le moment inconnus ? Ou le ruban rouge avait-il fini dans la neige pour une tout autre raison ?

Pas de réponse. Elle sortit alors la brochure retrouvée dans la corbeille à papier. Là aussi, il y avait de quoi douter. Ce Wang Min Hao n'avait finalement peut-être rien à voir avec les événements de Hesjövallen : un tueur expérimenté laisserait-il derrière lui des traces aussi visibles ?

L'église était mal éclairée. Elle chaussa ses lunettes et feuilleta la brochure. Sur une page, la photo d'un gratte-ciel de Pékin et du texte en chinois. Sur une autre, des colonnes de chiffres et des photos de Chinois qui souriaient.

Ce qui l'intriguait le plus, c'étaient ces caractères notés à l'encre au dos de la brochure. Là, Wang Min Hao sortait de l'ombre. C'était vraisemblablement son écriture. Voulait-il se souvenir de quelque chose ? Et quoi ?

Qui pouvait l'aider à déchiffrer l'inscription ? Elle trouva la réponse au moment même où elle se posait la question. Une brusque réminiscence de sa jeunesse rouge. Elle sortit de l'église et gagna le cimetière, son téléphone mobile à la main. Karin Wiman, une de ses camarades quand elle faisait ses études à Lund, était sinologue à l'université de Copenhague. Elle ne répondit pas, mais Birgitta Roslin lui laissa un message, lui demandant de la rappeler. Elle regagna ensuite sa voiture et chercha un grand hôtel en centre-ville, où on lui donna une chambre. Elle était spacieuse, au dernier étage. Elle alluma la télévision et vit qu'il allait neiger pendant la nuit.

Elle s'étendit sur le lit et attendit. Dans une chambre voisine, on entendit un homme rire.

La sonnerie du téléphone la réveilla. C'était Karin Wiman, un peu intriguée. Quand Birgitta Roslin lui eut exposé son problème, son amie l'invita à lui faxer la page. Ce qu'elle fit depuis la réception, avant de retourner attendre dans sa chambre. La nuit était tombée. Elle appellerait bientôt à la maison pour prévenir qu'elle avait changé ses plans à cause du mauvais temps : elle resterait une nuit de plus.

Karin Wiman rappela à dix-neuf heures trente.

– L'écriture est mauvaise, mais je crois que j'arrive à déchiffrer.

Birgitta Roslin retint son souffle.

– C'est le nom d'un hôpital. J'ai vérifié. C'est à Pékin. L'hôpital Longfu. C'est en plein centre, sur la rue Mei Shuguan Houjie. À proximité du musée des Beaux-Arts. Si tu veux, je peux t'envoyer un plan.

– Volontiers.

– Maintenant, raconte-moi tout. Je suis morte de curiosité. Un retour de flamme de ton ancienne passion pour la Chine ?

– Peut-être bien. Je te raconterai une autre fois. Tu peux m'envoyer le plan sur le fax que j'ai utilisé ?

– Tu l'auras dans une minute. Mais je te trouve bien cachottière.

– Patience. Je te raconterai.

– On devrait se voir, un de ces jours.

– Je sais bien. Les occasions sont si rares.

Birgitta descendit attendre à la réception. Au bout de quelques minutes arriva une carte du centre de Pékin. Karin Wiman avait dessiné une flèche.

Birgitta Roslin s'aperçut qu'elle avait faim. Comme il n'y avait pas de restaurant à l'hôtel, elle monta chercher son manteau et ressortit. Elle regarderait de près la carte à son retour.

Il faisait sombre, pas de voitures dans les rues. Le réceptionniste lui avait indiqué un restaurant italien dans les environs. La salle était presque vide. Elle y dîna.

Quand elle ressortit dans la rue, il avait commencé à neiger. Elle se dirigea vers son hôtel.

Soudain, elle s'arrêta net et fit volte-face. Elle avait brusquement eu l'impression qu'on l'observait. Mais elle ne voyait personne.

Elle se hâta de rentrer et s'enferma à double tour dans sa chambre. Elle alla ensuite à la fenêtre où, cachée derrière le rideau, elle regarda dans la rue.

Personne. La neige tombait à présent à gros flocons.

20

Birgitta Roslin passa une nuit agitée. Elle se leva plusieurs fois pour regarder par la fenêtre. Il neigeait toujours. Le vent formait des congères le long des immeubles. Les rues étaient désertes. Elle fut réveillée pour de bon vers sept heures par le vacarme des chasse-neige.

Avant de s'endormir, la veille, elle avait téléphoné à la maison pour indiquer dans quel hôtel elle était descendue. Staffan l'avait écoutée, en silence. Il doit se demander ce que je fabrique, s'était-elle dit. La seule chose dont il est sûr, c'est que je ne le trompe pas. Mais comment peut-il en être si sûr ? Ne devrait-il pas au moins de temps en temps me soupçonner d'avoir trouvé quelqu'un d'autre pour m'épanouir sexuellement ? Est-il si sûr que je ne me lasserai jamais d'attendre ?

Au cours de l'année écoulée, elle s'était parfois demandé si le moment n'était pas venu de chercher un autre homme. Elle ne savait toujours pas. Peut-être surtout parce que l'occasion ne s'était pas présentée.

Qu'il ne montre pas le moindre signe d'étonnement à la voir ainsi tarder à rentrer était à la fois source de colère et de déception. Nous avons appris autrefois à laisser à l'autre sa liberté intérieure. Chacun a droit qu'on respecte ses jardins secrets. Mais cela ne doit pas se transformer en indifférence. Est-ce le chemin que nous prenons ? Peut-être en sommes-nous déjà là ?

Elle ne savait pas. Mais elle sentait qu'il était plus

nécessaire que jamais d'avoir une explication avec Staffan.

Sa chambre disposait d'une bouilloire. Elle se prépara une tasse de thé et s'assit devant le plan que lui avait faxé Karin Wiman. La pièce était plongée dans la pénombre, juste éclairée par la lampe de chevet et la télévision dont le son était coupé. Le plan était difficilement lisible, à cause de la mauvaise qualité de la copie. Elle repéra la Cité interdite et la place Tienanmen. Cela réveilla bien des souvenirs.

Birgitta Roslin reposa le plan et songea à ses filles, à l'âge qu'elles avaient. La conversation avec Karin Wiman lui avait rappelé la personne qu'elle avait été jadis. Si proche et cependant si lointaine, se dit-elle. Des souvenirs demeurent très nets, d'autres s'estompent, plus flous à chaque fois que je les évoque. Je ne me souviens même plus du visage de certaines personnes qui m'étaient très chères. D'autres, moins importantes, m'apparaissent aujourd'hui avec une grande netteté. Tout glisse, la mémoire va et vient sans cesse, croît, diminue, perd sa signification, la retrouve.

Pourtant, je n'oublie pas que cette époque de ma vie a été décisive. Au milieu du chaos naïf de mon existence, j'avais la conviction que la voie vers un monde meilleur passait par la solidarité et la libération. Je n'ai jamais oublié ce sentiment d'être au cœur du monde, au cœur d'une époque où tout était possible.

Néanmoins, je n'ai pas su hisser ma vie à la hauteur de mes convictions. Aux pires moments, j'ai eu l'impression de les trahir. En particulier vis-à-vis de ma mère, qui encourageait ma révolte. En même temps, pour être tout à fait honnête, mon engagement politique n'était au fond qu'un vernis que je donnais à mon existence. Et une couche de laque sur Birgitta Roslin ! La seule chose qui a réellement abouti, c'est que je me suis efforcée d'être une juge convenable. Ça, personne ne peut me l'enlever.

Elle but son thé et réfléchit à ce qu'elle ferait le lendemain. Elle retournerait au commissariat faire part de ses découvertes. Cette fois, ils seraient bien forcés de l'écouter ! L'enquête piétinait toujours. En arrivant à l'hôtel, elle avait entendu quelques Allemands discuter des événements de Hesjövallen. Cela faisait donc aussi sensation au-delà des frontières de la Suède ? Une tache honteuse sur l'innocence suédoise. Les tueries de ce genre n'ont pas leur place ici. Ça n'arrive qu'aux États-Unis, parfois en Russie. Des fous sadiques ou des terroristes. Mais pas de ça ici, dans un petit village paisible, au fin fond des forêts suédoises.

Elle essaya de sentir si sa tension avait diminué. Elle en avait l'impression. Elle serait étonnée que le docteur ne l'autorise pas à reprendre son travail.

Birgitta Roslin songea aux affaires qui l'attendaient, tout en se demandant comment s'étaient passés les procès qu'elle avait confiés à ses collègues.

Soudain, elle ressentit une sorte d'urgence. Elle voulait rentrer, retrouver sa vie ordinaire, même si par bien des aspects elle était vide et ennuyeuse. Elle ne pouvait pas attendre sans rien faire que quelqu'un vienne régler ses problèmes à sa place.

Dans la pénombre de cette chambre d'hôtel, elle décida de préparer une fête splendide pour l'anniversaire de Staffan. Ils n'avaient pas l'habitude de faire de gros efforts pour ces occasions. Mais peut-être que le moment était venu de changer ?

Quand Birgitta Roslin se rendit au commissariat le lendemain matin, il neigeait toujours. La température avait chuté. Elle regarda le thermomètre de l'hôtel : moins sept. On n'avait pas encore dégagé les trottoirs. Elle marcha doucement pour ne pas glisser.

L'accueil du commissariat était calme. Un policier consultait un tableau d'affichage. La standardiste ne bougeait pas, les yeux perdus dans le vague.

Birgitta Roslin eut le sentiment que Hesjövallen, avec tous ses morts, n'était qu'un conte cruel inventé de toutes pièces. Le massacre n'avait pas eu lieu, c'était une chimère en train de se dissiper.

Le téléphone sonna. Birgitta Roslin attendit que l'appel soit transféré.

– Je voudrais voir Vivi Sundberg.

– Elle est en réunion.

– Et Erik Huddén ?

– Lui aussi.

– Tout le monde est en réunion ?

– Tous. Sauf moi. Si c'est très important, je peux transmettre un message. Mais vous devrez patienter.

Birgitta Roslin réfléchit. C'était important, décisif peut-être.

– Cette réunion, il y en a pour longtemps ?

– On ne peut pas savoir. Avec ce qui s'est passé, ces réunions peuvent parfois durer toute la journée.

La standardiste ouvrit le sas d'entrée au policier qui lisait le tableau d'affichage. Elle poursuivit à voix basse :

– Je crois qu'il y a du nouveau. Les enquêteurs sont arrivés à cinq heures ce matin. Le procureur aussi.

– Qu'est-ce qui s'est passé ?

– Je ne sais pas, et j'ai peur que vous attendiez longtemps. Mais je ne vous ai rien dit.

– Naturellement.

Birgitta Roslin alla s'asseoir, feuilleta un journal. Des policiers allaient et venaient. Des journalistes et une équipe de télévision se pointèrent. Il ne manquait plus que Lars Emanuelsson.

Il était déjà neuf heures et quart. Elle ferma les yeux en s'adossant au mur. Elle fut réveillée par une voix connue. Vivi Sundberg était campée devant elle. L'air las, les yeux cernés.

– Vous vouliez me parler ?

– Si ça ne vous dérange pas.

– Ça me dérange. Mais je suppose que c'est important. Dans ce genre d'enquête, vous savez que nous n'avons pas de temps à perdre à écouter tout et n'importe quoi.

Birgitta Roslin la suivit de l'autre côté de la porte coulissante dans un bureau libre.

– Ce n'est pas mon bureau, dit Vivi Sundberg, mais nous pouvons nous installer là.

Birgitta Roslin s'assit dans un fauteuil confortable. Vivi Sundberg s'adossa à une armoire pleine de dossiers à la tranche rouge.

Birgitta prit son élan, même si elle savait que c'était peine perdue : quoi qu'elle dise, la policière avait déjà décidé que cela n'avait aucun intérêt pour l'enquête.

– Je crois que j'ai trouvé quelque chose. Une piste, si on veut.

Vivi Sundberg la regarda d'un air inexpressif. Roslin se sentit piquée au vif. Elle était juge, et elle avait une petite idée de ce qu'un policier est raisonnablement censé prendre en compte dans le cadre d'une enquête criminelle.

– Ce que j'ai à vous dire est suffisamment important pour que vous appeliez quelqu'un de plus.

– Et pourquoi ça ?

– J'en suis convaincue.

Son assurance paya. Vivi Sundberg sortit et revint quelques minutes plus tard en compagnie d'un homme secoué de quintes de toux qui se présenta comme le procureur Robertsson.

– Je dirige l'enquête préliminaire. Vivi dit que vous avez d'importantes déclarations à faire. Vous êtes juge à Helsingborg, si j'ai bien compris ?

– C'est exact.

– Le procureur Halmberg est-il toujours en poste ?

– Il a pris sa retraite.

– Mais il vit toujours là-bas ?

– Il me semble qu'il s'est installé en France. À Antibes.

– Le veinard ! Il adorait les bons cigares, un vrai gamin. Les jurés tombaient dans les pommes aux suspensions d'audience : intoxiqués par la fumée. Avec l'interdiction de fumer, il s'est mis à perdre tous ses procès. Il prétendait que c'était à cause de la tristesse que lui causait la privation de ses chers cigares.

– J'ai entendu parler de cette histoire.

Le procureur s'installa au bureau. Vivi Sundberg était retournée s'adosser à l'armoire. Birgitta Roslin fit un récit détaillé de ses découvertes. Comment elle avait reconnu le ruban rouge, trouvé d'où il venait et était remontée jusqu'à un Chinois de passage en ville. Elle posa la cassette vidéo sur la table avec la brochure en chinois, en précisant la signification de ce qui avait été griffonné à la hâte au revers.

Robertsson la dévisagea. Vivi Sundberg regardait ses mains. Il finit par se lever en prenant la cassette.

– Regardons ça. Maintenant, tout de suite. Ça a l'air fou. Mais un tueur fou nécessite peut-être une explication folle.

Ils se rendirent dans une salle de réunion où une femme de ménage à la peau sombre était en train de ramasser gobelets à café et sacs en plastique. Birgitta Roslin fut choquée en entendant Vivi Sundberg lui aboyer de débarrasser le plancher. Après quelques ratés et des jurons bien sentis, Robertsson parvint à faire marcher le magnétoscope et le moniteur vidéo.

Quelqu'un ouvrit la porte. Le procureur cria qu'il voulait avoir la paix. Les deux femmes russes firent une brève apparition. L'image se brouilla. Wang Min Hao apparut à l'écran, regarda en direction de la caméra avant de disparaître. Robertsson revint en arrière et arrêta l'image au moment où Wang fixait l'objectif. L'intérêt de Vivi Sundberg s'était à présent éveillé. Elle baissa le store de la fenêtre la plus proche. Les images gagnèrent en netteté.

– Wang Min Hao, dit Birgitta Roslin. Pour autant que ce soit son vrai nom. Il débarque d'on ne sait où à Hudiksvall, le 12 janvier. Il passe la nuit dans un petit hôtel après avoir arraché un ruban rouge à une lampe dans un restaurant. On retrouve plus tard ce ruban sur le lieu du crime à Hesjövallen. Je ne sais pas d'où vient cet individu ni où il est passé.

Robertsson, qui s'était rapproché de l'écran, alla se rasseoir. Vivi Sundberg ouvrit une bouteille d'eau gazeuse.

– Étrange, dit le procureur. Je suppose que vous vous êtes assurée que le ruban rouge venait bien du restaurant ?

– Je les ai comparés.

– On peut m'expliquer ce qui se passe ? éructa Vivi Sundberg. Vous faites une enquête parallèle, ou quoi ?

– Je ne veux pas vous déranger, dit Birgitta Roslin. Je sais que vous avez beaucoup à faire. Votre tâche est presque insurmontable. Pire que l'affaire de ce fou qui avait abattu plein de gens sur un vapeur du Mälar au début du vingtième siècle.

– John Filip Nordlund, s'empressa de compléter Robertsson. Un délinquant de l'époque. Il ressemblait à nos jeunes hooligans et autres skinheads. Le 17 mai 1900, il a tué cinq personnes sur un bateau entre Arboga et Stockholm. Il a eu la tête tranchée. Ce qui n'arrive plus aujourd'hui à ces pauvres chéris qui font du grabuge. Et n'arrivera pas à celui qui a commis ces horreurs à Hesjövallen.

Les connaissances historiques de Robertsson n'eurent pas l'air d'impressionner Vivi Sundberg. Elle disparut dans le couloir.

– J'ai envoyé chercher la lampe de ce restaurant, dit-elle en revenant.

– Ils n'ouvrent pas avant onze heures, dit Birgitta Roslin.

– La ville est petite. On ira chercher le propriétaire et il ouvrira.

– Attention juste à ce que la meute des journalistes n'en sache rien, prévint Robertsson. Je vois déjà les gros titres : « Un Chinois derrière le massacre de Hesjövallen ? On recherche un forcené aux yeux bridés. »

– Ça m'étonnerait, après notre conférence de presse de cet après-midi.

La standardiste avait donc raison, se dit aussitôt Birgitta Roslin. Il y a du nouveau, une annonce va être faite aujourd'hui. C'est pour cela que mon histoire les intéresse aussi peu.

– Réfléchissons un instant, dit Vivi Sundberg en s'asseyant. Depuis que vous êtes dans nos pattes, vous nous avez donné pas mal de fil à retordre.

Et voilà, se dit Birgitta Roslin, elle va sortir l'histoire des carnets. Je vais finir la journée mise en examen par Robertsson. Peut-être pas pour entrave à la justice, mais il déterrera certainement un paragraphe pour me faire plonger.

Vivi Sundberg n'aborda pourtant pas le sujet. Birgitta Roslin devina alors chez elle une forme de connivence, malgré son attitude réticente.

– Nous allons bien entendu vérifier tout cela, dit Robertsson. Nous travaillons sans a priori. Mais il n'y a aucun autre indice suggérant qu'un Chinois serait impliqué.

– Et l'arme du crime, demanda Birgitta Roslin. Vous l'avez trouvée ?

Aucun des deux ne répondit. Ils l'ont, pensa-t-elle. C'est ce qui doit être révélé cet après-midi. Forcément.

– Nous ne pouvons faire aucun commentaire à ce sujet pour l'instant, dit Robertsson. Attendons d'avoir cette lampe pour comparer le ruban. S'il correspond, vos informations seront prises en compte dans l'enquête. Nous gardons bien entendu la cassette.

Il sortit un carnet et commença à prendre des notes.

– Qui a vu ce Chinois ?

– La serveuse du restaurant.

– Je suis un habitué. La jeune, ou la vieille ? Ou le père, le grincheux qui travaille en cuisine, celui avec la verrue sur le front ?

– La jeune.

– Elle fait tantôt la timide, tantôt l'allumeuse. Je crois qu'elle s'ennuie ferme. Autre chose ?

– À quel sujet ?

Robertsson soupira.

– Chère collègue… Vous nous prenez tous de court avec ce Chinois sorti de votre chapeau. Qui d'autre l'a vu ?

– Un neveu du propriétaire de l'hôtel. Je ne sais pas son nom. Sture Hermansson dit qu'il est en train de faire une croisière dans l'Arctique.

– En d'autres termes, cette enquête commence à prendre des proportions planétaires. Vous commencez par nous déballer votre Chinois. Voilà maintenant un témoin en plein Arctique. Le *Times* et *Newsweek* ont parlé de l'affaire. Le *Guardian* m'a appelé de Londres, ils sont intéressés, comme d'ailleurs le *Los Angeles Times*. Qui d'autre a vu ce Chinois ? Quelqu'un au fin fond du désert australien, j'espère.

– Une femme de ménage de l'hôtel. Une Russe.

Robertsson triompha :

– Qu'est-ce que je disais ? Voilà la Russie dans le coup ! Son nom ?

– Elle se fait appeler Natacha. D'après Hermansson, ce n'est pas son vrai nom.

– Elle est peut-être en situation irrégulière, dit Vivi Sundberg. Il nous arrive de trouver des Russes et des Polonais en ville.

– Pour le moment, on s'en fiche, la coupa Robertsson. Quelqu'un d'autre a-t-il vu ce Chinois ?

– Pas que je sache, dit Birgitta Roslin. Mais il a bien fallu qu'il arrive ici et qu'il en reparte. En bus ? En taxi ? Quelqu'un a dû le remarquer ?

– On va s'occuper de ça, dit Robertsson en posant son stylo. Si cette piste s'avère sérieuse.

Ce que tu n'envisages pas une seconde, pensa Birgitta Roslin. De toute façon, tu préfères la tienne.

Vivi Sundberg et Robertsson quittèrent la pièce. Birgitta Roslin se sentit lasse. Les probabilités que ses découvertes aient le moindre rapport avec l'affaire étaient minimes. D'expérience, elle savait que ce genre de faits curieux débouchait le plus souvent sur une fausse piste.

De plus en plus agacée, elle attendit en faisant les cent pas dans la pièce. Elle connaissait par cœur les procureurs comme Robertsson, les policières style Vivi Sundberg – avec ou sans surpoids et cheveux teints en rouge. C'était toujours le même jargon cynique. Les juges non plus ne prenaient pas de gants pour parler entre eux des prévenus.

Vivi Sundberg revint, suivie de près par Robertsson et Tobias Ludwig, avec le sachet plastique contenant le ruban rouge. Elle tenait une des lampes en papier du restaurant.

On sortit le ruban pour le comparer. Aucun doute n'était possible : c'était le bon.

Ils se rassirent autour de la table. Robertsson fit un rapide résumé de la déposition de Birgitta Roslin. Il avait l'art et la manière.

Personne ne posa d'autres questions. Seul Tobias Ludwig prit la parole :

– Est-ce que cela change quelque chose pour la conférence de presse de cet après-midi ?

– Non, répondit le procureur. On s'occupera de tout ça en temps voulu.

Robertsson mit fin à la réunion. Il serra les mains et s'éclipsa. En se levant, Birgitta Roslin croisa le regard de Vivi Sundberg, qu'elle interpréta comme une invitation à rester.

Une fois seules, Vivi Sundberg ferma la porte et alla droit au fait :

– Je m'étonne que vous cherchiez encore à vous mêler de cette enquête. Bien sûr, vous avez fait une découverte surprenante au sujet du ruban rouge. Nous allons nous pencher là-dessus. Mais je crois que vous aurez compris que nous avons d'autres priorités pour le moment.

– Vous avez une autre piste ?

– Nous en parlerons à la conférence de presse cet après-midi.

– À moi, vous pouvez peut-être en dire plus ?

Vivi Sundberg secoua la tête.

– Rien du tout ?

– Rien.

– Vous avez un suspect ?

– Je vous l'ai déjà dit : à la conférence de presse. Je voulais que vous restiez pour une tout autre raison.

Vivi Sundberg quitta la pièce. Elle revint avec les carnets que Birgitta Roslin avait été contrainte de restituer quelques jours auparavant.

– Nous les avons parcourus, dit Vivi Sundberg. J'ai estimé qu'ils ne présentaient aucun intérêt pour l'enquête. Pour cette raison, je pensais faire preuve de bonne volonté et vous les prêter. Contre reçu. À condition que vous les teniez à notre disposition.

Birgitta Roslin se demanda un bref instant si ce n'était pas un piège. L'initiative de Vivi Sundberg n'était pas très orthodoxe. Birgitta n'avait rien à voir avec l'enquête. Que risquait-il de lui arriver si elle acceptait les carnets ?

Vivi Sundberg s'aperçut de son hésitation.

– J'en ai parlé avec Robertsson, dit-elle. Il est d'accord.

– Dans ce que j'avais eu le temps de lire, il était question de Chinois travaillant sur un chantier de chemin de fer aux États-Unis.

– Dans les années 1860 ? C'était il y a presque cent cinquante ans.

Vivi Sundberg lui remit les carnets dans un sac plastique. Elle sortit de sa poche un reçu qu'elle lui fit signer.

Elle la raccompagna jusqu'à la réception. Elles se séparèrent aux portes vitrées. Birgitta Roslin demanda quand devait avoir lieu la conférence de presse.

– À quatorze heures. Il faut la carte de presse pour entrer. Il y a foule. Nous n'avons pas de locaux suffisants pour cette cohue. C'est un trop grand crime pour une si petite ville.

– Je vous souhaite d'avoir trouvé une piste.

Vivi Sundberg réfléchit avant de répondre.

– Oui, dit-elle. Je crois que nous allons résoudre cet horrible massacre.

Elle hocha lentement la tête, comme pour confirmer ses paroles.

– Nous savons à présent que tous les habitants du village étaient parents. Toutes les victimes.

– Sauf le jeune garçon ?

– Lui aussi était de la famille. Mais en visite.

Birgitta Roslin sortit du commissariat. Qu'allait-on donc annoncer à la conférence de presse ? Elle tournait et retournait la question dans tous les sens.

Un homme la rattrapa sur le trottoir où la neige n'avait toujours pas été dégagée.

Lars Emanuelsson lui fit un grand sourire. Birgitta Roslin réprima une envie soudaine de le frapper. En même temps, l'obstination du personnage forçait l'admiration.

– Comme on se retrouve, dit-il. On ne voit que vous,

au commissariat. La juge de Helsingborg s'acharne aux marges de l'enquête. Comprenez ma curiosité.

– Posez vos questions à la police. Pas à moi.

Lars Emanuelsson se rembrunit.

– Je ne me gêne pas pour le faire, croyez-moi. Mais sans obtenir la moindre réponse jusqu'ici. À la longue, c'est rageant. Alors je suis bien forcé d'échafauder des hypothèses. Que fait une juge de Helsingborg à Hudiksvall ? En quoi est-elle mêlée à ces horribles événements ?

– Je n'ai rien à vous dire.

– Dites-moi juste pourquoi vous êtes si désagréable avec moi ?

– Parce que vous ne me laissez pas tranquille.

Lars Emanuelsson fit un signe de tête en direction du sac plastique.

– Je vous ai vue entrer les mains vides. Et voilà que vous ressortez avec un gros sac plastique. Qu'est-ce que c'est ? Des papiers ? Des classeurs ? Quoi d'autre ?

– Ça ne vous regarde pas.

– Ne dites jamais ça à un journaliste. Tout me regarde. Ce que contient ce sac plastique, ce qu'il ne contient pas, pourquoi vous ne voulez pas répondre à mes questions.

Birgitta Roslin fit mine de s'en aller. Elle trébucha et s'étala dans la neige. Un des vieux carnets s'échappa du sac plastique. Lars Emanuelsson se précipita, mais elle repoussa sa main tout en remettant le carnet dans le sac. Rouge de colère, elle s'éloigna à grands pas.

– Je finirai bien par tirer ça au clair ! lui cria Lars Emanuelsson.

Revenue à sa voiture, elle secoua la neige collée à ses vêtements. Puis démarra et alluma le chauffage. Une fois sur la route principale, elle commença à se calmer. Chassant de son esprit Lars Emanuelsson et Vivi Sundberg, elle choisit de passer par l'intérieur des terres, déjeuna à Borlänge puis s'arrêta sur un parking à Ludvika, juste avant quatorze heures.

Elle alluma la radio. La conférence de presse venait de commencer. Un communiqué laconique annonçait qu'un suspect avait été arrêté dans l'enquête sur la tuerie de Hesjövallen. On promettait davantage de précisions au prochain flash d'information.

Birgitta Roslin continua sa route pour s'arrêter de nouveau une heure plus tard. Elle s'engagea prudemment dans l'entrée d'un chemin forestier, attentive à ne pas s'enliser dans la neige trop fraîche. Elle alluma l'autoradio et tomba sur la voix du procureur Robertsson, qui annonçait que l'interrogatoire du suspect était en cours. Il allait probablement être écroué d'ici la fin de la journée. Robertsson ne voulait pas en dire plus.

Quand il eut fini son communiqué, le brouhaha des questions des journalistes envahit le poste. Mais Robertsson n'ajouta rien.

Elle éteignit la radio. Quelques lourds paquets de neige tombèrent d'un sapin près de la voiture. Elle défit sa ceinture et sortit. La température avait encore baissé. Elle frissonna. Qu'avait mentionné le procureur ? Un suspect. Et rien d'autre. Mais il avait l'air sûr de lui, comme Vivi Sundberg un peu plus tôt.

Pas de Chinois, songea-t-elle soudain. Ce personnage mystérieux sorti de nulle part pour couper un ruban rouge dans un restaurant n'a rien à voir avec cette affaire. Tôt ou tard, on trouvera une explication.

Elle décida d'oublier son Chinois. Il n'était qu'une ombre qui, quelques jours durant, l'avait inquiétée.

Elle démarra et reprit la route. Elle laissa passer le flash info suivant.

Elle s'arrêta pour dormir à Örebro. Le sac contenant les carnets resta dans la voiture.

Avant de s'endormir, elle ressentit le désir irrépressible de se serrer contre quelqu'un. Le corps de Staffan. Mais il n'était pas là. Elle n'arrivait même plus à se rappeler comment étaient ses mains.

Elle arriva à Helsingborg le lendemain vers quinze heures. Elle rangea les carnets dans son bureau.

Aux dernières nouvelles, un homme d'une quarantaine d'années, dont l'identité n'avait pas été révélée, avait été écroué par le procureur Robertsson. Très peu d'informations avaient filtré, au grand dam des médias.

Personne ne savait qui c'était. Il fallait attendre.

21

Birgitta Roslin regarda le journal télévisé du soir en compagnie de son mari. Le procureur Robertsson commentait le tournant décisif de l'enquête. On apercevait Vivi Sundberg à l'arrière-plan. L'ambiance de la conférence de presse était chaotique. Tobias Ludwig n'arrivait pas à contenir les journalistes qui avaient presque renversé l'estrade où se tenait Robertsson. Le procureur était le seul à garder son calme. Puis il fut interviewé à part. Un homme de quarante-cinq ans avait été arrêté chez lui aux environs de Hudiksvall, sans opposer aucune résistance. Par précaution, on avait pourtant fait venir une équipe d'intervention spéciale. L'homme avait été écroué pour sa vraisemblable participation à la tuerie de Hesjövallen. Pour des raisons internes à l'enquête, Robertsson se refusait à dévoiler son identité.

– Et pourquoi ? demanda Staffan.

– D'autres personnes impliquées pourraient être averties, des preuves détruites, répondit Birgitta, en lui faisant signe de se taire.

Robertsson ne dévoila aucun autre détail. L'arrestation avait été rendue possible grâce à plusieurs témoignages. On était en train de vérifier d'autres pistes. Un premier interrogatoire du suspect avait déjà eu lieu.

Le journaliste pressa Robertsson de questions.

– A-t-il reconnu les faits ?

– Non.

– Rien, pas d'aveux ?

– Je ne peux rien dire à ce sujet.

– Pourquoi ?

– Nous nous trouvons dans une phase décisive de l'enquête.

– Était-il surpris qu'on l'arrête ?

– Pas de commentaire.

– A-t-il une famille ?

– Pas de commentaire.

– Mais il habite bien aux environs de Hudiksvall ?

– Oui.

– Que fait-il dans la vie ?

– Pas de commentaire.

– Qu'a-t-il à voir avec tous ces gens qui se sont fait massacrer ?

– Vous devez comprendre qu'il m'est impossible de commenter ce point.

– Mais vous devez aussi comprendre l'intérêt que nos téléspectateurs portent à ce drame. C'est sans doute la pire tuerie qui se soit produite en Suède depuis le Massacre de Stockholm.

Surpris, Robertsson éclata de rire. Birgitta Roslin poussa un soupir. Ces journalistes…

– C'était au seizième siècle, ce n'est pas comparable.

– Et maintenant ?

– Nous allons de nouveau interroger le suspect.

– A-t-il un avocat ?

– Oui.

– Vous êtes certain d'avoir arrêté la bonne personne ?

– Il est trop tôt pour le dire, mais, pour le moment, je suis content que nous la tenions.

L'interview s'acheva. Birgitta baissa le volume. Staffan se tourna vers elle :

– Qu'en pense madame le juge ?

– Ils ont forcément un peu de grain à moudre. Sans ça, ils n'auraient jamais été autorisés à l'écrouer. Mais il n'est que suspect. Soit Robertsson est très prudent, soit il n'a pas grand-chose contre lui.

— Un homme seul, commettre un tel massacre ?

— Ce n'est pas parce qu'on n'a arrêté que lui qu'il a forcément agi seul.

— Est-ce que cela peut être autre chose que l'acte d'un déséquilibré ?

Birgitta ne répondit pas tout de suite.

— L'acte d'un déséquilibré peut-il être aussi bien planifié ? Je n'en sais pas plus que toi.

— Alors patience, demain est un autre jour.

Ils burent une tisane et allèrent se coucher tôt. Il lui caressa la joue.

— À quoi penses-tu ?

— Que les forêts suédoises sont interminables.

— Je me disais que tu étais peut-être contente d'être débarrassée de tout ça.

— Quoi ? De toi ?

— De moi. Et des procès. La crise de la cinquantaine…

Elle se rapprocha de lui.

— Parfois, je me dis : Ce n'était que ça ? C'est injuste, je sais. Toi, les enfants, mon travail, que désirer de plus ? Et tout le reste, alors ? Ce que nous avions en tête dans notre jeunesse. Ne pas seulement comprendre la réalité, mais la transformer. Quand on regarde un peu autour de soi, tout va de mal en pis.

— Pas complètement : nous fumons moins, nous avons des ordinateurs, des téléphones portables.

— On dirait que la Terre va tomber en miettes. Et nos tribunaux sont vraiment la dernière roue du carrosse pour préserver un semblant de moralité publique dans ce pays.

— C'est ton voyage en Norrland qui t'a donné ces idées ?

— Qui sait ? Je broie du noir en ce moment. Mais peut-être qu'il faut de temps en temps broyer du noir.

Ils restèrent silencieusement allongés côte à côte. Elle

attendit. Maintenant, il allait se serrer contre elle. Mais il ne se passa rien.

Nous n'en sommes pas encore là, songea-t-elle, déçue. En même temps, elle ne comprenait pas pourquoi elle-même en était incapable.

– On devrait partir en voyage, dit-il enfin. Il y a des conversations qu'il vaut mieux avoir pendant la journée qu'avant de s'endormir.

– Il faudrait peut-être partir en pèlerinage. Faire le chemin de Saint-Jacques-de-Compostelle, à l'ancienne. Mettre dans notre sac à dos un caillou pour chacun des problèmes qui nous tracassent. La solution trouvée, nous laisserions les cailloux un à un sur le bord du chemin.

– Tu es sérieuse ?

– On devrait devenir des pèlerins, murmura-t-elle. Mais pas tout de suite. D'abord, il faut que je dorme. Et toi aussi.

Le lendemain, Birgitta Roslin appela son médecin pour confirmer son rendez-vous, cinq jours plus tard. Puis elle fit le ménage, n'accordant qu'un regard distrait aux carnets dans leur sac plastique. Ensuite elle parla au téléphone à ses enfants de la fête surprise qu'elle voulait organiser pour l'anniversaire de Staffan. Ils trouvèrent tous que c'était une bonne idée. Elle téléphona alors à tous leurs amis pour lancer les invitations. De temps à autre, elle allait écouter les nouvelles de Hudiksvall. Les informations filtraient du commissariat au compte-gouttes.

Elle attendit la fin d'après-midi pour sortir les carnets, un peu à contrecœur. Maintenant qu'un suspect était sous les verrous, les théories qu'elle avait échafaudées avaient perdu de leur intérêt. Elle feuilleta jusqu'à la page où elle avait dû interrompre sa lecture.

Le téléphone sonna. Karin Wiman.

– C'était juste pour savoir si tu étais bien rentrée.

– Les forêts suédoises sont interminables. On se demande comment ceux qui s'y enterrent ne finissent

pas couverts d'aiguilles. J'ai peur des sapins. Ils me
dépriment.

– Et les feuillus ?

– Je préfère. Mais ce qu'il me faut en ce moment,
c'est un paysage ouvert, la mer, l'horizon.

– Alors viens me voir. Traverse le pont. Avec ton
coup de fil, les souvenirs sont revenus. On vieillit. Un
beau jour, on se rend compte qu'on garde ses vieux
amis comme des bibelots dans un placard.

Birgitta Roslin trouva l'idée tentante. Elle aussi avait
repensé à sa conversation avec Karin Wiman.

– Quand aurais-tu le temps ? Moi, je suis en congé
maladie en ce moment. Problèmes de tension, anémie.

– Pas aujourd'hui. Pourquoi pas demain ?

– Tu n'as pas cours ?

– Je fais de plus en plus de recherche. J'aime bien
mes étudiants, mais ils me fatiguent. Ils ne s'intéressent
à la Chine que parce qu'ils imaginent qu'ils vont y
faire fortune. La Chine est notre nouveau Klondike. Peu
nombreux sont ceux qui cherchent vraiment à connaître
en profondeur l'Empire du Milieu et les drames presque
incroyables de son histoire…

Birgitta songea aux carnets qu'elle avait sous les yeux.
Là aussi il y était question du Klondike.

– Tu peux dormir chez moi, continua Karin. Mes fils
ne sont presque jamais là.

– Et ton mari ?

– Il est mort !

Birgitta Roslin se mordit la langue. Elle avait oublié.
Karin Wiman était veuve depuis bientôt dix ans. Son
mari, un beau jeune homme d'Aarhus devenu médecin,
avait été emporté par une leucémie fulgurante à quarante
ans à peine.

– J'ai honte. Pardon.

– Ça ne fait rien. Alors, tu viens ?

– Demain, si tu veux. J'aimerais parler de la Chine. L'ancienne et la nouvelle.

Elle nota l'adresse, convint d'une heure et se réjouit de revoir Karin. Jadis, elles avaient été très proches. Puis leurs chemins s'étaient séparés, elles s'étaient peu à peu perdues de vue. Birgitta était venue à la soutenance de thèse de Karin, avait même été présente lors de sa leçon inaugurale à l'université de Copenhague. Mais Karin n'avait jamais assisté à un procès présidé par Birgitta.

Son oubli l'effraya. Où avait-elle la tête ? Voilà qu'elle ne se souvenait même pas que le mari de Karin était mort depuis dix ans !

Elle chassa cette pensée qui la mettait mal à l'aise et se plongea dans le carnet ouvert devant elle. Lentement, elle quitta l'hiver de Helsingborg et regagna le désert du Nevada, où des hommes coiffés de larges chapeaux noirs ou un foulard noué autour de la tête se tuaient à la tâche pour faire progresser le chemin de fer vers l'est, mètre par mètre.

Dans ses notes, J.A. continuait à dire du mal de tous ceux qui travaillaient avec lui ou sous ses ordres. Les Irlandais sont paresseux et boivent, les rares Noirs embauchés par la compagnie sont robustes mais tire-au-flanc. J.A. regrette qu'ils ne soient pas des esclaves, comme aux Caraïbes ou dans les États du Sud dont il a entendu parler. Il n'y a que les coups de fouet pour faire travailler ces colosses. Il aimerait pouvoir les fouetter comme des bœufs ou des ânes. Quel peuple détestait-il le plus ? Peut-être les Indiens, sur lesquels il déverse des tombereaux de mépris. Leur refus de travailler, leur sournoiserie n'ont pas leurs pareils parmi toute cette racaille qu'il est forcé de mener à la trique pour faire avancer le chemin de fer. À intervalles réguliers, il en revient aux Chinois. Rien ne lui ferait plus plaisir que de les rejeter dans le Pacifique : qu'ils se noient ou retournent en Chine à la nage ! Mais il est forcé de reconnaître que les Chinois sont de bons travailleurs. Ils ne boivent pas, ils se lavent et obéissent aux ordres. Leurs seules faiblesses sont leur penchant pour le jeu et leurs cérémonies religieuses bizarres. J.A. passe son temps à essayer d'expliquer pourquoi il ne les aime pas, alors qu'au fond ils lui facilitent la tâche.

Les gens que J.A. place le plus haut sont les Scandinaves. Sur le chantier, il y a une petite colonie nordique : quelques Danois, un peu plus de Norvégiens et un important groupe de Suédois et de Finlandais : « J'ai confiance en ces gars. Ils ne me manquent pas, tant que je les ai à l'œil. En plus ils n'ont pas peur de mouiller leur chemise. Mais dès que j'ai le dos tourné, ils ne valent pas mieux que les autres. »

Birgitta Roslin reposa le carnet et se leva. Elle trouvait ce contremaître de plus en plus répugnant. Un homme issu d'un milieu modeste, immigré en Amérique. Et là, soudain, dès qu'il a un peu de pouvoir, il se révèle un homme brutal, un petit tyran. Il la mettait mal à l'aise. Elle enfila son manteau et partit faire une longue promenade en ville pour se changer les idées.

À dix-huit heures, elle mit la radio dans la cuisine. Le bulletin d'information commença avec la voix de Robertsson. Elle s'immobilisa pour l'écouter. Derrière sa voix, on entendait des flashs et des bruits de chaises.

Comme d'habitude, il s'exprimait avec clarté : l'homme écroué la veille avait reconnu avoir seul perpétré tous les meurtres de Hesjövallen. À onze heures du matin, il avait, par l'intermédiaire de son avocat, demandé à parler à la policière qui avait procédé à son premier interrogatoire. Il avait également souhaité la présence du procureur. Puis il avait avoué sans détour. Comme mobile, il parlait de vengeance. Il faudrait encore de nombreux interrogatoires pour tirer au clair de quoi exactement il s'était vengé.

Robertsson acheva par ce que tout le monde attendait :

– Il s'appelle Lars-Erik Valfridsson. Il est célibataire, travaille dans une entreprise spécialisée dans le terrassement à l'explosif et a déjà été à plusieurs reprises condamné pour violences.

Les flashs crépitèrent. Robertsson commença à répondre aux questions inaudibles dont la horde de journalistes le bombardait. Sa voix disparut. La reporter entreprit de résumer à sa place le déroulement de l'enquête. Birgitta Roslin alluma la télévision. Rien de plus que ce qu'elle avait entendu à la radio. Elle éteignit et alla s'installer dans le canapé. Quelque chose dans la voix de Robertsson l'avait persuadée qu'il était certain d'avoir arrêté l'assassin. Elle avait suffisamment entendu de procureurs au cours de sa carrière pour oser s'estimer capable d'évaluer leur degré de conviction. Robertsson pensait avoir raison. Et les procureurs honnêtes comme lui ne fondaient jamais leurs réquisitoires sur des révélations ou des suppositions, mais sur des faits.

La conclusion était sans doute prématurée, mais l'homme qu'on avait arrêté n'avait pas l'air chinois. Ce qu'elle avait découvert perdait peu à peu toute signification. Elle regagna son bureau et rangea les carnets dans leur sac plastique. Il n'y avait plus aucune raison de se fatiguer à lire les élucubrations racistes et misanthropes écrites voilà plus de cent ans par cet homme détestable.

Elle dîna tard en compagnie de Staffan. Ils échangèrent seulement quelques mots au sujet des derniers développements de l'affaire de Hesjövallen. Il n'y avait rien de plus dans les journaux du soir qu'il avait ramassés dans le train. Sur une photo de la conférence de presse, elle aperçut Lars Emanuelsson qui levait la main pour poser une question. Elle frissonna au souvenir de leur dernière rencontre. Elle prévint son mari qu'elle irait voir Karin Wiman le lendemain et passerait la nuit chez elle. Staffan la connaissait, ainsi que son défunt mari.

– Vas-y, dit-il. Ça te fera du bien. Quand as-tu ton rendez-vous chez le médecin ?

– Dans quelques jours. Il me trouvera sûrement à nouveau en pleine forme.

Le lendemain, alors que Staffan était déjà parti prendre son train, le téléphone sonna pendant qu'elle faisait sa valise. C'était Lars Emanuelsson. Elle fut aussitôt sur ses gardes.

– Qu'est-ce que vous voulez ? Comment avez-vous eu ce numéro ? Il est secret !

Emanuelsson ricana.

– Un journaliste qui ne sait pas dénicher un numéro de téléphone, secret ou non, n'a plus qu'à changer de métier !

– Qu'est-ce que vous voulez ?

– Vos commentaires. Il s'en passe, des choses, à Hudiksvall. Un procureur qui n'a pas l'air trop sûr de lui, mais qui nous regarde pourtant en face. Qu'est-ce que ça vous inspire ?

– Rien.

L'amabilité – feinte ou non – de Lars Emanuelsson disparut d'un coup. Il la pressa, d'une voix soudain plus cassante :

– Changez de disque. Répondez. Sinon je balance ce que je sais sur vous.

– Je n'ai absolument aucune information sur les déclarations du procureur. Je suis aussi étonnée que tous les Suédois.

– Étonnée ?

– Peu importe le terme. Étonnée, soulagée, indifférente, comme vous voulez.

– Quelques questions simples à présent.

– Je raccroche.

– Si vous faites ça, j'écris qu'une juge de Helsingborg qui vient de quitter précipitamment Hudiksvall refuse de répondre à mes questions. Vous avez déjà été assiégée par des journalistes ? Rien de plus facile. Autrefois, une simple rumeur savamment distillée pouvait en peu de temps rassembler une foule prête à lyncher n'importe qui. Une horde de paparazzis curieux ressemble à ça comme deux gouttes d'eau.

– Que voulez-vous ?

– Des réponses. Pourquoi étiez-vous à Hudiksvall ?

– Je suis de la famille de certaines victimes. Je ne vous dirai pas lesquelles.

Elle entendit à l'autre bout du fil sa respiration lourde tandis qu'il évaluait ou notait sa réponse.

– Bon. Et pourquoi êtes-vous partie ?

– Parce qu'il fallait que je rentre chez moi.

– Que transportiez-vous dans ce sac plastique, en sortant du commissariat ?

Elle réfléchit avant de répondre :

– Des carnets qui ont appartenu à un membre de ma famille.

– Vraiment ?

– Oui. Venez à Helsingborg, je vous en montrerai un par la porte. Quand vous voulez.

– Je vous crois. Il faut me comprendre, je fais mon travail.

– C'est fini ?

– Oui.

Birgitta Roslin raccrocha violemment. La conversation l'avait mise en sueur. Elle avait dit la vérité, en termes très généraux. Lars Emanuelsson n'en tirerait rien. Mais son obstination forçait l'admiration. Il fallait le reconnaître, c'était un bon reporter.

Il aurait été plus simple pour elle de prendre directement le ferry pour Helsingör, mais elle décida de descendre en voiture jusqu'à Malmö pour traverser le détroit par le nouveau pont, qu'elle n'avait jusqu'alors emprunté qu'en bus. Karin Wiman habitait à Gentofte, au nord de Copenhague. Birgitta Roslin se trompa deux fois avant de trouver la route côtière qui montait vers le nord. Il faisait froid, le vent soufflait, mais le ciel était dégagé. À onze heures, elle aperçut enfin la belle maison où vivait Karin. Elle s'y était installée lors de son mariage, son mari y était mort. Une maison blanche de deux niveaux, entourée d'un grand jardin luxuriant. De l'étage, Birgitta se souvenait qu'on apercevait la mer par-dessus les toits.

Karin Wiman sortit pour l'accueillir. Birgitta remarqua qu'elle avait maigri. Elle était plus pâle que dans son souvenir. Elle pensa d'abord que Karin était malade. Après s'être embrassées, elles entrèrent, déposèrent la valise dans la chambre d'amis et firent le tour de la maison. Il n'y avait pas beaucoup de changements depuis sa dernière visite. Elle se dit que Karin avait voulu tout garder en l'état après la mort de son mari. Et moi, qu'aurais-je fait ? Elle n'en savait rien. Karin et elle étaient très différentes. Et leur amitié s'était construite sur cette différence. Elles avaient développé de solides pare-chocs qui, entre elles, amortissaient les heurts.

Elles s'installèrent pour déjeuner dans un jardin d'hiver rempli de plantes odorantes. Aussitôt la glace brisée, elles évoquèrent leur jeunesse à Lund. Karin, dont les parents possédaient un haras en Scanie, y était arrivée en 1966, Birgitta un an après. Elles s'étaient rencontrées à une soirée poésie de l'association étudiante, et étaient vite devenues amies, malgré leurs différences. Karin, de par ses origines, avait une grande confiance en elle. Birgitta était en revanche moins sûre d'elle, plus hésitante.

Elles furent entraînées par le mouvement contre la guerre du Vietnam. Elles se rendaient aux réunions et écoutaient bien sagement les orateurs, surtout de jeunes hommes qui se croyaient très savants et discouraient en long et en large de la nécessité de se révolter. En même temps, elles se sentaient submergées par le sentiment qu'un autre monde était possible, qu'elles allaient directement participer à sa création. L'opposition à la guerre du Vietnam n'était pas leur seule école d'organisation politique. Nombre de groupes exprimaient leur solidarité avec les mouvements anti-impérialistes des pays pauvres. En Suède aussi soufflait un vent de révolte contre les conventions et l'ordre ancien. Bref, c'était une époque formidable.

Elles avaient ensuite toutes les deux fréquenté « les Rebelles », groupuscule d'extrême gauche où, quelques mois durant, elles avaient vécu dans ce qui ressemblait à une secte fondée sur l'autocritique la plus brutale et la foi aveugle en la pensée révolutionnaire de Mao Zedong. Elles s'étaient fermées à toute autre alternative de gauche, qu'elles considéraient désormais avec un profond mépris. Elles avaient piétiné leurs disques de musique classique, nettoyé leurs bibliothèques et mené une vie à l'imitation des gardes rouges que Mao mobilisait en Chine au même moment.

Karin lui demanda si elle se rappelait leur fameuse virée dans la station balnéaire de Tylösand. Birgitta s'en souvenait. Elles avaient eu une réunion de cellule. Le camarade Moses Holm, qui devait devenir médecin avant d'être radié pour toxicomanie et prescriptions abusives de stupéfiants, avait proposé d'« infiltrer le nid de vipères bourgeoises qui va tous les étés se faire bronzer à Tylösand ». Après de longues discussions, ce fut décidé. On établit une stratégie. Le dimanche suivant, début juillet, dix-neuf camarades se rendirent à Halmstad, puis à Tylösand à bord d'un minibus affrété pour l'occasion. Un portrait de Mao entouré de drapeaux rouges sur le toit, ils descendirent sur la plage, devant les baigneurs stupéfaits. Ils scandèrent des slogans en agitant le Petit Livre rouge, puis allèrent se baigner avec le portrait de Mao. Ensuite, ils se rassemblèrent sur la plage pour entonner *L'Orient est rouge*, dénoncer dans un bref discours la Suède fasciste et enjoindre aux travailleurs en train de bronzer de prendre les armes et se préparer à la révolution toute proche. Puis ils rentrèrent et passèrent les jours suivants à évaluer leur « attaque » de la station balnéaire.

– Et toi, tu te souviens de quoi ? demanda Karin.

– De Moses. Qui prétendait que notre marche sur Tylösand serait plus tard inscrite dans la grande histoire du mouvement révolutionnaire.

– L'eau était tellement froide !

– Mais je ne me souviens absolument pas de ce que je pensais de tout ça.

– Nous ne pensions pas. C'était ça, l'idée. Nous devions obéir à ce que pensaient les autres. Il fallait agir en robots pour sauver l'humanité.

Karin secoua la tête et éclata de rire.

– Nous étions vraiment comme des enfants. Très sérieux. Soutenant que le marxisme était une science, au même titre que les travaux de Newton, Copernic ou Einstein. Mais surtout, nous avions la foi. Le Petit Livre rouge de Mao était notre catéchisme. Nous prenions le recueil de citations du Grand Timonier pour la Bible.

– Je me souviens que j'avais quand même des doutes, dit Birgitta. Au fond de moi-même. Comme quand j'ai visité l'Allemagne de l'Est. Je me disais : Tout ça ne tient pas la route. Mais pas un mot. J'avais peur qu'on remarque mon scepticisme. C'est pour ça que je criais toujours les slogans plus fort que tout le monde.

– Nous avions des œillères. Toute notre vie était fondée sur la mauvaise foi, malgré toute notre bonne volonté. Comment pouvions-nous imaginer les travailleurs suédois en vacances prêts à prendre les armes pour monter à l'assaut du système et construire un monde nouveau parfaitement incertain ?

Karin Wiman alluma une cigarette. Birgitta Roslin

l'avait toujours vue fumer, ou occupée à chercher d'une main nerveuse son paquet de cigarettes et ses allumettes.

– Moses est mort, dit Karin. Un accident de voiture. Il avait pris de la drogue. Tu te souviens de Lars Wester ? Celui qui soutenait que les vrais révolutionnaires ne devaient jamais boire d'alcool. Et qu'on avait retrouvé ivre mort dans le parc de Lundagård. Lillan Alfredsson ? Qui avait perdu toutes ses illusions et était partie en Inde mendier sur les routes. Qu'est-elle devenue ?

– Je ne sais pas. Elle est peut-être morte, elle aussi ?

– Mais nous, nous sommes vivantes.

– Oui, nous sommes vivantes.

La discussion se prolongea jusqu'au soir. Elles sortirent alors se promener dans le hameau. Birgitta comprit que Karin et elle avaient le même besoin de creuser le passé pour mieux comprendre leur existence présente.

– Ce n'était pourtant pas seulement de la naïveté et de la folie, dit Birgitta. L'idée d'un monde fondé sur la solidarité reste toujours aussi vivante pour moi aujourd'hui. Je m'efforce de me dire que nous avons opposé une résistance, mis en question des conventions et des traditions qui sans cela auraient ancré notre monde encore plus à droite.

– J'ai cessé d'aller voter, dit Karin. Je n'aime pas le tour qu'ont pris les choses, mais je ne me retrouve dans aucun parti politique. Par contre, j'essaie de soutenir les mouvements auxquels je crois. Ils existent toujours, contre vents et marées. Qui s'intéresse aujourd'hui à combattre le féodalisme dans un petit pays comme le Népal ? Moi. Je signe des pétitions, je donne de l'argent.

– Je sais à peine où c'est, dit Birgitta. Je reconnais, je suis devenue paresseuse. Mais j'ai parfois la nostalgie de cette bonne volonté qui nous habitait malgré tout. Nous n'étions pas seulement des étudiants fourvoyés, persuadés de se trouver au nombril du monde, où tout était possible. La solidarité était réelle.

Karin laissa échapper un éclat de rire.

– Tu te souviens de Hanna Stoijkovics ? La serveuse folle du Grand Hôtel de Lund qui nous trouvait trop mollassons. Elle prêchait la tactique de l'assassinat ciblé. Il fallait descendre des directeurs de banque, des patrons et des professeurs réactionnaires. Il fallait chasser le gros gibier, comme elle disait. Elle aussi, elle est morte.

– Ah ? Je ne savais pas.

– Il paraît qu'elle a dit à son mari que les trains n'étaient pas à l'heure. Il n'a pas compris ce qu'elle voulait dire. On l'a retrouvée peu après sur la voie de chemin de fer, près d'Arlöv. Elle avait entouré une couverture autour de son corps, pour que le travail des ambulanciers ne soit pas trop dégoûtant.

– Pourquoi a-t-elle fait ça ?

– Personne ne sait. Tout ce qu'elle a laissé derrière elle est un mot sur la table de la cuisine : *J'ai pris le train*.

– Mais toi, tu es devenue professeur. Et moi juge.

– Karl-Anders ? Tu te souviens de lui ? Lui qui détestait l'idée de devenir chauve. Il ne disait presque jamais rien. Toujours le premier arrivé aux réunions. Il est devenu prêtre.

– Pas possible !

– Prêtre évangéliste. Dans l'Union missionnaire suédoise. Il l'est toujours. Tous les étés, il prêche sous un chapiteau itinérant.

– Finalement, ce n'est pas bien différent.

Karin Wiman prit un air sérieux.

– Si, ça fait quand même une différence. Il ne faut pas oublier tous ceux qui ont continué à se battre pour changer le monde. Au milieu de tout ce chaos, dans ce tohu-bohu politique, on continuait à croire que la raison finirait par l'emporter.

– C'est vrai. Mais ce qui paraissait si simple à l'époque est devenu toujours plus compliqué.

– Cela ne devrait-il pas nous motiver encore plus ?

– Sûrement. Peut-être qu'il n'est pas trop tard. J'envie tous ceux qui n'ont pas renoncé à leur idéal. Ou plutôt à leur conscience. De l'état du monde. Et de ses causes. Ceux qui continuent de résister. Ils n'ont pas disparu.

Elles préparèrent ensemble le dîner. Karin lui annonça qu'elle devait partir la semaine suivante en Chine participer à un colloque sur le début de la dynastie Qin, dont le premier empereur a jeté les bases d'un pays unifié.

– Qu'est-ce que ça t'a fait, la première fois que tu as mis les pieds dans ce pays dont tu avais rêvé toute ta jeunesse ?

– J'avais vingt-neuf ans quand j'y suis allée pour la première fois. Mao avait déjà disparu, tout était en train de changer. Ça a été une grosse déception, une grande claque. Il faisait froid et humide à Pékin. Des milliers de vélos qui grinçaient comme des sauterelles. Puis je me suis rendu compte de la transformation gigantesque qu'avait malgré tout connue le pays : les gens avaient des vêtements, des chaussures. En ville, personne ne mourait de faim, personne ne mendiait. Je me rappelle avoir eu honte. À peine débarquée en avion de mon pays de cocagne, je n'avais aucun droit de considérer ce développement économique avec mépris ou arrogance. Je me suis mise à admirer l'énergie du pays. C'est à ce moment-là que j'ai vraiment décidé de devenir sinologue. Avant, j'avais d'autres projets.

– Quel genre ?

– Tu ne vas pas me croire.

– Dis toujours !

– Je voulais devenir militaire de carrière.

– Pourquoi ?

– Tu es bien devenue juge. Où va-t-on pêcher toutes ces idées ?

Après dîner, elles retournèrent dans le jardin d'hiver. Les lampes éclairaient la neige. Karin lui avait prêté un pull, car il commençait à faire froid. Elles avaient bu du vin. Birgitta se sentait un peu grise.

– Viens avec moi en Chine, dit Karin. Le billet d'avion ne coûte plus une fortune, aujourd'hui. Je serai sûrement logée dans une grande chambre d'hôtel, nous pouvons la partager. Ce ne sera pas une première. Souviens-toi des camps d'été où nous partagions la même tente toutes les deux, avec d'autres camarades. Nous étions presque couchés les uns sur les autres.

– C'est impossible, dit Birgitta. Je suis guérie, mon congé maladie va s'achever.

– Allez, viens. Le travail peut attendre.

– Je suis bien tentée. Mais tu y retourneras, non ?

– Sûrement. Mais à nos âges, la vie est trop courte.

– Nous vivrons centenaires.

Karin ne répondit rien. Birgitta comprit qu'elle avait encore gaffé. Le mari de Karin était mort à quarante et un ans.

Son amie comprit à quoi elle pensait. Elle lui posa une main sur le genou.

– Ça ne fait rien.

Elles veillèrent longtemps. Il était presque minuit quand elles allèrent dans leur chambre. Birgitta se coucha le téléphone à la main. Staffan devait rentrer tard et avait promis de rappeler.

Elle était sur le point de s'endormir quand le portable vibra dans sa main.

– Je te réveille ?

– Presque.

– Tu as passé une bonne journée ?

– Nous avons parlé sans nous arrêter pendant plus de douze heures.

– Tu rentres demain ?

– Je vais dormir. Après, je rentrerai.

– Je suppose que tu as entendu ce qui s'est passé ? Il a raconté comment il s'y est pris.

– Qui ça ?

– L'homme de Hudiksvall.

Elle se redressa en sursaut dans son lit.

– Je ne suis au courant de rien. Raconte !

– Lars-Erik Valfridsson. Celui qu'on a écroué. La police est en train de chercher l'arme du crime. Apparemment, il a révélé où il l'a enterrée. Un sabre de samouraï bricolé, d'après les informations.

– C'est vrai, tout ça ?

– Pourquoi j'inventerais ?

– Ce n'est pas ce que je veux dire. Mais lui, quand même. Il a expliqué la raison de son geste ?

– On parle de vengeance. Je n'ai rien entendu d'autre.

La conversation achevée, elle resta assise dans son lit. Pendant cette journée passée avec Karin, elle n'avait pas un instant pensé à Hesjövallen. Tout lui revenait à présent à l'esprit.

Le ruban rouge allait peut-être mener à une explication à laquelle personne ne s'attendait.

Pourquoi Valfridsson n'aurait-il pas pu, lui aussi, se rendre dans le restaurant chinois ?

Elle se recoucha et éteignit la lampe. Elle rentrerait le lendemain. Elle renverrait les carnets à Vivi Sundberg et recommencerait à travailler.

Elle n'envisageait pas du tout d'accompagner Karin en Chine. Même si elle le désirait peut-être plus que tout.

22

Le lendemain, quand Birgitta Roslin se leva, Karin Wiman était déjà partie donner ses cours à Copenhague. Elle lui avait laissé un mot sur la table de la cuisine :

Birgitta,
J'ai quelquefois l'impression d'avoir dans le crâne un chemin qui s'enfonce chaque jour quelques mètres plus loin dans une contrée inconnue, où un jour il prendra fin. Mais ce chemin serpente aussi derrière moi. Parfois je me retourne, comme hier durant nos longues conversations, et je vois alors ce que j'ai oublié, tout ce que j'ai fait pour ne pas me souvenir. Comme si on s'efforçait d'oublier. Je veux continuer ces conversations. À la fin, les amis sont tout ce qui nous reste. Ou plutôt, c'est le dernier carré qui nous reste à défendre.

Karin.

Birgitta Roslin fourra la lettre dans son sac, but une tasse de café et s'apprêta à partir. Au moment de claquer la porte derrière elle, elle remarqua un billet d'avion sur une table dans le vestibule. Elle vit que Karin allait se rendre à Pékin sur un vol Finnair via Helsinki.

Un instant, elle fut tentée d'accepter sa proposition. Mais c'était impossible. Il y avait peu de chances qu'on lui accorde des vacances juste après un congé maladie, alors que le tribunal était surchargé.

Elle rentra par le ferry de Helsingör. Grand vent pendant la traversée. Elle s'arrêta ensuite en chemin à un kiosque où les manchettes des tabloïds faisaient leurs gros titres des aveux de Lars-Erik Valfridsson. Elle acheta une brassée de journaux et rentra chez elle. Elle tomba sur sa femme de ménage polonaise, comme toujours très réservée. Birgitta avait oublié que c'était son jour. Elles échangèrent quelques mots en anglais quand Birgitta la paya. Enfin seule, elle se plongea dans la lecture. Elle fut une fois de plus bluffée par le nombre de pages que les journaux du soir pouvaient remplir avec si peu de matière. Ce que Staffan lui avait dit au cours de leur brève conversation de la veille résumait plus que largement tout ce que les journalistes ressassaient à longueur de colonnes.

Seul élément nouveau, une photo de l'auteur supposé des meurtres. L'image, sans doute l'agrandissement d'une photo de passeport ou de permis de conduire, montrait un homme au visage émacié, bouche mince, front haut et cheveux ras. Elle avait du mal à l'imaginer commettre le massacre barbare de Hesjövallen. Un physique de pasteur évangéliste, se dit-elle. Pas le genre à avoir ces meurtres infernaux en tête. Mais elle savait bien que cela ne voulait rien dire. Dans les salles d'audience, elle avait vu défiler tant de criminels qui n'avaient pas le physique de l'emploi.

Ce n'est qu'en allumant la télévision que son intérêt s'éveilla pour de bon. On avait retrouvé l'arme du crime. Déterrée dans un lieu tenu secret, mais selon les indications de Lars-Erik Valfridsson. Il l'avait forgée lui-même. Une mauvaise copie de sabre de samouraï, dont la lame était aiguisée comme un rasoir. On recherchait à présent sur l'arme des empreintes digitales et, surtout, des traces de sang.

Une demi-heure après, elle écouta les informations à la radio. La voix calme de Robertsson résonna. Birgitta Roslin entendait à son ton qu'il était soulagé.

Sa déclaration faite, il fut assailli de questions, mais se refusa à tout commentaire : la presse serait tenue informée s'il y avait du nouveau.

Birgitta Roslin éteignit la radio et ouvrit un diction-naire. Elle y trouva une image de sabre de samouraï. Elle lut l'article, qui précisait que la lame devait être aiguisée jusqu'à couper comme un rasoir.

L'idée la fit frissonner. Une nuit, cet homme était ainsi passé de maison en maison et avait tué dix-neuf personnes. Le ruban rouge retrouvé dans la neige était peut-être noué autour de son sabre ?

Impossible de penser à autre chose. Elle avait gardé la carte du restaurant chinois. Elle composa le numéro et reconnut la voix de la serveuse avec qui elle avait parlé. Birgitta Roslin se présenta. La jeune femme mit quelques secondes à comprendre.

– Avez-vous vu les journaux ? La photo de cet assassin ?

– Oui. Un homme horrible.

– Vous souvenez-vous s'il a jamais mangé chez vous ?

– Non, jamais.

– Vous en êtes sûre ?

– Oui. Mais, certains jours, ma sœur ou mon cousin me remplacent. Entreprise familiale.

– Rendez-moi un service, dit Birgitta Roslin. Demandez-leur de regarder la photo dans les journaux. Si quelqu'un le reconnaît, appelez-moi.

La serveuse nota le numéro.

– Comment vous appelez-vous ?

– Li.

– Moi, Birgitta. Merci de votre aide.

– Vous pas en ville ?

– Je suis chez moi, à Helsingborg.

– Helsingborg ? Nous avons restaurant là-bas. Famille, aussi. Restaurant Shanghai. Cuisine aussi bonne qu'ici.

– J'irai y manger. Mais aidez-moi.

Elle resta à attendre près du téléphone. Au bout d'un moment, il sonna. C'était son fils, qui voulait lui parler. Elle lui demanda de rappeler. Une demi-heure plus tard, Li était de nouveau au bout du fil.

– Peut-être, dit-elle.

– Peut-être quoi ?

– Mon cousin pense qu'il l'a vu au restaurant.

– Quand ?

– L'an dernier.

– Mais il n'est pas certain ?

– Non.

– Vous pouvez me dire son nom ?

Birgitta Roslin nota le nom et le numéro du cousin à Söderhamn avant de raccrocher. Après une brève hésitation, elle appela le commissariat de Hudiksvall et demanda à parler à Vivi Sundberg. Elle s'attendait à devoir laisser un message, mais, à son grand étonnement, la policière prit la communication.

– Alors, ces carnets, toujours intéressants ?

– Difficiles à lire. Mais j'ai le temps. Au fait, bravo : si j'ai bien compris, vous avez à présent des aveux et une possible arme du crime.

– Ce n'est pas pour ça que vous appelez, je suppose ?

– Non, bien sûr. Je veux revenir à mon restaurant chinois.

Elle lui parla de ce cousin de Söderhamn qui aurait peut-être vu Lars-Erik Valfridsson au restaurant de Hudiksvall.

– Ça peut expliquer le ruban rouge, conclut Birgitta Roslin. Ça fait une piste de moins laissée en suspens.

Vivi Sundberg parut moyennement intéressée.

– En ce moment, nous ne nous occupons pas de ce ruban. Je pense que vous comprenez.

– Je tenais quand même à vous en parler. Je peux vous donner le nom et le numéro du serveur qui a peut-être vu cet homme.

Vivi Sundberg nota.

– Merci de votre appel.

Après avoir raccroché, Birgitta Roslin appela son chef, Hans Mattsson. Elle dut patienter au bout du fil. Elle lui annonça que son médecin l'autoriserait sans doute à reprendre le travail d'ici quelques jours.

– Nous nous noyons, dit-il. Ou plutôt nous étouffons. Les réductions d'effectifs étranglent les tribunaux suédois. Je ne pensais pas voir ça un jour.

– Quoi ?

– Voir brader l'État de droit. Je pensais que la démocratie n'avait pas de prix. Sans un État de droit qui fonctionne, il n'y a plus de démocratie. Nous sommes à genoux. Cette société se déglingue, on en est à racler les fonds de tiroirs. Je suis vraiment inquiet.

– Hélas, je n'ai pas la solution à tous ces problèmes. Tout ce que je peux promettre, c'est de revenir à mon poste m'occuper de mes procès.

– Vous serez plus que bienvenue.

Ce soir-là elle dîna seule, car Staffan restait pour la nuit à Hallsberg, entre deux trains. Elle continua à feuilleter les carnets. Elle ne lut vraiment en détail que la fin du dernier. C'était en juin 1892. J.A. était désormais un vieil homme. Il s'était installé dans une petite maison à San Diego, souffrait des jambes et du dos. Il se procurait chez un vieil Indien des baumes et des herbes, les seuls remèdes qui le soulageaient un peu. Il parlait de sa grande solitude, de la mort de sa femme et de ses enfants partis au loin, jusqu'au fin fond du Canada pour un de ses fils. Il ne parlait plus du chemin de fer. Mais il restait égal à lui-même : il continuait à détester les nègres et les Chinois. Il s'inquiétait à l'idée que des Noirs ou des Jaunes viennent s'installer dans une maison voisine restée vacante.

Le carnet s'interrompait au milieu d'une phrase. Le 19 juin 1892. Il note qu'il a plu durant la nuit. Son dos le fait souffrir plus qu'à l'accoutumée. Il a eu un rêve pendant la nuit.

Et là, tout s'arrêtait. Ni Birgitta Roslin ni personne d'autre ne sauraient jamais ce qu'il avait rêvé.

Elle songea à ce que Karin lui avait écrit la veille : ce chemin intérieur qui serpente jusqu'à un point où soudain il finit. Ainsi, ce 19 juin 1892 : les commentaires méprisants de J.A. sur tous ceux qui avaient une autre couleur de peau cessaient d'un coup.

Elle revint un peu en arrière. Il ne se doutait de rien. Aucun signe ne lui laissait présager sa fin. Une vie, songea-t-elle. Ma mort aussi pourrait ressembler à cela, et mon journal, si j'en avais écrit un, demeurerait aussi inachevé. Finalement, qui peut trouver le temps de mettre un point final à son histoire avant de se coucher sur son lit de mort ?

Elle rangea les carnets dans le sac plastique, décidée à les réexpédier dès le lendemain. Elle continuerait à suivre l'enquête de Hudiksvall de loin, comme n'importe qui.

Elle alla chercher sur une étagère un annuaire des juges suédois. Le doyen du tribunal de Hudiksvall s'appelait Tage Porsén. Ce sera le procès de sa vie, songea-t-elle. Espérons que ce soit un juge médiatique. Birgitta savait que beaucoup de ses collègues détestaient avoir affaire aux journalistes et aux caméras – en tout cas ceux de sa génération, et ses aînés. Ce que les jeunes juges pensaient des médias, elle l'ignorait.

Le thermomètre à la fenêtre de la cuisine indiquait une température en baisse. Elle s'installa devant la télévision pour regarder le journal du soir avant d'aller se coucher. La journée bien remplie passée chez Karin Wiman avait été fatigante.

Le journal était déjà commencé depuis plusieurs minutes. Elle comprit aussitôt qu'il s'était passé quelque chose en rapport avec Hesjövallen. Un journaliste interviewait un criminologue bavard, mais grave. Elle essaya en vain de comprendre de quoi il s'agissait.

Vinrent ensuite les actualités internationales, des images du Liban. Elle jura et zappa. Elle trouva aussitôt la réponse sur une autre chaîne : Lars-Erik Valfridsson s'était suicidé. On avait beau le contrôler tous les quarts d'heure, cela lui avait suffi pour déchirer un T-shirt, confectionner un nœud coulant et se pendre. Toutes les tentatives pour le réanimer s'étaient révélées vaines.

Birgitta Roslin éteignit la télévision. Ses idées se bousculaient. Le poids de la culpabilité était-il trop grand ? Souffrait-il de maladie mentale ?

Il y a quelque chose qui ne colle pas, se dit-elle. Il ne peut pas être l'auteur du massacre. J'ignore pourquoi il se suicide, pourquoi il passe aux aveux, pourquoi il conduit la police jusqu'à un sabre de samouraï enterré. Mais, depuis le début, j'ai l'intime conviction qu'il y a quelque chose qui cloche.

Elle était assise dans son fauteuil, lampe éteinte. La pièce plongée dans la pénombre. Quelqu'un passa en riant dans la rue. C'était le fauteuil spécial où elle s'installait pour réfléchir. Elle y venait peser le pour et le contre avant de rédiger un jugement, ou quand elle ressentait le besoin de se pencher sur son quotidien et celui de sa famille.

Elle remonta là où tout avait commencé, quand elle avait découvert le vague lien de parenté qui la reliait à toutes ces personnes massacrées cette nuit de janvier. C'est trop gros, se dit-elle. Peut-être pas pour un tueur bien décidé, mais certainement pour un homme résidant dans le Hälsingland avec juste quelques condamnations pour violences à son casier. Il avoue un crime qu'il n'a pas commis. Puis il guide la police vers une arme qu'il a bricolée, avant de se pendre dans sa cellule. Bien sûr, je peux me tromper. Mais il y a quelque chose qui cloche. On l'a arrêté beaucoup trop vite. Et son mobile ? De quelle vengeance pouvait-il bien s'agir ?

Elle sortit de son fauteuil à minuit passé. Elle hésita à téléphoner à Staffan. Il dormait peut-être déjà. Elle alla se coucher et éteignit. Ses pensées la ramenaient sans cesse autour du village de Hesjövallen. Elle revenait toujours à ce ruban rouge qu'on avait retrouvé dans la neige, à l'image de ce Chinois sur le film de la caméra de surveillance de l'hôtel. La police doit savoir quelque chose que j'ignore, pourquoi on a arrêté Lars-Erik Valfridsson, quel a pu être son vrai mobile. Mais ils ont commis l'erreur classique : s'enferrer sur une seule piste.

Elle ne trouva pas le sommeil. Quand elle en eut assez de se tortiller dans son lit, elle se leva, enfila sa robe de chambre et redescendit au rez-de-chaussée. Elle s'installa à son bureau pour rédiger un résumé de tous les événements liés au massacre de Hesjövallen. Il lui fallut presque trois heures pour tout repasser en revue. À mesure qu'elle écrivait, elle était gagnée par le sentiment que quelque chose lui avait échappé. C'était sous ses yeux, mais elle ne l'avait pas vu. Comme si son stylo était une débroussailleuse qu'elle devait manier avec prudence pour ne pas blesser le faon caché dans les fourrés. Quand elle se redressa pour s'étirer, il était déjà quatre heures du matin. Elle alla s'installer dans son fauteuil avec ses notes, approcha la lampe et relut depuis le début. Elle essayait sans cesse de lire entre les lignes, ou plutôt de voir ce que cachaient les mots, s'il y avait des pierres qu'elle n'avait pas encore retournées, des coïncidences qu'elle n'avait pas encore relevées. Elle n'était pas, comme les policiers, habituée à chercher la faille dans les témoignages ou les interrogatoires des suspects. Mais elle avait l'habitude de chercher les contradictions, les erreurs logiques. Souvent, il lui était arrivé d'intervenir au cours d'une audience pour poser une question qui avait échappé au procureur.

Mais là, rien ne retenait son attention. Peut-être lui apparaissait-il désormais encore plus clairement qu'il ne pouvait pas s'agir d'un déséquilibré. C'était trop bien organisé, exécuté avec trop de sang-froid : seul un tueur calme et posé avait pu faire ça. Elle nota en marge : « L'auteur du massacre ne devait-il pas se trouver sur place à l'avance ? » La nuit était obscure, il pouvait avoir une puissante lampe torche, mais certaines des portes devaient être fermées. Il fallait qu'il sache exactement qui habitait où, et probablement aussi qu'il se soit procuré des clés. Il fallait qu'il ait vraiment un bon mobile, pour agir ainsi sans hésitation.

Vers cinq heures, ses yeux se mirent à piquer. Aucun doute, se dit-elle. Celui qui a fait ça savait à quoi s'attendre, et rien ne l'a arrêté. Il réussit même à faire face à une situation imprévue, quand il tombe sur le jeune garçon. Il ne tue pas au hasard, mais de sang-froid, avec un but bien précis.

Il n'hésite pas, songea-t-elle. Et veut faire souffrir ses victimes. Qu'elles aient le temps de comprendre ce qui leur arrive. Sauf une. Un jeune garçon.

Une idée lui traversa l'esprit pour la première fois : le meurtrier s'était-il montré à ses victimes visage à découvert ? L'avaient-elles reconnu ? Voulait-il qu'elles le voient ?

C'était à Vivi Sundberg d'y répondre. La lumière était-elle allumée dans les pièces où les victimes avaient été retrouvées ? Avaient-elles vu la mort en face ?

Elle reposa ses notes. Un coup d'œil au thermomètre : moins huit. Elle but un verre d'eau et alla se coucher. Juste au moment de s'assoupir, elle eut le sentiment qu'elle avait négligé un détail : deux des victimes avaient été retrouvées attachées ensemble. Cela lui rappelait quelque chose, mais quoi ? Elle se redressa sur son séant dans le noir, soudain tout à fait réveillée. Elle avait déjà vu ça quelque part.

Alors, elle se souvint. Les carnets. Dans un passage qu'elle s'était contentée de survoler, il y avait quelque chose de très semblable. Elle redescendit au rez-de-chaussée, sortit tous les carnets et se mit à chercher. Elle trouva presque aussitôt le passage en question.

C'est en 1865. Le chemin de fer serpente laborieusement vers l'est, traverse par traverse, mètre par mètre. Les maladies accablent les ouvriers. Ils meurent comme des mouches, mais le flux de main-d'œuvre en provenance de l'Ouest permet de maintenir la cadence nécessaire pour éviter le fiasco financier de toute cette gigantesque entreprise. Un jour, le 9 novembre précisément, J.A. entend parler d'un bateau d'esclaves chinois en provenance de Canton. C'est un vieux voilier qu'on n'utilise que pour transporter en Californie des Chinois kidnappés. Une mutinerie éclate à bord quand l'eau et les vivres viennent à manquer au cours d'une longue période de calme plat. Pour l'étouffer, le capitaine a recours à des méthodes qui, en matière de cruauté, n'ont pas leurs pareilles. Même J.A., qui n'hésite pourtant pas à distribuer coups de poing et de fouet, s'en émeut. Le capitaine attache plusieurs mutins tués avec d'autres encore vivants et les expose sur le pont. Les uns meurent lentement de soif tandis que les autres pourrissent. J.A. note dans son journal : « La mesure est disproportionnée. »

La comparaison était-elle possible ? Une des victimes de Hesjövallen avait-elle été attachée de force à un cadavre ? Une heure, peut-être moins, ou plus, avant de recevoir le coup de grâce ?

Ce détail m'avait échappé, pensa-t-elle. Et la police de Hudiksvall ? En tout cas, je doute qu'ils aient lu les carnets avec autant d'attention avant de me les prêter.

Mais on pouvait aussi se demander, même si la chose semblait invraisemblable, si le meurtrier avait connais-

sance des faits relatés dans le carnet de J.A. Y avait-il
là une étrange correspondance, à une telle distance dans
le temps et l'espace ?

Pourquoi Vivi Sundberg lui avait-elle donné les carnets ? Espérait-elle que Birgitta y découvre des informations importantes ? Ce n'était pas impossible, la police
avait tant à faire.

Enfin, Birgitta parvint à se recoucher. Sa découverte
devait en tout cas intéresser Vivi Sundberg. Surtout
maintenant que le meurtrier présumé s'était suicidé.

Elle dormit jusqu'à dix heures, se leva et vit sur
l'emploi du temps de Staffan qu'il serait de retour vers
quinze heures. Au moment où elle s'apprêtait à joindre
Vivi Sundberg, on sonna à la porte. Elle alla ouvrir. Un
Chinois de petite taille attendait, un sac plastique plein
de nourriture à la main.

– Mais je n'ai rien commandé, s'étonna Birgitta
Roslin.

– De la part de Li, de Hudiksvall, dit l'homme en
souriant. C'est gratuit. Elle veut que vous l'appeliez.
C'est une entreprise familiale.

– Restaurant Shanghai ?

L'homme sourit.

– Restaurant Shanghai. Très bonne cuisine.

L'homme lui remit le sac en s'inclinant et disparut
par le portail. Birgitta déballa les plats, les huma et les
mit au réfrigérateur. Puis elle appela Li. Elle tomba
cette fois sur un homme de mauvaise humeur. C'était
sans doute ce père grincheux qui travaillait en cuisine.
Il cria après Li, qui vint prendre le téléphone.

– Merci pour la nourriture, dit Birgitta Roslin. Pour
une surprise…

– Vous avez goûté ?

– Non, pas encore. J'attends le retour de mon mari.

– Lui aussi aime cuisine chinoise ?

– Beaucoup. Vous vouliez que je vous rappelle ?

– J'ai beaucoup réfléchi à la lampe, dit-elle. Ce ruban rouge disparu. Maintenant je sais quelque chose de nouveau. Parlé avec ma mère.

– Elle, je crois que je ne l'ai pas rencontrée.

– Elle reste à la maison. Vient de temps en temps faire ménage. Elle note quand. 11 janvier, ménage. Matin, avant ouverture.

Birgitta Roslin retint son souffle.

– Elle m'a dit ce jour-là elle dépoussiérer lampes en papier restaurant. Certaine aucun ruban manquer. Aurait remarqué.

– Elle n'a pas pu se tromper ?

– Pas Maman.

Birgitta comprit ce que cela signifiait : le matin du jour où le Chinois était venu au restaurant, il ne manquait aucun ruban. Le ruban retrouvé à Hesjövallen avait disparu ce soir-là. Cela ne faisait aucun doute.

– C'est important ? demanda Li.

– Peut-être. Merci de m'en avoir parlé.

Elle raccrocha. Le téléphone sonna aussitôt. C'était Lars Emanuelsson.

– Ne raccrochez pas tout de suite, dit-il.

– Qu'est-ce que vous voulez ?

– Votre avis sur ce qui s'est passé.

– Je n'ai rien à dire.

– Avez-vous été surprise ?

– Par quoi ?

– Par ce suspect servi sur un plateau, Lars-Erik Valfridsson ?

– Je ne sais rien d'autre sur lui que ce qu'il y a dans les journaux.

– Mais ils n'ont pas tout dit.

Il avait réussi à exciter sa curiosité.

– Il a brutalisé ses deux femmes, dit Emanuelsson. La première a réussi à s'enfuir. Puis Valfridsson a dégotté une Philippine qu'il a réussi à attirer en lui faisant miroiter monts et merveilles. Il l'a presque battue à mort avant que quelques voisins ne donnent l'alarme. Il a été condamné pour ça. Mais il avait fait pire.

– Quoi ?

– Homicide. Dès 1977. Il n'était alors pas bien vieux. Une bagarre pour une mobylette. Il a frappé un jeune homme à la tête avec une pierre. Tué sur le coup. L'expert psychiatre avait conclu à un risque de récidive. Il devait être considéré comme dangereux pour son entourage. Pas étonnant que les policiers et le procureur aient été persuadés d'avoir trouvé leur homme.

– Mais, d'après vous, ce n'était pas lui ?

– J'ai un peu parlé à des personnes qui le connaissaient. Il rêvait depuis toujours d'être connu. Il paraît qu'il racontait aux gens qu'il était un espion, le fils caché du roi. Avouer le crime de Hesjövallen était un moyen de devenir célèbre. La seule chose que je ne saisis pas, c'est pourquoi arrêter ce numéro aussi prématurément. Là, je ne le suis plus.

– Vous voulez dire que ce n'était pas lui le meurtrier ?

– Ça, l'avenir nous le dira. Mais je vous ai dit ma façon de penser. Ça devrait vous suffire. Maintenant, j'aimerais entendre votre son de cloche. Arrivez-vous aux mêmes conclusions ?

– Je n'y ai pas réfléchi plus que tout un chacun. Bon, ça commence à bien faire ! Vous ne voyez pas que j'en ai jusque-là de vos coups de fil ?

Lars Emanuelsson fit celui qui n'avait pas entendu.

– Parlez-moi de ces carnets. Ils doivent bien avoir un rapport avec toute cette histoire ?

– Arrêtez de m'appeler.

Elle raccrocha. Son téléphone se remit aussitôt à sonner. Elle ne décrocha pas. Après cinq minutes de silence, elle composa le numéro du commissariat de Hudiksvall. Elle dut patienter longtemps. Elle reconnut la voix de la standardiste. Elle semblait lasse et sur les nerfs. Vivi Sundberg n'était pas joignable. Birgitta Roslin laissa son nom et son numéro.

– Je ne peux rien vous promettre, dit la jeune fille. C'est le chaos ici, aujourd'hui.

– Je veux bien le croire. Demandez juste à Vivi Sundberg de m'appeler dès que possible.

– C'est important ?

– Elle sait qui je suis.

Vivi Sundberg appela le lendemain. Les médias titraient tous sur le scandale de la prison de Hudiksvall. Le ministre de la Justice avait promis de faire toute la lumière sur cette affaire et de demander des comptes aux responsables. Tobias Ludwig essayait tant bien que mal de botter en touche face à la horde des journalistes. Tout le monde était unanime : ce qui ne devait pas arriver était arrivé.

La policière avait l'air fatiguée. Birgitta Roslin décida de ne lui poser aucune question. Elle lui parla du ruban rouge et lui fit part de ses réflexions.

Vivi Sundberg l'écouta sans faire de commentaire. Birgitta entendait le brouhaha qui régnait au commissariat : elle n'enviait pas sa situation. Elle demanda pour finir si les lampes avaient été laissées allumées là où on avait retrouvé les victimes.

– En effet, répondit Vivi Sundberg. Nous nous sommes posé la question. Les lampes étaient toutes allumées, sauf une.

– Celle où le petit garçon a été tué ?

– Exact.

– Avez-vous une explication ?

– Vous comprendrez que je ne puisse pas parler de ça avec vous au téléphone.

– Non, bien entendu. Veuillez m'excuser.

– Il n'y a pas de quoi. Mais je voudrais vous demander quelque chose : mettez par écrit vos réflexions sur les événements de Hesjövallen. Le ruban rouge, je m'en occupe. Mais le reste : par écrit et envoyez-moi le tout.

– Lars-Erik Valfridsson n'était pas l'auteur du massacre, dit Birgitta Roslin.

Ça lui avait échappé. Elle était autant prise au dépourvu que Vivi Sundberg.

– Envoyez vos réflexions par écrit, répéta-t-elle. Merci de votre appel.

– Et les carnets ?

– Il vaudrait mieux nous les rendre.

La conversation terminée, Birgitta se sentit soulagée. Après tout, ses efforts n'avaient pas été vains. Elle pouvait à présent tourner la page. Dans le meilleur des cas, la police finirait par retrouver le ou les auteurs. Elle ne serait alors pas étonnée d'apprendre l'implication d'un Chinois.

Le lendemain, Birgitta Roslin se rendit chez son médecin. C'était un jour d'hiver venteux. Des rafales soufflaient du détroit. Elle avait hâte de reprendre son travail.

Elle n'eut à patienter que quelques minutes dans la salle d'attente. Le médecin lui demanda comment elle se sentait : complètement rétablie, d'après elle. Une infirmière lui fit une prise de sang et elle retourna attendre. Les analyses faites, le médecin lui mesura la tension et lui parla sans détour :

– Vous vous sentez bien, mais votre tension est toujours trop élevée. Il faut donc continuer à en chercher la cause. Pour commencer, je vous maintiens en congé pour encore quatorze jours. Je vais aussi vous adresser à un spécialiste.

Ce n'est qu'une fois dehors, au contact du vent glacé, qu'elle réalisa. Était-elle gravement malade ? Elle était très inquiète, même si le médecin l'avait assurée qu'il n'y avait pas lieu de s'alarmer.

Elle resta debout sur la place, dos au vent. Pour la première fois depuis plusieurs années, elle ressentit un grand désarroi. Elle ne bougea pas, jusqu'à ce que son téléphone sonne dans la poche de son manteau. C'était Karin Wiman.

– Qu'est-ce que tu fais ? demanda-t-elle.

– Je suis sur une place, dit Birgitta Roslin. Et je ne sais plus du tout où j'en suis.

Puis elle lui raconta sa visite chez le médecin. Une conversation gelée. Elle promit de la rappeler avant son départ pour la Chine.

Quand elle rentra chez elle, il s'était mis à neiger. Le vent avait forci. Il soufflait toujours par rafales.

23

Le jour même, elle alla au tribunal trouver Hans Mattsson. Elle vit son abattement et sa préoccupation quand elle lui annonça que son congé maladie avait été prolongé.

Il la regarda d'un air pensif par-dessus ses lunettes.

– Ça ne me dit rien de bon. Je commence à me faire du souci pour vous.

– D'après mon médecin, il n'y a pas lieu de s'inquiéter. Juste un peu de tension, et de l'anémie. On va m'adresser à un spécialiste. Mais je ne me sens pas malade, juste un peu fatiguée.

– Comme tout le monde. Ça fait trente ans que je suis fatigué ! Mon plus grand plaisir désormais, c'est une grasse matinée.

– Je serai absente quatorze jours. Espérons que ça suffira.

– Prenez le temps nécessaire, bien entendu. Je vais voir avec la chancellerie s'ils peuvent nous aider. Comme vous le savez, vous n'êtes pas la seule absente. Klas Hansson a pris un congé pour prospecter du côté des instances de l'Union européenne à Bruxelles. Je doute qu'il revienne. Je le soupçonne depuis le début d'avoir d'autres ambitions que de présider une salle d'audience.

– Je suis désolée des problèmes que je cause.

– Vous n'y êtes pour rien. C'est votre tension. Reposez-vous. Soignez vos rosiers et revenez-nous guérie.

Elle le regarda, interloquée.

– Mais je ne cultive pas de rosiers… Je n'ai vraiment pas la main verte.

– C'était une expression de ma grand-mère. Née en 1879, l'année où Strindberg a publié *La Chambre rouge*, étrange, non ? À part mettre au monde des enfants et repriser des chaussettes, elle n'a jamais travaillé de toute sa vie. Soigner ses rosiers. J'aime bien l'image.

– Alors d'accord, dit Birgitta Roslin. Je rentre soigner mes rosiers.

Le lendemain, elle expédia à Hudiksvall les carnets et ses réflexions couchées par écrit. Le paquet déposé à la poste, il lui sembla qu'elle tournait la page des événements de Hesjövallen. En marge de cette horrible tragédie, elle avait retrouvé sa mère et ses parents adoptifs. Mais c'était fini. Soulagée, elle se lança dans les préparatifs de l'anniversaire de Staffan.

La famille presque au complet et quelques amis étaient là quand Staffan Roslin rentra de son travail. Il resta stupéfait sur le seuil, dans son uniforme, sa chapka élimée encore vissée sur le crâne. Tout le monde se mit à chanter en chœur : « Joyeux anniversaire ! » Pour Birgitta, quel soulagement de voir ses proches rassemblés autour de la table… Les événements du Hälsingland et même ses problèmes de tension s'estompaient dans cette sensation de sérénité que seule la famille lui procurait. Bien sûr, elle aurait aimé qu'Anna revienne d'Asie pour l'occasion, mais, quand elle avait enfin réussi à la joindre sur un téléphone portable grésillant en Thaïlande, elle avait refusé. Les amis partis, la famille veilla tard. Ses enfants étaient bavards et aimaient se retrouver. Sur le canapé, elle et son mari écoutaient d'une oreille amusée leurs conversations. Elle se levait de temps à autre pour remplir les verres. Les jumelles, Siv et Louise, devaient rester pour la nuit, tandis que David avait réservé une chambre d'hôtel, malgré les protestations de Birgitta. La soirée s'acheva à quatre heures du matin. Les parents restèrent seuls pour ranger, lancer le lave-vaisselle et sortir les bouteilles vides au garage.

– Pour une surprise, c'était une surprise, dit Staffan, quand ils se furent assis à la table de la cuisine. Je ne l'oublierai jamais. Quel cadeau ! Et justement le jour où j'en avais tellement assez d'aller et venir dans les wagons : je passe mon temps à voyager, mais je n'arrive nulle part… C'est la malédiction des cheminots qui tournent en rond dans leur bocal.

– Il faudrait le faire plus souvent. C'est dans ces moments-là que la vie prend un autre sens. Il n'y a pas que le travail qui compte.

– Et maintenant ?

– Qu'est-ce que tu veux dire ?

– Tu as quatorze jours de congé. Qu'est-ce que tu as l'intention de faire ?

– Mon chef, Hans Mattsson, m'a parlé de sa passion pour les grasses matinées. Je pourrais peut-être moi aussi m'y mettre, ces prochains jours ?

– Tu devrais faire un voyage au soleil. Pars avec une amie.

Elle secoua la tête, l'air dubitatif.

– Peut-être, mais qui ?

– Karin Wiman ?

– Elle part en Chine pour son travail.

– Il n'y a personne d'autre à qui tu pourrais le proposer ? Une des jumelles ?

L'idée était tentante.

– Je vais voir avec elles. Mais est-ce que j'ai vraiment envie de voyager ? N'oublie pas aussi que je dois consulter un spécialiste.

Il lui posa la main sur le bras.

– Tu ne me caches rien, n'est-ce pas ? Je n'ai pas à m'inquiéter ?

– Non. Sauf si mon médecin ne me dit pas la vérité – mais je ne crois pas.

Ils veillèrent encore un moment avant d'aller se coucher. Quand elle se réveilla, le lendemain, il était déjà parti. Les jumelles non plus n'étaient plus là. Elle avait dormi jusqu'à onze heures et demie. Voilà une grasse matinée qui aurait plu à Hans Mattsson.

Elle parla au téléphone avec Siv et Louise, mais aucune des deux n'avait le temps de faire un voyage, même si l'envie ne leur en manquait pas. Au cours de l'après-midi, Birgitta Roslin fut informée qu'à la suite d'une annulation, elle pourrait dès le lendemain voir le spécialiste à qui on l'avait adressée.

Vers seize heures, on sonna. Elle se demanda s'il s'agissait d'une nouvelle livraison gratuite de nourriture chinoise. Mais c'est le commissaire Hugo Malmberg qu'elle trouva devant sa porte. Il avait de la neige dans les cheveux et de vieilles galoches aux pieds.

– J'ai rencontré par hasard Hans Mattsson. Il m'a dit que tu n'allais pas bien. Il sait que nous nous connaissons.

Elle le fit entrer. Malgré son embonpoint, il se baissa sans difficulté pour se déchausser.

Ils prirent le café à la cuisine. Elle lui parla de sa tension et de son anémie – rien de si surprenant, à son âge.

– Ma tension élevée est une bombe à retardement, dit Hugo Malmberg d'un air sombre. Je prends un traitement, et mon médecin m'assure que tout va bien, mais je m'inquiète quand même. Dans ma famille, personne n'a jamais eu de tumeur. C'est toujours le cœur qui lâche et envoie tout le monde au tapis, hommes et femmes. Je lutte tous les jours pour maîtriser mon angoisse.

– Je suis allée à Hudiksvall, dit Birgitta Roslin. C'est toi qui m'avais donné le numéro de Vivi Sundberg.

– Ça alors !

– Tu te souviens ? J'ai découvert que j'étais parente d'une des familles assassinées à Hesjövallen. Puis il s'est avéré que toutes les victimes avaient des liens de parenté entre elles. Tu as du temps ?

– Mon répondeur téléphonique annonce que je suis en mission jusqu'à la fin de la journée. Comme je ne suis pas d'astreinte aujourd'hui, je peux rester ici jusqu'à demain matin t'écouter me divertir avec toutes ces horreurs dont je n'aurai pas à m'occuper.

– Tu es cynique ?

Il fronça les sourcils.

– Tu me connais donc si mal ? Après toutes ces années ? Ça me blesse.

– Je ne voulais pas…

– Bon, allez : je suis tout ouïe.

Comme il avait l'air intéressé, Birgitta Roslin lui raconta tout par le menu. Il l'écouta attentivement, glissant une question ici ou là, apparemment convaincu par la précision de son exposé. Quand elle eut fini, il resta un moment silencieux, à regarder ses mains. Elle savait que Hugo Malmberg était considéré comme un policier d'une compétence rare. Il alliait patience et rapidité, méthode et intuition. Elle avait entendu dire qu'il était un des professeurs les plus recherchés dans les écoles de police suédoises. Alors qu'il était en poste à Helsingborg, il était souvent appelé à participer à des enquêtes délicates aux quatre coins du pays.

Elle trouva soudain étrange qu'il n'ait pas été associé à l'enquête sur les meurtres de Hesjövallen.

Elle lui posa la question. Il sourit.

– En fait, si, on m'a contacté. Mais personne n'a fait allusion devant moi à ta présence sur le terrain, ni à tes curieuses découvertes.

– Je crois qu'ils ne m'appréciaient pas beaucoup.

– Les policiers défendent souvent leur bifteck. Ils auraient volontiers profité de mes services, mais à partir du moment où ils ont arrêté Valfridsson, je n'ai plus eu de leurs nouvelles.

– Il est mort à présent.

– L'enquête continue.

– Maintenant tu sais que ce n'était pas lui.

– Je sais ça ?

– Tu as entendu ce que j'ai raconté.

– Des événements étranges, des faits intrigants, qui méritent bien sûr d'être examinés en détail. Mais qu'il se soit suicidé n'annule pas la piste Valfridsson.

– Ce n'était pas lui. Ce qui s'est passé dans la nuit du 12 au 13 janvier dépasse largement un type avec deux pauvres condamnations pour violences conjugales et un homicide de jeunesse au compteur.

– Tu as peut-être raison. Mais peut-être pas. À chaque fois, on est surpris de constater que les plus gros poissons nagent dans les eaux les plus calmes. Le voleur de bicyclette finit par braquer une banque, la petite frappe devient tueur à gages. Alors, qu'un type comme lui dérape et se livre à des meurtres aussi effroyables…

– Mais enfin, il n'a aucun mobile !

– Le procureur parle de vengeance.

– Vengcance de quoi ? Contre un village entier ? C'est invraisemblable.

– Pour un crime lui-même invraisemblable, un mobile invraisemblable peut être vraisemblable.

– Quoi qu'il en soit, je pense que Valfridsson était une fausse piste.

– *Est* une fausse piste. Je te l'ai bien dit : l'enquête continue, même s'il est mort. Ton histoire de Chinois est-elle tellement plus plausible ? Bon Dieu, comment trouver un lien entre un petit village du Norrland et la Chine ?

– Je ne sais pas.

– Patience, alors. Et pense à te soigner.

Il neigeait encore plus fort au moment où il s'apprêta à partir.

– Pourquoi tu ne fais pas un voyage ? Dans un pays chaud ?

– Tout le monde me dit ça. Mais il faut d'abord que les médecins me donnent le feu vert.

Elle le regarda s'éloigner dans la tempête de neige. Elle était touchée qu'il ait pris le temps de venir lui rendre visite.

Le lendemain, la neige avait cessé. Elle se rendit à la clinique du spécialiste, où on lui fit une prise de sang : les résultats ne seraient pas connus avant une bonne semaine.

– Des restrictions particulières ? demanda-t-elle à son nouveau médecin.

– Évitez les efforts inutiles.

– Je peux voyager ?

– Oui, ça va.

– Encore une question : dois-je m'inquiéter ?

– Non. En l'absence d'autres symptômes, il n'y a pas lieu de vous inquiéter.

– Donc je ne vais pas mourir ?

– Un jour, fatalement. Moi aussi. Mais ce n'est pas pour tout de suite. Ce qu'il faut, c'est ramener votre tension à un niveau raisonnable.

Ressortie dans la rue, elle mesura combien elle s'était inquiétée. Maintenant, elle se sentait soulagée. Elle décida de faire une longue promenade, mais, après à peine quelques mètres, elle s'arrêta net.

Cela semblait un coup de tête – or n'avait-elle pas depuis longtemps pris inconsciemment sa décision ? Elle entra dans un café et appela Karin Wiman. Occupé. Elle but un café, feuilleta impatiemment un journal, rappela. Toujours occupé. Ce n'est qu'à sa cinquième tentative qu'elle décrocha.

– Je t'accompagne à Pékin.

Karin mit quelques secondes à comprendre.

– Qu'est-ce qu'il t'arrive ?

– Rien, mon congé maladie est prolongé. Mais le médecin dit que je peux voyager.

– Vraiment ?

– Tout le monde me dit de partir en voyage. Mon mari, mes enfants, mon chef, tout le monde. Je viens juste de me décider. Si tu es toujours d'accord pour faire chambre commune avec moi…

– Je pars dans trois jours. Il faut te dépêcher d'obtenir un visa.

– Est-ce encore possible ?

– Normalement, c'est plus long. Mais je peux arranger ça. Par contre, tu t'occuperas de ton billet.

– Je me souviens que tu devais voyager sur Finnair.

– Je t'envoie dès que possible le numéro de vol par SMS. Je n'ai pas mon billet avec moi. Il faudra très vite me faxer une photocopie de ton passeport.

– Je me dépêche de rentrer.

Quelques heures plus tard, elle avait envoyé tous les papiers nécessaires à son amie, mais n'avait pas réussi à obtenir de billet pour le même vol. Elle décida finalement de voyager un jour plus tard. Le colloque n'aurait pas encore commencé. Karin faisait partie du comité d'organisation, mais elle promit de s'éclipser pour venir chercher Birgitta à l'aéroport.

À l'approche du voyage, Birgitta Roslin sentait la même excitation qu'à seize ans, quand elle était pour la première fois partie seule en séjour linguistique à Eastbourne, en Angleterre.

– Mon Dieu, s'exclama-t-elle au téléphone. Je ne sais même pas quel temps il fait là-bas. C'est l'été ou l'hiver ?

– L'hiver. Comme ici. Mais c'est un froid sec. Parfois, les tempêtes venues des déserts du Nord descendent jusqu'à Pékin. Prépare-toi comme pour une expédition polaire. Il fait froid partout, en particulier dans les maisons. C'est mieux aujourd'hui que lors de mon premier séjour. À l'époque, je dormais dans des hôtels très chics, mais tout habillée sous les couvertures. Tous les matins, j'étais réveillée par des milliers de vélos qui grinçaient. Emporte des sous-vêtements chauds. Et du café. Ça, ils n'ont toujours pas appris à en faire. Bon, j'exagère, mais on ne sait jamais : le café des hôtels est souvent un peu léger.

– Comment faut-il se comporter ? Comment doit-on s'habiller, que faut-il éviter de dire ? Autrefois, je pensais tout savoir de la Chine, mais c'était la vision des Rebelles : tout ce qu'on faisait en Chine, c'était planter du riz, défiler en brandissant le Petit Livre rouge et, l'été, nager à grandes brasses, droit vers l'avenir, dans le sillage du Grand Timonier.

– Ne t'inquiète pas. Avec des sous-vêtements chauds, tout ira bien. Prévois des dollars : on peut utiliser la carte de crédit, mais pas partout. De bonnes chaussures. On a vite fait de prendre froid. Ne t'attends pas à trouver facilement les médicaments usuels.

Birgitta Roslin nota. Après cette conversation, elle alla au garage chercher sa meilleure valise. Le soir venu, elle fit part à Staffan de sa décision. S'il était étonné, il n'en montra rien. Il avait pleinement confiance en Karin Wiman.

– J'y ai songé, quand tu m'as dit que Karin partait pour la Chine. C'est pour ça que je ne tombe pas complètement des nues. Qu'en dit le docteur ?

– Il dit : Partez en voyage !

– Alors, moi aussi. Mais appelle les enfants, qu'ils ne s'inquiètent pas.

Elle les appela le soir même, à tour de rôle – les trois qu'elle parvint à joindre. Le seul à émettre quelques réserves fut David. Partir si loin, sur un coup de tête ? Elle le rassura : elle partait bien accompagnée et avec l'accord de son médecin.

Elle trouva un plan de Pékin et localisa avec Staffan l'hôtel Dong Fan, où elles allaient loger.

– Je t'envie, dit-il soudain. Même si dans notre jeunesse c'était toi la Chinoise, et moi un simple réformiste frileux, j'ai rêvé d'aller dans ce pays. Pas dans les rizières, mais à Pékin, justement. Je m'imagine que le monde a une autre allure, vu de là-bas. Autre chose que depuis l'express Alvesta-Nässjö.

– Dis-toi que tu m'envoies en éclaireuse. On y retournera plus tard tous les deux, l'été, sans les tempêtes de sable.

Elle passa les jours suivants dans un état de fébrilité croissante. Le jour du départ de Karin Wiman, elle l'accompagna à l'aéroport de Kastrup pour récupérer son propre billet. Elles se séparèrent dans le hall d'embarquement.

Le soir, alors que Karin devait déjà être arrivée à Pékin, Birgitta Roslin fouilla dans un carton, au garage. Tout au fond, elle finit par trouver ce qu'elle cherchait, son vieil exemplaire tout corné du Petit Livre rouge. Elle y avait inscrit sur la page de garde : *19 avril 1966.*

J'étais une gamine, à l'époque. Vierge dans presque tous les domaines. Je n'avais connu que Tore, de Borstahusen, qui se rêvait existentialiste et se désolait de ne pas avoir une barbe assez fournie. C'est avec lui que j'ai perdu ma virginité dans un bungalow gelé qui sentait le moisi. Je me souviens juste qu'il était si maladroit que c'en était presque insupportable. Après, une telle gêne s'est installée entre nous que nous nous sommes séparés au plus vite, incapables de nous regarder en face. Je me demande toujours ce qu'il a bien pu raconter à ses camarades. Ce que j'ai dit aux miens, je n'en ai aucun souvenir. Mais ma virginité politique était au moins aussi importante. Et c'est à ce moment que la grande tempête rouge m'a emportée. Mais je n'ai jamais conformé ma vie à mes idées. Après ma période gauchiste, j'ai adopté un profil bas. Comment ai-je pu me laisser embrigader dans ce qui ressemblait beaucoup à une secte ? Karin a continué à militer à gauche. Moi, un peu du côté d'Amnesty International, puis nulle part.

Elle s'assit sur une pile de pneus et feuilleta le Petit Livre rouge. Elle tomba sur une photo glissée entre les pages : elle et Karin Wiman. Elle se rappela : elles s'étaient serrées ensemble dans un Photomaton de la gare de Lund. Une initiative de Karin, comme toujours. Elle éclata de rire, en même temps effrayée : c'était si loin qu'elle peinait à embrasser du regard le chemin parcouru.

L'hiver glacé, songea-t-elle. La vieillesse qui me talonne sans crier gare. Elle sortit du garage, le Petit Livre rouge dans la poche. Staffan venait de rentrer. Elle s'assit en face de lui à la cuisine pendant qu'il attaquait le repas qu'elle lui avait préparé.

– Alors, la garde rouge est fin prête ?

– Je suis justement allée repêcher mon Petit Livre rouge.

– Des épices, dit-il. Si tu veux me faire un cadeau, rapporte-moi des épices. J'ai toujours imaginé qu'il y avait en Chine des goûts et des parfums qu'on ne retrouve nulle part ailleurs.

– Et que veux-tu d'autre ?

– Te retrouver, toi, en pleine forme.

– Ça, je pense pouvoir te le promettre.

Il lui proposa de la conduire jusqu'à Copenhague le lendemain. Elle préférait qu'il se contente de la déposer au train.

Elle passa une nuit agitée par l'anxiété du départ. À plusieurs reprises, elle se leva pour aller boire. Elle en profita pour suivre à la télévision les derniers développements de l'affaire de Hudiksvall. On en savait davantage sur Lars-Erik Valfridsson, mais on ignorait toujours pourquoi la police l'avait soupçonné du massacre. Son suicide en prison avait fait des vagues jusqu'au Parlement, où le ministre de la Justice avait été interpellé. Le seul à garder la tête froide était le procureur Robertsson, pour qui Birgitta ressentait un respect croissant. Il insistait sur le fait que l'enquête continuait, malgré la mort du meurtrier présumé. Il admettait pourtant à mots couverts que la police travaillait également sur d'autres pistes.

Mon Chinois, pensa-t-elle. Mon ruban rouge.

Elle fut plusieurs fois tentée d'appeler Vivi Sundberg. Mais elle s'abstint. Ce qui comptait à présent était ce voyage fascinant.

Par une belle journée d'hiver, Staffan Roslin déposa sa femme au train. À l'aéroport de Kastrup, l'enregistrement se passa sans encombre : on lui attribua une place sur l'allée centrale, comme elle le désirait. Le décollage fut une sorte de libération. Elle sourit au vieux Finnois assis à côté d'elle. Elle ferma les yeux et repensa au temps où elle rêvait la Chine comme un paradis terrestre. Elle était stupéfaite de sa naïveté d'alors, en particulier de cette idée que la société suédoise pourrait à un moment donné se révolter contre l'ordre établi. L'avait-elle sérieusement cru ? Ou n'était-ce qu'un jeu ?

Birgitta se rappela un camp en Norvège, l'été 1969, où Karin et elle avaient été invitées par des camarades. Tout baignait dans le plus grand secret. Personne ne devait savoir où le camp serait installé. Les participants, qui se connaissaient très peu les uns les autres, s'étaient vu attribuer un pseudonyme. Pour mieux tromper l'ennemi de classe toujours aux aguets, on avait brouillé les cartes en inversant les sexes. Elle s'en souvenait encore : au camp, tout l'été, elle avait été Alfred. Elle avait reçu l'ordre de prendre un bus en direction de Kongsberg. Elle devait descendre à un certain arrêt. On viendrait l'y chercher. Elle était restée plantée à attendre sous la pluie battante à l'arrêt désert, s'efforçant de faire preuve sous l'averse d'une patience toute révolutionnaire. Enfin, une camionnette était arrivée. Au volant, un jeune homme – nom de code : Lisa – lui avait marmonné de

321

monter. Les tentes du camp s'alignaient dans un champ en friche. Elle avait réussi à échanger sa place pour se retrouver dans la même tente que Karin Wiman, alias Sture. Tous les matins, gymnastique devant les drapeaux rouges battant au vent. Pendant toute la durée du camp, elle avait eu peur de mal faire, mal dire, paraître contre-révolutionnaire. Elle avait presque failli s'évanouir à l'instant décisif où on l'avait invitée à se lever pour se présenter – sous le nom d'Alfred – et dire ce qu'elle faisait dans la vie civile, à part bien sûr se préparer à être le fer de lance de la révolution. Mais elle s'en était bien tirée. Sa victoire avait été totale quand Kajsa, un grand gaillard tatoué d'une trentaine d'années, lui avait donné une petite tape d'encouragement sur l'épaule.

Maintenant qu'elle fermait les yeux, en route pour Helsinki, elle se rendait compte combien elle avait été terrorisée à longueur de temps. À de rares moments, elle avait eu l'impression de participer à un mouvement capable de changer l'axe de rotation de la Terre. Mais elle avait surtout eu peur.

Elle se réveilla quand l'avion commença sa descente vers Helsinki. Il se posa. Elle avait deux heures à patienter avant le décollage pour Pékin. Elle s'assit sous un vieil avion suspendu dans le hall d'embarquement. Il faisait froid : par les baies vitrées donnant sur les pistes, elle voyait la condensation qui sortait de la bouche du personnel au sol. Elle songea à sa dernière conversation téléphonique avec Vivi Sundberg, quelques jours plus tôt. Birgitta lui avait demandé si on avait fait des tirages papier à partir du film de vidéosurveillance et si elle pouvait avoir une copie du visage du Chinois. Le lendemain, elle en avait trouvé un agrandissement dans sa boîte aux lettres. Elle l'avait avec elle. Elle sortit la photo de l'enveloppe.

Tu es quelque part, songea Birgitta Roslin. Mais comment te repérer parmi un milliard d'individus ? Je ne saurai jamais qui tu es. Si c'était ton vrai nom. Et, surtout, ce que tu as fait.

Elle se dirigea lentement vers la porte d'embarquement du vol pour Pékin. Des passagers attendaient déjà. Chinois, pour moitié. L'Asie commence dès ici, se dit-elle. Les frontières se déplacent dans les aéroports, s'approchent, tout en restant si lointaines.

Elle avait la place 22C. À côté d'elle, un homme de couleur qui travaillait pour une entreprise britannique dans la capitale chinoise. Ils échangèrent quelques mots aimables, mais ni lui ni Birgitta ne souhaitaient vraiment engager la conversation. Elle se blottit sous sa couverture. La fièvre du voyage s'était muée en impression de partir à l'aventure sans s'être assez préparée. Qu'allait-elle faire à Pékin, à la fin ? Se promener dans les rues, regarder les gens, visiter des musées ? Karin Wiman n'aurait sûrement que peu de temps à lui consacrer. Elle avait gardé, elle, un peu des engagements de sa jeunesse.

Je fais ce voyage pour me retrouver moi-même, se dit-elle. Je ne suis pas partie vainement à la recherche d'un Chinois ayant arraché un ruban rouge d'une lampe en papier avant d'aller tuer dix-neuf personnes. Ce sont les fils défaits de ma vie que j'essaie de renouer.

L'arrivée ne se passa pas comme prévu. Au-dessus de la Chine, le commandant de bord informa les passagers qu'une tempête de sable rendait impossible l'atterrissage à Pékin. Ils se poseraient à Taiyuan en attendant l'amélioration des conditions météo. L'avion posé, on les conduisit dans un hangar glacial où attendaient en silence des Chinois emmitouflés. Fatiguée par le décalage horaire, elle ne savait pas trop quelle première impression elle devait garder de la Chine. Les collines alentour étaient couvertes de neige. Sur une route longeant l'aéroport passaient des autocars et des chars à bœufs.

Deux heures plus tard, la tempête de sable s'était calmée sur Pékin. L'avion redécolla pour bientôt se poser de nouveau. Une fois franchis tous les contrôles, Birgitta aperçut son amie.

– Les Rebelles sont de retour ! lança Karin. Bienvenue à Pékin !

– Merci. Mais je n'ai toujours pas bien réalisé.

– Tu es dans l'Empire du Milieu. Au milieu du monde. Au milieu de la vie. Allez, direction l'hôtel.

Le soir de son arrivée, depuis la chambre qu'elle partageait avec Karin, au dix-neuvième étage de l'hôtel, en contemplant avec curiosité les lumières scintillantes de la ville immense, elle frissonna.

Dans un autre immeuble, au même instant, un homme contemplait la même ville, les mêmes lumières que Birgitta Roslin.

Dans sa main, un ruban rouge. En entendant frapper légèrement à la porte, derrière lui, il se tourna lentement et alla ouvrir au visiteur qu'il attendait avec impatience.

Mah-jong

24

Pour son premier matin à Pékin, Birgitta Roslin se leva tôt. Petit déjeuner dans l'immense salle à manger en compagnie de Karin Wiman, pressée de voir commencer son colloque et d'entendre tous ces brillants exposés sur ce vieil empereur dont les gens normaux ne se souciaient guère. Pour Karin, l'histoire était à bien des égards plus vivante que la réalité présente.

– Quand j'étais jeune et rebelle, j'ai vécu ces mois terribles du printemps et de l'été 1968 comme un mirage, prisonnière d'une sorte de secte. Puis j'ai trouvé refuge dans l'histoire, où rien ne pouvait m'arriver. Et, qui sait, je pourrai bientôt tenter de vivre à nouveau dans la même réalité que toi.

Birgitta Roslin mit du temps à saisir l'ironie de Karin. En sortant de l'hôtel, emmitouflée pour affronter le froid sec, elle se répéta ses paroles. Peut-être pouvait-elle les reprendre à son compte ?

La jeune femme très belle, à l'anglais presque parfait, qui tenait la réception lui avait fourni un plan de la ville. Birgitta se remémora une citation du Petit Livre rouge : « L'essor actuel du mouvement paysan est un événement d'une extrême importance. » Cette phrase de Mao revenait sans cesse dans les débats de ce printemps 1968.

Dans le mouvement d'extrême gauche où Karin et elle étaient alors embrigadées, les pensées et citations de Mao recueillies dans ce livre fournissaient des arguments définitifs, que ce soit pour décider quoi manger à dîner ou comment convaincre la classe ouvrière suédoise qu'elle était spoliée par le Grand Capital et ses laquais sociaux-démocrates, et lui faire comprendre son devoir historique de prendre les armes. Elle se souvint même du nom d'un des leaders du mouvement, Gottfred Appel, « la Pomme », comme elle l'appelait avec irrévérence – seulement devant des personnes de confiance telles que Karin Wiman.

L'essor actuel du mouvement paysan est un événement d'une extrême importance. Ces mots résonnaient en elle alors qu'elle sortait de l'hôtel devant les très jeunes grooms vêtus de vert qui gardaient l'entrée en silence. La rue était très large. Sur les nombreuses voies, beaucoup de voitures, presque aucun vélo. Sur la rue, le vaste siège d'une banque et une librairie sur cinq étages. Sur le trottoir, des vendeurs déballaient des sacs pleins de bouteilles d'eau. Après quelques pas, Birgitta Roslin sentit déjà la pollution de l'air lui brûler le nez et la gorge en lui laissant un goût de métal dans la bouche. Entre les immeubles s'élevaient les grues de nouveaux chantiers : elle traversait une ville en métamorphose perpétuelle et frénétique.

Un homme qui tirait seul une charrette chargée de cages à poules vides semblait s'être trompé d'époque. Sans lui, elle aurait pu se croire n'importe où à la surface de la planète. La Terre tourne désormais comme une mécanique bien huilée, songea-t-elle. Dans ma jeunesse, j'imaginais une foule de Chinois tous habillés pareils, scandant des slogans parmi les drapeaux rouges, en train de terrasser une montagne avec leurs pelles et leurs pioches pour en faire des terres cultivables. La foule est bien là, mais, en tout cas dans Pékin, dans cette rue, les gens sont habillés différemment et ne portent décidément ni pelles ni pioches. Ils ne font même plus de vélo, ils ont une voiture, et les femmes arpentent les trottoirs avec d'élégantes chaussures à talons.

À quoi s'attendait-elle ? Presque quarante ans s'étaient écoulés depuis l'été 1968, la peur, pour ne pas dire la terreur, de ne pas être assez dans la ligne, puis, en août, la brusque dissolution, le soulagement suivi d'un grand vide. Comme de passer de fourrés épineux à un désert froid et plongé dans la nuit noire.

À la fin des années 1980, elle avait fait avec Staffan un voyage en Afrique et visité, entre autres, les chutes Victoria, à la frontière de la Zambie et du Zimbabwe. En arrivant sur les bords du fleuve Zambèze, Staffan, sur un coup de tête, avait proposé une excursion en aval des chutes. Elle avait accepté mais n'en menait pas large quand, le lendemain, il avait fallu se rassembler sur le rivage pour recevoir les instructions et signer une décharge avant d'embarquer sur les radeaux pneumatiques. Après les premiers rapides, censés être les plus faciles, Birgitta s'était rendu compte qu'elle n'avait jamais eu pareille peur de toute sa vie. Elle était convaincue qu'ils allaient tôt ou tard se retourner, qu'elle resterait coincée sous le radeau et se noierait. Staffan avait tenu bon, cramponné au radeau, un sourire impénétrable aux lèvres.

Aujourd'hui, devant cet hôtel de Pékin, elle se rendait compte qu'au printemps 1968 elle avait eu la même sensation que dans les rapides du Zambèze : emportée par ce mouvement des Rebelles qui croyaient dur comme fer que les « masses » suédoises allaient bientôt se lancer dans la lutte armée contre les capitalistes et les traîtres de classe sociaux démocrates.

La ville s'étendait devant elle. Des policiers en uniforme bleu travaillaient en binômes pour réguler la circulation dense. Un des événements les plus absurdes de ce printemps 1968 lui revint en mémoire : avec trois autres camarades, elle avait participé à la rédaction d'une proposition de résolution, sur un sujet qu'elle avait oublié. Peut-être s'agissait-il de saper le mouvement contre la guerre du Vietnam, qui avait pris une grande ampleur en Suède ces années-là. La résolution prête, on l'avait affublée de l'en-tête suivant : « Lors d'un meeting de masse à Lund a été décidé ce qui suit. »

Un meeting de masse ? Quatre personnes ? Alors que, quand Mao parlait de « l'essor actuel du mouvement paysan », il s'agissait de centaines de millions de personnes en mouvement ? Comment, avec quatre étudiants à Lund, pouvait-on parler de « meeting de masse » ?

À cette époque où les masses suédoises étaient censées du jour au lendemain sortir manifester en scandant les slogans du Grand Timonier, Birgitta imaginait tous les Chinois vêtus du même uniforme gris-bleu, avec la même casquette, les mêmes cheveux courts et la même ride sérieuse au front.

Parfois, devant un exemplaire de la revue *Chine Nouvelle*, elle s'étonnait de ces gens aux joues toujours roses et aux yeux brillants qui tendaient les mains vers ce Dieu descendu du ciel, le Grand Timonier, le Sage Éternel, etc., bref, ce mystérieux Mao. Qui finalement n'était pas si mystérieux que ça. On s'en était aperçu par la suite. Son excellent sens politique lui avait permis de saisir les bouleversements à l'œuvre dans un immense pays comme la Chine. Depuis l'indépendance, en 1949, il avait été un de ces leaders uniques que l'Histoire produit parfois. Au pouvoir, il avait provoqué beaucoup de souffrances, de chaos, de confusion. Mais personne ne pouvait le nier : c'était lui qui, en empereur moderne, avait relevé la Chine et en avait fait ce pays en passe de devenir une grande puissance.

Aujourd'hui, devant cet hôtel aux marbres rutilants, où les réceptionnistes parlaient un anglais aussi parfait, elle avait l'impression d'avoir été transportée dans un monde dont elle ignorait totalement l'existence. Était-ce vraiment là cette société où l'essor du mouvement pay-san avait été un événement d'une extrême importance ?

Presque quarante années ont passé, songea-t-elle. Plus d'une génération. À l'époque, je m'étais laissé attirer comme une mouche par un morceau de sucre dans une secte qui me promettait le salut. On ne nous encourageait pas au suicide collectif à l'approche de l'Apocalypse, mais à abandonner notre identité individuelle au profit d'une ivresse collective, où un petit livre rouge avait remplacé toute réflexion. Il contenait toute sagesse, réponse à toutes les questions, expression de toutes les visions politiques ou sociales dont le monde avait besoin pour changer en installant une fois pour toutes le paradis sur terre. Les citations du président Mao n'étaient pas gravées dans la pierre. Elles décrivaient la réalité. Nous les lisions sans vraiment les lire. Sans les comprendre. Comme si le Petit Livre rouge contenait le catéchisme mort d'une liturgie révolutionnaire.

Elle jeta un coup d'œil au plan et commença à suivre la rue. Combien de fois avait-elle imaginé cette ville ? Dans sa jeunesse, elle se voyait marcher, avalée par une foule innombrable, visage anonyme absorbé par une masse contre laquelle le capitalisme fascistoïde ne pourrait pas résister. Et la voilà aujourd'hui : juge suédoise d'âge mûr, en congé maladie pour tension trop élevée. Approchait-elle enfin du but, La Mecque rêvée de sa jeunesse, la grande place où Mao avait salué les foules planétaires, jusqu'à ces quelques étudiants assis par terre dans un appartement de Lund, réunis en meeting de masse ? Même si ce matin elle était assez troublée de constater que ce qu'elle voyait ne correspondait pas à ses attentes, elle se sentait malgré tout comme le pèlerin qui touche enfin au but tant désiré.

Il faisait un froid sec et mordant. Elle rentrait la tête dans les épaules quand des rafales lui jetaient du sable au visage. Elle tenait le plan à la main, mais elle savait

331

qu'il lui suffisait de suivre cette avenue pour atteindre son but.

Un autre souvenir lui revint en mémoire. Son père, avant de disparaître dans le golfe de Gävle, avait été en Chine. Elle se rappelait le petit bouddha en bois sculpté qu'il avait rapporté à sa mère.

Tandis qu'elle marchait dans cette rue, elle sentit soudain la présence de son père, tout près d'elle – il n'avait pourtant jamais mis les pieds à Pékin, uniquement dans les grands ports où son bateau avait fait escale.

Nous formons un petit cortège invisible, songea-t-elle. Mon père et moi dans ce Pékin froid et étrange.

Birgitta Roslin mit plus d'une heure à arriver place Tienanmen. Elle n'en avait jamais vu de si grande. Elle était noire de monde. Elle se fraya un chemin dans la foule. Partout, on prenait des photos, on agitait des fanions, on vendait des bouteilles d'eau ou des cartes postales.

Elle s'arrêta et regarda autour d'elle. Le ciel était voilé. Il manquait quelque chose. Elle mit un moment à comprendre quoi. Des moineaux. Ou des pigeons. Il n'y avait pas un oiseau.

Au milieu de la foule qui grouillait sur la place, elle était invisible. Elle pouvait disparaître subitement, personne ne le remarquerait.

Elle se souvint des images de 1989, quand des étudiants avaient manifesté leur désir d'une plus grande liberté d'expression, avant que leur mouvement ne soit écrasé dans le sang par les chars. C'est là que se tenait ce jeune homme, un sac plastique blanc à la main. Le monde entier l'avait regardé à la télévision en retenant son souffle. Il s'était campé devant un char, refusant de bouger. Minuscule soldat de plomb, il était devenu un symbole universel de résistance. Quand le char avait tenté de le contourner, il s'était déplacé. Elle ignorait comment tout avait fini. De cela, elle n'avait pas vu d'images. Mais tous ceux qui étaient tombés sous les balles des soldats ou avaient été écrasés sous les chenilles des chars étaient des êtres en chair et en os.

Dans le rapport qu'elle entretenait avec la Chine, ces événements, cette image du jeune homme défiant le char d'assaut avaient marqué un tournant. Une grande partie de sa vie s'était écoulée depuis ce printemps 1968 où, au nom de Mao, elle croyait dur comme fer, jusqu'à l'absurde, que la révolution avait déjà commencé en Suède. Vingt ans, pendant lesquels la jeune idéaliste était devenue mère de quatre enfants et juge. Elle n'avait jamais cessé de penser à la Chine. D'abord comme un rêve, puis comme un pays mystérieux et contradictoire auquel elle ne comprenait rien. Ses enfants en avaient une tout autre vision. Pour eux, c'était un pays plein d'opportunités, comme l'Amérique rêvée par sa génération et celle de ses parents. David l'avait récemment surprise en déclarant que, s'il avait des enfants, il chercherait une nounou chinoise pour qu'ils apprennent la langue au berceau.

Elle fit le tour de la place, parmi les gens qui se photographiaient mutuellement et les policiers omniprésents. Au fond, le bâtiment depuis lequel Mao avait proclamé la République populaire. Quand elle commença à avoir trop froid, elle rebroussa chemin et rentra à son hôtel. Karin lui avait promis de s'échapper du colloque pour déjeuner avec elle.

Il y avait un restaurant panoramique au dernier étage de l'hôtel. Birgitta lui raconta sa visite à l'immense place et ce à quoi elle avait pensé au cours de la matinée.

– Comment pouvions-nous gober ça ?

– Quoi ?

– Que la Suède était vraiment au bord d'une guerre civile qui la conduirait à la révolution.

– On croit quand on est ignorant. C'était notre cas. Et ceux qui nous endoctrinaient nous bourraient le crâne de mensonges. Tu te souviens de l'Espagnol ?

Birgitta s'en souvenait bien. Un des meneurs du mouvement des Rebelles était un Espagnol très charismatique qui, en 1967, avait vu en Chine la marche des gardes rouges. Aucun argument ne tenait contre lui : il avait vu la révolution de ses propres yeux.

– Qu'est-ce qu'il est devenu ?

Karin secoua la tête.

– Je ne sais pas. À la dissolution du mouvement, il a disparu dans la nature. La rumeur dit qu'il serait devenu vendeur de cuvettes de WC à Tenerife. Il est peut-être mort. Peut-être devenu prêtre, ce qu'il était d'ailleurs déjà, en quelque sorte : il croyait en Mao comme on croit en Dieu. En quelques mois seulement, il a semé un grand trouble parmi tant de jeunes gens de bonne volonté.

– J'avais tout le temps si peur. De ne pas être à la hauteur, de ne pas savoir ma leçon, de ne pas avoir assez réfléchi à mes opinions, d'être contrainte à faire mon autocritique...

– Tout le monde avait peur. Sauf peut-être l'Espagnol, qui était parfait : c'était le Messie envoyé sur terre, le Petit Livre rouge à la main.

– Tu comprenais quand même plus que moi. Quand tu es revenue sur terre, tu as adhéré au Parti de gauche.

– Ce n'était pas si simple. J'y ai trouvé un autre catéchisme. L'Union soviétique y était encore présentée comme un modèle de société. Très vite, je ne m'y suis plus retrouvée.

– Pourtant, ton engagement valait mieux que mon retrait de toute action politique.

– Nous nous sommes éloignées. Je ne sais pas pourquoi.

– Nous n'avions plus rien à nous dire. Je me suis sentie complètement vide pendant les années qui ont suivi.

Karin leva une main.

– Ne commençons pas à nous autoflageller. Il faut

assumer notre passé. Nous n'avons pas fait que des mauvaises choses.

À la fin du repas, Birgitta sortit la brochure où avait été notée l'adresse de l'hôpital Longfu.

– J'ai l'intention d'aller là cet après-midi, dit-elle.

– Et pourquoi ?

– Il vaut toujours mieux avoir un but quand on se promène dans une ville étrangère. N'importe lequel. Quand on marche au hasard, on se fatigue vite. C'est juste histoire de trouver un panneau avec ces caractères, pour pouvoir te confirmer que tu avais raison.

Elles se séparèrent devant l'ascenseur. Karin était pressée de regagner son colloque. Birgitta s'arrêta au dix-neuvième étage pour se reposer un peu dans leur chambre.

Déjà, pendant sa promenade, elle avait ressenti une sourde inquiétude. Perdue dans la foule grouillante des rues, ou seule dans cette chambre d'hôtel anonyme au cœur de la ville immense, il lui semblait que son identité avait commencé à se dissoudre. Qui s'apercevrait de sa disparition ? Qui la remarquerait seulement ? Comment vivre si on se sentait complètement interchangeable ?

Très jeune, elle avait déjà ressenti la même chose. Voir soudain son identité lui échapper.

Prise d'impatience, elle se leva et gagna la fenêtre. Sous ses pieds, tous ces gens avec leurs rêves, inconnus.

Elle attrapa au vol ses vêtements chauds dispersés dans la chambre et sortit en claquant la porte. L'inquiétude qui l'oppressait ne faisait que croître. Il fallait qu'elle bouge, qu'elle apprivoise cette ville. Karin lui avait promis de l'emmener le soir à une représentation de l'opéra de Pékin.

Sur le plan, elle avait vu qu'elle était loin de Longfu. Mais elle avait le temps, aucune obligation. Elle suivit des rues rectilignes qui semblaient interminables et finit par arriver à l'hôpital, après être passée devant un grand musée d'art.

Longfu était constitué de deux bâtiments gris et blancs. Elle compta sept étages. Les fenêtres du rez-de-chaussée avaient des barreaux. Ailleurs, les persiennes étaient baissées. Partout des bacs aux plantes fanées. Devant l'hôpital, des arbres dénudés, des pelouses desséchées, brunâtres et parsemées de crottes de chien. À première vue, Longfu ressemblait davantage à une prison. Elle s'avança dans le parc. Une ambulance passa, suivie aussitôt d'une autre. Près de l'entrée, elle reconnut les caractères chinois de la brochure, peints sur un pilier : elle était tombée juste. Un médecin en blouse blanche fumait en parlant fort dans un téléphone portable. Elle était si proche de lui qu'elle pouvait voir ses doigts jaunis de nicotine. Ça aussi, c'est de l'histoire ancienne, se dit-elle. À l'époque, nous fumions comme des pompiers, sans nous demander si cela pouvait incommoder quelqu'un. Mais nous n'avions pas de téléphones portables. Nous ne savions pas à chaque instant où se trouvaient nos amis, nos proches. Mao fumait, nous l'imitions. Nous passions notre temps à chercher des cabines téléphoniques en état de marche, sans fente bouchée ou fil arraché. Je me souviens encore de ce que racontaient les chanceux qui avaient alors fait le voyage en Chine : là-bas, il n'y avait pas de criminalité. Si on oubliait sa brosse à dents dans un hôtel de Pékin avant de se rendre à Canton, on vous la faisait suivre et livrer à domicile. Et tous les téléphones fonctionnaient.

Elle fit le tour du vaste complexe hospitalier. Partout, sur les trottoirs, des vieux déplaçaient des jetons sur des tables de jeu. Elle avait autrefois maîtrisé les règles du mah-jong. Karin s'en souvenait-elle ? Elle décida d'essayer de trouver un jeu à rapporter en Suède.

Le tour de l'hôpital bouclé, Birgitta se préparait à rejoindre son hôtel quand elle s'arrêta. Elle avait remarqué quelque chose, à son insu. Elle se retourna lentement.

L'hôpital, le parc sinistre, d'autres bâtiments. L'impression était plus forte à présent, elle ne rêvait pas. Un détail lui avait échappé. Elle rebroussa chemin. Le médecin qui fumait en téléphonant avait disparu, remplacé par quelques infirmières qui tiraient avidement sur leurs cigarettes.

En repassant le coin du grand parc, elle comprit enfin ce qu'elle avait vu sans y prêter attention. De l'autre côté de la rue, un immeuble luxueux qui semblait tout neuf. Elle sortit de sa poche la brochure en chinois. Le bâtiment qui y était représenté était celui qu'elle avait sous les yeux. Il n'y avait aucun doute. L'immeuble avait à son sommet une terrasse très particulière. Elle dépassait en surplomb comme la figure de proue d'un navire. Elle observa la façade en verre fumé. L'entrée était surveillée par des gardes armés. Il s'agissait sans doute de bureaux, pas de logements. Elle s'abrita du vent derrière un arbre. Quelques hommes sortirent de l'immeuble par une grande porte qui semblait en cuivre massif, avant de s'engouffrer dans une limousine noire qui les attendait. Une idée tentante lui traversa l'esprit. Elle tâta sa poche pour s'assurer qu'elle avait bien sur elle la photo de Wang Min Hao. S'il avait quelque chose à voir avec ce bâtiment, peut-être qu'un des gardes le reconnaîtrait ? Mais que ferait-elle s'ils hochaient la tête en lui disant qu'il était bien là ?

Elle n'arrivait pas à se décider. Avant d'aller montrer la photo, il fallait qu'elle trouve un prétexte. Elle ne pouvait évidemment pas parler des événements de Hesjövallen. Si on lui demandait, il fallait qu'elle puisse répondre quelque chose de vraisemblable.

Un jeune homme s'arrêta à sa hauteur. Il dit quelques mots qu'elle ne comprit d'abord pas. Puis elle vit qu'il cherchait à s'adresser à elle en anglais.

– Vous êtes perdue ? Je peux vous aider ?

– Je regarde juste ce bel immeuble, dit-elle. Vous savez à qui il appartient ?

Il secoua la tête, l'air interloqué.

– Je fais des études de vétérinaire, dit-il. Je ne sais rien sur cet immeuble. Je peux vous aider ? J'essaye d'améliorer mon anglais.

– Vous parlez un peu trop vite, dit-elle. J'ai du mal à comprendre tous les mots. Plus lentement.

– C'est mieux comme ça ?

– Un peu trop lentement peut-être.

– Et comme ça ?

– Maintenant je comprends mieux.

– Je peux vous aider à trouver votre chemin ?

– Je ne suis pas perdue. Je suis en train de regarder ce bel immeuble.

– Il est très beau.

Elle montra du doigt la terrasse en surplomb.

– Je me demande qui peut bien habiter là ?

– Quelqu'un de très riche.

Soudain, elle se jeta à l'eau :

– Je voudrais vous demander un service.

Elle sortit la photo de Wang Min Hao.

– Pouvez-vous traverser et aller demander aux gardes s'ils connaissent cet homme ? S'ils vous interrogent, dites-leur que quelqu'un vous a demandé de lui faire parvenir un message.

– Quel message ?

– Dites juste que vous revenez avec. Je vous attends ici, devant l'hôpital.

Il lui posa la question prévisible :

– Pourquoi n'allez-vous pas demander vous-même ?

– Je suis trop timide. Je ne crois pas que ce soit correct, une femme occidentale, seule, demander à voir un Chinois…

– Vous le connaissez ?

– Oui.

338

Birgitta Roslin s'efforça d'avoir l'air le plus équivoque possible, tout en commençant à regretter son initiative. Il prit pourtant la photo et s'apprêta à partir.

– Une dernière chose, dit-elle. Demandez qui habite tout en haut de l'immeuble. On dirait un logement avec une grande terrasse.

– Je m'appelle Huo, dit-il. Je vais demander.

– Moi, c'est Birgitta. Faites juste semblant d'être curieux.

– D'où venez-vous ? États-Unis ?

– Suède. Rui Dian en chinois, je crois.

– Je ne sais pas où c'est.

– Alors, c'est presque impossible à expliquer.

Quand il regarda à droite et à gauche pour traverser la rue, elle se dépêcha de regagner le devant de l'hôpital.

Les infirmières n'étaient plus là. Un vieillard en béquilles se dirigeait lentement vers la rue. Elle eut alors l'impression de s'être mise en danger. Elle se rassura : la rue était noire de monde. Un Chinois pouvait disparaître après avoir massacré tout un village en Suède. Mais pas s'il assassinait une touriste occidentale en pleine rue, au milieu de la journée. La Chine ne pouvait pas se le permettre.

L'homme aux béquilles tomba soudain à la renverse. Le jeune policier qui gardait l'entrée ne bougea pas. Elle hésita, puis alla aider le vieillard à se relever. Il déversa sur elle un flot de paroles dont elle ne comprit rien, pas même s'il la remerciait ou était en colère. Il sentait fort les épices et l'alcool.

L'homme continua à traverser le parc en direction de la rue. Lui aussi, il a un foyer quelque part, se dit-elle. Une famille, des amis. Jadis, il a dû contribuer, derrière Mao, à transformer l'immense pays pour que plus personne n'aille pieds nus. Peut-on faire beaucoup plus ? Plus que d'assurer au peuple d'avoir les pieds au chaud, des vêtements, de quoi manger ?

Huo revint. Il marchait d'un pas tranquille, droit devant lui. Birgitta Roslin alla à sa rencontre.

Il secoua la tête.

– Personne n'a vu cet homme.

– Personne ne savait qui c'était ?

– Personne.

– À qui avez-vous montré la photo ?

– Aux gardes. Un autre homme est sorti aussi. De l'immeuble. Il avait des lunettes de soleil. C'est bien comme ça qu'on dit, « lunettes de soleil » ?

– Très bien. Et qui habite tout en haut ?

– Ils n'ont pas répondu.

– Mais quelqu'un y habite, n'est-ce pas ?

– Je crois. La question ne leur a pas plu.

– Pourquoi ?

– Ils m'ont dit de partir.

– Et qu'avez-vous fait, alors ?

Il la regarda, interloqué.

– Je suis parti.

Elle sortit un billet de dix dollars de son sac à main. Il ne voulut d'abord pas l'accepter. Il lui rendit la photo de Wang Min Hao, lui demanda à quel hôtel elle logeait, s'assura qu'elle connaissait le chemin et prit congé en s'inclinant poliment.

En rentrant, elle eut de nouveau la sensation vertigineuse de pouvoir à tout moment être engloutie par la foule et disparaître sans que personne s'en aperçoive. Elle fut prise d'un étourdissement et dut s'appuyer contre un mur. Il y avait une maison de thé juste à côté. Elle s'y installa, commanda du thé et des gâteaux, et essaya de respirer lentement. C'était une de ces crises de panique dont elle était victime ces dernières années. Le vertige, l'impression d'être soudain en chute libre. Ce long voyage ne l'avait pas libérée de l'inquiétude qui la rongeait.

Elle repensa à Wang. Sa trace m'a menée jusqu'ici, mais pas plus loin. Elle frappa la table d'un maillet de juge imaginaire et déclara la cause entendue : ce jeune homme l'avait aidée autant qu'il était possible de le faire. Elle n'arriverait pas plus loin, il ne fallait plus y penser.

Elle paya. Le prix exorbitant la fit sursauter. Puis elle ressortit dans le froid.

Le soir, elles se rendirent au théâtre de l'hôtel Jianguo Qianmen. Plutôt que de se contenter d'écouteurs, Karin Wiman avait demandé des interprètes. Pendant quatre heures, Birgitta Roslin resta penchée vers la jeune interprète qui débitait des explications parfois incompréhensibles sur l'action en cours. Elles furent déçues : elles comprirent vite qu'il s'agissait d'une série d'extraits d'opéras célèbres, certes de grande qualité, mais adaptés pour les touristes. Quand, à l'issue de la représentation, elles purent enfin quitter la salle glacée, elles avaient toutes les deux attrapé un torticolis.

Devant le théâtre, une voiture mise à la disposition de Karin pendant le colloque les attendait. Birgitta eut l'impression d'apercevoir dans la foule le jeune Huo.

Ce fut si fugace qu'elle n'eut pas le temps de bien voir son visage.

Une fois à l'hôtel, elle se retourna. Mais il n'y avait personne. Personne qu'elle reconnaisse.

Elle frissonna. La peur la submergea, sans crier gare. C'était bien Huo qu'elle avait vu en sortant du théâtre, elle en était *certaine*.

Karin lui demanda si elle avait le courage de prendre un dernier verre avant d'aller dormir. Elle accepta.

Une heure plus tard, Karin s'était endormie. De la fenêtre, Birgitta regardait le scintillement des néons.

L'inquiétude ne l'avait pas quittée. Comment Huo avait-il pu la retrouver ? Pourquoi l'avait-il suivie ?

En se glissant dans le lit près de son amie endormie, elle regretta d'avoir montré la photo de Wang Min Hao.

Elle avait froid. Elle resta longtemps éveillée. La nuit pékinoise l'enveloppa dans son manteau glacé.

25

Il neigeait un peu sur Pékin le lendemain matin. Karin s'était levée dès six heures pour revoir la communication qu'elle devait prononcer au colloque. À son réveil, Birgitta la vit assise près de la fenêtre, avant le lever du jour, travaillant à la lueur d'une lampe. Elle en ressentit une vague jalousie. Karin avait choisi une vie au contact d'une culture différente, faite de voyages, de rencontres. La vie de Birgitta, dans les salles d'audience, était un duel perpétuel entre la vérité et le mensonge, l'arbitraire et la justice, aux résultats très incertains et souvent décevants.

Karin se sentit observée.

– Il neige, dit-elle. Légèrement. La neige n'est jamais lourde à Pékin. Elle est légère mais fouette comme le sable du désert.

– Quel courage ! Si tôt, au travail…

– J'ai le trac. Dans l'assistance, ils sont nombreux à être à l'affût de la moindre erreur.

Birgitta se leva et tourna doucement la tête.

– J'ai toujours le torticolis.

– L'opéra de Pékin exige de la résistance physique.

– J'y retournerai volontiers, mais sans interprète.

Karin partit juste après sept heures. Elles s'étaient fixé un rendez-vous pour le soir. Birgitta dormit encore une heure. Elle acheva son petit déjeuner vers neuf heures. L'inquiétude de la veille avait disparu. Elle devait avoir rêvé quand, à la sortie du théâtre, elle avait cru reconnaître un visage. Elle avait beau y être habituée, son imagination débordante lui jouait parfois des tours.

Assise à la réception de l'hôtel, elle observait les petites mains silencieuses qui maniaient le plumeau sur les marbres du hall. Elle se sentit désœuvrée. Elle décida de se secouer et de partir à la recherche d'un magasin où acheter un jeu de mah-jong. Elle avait aussi promis à Staffan de lui rapporter des épices. Un gardien lui indiqua sur le plan un grand magasin où trouver ce qu'elle cherchait. Après avoir changé de l'argent à la banque de l'hôtel, elle sortit. Le temps s'était radouci. De légers flocons de neige virevoltaient. Elle remonta son écharpe sur sa bouche et son nez, puis se mit en route.

Après quelques mètres, elle s'arrêta pour regarder autour d'elle. Des gens marchaient dans toutes les directions. Elle observa ceux qui restaient immobiles, fumaient, parlaient au téléphone, ou simplement attendaient. Elle ne reconnut personne.

Elle mit près d'une heure à atteindre le grand magasin, avenue Wangfuijing. Il occupait tout un pâté de maisons. Elle eut l'impression d'entrer dans un immense labyrinthe. Elle fut aussitôt prise dans une intense cohue. Les gens qui passaient près d'elle la regardaient de travers et commentaient ses vêtements et son apparence. Elle chercha en vain une pancarte en anglais. En se frayant un passage jusqu'aux escalators, elle fut apostrophée en mauvais anglais par plusieurs vendeurs.

Au troisième étage, elle trouva le rayon librairie, papeterie et jouets. Elle s'adressa à un jeune commis qui, contrairement au personnel de l'hôtel, ne la comprit pas. Il dit quelque chose dans un interphone et peu après arriva un homme plus âgé qui s'approcha d'elle en souriant.

– Que puis-je pour vous ?
– Je cherche un jeu de mah-jong.

Il la conduisit à un autre étage où il y en avait des rayons entiers. Elle en choisit deux et se dirigea vers une caisse. Les jeux emballés et rangés dans un grand sac plastique aux couleurs vives, elle partit seule à la recherche du rayon alimentation, où elle se laissa guider à l'odeur jusqu'à des épices inconnues conditionnées dans de jolis sachets en papier. Ses achats terminés, elle s'installa près de la sortie à un endroit où l'on servait du thé. Elle commanda aussi une pâtisserie chinoise si sucrée qu'elle réussit à peine à l'entamer. Deux petits enfants s'approchèrent pour la dévisager avant de se faire gronder par leur mère, à la table voisine.

Au moment de se lever pour partir, Birgitta Roslin eut de nouveau l'impression d'être surveillée. Elle regarda autour d'elle en essayant de fixer les visages, mais ne reconnut personne. Irritée de se faire des idées de ce genre, elle quitta le grand magasin. Comme elle était chargée, elle prit un taxi pour rentrer à l'hôtel, en se demandant à quoi elle allait pouvoir occuper le reste de sa journée. Elle ne reverrait Karin que tard dans la soirée, après l'inévitable dîner de gala du colloque.

Ses achats déposés dans la chambre, elle décida d'aller visiter le musée devant lequel elle était passée la veille. Elle connaissait le chemin. Elle avait repéré plusieurs restaurants où elle pourrait s'arrêter en route si elle avait faim. La neige avait cessé, le ciel s'était dégagé. Elle se sentit soudain plus jeune, plus énergique qu'au réveil. Je me sens comme la pierre qui roule que nous rêvions d'être dans notre jeunesse, songea-t-elle. Une pierre qui roule, avec un torticolis.

Le bâtiment principal du musée rappelait une tour chinoise, avec ses corniches et ses toits ouvragés. Les visiteurs traversaient deux portes monumentales. Comme le musée était très vaste, elle décida de se limiter à l'étage inférieur, où une exposition montrait l'utilisation de l'art comme une arme de propagande par l'Armée populaire de libération. La plupart des peintures avaient ce style idéalisé qui lui rappelait les images de la Chine dans les revues des années 1960. Il y avait aussi des toiles non figuratives qui évoquaient le chaos et la guerre dans un déluge de couleurs vives.

Partout, des gardiens et des guides, pour la plupart des jeunes femmes en uniforme bleu. Elle essaya de leur adresser la parole, mais aucune ne parlait anglais.

Elle passa plusieurs heures au musée. Il était presque quinze heures quand elle en sortit, jetant un coup d'œil en direction de l'hôpital et, au-delà, vers le grand immeuble à la terrasse en surplomb. Juste à côté du musée, elle entra dans un restaurant tout simple. Elle trouva une place à un coin de table, après avoir montré du doigt ce qu'elle voulait dans les assiettes des autres clients. Elle désigna aussi une bouteille de bière, et se rendit compte à la première gorgée combien elle avait soif. Elle mangea beaucoup trop et but deux tasses de thé très fort pour chasser la somnolence qui l'envahissait. Elle entreprit de passer en revue les nombreuses reproductions achetées au musée.

Soudain, Birgitta Roslin eut le sentiment d'en avoir fini avec Pékin, alors qu'elle n'était là que depuis deux jours. Elle ne tenait plus en place, son travail lui manquait, elle avait l'impression de perdre son temps. Bien sûr, elle pouvait continuer à se promener dans la ville, mais il lui manquait un but, maintenant qu'elle avait fait ses achats. Il me faut un plan, se dit-elle. D'abord rentrer me reposer à l'hôtel, puis établir un plan qui se tienne. Je suis encore ici pour cinq jours et Karin ne sera libre que les deux derniers.

Quand elle sortit du restaurant, le soleil était de nouveau voilé. Il faisait tout de suite plus froid. Elle resserra son manteau et remonta son écharpe sur sa bouche.

Un homme s'approcha d'elle avec une feuille de papier et une petite paire de ciseaux. Dans un anglais très approximatif, il lui proposa de découper sa silhouette. Il lui montra dans un classeur des exemples de portraits. Sa première réaction fut de refuser, mais elle se ravisa. Elle ôta son bonnet, défit son écharpe et lui présenta son profil.

La silhouette était d'une ressemblance étonnante. Il demanda cinq dollars, elle lui en donna dix.

L'homme était âgé, avait une cicatrice sur une joue. Elle aurait voulu connaître son histoire. Elle rangea la silhouette dans son sac à main, ils s'inclinèrent pour prendre congé et partirent chacun de son côté.

L'agression la prit complètement de court. Elle sentit un bras passé autour de son cou qui la tirait en arrière tandis qu'on lui arrachait son sac. Comme elle résistait en hurlant, la pression sur son cou augmenta. Un coup au ventre lui coupa le souffle. Elle s'effondra sans voir ses agresseurs. Tout était allé très vite, pas plus de cinq ou dix secondes. Un homme descendu de vélo et une femme qui avait posé ses sacs à provisions l'aidèrent à se relever. Mais Birgitta Roslin retomba à genoux et s'évanouit.

Elle se réveilla sur une civière dans une ambulance, sirène hurlante. Un homme appuyait un stéthoscope sur sa poitrine. Elle se souvenait qu'on lui avait arraché son sac. Mais pourquoi une ambulance ? Elle essaya de le demander au docteur. Il répondit en chinois, en lui faisant le geste de se taire et de se tenir tranquille. Son cou était douloureux. Avait-elle été gravement blessée ? L'idée la terrifia. Elle aurait pu se faire tuer en pleine rue. Ses agresseurs n'avaient pas hésité à s'attaquer à elle en plein jour, dans un endroit très fréquenté.

Elle fondit en larmes. La première réaction du médecin fut aussitôt de prendre son pouls. Au même moment, l'ambulance s'arrêta net et on ouvrit les portes arrière. On la transféra sur une autre civière, qu'on poussa dans un couloir aux lumières violentes. Elle pleurait désormais sans pouvoir s'arrêter. Elle sentit à peine qu'on lui injectait un tranquillisant. Elle se laissa emporter par la houle, environnée par des visages chinois qui semblaient flotter comme elle. Des têtes qui se balançaient, prêtes à accueillir le Grand Timonier sur la rive après sa vigoureuse traversée du Yangzi.

Elle se réveilla dans une chambre à la lumière tamisée, rideaux tirés. Sur une chaise près de la porte, un homme en uniforme. Quand il vit qu'elle avait ouvert l'œil, il sortit de la pièce. Peu après entrèrent deux hommes, eux aussi en uniforme. Ils étaient accompagnés d'un médecin qui s'adressa à elle en anglais, avec un accent américain :

– Comment vous sentez-vous ?

– Je ne sais pas. Je suis fatiguée. Mon cou me fait mal.

– Nous vous avons soigneusement examinée. Vous vous êtes tirée indemne de cet événement fâcheux.

– Pourquoi suis-je ici, alors ? Je veux rentrer à mon hôtel.

Le médecin se pencha vers elle.

– La police doit d'abord vous interroger. Nous n'aimons pas que des visiteurs étrangers se fassent agresser. Cela nous fait honte. Ceux qui vous ont agressée doivent être arrêtés.

– Mais je n'ai rien vu !

– Ce n'est pas à moi que vous devez le dire.

Le médecin se redressa et hocha la tête en direction des deux hommes en uniforme, qui rapprochèrent leurs chaises du lit. Le plus jeune traduisait les questions du plus âgé, qui devait avoir la soixantaine. Des lunettes fumées cachaient ses yeux. Ils commencèrent à poser leurs questions sans prendre la peine de se présenter. Elle eut l'impression confuse que le plus âgé lui était hostile.

– Nous avons besoin de savoir ce que vous avez vu.

– Rien. C'est allé très vite.

– Tous les témoins sont unanimes : les deux hommes n'étaient pas masqués.

– Je ne savais même pas qu'ils étaient deux.

– Qu'avez-vous senti ?

– Un bras autour de mon cou. Ils sont arrivés par-derrière. Ils ont tiré sur mon sac et m'ont donné un coup de poing dans le ventre.

– Vous devez nous raconter tout ce que vous savez de ces deux hommes.

– Mais puisque je vous dis que je n'ai rien vu !

– Pas de visage ?

– Non.

– Leurs voix ?

– Je ne les ai rien entendus dire.

– Que s'est-il passé juste avant l'agression ?

– Un homme a découpé ma silhouette. Je venais de le payer et je m'apprêtais à partir.

– Une fois la silhouette découpée, vous n'avez rien vu ?

– Quoi ?

– Quelqu'un qui attendait ?

– Combien de fois dois-je vous répéter que je n'ai rien vu ?

Quand l'interprète eut traduit, le policier se pencha vers elle en haussant la voix :

– Nous vous posons ces questions pour arrêter ceux qui vous ont frappée et ont volé votre sac. Répondez donc sans perdre votre calme.

– Je dis les choses comme elles sont.

– Que contenait votre sac ?

– Un peu d'argent chinois, des dollars. Un peigne, des mouchoirs, quelques médicaments, un stylo, rien d'important.

– Nous avons retrouvé votre passeport dans la poche de votre manteau. Vous êtes suédoise ? Que faites-vous ici ?

– Je suis venue en vacances avec une amie.

Le plus âgé eut l'air de réfléchir. Son visage était impassible.

– Nous n'avons pas retrouvé de silhouette, dit-il après un moment.

– Elle était dans le sac.

– Vous ne l'avez pas dit quand je vous l'ai demandé. Autre chose que vous auriez oubliée ?

Elle réfléchit et secoua la tête. L'interrogatoire prit fin de façon abrupte. Le policier le plus âgé dit quelque chose et quitta la pièce.

– Dès que vous irez mieux, on vous reconduira au Dong Fan. Nous vous recontacterons pour vous poser d'autres questions et rédiger un procès-verbal.

L'interprète avait prononcé le nom de son hôtel, alors qu'elle n'en avait pas parlé.

– Comment connaissez-vous mon hôtel ? Ma clé de chambre était dans mon sac.

– Nous savons ce genre de choses.

Il s'inclina et sortit. Le médecin à l'accent américain revint aussitôt.

– Il nous faut encore un peu de temps. Quelques analyses de sang, l'examen de vos radios. Puis vous pourrez rentrer à votre hôtel.

Ma montre, pensa-t-elle. Ils ne l'ont pas prise. Elle regarda le cadran : seize heures quarante-cinq.

– Quand pourrai-je rentrer ?

– Bientôt.

– Mon amie va s'inquiéter de ne pas me trouver.

– Nous vous reconduirons. Nous tenons à ce que nos hôtes étrangers ne doutent pas de notre hospitalité, malgré les événements malheureux qui se produisent parfois.

On la laissa seule. Au loin, elle entendit un cri résonner dans les couloirs de l'hôpital.

Elle ressassait ce qui lui était arrivé. Seuls son cou douloureux et son sac disparu lui rappelaient qu'elle avait été agressée. Le reste semblait irréel : le choc d'être immobilisée par-derrière, le coup au ventre, les gens accourus à son secours.

Eux, ils ont dû voir ce qui s'est passé. La police les a-t-elle interrogés ? Étaient-ils toujours là à l'arrivée de l'ambulance ? Ou les policiers sont-ils arrivés les premiers ?

Elle n'avait jamais été attaquée jusqu'alors. Menacée, oui. Mais personne ne l'avait physiquement agressée. Elle réalisa que c'était le premier coup qu'elle recevait de sa vie. Elle avait condamné des gens qui avaient frappé, tiré, poignardé. Mais elle n'avait jamais senti ses jambes se dérober ainsi sous elle.

Il fallait que je me rende de l'autre côté du globe pour que cela m'arrive, songea-t-elle. Dans ce pays où rien n'est censé disparaître, pas même une brosse à dents.

Elle l'avait appris au cours de sa carrière : une personne agressée n'oublie jamais. La peur pouvait s'incruster longtemps, parfois même toute la vie. Mais cela, elle le refusait : avoir toujours une peur bleue, ne pas pouvoir marcher dans la rue sans se retourner à tout bout de champ, non merci.

Elle décida de tout raconter à Staffan une fois rentrée. Elle lui présenterait sans doute une version édulcorée, mais il fallait qu'il comprenne, si à l'avenir elle se mettait à sursauter pour un oui ou pour un non dans la rue.

Elle savait qu'elle passait par les phases normales à la suite d'une agression : la peur, mais aussi la colère, le sentiment d'humiliation, le chagrin. Et le désir de vengeance. Là, tout de suite, elle n'aurait pas protesté si ses deux agresseurs avaient été mis à genoux devant elle pour recevoir chacun une balle dans la nuque.

Une infirmière entra pour l'aider à s'habiller. Son ventre lui faisait mal, un de ses genoux était écorché. L'infirmière lui tendit un miroir et un peigne. Elle se vit très pâle. Voilà à quoi je ressemble quand j'ai peur, se dit-elle.

Le médecin revint quand elle fut fin prête, assise sur le rebord du lit.

– La douleur au cou va passer, sans doute dès demain, dit-il.

– Merci pour tout ce que vous avez fait pour moi. Comment vais-je rentrer ?

– La police va vous reconduire.

Dans le couloir, trois policiers l'attendaient. L'un d'eux faisait peur, avec son pistolet-mitrailleur. Elle les suivit dans l'ascenseur et grimpa dans une voiture de police. Elle ne savait pas où elle était, ne réussit même pas à savoir le nom de l'hôpital où elle avait été prise en charge. Au loin, il lui sembla apercevoir un côté de la Cité interdite, mais elle n'en était pas certaine.

On coupa la sirène. Elle était soulagée de ne pas devoir rentrer à son hôtel avec un gyrophare. Elle descendit devant l'hôtel. La voiture repartit avant qu'elle n'ait le temps de se retourner. Elle se demandait toujours comment ils avaient fait pour savoir où elle logeait.

À la réception, elle expliqua qu'elle avait perdu sa clé en plastique. On lui en donna aussitôt une autre. Si vite qu'elle comprit qu'elle était déjà prête. La réceptionniste lui sourit. Elle sait, pensa Birgitta Roslin. La police est venue les informer de l'agression.

En gagnant l'ascenseur, elle se dit qu'elle devrait être reconnaissante. Au lieu de quoi, elle ressentait un certain malaise. Il ne se dissipa pas quand elle entra dans sa chambre. Elle vit que quelqu'un était venu, pas seulement la femme de ménage. Karin avait bien sûr pu passer en coup de vent chercher quelque chose, ou se changer. Ce n'était pas à exclure. Mais qu'est-ce qui aurait empêché la police de faire une visite discrète ? Ou quelqu'un d'autre ? Il devait y avoir en Chine une police secrète omniprésente et invisible.

C'était le sac plastique contenant les jeux de mah-jong qui trahissait le visiteur inconnu. Elle remarqua tout de suite qu'il avait été déplacé. Elle inspecta lentement toute la pièce, pour que rien ne lui échappe. Mais seul le sac plastique n'avait pas été remis à sa place.

Elle se rendit dans la salle de bains. Sa trousse de toilette était là où elle l'avait posée ce matin. Son contenu était intact.

Elle revint dans la chambre et s'assit près de la fenêtre. Le couvercle de sa valise était ouvert. Elle en inspecta le contenu, vêtement par vêtement. Si on l'avait fouillée, c'était sans laisser de traces.

Ce n'est qu'en arrivant au fond de la valise qu'elle se figea. Il aurait dû y avoir la lampe de poche et la boîte d'allumettes qu'elle emportait toujours en voyage depuis la fois où, à Madère, un an avant son mariage, elle avait connu une coupure de courant de plus de vingt-quatre heures. Un soir, en pleine promenade le long des rochers abrupts de Funchal, elle s'était brusquement retrouvée plongée dans l'obscurité la plus complète. Il lui avait fallu plusieurs heures pour regagner son hôtel à tâtons. Depuis, elle avait toujours dans sa valise des allumettes. La boîte venait d'un restaurant de Helsingborg, avec sur le dessus une étiquette verte.

Elle fouilla tous ses vêtements sans la retrouver. L'avait-elle mise dans son sac à main ? Cela lui arrivait. Elle ne souvenait pourtant pas de l'avoir sortie de sa valise. Mais à qui viendrait l'idée de subtiliser des allumettes en fouillant une chambre d'hôtel ?

Elle retourna s'asseoir près de la fenêtre. La dernière heure passée à l'hôpital, songea-t-elle. Là-bas déjà, j'ai senti que c'était superflu. Qu'espéraient-ils apprendre en m'interrogeant ? Peut-être était-ce juste pour me retenir, le temps que la police finisse de fouiller ma chambre ? Mais pourquoi ? C'est quand même moi qui ai été agressée !

On frappa à la porte. Elle sursauta. Par le judas, elle

vit des policiers. Inquiète, elle ouvrit. Ce n'étaient pas ceux de l'hôpital. Parmi eux, une femme, de son âge.

– Nous voulions nous assurer que tout allait bien.

– Merci.

La policière fit mine de vouloir entrer. Birgitta Roslin la laissa passer. Un agent se posta à l'intérieur, près de la porte, un autre resta en faction dans le couloir. La femme l'invita à s'asseoir près de la fenêtre. Elle posa un cartable sur la table basse. Quelque chose d'indéfinissable dans son comportement surprenait Birgitta.

– J'aimerais vous montrer quelques photos. D'après des témoignages, nous savons peut-être qui vous a agressée.

– Mais puisque je n'ai rien vu ? À part un bras, peut-être ? Comment le reconnaître ?

La policière ne l'écouta pas. Elle sortit une série de photos qu'elle étala devant Birgitta Roslin. Que des jeunes hommes.

– Ça va peut-être vous revenir.

Il était inutile de protester. Elle passa en revue les photos en se disant que ces jeunes hommes risqueraient peut-être un jour la mort pour ce qu'ils avaient fait. Naturellement, elle n'en reconnut aucun. Elle secoua la tête.

– Je ne les ai jamais vus.

– Vous êtes certaine ?

– Certaine.

– Aucun d'entre eux ?

– Aucun.

La policière rangea les photos dans son cartable. Birgitta Roslin remarqua que ses ongles étaient cassés.

– Nous allons arrêter les coupables, dit-elle en sortant. Combien de temps restez-vous encore à Pékin ?

– Quatre jours.

Elle hocha la tête, s'inclina et sortit.

Tu le savais, pensa Birgitta Roslin, hors d'elle-même,

en remettant la chaîne de sécurité. Pourquoi me le demander ? Je ne me laisse pas si facilement mener en bateau.

Elle s'approcha de la fenêtre et regarda dans la rue. Les policiers sortirent et s'engouffrèrent dans une voiture qui démarra aussitôt. Elle alla s'étendre sur le lit. Elle ne parvenait toujours pas à savoir ce qui avait attiré son attention chez cette policière.

Elle ferma les yeux en se disant qu'elle allait téléphoner chez elle.

Quand elle se réveilla, il faisait nuit. Sa douleur au cou était en train de passer. Mais le souvenir de l'agression semblait à présent plus menaçant. Elle fut envahie par le sentiment étrange que le pire était devant elle. Elle prit son téléphone et appela Helsingborg. Staffan n'était pas à la maison, et ne répondait pas non plus sur son portable. Elle laissa un message et envisagea d'appeler ses enfants, avant de se raviser.

Elle songea à son sac à main. Passa encore une fois son contenu en revue. Elle avait perdu soixante dollars. Mais elle avait déposé la plus grande partie de son argent liquide dans le petit coffre de la chambre. Elle alla voir. Rien ne manquait. Elle le referma. Pourquoi l'attitude de la policière lui semblait-elle étrange ? Elle s'approcha de la porte en essayant de trouver ce qui lui échappait. En vain. Elle s'allongea de nouveau sur le lit. Se remémora les photos qu'on lui avait montrées.

Soudain, elle se releva sur son séant. *Elle était allée ouvrir. La policière lui avait fait signe de la laisser entrer. Puis elle s'était dirigée directement vers les fauteuils près de la fenêtre. Sans un regard vers la porte ouverte de la salle de bains ou la partie de la chambre où était le lit.*

Elle n'y voyait qu'une explication. La policière était déjà venue. Elle n'avait pas besoin d'examiner les lieux, elle les connaissait déjà.

Birgitta regarda fixement la table basse où elle avait

étalé les photos. L'idée qui se forma dans son esprit était d'abord troublante, puis de plus en plus claire. Elle n'avait pas reconnu un seul des visages qu'on lui avait montrés. Et si c'était justement ce que la police voulait contrôler ? Il ne s'agissait pas de reconnaître un de ses agresseurs. Au contraire. La police voulait s'assurer qu'elle n'avait réellement rien vu.

Mais pourquoi ? Elle s'approcha de la fenêtre. Elle se souvint de ce qu'elle avait pensé à Hudiksvall.

Le mystère était plus épais, plus profond qu'elle ne l'imaginait.

La peur s'empara d'elle à l'improviste. Il lui fallut une bonne heure pour trouver le courage de monter au restaurant de l'hôtel.

Avant d'en franchir les portes vitrées, elle se retourna. Personne ne la suivait.

26

Birgitta Roslin pleurait. Karin Wiman se redressa et lui toucha doucement l'épaule pour la réveiller.

Birgitta dormait quand son amie était rentrée, très tard. Pour trouver le sommeil, elle avait pris un somnifère, ce qu'elle faisait rarement.

– Tu rêves, dit Karin. Un rêve triste, puisque tu pleures.

Birgitta ne se rappelait jamais ses rêves. C'était le blanc total.

– Quelle heure est-il ?

– Bientôt cinq heures. Je suis fatiguée, il faut que je dorme davantage. Pourquoi pleures-tu ?

– Je ne sais pas. J'ai dû rêver, mais je ne me souviens de rien.

Karin se recoucha. Elle se rendormit bientôt. Birgitta se leva et entrebâilla les rideaux. La circulation du matin s'était déjà mise en branle. Quelques drapeaux qui claquaient sur leurs hampes annonçaient une nouvelle journée de vent à Pékin.

La peur de l'agression refit surface. Elle décida de lui résister, réagissant comme lorsqu'elle avait reçu des lettres de menaces dans sa carrière de juge. Elle se remémora une fois encore les événements en s'efforçant de garder la tête froide. Elle en arriva à la conclusion embarrassante que son imagination débordante s'était une fois de plus surpassée. Elle voyait partout une conspiration, une chaîne d'événements qui n'existait pas dans la réalité. Elle avait été agressée, un vol à la tire. Pourquoi la police, qui faisait certainement tout son possible pour retrouver les coupables, serait-elle dans le coup ? À présent, au réveil, cela lui semblait tiré par les cheveux. Elle battait la campagne, c'était peut-être cela qui la faisait pleurer.

Elle alluma la lampe, en l'orientant pour qu'elle ne gêne pas Karin. Puis elle se mit à feuilleter le guide de Pékin qu'elle avait emporté. Elle cocha dans la marge ce qu'elle aimerait voir ces prochains jours. Avant tout, elle souhaitait visiter la Cité interdite, dont elle avait tant entendu parler et qui l'attirait depuis qu'elle s'intéressait à la Chine. Et aussi entrer dans un temple bouddhiste. Souvent, avec Staffan, ils s'étaient dit que seul le bouddhisme pourrait éventuellement les tenter si, d'aventure, ils venaient à ressentir le besoin d'une vie spirituelle plus intense. Staffan faisait remarquer que c'était la seule religion qui n'avait pas provoqué de guerre ou utilisé la violence pour se diffuser. Toutes les autres avaient utilisé la force. Pour Birgitta, l'important était que le bouddhisme ne reconnaissait que le dieu que chacun portait en lui. Comprendre la sagesse bouddhiste revenait à lentement éveiller la divinité en soi.

Elle se rendormit encore quelques heures et fut réveillée par Karin qui bâillait en s'étirant, nue au milieu de la chambre. Une ancienne Rebelle avec de beaux restes, se dit-elle.

— Quelle belle vue, dit Birgitta.

Karin sursauta, comme surprise en flagrant délit.

— Je pensais que tu dormais.

— Je viens de me réveiller. Sans pleurer.

— Tu avais rêvé ?

— Sûrement. Mais je ne me souviens de rien. Mon rêve s'est dérobé. J'étais sans doute adolescente avec un chagrin d'amour.

— Moi, je ne rêve jamais de ma jeunesse. Par contre, je m'imagine souvent vieille.

– Ça nous pend au nez.

– Pour le moment, avec ce colloque, je n'ai pas le temps d'y penser. J'espère que les communications seront intéressantes aujourd'hui.

Elle disparut dans la salle de bains et en ressortit tout habillée.

Birgitta ne lui avait encore rien dit de l'agression. Elle hésitait à lui en parler. Parmi tous les sentiments agrégés autour de l'événement, il y avait aussi une certaine gêne, comme si elle avait pu éviter ce qui était arrivé. D'ordinaire, elle était toujours sur ses gardes.

– Je rentrerai tard ce soir aussi, dit Karin. Mais demain, c'est terminé. À nous la belle vie.

– J'ai fait une liste. Au programme aujourd'hui : la Cité interdite.

– Mao y a habité. Lui aussi, il a fondé une dynastie. La dynastie communiste. Certains prétendent qu'il a consciemment cherché à imiter les anciens empereurs. En premier lieu, d'ailleurs, ce Qin dont nous parlons ces jours-ci. Mais je crois que ce sont des ragots. Des ragots politiques.

– Son esprit flotte toujours parmi nous, dit Birgitta. *Allons, en avant, de l'ardeur au travail, des idées justes.*

Karin s'en alla, gonflée à bloc. Plutôt que de l'envier, Birgitta sauta du lit, fit quelques étirements maladroits et se prépara à une journée à Pékin sans paranoïa. Elle passa la matinée dans le mystérieux labyrinthe de la Cité interdite. Au-dessus de la porte du milieu creusée dans le mur rose de la dernière enceinte, celle que jadis seul l'empereur pouvait franchir, pendait un grand portrait de Mao. Birgitta Roslin remarqua que tous les Chinois qui franchissaient les portes rouges touchaient leurs ferrures dorées. Elle supposa qu'il s'agissait d'une forme de superstition. Karin saurait peut-être lui en dire plus.

Elle s'avança sur les dalles usées de la cour intérieure. Elle se souvint d'avoir lu, quand elle militait chez les

Rebelles, que la Cité interdite comptait 9 999,5 pièces. Puisque le Dieu du Ciel en possédait 10 000, le Fils du Ciel ne pouvait naturellement pas en avoir davantage.

Malgré le vent froid, les visiteurs étaient nombreux. La plupart étaient des Chinois qui se promenaient avec recueillement dans ces pièces où, durant des générations, leurs ancêtres ne pouvaient pas pénétrer. Quelle énorme révolution, songea Birgitta Roslin. Quand un peuple se libère, il a droit à ses propres rêves, il a accès aux pièces interdites d'où régnait l'oppression.

Un humain sur cinq est chinois. Si elle représentait la population de la planète, dans ma famille rassemblée il y aurait un Chinois. Nous étions bien préparés à cette idée, se dit-elle. Nos prophètes maoïstes, en particulier Moses, le plus versé dans la théorie politique, ne manquaient pas de nous le rappeler : aucun avenir ne pouvait être envisagé sans que la Chine participe à la discussion.

Au moment de quitter la Cité interdite, elle eut la surprise d'y voir un café d'une chaîne américaine très connue. L'enseigne détonnait sur le mur rose. Elle essaya de deviner la réaction des Chinois qui passaient devant. Quelques-uns s'arrêtaient en la montrant du doigt, certains y entraient même, tandis que le plus grand nombre passaient sans se soucier de ce que Birgitta Roslin considéra comme un horrible sacrilège. La Chine restait décidément une énigme. Mais il ne faut pas en rester là, se dit-elle. Même la présence d'un café américain peut être comprise par une analyse objective de la situation mondiale.

En rentrant à l'hôtel, elle rompit la promesse qu'elle s'était faite à elle-même le matin : elle regarda par-dessus son épaule. Mais personne, elle ne reconnut personne et personne ne sembla surpris qu'elle se retourne. Elle déjeuna dans un petit restaurant. Encore une fois, elle s'étonna de l'addition salée. Puis elle décida de chercher un quotidien en anglais et de prendre un café au bar de l'hôtel. Elle acheta un exemplaire du *Guardian* au kiosque à journaux et s'installa dans un coin du bar près d'une cheminée où un feu était allumé. Quelques touristes américains se levèrent bruyamment en lançant à la cantonade qu'ils partaient grimper sur la Grande Muraille. Elle les trouva tout de suite déplaisants.

Et elle, quand irait-elle ? Pouvait-on aller en Chine sans visiter ce monument – le seul visible depuis l'espace ?

Il faut que je voie la Grande Muraille, se dit-elle. Karin l'a sûrement déjà vue. Mais il faudra qu'elle m'accompagne le dernier jour avec son appareil photo. Nous ne pouvons pas rentrer sans une photo de nous sur la Grande Muraille.

Une femme s'arrêta soudain à sa hauteur. Elle avait environ son âge, les cheveux plaqués en arrière. Elle lui sourit. Il se dégageait d'elle une grande dignité. Elle s'adressa à Birgitta Roslin dans un anglais châtié :

– Madame Roslin ?

– C'est moi.

– Puis-je m'asseoir ? C'est important.

– Je vous en prie.

La femme était vêtue d'une robe bleu sombre sans doute très coûteuse.

Elle s'assit.

– Je m'appelle Hong Qiu, dit-elle. Je ne vous dérangerais pas s'il ne s'agissait d'une affaire pressante.

Elle fit un signe discret à un homme qui attendait en retrait. Il vint déposer sur la table le sac à main dérobé, comme s'il s'agissait d'un présent de prix, puis se retira.

Birgitta Roslin regarda Hong Qiu, interloquée.

– La police a retrouvé votre sac. Comme c'est pour nous une humiliation qu'il arrive un tel malheur à un de nos hôtes, on m'a demandé de venir en personne vous le restituer.

– Êtes-vous policière ?

Hong Qiu continua à sourire.

– Pas du tout. Mais nos autorités me demandent parfois de rendre certains services. Manque-t-il quelque chose ?

Birgitta Roslin ouvrit le sac. À part l'argent, tout était là. Y compris la boîte d'allumettes qu'elle avait cherchée.

– L'argent a disparu.

– Nous avons bon espoir d'arrêter les malfaiteurs. Ils seront sévèrement punis.

– Mais pas condamnés à la peine de mort ?

Une ombre presque imperceptible passa sur le visage de Hong Qiu. Birgitta s'en aperçut.

– Nos lois sont sévères. S'ils ont déjà commis des crimes, ils risquent peut-être la peine de mort. S'ils s'amendent, leur peine sera commuée en prison.

– Et s'ils ne changent pas ?

Elle se déroba :

– Nos lois sont claires et sans équivoque. Mais rien n'est sûr. Nous jugeons des individus. Des peines automatiques ne peuvent jamais être justes.

– Je suis moi-même juge. Selon mon opinion, c'est une conception extrêmement primitive du droit que d'appliquer la peine de mort, qui n'a que rarement, voire jamais, d'effet dissuasif.

Soudain, Birgitta Roslin détesta son ton arrogant. Hong Qiu l'écoutait d'un air grave. Elle ne souriait plus. Elle renvoya d'un mouvement sec de la tête une serveuse qui s'était approchée. Birgitta eut la nette impression qu'un schéma bien connu se répétait. Son interlocutrice ne réagissait pas au fait qu'elle soit juge. Elle le savait déjà.

Dans ce pays, ils savent tout sur moi, songea-t-elle. Cela la mettait hors d'elle. À moins qu'encore une fois elle ne se fasse des idées.

– Je vous suis bien entendu reconnaissante pour mon sac. Mais vous devez comprendre ma surprise : vous me le rapportez, vous n'êtes pas de la police, je ne sais pas qui vous êtes… A-t-on arrêté les voleurs, ou vous ai-je mal comprise ? Le sac était-il abandonné quelque part ?

– Personne n'a été arrêté, mais les soupçons s'orientent dans une certaine direction. Le sac a été retrouvé à proximité du lieu de l'agression.

Hong Qiu fit mine de se lever. Birgitta Roslin l'arrêta d'un geste.

– Expliquez-moi qui vous êtes. Une femme inconnue arrive comme une fleur avec mon sac à main...

– Je m'occupe de questions de sécurité. Comme je parle anglais et français, on me demande parfois d'intervenir dans certaines situations.

– La sécurité ? Donc vous êtes de la police malgré tout ?

Hong Qiu secoua la tête.

– La sécurité, ce n'est pas seulement la surveillance de surface dont se charge la police. Cela va plus profond, jusqu'aux racines d'une société. Je suis certaine qu'il en est de même dans votre pays.

– Qui vous a demandé de venir me rendre ce sac ?

– Un des responsables du bureau des objets trouvés de Pékin.

– Les objets trouvés ? Mais qui y a déposé le sac ?

– Je ne sais pas.

– Comment pouvait-il savoir que c'était le mien ? Il n'y avait pas de papiers d'identité dedans.

– Je suppose qu'ils ont reçu des informations de la part des autorités chargées de l'enquête.

– Il existe plus d'une unité pour enquêter sur un banal vol à la tire ?

– La coopération entre policiers de différents services est très courante.

– Pour retrouver un sac à main ?

– Pour trouver les auteurs d'une grave agression contre une de nos hôtes.

Elle noie le poisson, se dit Birgitta Roslin. Je n'en tirerai rien.

– Je suis juge, répéta Birgitta Roslin. Je reste encore

quelques jours à Pékin. Comme vous semblez déjà tout savoir sur moi, inutile de vous dire que je suis venue ici avec une amie qui participe à un colloque international sur votre tout premier empereur.

– La connaissance de la dynastie Qin est essentielle pour comprendre mon pays. Par contre, vous vous trompez si vous croyez que je sais tout sur vous et le motif de votre séjour à Pékin.

– Comme vous avez été capable de retrouver mon sac à main, je voudrais vous demander conseil. Comment faire pour avoir accès à un tribunal chinois ? Peu importe le dossier, j'aimerais juste assister à une audience, suivre la procédure, et peut-être poser quelques questions.

Au grand étonnement de Birgitta, elle répondit du tac au tac :

– Je peux arranger ça pour demain. Je viendrai avec vous.

– Je ne voudrais pas vous déranger. Vous m'avez l'air très occupée.

– Je reste maîtresse de décider ce que je juge important ou non.

Hong Qiu se leva.

– Je vous recontacte plus tard dans l'après-midi pour convenir d'un rendez-vous.

Birgitta Roslin allait lui indiquer son numéro de chambre, mais se ravisa : elle le connaissait sûrement déjà.

Elle vit Hong Qiu traverser le bar vers la sortie. L'homme qui avait apporté le sac lui emboîta le pas, suivi d'un autre, puis ils disparurent de sa vue.

Elle regarda son sac et éclata de rire. Abracadabra, pensa-t-elle. Le sac disparaît, puis réapparaît. Entre les deux, mystère. J'ai du mal à faire la part des choses entre mes lubies et la réalité.

Hong Qiu téléphona une heure plus tard, alors que Birgitta venait de regagner sa chambre. Elle ne s'étonnait plus de rien. Des inconnus semblaient suivre ses moindres gestes et pouvoir dire à tout instant où elle était. Comme maintenant : elle entre dans la chambre, et le téléphone sonne.

– Neuf heures, demain matin.

– Où ?

– Je passe vous prendre. Nous irons visiter un tribunal dans un district périphérique. Je l'ai choisi parce que demain matin le juge est une femme.

– Merci beaucoup.

– Nous voulons tout faire pour vous faire oublier ce fâcheux incident.

– Vous avez déjà beaucoup fait. J'ai l'impression d'être entourée d'anges gardiens.

Après avoir raccroché, Birgitta Roslin vida son sac à main sur le lit. Elle avait toujours du mal à comprendre ce que les allumettes faisaient là, plutôt que dans sa valise. Elle ouvrit la boîte, à moitié pleine. Elle fronça les sourcils. Quelqu'un a fumé, se dit-elle. Cette boîte était pleine quand je l'ai mise dans la valise. Elle la vida sur le lit. Elle ne savait pas bien ce qu'elle pensait découvrir. C'est une boîte d'allumettes, rien de plus. Elle y remit les allumettes et la rangea dans sa valise. Ça commençait à bien faire ! Voilà qu'elle se faisait de nouveau des idées.

Elle passa le reste de la journée dans un temple bouddhiste, puis prit son temps pour dîner dans un restaurant proche de l'hôtel. Elle dormait quand Karin rentra sur la pointe des pieds. Elle se tourna, dos à la lumière.

Le lendemain, elles se levèrent en même temps. Karin l'informa avant de partir que le colloque se clôturait à quatorze heures. Après, elle était libre. Birgitta lui dit qu'elle allait visiter un tribunal, mais ne lui raconta toujours pas son agression.

Hong Qiu l'attendait à la réception, vêtue d'une fourrure blanche. En comparaison, Birgitta Roslin se sentit bien mal fagotée. Hong Qiu remarqua qu'elle était habillée chaudement.

– Il peut faire froid dans nos tribunaux.

– Comme dans vos théâtres ?

Hong Qiu sourit. Elle ne peut quand même pas savoir qu'avec Karin nous avons vu un opéra l'autre jour ? se demanda Birgitta.

– La Chine est toujours un pays très pauvre. Nous marchons vers l'avenir avec beaucoup d'humilité et de dur labeur.

Tout le monde n'est pas pauvre, pensa Birgitta avec aigreur. Je n'y connais rien, mais ça saute aux yeux : ta fourrure est une vraie et vaut une fortune.

Une voiture avec chauffeur attendait devant l'hôtel. Birgitta Roslin ressentit un vague malaise. Que savait-elle au fond de cette étrangère qu'elle suivait dans une voiture conduite par un inconnu ?

Elle se persuada qu'il n'y avait aucun danger. Pourquoi était-elle incapable d'apprécier simplement les égards qu'on avait pour elle ? Hong Qiu resta silencieuse dans son coin, les yeux mi-clos. Ils roulèrent très vite sur une très longue avenue. En quelques minutes, Birgitta Roslin fut complètement perdue.

La voiture s'arrêta devant un bâtiment bas en ciment dont l'entrée était gardée par deux policiers. Une inscription en caractères rouges surmontait la porte.

– Le nom de la juridiction, dit Hong Qiu, qui avait suivi son regard.

Quand elles montèrent les marches, les deux policiers se mirent au garde-à-vous. Hong Qiu ne broncha pas. Birgitta Roslin se demanda qui elle était, à la fin. Pas juste quelqu'un qu'on envoyait rapporter des objets volés à des étrangers.

Elles traversèrent un couloir sinistre qui menait à la salle d'audience proprement dite, une pièce froide aux murs lambrissés. Sur une haute estrade, d'un côté, deux hommes en uniforme. Entre eux, une place vide. Il n'y avait pas de public dans la salle. Hong Qiu s'approcha du premier rang, où deux coussins les attendaient. Tout est prêt, se dit Birgitta. La représentation peut commencer. Ou bien n'est-ce qu'une nouvelle marque d'attention ?

Elles s'étaient à peine installées que le prévenu fut introduit entre les deux gardes. Un homme d'âge moyen aux cheveux ras, vêtu d'un uniforme de prisonnier bleu sombre. Il gardait la tête baissée. Près de lui, un avocat. À une table vint s'asseoir un homme en civil, que Birgitta supposa être le procureur. Âgé, chauve, au visage sillonné de rides. Par une porte derrière l'estrade entra la juge. Elle avait la soixantaine, petite, corpulente. Assise, on aurait presque dit une enfant à table.

– Shu Fu a été le chef d'une bande de criminels spécialisés dans les vols de voitures, dit Hong Qiu à voix basse. Ses complices ont déjà été jugés. C'est le tour du meneur. Comme il est récidiviste, il va vraisemblablement écoper d'une peine très sévère. Jusqu'ici, la justice a été assez clémente avec lui. Comme il a trahi la confiance qui lui avait été faite en poursuivant ses agissements criminels, le tribunal doit le condamner plus durement.

– Mais pas à mort ?

– Non, naturellement.

Birgitta Roslin comprit que sa dernière question avait déplu à Hong Qiu. Sa réponse était cinglante, comme une fin de non-recevoir. Son sourire se fissure, pensa-t-elle. Est-ce que j'assiste à un vrai procès ou tout cela n'est-il qu'une mise en scène où le jugement est déjà arrêté ?

Les voix criardes résonnaient dans la salle. Le seul à se taire était l'accusé qui regardait obstinément ses pieds. Hong Qiu traduisait de temps en temps les débats. L'avocat ne faisait pas d'efforts particuliers pour défendre son client, ce qui arrivait aussi dans les tribunaux suédois, songea Birgitta Roslin. Le tout se résumait finalement à un dialogue entre le procureur et la juge.

Le procès s'acheva en moins d'une demi-heure.

– Il va être condamné à environ dix ans de travaux forcés, dit Hong Qiu.

– Mais je n'ai pas entendu la juge prononcer quoi que ce soit qui ressemble à une sentence.

Hong Qiu ne fit aucun commentaire. Quand la juge se leva, chacun l'imita. On emmena le condamné. Birgitta Roslin ne parvint pas à croiser son regard.

– Nous allons à présent rencontrer la juge, dit Hong Qiu. Elle vous invite à prendre le thé dans son bureau. Son nom est Min Ta. Quand elle ne travaille pas, elle s'occupe de ses deux petits-enfants.

– Quelle est sa réputation ?

Hong Qiu ne comprit pas la question.

– Tous les juges ont une certaine réputation, plus au moins vraie. Mais cette réputation n'est jamais complètement fausse. Moi, par exemple, je suis considérée comme une juge clémente mais très décidée.

– Min Ta applique la loi. Elle est fière d'être juge. Par là, elle est également une bonne représentante de notre pays.

Elles franchirent la porte basse derrière l'estrade et furent accueillies par Min Ta dans son bureau spartiate et glacé. On servit du thé. Elles s'assirent. Min Ta prit immédiatement la parole avec la même voix criarde qu'à l'audience. Hong Qiu attendit qu'elle ait fini pour traduire.

– C'est pour elle un grand honneur de rencontrer une collègue suédoise. Elle a entendu beaucoup de bien du système judiciaire suédois. Elle a malheureusement une autre audience dans peu de temps, sinon elle aurait volontiers eu une conversation approfondie sur votre système légal.

– Remerciez-la de son accueil, dit Birgitta Roslin. Demandez-lui quelle sera à son avis la sentence. Vous aviez parlé de dix ans, c'est ça ?

– Je n'entre jamais en salle d'audience sans m'être

soigneusement préparée, répondit Min Ta quand on lui eut traduit la question. C'est mon devoir de ne pas faire perdre de temps à la justice. Dans ce cas, il n'y a aucune hésitation. L'homme a reconnu les faits, c'est un récidiviste, il n'a aucune circonstance atténuante. Je pense lui donner entre sept et dix ans de prison, mais je dois encore bien peser mon jugement.

Birgitta Roslin n'eut pas l'occasion de l'interroger plus avant. Ce fut le tour de Min Ta de la bombarder de questions. Quant à Hong Qiu, Birgitta se demanda au passage ce qu'elle traduisait. Peut-être qu'elle et Min Ta parlaient de tout à fait autre chose ?

Au bout de vingt minutes, Min Ta se leva en expliquant qu'elle devait se rendre à la prochaine audience. Un homme entra dans la pièce avec un appareil photo. Min Ta posa aux côtés de Birgitta Roslin. Hong Qiu resta à l'écart, hors champ. Les deux juges se serrèrent la main et ressortirent dans le couloir. Quand Min Ta ouvrit la porte qui donnait derrière l'estrade, Birgitta Roslin vit que la salle était à présent pleine de monde.

Elles regagnèrent la voiture, qui s'éloigna à vive allure. Elle s'arrêta, non pas à l'hôtel, mais devant une maison de thé en forme de pagode, située sur une île, au milieu d'un lac artificiel.

– Il fait froid, dit Hong Qiu. Le thé réchauffe.

Elle la conduisit dans une pièce réservée où une serveuse attendait pour leur servir le thé. Tout semblait soigneusement préparé. De touriste lambda, Birgitta s'était métamorphosée en hôte de marque. Toujours sans savoir pourquoi.

Hong Qiu l'entreprit soudain sur le système judiciaire suédois. Elle donnait l'impression de s'être sérieusement documentée. Elle lui posa des questions sur les meurtres d'Olof Palme et d'Anna Lindh.

– Dans une société ouverte, on ne peut jamais complètement garantir la sécurité des individus. Toute forme de société a un prix. Depuis toujours la liberté et la sécurité se disputent le terrain.

– Rien ne pourra jamais empêcher un assassin vraiment décidé, dit Hong Qiu. Si même un président américain n'a pas pu être protégé...

Birgitta devina un sous-entendu, sans parvenir à bien le cerner.

– On n'entend pas souvent parler de la Suède, ici, continua Hong Qiu. Ces derniers temps, pourtant, nos journaux ont fait écho d'un terrible massacre de masse.

– Oui, je suis au courant. Même si je ne suis pas impliquée en tant que juge. On a arrêté un suspect. Mais il s'est suicidé. Ce qui en soi est déjà un scandale.

Comme Hong Qiu manifestait un intérêt poli, Birgitta Roslin lui fit un récit circonstancié des événements. Elle écouta attentivement, sans poser de questions, mais en lui demandant parfois de répéter.

– C'est un déséquilibré, conclut Birgitta. Qui a réussi à se suicider. Ou c'est l'œuvre d'un autre fou, que la police n'a pas encore réussi à arrêter. Ou alors complètement autre chose, l'exécution de sang-froid d'un plan brutal et motivé.

– Avec quel mobile ?

– La vengeance. La haine. Puisque rien n'a été volé, il doit s'agir de ça.

– Et à votre avis ?

– Dans quelle direction chercher ? Je n'en sais rien. Mais j'ai du mal à croire à la théorie du déséquilibré agissant seul.

Birgitta lui parla ensuite de ce qu'elle appelait la piste chinoise. Elle commença par le début, sa découverte d'un lien de parenté entre elle et certaines des victimes de Hesjövallen, jusqu'à ce mystérieux Chinois de passage à Hudiksvall. Devant le réel intérêt que lui témoignait Hong Qiu, elle n'arrivait pas à s'arrêter. Elle finit par sortir la photo.

Hong Qiu la regarda en hochant la tête. Un instant, elle se perdit dans ses pensées. Birgitta Roslin eut soudain l'impression qu'elle reconnaissait l'individu. Mais ce n'était pas vraisemblable : un visage parmi un milliard d'autres ?

Hong Qiu sourit, rendit la photo et demanda à Birgitta Roslin ses projets pour le reste de son séjour.

– J'espère que mon amie m'accompagnera demain voir la Grande Muraille. Puis nous rentrons.

– Je suis malheureusement trop occupée pour pouvoir vous aider.

– Vous avez déjà fait plus que je n'aurais pu désirer.

– Je passerai en tout cas vous saluer avant votre départ.

Elles se séparèrent devant l'hôtel. Birgitta Roslin regarda s'éloigner sa voiture de fonction.

À quinze heures, Karin arriva. Avec un grand soupir de soulagement, elle se débarrassa dans la corbeille à papier d'une partie de la paperasse du colloque. Elle approuva aussitôt le projet d'excursion à la Grande Muraille. Pour l'heure, elle voulait faire du lèche-vitrines. Birgitta l'accompagna d'un magasin à l'autre, jusqu'à des marchés semi-clandestins dans des ruelles et des boutiques sombres où l'on pouvait faire des trouvailles, vieilles lampes ou démons maléfiques en bois sculpté. Croulant sous les paquets, elles hélèrent un taxi quand la nuit commença à tomber. Comme Karin était fatiguée, elles mangèrent à l'hôtel. Par l'intermédiaire du concierge, Birgitta organisa pour le lendemain une excursion à la Grande Muraille.

Karin dormait, tandis que Birgitta s'était blottie dans un fauteuil devant la télévision chinoise, volume baissé. La peur des événements de la veille lui revenait par bouffées. Elle avait pourtant décidé de n'en parler à personne, pas même à Karin.

Sur la Grande Muraille, il n'y avait pas une pointe de vent. Du coup, le froid sec semblait beaucoup plus supportable. Elles se promenèrent, émerveillées, se photographièrent mutuellement et demandèrent l'aide d'un Chinois qui se fit un plaisir de les prendre en photo ensemble.

– Nous avons fini par arriver ici, dit Karin. Un appareil photo à la main, pas le Petit Livre rouge.

– Il a dû se produire un miracle dans ce pays, dit Birgitta. Et il n'est pas dû aux dieux, mais aux efforts acharnés des hommes.

– Dans les villes, en tout cas. Mais il semble que la pauvreté des campagnes soit encore effroyable. Que se passera-t-il quand des millions de paysans pauvres en auront assez ?

– *L'essor actuel du mouvement paysan est un événement d'une extrême importance.* Ce slogan contient peut-être finalement une part de réalité ? Brutale, dans ce cas.

– De toute façon, à l'époque, personne ne nous avait dit qu'il pouvait faire aussi froid en Chine : je suis presque congelée.[2]

Elles regagnèrent la voiture qui les attendait. Au moment de redescendre de la Muraille, Birgitta jeta un dernier regard en arrière.

Elle vit alors un des hommes de Hong Qiu en train de lire un guide touristique. Il n'y avait aucun doute. C'était bien celui qui était venu lui rapporter son sac à main.

Karin s'impatientait. Depuis la voiture, elle lui faisait de grands gestes. Elle avait froid, elle voulait rentrer.

Quand Birgitta se retourna de nouveau, l'homme avait disparu.

27

Après leur excursion, Birgitta Roslin et Karin Wiman allèrent au bar de l'hôtel boire des cocktails à la vodka pour se réchauffer et réfléchir à quoi elles pourraient occuper leur dernière soirée à Pékin. L'alcool aidant, elles se sentirent trop fatiguées et décidèrent finalement de rester dîner à l'hôtel. Elles s'attardèrent à parler de ce qu'elles avaient fait de leur vie. La boucle semblait bouclée, de la Chine rouge des rêves révolutionnaires de leur jeunesse au pays qu'elles avaient découvert, un pays qui avait connu de grands bouleversements – peut-être pas ceux qu'elles avaient imaginés. Elles étaient les dernières dans le restaurant. Quelques rubans de soie bleue pendaient de la lampe au-dessus de leurs têtes. Birgitta se pencha par-dessus la table pour chuchoter à Karin qu'il fallait qu'elles en emportent en souvenir. Quand les serveurs eurent tous le dos tourné, elle en coupa deux avec un petit ciseau à ongles.

Après avoir fermé sa valise, Karin s'endormit. Le colloque l'avait épuisée. Birgitta s'installa dans le canapé, lumière éteinte. Elle se sentait vieille. Elle avait fait du chemin. Encore un peu, puis tout s'arrêterait brutalement et les ténèbres l'emporteraient. Elle avait peut-être déjà commencé à descendre la pente, presque insensiblement, mais sans appel. Réfléchis à dix choses qui te restent à faire, se dit-elle à voix basse. Elle s'installa au bureau devant son carnet.

Que voulait-elle vraiment faire avant de mourir ? Évidemment, elle souhaitait avoir des petits-enfants. Staffan et elle avait souvent parlé de visiter des îles : jusqu'à présent, ils s'étaient limités à la Crête et l'Islande, mais rêvaient de voir un jour l'île Pitcairn, dans les Galápagos, où vivait encore la descendance des naufragés du *Bounty*. Quoi d'autre ? Apprendre une autre langue ? Ou au moins se remettre sérieusement au français.

Le plus important était pourtant de raviver la flamme de son couple. Elle serait vraiment très triste d'aborder la vieillesse sans avoir rien retrouvé de leur ancienne passion.

Cela comptait plus que tous les voyages du monde.

Elle froissa sa liste et la jeta à la corbeille. Pourquoi coucher par écrit ce qui pour elle allait de soi ? On n'allait pas écrire un roman sur l'avenir de Birgitta Roslin.

Elle se déshabilla et se glissa dans le lit. À ses côtés, Karin respirait paisiblement. Soudain, elle sentit que le moment de rentrer était venu : rentrer, passer la visite médicale et retourner travailler. Sans la routine du quotidien, elle n'arriverait à réaliser aucun de ses rêves.

Après une brève hésitation, elle prit son téléphone portable et envoya un SMS à son mari : « Je rentre. Tout voyage commence par un premier pas. À l'aller comme au retour. »

Birgitta se réveilla à sept heures. Elle avait beau avoir dormi moins de cinq heures, elle se sentait parfaitement reposée. Une légère migraine rappelait les cocktails de la veille. Karin dormait, enroulée dans les draps, un bras hors du lit. Doucement, elle la borda.

Malgré l'heure matinale, il y avait déjà beaucoup de monde dans la salle du petit déjeuner. Elle regarda si elle reconnaissait quelqu'un. Que cet homme adossé au mur soit un des hommes de Hong Qiu, elle n'en douta pas un instant. Les autorités chinoises l'avaient peut-être juste mise sous surveillance ?

Elle prit son petit déjeuner en feuilletant un journal en anglais et s'apprêtait à remonter dans sa chambre quand soudain Hong Qiu apparut, flanquée de deux hommes que Birgitta n'avait encore jamais vus. Ils allèrent s'asseoir en retrait. Hong dit quelques mots à un serveur qui lui apporta aussitôt un verre d'eau.

– J'espère que tout va bien, dit-elle. Comment s'est passée cette excursion à la Grande Muraille ?

Tu le sais déjà, pensa Birgitta. Et je suis certaine que tu avais tes antennes au restaurant de l'hôtel hier soir, quand Karin et moi avons dîné.

– La Muraille était impressionnante, mais il faisait froid.

Birgitta Roslin défia Hong Qiu du regard, pour voir si elle comprenait qu'elle avait remarqué ses sbires. Mais son visage resta impénétrable. Elle n'abattait pas ses cartes.

– Dans une pièce voisine, il y a quelqu'un qui vous attend, dit Hong. Il s'appelle Chan Bing.

– Et que me veut-il ?

– Vous informer que la police a arrêté un de vos agresseurs.

Birgitta sentit son cœur s'emballer, avec un mauvais pressentiment.

– Pourquoi ne vient-il pas directement me parler ?

– Il est en uniforme. Il ne veut pas vous déranger pendant votre petit déjeuner.

Birgitta eut un geste d'impuissance.

– Rencontrer des gens en uniforme ne me dérange pas particulièrement.

Elle se leva en laissant sa serviette sur la table. À ce moment précis, Karin entra et les regarda, interloquée. Birgitta fut bien obligée de lui raconter ce qui s'était passé et lui présenta Hong.

– Je ne sais pas bien de quoi il s'agit, dit-elle à Karin. Apparemment, la police a arrêté un de mes agresseurs.

Prends tranquillement ton petit déjeuner. Je reviens dès que j'en ai fini avec ce policier.

– Pourquoi n'as-tu rien dit ?

– Je ne voulais pas t'inquiéter.

– Mais c'est maintenant que je ne me sens pas bien. Je suis en colère, je crois.

– Il n'y a pas de raison.

– À dix heures, nous devons partir pour l'aéroport.

– C'est dans deux heures.

Birgitta Roslin suivit Hong Qiu. Les deux hommes se tenaient un peu en retrait. On la conduisit dans une petite salle de conférences. Au bout d'une table ovale, un homme d'un certain âge fumait une cigarette. Il avait un uniforme bleu marine avec beaucoup de galons. Il avait posé son képi sur la table. Il se leva pour s'incliner à son arrivée, tout en l'invitant à s'asseoir. Hong alla se poster près de la fenêtre.

Chan Bing avait les yeux injectés de sang et des cheveux très fins rejetés en arrière. Birgitta Roslin sentit confusément que c'était un homme très dangereux. Il tirait avidement sur sa cigarette. Le cendrier contenait déjà trois mégots.

Hong dit quelques mots, Chan Bing hocha la tête. Birgitta se demanda si elle avait déjà rencontré quelqu'un avec autant d'étoiles aux épaulettes.

Chan Bing prit la parole, d'une voix rauque :

– Nous avons arrêté un des deux hommes qui vous ont agressée. Nous allons vous demander de l'identifier.

Son anglais était hésitant, mais il arrivait à se faire comprendre.

– Je vous dis que je n'ai rien vu !

– On en voit toujours plus qu'on ne croit.

– Ils sont restés sans cesse dans mon dos. Je n'ai pas d'yeux derrière la tête !

Chan Bing l'observa, l'air inexpressif.

375

– Oh si. Dans des situations de stress, on peut voir dans son dos.

– En Chine, peut-être. Pas en Suède. Je n'ai jamais inculpé personne sous prétexte qu'il avait été reconnu par quelqu'un qui lui tournait le dos.

– Il y a d'autres témoins. Ce n'est pas seulement vous qui devez identifier l'agresseur. Il faut aussi que les témoins vous identifient, vous.

Birgitta adressa un regard suppliant à Hong, qui fixait un point quelque part au-dessus de sa tête.

– Je dois rentrer chez moi, dit-elle. Dans deux heures, mon amie et moi devons nous rendre à l'aéroport. J'ai récupéré mon sac à main. L'assistance dont j'ai bénéficié a été remarquable. Je ne sais comment exprimer ma reconnaissance envers votre police. Mais je refuse d'identifier un suspect dans ces conditions.

– Nous ne vous demandons pas l'impossible. Selon nos lois, vous êtes tenue de vous mettre à la disposition de la police pour l'élucidation de délits graves.

– Mais puisque je vous dis que je dois rentrer ! Combien de temps cela va-t-il prendre ?

– Une journée, tout au plus.

– Impossible.

Hong Qiu s'était discrètement approchée.

– Bien entendu, nous vous aiderons à changer vos billets d'avion.

Birgitta Roslin frappa du poing sur la table.

– Je veux rentrer aujourd'hui. Je refuse de prolonger mon séjour.

– Chan Bing est un policier haut placé, dit Hong. C'est lui qui a le dernier mot. Il peut vous contraindre à rester.

– Dans ce cas, j'exige de parler à mon ambassade.

– Mais bien entendu.

Elle lui tendit un téléphone portable et un numéro noté sur un bout de papier.

– L'ambassade ouvre dans une heure.

– Pourquoi me forcer à faire ça ?

– Nous ne voulons pas condamner un innocent, ni laisser un criminel en liberté.

Birgitta la regarda droit dans les yeux et comprit alors qu'elle allait devoir rester au moins une journée de plus à Pékin. Ils avaient décidé de la retenir. *Je n'ai plus qu'à me faire une raison. Mais personne ne m'obligera à désigner un agresseur que je n'ai jamais vu.*

– Il faut que je parle à mon amie, dit-elle. Que vont devenir mes bagages ?

– Vous pourrez garder la même chambre, à votre nom, répondit Hong.

– Je suppose que tout est déjà arrangé. Quand a-t-on décidé que je devrais rester ? Hier ? Avant-hier ? Cette nuit ?

Aucune réponse. Chan Bing alluma une nouvelle cigarette et adressa quelques mots à Hong Qiu.

– Qu'est-ce qu'il a dit ?

– Qu'il fallait se dépêcher. C'est quelqu'un de très occupé.

– Qui est-ce ?

Hong lui expliqua, tout en la suivant dans le couloir :

– Chan Bing est un enquêteur très expérimenté. Il est responsable des affaires impliquant des étrangers, comme vous.

– Je le trouve déplaisant.

– Pourquoi ?

Birgitta Roslin s'arrêta.

– Si je suis forcée d'y aller, j'exige que vous restiez à mes côtés. Autrement, je ne quitte pas l'hôtel avant d'avoir pu parler à quelqu'un de l'ambassade.

– Je reste avec vous.

Ils gagnèrent la salle des petits déjeuners. Karin Wiman s'apprêtait à partir. Birgitta Roslin lui exposa la situation. Son amie la dévisagea, de plus en plus interloquée.

– Pourquoi ne pas m'en avoir parlé ? Nous aurions pu envisager l'éventualité que tu aies à rester.

– Je te l'ai dit. Je ne voulais pas t'inquiéter. Je ne voulais pas non plus m'inquiéter. Je pensais que c'était fini. On m'avait rendu mon sac. Mais maintenant, je dois rester jusqu'à demain.

– C'est vraiment nécessaire ?

– Le policier avec qui je viens de parler n'avait pas l'air du genre à changer d'avis.

– Veux-tu que je reste, moi aussi ?

– Rentre. C'est l'affaire d'une journée. Je vais prévenir Staffan.

Karin hésitait encore. Birgitta l'entraîna vers la sortie.

– Vas-y. Je reste pour tirer tout ça au clair. Apparemment, la loi de ce pays m'empêche de m'en aller avant de les avoir aidés.

– Mais puisque tu dis que tu n'as pas vu tes agresseurs !

– C'est ce que j'ai bien l'intention de leur répéter. Pars ! Quand je serai rentrée, on se fera une soirée diapos.

Birgitta regarda Karin s'éloigner en direction de l'ascenseur.

Elle monta dans la même voiture que Hong Qiu et Chan Bing. Des motards toutes sirènes hurlantes leur ouvraient un passage dans la circulation dense. Ils dépassèrent la place Tienanmen et longèrent une vaste artère jusqu'à une entrée de garage surveillée par des policiers. Un ascenseur les conduisit au quatorzième étage, puis ils traversèrent un long couloir où des hommes en uniforme la dévisagèrent. C'est à présent le territoire de Chan Bing, pensa Birgitta. Ici, Hong ne compte pas. C'est M. Chan Bing le patron.

Ils arrivèrent dans l'antichambre d'un bureau. Des policiers se levèrent d'un bond, au garde-à-vous. Ils entrèrent dans ce qu'elle supposa être le bureau de Chan Bing. Au mur, un portrait du président. Elle remarqua que Chan Bing disposait d'un ordinateur dernier cri et de plusieurs téléphones portables. Il lui désigna un siège de l'autre côté du bureau. Elle prit place. Hong Qiu était restée dans l'antichambre.

– Lao San, dit Chan Bing. C'est le nom de l'homme qui va vous être présenté pour identification, parmi dix autres personnes.

– Combien de fois faudra-t-il que je vous répète que je n'ai pas vu mes agresseurs ?

– Alors vous ne pouvez pas dire qu'il y en avait un, deux, ou plus.

– J'ai eu l'impression qu'il y en avait plus d'un. Trop de bras autour de moi.

Soudain, elle eut peur. Elle comprit, mais trop tard, que Chan Bing pouvait, comme Hong Qiu, savoir qu'elle avait recherché Wang Min Hao. C'était la raison de sa présence dans le bureau d'un aussi haut gradé. D'une certaine façon, elle représentait un danger. La question était : pour qui ?

Ils savent tous les deux, pensa-t-elle. Hong n'est pas entrée, car elle sait déjà de quoi Chan Bing va me parler.

Elle avait toujours la photo sur elle, dans la poche intérieure de son manteau. Un instant, elle hésita à la sortir et à expliquer à Chan Bing ce qui l'avait conduite là où l'agression avait eu lieu. Mais elle s'abstint. Pour le moment, c'était lui qui menait la danse.

Chan Bing attrapa quelques papiers sur son bureau. Pas pour les lire, elle le voyait bien, mais pour se laisser le temps de décider par où commencer.

– Combien d'argent ? demanda-t-il.

– Soixante dollars US. Un peu moins en yuans.

– Bijoux ? Cartes de crédit ?

– Rien n'a été volé.

Un des portables posés sur le bureau vibra. Chan Bing décrocha, écouta puis reposa le téléphone.

– Tout est prêt. Vous allez pouvoir voir celui qui vous a agressée.

– Vous n'avez pas dit qu'ils étaient plusieurs ?

– C'est le seul de vos agresseurs encore en état d'être interrogé.

Donc l'autre homme est mort, pensa Birgitta Roslin, qui commença soudain à se sentir mal. À cet instant, elle regretta d'être restée à Pékin. Elle aurait dû insister pour rentrer en compagnie de Karin. En décidant de rester, elle s'était jetée dans une sorte de piège.

Ils traversèrent un couloir, descendirent un escalier, puis entrèrent dans une pièce. La lumière était tamisée. Un policier se tenait près d'un rideau.

– Je vais vous laisser seule, dit Chan Bing. Bien entendu, ils ne peuvent pas vous voir. Dites dans le micro si vous souhaitez que l'un d'eux s'avance d'un pas ou se mette de profil.

– Et à qui dois-je parler ?

– À moi. Prenez votre temps.

– Ça n'a pas de sens. Je ne sais pas combien de fois je devrai vous répéter que je n'ai pas vu le visage de mes agresseurs.

Chan Bing ne répondit pas. On ouvrit le rideau, et Birgitta Roslin se retrouva seule dans la pièce. De l'autre côté du miroir sans tain, une dizaine d'hommes, la trentaine, habillés simplement, certains très maigres. Leurs visages lui étaient inconnus. Elle n'en reconnut pas un seul, même si un bref instant elle trouva que l'homme placé le plus à gauche lui rappelait l'individu filmé par la caméra de surveillance de l'hôtel de Hudiksvall. Mais ce n'était pas lui, cet homme-ci avait un visage plus rond, des lèvres plus charnues.

La voix de Chan Bing sortit d'un invisible haut-parleur :

– Prenez votre temps.

– Je n'ai jamais vu aucun de ces hommes.

– Laissez mûrir vos impressions.

– Même si je reste ici jusqu'à demain, aucune de mes impressions ne changera.

Chan Bing ne répondit pas. Irritée, elle pressa le bouton de l'interphone.

– Je n'ai jamais vu aucun de ces hommes.

– Vous en êtes certaine ?

– Oui.

– Maintenant, regardez bien.

De l'autre côté du miroir sans tain, le quatrième en partant de la droite s'avança d'un pas. Il portait une veste matelassée et un pantalon rapiécé. Son visage maigre n'était pas rasé.

La voix de Chan Bing sembla soudain tendue :

– Avez-vous déjà vu cet homme ?

– Jamais.

– C'est un de vos agresseurs. Lao San, vingt-neuf ans, déjà condamné pour divers délits. Son père a été exécuté pour meurtre.

– Je ne l'ai jamais vu.

– Il a reconnu l'agression.

– Donc vous n'avez plus besoin de moi ?

Un policier qui était resté caché derrière elle sortit de l'ombre et referma le rideau. Il lui fit signe de le suivre. Il la reconduisit au bureau où Chan Bing l'attendait déjà. Hong Qiu n'était plus là.

– Merci pour votre aide, dit-il. Il ne reste à présent que quelques formalités. On va dresser un procès-verbal.

– Un procès-verbal de quoi ?

– De votre confrontation avec l'agresseur.

– Que va-t-il lui arriver ?

– Je ne suis pas juge. Et dans votre pays, qu'en feriez-vous ?

– Ça dépend des circonstances.

– Notre système judiciaire fonctionne évidemment de façon analogue. Nous jugeons un individu particulier, en tenant compte de sa volonté de coopérer et d'éventuelles circonstances spéciales.

– Risque-t-il la peine de mort ?

– Aucune chance, répondit sèchement Chan Bing. C'est un préjugé répandu dans vos pays occidentaux que nous condamnons à mort de simples voleurs. S'il s'était servi d'une arme ou vous avait gravement blessée, ça aurait été autre chose.

– Mais son complice est mort ?

– Il a résisté au moment de l'arrestation. Les deux policiers ont agi en état de légitime défense.

– Comment savez-vous qu'il était coupable ?

– Il a résisté.

– Il pouvait avoir d'autres raisons de le faire.

– L'homme que vous venez de voir, Lao San, a reconnu qu'il s'agissait de son complice.

– Mais il n'y a pas de preuves ?

– Nous avons ses aveux.

Birgitta Roslin comprit qu'elle n'arriverait pas à bout de la patience de Chan Bing. Elle décida de faire profil bas, puis de quitter la Chine au plus vite.

Une femme en uniforme de la police entra avec un dossier. Elle évita soigneusement de croiser le regard de Birgitta Roslin.

Chan Bing lui lut le procès-verbal. Il y avait quelque chose de tendu dans sa voix. Il perd patience, se dit Birgitta. Finie, la comédie. Ou fini quoi ? Je n'en ai aucune idée.

Dans un document circonstancié, Chan Bing attestait que Mme Birgitta Roslin, citoyenne suédoise, n'avait pu identifier Lao San, l'auteur de l'agression aggravée dont elle avait été victime.

Sa lecture achevée, Chan Bing lui tendit le procès-verbal. Il était rédigé en anglais.

– Signez, dit-il. Et vous pourrez rentrer chez vous.

Birgitta Roslin lut attentivement les deux pages avant

de signer. Chan Bing avait allumé une cigarette. Il semblait avoir déjà oublié sa présence.

Hong Qiu fit soudain irruption dans la pièce.

– Nous pouvons y aller. C'est fini.

Birgitta ne dit rien pendant le trajet du retour. Elle avait posé une seule question à Hong, juste avant d'entrer dans la voiture :

– Je suppose qu'il n'y a pas de vol possible aujourd'hui ?

– Malheureusement, il vous faudra attendre demain.

Elle trouva à la réception confirmation de sa réservation sur le vol Finnair du lendemain. Elle s'apprêtait à lui faire ses adieux quand Hong proposa de revenir plus tard pour dîner avec elle. Birgitta s'empressa d'accepter. Elle n'avait pas du tout envie de passer la soirée toute seule à Pékin.

Elle monta dans l'ascenseur en songeant à Karin qui rentrait chez elle à l'heure qu'il était, invisible, emportée à haute altitude.

Dès qu'elle fut dans sa chambre, elle appela à la maison. Elle avait du mal à calculer le décalage horaire : elle entendit qu'elle avait réveillé Staffan.

– Où es-tu ?

– À Pékin.

– Pourquoi ?

– J'ai été retardée.

– Quelle heure est-il ?

– Ici, il est une heure de l'après-midi.

– Tu n'es pas encore en route pour Copenhague ?

– Je ne voulais pas te réveiller. J'arrive à l'heure prévue, mais un jour plus tard.

– Tout va bien ?

– Ça suit son cours.

La ligne coupa. Elle tenta en vain de rappeler. Elle envoya alors un SMS pour répéter qu'elle rentrerait avec une journée de retard.

Quand elle eut reposé son téléphone, elle se rendit compte que sa chambre avait été visitée. Elle ne comprit pas d'un coup : l'impression s'installa peu à peu. Elle se campa au milieu de la pièce et regarda autour d'elle. Impossible de dire d'abord ce qui avait attiré son attention. Puis elle saisit : c'était sa valise ouverte. Ses affaires avaient été dérangées. La veille au soir, en faisant ses bagages, elle avait vérifié que le couvercle se rabattait sans problème. Elle essaya de refermer sa valise. Ça coinçait.

Elle s'assit sur le bord du lit. Une femme de ménage ne referait pas ma valise, se dit-elle. Quelqu'un était venu inspecter ses effets personnels. Pour la deuxième fois.

Soudain, elle comprit : identifier son agresseur était un prétexte pour l'éloigner de sa chambre. Tout était allé très vite, dès lors que Chan Bing lui avait lu le procès-verbal. On avait dû l'informer que la fouille de sa chambre était terminée.

Il ne s'agit pas de mon sac à main, pensa-t-elle. Si la police fouille ma chambre, c'est pour une autre raison. Qui explique aussi la présence de Hong.

Il ne s'agit pas de mon sac, se répéta-t-elle. Il n'y a qu'une seule explication : quelqu'un veut savoir pourquoi j'ai montré la photo d'un inconnu l'autre jour, devant cet immeuble voisin de l'hôpital. Peut-être n'est-ce pas du tout un inconnu ?

La peur s'empara à nouveau d'elle. Elle entreprit de chercher des caméras et des micros dans la chambre, retourna des tableaux, inspecta les abat-jour. Rien.

Elle retrouva Hong Qiu à l'heure prévue à la réception. Hong proposa de l'emmener dans un restaurant célèbre. Mais Birgitta ne voulait pas quitter l'hôtel.

– Je suis fatiguée, dit-elle. M. Chan Bing m'a épuisée. J'ai envie de manger puis d'aller me coucher. Demain, je rentre chez moi.

Cette dernière phrase était en forme de question. Hong hocha la tête.

– Oui, demain, vous rentrez chez vous.

Elles s'assirent près d'une des baies panoramiques. Un pianiste jouait discrètement sur une estrade, au milieu de la salle à manger, parmi les aquariums et les fontaines.

– Je reconnais cet air, dit Birgitta Roslin. Une mélodie anglaise de la Seconde Guerre mondiale. *We'll meet again, don't know where, don't know when.* C'est peut-être comme nous ?

– J'ai toujours eu envie de visiter les pays nordiques. Qui sait ?

Birgitta Roslin but du vin rouge. Comme elle n'avait pas encore mangé, il lui monta vite à la tête.

– Maintenant tout est fini. Je peux rentrer. J'ai récupéré mon sac à main et j'ai vu la Grande Muraille. Je suis convaincue que le mouvement paysan chinois a fait un grand bond en avant. Ce qui s'est passé dans ce pays est phénoménal. Dans ma jeunesse, je rêvais de marcher au pas, le Petit Livre rouge à la main, au milieu de milliers d'autres jeunes. Et vous ? Nous avons à peu près le même âge.

– J'ai fait partie de ce mouvement.

– Convaincue ?

– Tout le monde l'était. Avez-vous déjà vu un théâtre ou un cirque plein d'enfants ? Ils crient de joie. Pas forcément à cause du spectacle, mais parce qu'ils se retrouvent avec mille autres enfants dans une salle de théâtre ou sous un chapiteau. Pas de professeurs, pas de parents. Ils sont maîtres du monde. Si on est assez nombreux, on peut se convaincre de n'importe quoi.

– Ce n'est pas la réponse à ma question.

– J'y arrive. J'étais comme ces enfants sous un chapiteau. Mais j'étais également convaincue que, sans Mao, la Chine ne parviendrait jamais à sortir de la pauvreté.

Être communiste, c'était se battre à bras-le-corps contre la misère, pieds nus. Nous luttions pour que chacun ait de quoi s'habiller.

– Et que s'est-il passé, ensuite ?

– Ce contre quoi Mao nous avait sans cesse mis en garde : les grands troubles devaient perdurer. Rien de nouveau sous le soleil. Ils prendraient juste des formes nouvelles. Seul un fou peut croire traverser deux fois le même fleuve. Aujourd'hui, je me rends compte à quel point il avait été clairvoyant.

– Êtes-vous toujours communiste ?

– Oui. Rien jusqu'ici ne m'a fait changer d'idée : ce n'est que par l'action collective que nous pourrons combattre la pauvreté encore très importante dont souffre notre pays.

Birgitta Roslin fit un grand geste, renversant du coup son verre de vin.

– Regardez cet hôtel. On pourrait se croire n'importe où au monde.

– Le chemin est encore long.

On les servit. Le pianiste avait cessé de jouer. Birgitta s'absorba dans ses pensées. Elle finit par poser ses baguettes et leva les yeux vers Hong, qui cessa aussitôt de manger.

– Dites-moi la vérité. Je m'en vais, à présent. Vous n'avez plus besoin de jouer un rôle devant moi. Qui êtes-vous ? Pourquoi ai-je tout le temps été ainsi placée sous surveillance ? Qui est Chan Bing ? Qui étaient ces hommes que j'étais censée identifier ? Je ne suis plus dupe : il ne s'agit pas de mon sac à main, ni de protéger une hôte étrangère victime d'un malheureux incident.

Elle s'attendait à ce que Hong Qiu réagisse d'une façon ou d'une autre, baisse un peu la garde du discours bien formaté derrière lequel elle se cachait. Mais cette avalanche de questions n'entama pas son calme.

– De quoi d'autre que votre agression pourrait-il s'agir ?

– On a fouillé ma chambre.

– Il manque quelque chose ?

– Non. Mais je sais que quelqu'un s'y est introduit.

– Si vous voulez, je peux en parler au responsable de la sécurité de l'hôtel.

– Je veux que vous répondiez à mes questions. Que se passe-t-il ?

– Rien, sinon que je tiens à veiller à la sécurité des hôtes de mon pays.

– Dois-je vraiment vous croire ?

– Oui, dit Hong. Vous devez me croire.

Le ton de sa voix ôta à Birgitta l'envie de poser d'autres questions. Elle savait que, de toute façon, elle n'obtiendrait pas de réponse. Elle ne saurait jamais si c'était Hong Qiu ou Chan Bing qui l'avait placée sous surveillance. Elle marchait vers la sortie le long d'un couloir, un bandeau sur les yeux.

Hong la raccompagna jusqu'à sa porte. Birgitta lui attrapa le bras.

– Alors, c'est promis, plus de convocation ? Plus d'agresseur à identifier, ni de procès-verbal ? De gens qui me suivent, et dont je reconnais le visage ?

– Je viendrai vous prendre demain à midi.

Birgitta Roslin passa une nuit agitée. Elle se leva dès l'aube, prit un rapide petit déjeuner sans reconnaître aucun des serveurs ou des clients du restaurant. Avant de quitter sa chambre, elle avait accroché à la poignée de sa porte le panonceau « Ne pas déranger » et répandu un peu de sels de bain sur la moquette devant la porte. En revenant, elle constata que personne n'était entré.

À l'heure convenue, Hong Qiu vint la chercher. À l'aéroport, elle la fit passer par un contrôle spécial pour qu'elle n'ait pas à faire la queue.

Elles se séparèrent à la porte d'embarquement. Hong lui tendit un petit paquet.

– Un cadeau de Chine.

– De vous, ou du pays ?

– De nous deux.

Birgitta se dit qu'elle avait peut-être finalement été injuste envers Hong. Peut-être avait-elle simplement voulu l'aider à oublier l'agression ?

– Bon voyage, dit Hong. Peut-être à une autre fois.

Elle n'ouvrit le paquet qu'après le décollage. C'était une miniature en porcelaine représentant une jeune fille qui brandissait le Petit Livre rouge.

Elle la rangea dans son sac à main et ferma les yeux. Le soulagement d'être enfin sur le chemin du retour s'accompagnait d'une grande lassitude.

Staffan l'attendait à Copenhague. Elle passa la soirée avec lui dans le canapé, à lui raconter son séjour. Sans rien dire de l'agression.

Karin Wiman appela. Birgitta Roslin lui promit de venir la voir dès que possible.

Le lendemain de son retour, elle se rendit chez son médecin. Sa tension avait baissé. Si son état s'avérait stable, elle pourrait retourner travailler dans quelques jours.

Il neigeait un peu quand elle ressortit de la consultation. Elle avait une grande envie de retourner travailler.

Le lendemain, dès sept heures, elle était à son bureau, au tribunal. Même si elle n'avait pas encore officiellement repris ses fonctions, elle entreprit de classer la paperasse accumulée pendant son absence.

La neige tombait plus dru. Elle la voyait s'accumuler sur le rebord de sa fenêtre.

Elle posa près de son téléphone la figurine aux joues rouges et au sourire triomphant qui brandissait le Petit Livre rouge. Elle rangea au fond d'un tiroir la photo qu'elle avait gardée tout le voyage dans la poche intérieure de son manteau.

En refermant le tiroir, elle eut l'impression d'enfin tourner la page.

QUATRIÈME PARTIE

Les colonisateurs (2006)

> Pour parvenir à l'émancipation complète, les peuples opprimés doivent compter d'abord sur leur propre lutte, et ensuite seulement sur l'aide internationale. Les peuples dont la révolution a triomphé doivent aider ceux qui luttent pour leur libération. C'est là notre devoir internationaliste.
>
> MAO ZEDONG,
> *Entretien avec des amis africains*
> (8 août 1963)

Écorce arrachée
par des éléphants

28

À une cinquantaine de kilomètres à l'ouest de Pékin, près des ruines du palais de l'empereur jaune, s'alignent derrière un mur d'enceinte des bâtiments gris souvent utilisés par la direction du Parti communiste chinois. Les bâtiments, d'apparence anodine, sont équipés de plusieurs grandes salles de conférences, de cuisines, d'un réfectoire, le tout entouré d'un vaste parc propice à la détente et aux discussions secrètes. Seuls les tout premiers cercles du pouvoir savent que ce lieu a servi chaque fois qu'il a fallu prendre des décisions cruciales pour l'avenir de la Chine.

C'était le cas en ce jour d'hiver 2006. Tôt le matin, des limousines noires entrèrent à vive allure dans l'enceinte, dont les portes se refermèrent aussitôt. On avait allumé un grand feu dans la salle de réunion principale. Dix-neuf hommes et trois femmes étaient rassemblés. La plupart avaient plus de soixante ans, les plus jeunes autour de trente-cinq. Ils se connaissaient tous. Ils constituaient l'élite dirigeante économique et politique du pays. Il ne manquait que le président et le commandant en chef des forces armées. C'était justement à ces deux personnes qu'un rapport devait être présenté à l'issue de cette rencontre au sommet.

À l'ordre du jour, un point unique. Il était entouré du plus grand secret et les participants de la rencontre étaient tenus au strict devoir de réserve. Celui qui le rompait savait qu'il finirait aux oubliettes sans laisser de traces.

Dans une pièce isolée, un homme d'une quarantaine d'années faisait nerveusement les cent pas. Il tenait à la main le discours sur lequel il avait planché plusieurs mois et qu'il devait prononcer dans la matinée. Il savait que c'était un des plus importants documents jamais présentés aux plus hauts dirigeants du PCC depuis l'indépendance de la Chine en 1949.

Yan Ba en avait été chargé par le président lui-même deux ans auparavant. Il faisait alors de la recherche prospective à l'université de Pékin. On lui avait fait savoir que le président souhaitait lui parler. Il avait reçu sa mission à huis clos. Dès lors, il avait été dispensé de ses enseignements. On avait mis une équipe de trente personnes à sa disposition. Tout le projet avait été élaboré dans le plus grand secret, sous la surveillance directe des services de sécurité de la présidence. Le texte du discours n'avait été rédigé que sur l'ordinateur personnel de Yan Ban. Il était le seul à l'avoir lu.

Les murs ne laissaient passer aucun son. Le bruit courait que la pièce avait jadis servi de chambre à coucher à Jiang Qing, la femme de Mao, arrêtée après sa mort avec les trois autres membres de la fameuse « Bande des Quatre », jugée, avant de se suicider en prison. Elle avait exigé un silence absolu dans sa chambre. Des maçons et des peintres l'avaient précédée pour insonoriser cette pièce, tandis que des soldats en mission commandée étaient partis abattre tous les chiens qui aboyaient à proximité de cette résidence temporaire.

Yan Ba regarda sa montre. Neuf heures moins dix. À neuf heures et quart précises, il devait faire son exposé. À sept heures, son médecin lui avait donné des cachets. Il serait calme, sans somnolence. Il sentait en effet sa nervosité s'estomper. Si ce qu'il avait couché sur le papier se réalisait un jour, les conséquences seraient brutales, non seulement en Chine, mais dans le monde entier. Personne pourtant ne saurait jamais qu'il était à l'origine des mesures qu'il préconisait. Il retournerait à son poste de professeur, à ses étudiants. Son salaire serait augmenté. Il avait déjà déménagé dans un plus grand appartement, au centre de Pékin. Il serait toute sa vie astreint au devoir de réserve. La responsabilité, les critiques et peut-être aussi la gloire reviendraient aux dirigeants politiques.

Il s'assit près de la fenêtre et but un verre d'eau. Les grands bouleversements ne se décident pas sur les champs de bataille, songea-t-il. Ils ont lieu dans des réunions à huis clos. Avec les dirigeants des États-Unis et de la Russie, le président chinois est un des hommes les plus puissants de la planète. Il est aujourd'hui confronté à des choix cruciaux. Il a envoyé ici des représentants qui vont écouter pour lui et rendre leur rapport. Sa décision se répandra ensuite dans le monde entier.

Yan Ba se remémora une expédition avec un ami géologue. Ils s'étaient rendus dans la lointaine région montagneuse où le Yangzi prenait sa source. Ils avaient remonté le ruisseau sinueux et de plus en plus ténu jusqu'au point où il se réduisait à quelques minuscules rigoles. Son ami y avait posé le pied en déclarant :

– Là, je stoppe le cours du Yangzi.

Ce souvenir l'avait habité pendant les longs mois de préparation de son discours sur l'avenir de la Chine. C'était à présent lui qui était en position de changer le cours de l'avenir. Le géant chinois allait sortir des sentiers balisés qu'il suivait depuis les dernières décennies.

Yan Ba prit la liste des participants qui commençaient déjà à se rassembler dans la salle. Tous les noms lui étaient connus. Il n'en revenait pas : il allait, lui, parler devant ce que la Chine comptait de plus important :

des politiciens, quelques militaires, des économistes, des philosophes, et surtout les hommes de l'ombre, les « mandarins gris » qui concevaient en secret les stratégies politiques nouvelles. Il y avait aussi des spécialistes de premier plan de politique internationale et des représentants des principaux services secrets. Beaucoup des participants se réunissaient régulièrement, d'autres ne se croisaient que rarement, voire jamais. Mais ils faisaient tous partie du réseau qui constituait le centre névralgique du pouvoir, au cœur d'un empire de plus d'un milliard d'habitants.

Une porte s'ouvrit sans bruit derrière lui. Une serveuse vêtue de blanc apportait le thé qu'il avait commandé. Une très belle jeune fille. Sans un mot, elle posa son plateau et s'effaça.

L'heure enfin venue, il regarda son visage dans le miroir et sourit. Il était prêt à stopper le cours du fleuve avec son pied.

Yan Ba s'installa à son pupitre dans un silence complet. Il ajusta le micro, mit ses feuillets dans l'ordre et balaya du regard le public qu'on apercevait dans la salle à moitié plongée dans la pénombre.

Il commença par parler de l'avenir. La raison de sa présence, ce qui avait poussé le président et le bureau politique à lui demander de réfléchir aux mutations nécessaires au pays. Il rapporta les propos du président quand il lui avait confié cette mission :

– Nous sommes arrivés à un point où une réorientation radicale est devenue nécessaire. Si nous ne faisons rien, ou si nous faisons un mauvais choix, nous courons à la catastrophe. Même une armée loyale ne pourra faire face à des millions de paysans insurgés.

C'était bien ainsi que Yan Ba avait compris sa mission : la Chine était confrontée à une menace qui exigeait des mesures drastiques et mûrement réfléchies. Faute de quoi, le chaos s'emparerait du pays, comme bien des fois au cours de son histoire.

Derrière les hommes et les quelques femmes assemblés aujourd'hui dans la pénombre, il y avait la foule des millions de paysans las d'attendre leur tour. Après les classes moyennes des villes, leur vie à eux aussi devait enfin s'améliorer. Leur patience s'épuisait, et se transformerait bientôt en colère sans bornes, exigeant une action immédiate. Le fruit était mûr. Si personne ne le cueillait à temps, il tomberait et pourrirait par terre.

Yan Ba dessina dans les airs une bifurcation imaginaire.

– Nous sommes à la croisée des chemins, commença-t-il. Notre grande révolution nous a conduits jusqu'à un point que nos parents n'auraient jamais pu imaginer. Retournons-nous un instant : très loin derrière nous, nous apercevons encore la misère et la souffrance d'où nous venons. C'était pourtant hier : la génération qui nous précède sait ce que signifie « vivre comme des rats ». C'était l'époque où les riches propriétaires terriens et les vieux fonctionnaires considéraient le peuple comme du bétail, juste bon à s'épuiser à la tâche en tant que *coolie* ou serf. Nous ne pouvons qu'être stupéfaits du chemin parcouru sous la direction de notre grand Parti et de ses dirigeants successifs qui nous ont conduits sur des chemins différents mais toujours justes. Nous savons que la vérité est en perpétuelle mutation, que de nouvelles décisions doivent toujours être prises pour que survive la ligne générale du socialisme et de la solidarité. La vie n'attend pas, avec ses nouveaux défis qui exigent de nous des connaissances nouvelles pour trouver des solutions nouvelles à des problèmes nouveaux. Nous savons que nous ne parviendrons jamais à un paradis figé pour l'éternité. Le croire serait un piège. Il n'y a pas de réalité sans lutte, pas d'avenir sans combat. Nous le savons, la lutte des classes renaît sans cesse, de même qu'évoluent les relations internationales : les pays ont des hauts et des bas, avant de revenir sur le devant de la scène. Mao Zedong le disait toujours : « Nous vivons dans un monde éternellement troublé. » Nous savons qu'il avait raison : nous sommes à bord d'un navire qui navigue à vue dans un chenal, sans jamais savoir à l'avance où sont les passes les plus profondes. Le fond des mers lui-même change sans cesse : les dangers qui menacent notre avenir peuvent aussi être invisibles.

Yan Ba tourna sa page. Il sentit l'extrême concentration de la salle. Personne ne bougeait, dans l'expectative. Il avait estimé que son discours durerait cinq heures. Les auditeurs en avaient été informés. Quand il avait prévenu le président qu'il était prêt, on lui avait fait savoir qu'aucune interruption ne serait autorisée. Les participants ne devaient pas quitter leur siège.

« Ils doivent se faire une vue d'ensemble, avait dit le président. Il ne faut pas la fragmenter. À chaque pause, un espace est ouvert où le doute peut s'introduire et nuire à la compréhension globale de la nécessité de notre action. »

Yan Ba consacra l'heure suivante à une rétrospective des transformations dramatiques qu'avait traversées la Chine au cours des siècles, depuis son unification par l'empereur Qin. L'histoire de l'Empire du Milieu semblait dès l'origine avoir été semée d'embûches que seuls des hommes d'exception comme Sun Yat-sen et tout particulièrement Mao avaient été capables de prévoir, de désamorcer ou au contraire de provoquer – ce qui, aux yeux de l'homme du commun, relevait de la magie.

Inévitablement, Yan Ba consacra la plus grande partie de son exposé à Mao et son époque. Il avait fondé la première « dynastie » communiste. Certes, le mot n'avait pas été utilisé, il aurait trop rappelé les horreurs de l'ancien régime, mais chacun savait que les paysans pauvres qui avaient mené à bien la révolution considéraient Mao comme un empereur – sauf qu'il avait bien sûr ouvert au public la Cité interdite, et qu'on n'était pas forcé de détourner le regard, sous peine de décapitation, lorsque le Guide suprême, le Grand Timonier, passait en auto, faisait signe depuis une lointaine estrade ou traversait à la nage un grand fleuve. Il était temps, affirma Yan Ba, de se tourner à nouveau vers Mao et de reconnaître humblement qu'il avait vu juste. Il était mort depuis exactement trente ans, mais sa voix était toujours vivante. Il avait eu la capacité des prophètes et des devins de mieux prédire l'avenir que les savants, de mieux que quiconque éclairer les décennies à venir d'une lumière toute particulière, permettant de désamorcer à temps les grandes explosions de l'Histoire.

Mais en quoi Mao avait-il eu raison ? Il s'était aussi souvent trompé. Le premier dirigeant de la dynastie communiste n'avait pas toujours été clairvoyant et juste avec ses contemporains. À la pointe du combat pour la libération du pays, lors de la Longue Marche, il s'était ensuite attelé à une tâche non moins longue et ardue : en s'appuyant sur une agriculture collectivisée, faire d'un pays féodal une société industrielle garantissant même au plus pauvre parmi les plus pauvres de quoi s'habiller, une paire de souliers et, surtout, le droit au respect et à la dignité. Cet idéal, poursuivit Yan Ba, était au cœur même du combat pour la libération : il s'agissait de permettre au paysan le plus modeste de pouvoir rêver d'un avenir meilleur sans risquer de se faire décapiter par un infâme propriétaire terrien. Ce sont eux qu'il fallait décapiter : leur sang, et non plus celui des pauvres paysans, allait désormais abreuver les sillons.

Mais Mao s'était trompé en pensant que la Chine pourrait accomplir ce gigantesque bond en avant économique en quelques années seulement. Il prétendait installer des aciéries si nombreuses que de l'une on apercevrait la fumée de l'autre. Le Grand Bond en avant avait été une gigantesque erreur. Au lieu de développer l'industrie lourde, on s'était mis à faire fondre des vieilles casseroles dans des hauts-fourneaux primitifs installés dans toutes les arrière-cours. Le Grand Bond avait échoué, la barre avait été placée beaucoup trop haut. Personne ne pouvait aujourd'hui nier, même si les historiens chinois abordaient toujours cette période noire avec prudence, que des millions de personnes étaient mortes de faim. Ces années-là, Mao s'était mis à ressembler aux empereurs des dynasties anciennes : enfermé dans la Cité interdite, il n'avait jamais voulu admettre l'échec du Grand Bond, personne ne devait le mentionner devant lui. Impossible cependant de savoir ce que Mao pensait vraiment. Dans ses écrits, le Grand Timonier ne se livrait jamais personnellement. On ne saurait jamais s'il s'était réveillé aux petites heures de l'aube, tourmenté par ce qu'il avait mis en branle. Était-il hanté par le cortège des affamés sacrifiés sur l'autel de ce rêve impossible d'un Grand Bond en avant ?

Alors, Mao avait choisi la contre-attaque. Contre quoi ? La question de Yan Ba était rhétorique. Il attendit quelques secondes. Contre l'échec de sa politique, contre le coup d'État que l'on conspirait peut-être dans l'ombre. La révolution culturelle, avec son mot d'ordre : « Bombardez le quartier général ! », était la réaction – explosive – de Mao à ce qu'il voyait autour de lui. Mao avait mobilisé la jeunesse, comme on le fait toujours en situation de guerre. Il s'en était servi comme l'avaient fait les pays européens lors de la Première Guerre mondiale : en les envoyant mourir dans la boue avec leurs rêves. Il n'était pas nécessaire de s'étendre sur la révolution culturelle : c'était la deuxième erreur de Mao, une vengeance presque personnelle contre les forces qui s'opposaient à lui dans la société.

À cette époque, Mao commençait à se faire vieux.

Une de ses préoccupations principales était de désigner son successeur. Après la trahison du dauphin pressenti, Lin Biao, mort en fuite vers Moscou dans le crash de son avion, Mao avait commencé à perdre la main. Pourtant, jusqu'au bout, il avait continué à exhorter ceux qui lui survivraient : la lutte des classes allait renaître, de nouveaux groupes sociaux chercheraient à accaparer les privilèges. Selon la formule de Mao : chaque chose est toujours remplacée par son contraire. Seul un idiot se refusant à regarder ce que tout un chacun voyait clairement pouvait imaginer que la route de la Chine vers l'avenir était balisée une fois pour toutes.

Trente ans après Mao, il fallait le reconnaître : notre grand guide avait raison. Mais il n'avait pas identifié les luttes dont il pressentait la venue. Il ne s'y était d'ailleurs pas risqué, car il savait la démarche impossible. L'Histoire ne permet pas de prévoir exactement l'avenir. Elle nous permet plutôt de prendre conscience que notre capacité à faire face aux changements reste limitée.

Yan Ba nota que l'attention de l'assistance ne faiblissait pas. Maintenant qu'il en avait fini avec cette introduction historique, il savait qu'elle allait redoubler. Beaucoup se doutaient sans doute de ce qui allait suivre : des personnes intelligentes qui avaient une idée approfondie des défis et des menaces qui guettaient la Chine. Mais c'était aujourd'hui que se déciderait la politique à suivre pour faire face aux bouleversements futurs. Yan Ba savait qu'il prononçait un des plus importants discours de l'histoire de la Chine moderne. Un jour, le président répéterait ses paroles.

Au pupitre, un petit réveil avait été placé près de la lampe. Yan Ba entama la deuxième heure de son discours en décrivant la situation actuelle du pays et les changements nécessaires. Le fossé grandissant entre les villes et la campagne menaçait à présent le développement. Il avait été nécessaire de renforcer les régions côtières et les grands centres industriels qui étaient au cœur même du développement économique. Après la mort de Mao, Deng avait fait le bon choix : sortir de l'isolement, ouvrir grandes les portes au monde. Comme Deng l'avait dit dans un discours fameux : ces portes ouvertes ne se refermeront jamais. L'avenir de la Chine passait forcément par une coopération avec les autres pays. La connaissance approfondie qu'avait Deng des mécanismes du capitalisme et de l'économie de marché l'avait convaincu que la Chine serait bientôt prête : le fruit était mûr, le pays allait enfin pouvoir retrouver pleinement son rôle d'Empire du Milieu, une grande puissance en devenir et, dans trente ou quarante ans, être numéro un mondial. Au cours des vingt dernières années, la Chine avait connu un développement économique sans équivalent. Deng avait un jour dit qu'entre donner à chacun un pantalon et permettre à chacun de décider s'il souhaitait un autre pantalon, le fossé était considérable. Pour ceux qui avaient compris sa façon de s'exprimer, l'idée était toute simple : tout le monde ne pouvait pas en même temps obtenir un deuxième pantalon. Ce n'était pas non plus le cas à l'époque de Mao : les paysans arriérés dans leurs villages reculés avaient été servis les derniers, quand les habitants des villes jetaient déjà leurs vêtements usés. Deng savait que le développement ne pouvait pas être uniforme. C'était contraire aux lois fondamentales de l'économie : il fallait des riches, ou du moins des gens moins pauvres avant les autres. Le développement devait tenir en équilibre sur un fil : la richesse et la pauvreté devaient être contenues dans des proportions raisonnables pour que le Parti communiste et ses dirigeants qui tenaient le balancier ne soient pas précipités dans l'abîme. Deng n'était plus là. Mais ce contre quoi il nous avait mis en garde, le moment où l'équilibre menaçait de se rompre, était arrivé.

Yan Ba articula alors son discours autour de deux mots clés : « menaces » et « nécessité ». Il commença par les menaces. La première venait du fossé qui se creusait entre les Chinois. Alors que les habitants des villes côtières voyaient leur niveau de vie sans cesse s'améliorer, les paysans pauvres ne constataient aucun changement dans leur situation. Pire, ils s'apercevaient que l'agriculture ne suffisait presque plus à subvenir à leurs besoins. Il ne restait plus pour eux qu'à émigrer vers les villes dans l'espoir d'y trouver du travail. Jusqu'à présent, les autorités avaient encouragé cet exode rural vers les villes et leurs industries, en particulier celles tournées vers l'exportation, qu'il s'agisse de jouets ou de vêtements. Mais que se passerait-il quand ces industries, ces chantiers en ébullition ne suffiraient plus à absorber le flot des paysans dont l'agriculture n'avait plus besoin ? Ce qui jusqu'ici n'était qu'une hypothèse allait se transformer en menace. Ceux qui partaient tenter leur chance à l'usine en cachaient des millions d'autres, prêts à prendre leur place dans la queue pour obtenir un aller simple pour la ville. Comment pourrait-on les contenir le jour où ils n'auraient plus le choix qu'entre la misère à la campagne et une vie en ville très éloignée de l'abondance dont ils avaient entendu parler et dont ils exigeaient eux aussi leur part ? Comment empêcher la révolte de millions de personnes qui n'avaient à perdre que leur misère ? Mao disait qu'on avait toujours raison de se révolter. Toujours aussi pauvres qu'il y a vingt ans, ils se dressaient pour protester : comment leur donner tort ?

Yan Ba savait que de nombreux membres de l'assistance s'étaient longtemps penchés sur ce problème : comment éviter cette menace qui risquait de ramener la Chine des décennies en arrière ? Il connaissait également l'existence d'un plan tenu secret, qui envisageait une solution extrême. Personne n'en parlait ouvertement, mais il suffisait de connaître un tant soit peu le mode de fonctionnement du Parti communiste chinois pour en deviner la nature. Les événements de 1989, place Tienanmen, en avaient donné un avant-goût. Le Parti ne laisserait jamais le chaos s'installer. Dans le pire des cas, les militaires recevraient l'ordre de sévir contre les insurgés. Même s'il s'agissait de cinq, de cinquante millions de personnes, on leur ordonnerait de faire usage de la force. Le Parti voudrait à tout prix maintenir sa domination sur le peuple et l'avenir du pays.

Finalement, la question est très simple, dit Yan Ba. Existe-t-il une autre solution que la répression aveugle ? La réponse était dans la question. Une autre voie existait, mais elle exigerait un profond changement de mentalité chez les dirigeants chinois. Elle nécessiterait de déployer des trésors de stratégie.

– Pourtant, chers auditeurs, poursuivit Yan Ba, ces préparatifs ont en réalité déjà commencé, en dépit des apparences.

Jusqu'alors, il n'avait évoqué que la Chine, son histoire et son état actuel. À présent, à l'approche de la troisième heure de son discours, il s'aventura loin des frontières du pays. Pour parler de l'avenir.

– Transportons-nous sur un autre continent, enchaîna Yan Ba. En Afrique. Dans notre lutte pour assurer notre approvisionnement en matières premières, et tout particulièrement en pétrole, nous avons ces dernières années développé des relations toujours plus approfondies avec beaucoup de pays africains. Nous leur attribuons des prêts avantageux, nous leur faisons des cadeaux, sans nous mêler de politique. Nous sommes neutres, nous faisons des affaires avec tout le monde, peu importe qu'il s'agisse du Zimbabwe ou du Malawi, du Soudan ou de l'Angola. Tout comme nous refusons toute ingérence étrangère dans nos affaires intérieures et notre système judiciaire, nous considérons que ces pays sont souverains et que nous n'avons pas notre mot à dire sur leur organisation sociale. Cela nous vaut de nombreuses critiques, mais elles ne nous atteignent pas, car nous savons qu'elles cachent de la jalousie et de la peur : la Chine n'est plus le colosse aux pieds d'argile qu'ont trop longtemps imaginé la Russie et les États-Unis. En Occident, on se refuse à admettre que les Africains préfèrent travailler avec nous. La Chine ne les a jamais opprimés, jamais colonisés. Au contraire, nous les avons aidés à se libérer dans les années 1950. C'est pour cette raison que nos progrès en Afrique rencontrent la constante hostilité des pays occidentaux. Nos amis africains se tournent vers nous quand le FMI ou la Banque mondiale refusent de leur prêter de l'argent. Nous n'hésitons pas à les aider. Nous le faisons la conscience tranquille, car nous sommes nous aussi un pays pauvre. Nous faisons toujours partie de ce qu'on appelle le tiers-monde. Au cours de notre travail de plus en plus fructueux avec ces pays, nous avons compris qu'à long terme, une partie de la solution à la menace que j'évoquais plus tôt ce matin se trouve peut-être là-bas. Pour beaucoup d'entre nous, moi compris, cela peut sembler un paradoxe historique.

» Permettez-moi d'utiliser une comparaison pour décrire la situation de ces pays il y a cinquante ans. À l'époque, l'Afrique était presque exclusivement constituée de colonies pliant sous le joug de l'impérialisme occidental. Solidaires de ces peuples, nous avons soutenu leurs mouvements de libération en leur fournissant des conseils et des armes. Ce n'est pas pour rien que Mao et sa génération ont montré l'exemple : une guérilla bien organisée peut triompher d'un ennemi plus puissant, comme des milliers de fourmis mordant le pied d'un éléphant finissent par le faire tomber. Notre aide a contribué à la libération de tous ces pays. Nous avons vu l'impérialisme battre de l'aile. La sortie de notre camarade Nelson Mandela de l'île où il avait si longtemps été emprisonné a sonné la défaite finale de l'impérialisme occidental sous ses habits coloniaux. La libération de l'Afrique a décalé l'axe du monde dans la direction où nous pensons que triompheront finalement la liberté et la justice. Nous voyons aujourd'hui de grands territoires souvent fertiles laissés à l'abandon en Afrique. Contrairement à notre pays, le continent africain n'est pas densément peuplé. Là réside une partie de la solution à ce qui menace notre stabilité.

Yan Ba vida le verre d'eau posé près du micro. Puis il continua. Il arrivait à présent à un point qu'il savait devoir faire débat au sein de ses auditeurs et au bureau politique du Parti.

– Nous devons savoir ce que nous faisons, dit Yan Ba, mais aussi ce que nous ne faisons pas. Ce que nous proposons aux Africains n'est pas une deuxième vague de colonisation. Nous ne venons pas en envahisseurs, mais en amis. Nous n'avons pas l'intention de reproduire les abus du colonialisme. Nous savons ce que signifie l'oppression : beaucoup de nos ancêtres ont vécu comme des esclaves aux États-Unis au dix-neuvième siècle. Nous avons nous-mêmes été victimes de la barbarie du colonialisme européen. Si des ressemblances de surface peuvent prêter à confusion, cela ne signifie pas pour autant que nous soumettions le continent africain à une agression coloniale. Nous voulons juste trouver la solution à un problème, tout en assistant ces gens. Dans les plaines dépeuplées, dans les vallées fécondes le long des grands fleuves africains, nous voulons développer l'agriculture en y envoyant des millions de nos paysans pauvres, qui commenceront aussitôt à cultiver ces terres en jachère. Nous ne chassons pas des populations, nous comblons un vide, et tout le monde y trouvera son compte. Dans certains pays d'Afrique, surtout au sud et au sud-est du continent, d'immenses surfaces pourraient être peuplées par nos pauvres. Nous mettrions ainsi en valeur l'Afrique, tout en éliminant chez nous une menace. Nous savons que nous rencontrerons de fortes résistances, et pas uniquement au sein de la communauté internationale qui accusera la Chine de devenir elle-même un pays colonial après avoir soutenu la lutte pour la décolonisation. C'est aussi au sein même du Parti que nous rencontrerons une résistance acharnée. Je souhaite par ce discours mettre en lumière ces oppositions. Les adversaires seront légion au sein des cercles dirigeants de notre pays. Vous qui êtes rassemblés ici aujourd'hui, vous représenterez le parti du bon sens et de la clairvoyance, convaincus qu'une grande part de ce qui menace notre stabilité peut être éliminée de cette façon. Les idées nouvelles rencontrent toujours une forte résistance. Mao et Deng le savaient mieux que quiconque. Ils se ressemblaient en cela : sans jamais craindre la nouveauté, ils étaient toujours à la recherche de solutions pour améliorer les conditions de vie des pauvres sur la planète, au nom de la solidarité.

Yan Ba consacra encore une heure quarante à exposer ce que serait la politique de la Chine dans un avenir proche. Quand il eut enfin fini de parler, il était si fatigué que ses jambes tremblaient. Les applaudissements fournis de la salle se prolongèrent dix-neuf minutes. Il avait accompli sa mission.

Il quitta l'estrade par là où il était arrivé et se dépêcha de rejoindre la voiture qui l'attendait pour le ramener à l'université. Il essaya d'imaginer les discussions qui allaient suivre son discours. Les participants allaient-ils plutôt se disperser chacun de son côté ? Chacun retourner à ses occupations en méditant aux événements qui allaient bientôt marquer la politique chinoise ?

Ce que Yan Ba éprouva au moment de sortir de scène,

était-ce une sensation de vide ? Il avait fait son devoir. Son nom ne serait jamais mentionné par les historiens qui se pencheraient sur les bouleversements de la politique chinoise commencés en cette année 2006. La légende parlerait peut-être d'une réunion secrète, mais personne ne saurait exactement. Les participants avaient reçu l'interdiction formelle de prendre des notes.

De retour dans son bureau, Yan Ba s'enferma et fit passer les feuillets de son discours dans le broyeur à papier qu'il avait fait installer au début de sa mission secrète. Une fois le discours réduit en charpie, il le descendit à la chaufferie, dans les sous-sols de l'université. Un gardien lui ouvrit le hublot d'une des chaudières. Il y jeta les débris de papier et les regarda se transformer en cendres.

Puis plus rien. Il passa le reste de la journée absorbé par la rédaction d'un article sur les implications futures de la recherche sur l'ADN. Il quitta son bureau juste après dix-huit heures et rentra chez lui. Il s'installa avec un petit frisson au volant de sa nouvelle voiture japonaise, offerte avec ses honoraires.

L'hiver serait long. Il attendait avec impatience le printemps.

Le même soir, Ya Ru regardait par la baie vitrée de son bureau panoramique, au sommet de son immeuble. Il songeait à ce discours prospectif qu'il avait passé la matinée à écouter. Ce n'était pourtant pas sa teneur qui le tracassait. Il était déjà au courant des stratégies en cours d'élaboration dans les premiers cercles du Parti. Par contre, il avait été surpris de voir sa sœur Hong invitée à cette conférence. Elle avait beau occuper une position de conseillère de haut niveau au cœur même du Parti communiste, il ne s'attendait pas à la rencontrer là.

Ça ne lui plaisait pas. Il était convaincu que Hong protesterait en chœur avec la vieille garde du Parti contre ce qui serait qualifié de néocolonialisme honteux.

Comme il était lui-même un des plus ardents défenseurs de cette nouvelle politique d'expansion en Afrique, il ne souhaitait pas trop se retrouver en porte-à-faux vis-à-vis de sa sœur. Cela ferait désordre et saperait la position de force qu'il occupait : s'il y avait bien quelque chose que les dirigeants du Parti détestaient, c'étaient les conflits familiaux aux postes les plus élevés. Personne n'avait oublié l'opposition entre Mao et son épouse Jiang Qing.

Sur son bureau, le journal de San était ouvert. Il n'avait pas encore rempli toutes les pages laissées blanches. Mais il savait que Liu Xin était de retour et viendrait bientôt lui faire son rapport.

Au mur, un thermomètre indiquait une température en baisse.

Ya Ru sourit et cessa de penser à sa sœur et au froid. Il allait bientôt quitter ce rude hiver pour participer au voyage d'une délégation de politiques et d'hommes d'affaires chinois dans quatre pays d'Afrique du Sud et de l'Est.

Il n'était encore jamais allé en Afrique. Mais maintenant que le continent noir allait prendre une importance croissante pour le développement de la Chine, peut-être même au point de devenir un jour un satellite de l'Empire du Milieu, il était essentiel qu'il soit présent lorsque se noueraient les relations d'affaires fondamentales.

Des semaines chargées en perspective : voyages, nombreuses rencontres. Avant que l'avion ne retourne à Pékin, il avait pourtant prévu de fausser compagnie à la délégation pendant quelques jours, le temps d'une excursion dans la brousse. Il espérait voir un léopard.

La ville s'étendait à ses pieds. Il savait que les léopards cherchent souvent les points culminants pour avoir une vue d'ensemble du paysage.

Je suis ici au sommet de ma colline, songea-t-il. Ma falaise. D'ici, rien ne m'échappe.

29

Au matin du 7 mars 2006, l'entrepreneur Shen Weixian vit sa condamnation à mort confirmée par la cour d'appel du tribunal populaire de Pékin. L'année précédente, il avait été condamné à mort avec sursis. Il avait eu beau exprimer ses regrets les plus amers pour avoir reçu des millions de yuans de pots-de-vin, le tribunal n'avait pas commué sa peine en prison à vie. L'opinion était de plus en plus remontée contre les chefs d'entreprise véreux de mèche avec le Parti communiste. Le PCC avait compris la nécessité de punir sévèrement ceux qui bâtissaient des fortunes un peu trop visibles en se laissant corrompre.

Shen Weixian avait cinquante-neuf ans. Parti de rien, il avait fait fortune avec un gros complexe d'abattoirs spécialisés dans le traitement de la viande de porc. Pour donner des avantages à certains fournisseurs, on lui avait proposé des pots-de-vin qu'il avait vite acceptés. Prudent au début, dans les années 1990, il s'était contenté de sommes modérées, en évitant d'attirer l'attention. Vers la fin de la décennie, voyant la plupart de ses collègues se servir grassement, il avait exigé des sommes de plus en plus importantes, tout en ne se privant plus d'afficher un train de vie tape-à-l'œil.

Il n'aurait jamais imaginé servir un jour de bouc émissaire. Jusqu'à ce que la sentence définitive ne tombe, il avait été persuadé que sa condamnation à mort serait commuée en peine de prison, dont la durée serait par la suite réduite. Après avoir écouté le juge lire d'une voix stridente la sentence qui prévoyait son exécution dans les quarante-huit heures, il était resté abasourdi. Personne, dans la salle d'audience, n'avait voulu le regarder en face. Quand les policiers l'avaient emmené, il avait commencé à protester. Mais il était déjà trop tard. On ne l'écoutait plus. On le transféra aussitôt dans une des cellules où les condamnés à mort étaient gardés sous haute surveillance, avant d'être emmenés seuls ou en groupe dans un champ à genoux, mains attachées dans le dos, pour recevoir une balle dans la nuque.

D'ordinaire, les criminels condamnés à mort pour meurtre, viol, braquage ou crimes de ce genre étaient le plus souvent conduits directement du tribunal au lieu de leur exécution. Jusqu'au milieu des années 1990, l'opinion était très favorable à la peine de mort : les condamnés étaient transférés dans des camions ouverts, et les exécutions avaient lieu en public. La foule avait la possibilité de décider si le prisonnier devait être abattu ou non. Mais ceux qui s'assemblaient à ces occasions ne demandaient jamais la grâce. Ils voulaient voir tuer ces hommes et ces femmes qu'on leur présentait tête baissée. Ces dernières années, pourtant, ces exécutions s'étaient faites plus discrètes. Aucune image qui ne soit strictement contrôlée par l'État ne pouvait en être prise, et les journaux n'en parlaient qu'après coup. Pour ne pas attiser ce que les autorités qualifiaient de colère hypocrite dans les pays étrangers, les exécutions de criminels ordinaires n'étaient plus rendues publiques. Personne d'autre que les autorités chinoises ne connaissait désormais le nombre exact des sentences réellement exécutées. Seules les exécutions comme celle de Shen Weixian étaient annoncées dans la presse, car elles servaient d'avertissement pour les entrepreneurs et les fonctionnaires haut placés, et d'exemples pour calmer l'opinion indignée par la corruption galopante.

Le bruit de la condamnation définitive de Shen Weixian se répandit comme une traînée de poudre dans les cercles politiques de Pékin. Hong Qiu eut vent de la décision de justice quelques heures après seulement. Elle rentrait d'une réunion avec d'autres femmes membres du Parti quand son téléphone sonna. Elle demanda à son chauffeur de se garer sur le bas-côté, le temps qu'elle réfléchisse à la situation. Hong ne connaissait pas Shen Weixian, elle l'avait juste croisé quelques années auparavant à une réception à l'ambassade de France. Il ne lui avait pas plu : elle avait instinctivement deviné un être avide et corrompu. Mais ce Shen Weixian était un ami proche de son frère. Bien entendu, Ya Ru prendrait ses distances, nierait qu'il ait été autre chose qu'une vague connaissance, mais Hong savait que la réalité était toute différente.

Elle prit une décision rapide. Elle se fit conduire à la prison où Shen Weixian passait les dernières heures de sa vie. Hong connaissait le directeur de l'établissement. Elle avait peut-être une chance de pouvoir approcher Shen.

À quoi pense un condamné à mort ? se demandait-elle, tandis que sa voiture se frayait un passage dans la circulation chaotique.

Hong avait vu beaucoup de personnes mourir. Elle avait assisté à des décapitations, des pendaisons, des pelotons d'exécution. Mais recevoir une balle dans la nuque pour corruption était la mort la plus méprisable qu'elle puisse imaginer. Qui voudrait ainsi finir aux poubelles de l'Histoire ? L'idée la fit frissonner. En même temps, elle n'était pas opposée à la peine de mort. Elle la considérait comme un instrument nécessaire à la protection de l'État, et trouvait juste qu'on prive les criminels du droit de vivre dans une société qu'ils avaient agressée. Elle n'avait aucune compassion pour les violeurs ou ceux qui tuaient pour voler. Même s'ils étaient issus d'un milieu défavorisé, même si leurs avocats pouvaient énumérer des circonstances atténuantes, la vie restait malgré tout une affaire de responsabilité personnelle. Il fallait assumer les conséquences de ses actes : dans les cas extrêmes, par la mort.

La voiture stoppa devant l'entrée de la prison. Avant d'ouvrir la portière, Hong observa le trottoir. Quelques personnes étaient là, sûrement des journalistes et des photographes. Elle entra par la petite porte qui jouxtait l'entrée principale.

Hong Qiu dut patienter presque une demi-heure avant d'être introduite dans les profondeurs labyrinthiques de la prison, guidée par un gardien jusqu'au bureau du directeur de l'établissement, Ha Nin, au premier étage. Elle ne l'avait pas vu depuis longtemps, et fut surprise de voir combien il avait vieilli.

– Ha Nin, fit-elle en tendant ses deux mains. Ça fait des années…

Il serra fort ses mains.

– Hong Qiu. Je vois que tes cheveux grisonnent, comme les miens. Tu te rappelles notre dernière rencontre ?

– Oui, au discours de Deng sur la nécessaire rationalisation de nos industries.

– Le temps passe vite.

– Toujours plus, à mesure qu'on vieillit. Je pense que la mort nous surprendra à une vitesse si vertigineuse que nous ne la verrons pas venir.

– Comme une grenade dégoupillée ? La mort nous explose en plein visage ?

Hong retira ses mains.

– Comme une balle qui sort du canon d'un fusil. Je suis venue pour te parler de Shen Weixian.

Ha Nin ne sembla pas surpris. Elle comprit que s'il l'avait fait attendre, c'était pour chercher à savoir ce qu'elle voulait. Il devait forcément s'agir du condamné à mort. Peut-être avait-il même téléphoné au ministère de l'Intérieur.

Ils s'assirent autour d'une table délabrée. Ha Nin alluma une cigarette. Hong lui exposa la situation. Elle souhaitait voir Shen, lui dire adieu, savoir si elle pouvait faire quelque chose pour lui.

– C'est très étrange, dit Ha Nin. Shen a supplié ton frère d'essayer de sauver sa tête, mais Ya Ru refuse de lui parler et déclare qu'il mérite la mort. Et te voilà, toi, sa sœur.

– Un homme qui mérite la mort ne mérite pas forcément qu'on refuse de lui rendre un dernier service ou d'écouter ses derniers mots.

– J'ai reçu l'autorisation de te laisser le voir. S'il veut bien.

– Et ?

– Je ne sais pas. Le médecin de la prison est en train de lui parler.

Hong hocha la tête et détourna le regard de Ha Nin, pour signifier qu'elle ne souhaitait pas prolonger la conversation.

Une autre demi-heure passa avant qu'on appelle Ha Nin dans l'antichambre de son bureau. Il revint en annonçant que Shen acceptait de la voir.

Ils se replongèrent dans le labyrinthe, jusqu'à un couloir où s'alignaient douze cellules. On gardait là les condamnés qui devaient être exécutés en même temps que Shen.

– Combien sont-ils ? demanda Hong à voix basse.

– Neuf. Deux femmes et sept hommes. Shen est le plus rapace de tous ces bandits. Les deux femmes sont là pour des affaires de prostitution, les hommes pour braquages et trafic de drogue. Des individus irrécupérables dont la société n'a pas besoin.

Hong ressentit un malaise en traversant ce couloir. Elle aperçut des formes gémissantes, qui se balançaient sur le bord de leur paillasse ou restaient étendues, apathiques. Y a-t-il quelque chose de plus effrayant que quelqu'un qui sait qu'il va bientôt mourir ? Son temps est compté, il n'y a pas d'issue. Le balancier de la pendule descend, la mort se prépare.

Shen était enfermé dans la dernière cellule, au bout du couloir. Lui qui avait d'ordinaire une chevelure fournie était à présent crâne rasé. Il portait un uniforme de prisonnier bleu, avec un pantalon trop grand et une veste trop petite. Ha Nin se retira en ordonnant à un des gardiens d'ouvrir la cellule. Hong y entra. L'angoisse et la peur suintaient des murs. Shen lui saisit la main et tomba à genoux.

– Je ne veux pas mourir, fit-il d'une voix rauque.

Elle l'aida à s'asseoir sur le bord de sa paillasse. Elle approcha un tabouret et s'assit en face de lui.

– Il faut être courageux, dit-elle. On se souviendra que tu es mort dignement. Tu le dois à ta famille. Mais personne ne peut te sauver. Ni moi, ni personne.

Shen la regarda, les yeux écarquillés.

– Mais je n'ai rien fait de plus que tous les autres.

– Pas tous. Mais beaucoup, oui. Tu dois assumer tes actes, et ne pas t'humilier davantage en mentant.

– Pourquoi est-ce à moi de mourir ?

– Cela aurait pu tomber sur un autre. Aujourd'hui, c'est ton tour. À la fin, tous ceux qui ne seront pas revenus dans le droit chemin subiront le même sort.

Shen regarda ses mains tremblantes en secouant la tête.

– Personne ne veut me parler. Non seulement je vais mourir, mais je suis seul au monde. Aucun membre de ma famille ne veut venir ici. C'est comme si j'étais déjà mort.

– Ya Ru non plus n'a pas voulu venir.

– Je ne comprends pas.

– En fait, je suis ici pour lui.

– Je ne veux pas l'aider.

417

– Tu te trompes. Ya Ru n'a pas besoin d'aide. Il se couvre en niant en bloc avoir jamais eu affaire avec toi. C'est la règle du jeu, tout le monde te calomnie. Ya Ru ne fait pas exception.

– C'est vrai ?

– Je te le dis. Je peux faire une seule chose pour toi. Je peux t'aider à te venger, si tu me racontes le détail de ta collaboration avec Ya Ru.

– Mais c'est ton frère !

– Ces liens de famille sont depuis longtemps rompus. Ya Ru est dangereux pour notre pays. La société chinoise est fondée sur une exigence de probité individuelle. Le socialisme ne peut être viable et se développer sans civisme. Les individus comme toi et Ya Ru ne sont pas seulement corrompus, ils corrompent toute la société.

Shen finit par comprendre ce que Hong attendait de lui. Cela sembla lui redonner des forces et endormir un peu sa terreur. Hong savait que Shen pouvait à tout moment retomber dans une angoisse mortelle qui le paralyserait. Elle le pressait donc de questions, comme s'il subissait un nouvel interrogatoire.

– Tu es enfermé dans une cellule en attendant de mourir. Ya Ru est dans son bureau, au sommet de l'immeuble qu'il a baptisé la Montagne du Dragon. Est-ce juste ?

– Il pourrait très bien être à ma place.

– Des bruits courent sur son compte. Mais Ya Ru est habile. On dirait qu'il ne laisse jamais de traces derrière lui.

Shen se pencha vers elle et chuchota :

– Il faut suivre l'argent.

– Et où cela nous mène-t-il ?

– À ceux qui lui ont prêté de fortes sommes pour qu'il puisse construire son nid de dragon. D'où aurait-il pu, sinon, tirer tous les millions ?

– De ses investissements industriels.

– De méchantes usines qui fabriquent des bateaux en plastique pour que les enfants occidentaux jouent dans leurs baignoires ? Des baraques d'arrière-cour où l'on coud des chaussures et des T-shirts ? Même ses briqueteries ne lui rapportent pas grand-chose.

Hong fronça les sourcils.

– Ya Ru a des intérêts dans des usines de briques ? Alors qu'on a découvert que les ouvriers y sont traités comme des esclaves, qu'on les brûle s'ils ne travaillent pas assez dur !

– Ya Ru a été prévenu à temps. Il a retiré ses billes juste avant les descentes de police. On l'avertit toujours : il a des espions partout.

Soudain, Shen pressa fort ses deux mains sur son ventre, comme sous le coup d'une douleur aiguë. Hong vit l'angoisse sur son visage, et fut à deux doigts de ressentir pour lui de la compassion. Il n'avait que cinquante-neuf ans, avait fait une carrière fulgurante et était sur le point de tout perdre, et pas seulement sa fortune, sa vie aisée, l'oasis de luxe qu'il avait construite pour lui et sa famille au milieu de tant de misère. Après son arrestation, les journaux s'étaient complu à étaler des détails croustillants sur ses deux filles qui se rendaient régulièrement à Tokyo ou Los Angeles pour faire leur shopping. Hong se souvenait encore d'un gros titre, certainement fourni par les services secrets et le ministère de l'Intérieur : « Elles s'achètent des vêtements de luxe avec les économies des pauvres éleveurs de cochons ! » Ce titre avait été repris en boucle. On avait aussi publié des courriers des lecteurs, évidemment rédigés par les journaux sous le contrôle des fonctionnaires qui géraient à un haut niveau les retombées politiques du procès Shen. On y proposait que le corps de Shen soit débité en quartiers et jeté aux cochons. La seule façon de le punir était d'en faire de la nourriture pour les porcs.

– Je ne peux pas te sauver, répéta Hong. Mais je peux te

donner la possibilité d'en entraîner d'autres dans ta chute. On m'a autorisée à te parler pendant trente minutes. Il ne reste plus beaucoup de temps. Tu disais que je devais suivre l'argent ?

– On le surnomme parfois « Main d'Or ».

– Qu'est-ce que ça veut dire ?

– Ce n'est pas clair ? Il joue les intermédiaires. Celui qui blanchit l'argent. Le fait sortir de Chine, le place à l'insu du fisc. Il prend quinze pour cent sur toutes les transactions. En particulier, il nettoie l'argent qui coule à flots à Pékin en ce moment, tous ces stades, tous ces immeubles qu'on construit à l'approche des prochains jeux Olympiques.

– Peut-on prouver tout ça ?

– Il faut deux mains, dit doucement Shen. Celle qui reçoit, mais aussi celle qui est prête à donner. Quand les condamne-t-on à mort, ceux qui sont prêts à verser un pot-de-vin pour obtenir un avantage ? Presque jamais. Pourquoi le corrompu serait-il un plus grand criminel que le corrupteur ? C'est pour ça qu'il faut suivre la piste de l'argent. Commence par Chang et Lu, les maîtres d'œuvre. Ils ont peur, ils parleront pour se protéger. Ils peuvent raconter des histoires vraiment surprenantes.

Shen se tut. Hong songea à la lutte acharnée que se livraient, loin des médias, ceux qui voulaient conserver les vieux quartiers du centre de Pékin et ceux qui voulaient tout raser pour des projets immobiliers à l'approche des jeux Olympiques. Elle faisait partie de ceux qui défendaient bec et ongles le vieux Pékin. Elle avait plusieurs fois eu l'occasion de rejeter violemment les accusations de sentimentalisme passéiste. On pouvait évidemment construire et rénover ces quartiers, mais pas laisser des intérêts à court terme décider de l'aspect de la capitale.

Les jeux Olympiques datent de 1896. C'est très peu, à peine un siècle. Nous ne savons même pas s'il s'agit d'une tradition vouée à durer, ou si le phénomène ne va pas s'éteindre dans un siècle ou deux. Il faut toujours se souvenir du mot de Zhou Enlai à qui on demandait quels enseignements tirer de la Révolution française. Zhou avait répondu qu'il était encore trop tôt pour prononcer une appréciation définitive.

Hong se rendit compte qu'avec ses questions pressantes, elle avait presque réussi pendant quelques courtes minutes à faire oublier son sort à Shen. Il reprit la parole :

– Ya Ru est très vindicatif. On dit de lui qu'il ne pardonne jamais rien. Il m'a aussi dit un jour considérer sa famille comme une vraie dynastie, dont le souvenir devait être à jamais conservé. Attention à ne pas passer pour le mouton noir qui salit l'honneur de la famille.

Shen la regarda droit dans les yeux.

– Il tue ceux qui le gênent. Je le sais. Mais surtout ceux qui se moquent de lui. Il a des hommes qui s'occupent de ça. Ils surgissent de nulle part et disparaissent aussitôt. J'ai récemment entendu dire qu'il avait envoyé un de ses hommes aux États-Unis. La rumeur raconte qu'il est revenu à Pékin en laissant des cadavres derrière lui. Il serait aussi allé en Europe.

– Aux États-Unis ? En Europe ?

– C'est ce que dit la rumeur.

– Et elle dit vrai ?

– La rumeur dit toujours vrai. Au-delà des mensonges et des exagérations, il y a toujours un fond de vérité. C'est dans cette direction qu'il faut chercher.

– Comment sais-tu tout ça ?

– Sans un flot continuel d'informations, le pouvoir n'est pas tenable.

– Ton savoir ne t'a pas beaucoup aidé.

Shen se tut. Hong repensa à tout ce qu'il lui avait dit. Elle en était encore surprise.

Elle songea à ce que la juge suédoise lui avait raconté. Hong avait reconnu l'homme sur la photo que Birgitta Roslin lui avait montrée. Même si elle était floue, il n'y avait aucun doute : il s'agissait de Liu Xin, le garde du corps de son frère. Y avait-il un rapport avec ce dont Shen venait de parler ? Était-ce possible ? Dans ce cas, Ya Ru la stupéfiait : était-il habité d'un tel désir de vengeance malsain, que rien ne pouvait arrêter ? Pas même une distance de plus d'un siècle ?

Le garde resté dans le couloir revint. Le temps était écoulé. Le visage de Shen devint soudain blafard. Il s'agrippa à son bras.

– Ne me laisse pas, dit-il. Je ne veux pas mourir seul.

Hong se dégagea. Shen se mit à crier comme un enfant terrorisé. Le gardien le fit tomber à la renverse. Hong sortit de la cellule et quitta les lieux au plus vite. Le cri désespéré de Shen la hanta jusqu'au bureau de Ha Nin.

Elle prit alors sa décision. Elle ne laisserait pas Shen seul dans ses derniers instants.

Juste avant sept heures le lendemain matin, Hong Qiu se trouvait sur le terrain clôturé qu'on utilisait pour les exécutions. Elle avait entendu dire que les militaires s'y étaient entraînés quinze ans plus tôt, avant de marcher sur la place Tienanmen. Mais, ce matin-là, on allait y exécuter neuf criminels. Hong prit place derrière une barrière en compagnie de proches des condamnés grelottant et en larmes. Des jeunes soldats, fusil au poing, les surveillaient. Hong observa le jeune homme le plus proche d'elle. Il n'avait pas plus de dix-neuf ans.

Elle chercha en vain à imaginer ce qu'il pouvait penser. Il avait à peu près l'âge de son propre fils.

Un camion bâché s'avança sur le terrain. Des soldats impatients en firent descendre les neuf condamnés. La mise à mort dans le froid sur ce terrain humide n'était entourée d'aucune forme de dignité. Elle vit Shen tomber à la renverse quand on le bouscula hors du camion. Il ne disait rien, mais des larmes coulaient sur son visage. Une des femmes, par contre, hurlait. Un des soldats la rabroua, mais elle continua à crier jusqu'à ce qu'un officier vienne la frapper au visage avec la crosse de son pistolet. Alors, elle se tut et se laissa traîner jusqu'à sa place dans le rang des condamnés. On les força à s'agenouiller. Des soldats se dépêchèrent de prendre position derrière eux, le canon de leurs fusils à moins de trente centimètres de leurs nuques. Tout alla très vite. Un officier hurla un ordre, la salve partit et les condamnés tombèrent en avant, la tête dans la boue. Quand l'officier passa donner à chacun le coup de grâce, Hong détourna les yeux. Elle ne voulait pas en voir davantage. Ces deux balles allaient être facturées aux familles.

Les jours suivants, elle réfléchit longuement aux révélations de Shen. Ce qu'il avait dit du désir de vengeance de Ya Ru lui revenait sans cesse à l'esprit. Elle savait qu'il n'avait pas hésité à recourir à la violence par le passé. Il s'était montré brutal, presque sadique. Son frère était-il au fond un psychopathe ? Grâce à Shen, elle allait peut-être enfin connaître son vrai visage.

Soudain, elle se décida. Elle allait contacter un des procureurs spécialisés dans les affaires de corruption.

Hong n'avait aucun doute : Shen avait dit la vérité.

Trois jours après, tard le soir, Hong Qiu arriva sur un aéroport militaire des environs de Pékin. Deux des plus gros avions d'Air China attendaient sous de puissants projecteurs la délégation de près de quatre cents personnes en partance pour le Zimbabwe.

Hong avait été informée début décembre qu'elle participerait au voyage. Sa mission était de préparer le terrain pour une collaboration approfondie des services secrets chinois et du Zimbabwe. Il s'agissait surtout pour les Chinois de transmettre techniques et savoir-faire à leurs collègues africains. Hong s'était réjouie de cette mission : elle n'était encore jamais allée en Afrique.

Elle embarqua en priorité, dans les confortables fauteuils de la première classe. Après le décollage, elle mangea et s'endormit aussitôt les lumières éteintes.

Elle fut réveillée par une présence sur le siège vacant à côté d'elle. En ouvrant les yeux, elle se trouva nez à nez avec le visage souriant de Ya Ru.

– Surprise, ma chère sœur ? Tu ne pouvais pas avoir lu mon nom sur la liste des membres de la délégation, pour la bonne raison qu'elle n'est pas complète. Naturellement, je savais que tu en serais.

– J'aurais dû me douter que tu ne laisserais pas passer une telle opportunité.

– Aujourd'hui que les puissances occidentales abandonnent le terrain en Afrique, c'est tout naturellement à la Chine d'entrer en scène. J'entrevois de grandes avancées pour notre patrie.

– Et moi, je constate que la Chine s'éloigne de plus en plus de son idéal.

Ya Ru lui fit signe de se taire.

– Pas maintenant, en pleine nuit. La terre entière dort sous nos pieds. Nous sommes peut-être au-dessus du Vietnam, ou peut-être déjà plus loin. Nous n'allons pas nous disputer. Dormons. Tes questions peuvent attendre. Ou dois-je plutôt dire : tes accusations ?

Ya Ru se leva et disparut par l'escalier qui conduisait au deuxième niveau, juste derrière le nez de l'appareil.

Nous ne nous contentons pas de voyager dans le même avion, pensa-t-elle. Nous transportons avec nous notre champ de bataille, où l'issue du combat est encore loin d'être décidée.

Elle referma les yeux. C'est inévitable, se dit-elle. Le moment arrivera où le fossé qui se creuse entre nous ne pourra et ne devra plus être dissimulé. Tout comme la ligne de fracture qui divise le Parti.

Elle parvint peu à peu à s'endormir. Elle n'arriverait jamais à se mesurer à son frère sans s'être bien reposée.

Au-dessus d'elle, Ya Ru veillait, un verre à la main.

Il avait vraiment compris à quel point il haïssait sa sœur Hong. Il fallait qu'elle disparaisse. Elle ne faisait plus partie de cette famille qu'il idolâtrait. Elle se mêlait beaucoup trop de ce qui ne la regardait pas. La veille de son départ, on l'avait informé de la visite de sa sœur chez un procureur chargé des affaires de corruption. Il était convaincu que c'était à son sujet.

En outre, son ami haut placé dans la police, Chan Bing, lui avait raconté l'intérêt porté par Hong à une juge suédoise en visite à Pékin. Ya Ru reparlerait à Chan Bing à son retour d'Afrique.

Hong lui avait déclaré la guerre. Pour lui, elle allait perdre la partie avant même qu'elle soit vraiment commencée.

Ya Ru fut surpris de ne pas hésiter un instant. Mais non, aucun obstacle ne devait plus lui barrer la route. Pas même sa chère sœur, un étage plus bas, emportée par le même avion que lui.

Ya Ru s'allongea dans un fauteuil inclinable. Bientôt, il s'endormit à son tour.

Sous lui, l'océan Indien et, au-delà, la côte africaine, encore plongée dans les ténèbres.

30

Hong était assise sur la véranda du bungalow où elle devait loger pendant son séjour au Zimbabwe. La chaude nuit africaine avait remplacé l'hiver pékinois. Elle tendait l'oreille aux bruits qui emplissaient les ténèbres, en particulier le chant strident des sauterelles. Malgré la chaleur, elle portait des manches longues : on l'avait mise en garde contre les moustiques, porteurs du paludisme. Elle aurait aimé se mettre toute nue, sortir son lit sur la véranda et passer la nuit à la belle étoile. Elle n'avait jamais eu aussi chaud qu'à l'aube, à la descente de l'avion. C'était comme une libération. Le froid nous entrave tel un carcan. La chaleur nous libère.

Son bungalow était entouré d'arbres et de buissons, dans un village artificiel où l'État zimbabwéen recevait les hôtes de marque. Il avait été construit au temps de Ian Smith, quand la minorité blanche avait unilatéralement déclaré l'indépendance vis-à-vis de l'Angleterre et installé un pouvoir blanc raciste à la tête de l'ancienne colonie. Il n'y avait à l'époque qu'un grand hôtel avec restaurant et piscine, où Ian Smith se retirait avec ses ministres certains week-ends pour discuter des graves problèmes auxquels le pays, de plus en plus isolé, était confronté. Après 1980, la chute du régime blanc et l'arrivée au pouvoir du libérateur Robert Mugabe, on y avait construit de nombreux bungalows reliés par des sentiers et un long belvédère donnant sur le fleuve Logo, d'où l'on pouvait voir les troupeaux d'éléphants venir boire au coucher du soleil.

On apercevait un gardien sur le sentier qui serpentait entre les arbres. Hong se dit qu'elle n'avait jamais connu une nuit si compacte que la nuit africaine. N'importe quel prédateur, à deux ou quatre pattes, pouvait y être tapi.

Elle frémit à l'idée que son frère s'y cachait peut-être. Aux aguets, attendant son heure. Au cœur des ténèbres, pour la première fois, au plus profond de son être, elle avait peur de lui. Comme si elle comprenait seulement à présent qu'il était capable de tout pour satisfaire son appétit de pouvoir, de richesse, son désir de vengeance.

Cette pensée la fit frissonner. Elle sursauta en sentant un insecte sur son visage. Un verre tomba de la table en bambou et se brisa. Les sauterelles se turent un instant avant de reprendre de plus belle.

Hong déplaça son fauteuil pour ne pas risquer de marcher sur des éclats de verre. Sur la table, le programme de son séjour au Zimbabwe. Elle avait passé la première journée à assister à d'ennuyeux défilés militaires accompagnés de fanfares. Puis, dans une longue caravane de voitures escortée par des motards, la délégation avait été conduite à un déjeuner où des ministres avaient prononcé de longs discours et porté des toasts. Selon le programme, le président Mugabe aurait dû être présent, mais il ne s'était pas montré. Après l'interminable déjeuner, ils avaient enfin pu prendre possession de leurs bungalows. Le camp était situé à quelques dizaines de kilomètres au sud-ouest de Harare. Par la vitre de la voiture, Hong avait regardé défiler les paysages désolés et les villages grisâtres, en se disant que la misère avait partout le même visage. Les riches peuvent toujours se payer le luxe de la variété : des maisons, des voitures, des vêtements différents. Ou des idées, des rêves différents. Mais, pour les pauvres, il n'y a que cette grisaille obligatoire, l'expression unique de la misère.

En fin d'après-midi s'était tenue une réunion pour préparer le travail des jours suivants. Elle avait préféré rester dans sa chambre à parcourir ses dossiers. Puis elle avait fait une longue promenade jusqu'au fleuve, à regarder les lents déplacements des éléphants dans la brousse et la tête des hippopotames à fleur d'eau. Elle s'était retrouvée presque seule sur la rive, avec pour toute compagnie un chimiste de l'université de Pékin et un économiste radical formé sous Deng Xiaoping. Elle savait que ce dernier, dont elle avait oublié le nom, avait d'étroits contacts avec Ya Ru. Elle se demanda s'il n'avait pas été envoyé par son frère pour surveiller ses faits et gestes. Mais elle se dit qu'elle se faisait des idées : son frère était bien trop malin.

Ce débat qu'elle souhaitait avoir avec Ya Ru était-il seulement possible ? Le fossé qui divisait le Parti communiste chinois n'avait-il pas atteint un point de non-retour interdisant toute réconciliation ? Il ne s'agissait pas de simples divergences de détail portant sur telle ou telle stratégie politique à un moment donné. Le conflit était beaucoup plus profond, il opposait les tenants de l'ancien idéal communiste à un courant qui n'avait plus qu'un lien très superficiel avec ce qui avait fondé la République populaire cinquante-sept ans plus tôt.

Un air de lutte finale, se dit Hong. Pas jusqu'à la fin des temps, il faudrait être naïf pour le croire. Sans cesse renaîtraient de nouveaux conflits, des luttes de classes, des révoltes. L'Histoire n'avait pas de fin. Mais cela ne faisait pourtant aucun doute : la Chine se trouvait à la croisée des chemins. Jadis, elle avait contribué à en finir avec l'ère coloniale. Les pays pauvres d'Afrique s'étaient libérés, mais quel rôle y jouerait la Chine, à l'avenir ? Celui d'ami, ou de nouvelle puissance coloniale ?

Si des hommes comme son frère l'emportaient, le dernier bastion stable de la société chinoise s'effondrerait : une vague de capitalisme sauvage balaierait ce qui restait des institutions fondées sur un idéal de solidarité. Le pays ne s'en relèverait pas de longtemps, peut-être après plusieurs générations. Hong était profondément convaincue que l'homme était un être rationnel, que la solidarité était une affaire de bon sens, et pas seulement de sentimentalisme ; le monde, malgré tous les retours en arrière, progressait vers le triomphe de la raison. Mais elle était en même temps persuadée que rien n'allait de soi, que rien dans les sociétés humaines ne se construisait automatiquement. Aucune loi naturelle ne régissait le comportement humain.

On en revenait à Mao. Comme si son visage flottait dans ces ténèbres. Il savait ce qui allait se passer, songea Hong. La question de l'avenir n'est jamais réglée une fois pour toutes. Il ne cessait de le répéter, mais personne ne l'écoutait. Sans cesse, de nouveaux groupes sociaux chercheraient à accaparer de nouveaux privilèges, de nouvelles révoltes éclateraient.

Perdue dans ses pensées, elle s'assoupit sur la véranda. Un bruit la réveilla. Elle tendit l'oreille. Le bruit recommença. On frappait à sa porte. Elle regarda sa montre : minuit. Qui donc pouvait venir la voir, si tard ? On frappa de nouveau. Quelqu'un qui sait que je ne dors pas, se dit-elle, qui m'a vue sur la véranda. Elle alla regarder par le judas. Un Africain, en uniforme de l'hôtel. Sa curiosité l'emporta, elle ouvrit. Le jeune homme lui remit une lettre. En voyant son nom sur l'enveloppe, elle comprit qu'elle était de la main de Ya Ru. Elle donna quelques dollars zimbabwéens au garçon, sans bien savoir si c'était trop ou pas assez, puis retourna sur la véranda lire le billet :

Hong,
Nous devrions faire la paix, au nom de la famille, au
nom de la nation. Pardon pour la grossièreté dont j'ai
parfois fait preuve à ton égard. Arrêtons de nous fuir,
regardons-nous à nouveau en face. Je t'invite à passer
les derniers jours avant notre retour avec moi dans la
brousse, au plus proche de la nature et des animaux.
Nous serons tranquilles pour parler.

Ya Ru.

Elle relut attentivement la lettre, comme si elle cherchait un message caché entre les lignes. En vain. Rien n'expliquait non plus cet envoi en pleine nuit.

Elle scruta les ténèbres en songeant au prédateur qui guette sa proie.

– Je te vois, chuchota-t-elle. D'où que tu surgisses, je te repérerai à temps. Je ne te laisserai plus jamais t'asseoir à côté de moi sans t'avoir vu arriver.

Hong se réveilla tôt le lendemain. Son sommeil avait été agité. Elle avait rêvé d'ombres qui s'approchaient, menaçantes, sans visage. À présent, elle regardait le rapide lever du soleil au-dessus de la brousse qui s'étendait à perte de vue. Un martin-pêcheur multicolore se posa sur la rambarde de la véranda, pour s'envoler aussitôt. Dans l'herbe scintillait la rosée de la nuit humide. On entendait au loin des voix étrangères, des rires. Des odeurs fortes flottaient dans l'air. Elle repensa à ce message arrivé en pleine nuit. Il fallait redoubler de prudence. D'une certaine façon, elle était bien plus seule face à Ya Ru dans ce pays étranger.

À huit heures, trente personnes triées sur le volet, parmi lesquelles les maires de Shanghai et de Pékin, s'étaient rassemblées dans une salle de conférences de l'hôtel autour du ministre du Commerce. Les murs étaient ornés du portrait de Mugabe, arborant un petit sourire dont Hong n'arrivait pas à savoir s'il était méprisant ou aimable. Le secrétaire d'État auprès du ministre du Commerce réclama l'attention.

– Nous allons à présent rencontrer le président Mugabe. Il nous reçoit dans son palais. Nous entrons sur un rang, distance protocolaire habituelle entre le ministre, les maires et le reste de la délégation. Nous saluons, écoutons les hymnes nationaux, puis nous nous asseyons autour d'une table aux places marquées à nos noms. Le président et notre ministre échangent alors les compliments d'usage par l'intermédiaire de leurs interprètes, après quoi le président Mugabe fait un discours assez bref. Nous ne savons pas ce que cela signifie, car nous n'en avons pas reçu de copie à l'avance. Cela peut aller de vingt minutes à trois heures. Pensez à passer aux toilettes avant. Ensuite, c'est le moment des questions. Ceux qui parmi vous en ont préparé lèvent la main, se mettent debout, se présentent quand on leur donne la parole et attendent la réponse du président. Aucune question supplémentaire n'est autorisée, personne d'autre dans la délégation ne doit s'exprimer. Après cette rencontre, la plus grande partie de la délégation part visiter les mines de cuivre de Wandlana, tandis que le ministre et quelques membres de la délégation poursuivent l'entretien avec Mugabe et un nombre indéterminé de ses ministres.

Hong Qiu regarda Ya Ru, appuyé contre un pilier au fond de la salle de conférences, yeux mi-clos. Leurs regards ne se croisèrent qu'au moment de sortir. Il lui sourit, avant de s'engouffrer dans une des voitures réservées au ministre, aux maires et à certains membres de la délégation triés sur le volet.

Hong monta dans un bus qui attendait. Ya Ru a un plan, se dit-elle. Mais lequel ?

Elle avait de plus en plus peur. Il faut que je me confie à quelqu'un, se dit-elle. Elle regarda dans le bus. Elle connaissait depuis longtemps beaucoup des membres les plus âgés de la délégation. La plupart partageaient son opinion sur l'évolution politique de la Chine. Mais ils sont si vieux et las qu'ils ne réagissent même plus quand le danger menace.

Elle continua à chercher du regard, en vain. Personne à qui se confier. Après la rencontre avec le président Mugabe, elle éplucherait en détail la liste de tous les membres de la délégation. Il devait bien y avoir quelqu'un à qui s'adresser.

Le bus se dirigea à vive allure vers Harare. Par la vitre, Hong voyait les nuages de poussière rouge retomber sur les piétons qui longeaient la route.

Le bus s'arrêta brusquement. Un homme assis de l'autre côté du couloir lui expliqua :

– Nous ne pouvons pas arriver en même temps. Les voitures de tête qui transportent les personnes les plus importantes doivent avoir une certaine avance. Puis ce sera notre tour d'entrer en piste pour faire tapisserie.

Hong sourit. Elle avait oublié le nom de son interlocuteur. Mais elle savait que son statut de professeur de physique lui avait valu les pires traitements durant la révolution culturelle. Quand il était enfin revenu de ses nombreux séjours de rééducation aux champs, il avait aussitôt été pressenti pour diriger ce qui devait devenir l'Institut chinois de recherche spatiale. Hong devina qu'il partageait son opinion sur l'avenir de la Chine. Un des rares de la vieille école à n'avoir pas encore baissé les bras. Pas comme tous ces jeunes incapables de regarder au-delà de leur nombril.

Ils s'étaient arrêtés au niveau d'un petit marché qui s'étendait le long de la route. Hong savait que l'économie du Zimbabwe était au bord de la faillite. C'était d'ailleurs une des raisons de la présence de la délégation chinoise. Même si personne n'accepterait de le reconnaître, c'était le président Mugabe lui-même qui avait supplié le gouvernement chinois d'investir pour aider le pays à sortir du marasme. Avec les sanctions occidentales, les structures fondamentales du pays étaient en train de s'effondrer. Quelques jours avant son départ, Hong avait lu dans un journal que l'inflation au Zimbabwe avoisinait les cinq mille pour cent. Les gens au bord de la route marchaient lentement. Hong se dit qu'ils étaient affamés ou fatigués.

Soudain, Hong vit une femme se laisser tomber à genoux. Elle avait un enfant sur le dos et un tour de tête en tissu tressé. Deux hommes unirent leurs forces pour soulever un lourd sac de ciment dont ils la chargèrent. Puis ils l'aidèrent à se redresser. Hong la vit repartir d'un pas mal assuré le long de la route. Sans réfléchir, elle se leva et s'approcha de l'interprète :

– Suivez-moi.

La jeune femme ouvrit la bouche pour protester. Hong ne lui en laissa pas le temps. Le chauffeur avait ouvert la porte avant pour aérer le bus où régnait déjà une chaleur étouffante, car l'air conditionné était en panne. Hong entraîna l'interprète de l'autre côté de la route, où les deux hommes s'étaient assis à l'ombre pour fumer une cigarette. La femme avait déjà disparu dans la brume de chaleur avec son lourd fardeau sur la tête.

– Demandez-leur le poids du sac dont ils ont chargé cette femme.

– Cinquante kilos, traduisit l'interprète.

– Mais c'est énorme. Son dos sera brisé avant qu'elle ait trente ans.

Les deux hommes se contentèrent de rire, goguenards.

– Nous sommes fiers de nos femmes. Elles sont très fortes.

Hong ne vit dans leurs yeux que de l'incompréhension. La condition des femmes est la même ici que chez les paysans pauvres en Chine, songea-t-elle. Elles portent toujours d'énormes fardeaux. Mais le plus lourd est le poids des traditions.

Elle regagna le bus qui repartit aussitôt. L'escorte motocycliste était revenue. Par la vitre baissée, Hong tendait son visage au vent.

Elle n'oublierait pas cette femme avec son sac de ciment.

La rencontre avec le président Mugabe dura quatre heures. En le voyant entrer, elle trouva qu'il ressemblait à un simple instituteur. Quand il lui serra distraitement la main, il la regarda sans la voir, comme s'il vivait dans un autre monde, qui ne faisait que frôler le sien. Il ne se souviendrait pas d'elle. Hong songea que ce petit homme qui dégageait une impression de force malgré son âge et son apparente fragilité avait souvent été décrit comme un tyran sanguinaire qui martyrisait son propre peuple, détruisait les villages, expropriait à tour de bras selon son bon plaisir. D'autres le considéraient pourtant comme un héros menant une lutte tenace contre les restes du colonialisme qu'il s'obstinait à dénoncer en tant que cause unique de tous les problèmes du Zimbabwe.

Et elle ? Elle était trop peu informée pour se forger une opinion personnelle. Pourtant, par bien des aspects, Robert Mugabe forçait l'admiration et le respect. Même si tout n'était pas rose, il avait cette ferme conviction que le colonialisme avait des racines profondes dont on ne se débarrassait pas une fois pour toutes. Les attaques violentes et continuelles qu'il subissait de la part des pays occidentaux l'incitaient tout particulièrement à le respecter. Hong se doutait bien que ces cris d'orfraie étaient une façon de se voiler la face et de ne pas reconnaître les plaies du colonialisme dont le pays souffrait encore.

Le Zimbabwe et Robert Mugabe étaient en état de siège. Mugabe avait suscité un fort émoi en Occident quelques années auparavant, lorsqu'il avait déclenché un mouvement pour chasser les gros fermiers blancs qui dominaient toujours le pays en privant de terre des centaines de milliers de Zimbabwéens pauvres. La haine contre Mugabe croissait à chaque confrontation au cours de laquelle un fermier blanc était blessé par des jets de pierres ou un coup de feu.

Mais Hong savait aussi que, dès 1980, après avoir libéré le pays de la junte fasciste de Ian Smith, Mugabe avait convié les fermiers blancs à discuter librement d'une solution pacifique à la question décisive de la terre. Sa proposition était restée lettre morte. Pendant quinze ans, il avait réitéré son invitation, sans recevoir d'autre réponse qu'un silence méprisant. La situation n'avait bientôt plus été tenable, et un certain nombre de parcelles avaient été redistribuées aux paysans sans terre. La condamnation de la communauté internationale avait été immédiate et le chœur des protestations unanime.

Instantanément, l'image de libérateur de Mugabe s'était transformée en celle d'un tyran africain classique : on traîna sans vergogne dans la boue l'honneur de cet homme qui avait mené son pays à la libération. Personne pour rappeler qu'il avait laissé les anciens dirigeants, à commencer par Ian Smith lui-même, continuer à vivre tranquillement dans le pays. Il ne les avait pas expédiés au gibet après un procès sommaire, comme le faisaient les Britanniques avec les Noirs qui se révoltaient dans leurs colonies. Entre Blancs et Noirs, il y avait clairement deux poids, deux mesures.

Elle écoutait le discours de Mugabe. Il parlait lentement, d'une voix douce, évoquait sans hausser le ton les sanctions internationales qui avaient entraîné l'augmentation de la mortalité infantile, l'extension de la famine et l'exode massif de ses compatriotes vers l'Afrique du Sud où ils allaient grossir les rangs des millions de travailleurs clandestins. Mugabe parla ensuite de l'opposition qui existait dans le pays.

– Il y a bien eu des incidents, souligna-t-il. Mais, dans les médias occidentaux, on n'a jamais fait état des attaques dirigées contre moi et mes partisans. C'est toujours nous qui jouons le mauvais rôle, avec nos pierres et nos bâtons, jamais les autres qui lancent leurs bombes incendiaires, mutilent et battent à mort.

Un discours long, mais éloquent. Hong songea que cet homme avait quatre-vingts ans. Comme beaucoup d'autres dirigeants africains, il avait passé plusieurs années en prison, quand les forces coloniales pensaient encore pouvoir repousser les attaques contre leur domination. Elle savait parfaitement que le Zimbabwe était un pays corrompu. Le chemin était ardu. Mais il était trop facile de tout mettre sur le dos de Mugabe. La réalité était plus complexe.

Hong Qiu voyait Ya Ru à l'autre bout de la table, plus près du ministre du Commerce et du pupitre de Mugabe. Il griffonnait sur un carnet. Il le faisait depuis qu'il était petit : dessiner des petits bonshommes tout en réfléchissant ou en écoutant, le plus souvent des diablotins qui sautillaient au milieu des flammes de l'enfer. C'est pourtant sans doute celui qui écoute le plus attentivement, se dit Hong. Il s'imbibe du discours et l'analyse pour voir quel avantage il pourra en tirer dans ses affaires futures. Car tel était bien le but de ce voyage : quelles matières premières le Zimbabwe pouvait-il nous fournir ? Comment se les procurer au plus bas prix ?

La rencontre achevée, le président sorti, Hong et Ya Ru se retrouvèrent nez à nez sur le seuil de la grande salle. Ils tenaient chacun son assiette d'amuse-gueules servis au buffet. Ya Ru buvait du vin rouge, Hong se contentait d'un verre d'eau.

– Pourquoi m'envoyer une lettre en pleine nuit ?

– Sur le moment, cela m'a semblé d'une importance capitale. Il fallait que je le fasse, sans attendre.

– Comment l'homme qui a frappé à ma porte savait-il que j'étais réveillée ?

Ya Ru haussa un sourcil étonné.

– On frappe différemment chez quelqu'un qui dort.

– Ma sœur est très maligne.

– N'oublie pas que je vois dans le noir. Je suis long-temps restée sur ma véranda cette nuit. Les visages se devinent au clair de lune.

– Mais il n'y avait pourtant pas de lune, la nuit passée.

– La lueur des étoiles me suffit.

Ya Ru la considéra, l'air pensif.

– Tu veux te mesurer à moi ? C'est ça ?

– Ce n'est pas ce que tu cherches toi-même à faire ?

– Nous devons nous parler. Au calme. Tranquille-ment. De grands bouleversements se préparent ici. Nous abordons l'Afrique avec une armada considérable, mais bienveillante. Nous devons à présent nous occuper du débarquement.

– J'ai vu aujourd'hui deux hommes charger un sac de cinquante kilos de ciment sur la tête d'une femme. Je veux te poser une question très simple : que voulons-nous faire de cette armada avec laquelle nous débar-quons ? Voulons-nous aider cette femme en allégeant son fardeau ? Ou voulons-nous nous aussi lui charger des sacs sur la tête ?

– C'est une question très importante, dont je dis-cuterais volontiers avec toi. Mais pas maintenant. Le président attend.

– Moi, il ne m'attend pas.

– Tu n'as qu'à passer ta soirée sur la véranda. Si, à minuit, je ne suis pas venu frapper à ta porte, c'est que je ne viendrai pas.

Ya Ru posa son verre et la quitta, un sourire aux lèvres. Hong remarqua que cette brève conversation avait suffi à la mettre en sueur. Une voix annonça que son bus partait dans trente minutes. Elle alla de nouveau

437

remplir son assiette au buffet. Une fois rassasiée, elle se dirigea vers l'arrière du palais, où attendait le bus. Il faisait très chaud, le soleil se réfléchissait contre les pierres blanches du bâtiment. Elle chaussa ses lunettes de soleil et mit un chapeau blanc qu'elle avait dans son sac. Au moment où elle allait monter dans le bus, on l'appela. Elle se retourna.

– Ma Li ? Toi, ici ?

– Je remplace le vieux Zu. Il a eu une attaque cérébrale. On m'a appelée pour partir à sa place. C'est pour ça que je ne suis pas sur la liste des participants.

– Je ne t'ai pas vue ce matin dans le bus.

– Le responsable du protocole s'est aperçu que j'avais été par erreur transportée en voiture. Mais me revoici à ma place.

Hong attrapa les deux bras de Ma Li. C'était justement elle qu'elle cherchait, quelqu'un à qui parler. Ma Li était son amie depuis leurs années d'études, juste après la révolution culturelle. Hong se souvenait du matin où elle avait trouvé Ma Li endormie sur une chaise, dans une salle de l'université. À son réveil, elles avaient engagé la conversation.

Elles étaient faites pour s'entendre. Hong se rappelait encore une de leurs premières discussions. Ma Li avait déclaré qu'il était grand temps d'arrêter de « bombarder le quartier général ». Un des mots d'ordre de Mao pendant la révolution culturelle : même les rangs les plus élevés de la direction du Parti communiste ne devaient pas échapper à la nécessaire critique. Ma Li avait dit qu'il était plutôt grand temps de « bombarder l'ignorance crasse de nos cervelles vides ».

Ma Li était devenue analyste économique, employée par le ministère du Commerce au sein d'un groupe d'experts financiers chargés de surveiller jour et nuit les mouvements de devises dans le monde. De son côté, Hong Qiu avait un poste de conseillère au ministère de la Sûreté, habilitée à coordonner les actions du haut commandement militaire pour la sécurité intérieure et extérieure du pays, en particulier pour la protection des responsables politiques. Hong avait assisté au mariage de Ma Li, mais, après la naissance de ses deux enfants, elles ne s'étaient plus vues que de façon sporadique.

Et voilà qu'elles se retrouvaient devant un bus, près du palais de Mugabe. Elles parlèrent pendant tout le trajet du retour. Hong remarqua que Ma Li se réjouissait au moins autant qu'elle de ces retrouvailles. Une fois arrivées à destination, elles décidèrent d'aller se promener sur le long belvédère qui surplombait le fleuve. Elles n'avaient ni l'une ni l'autre d'impératif précis avant le lendemain, où Ma Li devait visiter une ferme expérimentale et Hong s'entretenir avec des militaires zimbabwéens près des chutes Victoria.

Elles descendirent jusqu'au fleuve sous une chaleur étouffante. Des éclairs zébraient le ciel, suivis de roulements de tonnerre au loin. Pas un animal près du fleuve. Comme si le terrain venait d'être abandonné. Hong sursauta quand Ma Li lui attrapa le bras.

– Tu vois ? demanda-t-elle en pointant le doigt.

Hong regarda, sans parvenir à déceler le moindre mouvement dans les épais fourrés de la rive.

– Derrière cet arbre dont l'écorce a été arrachée par des éléphants, à côté de ce rocher pointu qui sort de terre.

Alors, Hong le vit. Le lion fouettait doucement la terre rouge de sa queue. À travers les feuillages, on apercevait par intermittence ses yeux et sa crinière.

– Tu as une bonne vue, dit Hong.

– J'ai appris à observer. Même en ville, dans une salle de réunion, le paysage peut être plein de pièges prêts à se refermer sur vous à l'improviste si on ne fait pas attention.

Silencieuses, presque recueillies, elles regardèrent le lion descendre jusqu'à la rive et se mettre à laper. À bonne distance, au milieu du lit du fleuve, des têtes d'hippopotames affleuraient. Un martin-pêcheur de la même couleur que celui que Hong avait vu le matin sur sa véranda vint se poser sur la rambarde, une libellule dans le bec.

– Le calme, dit Ma Li. J'y aspire de plus en plus avec l'âge. Peut-être est-ce un des premiers signes de la vieillesse ? Personne ne souhaite mourir au milieu de bruits de voitures et de radios allumées. Les progrès techniques sont en train de nous priver du silence. Peut-on vivre sans connaître un silence comme celui-ci ?

– Tu as raison, dit Hong. Mais que faire des menaces invisibles suspendues au-dessus de nos têtes ?

– Tu veux parler de la pollution ? Des produits toxiques ? Des épidémies qui ne cessent de muter ?

– D'après l'OMS, Pékin est aujourd'hui la ville la plus sale du monde. On a récemment mesuré jusqu'à 142 microgrammes de particules polluantes par mètre cube d'air. À New York il y en a 27, à Paris 22. Nous savons bien que le diable se manifeste toujours dans les détails.

– Pense à tous ces gens qui, pour la première fois de leur vie, ont les moyens de s'acheter une mobylette. Comment les en empêcher ?

– En renforçant le rôle du Parti dans l'orientation du développement économique. Qu'il contrôle la production des biens et des idées.

Ma Li effleura de la main la joue de Hong.

– Je me réjouis chaque fois que je vois que je ne suis pas un cas isolé. Je n'ai pas honte d'affirmer que seul le *Baoxian yundong* peut sauver notre pays de l'éclatement et de la ruine.

– « Une campagne pour conserver au Parti communiste le droit de diriger », dit Hong. Je suis d'accord avec toi. Mais, en même temps, tu sais aussi bien que moi que le danger vient aussi de l'intérieur. Souviens-toi de l'époque où la femme de Mao était la taupe de la bourgeoisie réactionnaire, alors qu'elle était la première à agiter le drapeau rouge. Aujourd'hui, certains se cachent au sein du Parti mais font tout pour le saper de l'intérieur et substituer à la stabilité du pays un capitalisme sauvage incontrôlable.

– La stabilité n'existe déjà plus, dit Ma Li. Comme je suis au courant dans le détail des flux de devises qui circulent dans le pays, je sais beaucoup de choses que toi ou d'autres ignorent. Mais je suis tenue au devoir de réserve.

– Nous sommes seules. Le lion n'écoute pas.

Ma Li la dévisagea. Hong Qiu savait exactement ce qu'elle pensait : puis-je ou non lui faire confiance ?

– Ne dis rien si tu n'es pas sûre, dit Hong. Si l'on se trompe en choisissant la personne à qui se confier, on abat toutes ses cartes et on se met à sa merci. C'est dans Confucius.

– Je te fais confiance, dit Ma Li. Mais on ne peut pas s'empêcher d'avoir les habituels réflexes de prudence.

Hong fit un geste vers le fleuve.

– Le lion n'est plus là. Nous ne l'avons même pas vu partir.

Ma Li hocha la tête.

– Cette année, le gouvernement propose une augmentation des dépenses militaires de presque quinze pour cent, continua Hong. Comme la Chine n'a pas d'ennemi direct, le Pentagone et le Kremlin s'interrogent, bien sûr. Leurs analystes n'ont pas à chercher bien loin pour conclure que le régime se prépare à une importante menace intérieure. Nous dépensons en outre plus de dix milliards de yuans pour la surveillance de l'Internet. Ces chiffres sont impossibles à cacher. Mais il y a d'autres chiffres que très peu connaissent. Combien d'émeutes et de manifestations de masse y a-t-il eu dans notre pays l'an dernier, à ton avis ?

Ma Li réfléchit.

– Je ne sais pas, cinq mille, peut-être.

Hong secoua la tête.

– Presque quatre-vingt-dix mille. Compte combien ça en fait par jour. C'est une épée de Damoclès au-dessus du bureau politique. Il y a quinze ans, l'initiative de Deng de libéraliser l'économie avait réussi à calmer les esprits. Maintenant, cela ne suffit plus. Surtout aujourd'hui que les villes ne peuvent plus offrir du travail aux centaines de millions de paysans pauvres qui attendent impatiemment la part de prospérité dont chacun rêve.

– Et que va-t-il se passer ?

– Je ne sais pas. Personne ne sait. Le sage est inquiet et pensif. La lutte qui se livre au sein du Parti n'a jamais eu d'équivalent, même sous Mao. Personne ne sait quelle forme cela prendra. Les militaires craignent l'installation d'un chaos incontrôlable. Toi et moi, nous savons que la seule chose qu'on puisse faire, qu'on doive faire, est de revenir aux principes fondamentaux.

– *Baoxian yundong.*

– C'est la seule voie. Il n'y a pas de raccourci vers le futur.

Une horde d'éléphants s'approcha lentement du fleuve pour boire. Quand un groupe de touristes occidentaux descendit vers le belvédère, elles s'en retournèrent vers le foyer de l'hôtel. Hong allait lui proposer de dîner avec elle, mais Ma Li la devança en lui annonçant que sa soirée était occupée.

– Nous sommes ici pour quatorze jours, dit Ma Li. Nous aurons l'occasion de reparler de tout ça.

– De tout ça et de l'avenir, dit Hong. Tout ce devant quoi nous demeurons sans réponse.

Hong regarda Ma Li disparaître de l'autre côté de la grande piscine. Demain, je lui parlerai, se dit-elle. Juste quand j'en avais le plus besoin, je tombe sur une de mes plus vieilles amies.

Hong dîna toute seule ce soir-là. Une partie importante de la délégation chinoise s'était rassemblée sur deux longues tables, mais Hong avait préféré rester de son côté.

Des papillons de nuit dansaient autour de la lampe, au-dessus de sa table.

Après dîner, elle alla boire un thé au bar, près de la piscine. Quelques membres éméchés de la délégation chinoise se mirent à harceler les très jeunes serveuses. Choquée, elle s'en alla. Dans une autre Chine, cela n'aurait jamais été toléré, pensa-t-elle, hors d'elle. Des agents des services de sécurité seraient déjà intervenus. Les auteurs de l'esclandre n'auraient jamais plus été autorisés à représenter la Chine. On les aurait même peut-être condamnés à des peines de prison. Mais aujourd'hui, tout le monde laisse faire.

Elle s'installa sur sa véranda en songeant à l'arrogance de ceux qui prétendaient benoîtement qu'une économie de marché plus libre favoriserait le développement. Deng avait voulu mettre au plus vite le pays sur de bons rails, mais la situation était maintenant différente. Nous risquons la surchauffe, pas seulement dans l'économie, mais aussi dans nos cerveaux. Nous ne voyons pas le prix à payer : fleuves empoisonnés, air étouffant, millions de désespérés fuyant leurs villages.

Hier, nous avons soutenu la libération de ce qu'on appelait la Rhodésie. Nous voilà presque trente ans plus tard revenus en colonisateurs mal déguisés. Mon frère est un de ceux qui bradent nos idéaux. Il ne reste chez lui plus rien de cette foi sincère dans le peuple qui avait jadis permis la libération de notre propre pays.

Hong ferma les yeux, tendant l'oreille aux bruits nocturnes. Le souvenir de sa conversation avec Ma Li s'estompa peu à peu.

Elle s'était presque endormie quand elle entendit un bruit qui se distinguait du chant des sauterelles. C'était une branche qui craquait.

443

Elle ouvrit les yeux et se redressa. Les sauterelles s'étaient tues. Soudain, elle sentit une présence, tout près.

Hong se précipita à l'intérieur de son bungalow en verrouillant derrière elle la porte vitrée. Elle éteignit toutes les lampes.

Son cœur s'emballa. Elle avait peur.

Quelqu'un s'était approché dans le noir. Volontairement, il avait fait craquer une branche sous son pied.

Hong s'affala sur le lit, terrorisée à l'idée que quelqu'un fasse irruption.

Mais personne ne sortit des ténèbres. Elle attendit presque une heure. Puis elle tira les rideaux, s'installa au bureau et rédigea la lettre qu'elle avait formulée dans sa tête au cours de la journée.

31

Hong Qiu mit plusieurs heures à rédiger un rapport sur les événements récents, en partant des curieuses informations transmises par la juge suédoise Birgitta Roslin et de ce qu'elle avait appris au sujet de Ya Ru. Elle agissait ainsi pour se protéger, tout en clamant haut et fort que son frère était corrompu et faisait partie de la clique qui s'apprêtait à prendre le contrôle de la Chine. En outre peut-être était-il impliqué, avec son garde du corps Liu Xin, dans plusieurs meurtres brutaux, bien au-delà des frontières de la Chine.

Elle avait coupé l'air conditionné pour mieux percevoir les bruits extérieurs. Dans l'air étouffant de la chambre, les insectes nocturnes tournoyaient autour de la lampe tandis que de grosses gouttes de sueur tombaient de son front sur le bureau. Elle sentait qu'elle avait de bonnes raisons de s'inquiéter. À son âge, elle était capable de distinguer les vrais dangers des craintes imaginaires.

Ya Ru était son frère, mais il ne reculait devant rien pour atteindre son but. Elle n'était pas contre de nouvelles stratégies de développement. Le monde changeait, il était normal que la Chine s'adapte à son nouvel environnement. Ce que Hong, parmi beaucoup d'autres, remettait en question, c'était la possibilité de concilier les fondamentaux du socialisme avec une économie laissant de plus en plus de place aux lois du marché. N'y avait-il aucune alternative ? Elle ne pouvait s'y résoudre. Un pays puissant comme la Chine n'était pas forcé de vendre son âme dans une course effrénée pour trouver du pétrole, des matières premières et des débouchés pour son industrie. Il lui incombait au contraire de prouver au monde que l'impérialisme brutal et le colonialisme n'étaient pas des passages obligés dans le développement d'un pays.

Hong avait observé comment certains membres de la jeune génération, mus par l'appât du gain, parvenaient parfois à bâtir des fortunes considérables grâce à des contacts, au népotisme et surtout à une totale absence de scrupules. Ils se sentaient intouchables, ce qui les rendait brutaux et cyniques. Elle voulait leur résister, à eux et à Ya Ru. L'avenir n'était pas joué à l'avance, tout était encore possible.

La lettre achevée, elle la relut en apportant quelques corrections et en ajoutant quelques notes explicatives, puis cacheta l'enveloppe et inscrivit dessus le nom de Ma Li avant de s'étendre sur le lit. Tout était silencieux au-dehors. Elle avait beau être épuisée, elle tarda à s'endormir.

Elle se leva à sept heures et regarda depuis la véranda le soleil pointer à l'horizon. Elle trouva Ma Li déjà en train de prendre son petit déjeuner. Hong s'assit à sa table et commanda un thé. Autour d'elles, à la plupart des tables, des membres de la délégation chinoise. Ma Li lui dit qu'elle pensait descendre vers le fleuve pour voir les animaux.

– Retrouve-moi dans ma chambre dans une heure, lui glissa-t-elle à voix basse. Numéro 22.

Ma Li hocha la tête sans poser de questions. Comme moi, elle a appris à vivre avec des secrets, songea Hong.

Après son petit déjeuner, elle retourna dans sa chambre attendre Ma Li. Le départ pour la ferme expérimentale était prévu à neuf heures et demie seulement.

Quand Ma Li frappa à sa porte, Hong lui remit la lettre qu'elle avait rédigée pendant la nuit.

– Si quelque chose m'arrivait, cette lettre serait d'une importance capitale. Par contre, si je meurs de vieillesse dans mon lit, tu pourras la brûler.

Ma Li la dévisagea.

– Est-ce que je dois me faire du souci pour toi ?

– Non. Mais il fallait que j'écrive cette lettre. Pour les autres. Et pour notre pays.

Hong voyait l'étonnement de Ma Li. Mais cette dernière ne posa pas d'autres questions. Elle se contenta de ranger l'enveloppe dans son sac à main.

– Qu'est-ce que tu as prévu, aujourd'hui ? demanda Ma Li.

– Un entretien avec des représentants des services de sécurité de Mugabe. Nous les soutenons.

– Avec des armes ?

– En partie. Surtout en entraînant leurs forces, en leur enseignant le combat rapproché, mais aussi les bases du contrôle policier.

– Domaine dans lequel nous sommes des experts.

– Est-ce une critique déguisée ?

– Naturellement non, s'étonna Ma Li.

– Tu sais que j'ai toujours considéré essentiel pour notre pays de se défendre autant contre l'ennemi intérieur que contre l'extérieur. Beaucoup de pays occidentaux ne demandent par exemple rien de mieux que de voir la situation au Zimbabwe dégénérer en chaos sanglant. L'Angleterre n'a jamais réussi à accepter complètement l'indépendance arrachée en 1980. Mugabe est entouré d'ennemis. Il serait stupide de sa part de ne pas exiger de ses services de sécurité de travailler au plus haut de leurs capacités.

– Donc il n'est pas stupide ?

– Robert Mugabe a le bon sens de comprendre qu'il faut à tout prix résister aux efforts déployés par l'ancienne puissance coloniale pour briser les jambes du parti au pouvoir. L'effondrement du Zimbabwe entraînerait la déstabilisation de nombreux autres pays.

Hong raccompagna Ma Li et la regarda s'éloigner sur le sentier dallé qui serpentait dans la végétation luxuriante.

Tout contre son bungalow poussait un jacaranda. Hong contempla ses fleurs bleu clair. Elle chercha en vain à quoi comparer cette couleur. Elle ramassa une fleur tombée à terre qu'elle glissa entre les pages d'un carnet qu'elle avait toujours avec elle, mais dans lequel elle prenait rarement le temps d'écrire son journal.

Elle allait s'installer sur la véranda pour lire un rapport sur l'opposition au Zimbabwe quand on frappa à la porte. C'était un des organisateurs du voyage de la délégation, un certain Shu Fu, la quarantaine. Hong avait remarqué qu'il s'énervait au moindre contretemps. Avec son anglais loin d'être parfait, ce n'était pas la personne la mieux indiquée pour ce genre de responsabilité.

– Madame Hong, dit-il, changement de programme. Le ministre du Commerce va faire un voyage éclair au Mozambique et veut que vous en soyez.

– Mais pourquoi ?

L'étonnement de Hong n'était pas feint. Elle n'avait jamais eu de réel contact avec le ministre Ke, à part les politesses d'usage au cours du voyage.

– Le ministre a juste demandé de vous convoquer. Il s'agira d'une délégation réduite.

– Quand partons-nous ? Quelle destination ?

Shu Fu s'essuya le front. Il désigna sa montre.

– Impossible d'entrer davantage dans les détails maintenant. Le transfert vers l'aéroport est dans quarante-cinq minutes. Aucun retard ne sera toléré. Vous devez prévoir un bagage léger, avec des affaires pour une nuit. Mais le voyage de retour est prévu dès ce soir.

– Quelle est la destination ? Le motif du voyage ?

– Le ministre vous donnera les explications nécessaires.

– Dites-moi au moins où nous allons.

– À Beira, au bord de l'océan Indien. D'après les informations dont je dispose, le vol dure à peine une heure.

Hong n'eut pas le temps de poser d'autres questions : Shu Fu était déjà reparti en trombe le long du sentier.

Elle resta immobile dans l'embrasure de la porte. Il y a une seule possibilité, se dit-elle. C'est Ya Ru qui est derrière ça. Il fait forcément partie de la délégation qui accompagne Ke. Et il veut m'avoir sous la main.

Elle se rappela une anecdote qu'elle avait entendue. Le président de la Zambie, Kenneth Kaunda, avait exigé que la compagnie nationale Zambia Airways fasse l'acquisition du plus gros avion de ligne existant, un Boeing 747. Aucun argument économique ne pouvait motiver cet investissement sur la ligne Lusaka-Londres, dont la fréquentation était bien trop faible. Il s'était bientôt avéré que le but du président Kaunda était d'utiliser cet avion lors de ses nombreux déplacements à l'étranger. Ce n'était pas pour voyager dans le luxe, mais pour pouvoir embarquer avec lui tout ce que le pays comptait d'opposants, de ministres ou de chefs militaires susceptibles de comploter ou de fomenter un coup d'État pendant son absence.

Était-ce la même chose avec Ya Ru ? Voulait-il avoir sa sœur sous la main pour mieux pouvoir la contrôler ?

Hong repensa à la branche qui avait craqué dans le noir. Ce n'était sûrement pas Ya Ru en personne, caché dans l'ombre. Plutôt un de ses hommes envoyé la surveiller.

Comme Hong ne voulait pas contrarier Ke, elle se prépara sans tarder. Quelques minutes avant l'heure dite, elle arriva à la réception de l'hôtel avec la plus petite de ses deux valises. Ni Ke ni Ya Ru n'étaient là. Par contre, il lui sembla apercevoir le garde du corps de son frère, Liu Xin. Shu Fu la dirigea vers une des limousines qui attendaient. Avec elle, deux hommes dont elle savait qu'ils travaillaient au ministère de l'Agriculture à Pékin.

L'aéroport était à faible distance de Harare. Les trois voitures du cortège roulaient à vive allure, avec une escorte à moto. Hong remarqua que des policiers quadrillaient les rues et bloquaient la circulation sur leur passage. On les conduisit directement au pied du jet mis à disposition par l'armée de l'air du Zimbabwe.

Hong Qiu entra par l'arrière et vit que l'habitacle était divisé en son milieu. Elle supposa qu'il s'agissait de l'avion privé de Mugabe. Le décollage eut lieu presque aussitôt. Elle avait pour voisine la secrétaire de Ke.

– Où allons-nous ? demanda Hong une fois l'avion à son altitude de croisière, après l'annonce par le pilote d'une durée de vol prévue de cinquante minutes.

– Dans la vallée du fleuve Zambèze, répondit sa voisine.

Le ton de sa voix fit comprendre à Hong qu'il était inutile de poser d'autres questions. Elle saurait bien assez tôt ce que signifiait ce voyage précipité.

Précipité ? Elle se dit soudain qu'elle n'en était pas aussi certaine. Peut-être tout cela faisait-il partie d'un plan dont elle ignorait tout.

Au cours de son approche, l'appareil fit une large courbe au-dessus de la mer. Hong regarda l'eau émeraude qui scintillait, les petits bateaux de pêche aux voiles triangulaires ballottés par les vagues. La ville de Beira était d'une blancheur étincelante dans le soleil. Autour du centre-ville bétonné s'étendaient des baraques en tôle ondulée, peut-être des bidonvilles.

À la descente de l'avion, la chaleur s'abattit sur elle. Elle aperçut Ke se diriger vers la première voiture du cortège, qui n'était pas une limousine noire cette fois, mais une Land Cruiser blanche arborant deux drapeaux du Mozambique sur son capot. Ya Ru monta dans la même voiture. Il ne se retourna pas pour la voir. Mais il sait que je suis là, se dit Hong.

Le cortège fit route vers le nord-ouest. Hong était toujours en compagnie des deux hommes du ministère de l'Agriculture. Penchés sur des cartes topographiques détaillées, ils suivaient par la vitre les moindres reliefs du paysage. Hong ressentait encore le malaise qui s'était emparé d'elle quand Shu Fu était venu la prévenir du changement de programme. On lui forçait la main, alors que tout lui disait de se méfier. Ya Ru veut m'avoir à l'œil, se dit-elle. Mais quel argument a-t-il bien pu donner à Ke pour que je me retrouve bringuebalée dans cette voiture japonaise qui soulève un nuage épais de poussière rouge ? En Chine, la terre est jaune, ici rouge, mais elle s'envole aussi facilement en poussière fine qui pénètre partout, dans tous les pores, dans les yeux.

La seule explication plausible de sa présence était son appartenance à la frange du Parti qui émettait des réserves sur la politique mise en œuvre, en particulier par Ke. Mais l'avait-on emmenée comme otage, ou pour qu'elle change d'avis en voyant la politique qu'elle haïssait dans ses réalisations concrètes ? Des hauts fonctionnaires du ministère de l'Agriculture, le ministre du Commerce en personne sur une piste cahoteuse au fin fond du Mozambique : la destination du voyage ne pouvait qu'être de la plus haute importance.

Le paysage défilait, monotone : des arbres bas, des buissons ici et là coupés par un cours d'eau qui scintillait au soleil, quelques cabanes et des parcelles cultivées. Hong s'étonnait de voir une zone aussi fertile si peu peuplée. Elle s'imaginait l'Afrique comme l'Inde ou l'Asie, un continent pauvre avec une intense pression démographique, des foules compactes qui se marchaient sur les pieds pour survivre. C'est un mythe dont je me suis moi-même persuadée, songea-t-elle. Les grandes villes africaines n'ont sans doute rien à envier à Shanghai ou Pékin : un développement anarchique qui débouche sur une catastrophe humaine et écologique. Mais je ne savais rien des campagnes africaines comme celle que je traverse.

Ils continuèrent vers le nord-ouest. Les voitures devaient parfois avancer au pas. La pluie avait raviné la terre rouge, emporté l'asphalte et transformé la route en fondrière.

Ils parvinrent enfin à Sachombé, un gros village fait de baraques, avec quelques boutiques et des bâtiments en dur à moitié délabrés datant de l'époque coloniale. Hong se rappelait avoir lu comment le dictateur portugais Salazar dirigeait d'une main de fer l'immense région regroupant l'Angola, le Mozambique et la Guinée-Bissau. Dans ces territoires d'outre-mer, comme on disait à l'époque, il avait expédié tous ses paysans pauvres, souvent analphabètes, pour se débarrasser d'un problème au Portugal tout en développant un empire colonial limité jusqu'aux années 1950 aux seules régions littorales. Sommes-nous en train de faire pareil ? se demanda Hong. De répéter l'agression, avec juste d'autres costumes ?

Une fois descendue de voiture, après s'être essuyé la sueur et la poussière qui lui collaient au visage, Hong s'aperçut que tout le secteur était bouclé par des fourgons militaires et des soldats en armes. Derrière les barrages, des badauds dévisageaient ces curieux visiteurs aux yeux bizarrement fendus. Les pauvres, ces éternels spectateurs que nous prétendons protéger.

Au milieu d'une esplanade sablonneuse devant de longs bâtiments blancs, deux grandes tentes avaient été montées. Avant même que la colonne de voitures ne s'arrête, de nombreuses limousines noires s'avancèrent. Deux hélicoptères militaires attendaient un peu plus loin. Je ne sais pas ce qui se prépare, se dit Hong, mais c'est forcément important. Qu'est-ce qui pousse le ministre du Commerce Ke à visiter un pays ne figurant pas au programme ? Des visites d'un jour en comités réduits étaient prévues au Malawi et en Tanzanie. Mais personne n'avait jamais parlé du Mozambique.

Une fanfare arriva au pas cadencé. Au même moment, plusieurs hommes sortirent de sous l'une des tentes. Hong reconnut aussitôt le petit homme trapu qui marchait en tête, avec ses cheveux gris et ses grosses lunettes. Ce n'était autre que le président nouvellement élu du Mozambique, Guebuza. Il alla saluer le ministre Ke, qui lui présenta les membres de la délégation. Hong lui serra la main en le regardant droit dans les yeux. Son regard était aimable, mais attentif. Guebuza devait être de ceux qui n'oublient jamais un visage, se dit Hong. Après les présentations, la fanfare joua les deux hymnes nationaux. Hong se raidit, au garde-à-vous.

Tout en écoutant l'hymne du Mozambique, elle chercha des yeux Ya Ru, en vain. Elle l'avait perdu de vue depuis leur arrivée à Sachombé. En observant la délégation chinoise, elle constata que quelques autres personnes avaient disparu après l'atterrissage à Beira. Elle secoua la tête : non, inutile d'essayer de comprendre ce que Ya Ru mijotait. Il fallait surtout qu'elle comprenne ce qui était en train de se passer sous ses yeux, dans la vallée du fleuve Zambèze.

Des jeunes gens les conduisirent sous une des tentes. Un groupe de femmes plus âgées, habillées de couleurs vives, dansait au rythme de tambours. Hong fut placée au dernier rang. Le sol était recouvert de tapis. Chaque participant était installé sur une confortable chaise longue. Le président Guebuza gagna un pupitre. Son portugais était simultanément traduit dans un chinois parfait. Hong devina que l'interprète venait de l'Institut supérieur de Pékin, qui formait l'élite des traducteurs. Elle avait entendu dire qu'il n'existait aucune langue, si peu pratiquée soit-elle, pour laquelle la Chine ne disposait pas d'interprètes qualifiés. Elle en ressentait de la fierté. Son peuple repoussait vraiment toutes les frontières, lui qui, voilà seulement quelques générations, était maintenu dans l'ignorance et la misère.

Hong tourna son regard vers l'ouverture de la tente, qui flottait doucement au vent. Elle aperçut dehors Shu Fu, quelques soldats, mais pas trace de Ya Ru.

Le président fut très bref. Juste quelques mots d'accueil. Hong l'écouta attentivement, pour chercher à comprendre ce qui se passait.

Elle sursauta en sentant une main se poser sur son épaule. Ya Ru était entré sous la tente sans se faire remarquer. Il s'était agenouillé derrière elle. Il lui ôta un écouteur pour lui chuchoter à l'oreille :

– Écoute bien, maintenant, ma chère sœur, et tu commenceras à comprendre les grands bouleversements qui vont bientôt changer la face de notre pays et du monde. Voilà à quoi va ressembler l'avenir.

– Où étais-tu passé ?

Elle rougit en se rendant compte combien cette question était idiote. On aurait dit qu'elle s'adressait à un gosse rentré en retard à la maison. Elle avait jadis souvent joué les mamans quand leurs parents s'absentaient pour participer à leurs fréquentes réunions politiques.

– C'est mon affaire. Maintenant, je veux que tu écoutes et que tu t'instruises. Regarde comment un nouvel idéal remplace l'ancien, sans pour autant en dénaturer le contenu.

Ya Ru lui remit son écouteur et se sauva par l'ouverture de la tente. Elle aperçut de nouveau son garde du corps, Liu Xin. Était-il l'auteur de ce massacre dont Birgitta Roslin lui avait parlé ?

Elle décida de se renseigner dès son retour auprès des relations qu'elle avait au sein de la police. Liu n'avait rien fait sans l'ordre de Ya Ru.

La confrontation avec son frère viendrait en temps et en heure. Mais il fallait qu'elle en sache plus sur ce qui s'était passé.

Guebuza laissa la parole au président de la commission qui s'était chargée de l'opération côté Mozambique. Il était d'une jeunesse étonnante, tête rasée, avec des lunettes sans monture. Hong comprit qu'il s'appelait Mapito, ou peut-être Mapiro. Il parlait avec entrain, comme si ce qu'il disait le réjouissait réellement.

Alors, Hong comprit. Lentement, la clarté se fit sur le caractère de cette rencontre, le secret dont elle était entourée. Au fin fond de la brousse, au Mozambique, un projet gigantesque était en train de prendre forme, qui impliquait deux des pays les plus pauvres de la planète, mais dont l'un était une grande puissance, l'autre un petit pays d'Afrique. Hong écoutait la voix suave de l'interprète, en comprenant peu à peu pourquoi Ya Ru avait tenu à ce qu'elle entende ça. Elle était une farouche opposante à tout ce qui pouvait conduire la Chine à se transformer en puissance impérialiste, et donc, selon l'expression de Mao, en tigre de papier qu'un mouvement de résistance populaire uni écraserait tôt ou tard. Peut-être Ya Ru avait-il espoir qu'elle ressorte de cette rencontre convaincue que les deux parties y trouvaient leur compte ? Mais le plus important pour lui était de lui montrer que le courant auquel elle appartenait ne faisait pas peur à ceux qui tenaient les rênes du pouvoir. Ni Ke ni Ya Ru ne craignaient Hong Qiu et sa clique.

Tandis que Mapito faisait une pause pour boire un verre d'eau, Hong se dit que ce qu'elle redoutait le plus était en train d'arriver : la Chine redevenait une société de classes, pire encore que ce contre quoi Mao avait mis en garde. Un pays partagé entre une élite toute-puissante et un bas peuple prisonnier de sa pauvreté – et qui se permettait en plus de se comporter en parfait impérialiste avec le reste du monde.

Mapito reprit la parole :

– Des hélicoptères vont nous transporter le long du Zambèze jusqu'à Bandar, puis Luabo, où commence le delta. Nous survolerons des zones fertiles très peu peuplées. D'après nos calculs, nous pourrons y accueillir en cinq ans quatre millions de paysans chinois pour y mettre en valeur les zones inhabitées. Aucun habitant ne sera exproprié ou privé de son revenu. Au contraire, nos compatriotes profiteront de ce grand changement. Chacun aura accès à des routes, des écoles, des hôpitaux, l'électricité, tout ce qui auparavant était un luxe réservé à des privilégiés.

Hong avait déjà entendu dire que les autorités chargées d'évacuer de vastes régions lors de la construction de barrages promettaient aux personnes déplacées d'office qu'elles pourraient un jour vivre la vie de château en Afrique. Elle se représentait la grande migration. Toutes ces belles paroles peignaient le tableau paradisiaque de l'installation de hordes de paysans chinois misérables, analphabètes, ignorants, censés sans autre forme de procès s'implanter dans cet environnement étranger. Il n'y aurait aucun problème grâce à l'amitié entre les peuples et à la solidarité, aucun conflit ne surviendrait avec ceux qui habitaient déjà le long du fleuve. Pourtant, personne n'aurait pu la persuader que ce qu'elle entendait n'était pas le prélude à la transformation de la Chine en nation rapace, prête à accaparer sans états d'âme le pétrole et les matières premières dont elle avait besoin pour son développement économique effréné. L'URSS avait fourni des armes lors de la longue guerre de libération qui avait fini par chasser la puissance coloniale portugaise en 1974. Il s'agissait souvent d'armes anciennes, usées. En échange, l'URSS s'était arrogé le droit de pratiquer la pêche intensive dans les poissonneuses eaux territoriales du Mozambique. La Chine suivrait-elle cet exemple, elle dont l'unique principe était de toujours servir ses propres intérêts ?

Pour ne pas attirer l'attention, elle applaudit comme tout le monde à la fin du discours. Le ministre du Commerce monta à la tribune. Aucun danger, assura-t-il, tout le monde était résolu à respecter les termes d'un échange réciproque et équitable.

Ke fut bref. On transféra ensuite la délégation sous l'autre tente, où un buffet était dressé. On mit dans la main de Hong un verre de jus de fruits bien frais. Elle chercha de nouveau des yeux Ya Ru, sans le trouver.

Une heure plus tard, les hélicoptères décollèrent, cap au nord-ouest. Hong regardait le fleuve majestueux s'étendre sous ses yeux. Les rares zones habitées, où la terre était cultivée, contrastaient avec les immenses étendues intactes. Hong en vint à se demander si elle n'avait pas tort, après tout. Peut-être l'investissement de la Chine au Mozambique n'était-il pas purement spéculatif ?

Le vacarme des moteurs l'empêchait de rassembler ses pensées. La question resta en suspens.

Avant sa montée dans l'hélicoptère, on lui avait fourni une petite carte. Elle la reconnut : c'était celle qu'étudiaient, dans la voiture, les deux experts du ministère de l'Agriculture pendant le trajet depuis Beira.

Arrivés tout au nord, ils obliquèrent vers l'est. Arrivés à Luabo, les hélicoptères décrivirent une boucle au-dessus du delta puis se posèrent près d'un village que Hong localisa sur sa carte : Chinde. Sur le terrain d'atterrissage les attendaient d'autres voitures et d'autres pistes de cette même terre rouge.

Ils s'enfoncèrent dans la brousse jusqu'à un petit affluent du Zambèze. Les voitures s'arrêtèrent au bord d'une zone défrichée. Des tentes étaient dressées en demi-cercle près de la rivière. Ya Ru vint au-devant de sa sœur.

– Bienvenue à Kaya Kwanga. Cela veut dire « chez

moi » dans une langue locale. C'est ici que nous allons passer la nuit.

Il lui indiqua la tente la plus proche de la berge. Une jeune femme noire lui prit sa valise.

– Que faisons-nous ici ? demanda Hong.

– Nous profitons du silence de l'Afrique après une dure journée de travail.

– C'est ici que je suis censée voir un léopard ?

– Non. Ici, il y a surtout des serpents et des lézards. Et des fourmis chasseresses dont tout le monde a peur. Mais pas de léopards.

– Et maintenant ?

– Rien. Fini pour aujourd'hui. Tu verras que ce campement n'est pas aussi primitif qu'il n'y paraît. Tu trouveras même une douche sous ta tente. Et un lit confortable. Un peu plus tard, nous dînerons tous ensemble. Après, ceux qui le veulent pourront veiller près du feu, les autres aller se coucher.

– Il faut que nous parlions, dit Hong. C'est nécessaire.

Ya Ru sourit.

– D'accord. Après dîner. Devant ma tente.

Il n'eut pas besoin de lui indiquer où. Hong avait compris qu'elle était juste à côté de la sienne.

Assise devant sa tente, Hong Qiu contemplait le bref crépuscule sur la brousse. Un feu de bois avait déjà été allumé au centre du bivouac. Elle aperçut Ya Ru. Il avait revêtu un smoking blanc. Il lui rappela une photo qu'elle avait vue longtemps auparavant, dans une revue chinoise, un article comparant l'histoire coloniale de l'Afrique et de l'Asie. Deux Blancs dînaient en pleine brousse sur une nappe immaculée, avec une vaisselle en porcelaine fine et du vin tenu au frais, deux serviteurs africains impassibles debout derrière eux.

Je me demande qui est mon frère, pensa-t-elle. Autrefois, je croyais que nous étions unis non seulement par les liens familiaux, mais aussi par notre patriotisme. Maintenant, je ne sais plus.

Hong fut la dernière à rejoindre la table dressée près du feu.

Elle songea à la lettre qu'elle avait écrite la veille. Et aussi à Ma Li. Tout à coup, elle ne savait plus si elle avait bien fait de lui faire confiance.

Je n'ai plus aucune certitude. Aucune.

32

Après un dîner entouré d'ombres nocturnes, un groupe de danseurs entra en scène. Hong n'avait pas touché au vin servi pendant le repas, pour garder la tête froide. Elle admira les danseurs, sentant se raviver une ancienne nostalgie : très jeune, elle avait rêvé devenir artiste de cirque ou d'opéra. Son rêve était double. Tantôt elle s'imaginait dans l'arène d'un cirque, la plus douée de ces acrobates qui tiennent en équilibre des piles d'assiettes en rotation au bout de baguettes de bambou. Elle circulait en faisant danser ses assiettes, et lorsqu'elles vacillaient leur donnait une nouvelle impulsion d'un léger coup de poignet. Dans l'opéra de Pékin, par contre, elle luttait contre un ennemi mille fois plus fort avec des bâtons qui représentaient des piques ou des sabres, héroïne sérieuse d'un combat acrobatique. Plus tard, quand, avec l'âge, ses rêves s'étaient estompés, elle avait compris que ce qu'elle avait désiré était un contrôle total sur ce qui l'entourait. À présent, en voyant ces danseurs s'unir pour ne plus former qu'un seul corps hérissé de bras, resurgissaient des sensations de sa jeunesse. Dans cette soirée africaine, avec ses ténèbres impénétrables, sa chaleur humide et l'odeur de la mer si proche dont on devinait le vague ressac dans les moments de silence, elle retrouvait quelque chose de son enfance.

En regardant Ya Ru assis sur un pliant, un verre de vin en équilibre sur un genou, les yeux mi-clos, elle se dit qu'elle ne savait presque rien de ses rêves d'enfant. Il ne s'était jamais ouvert à elle. Ils avaient pu être proches, mais pas au point qu'il lui raconte ses rêves.

Un interprète chinois donna quelques explications. Ce n'était pas nécessaire, pensa Hong. Elle voyait bien s'il s'agissait de danses folkloriques enracinées dans la vie quotidienne ou de rencontres symboliques avec des démons ou des esprits. Les rites humains naissent tous de la même source, le pays ou la couleur de peau n'y changent rien. Le climat joue bien sûr un rôle : on dansera habillé dans les pays froids. Mais dans la transe, dans la recherche d'un passage vers le monde des esprits, entre le passé et l'avenir, les Chinois et les Africains se ressemblent.

Hong continua à observer l'assemblée. Le président Guebuza et sa suite s'étaient retirés. Au bivouac ne restaient que les membres de la délégation chinoise, les domestiques et cuisiniers, ainsi que de nombreux gardes tapis dans l'ombre. Beaucoup semblaient perdus dans leurs pensées tout en regardant les danseurs. On prépare un grand bond dans les ténèbres africaines, et je refuse de croire que ce soit la bonne voie. Impossible d'envoyer ici quatre millions, voire plus, de nos paysans pauvres sans faire peser un lourd fardeau sur les épaules de ce pays.

Soudain, une femme se mit à chanter. L'interprète précisa qu'il s'agissait d'une berceuse. Hong écouta. Cette mélodie aurait très bien pu endormir un enfant chinois. Dans les pays pauvres, les mères portent leurs enfants sur le dos car elles doivent toujours avoir les mains libres pour travailler : bêcher la terre en Afrique, planter le riz de l'eau jusqu'aux genoux en Chine. C'est le rythme de leurs pas qui finit par endormir l'enfant.

Elle écouta en fermant les yeux. La femme termina sa berceuse par une note prolongée qui retomba comme une plume. Le spectacle s'acheva sous les applaudissements du public. Les uns rapprochèrent leurs pliants pour discuter par petits groupes, les autres se retirèrent sous leurs tentes ou restèrent debout, à peine éclairés par la lueur du feu. Qu'attendaient-ils ?

Ya Ru vint s'asseoir près de sa sœur.

– Quelle étrange soirée, dit-il. Paix et liberté absolues. Je crois n'avoir jamais été aussi loin de l'agitation des grandes villes.

– C'est un peu comme ton bureau, dit Hong. Loin au-dessus des gens ordinaires, des voitures, du bruit.

– On ne peut pas comparer. Là-bas, je suis comme à bord d'un avion. J'imagine parfois que mon immeuble flotte librement au vent. Ici, j'ai les pieds bien sur terre. Dans ce pays, j'aimerais avoir une maison, un bungalow sur une plage, pour me coucher directement au sortir d'un bain de minuit.

– Rien de plus facile, non ? Il suffit d'un terrain, d'une clôture, et qu'on te construise une maison sur mesure.

– Peut-être bien. Mais le moment n'est pas venu.

Hong remarqua qu'ils étaient seuls à présent. Les pliants avaient tous été désertés. Elle se demanda si Ya Ru n'avait pas donné des instructions pour pouvoir parler avec sa sœur en privé.

– Tu as vu cette femme qui dansait comme une magicienne en transe ?

Hong réfléchit. Une danseuse aux mouvements puissants mais harmonieux.

– Oui, elle dansait avec une énergie violente.

– Quelqu'un m'a dit qu'elle était gravement malade. Elle va bientôt mourir.

– De quoi ?

– Une maladie du sang. Pas le sida, on m'a parlé d'un cancer. On m'a aussi dit qu'elle dansait pour lutter contre la maladie. Elle danse pour sauver sa vie. Elle empêche la mort d'approcher.

– Pourtant, elle va mourir.

– Comme une pierre, pas comme une plume.

Encore une citation de Mao, se dit Hong. Peut-être Ya Ru se réfère-t-il plus souvent que je ne l'imagine au Grand Timonier quand il réfléchit à l'avenir. Il est conscient d'appartenir à une nouvelle élite, loin au-dessus du peuple qu'il prétend représenter et défendre.

– Qu'est-ce que tout ça va nous coûter ? demanda-t-elle.

– Ce campement ? Ce voyage ? Qu'est-ce que tu veux dire ?

– De transférer quatre millions de Chinois dans cette vallée africaine ? Puis dix, vingt ou cent millions de nos paysans les plus pauvres vers d'autres pays de ce continent ?

– À court terme, beaucoup d'argent. À long terme, rien du tout.

– Je suppose que tout est déjà prévu. Les critères de choix, le transport avec une armada de véhicules, les maisons rudimentaires que les colons devront eux-mêmes construire, le ravitaillement, l'outillage, les magasins, les écoles, les hôpitaux. Le contrat est-il déjà conclu ? Que recevra le Mozambique en échange ? Que gagnons-nous d'autre que le droit de nous débarrasser d'un certain nombre de nos pauvres en les transplantant dans un pays pauvre ? Que se passera-t-il si cette migration s'avère un échec ? Comment avez-vous fait pour tenir le Mozambique à votre botte ? Que me cache-t-on encore ? Qu'y a-t-il derrière ce projet, à part l'idée de se débarrasser d'un problème qui risque d'échapper à tout contrôle en Chine ? Que fais-tu des autres millions de Chinois qui menacent d'un moment à l'autre de se révolter contre l'ordre établi ?

– Je voulais que tu voies de tes propres yeux. Réfléchis un peu, et tu comprendras la nécessité de peupler la vallée du Zambèze. Nos compatriotes vont produire ici un excédent exportable.

– Dans ta bouche, on croirait toujours que nous faisons une bonne action pour ce pays en y déversant nos paysans pauvres. Je crois, moi, que nous reprenons le flambeau des anciens impérialismes. Les colonies pieds et poings liés, et à nous les profits. De nouveaux marchés pour nos produits, une manière de pérenniser le capitalisme. Voilà, Ya Ru, la vérité qui se cache derrière toutes tes belles paroles. Je sais que nous avons construit un ministère des Finances au Mozambique. Nous appelons ça un cadeau, mais ce n'est qu'un pot-de-vin. J'ai aussi entendu dire que les contremaîtres chinois battent les indigènes qui ne travaillent pas assez dur. Bien sûr, tout cela est passé sous silence. Mais ça me fait honte. Et peur. Lentement, nous sommes en train d'asservir un pays après l'autre en Afrique, pour favoriser notre propre développement. Je ne te crois pas, Ya Ru.

– Tu te fais vieille, sœur Hong. Et comme tous les vieux, tu as peur de la nouveauté. Tu vois partout une conspiration contre tes anciens idéaux. Tu penses être la garante de la vérité, mais finalement tu commences à devenir ce que tu redoutes le plus. Une conservatrice, une réactionnaire.

Hong se pencha et lui décocha une gifle. Ya Ru sursauta et la regarda, interloqué.

– Là, tu es allé trop loin. Je ne te permets pas de m'insulter. Nous pouvons discuter, ne pas être d'accord. Mais ne m'agresse pas.

Ya Ru se leva sans rien dire et disparut dans la nuit. Personne ne semblait s'être aperçu de rien. Hong regrettait déjà son geste. Elle aurait dû redoubler de patience et trouver les mots pour continuer vaille que vaille à tenter de convaincre son frère qu'il avait tort.

Ya Ru ne revint pas. Hong regagna sa tente. Des

lampes à pétrole étaient allumées. Sa moustiquaire était installée, le lit prêt pour la nuit.

L'air du soir était étouffant. Hong s'assit devant sa tente. Celle de Ya Ru restait vide. Elle savait qu'il se vengerait de cette gifle. Mais cela ne lui faisait pas peur. Elle pouvait comprendre qu'il soit fâché d'avoir été giflé par sa sœur. Elle lui présenterait ses excuses à la première occasion.

Sa tente était un peu à l'écart. Les bruits de la nuit l'entouraient. Un faible souffle de vent charriait une odeur d'eau salée, de sable mouillé et encore autre chose d'indéfinissable.

Elle laissa vagabonder ses pensées. Mao disait toujours que chaque courant politique en cachait un autre. Derrière ce que l'on voyait, quelque chose d'autre était déjà secrètement à l'œuvre. La révolte était aussi juste aujourd'hui que dans dix mille ans. L'histoire de la Chine ancienne, avec ses millénaires d'humiliation, d'oppression sanglante, de sueur et d'efforts avait forgé la force révolutionnaire future. Le pouvoir brutal des seigneurs féodaux avait conduit la Chine à la ruine et à une misère inimaginable. Mais dans ce malheur était née la force qui avait nourri les guerres et les révoltes paysannes jamais complètement écrasées. La confrontation a duré des siècles. L'État des mandarins et des dynasties impériales s'enfermait dans ce qu'il pensait être une citadelle imprenable. Mais le calme n'est jamais revenu, la révolte a continué à gronder jusqu'à ce que le moment arrive pour les puissantes masses paysannes de faire définitivement mordre la poussière aux tyrans féodaux et ainsi accomplir la libération du peuple.

Mao savait ce qui menaçait. Le jour même où il avait proclamé la naissance de la République populaire de Chine sur la place Tienanmen en 1949, il avait réuni ses plus proches collaborateurs pour leur dire que l'État avait beau n'avoir que quelques heures, les forces visant à l'abattre avaient déjà commencé à se former.

« Ceux qui croient impossible la formation d'un mandarinat sous un régime communiste n'ont rien compris », aurait-il déclaré à cette occasion. Et la suite des événements avait montré qu'il avait eu parfaitement raison. En attendant l'avènement d'un homme nouveau en rupture avec les valeurs héritées du passé, on verrait toujours des groupes d'individus chercher à accaparer des privilèges.

Mao les avait mis en garde vis-à-vis de l'évolution en Union soviétique. Comme la Chine était alors complètement dépendante de son grand voisin de l'Ouest, il s'était exprimé en mettant des gants : « Les hommes n'ont même pas besoin d'être malintentionnés. Ils finissent toujours par rechercher les privilèges. Les mandarins ne sont pas morts. Si nous n'y prêtons pas garde, nous les retrouverons un beau jour le drapeau rouge à la main. »

Juste après avoir frappé Ya Ru, Hong avait ressenti une sorte de faiblesse. C'était passé, à présent. Pour elle, le plus important était désormais de continuer à réfléchir au moyen de contribuer à ce que s'instaure au sein du Parti une réelle discussion sur les conséquences prévisibles de la nouvelle ligne politique. De tout son être, elle s'opposait à ce qu'elle avait vu au cours de la journée, et à la conception de l'avenir présentée par Ya Ru. Il suffisait d'être conscient du mécontentement croissant perceptible dans les campagnes chinoises pour être convaincu de la nécessité d'agir. Mais pas comme ça, pas en déportant en Afrique des millions de paysans.

Il y avait en Chine quatre-vingt-dix mille troubles à l'ordre public chaque année. Elle essaya d'évaluer combien d'incidents et d'émeutes cela faisait chaque jour. Deux ou trois cents, et le phénomène se développait. Le mécontentement croissant ne portait plus uniquement sur les grandes différences de revenus au sein de la population. Il n'était plus seulement question de la pénurie de médecins et d'écoles, mais des bandes criminelles qui sévissaient dans les campagnes, enlevaient des femmes pour les livrer à la prostitution ou fournissaient en main-d'œuvre esclave les briqueteries et autres industries chimiques dangereuses. Le mécontentement se tournait contre ceux qui, souvent de mèche avec les autorités locales, expropriaient de force les paysans pour profiter plus tard de l'explosion foncière entraînée par l'expansion des villes. Hong avait pu constater en sillonnant le pays les conséquences écologiques du libre essor de l'économie de marché : des rivières envasées, empoisonnées, si polluées que les sauver coûterait des sommes astronomiques – si c'était seulement encore possible.

Elle s'était à plusieurs occasions publiquement emportée contre les fonctionnaires chargés d'empêcher tous ces abus, mais qui monnayaient leur indulgence contre des pots-de-vin.

Ya Ru est impliqué, se dit-elle. Je ne dois jamais l'oublier.

Hong dormit d'un sommeil léger, souvent réveillée. Les bruits inconnus de la nuit pénétraient dans ses rêves et la ramenaient à la surface. Au lever du soleil, elle était déjà debout et habillée.

Soudain, Ya Ru apparut. Il souriait.

– Nous sommes tous deux matinaux, dit-il. Nous n'avons pas la patience de dormir plus que le strict nécessaire.

– Désolée de t'avoir giflé.

Ya Ru haussa les épaules, puis désigna une jeep verte garée près de la tente.

– C'est pour toi, dit-il. Un chauffeur va te conduire à un endroit situé à une dizaine de kilomètres d'ici. Tu pourras y assister au spectacle étonnant qui a lieu chaque matin autour des points d'eau : pendant quelques instants, les fauves et leurs proies fraternisent, juste le temps de s'abreuver.

Un Noir était installé au volant.

– C'est Arturo. Un chauffeur de confiance, qui parle aussi l'anglais.

– Je te remercie pour cette attention, mais nous devrions parler.

Ya Ru rejeta sa proposition d'un geste impatient.

– Après. L'aube africaine est courte. Tu trouveras du café et de quoi prendre ton petit déjeuner dans un panier.

Hong comprit que Ya Ru cherchait une façon de faire la paix. Ce qui s'était passé la veille ne devait pas les séparer. Elle s'approcha de la voiture, salua le chauffeur, un homme maigre dans la force de l'âge, et s'installa sur la banquette arrière. La piste qui serpentait dans la brousse était ténue, à peine quelques marques sur la terre aride. Hong se gardait des branches épineuses qui fouettaient les flancs de la voiture ouverte à tous les vents.

Arturo s'arrêta sur une hauteur surplombant le point d'eau, en lui tendant une paire de jumelles. Des hyènes et quelques buffles étaient en train de boire. Il lui indiqua un troupeau d'éléphants. Les gros animaux gris marchaient d'un pas lent vers l'eau, comme s'ils sortaient directement du soleil.

Ce spectacle remontait à l'origine des temps. Les allées et venues des animaux autour de cet endroit étaient immuables depuis des générations.

Arturo lui servit un café, sans rien dire. Les éléphants approchaient à présent, leurs énormes corps soulevant un nuage de poussière.

Alors le silence explosa.

Le premier à mourir fut Arturo. La balle le toucha à la tempe, emportant la moitié de sa tête. Hong n'eut pas le temps de comprendre ce qui se passait avant d'être à son tour touchée par une balle qui lui transperça la mâchoire, dévia vers le bas et lui arracha la colonne vertébrale. Le bruit sec des détonations fit un instant lever la tête aux animaux, l'oreille aux aguets. Puis ils continuèrent à boire.

Ya Ru et Liu Xin s'approchèrent de la jeep et unirent leurs forces pour la précipiter en bas de la pente. Liu l'aspergea d'essence, puis s'écarta, craqua une allumette et la jeta sur la voiture, qui s'enflamma d'un coup. Les animaux se sauvèrent.

Ya Ru attendait près de leur propre jeep. Le garde du corps s'assit, prêt à démarrer. Ya Ru s'approcha et lui frappa la nuque avec une barre de fer. Il recommença jusqu'à ce que Liu ne bouge plus, puis traîna son corps jusqu'à la voiture encore en flammes.

Ya Ru se cacha avec la jeep parmi les épais buissons, et attendit. Au bout d'une demi-heure, il retourna au camp et donna l'alarme. Un accident : la jeep était tombée dans le ravin au-dessus du point d'eau et avait pris feu. Sa sœur et le chauffeur étaient morts. En essayant de les dégager, Liu avait lui-même été carbonisé.

Tous ceux qui avaient vu Ya Ru ce jour-là témoignèrent de son émotion. En même temps, ils admirèrent sa maîtrise de soi. Il avait annoncé que ce terrible accident ne devait pas déranger leur importante mission. Le ministre du Commerce lui présenta ses condoléances et les négociations continuèrent comme prévu.

Les corps furent récupérés dans de grands sacs en plastique noir et emportés, ni au Mozambique, ni au Zimbabwe. La famille d'Arturo, qui résidait plus au sud du Mozambique, à Xai-Xai, se vit attribuer une pension à vie qui permit à chacun de ses six enfants d'étudier et à sa veuve Emilda d'acheter une nouvelle maison et une nouvelle voiture.

Ya Ru rentra à Pékin avec la délégation, chargé de deux urnes. Un des premiers soirs après son retour, il sortit sur sa grande terrasse, loin au-dessus du sol, et dispersa les cendres dans la nuit.

Sa sœur et leurs discussions lui manquaient déjà. En même temps, il savait que ce qu'il avait fait était absolument nécessaire.

Ma Li pleura son amie en silence, horrifiée. Au fond d'elle-même, pourtant, elle ne crut pas une seconde à cette histoire d'accident de voiture.

33

Sur la table, une orchidée blanche. Ya Ru caressa du doigt son pétale velouté.

C'était un matin, tôt, un mois après son retour d'Afrique. Devant lui s'étalaient les plans de la maison qu'il avait décidé de se faire construire au bord de la mer, près de la ville de Quelimane, au Mozambique. En marge des importantes transactions conclues entre les deux pays, Ya Ru avait pu acquérir à des conditions très avantageuses une large bande côtière intacte. À terme, il envisageait d'y développer un complexe touristique de grand luxe pour les riches Chinois qui allaient être de plus en plus nombreux à voyager.

Le lendemain de la mort de Hong et de Liu, Ya Ru était resté longtemps sur une dune à contempler l'océan Indien. Il était accompagné du gouverneur de la province du Zambèze et d'un architecte sud-africain venu spécialement. Soudain, le gouverneur avait indiqué un point au-delà des derniers récifs. Une baleine était en train de souffler une gerbe d'eau. La présence de baleines sur ces côtes n'est pas rare, avait-il expliqué.

– Et les icebergs ? avait demandé Ya Ru. A-t-on déjà observé de la glace qui aurait dérivé jusqu'ici après s'être détachée de la banquise antarctique ?

– Nous avons une légende, avait répondu le gouverneur. À l'époque de nos ancêtres, juste avant l'arrivée des premiers Blancs, on aurait aperçu un iceberg au large

471

de nos côtes. Les hommes qui s'étaient approchés en canot avaient été terrorisés par le froid qui s'en dégageait. Plus tard, quand les Blancs ont débarqué de leurs grands voiliers, on a dit que l'iceberg était un présage. La peau des Blancs avait la même couleur que l'iceberg, leurs pensées et leurs actes étaient aussi froids. Impossible de savoir si cette légende a un fond de vérité.

– Je veux bâtir ici, avait dit Ya Ru. Aucun risque qu'un iceberg jaune ne s'échoue sur cette plage.

Cette journée avait été intense : un vaste terrain avait été délimité et acquis pour une somme presque symbolique au nom d'une des nombreuses sociétés de Ya Ru. Pour une somme équivalente, il avait acheté l'accord du gouverneur et la bienveillance des principaux fonctionnaires qui veilleraient à ce qu'on lui octroie un permis de construire et toutes les autorisations nécessaires sans délais inutiles. Il avait donné ses instructions à l'architecte sud-africain qui lui avait sur-le-champ proposé une ébauche de plan et une vue à l'aquarelle de cette villa aux allures de palais, avec ses deux piscines où serait pompée l'eau de mer, entourées de palmiers et d'une cascade artificielle. La maison aurait onze pièces et une chambre à coucher dont le toit pourrait s'ouvrir sur la nuit étoilée. Le gouverneur avait promis d'acheminer l'électricité et les lignes de télécommunication jusqu'à la propriété isolée de Ya Ru.

À présent, en contemplant ce que serait sa demeure africaine, il se dit qu'une des pièces serait préparée pour Hong. Ya Ru voulait honorer sa mémoire. Il aménagerait une pièce où un lit serait toujours prêt pour recevoir un hôte qui ne viendrait jamais. Elle restait malgré tout membre de la famille.

Le téléphone vibra discrètement. Ya Ru fronça les sourcils. Qui donc voulait lui parler de si bon matin ? Il décrocha.

– Deux hommes de la Sécurité sont là.

– Que veulent-ils ?

– Ce sont des gradés, membres de la Section spéciale. Ils disent que c'est urgent.

– Faites-les entrer dans dix minutes.

Ya Ru raccrocha. Il retint son souffle. La Section spéciale ne s'occupait que d'affaires concernant des dignitaires de l'État ou des hommes comme Ya Ru, qui naviguaient entre puissance économique et pouvoir politique, ces nouveaux bâtisseurs en qui Deng Xiaoping voyait l'avenir du pays.

Que lui voulaient-ils ? Ya Ru s'approcha de la fenêtre pour contempler la ville dans la brume matinale. Cela pouvait-il avoir un rapport avec la mort de Hong ? Il songea à tous ses ennemis, connus et inconnus. L'un d'entre eux tenterait-il d'utiliser la mort de sa sœur pour salir son nom et sa réputation ? Ou bien s'agissait-il de quelque chose qui lui aurait échappé ? Il savait que Hong s'était mise en contact avec un procureur, mais ceux-là dépendaient d'une tout autre administration.

Hong pouvait bien sûr aussi avoir à son insu contacté d'autres personnes.

Il n'arriva à aucune conclusion. Tout ce qu'il pouvait faire était d'écouter ce qu'ils lui voulaient. Il savait que les hommes de la Sécurité faisaient souvent leurs visites au petit matin ou tard dans la nuit. Un reste de l'époque où ces services étaient directement calqués sur ce qui se pratiquait dans l'Union soviétique de Staline. Mao avait à plusieurs reprises proposé qu'on s'inspire aussi du FBI, sans jamais obtenir gain de cause.

Les dix minutes écoulées, il rangea les plans dans un tiroir et s'installa derrière son bureau. Les deux hommes que Mme Shen fit entrer avaient la soixantaine, ce qui renforça l'inquiétude de Ya Ru. Normalement, on envoyait plutôt des jeunes. L'âge de ses visiteurs suggérait que l'affaire était importante.

Ya Ru se leva, s'inclina et les invita à s'asseoir. Il ne

leur demanda pas leurs noms, car il savait que Mme Shen aurait soigneusement contrôlé leurs documents d'identité.

Ils s'assirent dans les fauteuils près de la fenêtre. Ya Ru leur proposa du thé, qu'ils refusèrent.

Le plus âgé des deux prit la parole. Ya Ru reconnut l'accent caractéristique de Shanghai.

– On nous a transmis des informations. Nous ne pouvons pas vous indiquer notre source. Elles sont si détaillées que nous ne pouvons pas les ignorer. Nous avons reçu l'instruction d'intervenir avec une plus grande sévérité dans les affaires de violation des lois au niveau gouvernemental.

– J'ai moi-même réclamé un durcissement des lois contre la corruption, dit Ya Ru. Que me veut-on à la fin ?

– On nous a signalé que vos sociétés de bâtiment cherchent à obtenir des avantages par des moyens illégaux.

– Des avantages illégaux ?

– L'achat illégal de services.

– En d'autres termes, il s'agit de corruption, de pots-de-vin ?

– Nous avons reçu des informations très détaillées. Nous sommes embarrassés. Nous avons des instructions très strictes.

– Vous êtes donc venus si tôt ce matin pour m'annoncer qu'on soupçonne mes sociétés d'irrégularités ?

– Nous sommes plutôt venus vous mettre au courant.

– Me mettre en garde ?

– Si vous voulez.

Ya Ru comprit. Il avait beaucoup d'amis puissants, y compris au sein du bureau des affaires de corruption. Voilà pourquoi on lui donnait cette petite avance, qu'il ne soit pas pris au dépourvu. Qu'il puisse faire le ménage, effacer les preuves ou chercher des explications, s'il s'agissait de faits dont il n'avait pas connaissance.

Il songea à la balle dans la nuque qui avait tué Shen Weixian. Il lui sembla que ces deux hommes venaient lui souffler un présage glacial, comme l'iceberg de la légende africaine.

Ya Ru se demanda de nouveau s'il avait commis la moindre imprudence. Peut-être avait-il été trop sûr de lui, laissé l'arrogance prendre le dessus. On finissait toujours par payer ses erreurs.

– J'ai besoin d'en savoir plus, dit-il. C'est trop général, trop vague.

– Nous n'y sommes pas autorisés.

– Ces accusations, même si elles sont anonymes, viennent bien de quelque part ?

– Cela non plus, nous ne pouvons pas y répondre.

Ya Ru soupesa rapidement la possibilité de leur acheter davantage d'informations sur les accusations qui pesaient sur lui. Mais c'était trop dangereux. Ils pouvaient porter un micro qui enregistrait leur conversation. Le risque existait aussi qu'ils soient honnêtes, et qu'on ne puisse pas les corrompre comme la plupart des fonctionnaires.

– Ces accusations sont sans aucun fondement, dit Ya Ru. Je vous suis reconnaissant de m'avoir informé des rumeurs qui circulent autour de mon nom et de mes entreprises. Mais derrière les dénonciations anonymes se cachent souvent la fausseté, la jalousie et les mensonges les plus insidieux. Mes entreprises sont propres, j'ai le soutien de l'État et du Parti, et je n'hésite pas à affirmer que je garde un contrôle suffisant sur mes affaires pour savoir si mes fondés de pouvoir suivent ou non mes directives. Par contre, que de petites irrégularités aient été commises par quelques-uns de mes employés, je ne peux, hélas, pas en répondre, vous vous en doutez : ils doivent être en tout plus de trente mille…

Ya Ru se leva, signifiant que l'entretien était terminé. Les deux hommes s'inclinèrent et sortirent. Ya Ru appela alors Mme Shen.

– Chargez un de mes responsables de la sécurité de savoir de qui ils dépendent. Les noms de leurs chefs. Convoquez ensuite mes neuf fondés de pouvoir à une réunion dans trois jours. Aucune absence tolérée. Celui qui ne vient pas quitte immédiatement son poste. Que cela soit clair !

Ya Ru était furieux. Il n'était pas plus corrompu qu'un autre. Un homme comme Shen Weixian avait été trop gourmand et trop pingre avec les fonctionnaires qui lui préparaient le terrain. Il avait été un parfait bouc émissaire, personne ne le regrettait.

Ya Ru passa les heures suivantes à préparer fébrilement sa contre-attaque. Qui, parmi ses subordonnés, avait bien pu être à l'origine de la fuite et distiller des informations toxiques sur ses affaires illégales et ses contrats secrets ?

Trois jours plus tard, ses neuf fondés de pouvoir étaient réunis dans un hôtel de Pékin. Ya Ru l'avait soigneusement choisi. C'était celui où, une fois par an, il tenait une réunion au cours de laquelle il mettait à la porte au moins un de ses subordonnés, pour bien faire comprendre aux autres que personne n'était à l'abri. Aussi, le groupe qui se réunit ce matin-là juste après dix heures n'en menait pas large. Personne n'avait été informé de l'objet de cette convocation. Ya Ru les laissa attendre plus d'une heure avant de les rejoindre. Sa stratégie était très simple. Après s'être emparé de leurs téléphones portables, pour qu'ils ne puissent pas communiquer entre eux ou avec l'extérieur, il les envoya chacun dans une pièce isolée attendre sous la surveillance d'un garde convoqué par Mme Shen. Puis Ya Ru les reçut un par un pour leur exposer sans détour la situation. Avaient-ils des commentaires ? Des explications ? Quelque chose dont ils souhaitaient le mettre au courant ? Il observa bien leurs visages, pour déceler celui qui aurait préparé sa réponse à l'avance. Une telle attitude le désignerait automatiquement comme le responsable de la fuite.

Tous les fondés de pouvoir montrèrent pourtant le

même étonnement, la même indignation. À la fin de la journée, force était de constater qu'il n'avait pas trouvé de coupable. Il les libéra sans en avoir licencié un seul. Mais chacun repartit avec l'injonction de rechercher une taupe dans son équipe de direction.

Ce fut seulement quelques jours plus tard, quand Mme Shen lui rendit compte de l'enquête qu'elle avait diligentée, que Ya Ru découvrit qu'il s'était trompé sur toute la ligne. Elle entra alors qu'il était encore en train d'étudier les plans de sa maison africaine. Il l'avait invitée à s'asseoir et avait orienté sa lampe de bureau, de sorte que son visage reste dans l'ombre. Il aimait sa voix. Qu'elle lui fasse un exposé économique ou l'exégèse d'une nouvelle directive émanant de telle ou telle administration d'État, il avait toujours l'impression qu'elle lui racontait un conte de fées. Quelque chose dans sa voix lui évoquait son enfance depuis longtemps oubliée.

Il lui avait appris à aller toujours à l'essentiel. Ce qu'elle fit :

– D'une façon ou d'une autre, ça a l'air lié à votre défunte sœur Hong Qiu. Elle a été en contact avec certains membres du bureau de la Sécurité de l'État. Son nom revient sans cesse quand nous essayons de trouver un lien entre ceux qui sont venus l'autre jour et ceux qui tirent les ficelles dans l'ombre. Il semble que l'information ait circulé peu de temps seulement avant sa mort tragique. Mais quelqu'un au plus haut niveau a donné le feu vert.

Ya Ru remarqua que Mme Shen hésitait tout à coup.

– Que me cachez-vous ?

– Je ne suis pas sûre…

– Rien n'est sûr. A-t-on en haut lieu diligenté une enquête contre moi ?

– Je ne sais pas si c'est vrai ou non, mais le bruit

court qu'on n'est pas satisfait de la condamnation de Shen Weixian.

Ya Ru sentit son sang se glacer. Il comprit avant que Mme Shen ait le temps de continuer.

– Il leur faut un autre bouc émissaire ? Ils veulent la tête d'un autre riche homme d'affaires, pour pouvoir dire qu'il ne s'agissait pas seulement de faire un exemple, mais qu'une vraie campagne de lutte contre la corruption a été lancée ?

Mme Shen hocha la tête. Ya Ru se recula encore plus dans l'ombre.

– Avez-vous quelque chose d'autre ?

– Non.

– Alors vous pouvez vous retirer.

Mme Shen sortit. Ya Ru demeura immobile. Il se força à réfléchir la tête froide, alors qu'il aurait surtout voulu s'enfuir en courant.

Quand il avait pris la difficile décision d'éliminer sa sœur, au cours du voyage en Afrique, il était convaincu qu'elle lui était encore loyale. Certes, ils avaient des désaccords, de fréquents conflits. En ce même bureau, le jour de son anniversaire, ne l'avait-elle pas accusé d'être mouillé dans des affaires de corruption ?

C'était ce jour-là qu'il avait compris que Hong finirait par représenter un trop gros danger. Il aurait dû frapper plus tôt. Elle l'avait déjà trahi.

Ya Ru secoua lentement la tête. Il comprenait soudain que Hong était prête à lui faire ce qu'il lui avait fait. Bien entendu, elle n'envisageait pas de braquer une arme sur lui. Hong voulait s'appuyer sur les lois du pays. Mais si Ya Ru avait été condamné à mort, elle aurait été la première à applaudir des deux mains.

Ya Ru songea à son ami Lai Changxing qui, quelques années auparavant, avait été forcé de quitter précipitamment le pays à la suite de descentes de police coordonnées dans ses différentes entreprises. Grâce à son jet privé toujours prêt à décoller, il avait pu s'enfuir avec sa famille et se rendre au Canada, qui n'a pas d'accord d'extradition avec la Chine. Fils de paysans pauvres, il avait fait une carrière fulgurante quand Deng Xiaoping avait libéralisé l'économie. Il avait commencé par creuser des puits, avant de faire de la contrebande, investissant tous ses gains dans des entreprises qui, en quelques années, avaient généré une fortune gigantesque.

Ya Ru était allé une fois lui rendre visite dans le palais rouge qu'il s'était fait construire dans sa ville natale de Xiamen. Il y avait aussi financé la construction d'écoles et d'une maison de retraite. Ya Ru avait tiqué devant l'arrogance tape-à-l'œil de Lai Changxing et l'avait mis en garde : un jour, cela provoquerait sa perte. Ils avaient passé la soirée à discuter de la haine que suscitaient les nouveaux capitalistes, la « deuxième dynastie », comme Lai Changxing les appelait ironiquement, mais seulement en privé, devant des personnes de confiance.

Ya Ru n'avait donc pas été surpris de voir le gigantesque château de cartes s'effondrer, et Lai contraint de fuir. Par la suite, plusieurs personnes impliquées dans ses affaires avaient été exécutées. D'autres, par centaines, avaient fini en prison. En même temps, il laissait dans sa région natale le souvenir d'un homme généreux. Ya Ru savait aussi que Lai était en train d'écrire ses mémoires, ce qui donnait des sueurs froides à bien des fonctionnaires et des hommes politiques en Chine. Lai Changxing en savait long, et personne au Canada ne pouvait le faire taire.

Ya Ru n'avait cependant aucun projet de fuite.

Une autre idée le tarabustait. Ma Li, l'amie de Hong, avait fait partie de la délégation envoyée en Afrique. Ya Ru savait qu'elles s'étaient longuement parlé, à plusieurs reprises. En outre, Hong avait toujours aimé écrire des lettres.

Ma Li avait peut-être été chargée d'un message de Hong ? Qu'elle avait transmis jusqu'aux services secrets ? Il ne savait pas. Mais il décida aussitôt de s'en assurer.

Trois jours plus tard, alors qu'une violente tempête de sable s'abattait comme tous les hivers sur Pékin, Ya Ru se rendit au bureau de Ma Li, près de Ritan Gongyuan, le parc du Dieu Soleil. Elle travaillait dans un département d'analyse économique. Son grade n'était pas assez élevé pour qu'elle puisse lui causer le moindre problème. Avec ses limiers, Mme Shen avait établi qu'elle n'avait de lien direct avec aucun dignitaire haut placé. Ma Li avait deux enfants. Son mari actuel était un simple bureaucrate. Son premier époux étant mort dans les années 1970, lors de la guerre contre le Vietnam, personne n'avait trouvé à redire à ce qu'elle ait un deuxième enfant après s'être remariée. Sa fille aînée était conseillère aux programmes dans un centre de formation des instituteurs, et son fils cadet travaillait comme chirurgien dans un hôpital de Shanghai. Eux non plus n'avaient pas assez de relations pour représenter une menace. Ya Ru avait également noté que Ma Li consacrait beaucoup de temps à ses deux petits-enfants.

Mme Shen avait arrangé un rendez-vous entre Ma Li et Ya Ru. Elle n'avait pas dit de quoi il s'agissait, juste que c'était urgent et probablement en rapport avec son récent voyage en Afrique. Elle a dû s'inquiéter, se dit Ya Ru, tout en contemplant la ville défiler sous ses yeux. Comme il était en avance, il avait demandé à son chauffeur de faire un détour pour passer devant quelques chantiers où il avait des intérêts. Il s'agissait surtout de bâtiments construits en vue des jeux Olympiques. Ya Ru avait également obtenu un contrat de démolition dans une zone d'habitation qui devait disparaître pour laisser la place à des voies rapides reliant les nouvelles installations sportives. Il comptait engranger des milliards, même après déduction des millions dont chaque mois il arrosait fonctionnaires et politiciens.

Ya Ru contemplait la ville en pleine transformation. Beaucoup protestaient en affirmant que Pékin y perdait son âme. Ya Ru payait des journalistes pour insister à longueur de colonnes sur le fait que des bidonvilles allaient disparaître et, qu'une fois passé les jeux Olympiques, ces investissements auraient changé l'image de la Chine dans le monde et profiteraient à tous. Ya Ru, qui préférait d'ordinaire rester dans l'ombre, avait parfois eu la vanité d'aller lui-même débattre sur les plateaux de télévision de la transformation de Pékin. Il en avait toujours profité pour glisser une allusion à ses œuvres de bienfaisance, l'entretien de parcs ou la restauration de certains monuments de Pékin. D'après les journalistes qu'il payait grassement pour leurs services, il avait beau appartenir à l'élite des Chinois les plus riches, sa réputation était excellente.

Et cette réputation, il avait l'intention de la conserver. À tout prix.

La voiture s'arrêta devant l'immeuble anodin où travaillait Ma Li. Elle l'attendait.

– Ma Li, dit Ya Ru. En te revoyant, j'ai l'impression que notre voyage en Afrique qui s'est achevé de manière si tragique date d'il y a une éternité.

– Je pense tous les jours à cette chère Hong, dit Ma Li. Mais le souvenir de l'Afrique s'estompe. De toute façon, je n'y retournerai jamais.

– Comme tu le sais, nous signons tous les jours de nouveaux contrats avec beaucoup de pays africains. Nous établissons des ponts durables pour l'avenir.

Tout en parlant, ils avaient traversé un couloir désert jusqu'au bureau de Ma Li, dont la fenêtre donnait sur un petit jardin entouré par un haut mur. En son centre, une fontaine, dont le jet d'eau était coupé pour l'hiver.

Ma Li servit du thé, après avoir coupé son téléphone. Au loin, Ya Ru entendit quelqu'un rire.

– Rechercher la vérité, c'est comme regarder un escargot en poursuivre un autre, dit Ya Ru, pensif. C'est un mouvement lent, mais obstiné.

Il la fixa, droit dans les yeux. Ma Li ne détourna pas le regard.

– Des rumeurs circulent, continua Ya Ru. Des rumeurs contre moi. Des rumeurs sur mes entreprises, sur mon caractère. Je m'interroge sur leur origine. Je dois découvrir qui cherche à me nuire. Il ne s'agit pas des habituels jaloux, mais de quelqu'un d'autre, avec un mobile que j'ignore.

– Pourquoi chercherais-je à détruire ta réputation ?

– Ce n'est pas ce que je voulais dire. La question est différente : qui peut savoir, qui a des informations, qui peut les diffuser ?

– Nous vivons dans deux mondes distincts. Je suis une simple fonctionnaire, tu fais des affaires importantes dont on parle dans les journaux. Je suis quelqu'un d'insignifiant, alors que tu vis une vie que j'arrive à peine à imaginer.

– Mais tu connaissais bien Hong, dit lentement Ya Ru. Ma sœur, qui était également très proche de moi. Après une éternité, vous vous retrouvez par hasard au cours de ce voyage en Afrique. Vous discutez, elle vient te voir de toute urgence un matin. À mon retour en Chine, les rumeurs commencent à circuler.

Ma Li pâlit.

– Tu m'accuses de te calomnier publiquement ?

– Tu dois certainement comprendre que, dans ma situation, je ne peux pas me permettre ce genre d'accusations à la légère. J'ai fait mes recherches, et finalement, par élimination, il ne me reste plus qu'une seule explication. Une seule personne.

– Moi ?

– En fait, non.

– Tu veux dire Hong ? Ta propre sœur ?

– Ce n'est un secret pour personne que nous avions de profondes divergences sur l'avenir de la Chine. Sur son développement politique, son économie, son histoire.

– Mais étiez-vous pour autant ennemis ?

– Les ennemis naissent imperceptiblement, comme l'eau qui lentement se retire. On se retrouve un jour avec un ennemi sorti d'on ne sait où.

– J'ai du mal à croire que Hong se batte à coups d'accusations anonymes. Ce n'était pas son genre.

– Je sais. C'est pourquoi je pose la question. De quoi avez-vous parlé ?

Ma Li ne répondit pas. Ya Ru continua, sans lui laisser le temps de réfléchir.

– Peut-être y a-t-il une lettre, dit-il lentement, une lettre qu'elle t'aurait remise ce fameux matin ? C'est ça ? Une lettre ? Ou un document ? Il faut que je sache ce qu'elle t'a dit et ce qu'elle t'a donné.

– Elle avait l'air d'avoir pressenti sa mort, dit Ma Li. J'y ai sans cesse repensé, sans comprendre ce qui pouvait l'inquiéter à ce point. Elle m'a demandé de veiller à ce qu'on incinère son corps. Elle voulait qu'on disperse ses cendres dans le parc Longtanhu Gongyuan, au-dessus du petit lac. Et puis elle m'a demandé de m'occuper de ses affaires personnelles, ses livres, donner ses vêtements, vider son appartement.

– Rien d'autre ?

– Non.

– Elle l'a dit, ou écrit ?

– C'était une lettre. Je l'ai mémorisée, puis je l'ai brûlée.

– C'était donc une courte lettre ?

– Oui.

– Mais pourquoi la brûler ? On peut dire qu'il s'agissait d'un testament.

– Elle m'a dit que personne ne mettrait en doute mes paroles.

483

Ya Ru continua à la regarder tout en songeant à ce qu'elle venait de dire.

– Donc, elle ne t'a pas remis d'autre lettre ?

– À quel sujet ?

– C'est bien la question. Peut-être une lettre que tu n'as pas brûlée ? Mais que tu as remise à quelqu'un ?

– Elle m'a donné une seule lettre, qui m'était destinée. Je l'ai brûlée. Rien d'autre.

– Ce serait une très mauvaise idée de ne pas me dire la vérité.

– Et pourquoi mentirais-je ?

Ya Ru fit un geste d'impuissance.

– Pourquoi les gens mentent-ils ? Pourquoi en sommes-nous capables ? Parce que, dans certaines circonstances, cela peut nous donner des avantages. La vérité et le mensonge sont des armes, Ma Li, que des personnes habiles peuvent manier à la perfection, comme d'autres le sabre.

Il continua à la dévisager, sans qu'elle détourne les yeux.

– Rien d'autre ? Tu ne veux rien ajouter ?

– Non. Rien.

– Tu comprends bien sûr que tôt ou tard je découvrirai ce que je veux savoir.

– Oui.

Ya Ru hocha pensivement la tête.

– Tu es quelqu'un de bien, Ma Li. Et moi aussi. Mais je peux être très contrarié par les gens malhonnêtes.

– Je n'ai rien omis.

– Bien. Tu as deux petits-enfants, Ma Li. Tu les aimes plus que tout.

Il la vit tressaillir.

– Tu me menaces ?

– Pas du tout. Je te donne juste une possibilité de dire la vérité.

– J'ai dit tout ce que j'avais à dire. Hong m'a parlé de ses inquiétudes sur l'avenir de la Chine. Mais pas de menaces, pas de rumeurs.

– Bien, je te crois.

– Tu me fais peur, Ya Ru. Est-ce que j'ai vraiment mérité ça ?

– Je ne t'ai pas fait peur. C'est Hong qui t'a fait peur, avec sa lettre mystérieuse. Parles-en avec son esprit. Demande-lui de calmer ton inquiétude.

Ya Ru se leva. Elle le raccompagna jusqu'à la rue. Il lui serra la main et remonta dans sa voiture. Ma Li retourna à son bureau et vomit dans un évier.

Elle apprit alors par cœur mot pour mot la lettre de Hong, qui était cachée dans un des tiroirs de son bureau.

Elle est morte en colère, se dit Ma Li. Qui sait ce qui lui est vraiment arrivé. Personne n'a su jusqu'à présent me donner une explication convaincante de cet accident de voiture.

Avant de quitter son bureau, ce soir-là, elle déchira la lettre en morceaux, les jeta dans la cuvette des toilettes et tira la chasse. Elle avait toujours peur, et savait qu'elle devrait désormais vivre sous la menace de Ya Ru. Il ne la quitterait plus d'un pas.

Ya Ru passa la soirée dans une de ses boîtes de nuit de Sanlitun, le quartier chaud de Pékin. Il se retira dans une arrière-salle pour se faire masser la nuque par une des hôtesses du club, Li Wu. Li avait son âge. Elle avait jadis été sa maîtresse. Elle faisait toujours partie du groupe restreint des personnes en qui Ya Ru avait confiance. Il faisait attention à ce qu'il lui disait, mais il savait qu'elle lui était loyale.

Elle se déshabillait toujours complètement pour le masser. La musique de la boîte de nuit parvenait, étouffée. La lumière était tamisée, les murs tapissés de rouge.

Ya Ru se remémora sa conversation avec Ma Li. Tout vient de Hong, se dit-il. J'ai commis une grave erreur en comptant si longtemps sur sa loyauté envers sa famille.

Li lui massait toujours le dos. Soudain, il lui attrapa la main et se redressa.

– Je t'ai fait mal ?

– J'ai besoin d'être seul. Je te dirai quand revenir.

Elle sortit, tandis que Ya Ru s'entourait le corps d'un drap. Il se demanda s'il ne s'était pas trompé. Peut-être que la question n'était pas de savoir ce que contenait la lettre que Hong avait remise à Ma Li.

Supposons que Hong ait parlé à quelqu'un. Quelqu'un que, selon elle, je ne devinerais jamais.

Soudain, il se rappela ce que Chan Bing lui avait raconté, cette juge suédoise à laquelle Hong s'était intéressée. Qu'est-ce qui aurait empêché Hong de lui parler ? De se confier imprudemment à elle ?

Ya Ru s'étendit. Sa nuque lui faisait moins mal à présent, grâce aux doigts sensibles de Li.

Le lendemain matin, il appela Chan Bing. Il alla droit au fait :

– Tu as mentionné une juge suédoise à laquelle ma sœur avait eu affaire. De quoi s'agissait-il ?

– Elle se nomme Birgitta Roslin. Une banale agression. Nous l'avons convoquée pour identifier le coupable, ce dont elle n'a pas été capable. Par contre, elle avait parlé à Hong d'une série de meurtres perpétrés en Suède, qu'elle pensait avoir été commis par un Chinois.

Le sang de Ya Ru se glaça. C'était pire que ce qu'il pensait. La menace était plus grave que quelques soupçons de corruption. Il se dépêcha d'achever la conversation par quelques formules de politesse.

Il avait déjà commencé à réfléchir à la tâche qu'il lui faudrait accomplir lui-même, maintenant que Liu Xin n'était plus là.

Tant que ce ne serait pas fait, Hong Qiu n'aurait pas définitivement perdu la partie.

Chinatown, Londres

34

Il pleuvait en cet après-midi de mai. Birgitta Roslin conduisit sa famille jusqu'à Copenhague, d'où ils devaient s'envoler pour des vacances à Madère. Elle avait finalement décidé de ne pas les accompagner. Après un si long arrêt maladie, elle ne pouvait pas décemment aller réclamer des jours de congé. Le tribunal était toujours surchargé d'affaires en souffrance. Birgitta Roslin ne pouvait tout simplement pas s'absenter.

Ils arrivèrent à Copenhague sous une pluie battante. Staffan, qui voyageait gratuitement en train, avait eu beau proposer avec insistance de rejoindre seul les enfants à l'aéroport de Kastrup, Birgitta s'était entêtée à vouloir l'y conduire en voiture. Après les avoir quittés dans le hall des départs, elle était allée s'asseoir dans un café, à regarder le flot des gens qui traînaient leurs valises et leurs rêves de voyages lointains.

Quelques jours auparavant, elle avait téléphoné à son amie Karin Wiman pour l'avertir qu'elle passait à Copenhague. Depuis leur retour de Pékin, elles n'avaient toujours pas trouvé l'occasion de se revoir. Birgitta Roslin s'était plongée jusqu'au cou dans son travail. Son chef, Hans Mattsson, l'avait accueillie à bras ouverts. Il avait posé un vase de fleurs sur son bureau, aussitôt suivi d'une pile de dossiers instruits en attente de jugement. On était alors fin mars, une campagne médiatique venait tout juste d'être lancée dans les journaux du sud de la

Suède, pour dénoncer les délais scandaleux pratiqués dans les tribunaux. Les collègues de Birgitta Roslin reprochaient à Hans Mattsson, qu'ils jugeaient trop timoré, de n'être pas assez franchement monté au créneau pour expliquer la situation désespérée dans laquelle le gouvernement avait mis les tribunaux avec sa politique de rigueur. Alors que ses collègues se lamentaient sur leur surcharge de travail, Birgitta, elle, sautait de joie d'être revenue. Elle restait souvent à travailler tard le soir, au point que son patron l'avait un jour prise à part pour la mettre gentiment en garde : à ce rythme, le surmenage la guettait, et elle risquait de retomber malade.

Voilà pourquoi elle s'était jusqu'alors contentée de parler à Karin Wiman au téléphone. Elles avaient à deux reprises essayé de se voir, mais des empêchements de dernière minute étaient survenus. Aujourd'hui, enfin, Birgitta avait une journée de libre. Elle ne devait retourner à son tribunal que le lendemain, et avait prévu de passer la nuit chez Karin. Elle avait apporté ses photos et était impatiente comme une gamine de voir celles de son amie.

Le voyage à Pékin était déjà loin. Était-ce l'âge qui faisait s'estomper aussi vite les souvenirs ? Elle regarda autour d'elle dans le café : dans un coin, deux femmes arabes dont on voyait à peine le visage. L'une d'elles pleurait.

Elles ne peuvent pas me répondre, songea-t-elle. Qui le pourrait, si j'en suis moi-même incapable ?

Les deux amies avaient rendez-vous pour déjeuner dans un restaurant du centre-ville. Birgitta s'était dit qu'elle en profiterait pour faire du shopping : il lui fallait un tailleur qu'elle puisse porter en salle d'audience. Mais la pluie lui en avait fait passer l'envie. Elle attendit à l'aéroport, puis prit un taxi, car elle avait peur de se perdre. Karin lui fit de grands signes quand elle la vit entrer dans le restaurant bondé.

– Alors, ils sont bien partis ?

– On y pense seulement après coup. C'est terrible de mettre toute sa famille dans un même avion.

Karin secoua la tête.

– Tout ira bien. Quand on voyage, si on veut être sûr d'arriver vivant à destination, la meilleure façon est de prendre l'avion.

Elles déjeunèrent, se montrèrent leurs photos en évoquant des souvenirs de leur voyage. En écoutant parler Karin, Birgitta se dit que c'était la première fois depuis longtemps qu'elle repensait à l'agression dont elle avait été victime. À Hong Qiu, surgissant de nulle part pendant son petit déjeuner. À son sac à main retrouvé. Tous ces événements étranges et effrayants auxquels elle avait été mêlée.

– Tu m'écoutes ? demanda Karin.

– Bien sûr, pourquoi ?

– Tu n'as pas l'air.

– Je pense à ma famille en train de planer là-haut.

Elles commandèrent un café. Karin proposa qu'elles s'offrent un cognac pour protester contre le mauvais temps.

– Et comment ! répondit Birgitta.

Elles rentrèrent chez Karin en taxi. À leur arrivée, la pluie avait cessé et les nuages commençaient à se disperser.

– J'ai besoin de me dégourdir les jambes, dit Birgitta. Je passe tellement de temps assise à mon bureau ou derrière mon volant...

Elles allèrent marcher le long de la plage déserte. Quelques retraités promenaient leurs chiens.

– Qu'est-ce que ça te fait quand tu envoies quelqu'un en prison ? As-tu déjà condamné un assassin ?

– Très souvent. Entre autres, une femme qui avait tué trois personnes. Ses parents plus son frère cadet. Je me souviens de l'avoir bien regardée pendant le procès. Elle était toute fluette, très belle. Il était évident que ces meurtres avaient été prémédités. Ce n'était pas sur un coup de colère qu'elle les avait assommés. Car c'est bien ce qu'elle avait fait. D'habitude, ce sont les hommes qui s'y prennent de cette façon. Les femmes préfèrent le couteau. Les hommes, eux, cognent. Elle était allée chercher une masse dans le garage de son père et leur avait défoncé le crâne, à tous les trois. Et sans le moindre remords.

– Pourquoi ?

– C'est resté un mystère.

– Mais elle n'était pas folle ?

– Pas d'après les experts psychiatres. À la fin, je n'ai pas eu d'autre choix que de la condamner à la peine la plus lourde prévue par la loi. Elle n'a même pas fait appel. Pour un juge, on considère ça plutôt comme une victoire. Mais ce n'est pas ce que j'ai ressenti.

Elles regardèrent un voilier qui s'engageait dans le détroit, vers le nord.

– Tu ne crois pas qu'il serait temps que tu me racontes ? dit Karin.

– Quoi ?

– Ce qui s'est vraiment passé à Pékin. Je sais très bien que tu ne m'as pas dit la vérité. En tout cas, pas toute la vérité et rien que la vérité, comme on le jure dans les tribunaux.

– J'ai été agressée. On m'a volé mon sac à main.

– Ça, je sais. Mais les circonstances, Birgitta, me laissent sur ma faim. Il persiste une zone d'ombre. Même si nous ne nous sommes pas beaucoup vues ces dernières années, je te connais bien. Jadis, quand nous étions des Rebelles, pauvres naïves qui mélangeaient raison et sentiments, nous avons appris à la fois à dire la vérité et à mentir. Je ne me risquerais pas à te mentir. Ou à te mener en bateau, comme disait mon père. Je sais que tu ne serais jamais dupe.

Birgitta se sentit soulagée.

– Je ne sais pas ce qui m'a pris de te cacher la moitié de l'histoire. Peut-être pour ne pas te déranger pendant ton colloque. Peut-être parce que je ne comprenais pas bien moi-même tout ce qui se passait.

Elles continuèrent leur promenade sur la plage et enlevèrent leurs manteaux quand le soleil perça pour de bon. Birgitta lui parla de la photo tirée de la caméra de surveillance du petit hôtel de Hudiksvall, de sa tentative d'identifier cet homme. Elle lui raconta tout par le menu, comme si elle était à la barre des témoins sous le regard sévère d'un juge.

– Tu ne m'avais rien dit de tout ça, dit Karin quand Birgitta eut fini son récit.

Elles avaient fait demi-tour.

– Quand tu es rentrée en Suède, j'ai eu peur, dit Birgitta. J'ai cru qu'on allait m'envoyer moisir dans un cachot souterrain. La police aurait ensuite prétendu que j'avais disparu.

– Je prends ça comme l'expression d'un manque de confiance. En fait, je devrais être en colère.

Birgitta s'arrêta et fit face à Karin.

– Nous ne nous connaissons pas si bien, dit-elle. Nous le pensons peut-être. Ou souhaiterions que ce soit le cas. Dans notre jeunesse, c'était différent. Aujourd'hui, nous sommes toujours amies. Mais pas particulièrement proches. L'avons-nous seulement jamais été ?

Karin hocha la tête. Elles continuèrent le long du rivage, au-dessus du varech, là où le sable était le plus sec.

– On voudrait que tout recommence, que tout soit à nouveau comme avant, dit Karin. Mais vieillir exige de se méfier du sentimentalisme. Pour survivre, l'amitié doit être entretenue et mise à l'épreuve. Les amours de jeunesse ne rouillent peut-être jamais. Les amitiés de jeunesse, si.

– Que nous en parlions est déjà en soi un pas dans

la bonne direction. Comme gratter la rouille à la paille de fer.

– Et alors, comment ça a fini ?

– On m'a ramenée à l'hôtel. Entre-temps, la police ou les services secrets avaient fouillé ma chambre. J'ignore ce qu'ils espéraient trouver.

– Et tout ça pour un sac à main arraché ?

– Plutôt pour la photo prise à l'hôtel de Hudiksvall. Quelqu'un voulait m'empêcher de rechercher cet homme. En même temps, je crois que Hong Qiu était sincère : la Chine ne veut pas que des visiteurs étrangers rentrent chez eux en racontant ce genre de « malheureux événements », comme ils disent, alors que le pays se prépare pour son heure de gloire avec les jeux Olympiques.

– Un pays tout entier d'un milliard d'habitants qui attend en coulisse le moment de faire son entrée en scène. L'image est saisissante.

– Mais des millions de personnes, nos chers paysans pauvres, ne savent sans doute même pas ce que sont ces jeux Olympiques. Ou bien ils ont compris que les festivités à Pékin ne changeraient rien pour eux.

– Je me souviens vaguement de cette Hong Qiu. Elle était très belle. Il y avait chez elle quelque chose de farouche, comme si elle était toujours sur ses gardes.

– Peut-être. Mon souvenir est différent. Elle m'est venue en aide.

– Elle est peut-être au service de plusieurs maîtres ?

– Je me le suis demandé. Je n'ai pas la réponse. Je ne sais pas. Mais tu as probablement raison.

Elles s'avancèrent sur un ponton où il restait encore beaucoup d'amarres libres. Une vieille femme s'affairait à écoper un vieux voilier en bois. Elle les salua gaiement en disant une phrase en dialecte dont Karin ne comprit que quelques bribes.

Elles prirent ensuite le thé. Karin lui parla de son travail actuel. Elle s'était attelée à traduire une anthologie des poètes chinois de l'indépendance de 1949 à nos jours.

– Je ne pouvais pas passer ma vie à m'occuper de dynasties disparues. La poésie, ça me change.

Birgitta faillit lui parler de sa passion secrète pour les textes des tubes de variété. Mais elle s'abstint.

– Beaucoup ne manquaient pas de courage. Mao et les autres dirigeants politiques toléraient rarement la critique. Mais Mao était patient avec les poètes. Parce qu'il écrivait lui-même de la poésie, peut-être. Je pense pour ma part qu'il considérait les artistes comme des visionnaires capables d'éclairer les événements politiques sous une perspective inédite. Quand des cadres du Parti voulaient sévir contre ceux qui écrivaient un mot de travers ou peignaient à coups de pinceau séditieux, Mao y était presque toujours opposé. Jusqu'au bout. Il porte la responsabilité de ce qu'on a fait aux artistes pendant la révolution culturelle, mais ce n'était pas son intention première. Même si elle s'appelait « culturelle », cette dernière révolution lancée par Mao était avant tout politique. Quand il s'est rendu compte qu'une partie des gardes rouges allaient trop loin, il a fait machine arrière. Il ne pouvait pas le clamer sur les toits, mais je pense qu'il regrettait sincèrement les destructions provoquées pendant ces années-là. Cependant il savait mieux que quiconque qu'on ne fait pas d'omelette sans casser des œufs. Ce n'était pas ça, l'expression consacrée ?

– Ou que la révolution n'était pas une invitation à prendre le thé.

Elles éclatèrent toutes deux de rire.

– Que penses-tu aujourd'hui de la Chine ? demanda Birgitta. Qu'est-ce qui est en train de s'y passer ?

– Je suis convaincue qu'il s'y joue une intense partie de bras de fer. Dans le Parti, dans le pays. Le PCC veut montrer au monde entier, à des gens comme toi et moi, que le développement économique est possible dans un

État qui n'est pas démocratique. Même si les penseurs occidentaux libéraux le nient, la dictature du Parti est compatible avec le développement économique. Naturellement, cela nous inquiète. C'est la raison pour laquelle on parle tellement chez nous des exécutions une balle dans la nuque. Le manque de liberté et d'ouverture, les droits de l'homme dont nous sommes tellement entichés en Occident, voici les points sur lesquels nous attaquons la Chine. Pour moi, c'est de l'hypocrisie, car notre monde est plein de pays, à commencer par les États-Unis et la Russie, où les droits de l'homme sont violés tous les jours. Et puis les Chinois savent que nous voulons faire des affaires avec eux, à tout prix. Ils ne se sont pas laissé manipuler au dix-neuvième siècle, quand nous avons essayé de les réduire à une nation d'opiomanes pour régner en maîtres sur le commerce. Les Chinois en ont tiré les leçons, ils ne referont pas nos erreurs. Voilà ma vision des choses, mais je sais que mes conclusions sont sans doute imparfaites. Le phénomène est bien trop vaste et nous ne pouvons pas utiliser nos critères en Chine. Quelle que soit notre opinion, nous devons les observer avec respect. Seul un idiot pourrait aujourd'hui prétendre que ce qui se passe là-bas ne se répercutera pas sur notre avenir. Si j'avais aujourd'hui des enfants en bas âge, j'engagerais une nounou chinoise, pour être certaine qu'ils apprennent la langue.

– C'est exactement ce que dit mon fils.

– Alors c'est qu'il est clairvoyant.

– Pour moi, ce voyage a été bouleversant, dit Birgitta. Un pays tellement gigantesque… et moi, j'avais toujours l'impression de pouvoir disparaître à tout moment, sans que personne se demande jamais ce que j'étais devenue, un individu perdu dans la masse. J'aurais aimé avoir plus de temps pour parler à Hong.

Au dîner, elles se perdirent de nouveau dans l'évocation de leurs souvenirs. Cette fois, Birgitta était résolue à ne pas laisser les liens se distendre avec Karin. Elle était la seule à partager sa jeunesse, la seule à pouvoir la comprendre.

Elles veillèrent longtemps et, avant d'aller se coucher, se jurèrent de se voir plus souvent à l'avenir.

– Viens à Helsingborg commettre une quelconque infraction au code de la route. Refuse d'obtempérer à la police. Comme ça, tu finiras bien un jour par arriver dans mon tribunal. Quand je t'aurai condamnée, nous pourrons aller dîner ensemble.

– J'ai du mal à t'imaginer présidant un tribunal.

– Moi aussi. J'y suis pourtant tous les jours.

Le lendemain, elles allèrent ensemble à la gare.

– Je vais retourner à mes poètes chinois, dit Karin. Et toi ?

– Cet après-midi, je dois rédiger un jugement dans deux affaires. Un gang de Vietnamiens qui font la contrebande de cigarettes et agressent des personnes âgées – il y a parmi les accusés quelques jeunes gens particulièrement répugnants. Puis une femme qui a brutalisé sa mère. D'après ce que j'ai compris, ni la mère ni la fille ne tournent vraiment rond. Voilà à quoi je vais occuper mon après-midi. Je t'envie, toi et tes poètes. Mais n'y pensons plus.

Elles allaient se séparer quand Karin lui agrippa le bras.

– Au fait, je ne t'ai même pas demandé des nouvelles de Hudiksvall. Où ça en est ?

– Apparemment, la police a l'air de continuer à penser que le coupable est cet homme qui s'est suicidé en prison.

– Tout seul ? Tous ces morts ?

– Un tueur agissant de sang-froid peut sans doute y arriver. Mais on n'a toujours pas réussi à clarifier le mobile.

– Un coup de folie ?

– Je n'y ai jamais cru.

– Tu es toujours en contact avec la police ?

– Pas du tout. Je me contente de lire les journaux.

Birgitta regarda Karin s'éloigner à grandes enjambées dans le hall de la gare. Puis elle se rendit à l'aéroport pour récupérer sa voiture dans le parking.

Vieillir, c'est battre en retraite, songea-t-elle. On ne va plus de l'avant. On revient lentement sur ses pas, presque imperceptiblement. Comme dans nos conversations avec Karin. Nous cherchons ce que nous étions, ce que nous sommes.

Vers midi, elle était rentrée à Helsingborg. Elle alla directement à son bureau, lut une note du ministère de la Justice avant de se plonger dans ses deux affaires de l'après-midi. Elle eut le temps de rédiger ses conclusions sur le cas de la femme qui avait brutalisé sa mère avant de rentrer chez elle en emportant le dossier du gang vietnamien.

Il faisait meilleur. Les arbres commençaient à reverdir.

Elle se sentit soudain revivre. Elle s'arrêta, les yeux fermés. Quelle joie de sentir l'air emplir ses poumons ! Il n'est pas trop tard, pensa-t-elle. J'ai vu la Grande Muraille de Chine. Je franchirai d'autres murs, et verrai surtout bien d'autres îles avant la fin de mes jours. Quelque chose en moi me dit que Staffan et moi allons réussir à nous tirer de la situation où s'est enlisé notre couple.

Le dossier des Vietnamiens était complexe. Difficile de s'en faire une vue d'ensemble. Birgitta y travailla jusqu'à dix heures du soir. Elle consulta son chef Hans Mattsson à deux reprises. Elle savait qu'elle ne le dérangeait jamais quand elle l'appelait chez lui.

Vers vingt-trois heures, elle se prépara à aller se coucher. On sonna alors à la porte. Elle fronça les sourcils, mais alla ouvrir. Personne. Elle descendit une marche du perron pour regarder dans la rue. Une voiture passa. À part ça, rien. Le portail était fermé. Des jeunes, se dit-elle. Ils s'amusent à tirer les sonnettes.

Elle rentra et s'endormit avant minuit. Deux heures

après, elle se réveilla, sans savoir pourquoi. Avait-elle rêvé ? Elle tendit l'oreille dans le noir, sans entendre aucun bruit. Elle s'apprêtait à se rendormir quand elle se redressa et alluma sa lampe de chevet, aux aguets. Puis elle se leva et entrebâilla sa porte. Toujours pas un bruit. Elle enfila sa robe de chambre et descendit au rez-de-chaussée. Les portes et les fenêtres étaient toutes fermées. Elle écarta le rideau d'une fenêtre donnant sur la rue. Elle crut voir une ombre disparaître sur le trottoir – mais non, elle se faisait des idées. Elle n'avait jamais eu peur du noir. La faim l'avait peut-être réveillée. Après une tartine et un verre d'eau, elle regagna son lit et se rendormit rapidement.

Au moment de récupérer ses dossiers dans son bureau, le lendemain matin, elle eut l'impression que quelqu'un s'y était introduit. C'était comme avec sa valise dans son hôtel à Pékin. En quittant la pièce la veille au soir, elle avait rangé ses dossiers dans son cartable. À présent, quelques feuilles dépassaient sur sa poignée.

Bien qu'elle soit pressée, elle inspecta tout le rez-de-chaussée : rien ne manquait. Je me fais des idées, pensa-t-elle. À Pékin, j'avais sans doute la manie de la persécution. Je ne vais pas continuer ici.

Birgitta Roslin sortit de chez elle et descendit vers le centre-ville et le tribunal. La température avait encore monté depuis la veille. Tout en marchant, elle récapitula sa première affaire de la journée. La sécurité du tribunal serait renforcée, car il y avait des risques de débordement parmi les Vietnamiens présents dans l'assistance. En accord avec le procureur et son chef, elle avait prévu deux journées d'audience. Elle craignait que cela ne suffise pas, mais elle avait dû s'en contenter, vu la surcharge de la cour.

Arrivée au tribunal, elle alla dans son bureau, débrancha le téléphone et se pencha en arrière dans son fauteuil en fermant les yeux. Elle se remémora les étapes principales de la procédure contre les deux frères Tran, qui arrivait dans sa phase finale. Au cours de l'instruction, deux autres Vietnamiens, Dang et Phan, avaient été arrêtés. Les quatre complices comparaissaient sous le même chef d'inculpation.

Birgitta Roslin était contente d'avoir le procureur Palm à l'audience. C'était un homme dans la force de l'âge, sérieux, qui savait éviter les détours inutiles. D'après le dossier qu'elle avait eu en main, Palm avait en outre l'air d'avoir conduit une enquête approfondie, ce qui n'était pas toujours le cas.

À dix heures, elle alla s'asseoir sur son estrade dans la salle d'audience. Les jurés et le greffier étaient déjà là. La salle était comble. Des vigiles et des policiers surveillaient l'assistance. Tout le monde était passé par un détecteur semblable à ceux qu'on voit dans les aéroports. Elle frappa son maillet sur la table, fit décliner les identités, vérifia la présence de toutes les parties concernées puis passa la parole au procureur. Palm parla lentement, avec beaucoup de clarté. De temps à autre, elle se permettait un coup d'œil en direction de l'assistance, composée de beaucoup de Vietnamiens, la plupart très jeunes. Elle reconnut aussi plusieurs journalistes et une jeune femme qui faisait des dessins d'audience très réussis pour plusieurs journaux. Birgitta Roslin avait dans le tiroir de son bureau un dessin d'elle qu'elle avait découpé dans la presse.

Ce fut une journée difficile. L'instruction avait beau avoir clairement établi les faits, les quatre jeunes gens s'étaient sans cesse renvoyé la responsabilité. Deux d'entre eux parlaient suédois, mais les frères Tran devaient passer par une interprète. À plusieurs reprises, Birgitta Roslin lui fit remarquer que ses propos n'étaient pas assez clairs : comprenait-elle vraiment ce que disaient les frères Tran ? Elle dut aussi faire taire des membres de l'assistance qui s'échauffaient, en les menaçant d'expulsion.

Lors de la pause déjeuner, Hans Mattsson vint lui demander comment se passait le procès.

– Ils mentent, dit Birgitta Roslin. Mais l'instruction tient la route. Je me demande juste ce que vaut l'interprète.

– Elle a une excellente réputation, s'étonna Mattsson. J'ai vraiment veillé à avoir la meilleure.

– Alors ce n'est peut-être pas son jour.

– Et vous ?

– Ça va. Mais c'est long. Je doute que ce soit terminé d'ici demain après-midi.

Pendant l'audience de l'après-midi, Birgitta Roslin continua de jeter des regards dérobés à l'assistance. Soudain, elle remarqua une Vietnamienne d'une quarantaine d'années assise toute seule dans un coin de la salle, à moitié cachée par les gens qui étaient devant elle. Chaque fois, Birgitta Roslin avait l'impression qu'elle la regardait, elle, alors que les autres Vietnamiens gardaient les yeux fixés sur les accusés.

Elle se rappela le procès auquel elle avait assisté quelques mois plus tôt en Chine. Peut-être s'agit-il d'une visiteuse venue du Vietnam, pensa-t-elle ironiquement. Mais, dans ce cas, on aurait pu me prévenir. Et puis cette femme n'a pas d'interprète.

À la fin de l'audience, elle n'était toujours pas certaine que la journée du lendemain suffirait. Elle retourna dans son bureau faire une évaluation de la durée prévisible des débats. Ça irait peut-être, s'il n'y avait pas d'imprévu.

Elle dormit profondément cette nuit-là, aucun bruit ne la dérangea.

Le lendemain, la mystérieuse femme était toujours là. Quelque chose dans son attitude dérangeait Birgitta Roslin. À une suspension de séance, elle demanda à un huissier d'aller voir si cette femme restait aussi solitaire hors de la salle d'audience. Juste avant la reprise du procès, il revint l'informer que c'était en effet le cas : elle n'avait parlé à personne.

— Gardez-la à l'œil, dit Birgitta Roslin.

— Je peux l'expulser, si vous le souhaitez.

— Et pour quel motif ?

— Elle vous inquiète.

— Contentez-vous de la garder à l'œil. Rien d'autre.

Incertaine jusqu'au bout de tenir les délais, Birgitta Roslin parvint pourtant à mener les débats à leur terme. En fin d'après-midi, elle fut en mesure d'annoncer un jugement pour le 20 juin, avant de clore l'audience. Après avoir salué ses collègues, elle aperçut la Vietnamienne qui se retournait pour la regarder une dernière fois avant de sortir de la salle.

Hans Mattsson vint la voir dans son bureau. Il avait écouté le réquisitoire et les plaidoiries.

— Palm était en forme.

— Reste à trouver comment répartir les sanctions. Que les frères Tran soient les meneurs, cela ne fait aucun doute. Les deux autres sont très clairement des complices. Mais ils ont l'air d'avoir peur des deux frères. Difficile de s'ôter de l'idée qu'ils ont pris sur eux plus qu'ils n'en ont fait.

— Appelez-moi si vous voulez en parler.

Birgitta Roslin rassembla ses notes et s'apprêta à rentrer. Staffan avait laissé un message sur son portable : tout se passait bien. Elle allait sortir quand son téléphone sonna. Elle reconnut la voix de l'huissier.

— Vous avez de la visite.

— Qui ça ?

— La femme que vous m'avez demandé de tenir à l'œil tout à l'heure.

— Elle est encore là ? Qu'est-ce qu'elle veut ?

— Je ne sais pas.

— Si elle est de la famille d'un des accusés vietnamiens, je n'ai pas le droit de lui parler.

– Je crois que vous vous trompez.

Birgitta Roslin commençait à s'impatienter.

– Comment ça ? Bien sûr que je n'ai pas le droit de lui parler.

– Je veux juste dire qu'elle n'est pas vietnamienne. Elle parle parfaitement anglais. Elle est chinoise. Et elle veut vous parler. Elle dit que c'est très important.

– Qui est-ce ?

– Elle attend dehors. Je la vois d'ici. Elle vient d'arracher une feuille à un bouleau.

– Elle n'a pas un nom ?

– Si, très certainement. Mais elle ne me l'a pas dit.

– J'arrive. Dites-lui d'attendre.

Birgitta Roslin s'approcha de la fenêtre. Elle vit la femme qui attendait sur le trottoir.

Elle sortit quelques minutes plus tard.

35

La femme, qui s'appelait Ho, aurait pu être la sœur cadette de Hong Qiu. Birgitta Roslin fut frappée de sa ressemblance : la même coupe stricte, la même dignité. Ho tenait encore la feuille de bouleau quand Birgitta s'approcha d'elle.

– J'ai besoin de vous voir, dit Ho. Si je ne vous dérange pas.

– J'ai fini ma journée.

– Je n'ai pas compris un mot du procès, mais j'ai vu le respect dont vous étiez entourée.

– Il y a quelques mois, j'ai assisté à un procès en Chine. Le juge était aussi une femme. Très respectée.

Birgitta Roslin proposa d'aller dans un café ou un restaurant. Mais Ho se contenta de désigner un banc public dans le parc voisin.

Elles s'assirent. Un peu plus loin chahutait un groupe de vieux ivrognes que Birgitta Roslin avait plusieurs fois remarqués. Elle se souvenait vaguement d'avoir un jour condamné l'un d'eux pour une broutille, elle avait oublié quoi. Des habitués du parc. Les alcooliques des jardins publics et les jardiniers solitaires qui ratissent les feuilles mortes dans les cimetières sont les pivots de la société suédoise, avait-elle souvent philosophé. Si on les enlève, que reste-t-il ?

Parmi les ivrognes, un homme à la peau sombre. Même là, on retrouvait la nouvelle société multiculturelle…

Birgitta Roslin sourit.

– Le printemps est arrivé, dit-elle.

– Je suis venue vous annoncer la mort de Hong.

Birgitta Roslin s'attendait à tout, sauf ça. Cela lui fit un choc. Ce n'était pas du chagrin, mais une terreur immédiate.

– Que s'est-il passé ?

– Elle est morte dans un accident de voiture au cours d'un voyage en Afrique. Son frère était avec elle, mais n'a rien eu. Il n'était peut-être pas dans la même voiture. Je ne suis pas au courant des détails.

Birgitta Roslin dévisagea Ho, encaissant la nouvelle, essayant de comprendre. Le vert printemps était soudain envahi d'ombres.

– Quand cela s'est-il passé ?

– Il y a deux mois.

– En Afrique ?

– Cette chère Hong faisait partie d'une délégation envoyée au Zimbabwe, conduite par notre ministre du Commerce Ke, un voyage considéré comme très important. L'accident a eu lieu au cours d'une excursion au Mozambique.

Deux des ivrognes commencèrent à s'invectiver, puis à se battre.

– Partons, dit Birgitta Roslin en se levant.

Elle conduisit Ho dans un salon de thé des environs où elles étaient presque les seules clientes. Birgitta Roslin demanda à la caissière de baisser la musique.

Ho but une eau minérale, Birgitta Roslin un café.

– Racontez-moi, dit-elle. En détail, lentement, tout ce que vous savez. Je n'ai connu Hong que quelques jours, mais elle était devenue comme une amie. Mais qui êtes-vous ? Qui vous a envoyée si loin de Pékin ? Et surtout, pourquoi ?

– J'arrive de Londres. Hong avait beaucoup d'amis, maintenant en deuil. C'est Ma Li, qui était également

505

en Afrique, qui m'a appris la triste nouvelle. Elle m'a aussi demandé de vous contacter.

– Ma Li ?

– Une autre amie de Hong.

– Reprenez tout au début, dit Birgitta Roslin. J'ai encore du mal à en croire mes oreilles.

– Nous sommes tous abasourdis. Et pourtant, ça s'est vraiment passé. Ma Li m'a écrit pour tout me raconter.

Birgitta Roslin attendit qu'elle poursuive. Elle comprit alors que le silence de Ho avait en soi une signification. Ho délimitait ainsi un espace clos autour d'elles.

– Les versions sont contradictoires, dit-elle. D'après ce que m'a écrit Ma Li, ce qu'on raconte de la mort de Hong est peut-être une vérité arrangée.

– Qui la lui a racontée ?

– Ya Ru. Le frère de Hong. D'après lui, Hong avait voulu s'aventurer dans la brousse pour voir des animaux sauvages. Le chauffeur conduisait sans doute trop vite. La voiture s'est renversée, Hong est morte sur le coup. Puis la voiture a pris feu.

Birgitta Roslin secoua la tête en frissonnant. Elle n'arrivait pas à s'imaginer Hong morte, victime d'un banal accident de la route.

– Quelques jours avant sa mort, Hong avait eu une longue conversation avec Ma Li, poursuivit Ho. Je ne sais pas à quel sujet. Ma Li ne trahit jamais la confiance de ses amis. Mais Hong avait clairement demandé qu'on vous prévienne s'il lui arrivait quelque chose.

– Mais pourquoi ? Je la connaissais à peine.

– Je n'en sais rien.

– Mais Ma Li a bien dû vous expliquer ?

– Hong voulait que vous sachiez que j'étais à Londres, au cas où vous auriez besoin d'aide.

Birgitta Roslin sentit croître sa peur. La coïncidence est troublante, songea-t-elle. On m'agresse à Pékin.

Hong Qiu meurt dans un accident en Afrique. Il y a forcément un lien.

Le message, surtout, l'effrayait : *Si vous avez jamais besoin d'aide, sachez qu'il y a à Londres une certaine Ho.*

– Je ne comprends pas bien. Vous êtes venue me mettre en garde ? Que pourrait-il donc se passer ?

– Ma Li ne m'a pas donné de détails.

– Mais assez cependant pour que vous fassiez le voyage jusqu'ici ? Vous saviez où j'étais, comment me trouver. Que vous a écrit Ma Li, exactement ?

– Hong lui avait parlé d'une juge suédoise, Mme Roslin, une vieille amie à elle. Elle lui a parlé de la regrettable agression dont vous avez été victime, et de l'enquête minutieuse de la police.

– C'est vraiment ce qu'elle a dit ?

– Je cite sa lettre, mot pour mot. Hong lui a aussi parlé d'une photo que vous lui avez montrée.

Birgitta Roslin sursauta.

– Vraiment ? Une photo ? Elle a dit autre chose ?

– Un Chinois que vous pensiez mêlé à des événements en Suède.

– Et qu'a-t-elle dit au sujet de cet homme ?

– Hong était inquiète. Elle avait découvert quelque chose.

– Quoi ?

– Je ne sais pas.

Birgitta resta silencieuse. Elle essayait de comprendre le message de Hong. C'était forcément un cri d'avertissement lancé d'outre-tombe. Hong craignait-elle qu'il lui arrive quelque chose ? Ou savait-elle que Birgitta courait un danger ? Hong avait-elle découvert qui était l'homme de la photo ? Dans ce cas, pourquoi ne lui avait-elle rien dit ?

Elle sentait croître son malaise. Ho ne disait rien, dans l'expectative.

– Qui êtes-vous ? Il faut que je le sache.

– Je vis à Londres depuis le début des années 1990. Je suis d'abord venue comme secrétaire d'ambassade. Puis j'ai été nommée à la tête de la chambre de commerce sino-britannique. Aujourd'hui, je suis consultante indépendante auprès des sociétés chinoises désireuses de s'installer en Angleterre. Mais pas seulement. Je suis aussi partie prenante dans un projet de grand centre de congrès près de la ville de Kalmar, en Suède. Mon métier m'amène un peu partout en Europe.

– Comment connaissez-vous Hong ?

La réponse surprit Birgitta Roslin.

– Nous sommes parentes. Cousines. Nous nous connaissons depuis l'enfance, même si Hong avait dix ans de plus que moi.

Birgitta songea à ce que Hong avait dit : qu'elles étaient de vieilles amies. Cela cachait un message. Cela signifiait-il que leur courte amitié était déjà assez profonde, qu'une grande confiance était déjà possible ? Ou peut-être plutôt nécessaire ?

– Qu'y avait-il écrit à mon sujet dans cette lettre ?

– Hong voulait qu'on vous avertisse dès que possible.

– Quoi d'autre ?

– Rien d'autre que ce que je vous ai dit : vous deviez savoir que j'étais là, au cas où il arriverait quelque chose.

– C'est là que tout se brouille. Que pourrait-il m'arriver ?

– Je ne sais pas.

Birgitta Roslin fut soudain sur ses gardes. Jusqu'à présent, elle a dit la vérité. Mais là, elle est évasive. Elle en sait plus qu'elle n'en dit.

– La Chine est un grand pays, dit Birgitta Roslin. Un œil occidental non averti a vite fait d'y voir du mystère partout. Je n'échappe sûrement pas à la règle. C'était la même chose avec Hong. Je n'arrivais jamais à vraiment comprendre ce qu'elle voulait dire.

– La Chine n'est pas plus mystérieuse qu'aucun autre pays au monde. C'est un mythe occidental. Les Européens n'ont jamais accepté de ne pas comprendre notre mode de pensée. Ni que nous ayons fait avant vous tant d'inventions décisives. La poudre à canon, la boussole, l'imprimerie, tout cela est chinois à l'origine. Même la mesure du temps nous revient : mille ans avant que vous n'inventiez les premières horloges mécaniques, nous utilisions déjà des clepsydres et des sabliers. Vous ne nous le pardonnez pas. Voilà pourquoi vous dites que nous sommes incompréhensibles et mystérieux.

– Quand avez-vous rencontré Hong pour la dernière fois ?

– Il y a quatre ans. Elle était venue à Londres. Nous avions passé quelques soirées ensemble. C'était l'été. Elle voulait faire de longues promenades sur Hampstead Heath et que je lui dise ce que les Anglais pensaient du développement de la Chine. Ses questions étaient pointues et elle s'impatientait quand mes réponses n'étaient pas assez précises. Sinon, elle voulait assister à des matchs de cricket.

– Pourquoi ?

– Elle ne m'a jamais dit. Hong avait parfois des centres d'intérêt surprenants.

– Je ne m'y intéresse pas spécialement mais, pour moi, le cricket est un sport totalement abscons, où il est impossible de comprendre comment l'une ou l'autre équipe s'y prend pour gagner.

– Je pense que son enthousiasme un peu puéril venait de son désir de comprendre les Anglais en étudiant leur sport national. Hong était quelqu'un de très original.

Elle regarda sa montre.

– Je dois retourner à Copenhague prendre un avion pour Londres dans la soirée.

Birgitta Roslin hésita avant de lui poser la question qui avait lentement mûri.

– Vous n'êtes pas par hasard entrée chez moi avant-hier, pendant la nuit ? Dans mon bureau ?

Ho n'eut pas l'air de comprendre. Birgitta Roslin répéta sa question. Ho secoua la tête, interloquée.

– J'étais à l'hôtel. Pourquoi me serais-je introduite chez vous, comme une voleuse ?

– Je me demandais juste. J'ai été réveillée par un bruit.

– Quelqu'un est entré ?

– Je ne sais pas.

– Quelque chose a disparu ?

– Il m'a semblé que mes papiers étaient en désordre.

– Non, dit Ho. Ce n'était pas moi.

– Et vous êtes venue seule ?

– Personne n'est au courant de mon voyage en Suède. Pas même mon mari ou mes enfants. Ils pensent que je suis à Bruxelles, où je me rends souvent.

Elle sortit une carte de visite qu'elle tendit à Birgitta Roslin. Son nom y figurait au complet, avec toutes ses coordonnées : Ho Mei Wan.

– Où habitez-vous ?

– À Chinatown. L'été, il peut y avoir beaucoup de bruit dans les rues. Mais je veux quand même y rester. C'est une petite Chine en plein cœur de Londres.

Birgitta Roslin glissa la carte de visite dans son sac à main. Elle accompagna Ho jusqu'à la gare, en vérifiant qu'elle ne se trompait pas de train.

– Mon mari est contrôleur, dit Birgitta. Et le vôtre ?

– Il est serveur, dit Ho. C'est pour cela que nous vivons à Chinatown. Nous habitons au-dessus du restaurant où il travaille.

Birgitta Roslin regarda s'éloigner le train pour Copenhague.

Elle rentra et se prépara à manger en sentant combien elle était fatiguée. Elle décida de regarder les informations, mais s'assoupit à peine assise dans le canapé. Le

510

téléphone la réveilla. C'était Staffan, qui appelait de Funchal. La ligne était mauvaise, il devait crier pour couvrir la friture. Elle comprit en tout cas que tout allait bien et qu'ils s'amusaient, puis la communication s'interrompit brusquement. Elle attendit, mais il ne rappela pas. Elle s'allongea sur le canapé. La mort de Hong lui semblait tellement irréelle, elle avait peine à y croire. Et quelque chose clochait dans le récit de Ho.

Elle commença à regretter de ne pas lui avoir posé davantage de questions. Trop épuisée par ce procès difficile, elle n'en avait pas eu la force. Et maintenant, c'était trop tard. Ho était en train de rentrer dans son Chinatown de Londres.

Birgitta alluma une bougie en mémoire de Hong et fouilla sur les rayons de sa bibliothèque pour trouver une carte de Londres. Le restaurant se situait tout près de Leicester Square. Elle s'y était une fois arrêtée avec Staffan, sur un banc, à regarder les passants. C'était à la fin de l'automne, un voyage improvisé qui était resté pour eux un souvenir très cher.

Elle alla se coucher tôt pour être d'attaque le lendemain. L'affaire de la femme qui avait brutalisé sa mère était plus simple que celle des quatre Vietnamiens. Mais elle ne pouvait pas se permettre de siéger fatiguée. C'était une question d'estime de soi. Pour être certaine de s'endormir, elle prit un demi-cachet de somnifère avant d'éteindre.

L'affaire s'avéra plus rapide que prévu. La femme revint sur ses déclarations et reconnut sans détour les faits établis par le procureur. La défense fut également sans surprise. Pas de prolongations inutiles. Birgitta Roslin put clore l'audience à quinze heures quarante-cinq et renvoyer le jugement à la fin du mois.

De retour dans son bureau, elle composa, sur un coup de tête, le numéro de la police de Hudiksvall. Il lui sembla reconnaître la voix de la jeune standardiste. Elle paraissait moins surmenée que l'hiver passé.

– Je cherche Vivi Sundberg. Si elle est là.

– Je viens de la voir passer. De la part de qui ?

– La juge de Helsingborg, ça suffira.

Vivi Sundberg prit aussitôt l'appel.

– Birgitta Roslin ? Cela faisait longtemps.

– J'ai eu envie de vous appeler, comme ça.

– De nouveaux Chinois, de nouvelles théories ?

Birgitta perçut l'ironie. Elle faillit lui dire qu'elle avait une ribambelle de Chinois à sortir de son chapeau. Mais elle se contenta de justifier son appel par la pure curiosité.

– Nous continuons à penser que le coupable est cet homme qui malheureusement s'est suicidé, dit Vivi Sundberg. Même s'il est mort, l'enquête continue. Nous ne pouvons pas juger un mort, mais nous pouvons au moins tenter d'expliquer aux vivants ce qui s'est passé et, surtout, pourquoi.

– Allez-vous y arriver ?

– Il est trop tôt pour le dire.

– Vous êtes sur de nouvelles pistes ?

– Je ne peux rien dire.

– Pas d'autres suspects ? Pas d'autres explications possibles ?

– Je ne peux rien dire non plus. L'enquête en cours reste importante et très complexe.

– Mais en tout cas vous pensez que c'était cet homme ? Qu'il avait vraiment un mobile pour tuer dix-neuf personnes ?

– Ça en a tout l'air. Sachez que nous avons fait appel à tous les experts imaginables, criminologues, profileurs, psychologues, sans parler des meilleurs enquêteurs et techniciens criminels du pays. Le professeur Persson est bien sûr extrêmement dubitatif, mais quand ne l'est-il pas ? Notre enquête tient la route. Toutefois il reste du chemin.

– Et le garçon ? Celui qui n'était pas prévu au programme. Comment l'expliquez-vous ?

– Nous n'avons pas d'explication directe. Mais nous avons une idée du déroulement des faits.

– Je me demande une chose, continua Birgitta Roslin. Est-ce qu'une des victimes semblait plus importante que les autres ?

– Que voulez-vous dire ?

– Quelqu'un qui aurait davantage été brutalisé que les autres ? Ou qui aurait été tué en premier. Ou en dernier ?

– Je ne peux pas répondre à ces questions.

– Dites-moi juste si elles vous surprennent.

– Non.

– Avez-vous trouvé une explication au ruban rouge ?

– Non.

– Je suis allée en Chine, dit Birgitta Roslin. J'ai visité la Grande Muraille. J'ai été agressée et j'ai passé une journée entière avec des policiers très durs.

– Ah oui ? dit Vivi Sundberg. Vous avez été blessée ?

– Non, j'ai juste eu peur. Mais j'ai récupéré le sac à main qu'on m'avait volé.

– Vous avez eu de la chance, en somme.

– Oui, dit Birgitta Roslin. J'ai eu de la chance. Merci de m'avoir consacré du temps.

La conversation achevée, Birgitta Roslin resta bras ballants dans son bureau. Elle n'avait aucun doute : les spécialistes consultés auraient tiré la sonnette d'alarme au moindre signe indiquant que l'enquête s'orientait vers une impasse.

Elle fit une longue promenade dans la soirée, puis se plongea quelques heures dans de nouveaux catalogues de vins. Elle nota des rouges italiens qu'elle avait l'intention de commander, puis regarda à la télévision un vieux film qu'elle avait vu avec Staffan quand ils venaient de se rencontrer. Jane Fonda y jouait un rôle de prostituée, les couleurs étaient pâles et délavées, l'histoire tarabiscotée et elle sourit en voyant les vêtements bizarres qui étaient à la mode à l'époque, surtout les très vulgaires chaussures à plateau.

Elle s'était presque assoupie quand le téléphone sonna. Le réveil de sa table de nuit indiquait minuit moins le quart. Les sonneries cessèrent. Staffan ou un des enfants aurait plutôt appelé son portable. Elle éteignit la lumière. Nouvelle sonnerie du téléphone. Elle se précipita vers son bureau pour décrocher.

– Birgitta Roslin ? Désolé d'appeler si tard. Vous me remettez ?

Elle reconnaissait la voix, sans pour autant parvenir à l'associer à un visage. C'était un homme d'un certain âge.

– Non, pas vraiment.

– Sture Hermansson.

– Je vous connais ?

– C'est peut-être un bien grand mot. Mais vous êtes venue me voir dans mon petit hôtel Eden à Hudiksvall il y a quelques mois.

– Ah, alors je me souviens.

– Désolé d'appeler si tard.

– Pas d'importance. Je suppose que vous avez quelque chose à me dire ?

– Il est revenu.

Hermansson prononça ces derniers mots à voix basse. Elle comprit aussitôt ce qu'il voulait dire.

– Le Chinois ?

– Oui, lui-même.

– Vous en êtes sûr ?

– Il est arrivé il y a un petit moment. Il n'avait pas réservé. Je viens de lui donner sa clé. Il est monté dans sa chambre. La numéro 12, comme la dernière fois.

– Vous êtes certain que c'est lui ?

– C'est vous qui avez le film. Mais j'ai l'impression

que c'est la même personne. En tout cas, il s'est inscrit sous le même nom.

Birgitta Roslin essaya de trouver quoi faire. Son cœur s'était emballé.

Sture Hermansson interrompit ses réflexions.

– Il y a autre chose.

– Quoi ?

– Il a demandé après vous.

Birgitta retint son souffle. La peur s'empara de tout son être.

– Ce n'est pas possible.

– Mon anglais est mauvais. Pour être honnête, j'ai mis du temps à comprendre qui il cherchait : « Bilgitta Loslin ».

– Que lui avez-vous répondu ?

– Que vous viviez à Helsingborg. Il avait l'air étonné. Je crois qu'il pensait que vous étiez de Hudiksvall.

– Qu'est-ce qu'il a dit d'autre ?

– Je lui ai donné votre adresse et votre numéro de téléphone, puisque vous me les aviez laissés pour vous prévenir s'il se passait quelque chose. On peut dire que c'est le cas.

Maudit animal ! pensa Birgitta Roslin. Elle sentit qu'elle paniquait.

– Rendez-moi un service. Appelez-moi dès qu'il s'en va. Même si c'est en pleine nuit. Appelez !

– Je suppose que vous voulez que je le prévienne que je vous ai eue au téléphone ?

– Il vaudrait mieux éviter.

– D'accord. Alors je ne lui dirai rien.

Fin de la conversation. Birgitta Roslin ne comprenait pas ce qui lui arrivait.

Hong était morte. Mais l'homme au ruban rouge était de retour.

36

Après une nuit blanche, Birgitta Roslin appela l'hôtel Eden juste avant sept heures du matin. Personne ne répondit.

Pendant la nuit, elle avait tenté de se raisonner : si Ho n'était pas venue de Londres lui annoncer la mort de Hong Qiu, elle n'aurait pas aussi violemment réagi au coup de téléphone de Sture Hermansson. S'il n'avait pas rappelé au cours de la nuit, c'était que rien ne s'était passé.

Le Chinois dormait peut-être encore.

Elle attendit une demi-heure. Elle s'était organisée pour avoir quelques jours sans audience, durant lesquels elle espérait pouvoir rattraper la paperasse en retard et commencer à travailler à une sentence raisonnable dans le procès des quatre Vietnamiens.

Le téléphone sonna. C'était Staffan qui appelait de Funchal.

– Nous partons en excursion, dit-il.

– Dans les montagnes ? Les vallées ? Sur les chemins fleuris ?

– En bateau. Nous nous sommes inscrits pour une sortie en mer à bord d'un gros voilier. Il risque de ne plus y avoir de couverture téléphonique pour les deux prochains jours.

– Où allez-vous ?

– Nulle part. C'est une idée des enfants. Nous avons

embarqué comme passagers en compagnie du capitaine, du cuisinier et de deux matelots.

– Et quand partez-vous ?

– Nous sommes déjà en mer. Le temps est très doux. Mais malheureusement il n'y a pas de vent.

– Y a-t-il des canots ? Avez-vous des gilets de sauvetage ?

– Là, tu nous sous-estimes. Souhaite-nous plutôt bon voyage. Si tu veux, je peux te rapporter un flacon d'eau de mer.

La ligne était mauvaise. Ils se crièrent encore quelques mots avant d'être coupés. En raccrochant, Birgitta Roslin regretta de ne pas les avoir quand même accompagnés, au risque de décevoir son chef Hans Mattsson et d'irriter ses collègues.

Elle rappela l'hôtel Eden. C'était occupé. Elle attendit, puis recommença au bout de cinq minutes. Toujours occupé. Par la fenêtre, elle voyait que le beau temps printanier se maintenait. Elle se rendit compte qu'elle avait mis des vêtements trop chauds et alla se changer. Toujours occupé. Elle décida de réessayer une fois descendue dans son bureau. Après avoir contrôlé ce qui manquait dans le réfrigérateur, elle nota une liste de courses, puis composa une dernière fois le numéro de Hudiksvall.

Une femme lui répondit avec un fort accent étranger.

– Eden.

– Je cherche Sture Hermansson.

– Non, pas possible ! cria la femme.

Puis elle se mit à hurler de façon hystérique dans une langue que Birgitta Roslin supposa être du russe.

Il lui sembla entendre le combiné tomber à terre. Quelqu'un le ramassa. C'était maintenant une voix d'homme. Il parlait avec l'accent du Hälsingland.

– Allô ?

– Je cherche Sture Hermansson.

517

– Qui parle ?

– Qui êtes-vous ? Je suis bien à l'hôtel Eden ?

– Oui, c'est exact. Mais je ne peux pas vous passer Sture Hermansson.

– Je m'appelle Birgitta Roslin, je téléphone de Helsingborg. Hermansson m'a contactée hier, vers minuit. Nous devions nous reparler ce matin.

– Il est mort.

Elle resta le souffle coupé. Un instant de vertige, peut-être une crampe.

– Que s'est-il passé ?

– Aucune idée. On dirait qu'il s'est coupé avec un couteau avant de se vider de son sang.

– Qui êtes-vous ?

– Tage Elander. Un voisin. La femme de ménage, la Russe, est venue me chercher en courant il y a quelques minutes. Nous attendons maintenant l'ambulance et la police.

– On l'a assassiné ?

– Sture ? Pourquoi diable l'aurait-on assassiné ? Il s'est coupé avec un couteau de cuisine. Comme il était seul cette nuit, personne ne l'aura entendu appeler à l'aide. C'est tragique. Un homme si gentil.

Birgitta Roslin n'était pas certaine d'avoir bien compris.

– Mais il n'était pas seul à l'hôtel !

– Comment ça ?

– Il y avait bien des clients ?

– D'après la Russe, l'hôtel était vide.

– Il avait au moins un client. Il me l'a dit hier soir. Un Chinois, chambre 12.

– J'ai peut-être mal compris. Je vais lui redemander.

Birgitta Roslin devina de loin la conversation. La femme de ménage russe semblait toujours affolée.

Elander reprit le téléphone.

– Elle insiste : l'hôtel était vide cette nuit.

– Il suffit de vérifier dans le registre. Chambre 12, un client avec un nom chinois.

Elander repartit. À l'arrière-plan, la femme de ménage, qui s'appelait peut-être Natacha, s'était mise à pleurer. Au même moment, Birgitta entendit une porte s'ouvrir et d'autres voix.

Elander reprit le combiné.

– Je dois vous laisser. La police et l'ambulance viennent d'arriver. Mais il n'y a pas de registre.

– Comment ça ?

– Il a disparu. La femme de ménage dit qu'il est toujours à la réception. Il n'y est plus.

– Je suis certaine qu'il y avait quelqu'un à l'hôtel cette nuit.

– Alors il est parti. C'est peut-être lui qui a emporté le registre ?

– Peut-être pire, dit Birgitta Roslin. C'est peut-être lui qui a tué Hermansson avec le couteau de cuisine.

– Je n'y comprends rien. Il vaut sans doute mieux que vous parliez directement avec quelqu'un de la police.

– Certainement. Mais pas tout de suite.

Birgitta Roslin raccrocha. Elle était restée debout pendant toute la conversation. Maintenant, il fallait qu'elle s'asseye. Son cœur battait à tout rompre.

Soudain, tout lui parut clair. Si celui qu'elle soupçonnait d'avoir perpétré les meurtres de Hesjövallen était revenu en demandant où la trouver avant de disparaître dans la nature avec le registre de l'hôtel et en laissant derrière lui le cadavre de son propriétaire, cela ne pouvait signifier qu'une seule chose : il était revenu pour la tuer. En montrant à Pékin la fameuse photo du Chinois prise par la caméra de surveillance de Sture Hermansson, elle n'imaginait pas les conséquences. Logiquement, le Chinois avait d'abord cru qu'elle vivait à Hudiksvall. Mais son erreur était à présent rectifiée. Hermansson lui avait donné la bonne adresse.

Un instant, elle s'abandonna au chaos. Son agression et la mort de Hong, son sac disparu puis retrouvé, les fouilles de sa chambre d'hôtel, tout se tenait. Et maintenant ?

Désespérée, elle composa le numéro de son mari, mais son portable n'était pas joignable. Elle maudit leur excursion en mer. Elle essaya le numéro d'une de ses filles – même résultat.

Elle appela Karin Wiman. Là non plus, pas de réponse. La panique lui coupait le souffle. Elle ne voyait aucune autre solution que la fuite. Il fallait qu'elle parte. Au moins jusqu'à ce qu'elle comprenne ce qui se passait, dans quoi elle avait été entraînée.

Une fois sa décision prise, elle agit comme elle en avait l'habitude dans les situations de stress : vite, sans hésiter. Elle appela Hans Mattsson, qui lui répondit, alors qu'il était en réunion.

– Je ne vais pas bien, dit-elle. Ce n'est pas la tension. J'ai juste un peu de fièvre. Peut-être un virus. Je me mets quelques jours en congé maladie.

– Vous avez mené le procès des Vietnamiens au pas de charge, ça ne m'étonne pas. Je viens de finir une lettre au ministère de la Justice : le travail des juges suédois va bientôt devenir impossible. Avec tous ces juges surmenés, c'est l'État de droit lui-même qui est menacé.

– Ce sera juste l'affaire de quelques jours. Je n'ai pas d'audience avant la semaine prochaine.

– Soignez-vous ! Et lisez le journal local : « La juge Roslin a, comme d'habitude, mené le procès de main de maître, sans tolérer le moindre débordement dans la salle. Du grand art ! » Nous n'allons pas cracher sur ce concert de louanges.

Birgitta Roslin monta préparer une petite valise. Glissés entre les pages d'un vieux manuel de droit, il lui restait quelques livres sterling d'un précédent voyage.

Elle était convaincue que l'homme qui avait tué Sture Hermansson était déjà en route vers le sud

Puis elle réalisa qu'elle avait oublié la caméra de surveillance de l'hôtel. Elle composa le numéro de l'hôtel Eden. Cette fois-ci, c'est un homme secoué par des quintes de toux qui lui répondit. Birgitta Roslin ne prit même pas la peine de se présenter :

– Il y a une caméra de surveillance à l'hôtel. Sture Hermansson avait l'habitude de filmer ses clients. Il est faux que l'hôtel était vide cette nuit. Il y avait un client.

– Qui est à l'appareil ?

– Vous êtes de la police ?

– Oui.

– Vous avez bien entendu. Qui je suis n'a pas d'importance.

Birgitta Roslin raccrocha. Il était huit heures et demie. Elle quitta son domicile en taxi, demanda à être conduite à la gare, où elle sauta dans un train pour Copenhague juste après neuf heures. La panique s'était transformée en système de défense. Elle était certaine que le danger n'était pas imaginaire. Au moment même où elle avait montré à Pékin la photo de ce Chinois qui avait résidé à l'hôtel Eden, elle avait mis le doigt dans l'engrenage. La mort de Hong était un signal d'alarme irréversible. Il ne lui restait qu'un recours : Ho.

À l'aéroport de Kastrup, elle vit qu'un avion pour Heathrow était annoncé deux heures plus tard. Elle alla acheter un billet avec retour ouvert. Après s'être enregistrée, elle s'assit devant une tasse de café et appela de nouveau Karin Wiman. Mais elle raccrocha sans lui laisser le temps de répondre. Que lui aurait-elle dit ? Karin n'aurait pas compris, malgré tout ce que Birgitta lui avait raconté lors de leur dernière rencontre, quelques jours plus tôt. Karin était incapable d'imaginer ce qui était en train d'arriver dans la vie de Birgitta Roslin. Elle n'y parvenait pas elle-même. Un invraisemblable concours de circonstances l'avait acculée à cette situation sans issue.

Elle arriva à Londres avec une heure de retard. L'aéroport était plongé dans le chaos. Peu à peu, elle comprit qu'une alerte à la bombe avait été lancée après la découverte d'une valise abandonnée. Ce n'est qu'en fin d'après-midi qu'elle parvint à gagner le centre de Londres. Elle s'installa dans un hôtel assez modeste, situé dans une rue perpendiculaire à Tottenham Court Road. Après avoir colmaté avec un T-shirt le courant d'air de la fenêtre de sa chambre, qui donnait sur une triste arrière-cour, elle s'affala sur le lit, épuisée. Elle s'était assoupie quelques minutes dans l'avion, avant d'être réveillée par des cris d'enfants qui avaient continué jusqu'à ce que l'avion se pose à Heathrow. La trop jeune mère avait fini par craquer et fondre elle-même en larmes, complètement dépassée par les hurlements de sa progéniture.

Elle se réveilla en sursaut après avoir dormi trois heures. La nuit tombait. Elle avait prévu d'aller le jour même trouver Ho à son adresse dans Chinatown, mais elle décida d'attendre jusqu'au lendemain. Elle fit à pied le court trajet jusqu'à Piccadilly Circus et entra dans un restaurant. Soudain, un groupe de touristes chinois fit irruption. Elle fut prise de panique en les voyant, puis parvint peu à peu à retrouver son calme. Après dîner, elle regagna son hôtel, où elle s'installa au bar avec un thé. En allant chercher sa clé, elle vit que le gardien de nuit de l'hôtel était chinois. Elle se demanda si c'était récent de trouver ainsi des Chinois partout en Europe, ou si elle ne l'avait juste pas remarqué jusqu'alors.

Elle récapitula la situation, le retour du Chinois à l'hôtel Eden et la mort de Sture Hermansson. Elle était tentée de téléphoner à Vivi Sundberg, mais s'abstint. Le registre disparu, une éventuelle image enregistrée par le système de surveillance bricolé n'y changeraient rien : pour la police, ce meurtre était un accident. Elle composa par contre le numéro de l'hôtel. Pas de réponse. Même pas de répondeur pour annoncer la fermeture de l'établissement. Sans doute définitive.

Incapable de se libérer de la peur panique qui l'habitait, elle barricada sa porte avec une chaise et vérifia soigneusement les poignées des fenêtres. Elle se coucha, zappa un moment d'une chaîne à l'autre, mais remarqua bien vite qu'aux images qui défilaient sous ses yeux se superposaient celles d'un voilier cinglant au large de Madère.

Elle se réveilla en pleine nuit, la télévision toujours allumée. C'était un vieux film en noir et blanc, avec James Cagney en gangster. Elle éteignit la lampe qui l'éblouissait et tenta de se rendormir, en vain : elle resta éveillée le reste de la nuit.

Au matin, il tombait du crachin. Elle but un rapide café et sortit après avoir emprunté un parapluie à la réception, où officiait à présent une jeune femme asiatique, probablement philippine ou thaïlandaise. Elle gagna Leicester Square et s'enfonça dans Chinatown. La plupart des restaurants étaient encore fermés. Hans Mattsson, en gourmet curieux et averti, lui avait un jour déclaré que la meilleure façon de repérer d'authentiques restaurants, qu'ils soient chinois, iraniens ou italiens, était de voir lesquels étaient ouverts dès le matin : alors ils ne servaient pas que les touristes, et étaient dignes d'intérêt. Elle en remarqua deux ou trois ouverts, tout en continuant à chercher l'adresse de Ho. Il y avait bien un restaurant au rez-de-chaussée. Fermé. C'était un immeuble de briques rouge sombre, bordé de deux ruelles sans nom. Elle décida de sonner directement à la porte qui conduisait aux appartements.

Quelque chose pourtant la fit hésiter et retenir son doigt. Elle traversa la rue et s'installa en face dans un café ouvert, devant une tasse de thé. Que savait-elle de

Ho, finalement ? Et de Hong ? Hong avait débarqué à sa table de restaurant. Qui l'avait envoyée, en réalité ? Était-ce Hong qui les avait fait suivre par une armoire à glace, Karin et elle, lors de leur excursion à la Grande Muraille ? Une chose était sûre : Hong et Ho étaient bien renseignées sur son compte. Et tout ça à cause d'une photo. Dans ce contexte, le vol de son sac à main n'apparaissait plus comme un accident, mais semblait coordonné à tout le reste. Quand elle cherchait à y voir clair, elle avait l'impression de s'enfoncer encore plus profondément dans un labyrinthe.

Avait-elle vu juste ? Que Hong avait croisé son chemin pour l'éloigner de l'hôtel ? Peut-être n'était-elle même pas morte dans un accident de voiture. Qu'est-ce qui prouvait que Hong, au même titre que cet homme qui se faisait appeler Wang Min Hao, n'était pas elle aussi impliquée dans les événements de Hesjövallen ? Ho était-elle venue à Helsingborg pour la même raison ? Ne pouvait-elle pas être au courant de l'arrivée d'un Chinois s'apprêtant à refaire surface à l'hôtel Eden ? Et si ses aimables anges gardiens n'étaient que des anges déchus qui la distrayaient pour lui ôter toute possibilité de se défendre ?

Birgitta Roslin essaya de récapituler tout ce qu'elle avait dit à Hong au cours de leurs conversations. Beaucoup trop de choses, elle s'en rendait compte à présent. Quelle imprudence ! Hong lui avait bel et bien tiré les vers du nez. Une remarque innocente, au passage, sur l'allusion au massacre de Hesjövallen dans les médias chinois ? Était-ce vraisemblable ? Non, Hong l'avait poussée sur la glace pour la voir se débattre, puis l'avait aidée à quitter le pays quand elle avait estimé en avoir appris suffisamment.

Pourquoi Ho avait-elle passé une journée entière dans sa salle d'audience ? Elle ne comprenait pas le suédois. Ou peut-être que si ? Et puis tout à coup, elle avait été pressée de rentrer à Londres. Et si Ho n'était restée que pour s'assurer qu'elle ne quittait pas le tribunal ? Peut-être Ho avait-elle un complice qui avait fouillé sa maison de fond en comble pendant le procès ?

Là, j'aurais plus que tout besoin de quelqu'un à qui parler. Pas Karin Wiman, elle ne comprendrait pas. Staffan, ou mes enfants. Mais ils sont sur un voilier, injoignables.

Birgitta Roslin s'apprêtait à quitter le café quand elle vit s'ouvrir la porte de l'autre côté de la rue. Ho en sortit, et se dirigea vers Leicester Square. Birgitta Roslin crut remarquer qu'elle était sur ses gardes. Elle hésita, puis lui emboîta le pas. Une fois sur la place, Ho entra dans le petit parc puis obliqua vers le Strand. Birgitta Roslin s'attendait à ce que d'un moment à l'autre elle se retourne pour voir si on ne la suivait pas. C'est d'ailleurs ce qu'elle fit, juste avant d'arriver à la hauteur de l'ambassade du Zimbabwe. Birgitta Roslin parvint à se dissimuler derrière son parapluie. Puis elle faillit la perdre, avant de repérer de nouveau son ciré jaune. Quelques pâtés de maisons avant l'hôtel Savoy, Ho poussa la lourde porte d'un immeuble de bureaux. Birgitta Roslin attendit quelques minutes avant de s'approcher et de voir inscrit sur une plaque de cuivre parfaitement astiquée qu'il s'agissait de la chambre de commerce sino-britannique.

Elle revint sur ses pas et choisit un café sur Regent Street, juste à côté de Piccadilly Circus. De là, elle composa un des numéros de la carte de visite de Ho. Un répondeur téléphonique invitait à laisser un message. Elle raccrocha, se prépara à parler puis refit le même numéro.

– J'ai fait comme vous m'avez dit. Je suis venue à Londres, car je pense être poursuivie. Je suis actuellement au Simon's, un café sur Regent Street, près de Piccadilly, à côté de chez Rawson. Il est dix heures, je vais rester une heure. Si je n'ai pas de vos nouvelles d'ici là, je vous rappellerai dans le courant de la journée.

Ho arriva quarante minutes plus tard. Son ciré jaune vif tranchait dans la foule des imperméables sombres. Birgitta Roslin eut l'impression que cela aussi avait une signification particulière.

– Que s'est-il passé ?

Une serveuse vint prendre commande du thé de Ho avant qu'elle ne lui réponde. Birgitta Roslin lui raconta en détail : le Chinois de retour à Hudiksvall, le même qu'avant, le propriétaire de l'hôtel tué.

– C'est sûr ?

– Je ne suis pas venue à Londres pour raconter des histoires. C'est arrivé et j'ai peur. Cet homme a demandé après moi. On lui a donné mon adresse. Maintenant me voici. Je suis les instructions de Ma Li, ou plutôt de Hong. J'ai peur, mais je suis aussi en colère, car je vous soupçonne de ne pas dire la vérité, vous et Hong.

– Pourquoi mentirais-je ? Vous avez fait un long voyage jusqu'à Londres. N'oubliez pas que j'ai fait le même en sens inverse pour venir vous trouver.

– On ne me met pas au courant de tout. On ne me donne aucune explication, alors que je suis convaincue qu'il y en a.

Ho demeura impassible. Ce ciré trop voyant tracassait Birgitta Roslin.

– Vous avez raison, dit Ho. Mais croyez-vous que Hong ou Ma Li en savaient davantage ?

– Ce n'était pas encore bien clair au moment de votre visite, dit Birgitta Roslin. Mais, à présent, ça l'est. Hong craignait pour ma vie. C'est ce qu'elle a dit à Ma Li. Puis le message vous a été transmis : trois femmes l'une derrière l'autre pour en prévenir une quatrième d'une grave menace. Pas n'importe laquelle : la mort. Rien de moins. Sans le comprendre, je me suis exposée à un danger dont je mesure seulement maintenant l'étendue. Je me trompe ?

– C'est bien la raison pour laquelle je suis venue.

Birgitta Roslin se pencha au-dessus de la table et saisit la main de Ho.

– Alors aidez-moi à comprendre. Répondez à mes questions.

– Si j'en suis capable.

– Vous l'êtes. Vous n'aviez personne avec vous à Helsingborg ? Il n'y a pas quelqu'un en ce moment en train de nous surveiller ? Vous auriez très bien eu le temps d'appeler quelqu'un avant de venir ici.

– Pourquoi aurais-je fait ça ?

– Ce n'est pas une réponse, c'est une nouvelle question. Je veux des réponses.

– Personne ne m'accompagnait à Helsingborg.

– Pourquoi avoir passé une journée entière dans ma salle d'audience ? Vous ne compreniez pas un traître mot.

– Non.

Birgitta Roslin passa au suédois. Ho fronça les sourcils et secoua la tête.

– Je ne comprends pas…

– C'est bien sûr ? Et si en fait vous compreniez très bien ma langue ?

– Dans ce cas, je vous aurais parlé en suédois, non ?

– Vous trouvez peut-être un avantage à faire semblant de ne pas comprendre. Je me demande même si vous ne portez pas ce ciré jaune exprès pour être plus facile à repérer.

– Et pourquoi ?

– Je ne sais pas. En ce moment précis, je ne sais plus rien. Le plus important, c'est que Hong voulait me faire prévenir. Mais pourquoi devrais-je chercher de l'aide auprès de vous ? Et que pouvez-vous faire pour moi ?

– Permettez-moi de commencer par le dernier point, dit Ho. Chinatown est un monde à part. Bien que des

527

milliers de touristes et d'Anglais passent dans nos rues, Gerrard Street, Lisle Street, Wardour Street et les autres rues et ruelles du quartier, nous ne leur montrons qu'une façade. Derrière ce Chinatown de carte postale, il y a mon Chinatown. Même si la plupart de ses habitants sont des Chinois naturalisés Anglais, nous nous y sentons fondamentalement chez nous. Je peux vous aider en vous faisant entrer dans mon Chinatown.

– De quoi dois-je avoir peur ?

– Ma Li n'a pas été particulièrement claire dans sa lettre. Mais n'oubliez pas que Ma Li elle-même avait peur. Elle ne l'a pas écrit, mais je l'ai remarqué.

– Tout le monde a peur. Avez-vous peur ?

Le téléphone de Ho sonna. Elle regarda l'écran et se leva.

– Où logez-vous ? demanda-t-elle. Quel hôtel ? Il faut que je retourne travailler.

– Le Sanderson.

– Je vois où c'est. Quelle chambre ?

– Cent trente-cinq.

– Pouvons-nous nous y retrouver demain matin ?

– Pourquoi attendre si longtemps ?

– Je ne peux pas m'absenter de mon travail avant. Ce soir, j'ai une réunion que je ne peux pas manquer.

– C'est bien vrai ?

Ho prit la main de Birgitta Roslin.

– Oui. Une délégation chinoise vient parler affaires avec un certain nombre de grosses entreprises britanniques. Si je n'y vais pas, on me vire.

– Je n'ai personne d'autre que vous vers qui me tourner.

– Appelez-moi demain matin. J'essaierai de me libérer.

Ho disparut sous la pluie avec son ciré jaune flottant au vent. Birgitta Roslin resta longtemps assise, envahie par une profonde lassitude. Puis elle regagna son hôtel, qui n'était pas bien sûr le Sanderson. Elle ne faisait toujours pas confiance à Ho, ni à personne arborant le moindre sourire asiatique.

Le soir venu, elle dîna au restaurant de l'hôtel. Après, comme la pluie avait cessé, Birgitta Roslin décida d'aller faire un tour jusqu'à ce fameux banc où elle s'était assise avec Staffan, avant qu'on ne ferme les grilles du parc pour la nuit.

Elle regarda les gens aller et venir, un jeune couple qui resta un moment enlacé sur son banc, suivi d'un vieil homme lisant le journal de la veille qu'il avait ramassé dans une poubelle.

Elle essaya encore de joindre Staffan, au large de Madère, même si elle savait que ce n'était pas la peine.

Elle vit le flot des visiteurs du parc se tarir, puis finit par se lever pour regagner son hôtel.

Alors, elle le vit. Il déboucha d'une des allées de traverse, juste derrière son banc. Il était vêtu de noir, il ne pouvait s'agir que de l'homme de la photo. Il arriva droit sur elle avec quelque chose de brillant à la main.

Elle hurla en reculant. Il s'approcha encore, tandis qu'elle tombait à la renverse en se cognant la tête contre le bord métallique d'un banc.

La dernière chose qu'elle vit fut son visage, comme si elle le photographiait une deuxième fois d'un coup d'œil.

Ce fut tout. Elle s'abîma ensuite dans de silencieuses ténèbres.

37

Ya Ru aimait l'ombre. Il pouvait s'y rendre invisible, à l'image de ces fauves qu'il craignait et admirait à la fois. Mais il n'était pas le seul à jouer à ce jeu. Il songeait souvent à tous ces jeunes entrepreneurs qui étaient en train de se tailler la part du lion dans l'économie et en viendraient peu à peu à lui disputer la place qu'il occupait auprès des décideurs politiques. Chacun projetait sa propre ombre, d'où observer les autres sans être vu.

Mais l'ombre dans laquelle il se cachait en cette pluvieuse soirée londonienne était différente. Il observait Birgitta Roslin, assise sur son banc dans le petit parc de Leicester Square. De là où il était, il ne voyait que son dos, mais il ne voulait pas risquer d'être découvert. Il avait remarqué qu'elle était sur ses gardes, aux aguets comme un animal inquiet. Ya Ru ne la sous-estimait pas. Si Hong lui avait fait confiance, il devait la prendre très au sérieux.

Il l'avait suivie toute la journée, depuis qu'elle s'était pointée tôt dans la matinée devant le domicile de Ho. Cela l'amusait d'être le propriétaire du restaurant où travaillait Wa, le mari de Ho. Naturellement, ils n'en savaient rien : Ya Ru ne possédait presque rien en son nom propre. Le restaurant Ming appartenait à Chinese Food Inc., une société enregistrée au Lichtenstein, comme les autres restaurants que Ya Ru possédait en Europe. Il surveillait de près les comptes qui lui étaient présentés par de jeunes et brillants Chinois recrutés dans les meilleures universités anglaises. Ya Ru haïssait tout ce qui était anglais. Il ne fallait pas oublier l'Histoire. Il se réjouissait donc de voler à ce pays quelques-uns de ses hommes d'affaires les plus doués.

Ya Ru n'avait jamais mangé au restaurant Ming. Il n'avait pas non plus l'intention de le faire cette fois-ci. Aussitôt sa tâche accomplie, il rentrerait à Pékin.

À une époque de sa vie, il avait voué aux aéroports un culte presque religieux. Il ne partait alors jamais sans emporter une édition des carnets de voyage de Marco Polo. Sa volonté intrépide d'aller au-devant de l'inconnu lui avait servi d'exemple. Aujourd'hui, il trouvait les voyages de plus en plus fastidieux, même s'il possédait son propre avion, ce qui le rendait indépendant des horaires réguliers et lui évitait de perdre son temps à attendre dans des aéroports abrutissants. Ce qu'il y avait d'excitant dans ces déplacements rapides, de joie enivrante à franchir les fuseaux horaires et, dans les cas extrêmes, arriver à destination avant même l'heure du départ entrait en conflit avec le temps stupidement perdu à attendre de pouvoir enfin décoller ou de récupérer ses bagages. Les aéroports transformés en centres commerciaux éclairés aux néons, avec leurs tapis roulants, leurs couloirs assourdissants, leurs aquariums, d'ailleurs de plus en plus rares, où les fumeurs s'entassaient pour s'échanger leurs cancers, n'étaient plus des lieux propices à l'éclosion d'idées nouvelles, de raisonnements philosophiques inédits. Il songeait au temps où les gens se déplaçaient en train ou en paquebot transatlantique. Alors, réflexion et discussion allaient de soi, comme le luxe et l'indolence.

Pour cette raison, il avait équipé son avion, un Gulfstream ultramoderne, de quelques bibliothèques anciennes où il conservait les trésors essentiels des littératures chinoise et étrangère.

Il se sentait une filiation spirituelle avec le capitaine Nemo, qui voyageait dans son sous-marin comme un empereur solitaire sans empire, avec une vaste bibliothèque et une haine destructrice envers l'humanité. Nemo avait apparemment pour modèle un prince indien disparu qui s'était opposé à l'Empire britannique : une affinité pour Ya Ru. Mais c'était avec le sombre et amer capitaine Nemo, génial ingénieur et philosophe lettré, qu'il s'identifiait le plus. Il avait baptisé son avion *Nautilus II*, et dans le couloir menant au cockpit était accroché un agrandissement d'une gravure de l'édition originale, où l'on voyait Nemo avec ses hôtes involontaires dans la grande bibliothèque du *Nautilus*.

Mais ce qui comptait à présent, c'était l'ombre. Bien caché, il observait la femme qu'il devait tuer. Autre point commun avec le capitaine Nemo : il croyait à la vengeance. La nécessité de se venger était un des principaux moteurs de l'Histoire.

Ce serait bientôt fini. Maintenant qu'il était à Chinatown, à Londres, la pluie coulant dans le col de sa veste, l'idée le traversa : il y avait quelque chose de logique à ce que tout cela s'achève en Angleterre, là où les deux frères Wang avaient commencé leur voyage de retour vers la Chine, qu'un seul des deux devait revoir.

Ya Ru aimait attendre quand il était maître de son temps. Pas comme dans les aéroports, où d'autres personnes en avaient le contrôle. Ses amis s'en étonnaient parfois, eux qui trouvaient toujours l'existence trop courte, œuvre d'un dieu semblable à un vieux mandarin aigri cherchant à rogner tous les plaisirs de la vie. Dans ses conversations avec ses amis, qui aujourd'hui étaient sur le point de contrôler tous les leviers de la Chine moderne, Ya Ru avait au contraire affirmé que ce dieu savait bien ce qu'il faisait : si on laissait les hommes vivre trop longtemps, ils finissaient par en savoir trop et voir clair dans le jeu des mandarins, et cherchaient alors à les renverser. Pour Ya Ru, la brièveté de la vie était le meilleur rempart contre les révoltes. Et, comme d'habitude, ses amis se rangeaient de son avis, même s'ils n'avaient pas bien compris son raisonnement. Au sein de ces graines d'empereurs, Ya Ru se détachait du lot. Et on ne remettait pas en question sa supériorité.

Chaque printemps, il avait l'habitude de rassembler ses connaissances dans son haras au nord-ouest de Canton. Ils choisissaient les étalons qui allaient faire leur galop d'essai, lançaient des paris, puis les regardaient se disputer la première place au sein de la horde, jusqu'à ce que le vainqueur tout écumant se cabre au sommet d'une colline pour bien montrer sa domination.

Ya Ru se référait toujours aux animaux pour comprendre son comportement et celui des autres. Il était léopard, et aussi pur-sang, s'arrachait au troupeau pour devenir l'empereur solitaire.

Si Deng était un chat sans couleur définie, mais qui attrapait les souris, Mao était une chouette : symbole de sagesse, mais aussi impitoyable rapace sachant quand s'emparer sans bruit de sa proie.

Il coupa court le fil de ses pensées en voyant Birgitta Roslin se lever. La journée passée à la suivre l'en avait convaincu : elle avait peur. Elle ne cessait de regarder en arrière, ne tenait pas en place. Elle semblait préoccupée. Il pourrait à l'occasion en tirer profit, même s'il ne savait pas vraiment comment.

Mais voilà qu'à présent elle se levait. Ya Ru guettait toujours dans l'ombre.

Ce qui se produisit soudain le prit totalement au dépourvu. Birgitta Roslin sursauta, poussa un cri, trébucha, et tomba à la renverse en se heurtant la tête contre un banc. Un Chinois se pencha pour voir comment elle allait. Des gens s'arrêtèrent. Ya Ru sortit de l'ombre et se mêla à l'attroupement. Deux policiers accoururent. Il se fraya un passage pour mieux voir. Birgitta s'était redressée. Apparemment, elle avait perdu connaissance quelques secondes. Il entendit les policiers lui demander si elle avait besoin d'une ambulance, mais elle refusa.

Ya Ru entendait sa voix pour la première fois. Il la mémorisa. Une voix assez sombre, expressive.

– J'ai dû trébucher, l'entendit-il dire. J'ai cru que quelqu'un se précipitait sur moi. J'ai eu peur.

– On vous a agressée ?

– Non. Je me suis fait des idées.

L'homme qui l'avait effrayée était toujours là. Ya Ru trouva qu'il avait une certaine ressemblance avec Liu Xin.

Ya Ru sourit intérieurement. Ses réactions la trahissent. Elles me révèlent d'abord qu'elle a peur et reste sur ses gardes, puis très clairement ce qu'elle redoute : un Chinois qui se précipite sur elle.

Les policiers raccompagnèrent Birgitta jusqu'à son hôtel. Ya Ru les suivit de loin. Maintenant, il savait où elle habitait. Après s'être une dernière fois assurés qu'elle pouvait se débrouiller toute seule, les policiers s'éloignèrent, tandis qu'elle entrait dans le hall. Ya Ru vit le réceptionniste attraper sa clé tout en haut du tableau. Il attendit quelques minutes avant d'entrer à son tour. L'employé était chinois. Ya Ru s'inclina et lui tendit un papier.

– La dame qui vient d'entrer. Elle a perdu ceci dans la rue.

Le réceptionniste le prit et le déposa dans le casier vide. Chambre 614, dernier étage. Le papier était blanc. Birgitta Roslin demanderait qui l'avait déposé.

Ya Ru fit semblant de lire un prospectus de l'hôtel tout en réfléchissant à un moyen de savoir combien de nuits Birgitta Roslin avait réservées. L'occasion lui fut donnée quand une jeune Anglaise vint remplacer le réceptionniste chinois. Ya Ru s'approcha.

– Mme Roslin, dit-il. De Suède. Je dois la conduire à l'aéroport. Je ne sais pas si c'est demain ou après-demain.

La réceptionniste le crut sur parole et tapa sur le clavier de son ordinateur.

– Mme Roslin a réservé pour trois jours, dit-elle. Voulez-vous que je l'appelle pour que vous conveniez de l'horaire ?

– Non, non, je vais voir ça avec mon bureau. Nous ne dérangeons pas nos clients inutilement.

Ya Ru sortit de l'hôtel. Le crachin avait recommencé. Il remonta son col et se dirigea vers Garrick Street pour trouver un taxi. Il n'avait plus besoin de s'inquiéter du temps dont il disposait. Tout cela a commencé il y a si longtemps, songea-t-il. Cela peut bien durer encore quelques jours. Elle ne m'échappera pas.

Il héla un taxi et indiqua l'adresse vers Whitehall où sa société du Lichtenstein possédait un appartement qu'il utilisait toujours lors de ses séjours en Angleterre. Souvent, il s'était reproché de trahir la mémoire de ses ancêtres en habitant Londres, alors qu'il aurait aussi bien pu choisir Paris ou Berlin. Pendant le trajet, il décida de vendre cet appartement et de chercher un nouveau pied-à-terre à Paris.

Toute chose avait une fin.

Il s'allongea sur le lit et écouta le silence. Il avait fait isoler tous les murs de l'appartement. Il n'entendait même plus la rumeur lointaine de la circulation. Ne restait que le ronronnement de l'air conditionné. Il avait l'impression de se trouver à bord d'un bateau. Il ressentait une grande paix.

– Quand ? s'exclama-t-il à haute voix. Quand donc a commencé ce qui doit à présent prendre fin ?

Il réfléchit. En 1868, San s'était installé dans la petite chambre dont il disposait à la mission. On était aujourd'hui en 2006. Cent trente-huit ans. À la lumière de la chandelle, San avait laborieusement écrit, caractère après caractère, son histoire et celle de ses deux frères

Guo Si et Wu. Elle avait commencé le jour où ils avaient quitté leur village misérable pour entamer leur longue route jusqu'à Canton. Là, le mauvais démon avait pris l'apparence de Zi. Après quoi, la mort les avait suivis à la trace. À la fin, ne restaient plus que San et son obstination à raconter coûte que coûte son histoire.

Ils sont morts dans la plus grande humiliation qui soit, songea Ya Ru. Les empereurs successifs et leurs mandarins se conformaient à Confucius en maintenant le peuple sous un tel joug que toute révolte était impossible. Les trois frères s'étaient enfuis vers ce qu'ils imaginaient être une vie meilleure. Mais les Américains devaient les martyriser sur leur chantier de chemin de fer. Au même moment, les Anglais, pleins d'un mépris glacial, essayaient d'asservir les Chinois en les inondant d'opium. Voilà comment je vois ces marchands anglais : des dealers qui vendent leur drogue au coin de la rue à des gens qu'ils méprisent et considèrent comme le rebut de l'humanité. Il n'y a encore pas si longtemps, les caricatures européennes et américaines représentaient les Chinois comme des singes. La caricature dit la vérité. Nous étions voués à être réduits à l'esclavage et humiliés. Nous n'étions pas des êtres humains, mais des animaux.

En se promenant dans Londres, Ya Ru avait l'habitude de se dire que tel ou tel bâtiment avait été construit avec l'argent de peuples réduits à l'esclavage, avec leurs efforts et leurs souffrances, leurs reins brisés, leur mort.

Qu'avait écrit San ? Qu'ils avaient construit cette ligne de chemin de fer à travers les États-Unis avec leurs os en guise de traverses. De même, les cris et les souffrances d'hommes opprimés avaient été coulés dans ces ponts en fer enjambant la Tamise et dans les murs épais des immeubles cossus de la City.

Ya Ru s'assoupit au milieu de ces pensées. À son réveil, il gagna le séjour, exclusivement équipé de mobilier chinois. Sur la table qui faisait face au canapé rouge sombre, un sachet de soie bleu clair. Il l'ouvrit et en versa le contenu sur une feuille de papier. De la fine poudre de verre. C'était une très vieille méthode pour tuer : mélanger un peu de cette poudre presque invisible dans une assiette de soupe ou une tasse de thé. Celui qui l'ingérait était perdu. Les milliers d'éclats de verre microscopiques lui lacéraient les intestins. Autrefois, on l'avait baptisée « la mort invisible », car elle survenait subitement et de façon inexpliquée.

Avec cette poudre de verre, l'histoire commencée par San trouverait son point final. Ya Ru la reversa précautionneusement dans le sachet de soie, qu'il referma. Puis il éteignit toutes les lumières de l'appartement, à l'exception d'une lampe surmontée d'un abat-jour rouge brodé de dragons en fil d'or. Il s'assit dans un fauteuil qui avait jadis appartenu à un riche propriétaire terrien de la province du Shandong. Il inspira profondément et se laissa aller à un état de paix intérieure propice à la réflexion.

Il lui fallut une heure pour décider comment il écrirait le dernier chapitre en tuant cette Birgitta Roslin qui avait, selon toute vraisemblance, fait à sa sœur Hong des confidences qui auraient pu lui nuire. Confidences qu'elle avait pu transmettre sans qu'il le sache. Sa décision prise, il actionna une sonnette. Quelques minutes plus tard, il entendit la vieille Lang commencer à préparer son dîner à la cuisine.

Lang avait longtemps fait le ménage de son bureau à Pékin. Bien des nuits durant, il avait observé ses gestes silencieux. C'était la plus efficace de toutes les femmes de ménage de l'immeuble.

Une nuit, il lui avait demandé de lui parler de sa vie. Quand il eut appris qu'elle préparait des repas traditionnels pour des mariages ou des enterrements, il lui demanda de lui faire à dîner pour le soir suivant. Il l'engagea ensuite comme cuisinière, avec un salaire dont elle n'avait même jamais rêvé de sa vie. Comme un de ses fils vivait à Londres, Ya Ru lui avait permis de s'y installer à condition qu'elle s'occupe de lui chaque fois qu'il s'y trouvait.

Ce soir-là, elle lui servit un assortiment de plats variés. Sans avoir besoin de lui demander, elle avait compris ce qu'il désirait. Elle posa la théière sur un réchaud.

– Petit déjeuner, demain matin ? demanda-t-elle avant de se retirer.

– Non, je le préparerai moi-même. Mais dîner, oui. Du poisson.

Ya Ru se coucha tôt. Depuis son départ de Pékin, il n'avait pas dormi beaucoup d'heures d'affilée. Le voyage jusqu'en Europe, puis les complications pour rejoindre cette petite ville du nord de la Suède. Ensuite le trajet jusqu'à Helsingborg où, une fois introduit chez Birgitta Roslin, il avait trouvé près du téléphone un pense-bête avec « Londres » souligné. Il avait immédiatement ordonné à son pilote de demander une autorisation de vol. Il avait supposé qu'elle se rendrait chez Ho. C'est en effet devant chez elle qu'il l'avait repérée.

Il prit quelques notes dans son journal, éteignit la lumière et ne tarda pas à s'endormir.

Le lendemain, des nuages lourds pesaient sur Londres. Ya Ru se leva comme à son habitude vers cinq heures et écouta les nouvelles à la radio chinoise, sur les ondes courtes. Il regarda sur un écran d'ordinateur les mouvements des différentes Bourses de la planète, parla avec deux de ses fondés de pouvoir de projets en cours, puis se prépara un petit déjeuner frugal, composé principalement de fruits.

À sept heures, il quitta son appartement, le sachet de soie dans sa poche. Son plan comportait une inconnue : il ignorait à quelle heure Birgitta Roslin prenait son petit déjeuner. Si elle était déjà descendue à son arrivée, il faudrait remettre au lendemain.

Il remonta vers Trafalgar Square, s'arrêta un moment pour écouter un violoncelliste qui faisait tout seul la manche sur le trottoir, lui jeta quelques pièces et continua son chemin. Il tourna dans Irving Street, où se trouvait l'hôtel.

Un homme qu'il n'avait pas encore vu se tenait à la réception. Ya Ru s'avança pour prendre une carte de l'établissement. Il en profita pour constater que le papier n'était plus dans le casier de la chambre 614.

La porte de la salle du petit déjeuner était ouverte. Il aperçut aussitôt Birgitta Roslin. Elle était installée près d'une fenêtre, apparemment depuis peu, puisqu'on venait juste de lui servir du café.

Ya Ru retint son souffle et réfléchit. Puis il décida de ne pas attendre. La longue histoire de San s'achèverait ce matin. Il ôta son imperméable et s'adressa au maître d'hôtel. Il n'était pas client de l'établissement, mais souhaitait prendre un petit déjeuner. Il paierait. L'homme était originaire de Corée du Sud. Il conduisit Ya Ru à une table juste derrière celle de Birgitta Roslin, un peu de côté.

Ya Ru inspecta la salle à manger. Il aperçut une issue de secours pas très loin de sa table. En allant chercher un journal, il s'assura qu'elle était bien ouverte. Il retourna s'asseoir, commanda du thé et attendit. Il y avait de nombreuses tables vides, mais Ya Ru avait noté que la plupart des clés n'étaient pas dans leur casier. L'hôtel était plein.

Il sortit son téléphone portable et la carte de l'hôtel, dont il composa le numéro. Quand le réceptionniste répondit, il demanda à parler d'urgence à une cliente, Mme Birgitta Roslin.

– Je vous passe sa chambre.

– Elle est dans la salle à manger, dit Ya Ru. Elle prend toujours son petit déjeuner à cette heure-ci. Je vous serais reconnaissant d'aller la prévenir. Elle se met d'habitude près d'une fenêtre. Elle porte une robe bleue, des cheveux sombres coupés court.

– Je vais lui demander de prendre l'appel.

Ya Ru garda son téléphone à la main jusqu'à ce que le réceptionniste entre. Il raccrocha alors, glissa le téléphone dans sa poche, et en sortit le sachet de soie plein de poudre de verre. Au moment où Birgitta Roslin se levait pour suivre le réceptionniste, Ya Ru se dirigea vers sa table. Il s'empara de son journal en regardant alentour, comme pour s'assurer que la cliente était partie pour de bon. Il attendit qu'on ait fini de resservir du café à la table voisine, tout en surveillant ce qui se passait du côté de la réception. Lorsque le serveur s'éloigna, il ouvrit son sachet et en versa rapidement le contenu dans la tasse de café à moitié pleine.

Birgitta Roslin revint dans la salle à manger. Ya Ru avait déjà tourné les talons pour regagner sa place.

Au même moment, la vitre vola en éclats. Le claquement sec d'un coup de feu se mêla au bruit de verre brisé. Ya Ru n'eut pas le temps de se dire que quelque chose avait mal tourné. La balle le toucha à la tempe droite. Il était déjà mort quand son corps s'affala sur une table en faisant tomber un vase de fleurs.

Birgitta Roslin resta figée, comme la plupart des autres clients attablés, les serveurs et le maître d'hôtel, crispé, un bol d'œufs durs entre les mains. Un cri brisa le silence. Birgitta regardait fixement le corps tombé en travers de la nappe blanche. Elle n'avait pas encore compris qu'elle était concernée. Dans sa confusion, elle crut un instant que Londres faisait l'objet d'une attaque terroriste.

Puis elle sentit une main qui lui agrippait le bras. Elle essaya de se dégager tout en se retournant.

C'était Ho.

– Pas de questions. Suivez-moi. Nous ne pouvons pas rester ici.

Elle poussa Birgitta Roslin vers le hall.

– Votre clé, continua-t-elle. Je fais votre valise pendant que vous payez.

– Que s'est-il passé ?

– Pas de questions. Faites comme je dis.

Ho serra si fort son bras qu'elle eut mal. Le chaos commençait à s'installer. Des gens couraient dans tous les sens en criant.

– Insistez pour payer. Nous devons partir.

Alors, Birgitta comprit. Pas ce qui venait de se produire, mais ce que Ho lui disait. Elle se présenta à la réception et hurla à l'un des employés complètement paniqué qu'elle voulait payer sa note. Ho disparut dans un des ascenseurs et revint dix minutes plus tard avec sa valise. Le hall de l'hôtel commençait à se remplir de policiers et d'infirmiers.

Birgitta Roslin avait payé sa note.

– Maintenant, nous sortons tranquillement par la porte, dit Ho. Si quelqu'un nous arrête, dites que vous avez un avion à prendre.

Elles se frayèrent un chemin jusqu'à la sortie sans être inquiétées. Birgitta Roslin s'arrêta pour se retourner. Ho la tira par le bras.

– Ne vous retournez pas. Marchez normalement. Nous parlerons plus tard.

Elles arrivèrent à l'adresse de Ho et montèrent chez elle, au deuxième étage. Un homme d'une vingtaine d'années se trouvait là. Il était très pâle. Il se mit à parler avec Ho. Il semblait choqué. Birgitta Roslin vit que Ho essayait de le calmer. Tout en lui parlant, elle l'emmena dans une pièce voisine. Quand ils revinrent, le jeune homme portait un paquet allongé. Il sortit. Ho alla regarder par la fenêtre. Birgitta Roslin s'était affalée sur une chaise. Elle venait de réaliser que l'homme qui était mort était tombé sur la table voisine de la sienne.

Elle regarda Ho, qui s'éloigna de la fenêtre. Elle était très pâle. Birgitta Roslin vit qu'elle tremblait.

– Qu'est-ce qui s'est passé ? demanda-t-elle.

– C'est vous qui deviez mourir, dit Ho. C'est vous qu'il devait tuer. Je vous dis la stricte vérité.

Birgitta Roslin secoua la tête.

– Soyez plus claire, dit-elle. Je ne sais plus où j'en suis.

– L'homme qui est mort s'appelait Ya Ru. Le frère de Hong. Il a essayé de vous tuer. Nous l'en avons empêché au dernier moment.

– Nous ?

– Vous auriez pu mourir pour m'avoir donné une fausse adresse. Pourquoi avoir fait ça ? Vous n'aviez pas confiance ? Vous êtes déboussolée au point de ne pas savoir distinguer les amis ?

Birgitta Roslin leva la main.

– Minute. Ça va trop vite. Je ne vous suis plus. Le frère de Hong ? Pourquoi voulait-il me tuer ?

– Parce que vous en saviez trop sur les événements survenus dans votre pays. Tous ces morts. Ya Ru était sans doute derrière tout ça. Hong en tout cas le pensait.

– Mais pourquoi ?

– Je ne peux pas le dire. Je n'en sais rien.

Birgitta Roslin se tut. Quand Ho voulut reprendre la parole, elle l'arrêta d'un geste.

– Vous avez dit « nous », dit-elle au bout d'un moment. Le jeune homme portait un paquet. Une arme ?

– Oui. J'avais décidé de confier à San votre surveillance. Mais il n'y avait personne à votre nom à l'hôtel que vous aviez indiqué. C'est San qui s'est souvenu qu'il y en avait un autre juste à côté. Nous vous avons vue par la fenêtre. Quand Ya Ru s'est approché de votre table, nous avons compris qu'il allait vous tuer. Alors San a tiré. Ça s'est passé si vite que personne dans la rue ne l'a vu. Tout le monde a cru que c'était une moto qui pétaradait. San avait caché l'arme sous son manteau.

– San ?

– Le fils de Hong. Elle l'avait envoyé chez moi.

– Pourquoi ?

– Hong n'avait pas seulement peur pour sa vie et la vôtre. Elle craignait aussi pour son fils. San est persuadé que Ya Ru l'a fait tuer. Il était prêt à se venger.

Birgitta Roslin se sentit mal. La sensation était de plus en plus claire et douloureuse : elle savait à présent ce qui était arrivé. Ce qu'elle avait d'abord soupçonné, puis rejeté car par trop invraisemblable : c'était un événement du passé qui avait provoqué le massacre de Hesjövallen.

Elle saisit le bras de Ho, les larmes aux yeux.

– C'est fini, maintenant ?

– Je pense que oui. Vous pouvez rentrer chez vous. Ya Ru est mort. Tout s'arrête. Ni vous ni moi ne connaissons la suite de l'histoire. Mais vous n'en faites plus partie.

– Comment pourrai-je vivre avec tout ça, sans avoir vraiment compris ?

– Je vais essayer de vous aider.

– Et San ?

– Des témoins diront sûrement à la police que c'est un Chinois qui a tiré sur un autre Chinois. Personne ne pourra identifier San.

– Il m'a sauvé la vie.

– Et probablement aussi la sienne, avec la mort de Ya Ru.

– Mais qui était cet homme, ce frère de Hong dont tout le monde avait tellement peur ?

Ho secoua la tête.

– Je ne sais pas si je peux répondre. De bien des façons, il représentait la Chine nouvelle dont ni Hong, ni moi, ni Ma Li, ni San ne voulons. L'avenir de notre pays fait actuellement l'objet de grands conflits. Personne ne sait de quoi demain sera fait. Rien n'est joué. Alors chacun fait ce qu'il croit juste.

– Comme tuer Ya Ru ?

– C'était nécessaire.

Birgitta Roslin alla boire un verre d'eau à la cuisine. En reposant le verre, elle savait qu'il fallait qu'elle rentre. Tout ce qui restait encore dans le vague pouvait attendre. Elle voulait rentrer maintenant, fuir Londres, fuir tout ce qui s'était passé.

Ho l'accompagna en taxi jusqu'à l'aéroport de Heathrow. Après quatre heures d'attente, elle put s'envoler pour Copenhague. Ho voulait attendre le départ de son avion, mais Birgitta Roslin lui demanda de la laisser.

Une fois rentrée à Helsingborg, elle ouvrit une bouteille de vin qu'elle vida pendant la nuit. Elle dormit toute la journée du lendemain. Elle fut réveillée par Staffan qui lui annonçait la fin de leur excursion en mer. Elle ne put se retenir d'éclater en sanglots.

– Qu'est-ce qu'il y a ? Qu'est-ce qui s'est passé ?

– Il ne s'est rien passé. Je suis fatiguée.

– Veux-tu que nous interrompions le voyage et que nous rentrions ?

– Non. Ce n'est rien. Si tu veux m'aider, crois-moi quand je te dis qu'il ne s'est rien passé. Raconte-moi cette excursion.

Ils parlèrent longtemps. Elle insista pour qu'il lui raconte en détail leur voyage, leurs projets pour la soirée et pour le jour suivant. À la fin de la conversation, elle avait réussi à le rassurer.

Elle avait aussi retrouvé son calme.

Le lendemain, elle retourna travailler. Elle eut aussi Ho au téléphone.

– J'aurai bientôt beaucoup de choses à vous raconter, dit Ho.

– Je vous promets alors de vous écouter. Comment va San ?

– Il est choqué, il a peur, sa mère lui manque. Mais il est fort.

Après avoir raccroché, Birgitta Roslin resta assise à la table de la cuisine.

Elle ferma les yeux.

L'image de cet homme gisant sur la table dans la salle à manger de l'hôtel commença à lentement s'estomper, jusqu'à ce qu'il n'en reste plus rien.

38

Quelques jours avant la Saint-Jean, Birgitta Roslin présida son dernier procès avant le début des vacances. Avec Staffan, elle avait loué une petite maison à Bornholm. Ils avaient prévu d'y rester trois semaines, avec visite des enfants à tour de rôle. Le procès, qu'elle comptait boucler en deux jours, concernait trois femmes et un homme, pirates de la route. Deux des femmes étaient roumaines, l'homme et la troisième femme suédois. Birgitta Roslin avait été frappée de la brutalité dont avait en particulier fait preuve la plus jeune des femmes à l'occasion de deux agressions de camping-cars sur des parkings de nuit. Une des victimes, un Allemand d'âge mûr, avait eu le crâne fendu à coups de marteau. L'homme avait survécu, mais il s'en était fallu de peu. À une autre occasion, elle avait poignardé une femme juste au-dessus du cœur avec un tournevis.

Le procureur avait ainsi décrit le gang : « des petits entrepreneurs du crime, tous corps d'État ». En plus de leurs rapines nocturnes sur des parkings entre Helsingborg et Varberg, ils avaient aussi pratiqué le vol à l'étalage, principalement dans des boutiques de vêtements ou de matériel électronique. Avec des sacs spécialement préparés, où la doublure avait été remplacée par une feuille d'aluminium, ils déjouaient les détecteurs et sortaient sans encombre des magasins, réalisant un butin de près d'un million de couronnes avant leur capture. Ils avaient commis l'erreur de revenir dans la même boutique de vêtements à Halmstad, où le personnel avait donné l'alerte. Ils avaient tous reconnu les faits, les preuves et le butin avaient été recueillis. À la surprise de la police et de Birgitta Roslin, ils ne s'étaient pas renvoyé la responsabilité.

Le temps était frais et pluvieux le matin du procès. C'était surtout à son réveil que les événements de Londres venaient la hanter.

Elle avait parlé avec Ho à deux reprises. Entretiens décevants : elle l'avait trouvée fuyante, éludant ce qui s'était passé après la mort violente de Ya Ru. Mais Ho avait exhorté Birgitta Roslin à la patience.

– La vérité n'est jamais simple. Vous, les Occidentaux, vous croyez qu'on peut tout savoir en un clin d'œil. Il faut du temps. La vérité ne se presse pas.

Elle avait pourtant appris une chose, un détail particulièrement effrayant. Dans la main de Ya Ru, la police avait trouvé un sachet de soie contenant une fine poussière de verre. Les enquêteurs britanniques étaient restés perplexes. Mais Ho lui avait décrit cette méthode chinoise d'assassinat ancienne et raffinée.

Il s'en était donc fallu de très peu. Parfois, quand elle était seule, elle avait de violentes crises de larmes. Même à Staffan, elle ne s'était pas confiée. Elle avait tout gardé pour elle à son retour de Londres, et avait bien donné le change : il ne s'était douté de rien.

Au cours de cette période, elle avait aussi reçu un coup de fil dont elle se serait passée : Lars Emanuelsson.

– Le temps file. Quelles sont les nouvelles ?

C'était une semaine après la mort de Ya Ru. Un bref instant, elle avait craint qu'il ne soit au courant de la tentative d'assassinat dont elle avait fait l'objet, à Londres.

– Rien, avait-elle répondu. La police de Hudiksvall n'a pas changé son fusil d'épaule ?

– Celui qui s'est suicidé, l'assassin ? Une petite frappe sans envergure, sans doute un malade mental, commettre le massacre le plus brutal de toute l'histoire criminelle suédoise ? C'est possible, bien sûr. Mais je sais que beaucoup ont des doutes. Vous, par exemple.

– Je n'y pense plus. J'ai tourné la page.

– Je ne vous crois pas.

– Ça m'est égal. Qu'est-ce que vous me voulez, à la fin ? Je suis occupée.

– Vous êtes toujours en contact avec la police de Hudiksvall ? Avec Vivi Sundberg ?

– Non. Finissons-en.

– Appelez-moi si vous avez du nouveau. Mon expérience me dit qu'on n'est pas au bout des surprises dans cette horrible affaire.

– Je raccroche.

Ce qu'elle fit, en se demandant combien de temps encore ce Lars Emanuelsson continuerait à la harceler. En même temps, son obstination lui manquerait peut-être.

Une fois arrivée dans son bureau du tribunal, elle rassembla les éléments du dossier, téléphona au secrétariat de la chancellerie pour organiser le planning de la rentrée, puis se rendit dans la salle d'audience. À peine installée, elle aperçut Ho assise au dernier rang, exactement comme la fois précédente.

Elle la salua de la main et vit que Ho souriait. Elle lui fit passer un mot par un huissier : elle avait sa pause à midi. Ho le lut et hocha la tête.

Birgitta s'occupa alors de cette bande pitoyable de pirates à la manque. Au moment de la pause déjeuner, les débats étaient suffisamment avancés pour que le procès puisse finir le lendemain.

Elle retrouva Ho qui l'attendait dans la rue sous un arbre en fleur.

– Il doit s'être passé quelque chose, pour que vous soyez là ?

– Non.

– Nous pouvons nous voir ce soir. Où dormez-vous ?

– À Copenhague, chez des amis.

– Je me trompe, ou vous avez des révélations à me faire ?

– Tout est beaucoup plus clair. C'est pour ça que je suis ici. Je vous ai aussi apporté quelque chose.

– Quoi ?

Ho secoua la tête.

– Nous nous parlerons ce soir. Qu'est-ce qu'ils ont fait, ceux que vous êtes en train de juger ?

– Des vols, des violences. Mais aucun meurtre.

– Je les ai un peu observés. Ils ont tous peur de vous.

– Je ne crois pas. Mais ils savent que c'est moi qui vais les condamner. Avec tout ce qu'ils ont fait, ils ont raison de s'inquiéter.

Birgitta Roslin lui proposa de déjeuner avec elle, mais Ho refusa, elle était occupée. Birgitta se demanda ensuite ce qu'elle pouvait bien avoir à faire dans une ville qu'elle ne connaissait pas.

Le procès continua, lentement, mais approchait de sa conclusion. Au moment de la suspension de séance, Birgitta Roslin était satisfaite du travail accompli.

Ho l'attendait à l'extérieur du tribunal. Comme Staffan se trouvait dans un train pour Göteborg, elle lui proposa de venir chez elle. Elle vit que Ho hésitait.

– Je suis toute seule. Mon mari n'est pas là, mes enfants vivent ailleurs.

– Ce n'est pas ça. San est venu avec moi.

Elle désigna l'autre côté de la rue. San était adossé à une façade.

– Faites-lui signe. Allons chez moi.

San semblait moins perturbé que lors de leur première

entrevue. Birgitta Roslin remarqua à présent qu'il avait le visage de Hong, et aussi un peu son sourire.

– Quel âge avez-vous ? lui demanda-t-elle.

– Vingt-deux ans.

Son anglais était aussi parfait que celui de Hong et de Ho.

Ils s'installèrent dans le séjour. San voulait du café, Ho du thé. Sur la table trônait le jeu de mah-jong que Birgitta avait acheté à Pékin. Outre son sac à main, Ho portait un sac en papier. Elle en sortit la photocopie d'un manuscrit chinois, et un cahier en anglais.

– Ya Ru avait un appartement à Londres. Un de mes amis connaissait Lang, sa gouvernante. Elle lui faisait à manger et veillait à ce qu'il ait le silence qu'il exigeait. Elle nous a laissés entrer chez lui : nous y avons trouvé un carnet, d'où proviennent ces notes, de la main de Ya Ru. J'en ai traduit une partie. Ça clarifie beaucoup de choses. Pas tout, mais beaucoup. Ya Ru avait certaines raisons que lui seul pouvait comprendre.

– C'était quelqu'un de puissant, vous me l'avez dit. Sa mort a dû faire du bruit en Chine ?

San, qui jusque-là était resté silencieux, répondit :

– Rien du tout. Aucun bruit. Comme dit Shakespeare, « tout le reste est silence ». Ya Ru était si puissant que d'autres individus aussi puissants sont parvenus à étouffer l'affaire. C'est comme s'il n'avait jamais existé. On peut dire que beaucoup se sont réjouis de sa mort, ou ont été soulagés, même parmi ceux qui étaient censés être ses amis. Ya Ru était malfaisant, il rassemblait des informations pour anéantir ses ennemis ou ceux qu'il estimait être des concurrents dangereux. À présent, toutes ses entreprises sont démantelées, on achète le silence des uns et des autres, tout est pétrifié derrière un coffrage en béton qui le sépare à jamais, lui et son destin, de l'Histoire officielle et de nous qui lui survivons.

Birgitta Roslin feuilleta le cahier.

– Dois-je le lire maintenant ?

– Non. Plus tard, quand vous serez seule.

– Et ça ne va pas me faire peur ?

– Non.

– Est-ce que je vais comprendre ce qui est arrivé à Hong ?

– Il l'a tuée. Pas de ses propres mains, mais il a ensuite éliminé celui qui l'avait fait. Une mort couvrait l'autre. Personne ne pouvait imaginer que Ya Ru avait tué sa propre sœur. Sauf les plus clairvoyants, qui le connaissaient bien. Ce qui est étrange, et que nous ne parviendrons peut-être jamais à comprendre, c'est qu'il ait tué sa sœur alors qu'il vouait un culte à sa famille et à ses ancêtres, qu'il plaçait au-dessus de tout. Il y a là quelque chose de contradictoire, une énigme que nous ne résoudrons pas. Ya Ru était puissant. Il était redouté pour son intelligence et son absence de scrupules. Mais il était peut-être aussi malade.

– Comment ça ?

– Il était rongé par la haine. Peut-être était-il vraiment fou ?

– Je me suis souvent demandé : qu'étaient-ils allés faire en Afrique ?

– La Chine a le projet de déplacer dans plusieurs pays d'Afrique des millions de ses paysans pauvres. On est actuellement en train de bâtir des structures économiques et politiques qui rendent ces pays pauvres dépendants de la Chine. Pour Ya Ru, il ne s'agissait pas d'une répétition cynique du colonialisme occidental. Il y voyait une solution d'avenir. Hong, Ma Li, moi-même et beaucoup d'autres y voyons au contraire une grave atteinte aux valeurs de la Chine que nous avons contribué à bâtir.

– Je ne comprends pas, dit Birgitta Roslin. La Chine est une dictature. Les entraves à la liberté sont permanentes, l'État de droit incertain. Quelles sont ces valeurs que vous voulez à tout prix préserver ?

– La Chine est un pays pauvre. Le développement économique dont tout le monde parle ne profite qu'à une petite frange de la population. Si on continue dans cette direction, en laissant se creuser un tel fossé, la Chine court à la catastrophe. Ce sera un retour au chaos. Ou alors des structures fascistes se mettront en place. Nous défendons les millions de paysans qui, par leur travail, sont à la source de tout ce développement dont ils ne reçoivent que des miettes.

– Mais je ne comprends toujours pas. Ya Ru d'un côté, Hong de l'autre ? Tout à coup ils arrêtent de se parler et il tue sa propre sœur ?

– Le bras de fer en cours en Chine est une question de vie ou de mort. Les pauvres contre les riches, les faibles contre les puissants. Il s'agit de gens de plus en plus furieux de voir s'écrouler tout ce pour quoi ils se sont battus, et d'autres qui voient une occasion de se bâtir des fortunes et d'acquérir un pouvoir dont ils n'auraient jamais pu rêver. Dans ces conditions, il y a des morts. La tempête est bien réelle.

Birgitta Roslin se tourna vers San.

– Parlez-moi de votre mère.

– Vous ne la connaissiez pas ?

– Je l'ai rencontrée. Mais de là à la connaître…

– Ce n'était pas simple d'être son fils. Elle était forte, décidée, parfois attentionnée, mais elle pouvait aussi être en colère, méchante. Je reconnais volontiers qu'elle me faisait peur. Mais je l'aimais, aussi. Elle voulait toujours voir au-delà de sa simple personne. Elle aidait un ivrogne effondré dans la rue avec le même naturel qu'elle se lançait dans des discussions politiques enflammées. Pour moi, elle était plus un exemple qu'une mère. Rien n'était simple. Mais elle me manque, et je sais qu'elle continuera à me manquer mon existence.

– Que faites-vous dans la vie ?

– Je veux être médecin. Mais j'ai interrompu mes

études pendant un an. Pour faire mon deuil. Pour comprendre ce que signifie vivre sans elle.

– Et votre père ?

– Mort depuis longtemps. Il écrivait de la poésie. Je ne sais rien sur lui, sinon qu'il est mort juste après ma naissance. Ma mère ne m'en parlait pas beaucoup, sauf pour me dire que c'était quelqu'un de bien, un révolutionnaire. De lui, il ne me reste qu'une photographie où il tient un chiot dans ses bras.

Ce soir-là, ils parlèrent longuement de la Chine. Birgitta Roslin avoua son passé d'aspirante garde rouge en Suède. Elle était impatiente de se retrouver seule pour pouvoir lire le cahier que Ho lui avait apporté.

Vers dix heures du soir, elle appela un taxi pour conduire Ho et San à la gare.

– Quand vous aurez lu, dit Ho, appelez-moi.

– Cette histoire a-t-elle une fin ?

Ho réfléchit avant de répondre.

– Il y en a toujours une, dit-elle. Mais une fin est toujours le commencement d'autre chose. Dans la vie, un point final est toujours provisoire.

Birgitta regarda le taxi s'éloigner, puis s'installa devant la traduction du carnet de Ya Ru. Staffan ne devait pas rentrer avant le lendemain. Elle espérait d'ici là avoir fini sa lecture. Il n'y avait pas plus d'une vingtaine de pages, mais difficiles à déchiffrer, car Ho écrivait en pattes de mouche.

Que lut-elle dans ce carnet ? Par la suite, en repensant à cette soirée, seule à la maison où flottait encore le parfum délicat de Ho, elle devait se dire qu'elle aurait pu déduire une grande partie de ce qui y était raconté. Ou plutôt : elle aurait dû comprendre, mais avait refusé d'accepter ce qu'en fait elle savait déjà. Ho avait par ailleurs tiré des notes de Ya Ru beaucoup d'éléments dont Birgitta Roslin n'aurait jamais pu se douter, et qui clarifiaient bon nombre de choses.

Les silences de Ho continuaient à l'intriguer. Elle aurait pu lui poser bien des questions, mais elle devinait qu'elle n'obtiendrait jamais de réponse. Elle flairait des secrets qu'elle ne comprendrait jamais, un couvercle que jamais elle ne pourrait soulever. Il s'agissait d'histoires surgies du passé, d'un autre carnet qui semblait le négatif de celui écrit par J.A., ce Suédois devenu contremaître sur les chantiers de chemin de fer en Amérique.

Dans ses notes, Ya Ru ne cessait de répéter combien il était furieux que Hong refuse de comprendre que la voie sur laquelle la Chine s'était engagée était la seule possible et que des personnes comme lui, Ya Ru, devaient avoir une influence décisive. Il y avait quelque chose d'un psychopathe chez Ya Ru. Entre les lignes, Birgitta Roslin sentait qu'il en semblait conscient.

Chez lui, aucune velléité de réconciliation. Pas un doute, pas un remords, même sur le sort de Hong, qui était pourtant sa sœur. Elle se demanda si Ho n'avait pas modifié le texte pour que Ya Ru y apparaisse en homme brutal, sans aucun trait de caractère qui vienne nuancer le portrait. Elle se demanda même si tout ce texte n'avait pas été tout bonnement inventé par Ho. Mais elle n'arrivait pas vraiment à le croire. San avait commis un meurtre. Comme dans les sagas islandaises, il avait vengé dans le sang la mort de sa mère.

À minuit, elle avait lu deux fois la traduction de Ho. Des points demeuraient obscurs, des détails restaient inexpliqués. Le ruban rouge ? Que signifiait-il ? Seul Liu Xin aurait pu répondre, mais il était mort. Bien des questions demeureraient sans réponse, peut-être à jamais.

Finalement, que lui restait-il à faire ? Que pouvait-elle ou devait-elle faire de cette histoire dont elle avait entrevu les tenants et les aboutissants ? Birgitta Roslin avait une petite idée, même si elle ne savait pas encore bien comment s'y prendre. Elle pourrait y consacrer une partie de ses vacances. Par exemple, quand Staffan allait pêcher, ce qu'elle trouvait d'un ennui mortel. Les matinées qu'il passait à lire ses romans historiques ou ses biographies de musiciens de jazz, tandis qu'elle allait se promener toute seule. Elle aurait bien le temps de rédiger une lettre qu'elle enverrait à la police de Hudiks-vall. Après, elle pourrait refermer le tiroir contenant les souvenirs de ses parents. Pour elle, tout serait alors fini. Hesjövallen s'estomperait doucement, se transformerait en pâle souvenir, même si, bien sûr, elle n'oublierait jamais complètement.

Ils s'installèrent à Bornholm pour leurs vacances. Temps variable, maison agréable. Les enfants venaient et repartaient, les jours glissaient dans une agréable torpeur. Ils furent étonnés de voir Anna débarquer de ses longs voyages en Asie et leur annoncer qu'elle commencerait à l'automne des études de sciences politiques à Lund.

À plusieurs occasions, Birgitta Roslin prit la résolution de raconter enfin à Staffan ce qui s'était passé, à Pékin, puis à Londres. Mais elle se ravisait : à quoi bon ? Il comprendrait, mais n'arriverait pas à accepter qu'elle ne lui en parle que maintenant. Cela le blesserait, il le vivrait comme un manque de confiance et d'intimité. Ça n'en valait pas la peine. Elle préférait se taire.

Elle ne raconta rien non plus à Karin Wiman des événements de Londres.

Elle préférait le garder pour elle, comme une cicatrice qu'elle serait la seule à connaître.

Le lundi 7 août, ils reprirent tous deux leur travail. La veille, ils avaient enfin eu une discussion approfondie sur leurs problèmes. Comme si, d'un commun accord, ils s'étaient dit qu'ils ne pouvaient pas commencer une nouvelle année sans au moins aborder ce qui était en train de ronger leur couple. Ce que Birgitta Roslin considéra comme une grande avancée, ce fut de voir Staffan évoquer lui-même la question de leur vie sexuelle presque inexistante. Ce qu'il nommait son absence de désir et son impuissance lui faisait de la peine et l'effrayait. À sa question directe, il répondit que personne d'autre ne l'attirait. Il souffrait juste d'une absence de désir, que souvent il ne voulait pas regarder en face.

– Et que penses-tu faire ? lui demanda-t-elle. Nous ne pouvons pas passer une autre année sans avoir de rapports. Moi, je ne le supporterais pas.

– Je vais me faire aider. Je ne le supporterais pas plus que toi. Mais j'ai du mal à en parler.

– Tu en parles, en ce moment.

– Parce que je vois bien qu'il le faut.

– Je ne sais presque plus rien de ce que tu penses. Parfois, le matin, je te vois et je me dis que tu es un étranger.

– Tu le dis mieux que je n'aurais su le dire, mais il m'arrive de ressentir la même chose. Peut-être pas aussi violemment.

– Tu pensais vraiment que nous pourrions continuer comme ça le restant de nos jours ?

– Non. Mais je remettais le problème à plus tard. Maintenant, je te promets d'aller voir un thérapeute.

– Tu veux que je t'accompagne ?

Il secoua la tête.

– Non, pas au début. Après, si c'est nécessaire.

– Tu comprends l'importance que ça a pour moi ?

– J'espère.

– Ça ne sera pas facile. Mais si tout va bien, nous tournerons le dos à cette période. Ça restera notre traversée du désert.

Staffan commença sa journée en montant à bord du train de huit heures douze pour Stockholm. Birgitta, elle, n'arriva à son bureau que vers dix heures. Comme son chef Hans Mattsson était en vacances, elle avait une certaine responsabilité dans le fonctionnement du tribunal, aussi commença-t-elle par une réunion avec les autres magistrats et le personnel administratif. Quand elle fut convaincue que tout était sous contrôle, elle se retira dans son bureau et rédigea la longue lettre à Vivi Sundberg qu'elle avait préparée durant l'été.

Elle s'était demandé quel but elle voulait, ou du moins espérait atteindre. La manifestation de la vérité, bien entendu : expliquer ce qui s'était passé à Hesjövallen, la mort du vieux propriétaire de l'hôtel de Hudiksvall. Mais ne recherchait-elle pas en même temps une sorte de revanche pour la méfiance qu'elle avait rencontrée ? Comment faire la part de la vanité et du désir sincère de faire comprendre aux enquêteurs que l'homme qui s'était suicidé, malgré ses aveux, n'avait rien à voir avec la tuerie de Hesjövallen ?

Sa mère entrait aussi en ligne de compte : en recherchant la vérité, Birgitta rendait justice et hommage à ses parents adoptifs morts d'une si horrible façon.

Il lui fallut deux heures pour rédiger cette lettre. Elle la relut plusieurs fois, puis la cacheta, au nom de Vivi Sundberg, commissariat de Hudiksvall. Elle la déposa ensuite à l'accueil du tribunal, dans le casier de la poste partante, et ouvrit grandes les fenêtres de son bureau, pour l'aérer de toutes ces idées sinistres, de tous ces morts gisant dans leurs maisons isolées de Hesjövallen.

Elle passa le reste de la journée à lire un rapport d'étape du ministère de la Justice sur une énième réorganisation du système judiciaire suédois.

Mais elle prit aussi le temps de ressortir un de ses vieux brouillons de chanson, pour essayer de le compléter avec quelques vers bien sentis.

Elle avait trouvé le début au cours de l'été. Ça s'appellerait *Promenade sur la plage*. Hélas, aujourd'hui, elle n'avait pas d'inspiration. Elle jeta à la corbeille

quelques tentatives malheureuses, et rangea le texte inachevé dans un tiroir. Mais elle était bien décidée à ne
pas abandonner.

À dix-huit heures, elle éteignit ses ordinateurs et
quitta son bureau.

En sortant, elle vit que le courrier était parti.

39

« Liu Xin se cacha à l'orée du bois, en pensant qu'il était enfin arrivé à destination. Il n'avait pas oublié les paroles de Ya Ru : c'était la plus importante mission de sa vie. C'était à lui d'en finir, d'achever l'histoire dramatique commencée plus de cent quarante ans auparavant.

Liu songeait à Ya Ru, qui lui avait confié cette mission, l'avait équipé, exhorté : il lui avait parlé de tous ceux qui les avaient précédés. Cet interminable voyage avait duré des années, d'un continent à l'autre, un voyage plein de terreur et de mort, de persécutions insupportables. Maintenant approchait la fin, l'heure de la vengeance.

Les voyageurs avaient disparu depuis longtemps. L'un d'eux reposait au fond de l'océan, les autres dans des tombes anonymes. Pendant toutes ces années, une complainte était montée de leurs sépultures. C'était sa mission à présent de les faire taire pour toujours. Tout reposait désormais entre ses mains : faire en sorte que ce voyage, enfin, s'achève.

Liu se trouvait les pieds dans la neige à l'orée du bois, dans le froid. C'était le 12 janvier 2006. Le thermomètre était descendu à moins neuf degrés. Il bougeait les pieds pour se réchauffer. Il était encore tôt. D'où il était, il apercevait de la lumière aux fenêtres des maisons, ou la lueur bleuâtre des téléviseurs. Il tendit l'oreille, sans parvenir à entendre aucun bruit. Même pas d'aboiements, pensa-t-il. Liu pensait que, dans cette partie du monde, les gens avaient toujours des chiens pour veiller sur eux durant la nuit. Liu en avait vu des traces, mais il comprit qu'on les rentrait pour la nuit.

Ces chiens à l'intérieur des maisons ne risquaient-ils pas de lui compliquer la tâche ? Il rejeta cette idée. Personne ne s'attendait à ce qui allait se passer, ce n'étaient pas des animaux qui allaient l'arrêter.

Il enleva un gant pour regarder sa montre. Vingt heures quarante-cinq. Il faudrait encore attendre avant l'extinction des feux. Il remit son gant en songeant à toutes les histoires que racontait Ya Ru sur ces morts qui revenaient de si loin. Chaque membre de la famille avait fait un bout du chemin. Par un étrange concours de circonstances, c'était à lui, qui ne faisait même pas partie de la famille, que revenait aujourd'hui de mettre un point final à cette histoire. Il en ressentait une profonde gravité. Ya Ru lui faisait confiance, comme à un frère.

Il entendit une voiture au loin. Mais elle ne venait pas par ici. Elle passait sur la route principale. Dans ce pays, l'hiver, les bruits portent, comme au-dessus de l'eau.

Il remua doucement les pieds, à l'orée du bois. Comment réagirait-il, quand tout serait fini ? Une partie de sa conscience lui était-elle encore inconnue ? Impossible de le dire. Le plus important c'était d'être prêt. Tout s'était bien passé dans le Nevada. Mais on ne savait jamais, surtout cette fois-ci : la mission avait une autre échelle.

Il laissa vagabonder ses pensées. Il se souvint soudain de son père, petit fonctionnaire du Parti, qu'on avait brutalisé pendant la révolution culturelle. Son père lui avait raconté : lui et les autres « laquais du capitalisme » avaient eu le visage peint en blanc par les gardes rouges. Le blanc était la couleur du mal.

C'est sous ces traits qu'il essayait de se représenter les gens qui vivaient dans ces maisons silencieuses. Tous avec leurs visages blancs de mauvais démons.

Une des lumières s'éteignit, peu après une autre. Deux

des maisons étaient à présent plongées dans l'obscurité. Il continua à attendre. Les morts avaient attendu cent quarante ans. Pour lui, il ne restait plus que quelques heures.

Il ôta son gant droit et tâta du bout des doigts le sabre qui pendait à son côté. Le métal était froid, le fil bien aiguisé entamait facilement la peau. C'était un sabre japonais qu'il avait trouvé par hasard lors d'un séjour à Shanghai. On lui avait parlé d'un vieux collectionneur qui avait encore quelques exemplaires de ces sabres très recherchés, datant de l'occupation japonaise des années 1930. Il avait déniché la boutique de l'antiquaire, qui ne payait pas de mine. Après avoir soupesé le sabre, il n'avait pas hésité : il l'avait acheté sur-le-champ puis confié à un forgeron qui avait réparé sa poignée et affûté sa lame jusqu'à ce qu'elle soit tranchante comme un rasoir.

Il sursauta. La porte d'une des maisons s'ouvrit. Il recula à couvert des bois. Un homme apparut sur le perron, accompagné d'un chien. Une lampe extérieure éclaira la cour couverte de neige. Il mit la main sur la poignée de son sabre en plissant les yeux pour suivre les mouvements de l'animal. Que se passerait-il s'il flairait sa présence ? Tous ses plans tomberaient à l'eau. Il n'hésiterait pas à tuer le chien. Mais que ferait cet homme occupé à fumer sur le pas de sa porte ?

Le chien tomba soudain en arrêt, le nez au vent. Un bref instant, Liu Xin pensa qu'il avait repéré son odeur. Mais il se remit à courir en rond dans la cour. L'homme l'appela, et le chien rentra aussitôt. La porte se referma. La lampe extérieure s'éteignit juste après.

L'attente continua. Vers minuit, alors que ne restait que la lueur d'un téléviseur, il remarqua qu'il avait commencé à neiger. Les flocons tombaient comme des plumes légères sur sa main ouverte. Comme des pétales de cerisier, pensa-t-il. Mais la neige n'a pas leur parfum.

Vingt minutes plus tard, le téléviseur s'éteignit. La neige tombait toujours. Il sortit un viseur infrarouge qu'il avait dans la poche de son blouson et balaya lentement les maisons du village. Plus aucune lumière. Il rangea le viseur et inspira profondément. Il revit l'image que Ya Ru lui avait maintes fois représentée :

Un bateau. Sur le pont, des gens, comme des fourmis. Ils agitent frénétiquement leurs mouchoirs et leurs chapeaux. On ne voit pas leurs visages.

Pas de visages. Juste des bras et des mains qui s'agitent.

Il attendit encore un moment. Puis il descendit lentement vers le chemin. Dans une main une petite lampe de poche, dans l'autre son sabre.

Il s'approcha de la maison située à l'extrémité du village. Il s'arrêta une dernière fois pour tendre l'oreille.

Puis il entra. »

> *Vivi,*
> *Ce récit se trouve dans le carnet d'un certain Ya Ru. C'est la transcription du récit oral d'un homme qui s'était d'abord rendu au Nevada, où il avait tué plusieurs personnes, avant de venir à Hesjövallen. Je veux que vous le lisiez pour comprendre le reste de cette lettre.*
> *Aucun de ces deux hommes n'est plus en vie à l'heure qu'il est. La vérité sur les événements de Hesjövallen est tout autre et dépasse de loin ce que nous imaginions tous. Je ne suis pas certaine qu'on puisse prouver tout ce que je raconte. Probablement pas. Ainsi, je suis incapable d'expliquer pourquoi le ruban rouge a fini dans la neige à Hesjövallen. Nous savons qui l'y a apporté, c'est tout.*
> *Lars-Erik Valfridsson, qui s'est pendu dans sa cellule, n'était pas coupable. Il faut au moins que ses proches le sachent. Nous ne pouvons que spéculer sur ce qui l'a poussé à endosser la responsabilité de ce massacre.*

Cette lettre va semer le trouble dans votre enquête, j'en suis consciente. Mais ce que nous cherchons tous, c'est la clarté, n'est-ce pas ? J'espère avoir pu aujourd'hui y contribuer.

J'ai essayé de vous transmettre par cette lettre tous les faits à ma connaissance. Le jour où nous arrêterions de rechercher la vérité, bien sûr jamais totalement objective, mais toujours basée sur des faits, ce serait la fin de notre État de droit.

À présent, j'ai repris mon travail. Je suis à Helsingborg, où je me tiens, bien entendu, à votre entière disposition : les questions ne manqueront certainement pas, et elles sont difficiles.

Meilleures salutations,

Birgitta Roslin,
7 août 2006.

Épilogue

Ce soir d'août, Birgitta Roslin passa faire des courses au supermarché avant de rentrer. En faisant la queue à la caisse, elle feuilleta un journal du soir qu'elle prit sur un présentoir. Elle lut distraitement un titre : « Un loup solitaire abattu au nord de Gävle. »

Ni elle, ni personne ne savait que, de Norvège, il était passé en Suède par la vallée de Vauldalen. Il avait faim : rien mangé depuis une charogne de renne gelée dans la région d'Österdalarna.

Le loup avait continué vers l'est, passé Nävjarna, traversé le Ljusnan gelé à Kårböle, avant de disparaître de nouveau dans les forêts désertes.

Il gisait à présent mort dans un hangar des environs de Gävle.

Personne ne savait qu'au matin du 13 janvier il était arrivé à Hesjövallen, un village reculé du Hälsingland.

Il avait neigé. C'était à présent presque la fin de l'été.

Le village de Hesjövallen était vide. Plus personne n'y habitait désormais. Dans certains jardins s'étalait déjà dans toute sa splendeur la robe fauve des sorbiers, sans plus personne pour la contempler.

L'automne approchait dans le Norrland. Lentement, on s'y préparait pour un long hiver.

Postface

Ceci est un roman : ce que j'écris est ancré dans la réalité, sans pourtant être dans tous ses détails une transcription fidèle de la réalité. Je crois qu'il n'existe pas de Hesjövallen – j'espère avoir assez attentivement scruté les cartes. Mais c'est un fait indiscutable qu'au moment où ont été écrites ces lignes le président du Zimbabwe s'appelait Robert Mugabe.

J'écris en d'autres termes ce qui aurait pu se passer, et non ce qui s'est réellement passé. C'est le fondement même de la fiction.

Même dans un roman, les détails doivent être empreints d'exactitude. Qu'il s'agisse des oiseaux présents dans le ciel de Pékin, ou de la possibilité pour un magistrat de disposer dans son bureau d'un canapé fourni par le ministère de la Justice.

Beaucoup m'ont aidé pendant mon travail. En premier lieu, naturellement, Robert Johnsson qui, une fois de plus, s'est livré à un travail de recherche obstiné et approfondi. Mais d'autres encore allongeraient beaucoup trop cette liste. En particulier, de nombreux Africains avec qui j'ai eu l'occasion de parler.

Je ne donne pas d'autres noms, mais je remercie collectivement tous ceux qui m'ont aidé. Je reste cependant bien entendu l'unique responsable de cette histoire.

Henning Mankell,
Maputo, janvier 2008.

Table

Meurtriers sans visage
Christian Bourgois, 1994, 2001
« Points Policier », n° P1122
et Point Deux, 2012

La Société secrète
Flammarion, 1998
et « Castor Poche », n° 656

Le Secret du feu
Flammarion, 1998
et « Castor Poche », n° 628

Le Guerrier solitaire
prix Mystère de la Critique
Seuil, 1999
et « Points Policier », n° P792

La Cinquième Femme
Seuil, 2000
« Points Policier », n° P877
et Point Deux, 2011

Le chat qui aimait la pluie
Flammarion, 2000
et « Castor Poche », n° 518

Les Morts de la Saint-Jean
Seuil, 2001
« Points Policier », n° P971

La Muraille invisible
prix Calibre 38
Seuil, 2002
et « Points Policier », n° P1081

Comedia Infantil
Seuil, 2003
et « Points », n° P1324

L'Assassin sans scrupules
L'Arche, 2003

Le Mystère du feu
Flammarion, 2003
et « Castor Poche », n° 910

Les Chiens de Riga
prix Trophée 813
Seuil, 2003
et « Points Policier », n° P1187

Le Fils du vent
Seuil, 2004
et « Points », n° P1327

La Lionne blanche
Seuil, 2004
et « Points Policier », n° P1306

L'homme qui souriait
Seuil, 2004
et « Points Policier », n° P1451

Avant le gel
Seuil, 2005
et « Points Policier », n° P1539

Ténèbres, Antilopes
L'Arche, 2006

Le Retour du professeur de danse
Seuil, 2006
et « Points Policier », n° P1678

Tea-Bag
Seuil, 2007
et « Points », n° P1887

Profondeurs
Seuil, 2008
et « Points », n° P2068

Le Cerveau de Kennedy
Seuil, 2009
et « Points », n° P2301

Les Chaussures italiennes
Seuil, 2009
et « Points », n° P2559

Meurtriers sans visage
Les Chiens de Riga
La Lionne blanche
Seuil, « Opus », 2010

L'Homme inquiet
Seuil, 2010
et « Points Policier », n° P2741

Le Roman de Sofia
Flammarion, 2011

L'homme qui souriait
Le Guerrier solitaire
La Cinquième Femme
Seuil, « Opus », 2011

Les Morts de la Saint-Jean
La Muraille invisible
L'Homme inquiet
Seuil, « Opus », 2011

L'Œil du léopard
Seuil, 2012

La Faille souterraine
Les premières enquêtes de Wallander
Seuil, 2012

Le Roman de Sofia
Vol. 2 : Les ombres grandissent au crépuscule
Seuil, 2012

RÉALISATION : NORD COMPO À VILLENEUVE-D'ASCQ
IMPRESSION : CPI BRODARD ET TAUPIN À LA FLÈCHE
DÉPÔT LÉGAL : JANVIER 2013. N° 110177 (70560)
IMPRIMÉ EN FRANCE